01

北京师范大学中国古代散文研究中心专刊

中国古代散文研究文献论丛

郭英德 主编

商务印书馆

本书为 2014 年度国家社会科学基金重大项目
"中国古代散文研究文献集成"(项目批准号 14ZDB066)成果

总　序

中国古代散文从上古延续到晚清,是一座内涵丰富、数量庞大、亟待挖掘的学术宝库。在浩瀚的历史长河中,从经世济民、精思博学、传情言性,到描写社会、塑造历史、表现习俗,散文承担着其他文体难以取代的巨大的社会作用。从文献分类来看,经、史、子、集四部文献都以散文文体作为最核心的撰述方式,这就形成了一个以经部为源头,史部、子部分头并进,集部蔚为大观的古代散文世界。

中国古代的散文研究随着散文的产生而发生,历数千年而绵延不绝,表现出一些显著的文化特点:第一,与诗歌的"抒情性"不同,散文具有鲜明的"书写性"特征,在中国古代社会生活中发挥着广泛而巨大的实用功能,大量散文专书、别集、总集等盛行于世,上自贵族士夫,下至文人书生,通过对散文文本的编选笺释、教育讲授、阅读赏析,自觉并积极地参与散文研究,形成散文研究的普遍化特征;第二,从"知人论世"的研究方法出发,中国古代一直重视散文史料的搜集与编撰,从作家传记、作品评论到目录编制、资料汇编,形成了一座极其丰富的散文研究资料宝库,为散文研究打下了坚实基础;第三,同中国传统的包容性、随意性、领悟性的思维方式互为表里,古代的散文研究大多采用随笔式、杂感式的研究方法,研究成果多为随思、随感、随录而成的札记体、杂论体文章,散见于文人的交谈、书信、序跋、笔记、杂论等形式之中,甚至包含于文人的经学、史学、子学等著作之中,散文研究成果几乎无所不在;第四,古代的散文研究特别注重对散文文本内涵丰富性的深度发掘,注重勾连散文文本与社会生活、学术思想、文化习俗之间的密切联系,散文经典在不断阐释中被赋予生命,成为文学、文化、思想的重要载体和重要呈现,从而构建了开放而宏阔的散文研究格局;第五,由于散文具有实用性的"书写"功能,书写实践的需要促成历代文人乐此不疲地探究散文的写作体式(或表达方式),因此关于散文体式的研究成果数量庞大,内容丰富,论析细致,包括文体、篇体、语体、修辞、体貌等"散文写作学"的认知和辨析,足以构成中国古代"文章学"丰富而完整的话语体系。

由此可见,中国古代的散文研究观念和散文研究格局是相当宏通,也是相当开阔的。但是,20世纪以来,受到西方文学观念和现代文化思想的严重冲击,中国古代传统的"文学研究"发生了结构性变化。从总体上看,古代文学研究界更为热衷于记述和评论文学现象,探索和总结文学规律,而相对忽略对文学文献本身的整理与研究;而且在文学现象与文学规律的研究中,也更为偏重作家作品的评论与文学规律的总结,而相对忽略作家活动的记述与文学过程的梳理。具体落实到对论析中国古代的散文研究成果方面,学术界普遍倡导和实施散文批评史与散文理论史的建构,而相对忽略散文研究现象的描述与展现。所以大多数的研究成果,要么是断代的散文批评或散文理论研究,要么是某某作家或作家群(文学流派)的散文批评或散文理论研究。由于在根本上中国古代并没有出现过西方学术意义上的"纯文学"以及与之相伴而生的"纯文学观念"与"纯文学理论",因此散文批评史与散文理论史研究无论何等细致深入,都难免在不同程度上与中国文化传统及散文史风貌方枘圆凿。这种主动地将丰富多彩的古代散文研究成果狭隘化的学术视野,限制了散文研究的拓展和深入,一方面切断了与中国古代丰富而精彩的文学世界的联系,另一方面中断了与传统学术文化思想的对话。所以，20世纪以来的中国古代散文研究虽然努力开拓"审美空间""文学空间"，但是由于无法与中国古代深刻博大的审美精神与文化精神互相对话、互相融汇，不免导致散文研究长期以来一直陷入难以形成自身独立的价值体系、学术概念和研究方法的尴尬局面，在古代各体文学的研究中成为一个相对薄弱的环节。

毋庸置疑，散文是最具中华传统文化特色的文体形式，散文的功能、散文的类型、散文的写法、散文的美感，在中国古代都呈现出极为独特的表现形式，的确难以同古往今来的外国文学构成畅通无阻的文化对话。因此，20世纪以来，散文概念乃至散文研究观念长期处于古今分裂、中外对立的文化语境之中，致使研究者在现有的学科体系中，无法对中国古代的散文概念、范围、研究观念等进行有效的界定和确立，在展开古代散文研究时常常感到无所适从。

我们认为，中国古代散文研究本质上属于历史研究，必须回归古代散文世界，并进一步回归古代散文所依存的学术世界和文化世界，在宏观、整体的视野下重新审视丰富多彩的古代散文现象，这样才能真正建立古代散文研究自足的话语体系和理论体系。正是有鉴于此，北京师范大学在2013年成立了中国古代散文研究中心，2014年申请了国家社科基金重大项目《中国古代散文研究文献集成》。从2016年开始，我们又陆续出版《北京师范大学中国古代散文研究中心专刊》，希望在广泛吸收前人的编纂经验和研究成果的基础上，全面而深入地整理与研究中国古代散文的文本文献与研究文献，在贯通古今、打通中外的文化语境中，提炼、总结、发挥、建构古代散文研究的理论与方法，进而为建构中华文化独特的理论框架、学术话语和叙述方式尽一份绵薄之力。

无论古今中外，不同思想、不同阶层、不同群体的人们都能够以散文作为表情达意的书写方式，在各类文体中，只有散文真正实现了最为充分的社会化、大众化，当今社会也仍以新媒体下的散文作为主要的表达工具，这一点是古今相通的。而且，散文又是一个多元并存的世界，不同的社会阶层、社会群体，不同思想的指导和表达，不同时代的创作，构成了一个多元的散文世界，这一点也是古今相通的。在这两个相通的基础上，散文的社会功能无疑是巨大的，理应引起研究界的高度重视。中华文化的核心载体是散文，散文具有丰富深厚的精神内涵和文化内涵，特色鲜明的表达方式和审美特征，是中华优秀文化精神价值的重要载体。作为一份极其宝贵的人类文化遗产，中国古代散文值得我们仔细地品读、深入地体验和充分地阐释，从中发掘中华优秀传统文化的宝藏，为世界文化的继承和发展贡献独具一格的中国智慧和中国价值。

北京师范大学的中国古代散文研究具有悠久的传统，并取得了丰硕的成果。已故的郭预衡教授集毕生心血，独立撰著出版了体大思精的三卷本《中国散文史》，享誉学界。郭预衡教授晚年还积极倡导并亲自主持北京师范大学重点学科建设项目"中国散文通史"。该项目于2003年立项，历经十年，最终于2013年出版了十二卷本《中国散文通史》。这是一部迄今为止最为深入、全面而系统地描述中国古今散文演变史的学术著作，以扎实的学术基础、丰厚的论述内容和全新的撰写体例，实现了对中国古今散文史的一次全新的建构。以这两部散文史著作为基础，在商务印书馆的鼎力支持下，《北京师范大学中国古代散文研究中心专刊》将提供一个坚实的学术平台，逐步推出本研究中心专职和兼职研究人员的学术著作，向学术界展现中国古代散文研究的新思想、新方法、新成果，为中华优秀传统文化的创新性发展和创造性转化做出贡献。我们热切期待学术界同仁踊跃加入中国古代散文研究的学术队伍，我们更热切期待学术界同仁对我们的研究成果提出宝贵的批评意见，帮助我们在中国古代散文研究领域"更上一层楼"。

郭英德

2016年8月10日

目 录

前言 …………………………………………………… 郭英德　1

研究视野

中国古代散文研究断想 …………………………………… 郭英德　15
论《中国古代散文研究文献集成》的编纂宗旨 ………… 郭英德　28
学术视野中的古代文章学 ………………………………… 欧明俊　44
宋代子部文献中散文研究资料的特点及价值 …………… 谢　琰　66
金人的金代散文批评述论 ………………………………… 魏崇武　88
新时期以来中国古代集部散文评点研究述评 …………… 李小龙　103
中国古代文评专书整理与研究综述 ……………………… 诸雨辰　120

文献整理

陶渊明文集注释文献叙录五篇 …………………………… 吴　娇　175
骆宾王文集注释文献叙录四篇 …………………………… 吴　娇　182
《中州启札》的编刻与价值 ……………………………… 花　兴　192
柳贯文集版本源流考 ……………………………………… 钟彦飞　208
孙慎行《精选唐宋八大家文抄》考录 …………………… 付　琼　218

和刻稀见明清散文研究文献考录 …………………… 李小龙 235

文献考辨

李清照《金石录后序》质疑 ………………………… 陈伟文 267
《唐宋八大家文抄》方应祥本发覆 …………………… 付　琼 285
《四库总目》明人别集提要补正十八则 ……………… 何宗美 303
《骈体文钞》谭献评校及其他未刊手评考论 ………… 钟　涛 329

义蕴发微

夸诞之言・似道之言・两行之言
　　——《庄子》"寓言"含义词源学考辨 ………… 于雪棠 349
唐代文学批评生命化象喻摭言 ………………………… 刘　伟 358
茅坤的知识世界与精神境界及其散文模式 …………… 张德建 376
明代台阁文人诗序文结构与论述话语流变 …………… 刘　洋 397
论戴名世散文的史笔与文心 …………………………… 莎日娜 414

本书作者 …………………………………………………………… 430

前　言

　　2003年，在著名中国文学史家郭预衡先生（1920—2010）的主持下，北京师范大学文学院的十数位同仁启动了《中国散文通史》的编撰工作。当时，文学院古代文学研究所的同仁们就曾大胆地构想了一个研究计划，拟在适当的时机着手编纂一套详备的《中国古代散文研究文献集成》。

　　2011年下半年，经过全体编撰人员的精诚合作和不懈努力，皇皇12卷、425万字的《中国散文通史》终于定稿，2013年由安徽教育出版社出版。这是一部迄今为止最为深入、全面而系统地描述中国古今散文演变史的学术著作，被学术界赞誉为"散文领域的研究者集体构建中国散文谱系的一次勇敢的开拓"（《中国文化报》2013年5月21日）。

　　为了进一步拓展散文研究的成果，我们当即开始实施编纂《中国古代散文研究文献集成》的研究计划。通过普查文献目录，我们初步整理了"中国古代文评文献总目""中国古代集部散文注释文献总目""中国古代散文评点文献总目"等目录，同时逐步展开"中国古代文评文献的历史演进""20世纪以来中国古代集部散文注释文献研究状况""20世纪以来中国古代散文评点文献研究状况"等专题的研究。经过三年的前期筹备工作，2014年11月5

日,经全国哲学社会科学规划领导小组批准,我们投标的《中国古代散文研究文献集成》被确立为2014年度国家社科基金重大项目(项目批准号14ZDB066)。

本项目拟全面而系统地整理中国先秦至清末的散文研究成果,既包括历代对散文进行校勘、标点、注释、考证、编纂、辑佚、编目、典藏、检索、翻译等文献整理的成果,也包括历代对散文进行批评、论述、鉴赏、技巧探讨、理论思考等文献阐释的成果,既包括集部文献中的散文研究资料,也包括经部、史部、子部文献中丰富多彩的散文研究资料。本项目最终将编纂一整套迄今为止最为丰富、最为完备、最成系统的《中国古代散文研究文献集成》,在极大程度上充实和完善中国古代散文研究的基础文献,从而从整体上促进和提升中国古代散文研究的学术水平。

立项近一年来,项目组全体成员群策群力,集思广益,有条不紊地展开各项研究工作。本书所收录的22篇论文,就是该项目前期成果的一次集中展示。这22篇论文分为四个板块,即"研究视野""文献整理""文献考辨""义蕴发微"。以下即就这22篇论文略作摘要,以便于读者阅读。

在"研究视野"板块中,收录了7篇论文。

郭英德的两篇论文,对"中国古代散文研究"这一学术命题进行了理论思考,并对《中国古代散文研究文献集成》的编纂宗旨提出了总体构想。论文明确指出:从汉语文章的实际出发,中国古代散文不能仅限于那些抒情写景的"文学散文",而应将政论、史论、传记、墓志以及各体论说杂文和骈文、辞赋都包括在内;而且不能仅限于集部之文,还应包容经部、史部、子部之文。在中国古代,对散文文本的校勘、注释、评点、考证工作一直延绵不断,历代作家传记、作品评论、目录编制、资料汇编中也包含着大量散文研究资料,而别集、总集、选本、笔记、类书、方志甚至族谱中更是保存了海量研究文献。所有这些都应该纳入"散文研究"的学术视野之中。全面而系统地梳理、编纂、辑录中国古代的散文研究资料,编纂一套丰富、完备、系统的《中国古代散文研究文献集成》,这不仅可以为中国古代散文史、中国古代文学史的学术研究奠定更为坚实的文献基础,也可以为中国散文学、中国文学理论的学术建设奠定更为坚实的文献基础。《中国古代散文研究文献集成》的编纂是一项大型的文献典籍与资料整理工程,旨在为中国古代散文研究提供完整全备、信实可靠、便利适用的文献资料。为此本项目确立了明确的编纂宗旨,即以广义的散文观念涵括对象,以宏通的研究理念确定内容,以开阔的文化思路探求方法。论文分别论述了这三大编纂宗旨,指出这一重大项目将中国古代丰富多彩的散文研究文献整合为文评文献、集部散文注释与评点文献、文集序跋及散见于四部典籍的散文研究资料四大类型,从而实现对中华传统文化资源、文化成果的创造性转化和创新性发展。

古往今来中国学人的散文研究,自有其独特的特点与价值,值得我们认真地总结。欧明俊《学术视野中的古代文章学》一文,认为通行的古代文章学,就是接受现代西方"纯文学"观念的古代散文理论研究,局限于"文学"体系中,就文章论文章,或将文章学理解为写作学、辞章学、修辞学、技法学。而古代文章学实际上有其独特的内在规定性,绝不是现代西方"文学"概念所能范围的。在古代的主流观念中,文章学基本上是附属性的,依附于经学或史学,是整个学术体系中的一个组成部分,其独立性只是相对的,因此有"义理、考据、辞章"三者合一之说。我们今天也必须强调在学术大视野中研究古代文章学。谢琰《宋代子部文献中散文研究资料的特点及价值》一文,以宋代子部文献为考察对象,着重论述杂家、小说家、儒家三类文献中散文研究资料的特点及价值。论文指出,杂家类文献中的资料,往往具有较高的历史眼光和理论水平;小说家类文献,主要提供文本创作背景、传播过程、作家轶事等资料；而这两类文献，都能提供有关语句出处之学以及文体制度之学的资料。至于儒家类文献，往往能从"明道""宗经"的角度，思考重大理论命题，辨析、阐释重要作家作品，具有独特价值。总之，宋代子部文献中的散文研究资料，种类繁多，意义重大，体现出子部文献的特性，亟需辑录、整理，以期对散文研究和文章学建设提供知识储备和智慧启迪。魏崇武《金人的金代散文批评述论》一文，充分调用金人集部文献中散见的文学批评资料，尝试从代表性作家、发展阶段、师法对象、风格特征、文风之争、发展方向等方面，梳理阐释金代散文批评史，作为我们现在研究金代散文的参考。

20世纪以来，众多学者卓有成效地从各个方面研究中国古代散文研究文献，他们所取得的成果，值得我们认真借鉴和深入思考。李小龙《新时期以来中国古代集部散文评点研究述评》一文，从评点的产生与体例、古文选本评点研究、唐宋八大家评点研究、《文选》与《文心雕龙》评点研究、评点家与评点史研究等几个方面，全面而深入地评述了新时期以来中国古代集部散文评点研究的成果，并在此基础上探讨了散文评点研究的相关问题。诸雨辰《中国古代文评专书整理与研究综述》一文，则从文评专书的整理出版情况、清代文评专书的提要撰写、文评研究的奠基之作、文献学方向的文评研究、基于文章学范畴的文评研究、作为古代文论研究材料的文评研究几个方面，极其详实地总结了20世纪以来中国古代文评专书整理与研究的成果，为进一步开拓历代文评专书的研究奠定了坚实的基础。

在"文献整理"板块中，收录了6篇论文。

吴娇《陶渊明文集注释文献叙录五篇》《骆宾王文集注释文献叙录四篇》两文，是参加《中国古代集部散文注释文献叙录》的前期成果。散文注释，是古代散文整理与研究中最基础、也最常见的一种形态，是散文传播与接受的重要媒介，也是联系散文家、注释家和读者的桥梁,因此散文注释的作用不可低估。在中国古代的散文注释文献中包含着散文研究的诸多信息,诸如古代散文作者的知识结构、用典范围、组词方式乃至于后代读者阅读散文时的解读角度等。因此,中国古代的散文注释文献无疑是散文研究的丰富宝库。正是有鉴于此,《中国古代散文研究文献集成》重大项目专门设置了《中国古代集部散文注释文献叙录》子课题,拟全面而系统地著录历代散文别集、散文总集及文评著作的注释文献,并逐一加以叙录。吴娇的两篇文章就是这一子课题的重要成果。

花兴《〈中州启札〉的编刻与价值》、钟彦飞《柳贯文集版本源流考》和付琼《孙慎行〈精选唐宋八大家文抄〉考录》三篇论文,都涉及对历代散文文献和散文研究文献的编者、编纂、刊刻、流传等现象的考证。花兴指出,《中州启札》是元人吴弘道(生卒年未详)编纂的一部书信总集,主要收录蒙元前期北方文人的来往书信。在编辑时,编者对所收录的文章做了一定程度的编辑,如草拟篇题、更改上款等,其中有部分书信作者存在张冠李戴的现象。《中州启札》成书较早,其成书时许衡等人的文集尚未结集,有较高的校勘价值,其中所收作者大多无文集传世,仅靠《中州启札》保留其部分诗文作品,就内容来说,《中州启札》所收书信也有较高的史料价值。钟彦飞指出,元代"儒林四杰"柳贯(1270—1342)的著作《柳待制文集》二十卷,自结集以来,经过元、明、清、民国多次刊刻传抄,流传有绪。梳理考辨历代柳贯诗文集版本的情况,可知诸本均祖于元至正十年(1350)刊本,而元刊本现今并无全帙存世,《四部丛刊》影印"艺风堂藏元刊本"实为明永乐四年(1406)柳贵递修本,并配抄本而成。付琼指出,晚明孙慎行(1565—1636)编纂的《精选唐宋八大家文抄》,是茅坤(1512—1601)《唐宋八大家文抄》的第一部赓续之作,又第一次打破茅坤《唐宋八大家文抄》以人为序的体例,对各家文章进行分体编排。孙慎行以美学家的独到眼光,选入茅坤《唐宋八大家文抄》之外的许多篇目,其评点也聚焦于文章的审美个性,没有举业家的功利习气、道学家的标榜习气和经济家的实用习气,可以说在唐宋八大家散文选本群中独树一帜。付琼以现存的不同版本为依据,就《精选唐宋八大家文抄》一书的编选缘起、版本流变、体例特征、选文宗旨和评点特色五个方面略作考证。

在 20 世纪以前,中国散文注释文献与评点文献不仅在本土流传,而且传播到日本、韩国、越南等国家。因此,本项目还将研究视野扩展到整个东亚汉文化圈,将 20 世纪以前汉文化圈里日、韩学者的中国古代散文注释和散文评点著作也一并纳入。纳入东亚汉文化圈的散文注释文献和散文评点文献,不仅可以丰富古代散文注释和散文评点的内容,成为中国本土散文注释和散文评点的有益补充,而且还可藉此深入研究 20 世纪以前中国散文作家在域外的影响以及日、韩等国接受的异同,进而为中华优秀文化传统的现代化转换和国际化传播提供借鉴和思考。李小龙《和刻稀见明清散文研究文献考录》一文,就是这方面研究的有益尝试。论文从文献考察入手,细致地考录了 10 种和刻稀见明清散文研究文献,揭示其文献价值。这 10 种和刻稀见明清散文研究文献是:明王艮《王心斋全集》五卷,明陈仁锡编、钟惺注《尺牍奇赏》十五卷,明王宇撰、陈瑞锡注《新镌时用通式翰墨全书》十二卷,明熊寅几编注《尺牍双鱼》九卷,清陈晋撰、蔡方炳注《玉堂尺牍汇书》不分卷,明陈懋仁注《文章缘起注》及撰《续文章缘起》各一卷,明左培《书文式·文式》二卷,明高琦、吴守素编《文章一贯》十五卷,明王世贞《文章九命》不分卷,明王守谦《古今文评》不分卷。

在"文献考辨"板块中,收录了 4 篇论文。

陈伟文《李清照〈金石录后序〉质疑》、付琼《〈唐宋八大家文抄〉方应祥本发覆》和钟涛《〈骈体文钞〉谭献评校及其他未刊手评考论》三篇论文,分别针对以往学术界的研究成果,在深入辨析具体文献的基础上,独具慧眼地提出了创新性的观点,值得特别关注。《金石录后序》不仅是古代散文名篇,而且是李清照生平研究最基本的文献依据,前贤未见有怀疑其文献可靠性者。陈伟文的论文发表在《文学遗产》2014年第6期,通过对《金石录后序》所述史实的详细考证,证明其中多有与史实矛盾之处,甚至其所叙述的中心内容即赵明诚夫妇收藏品的散佚过程也与史实不符,而且《金石录后序》的文献流传过程也颇为可疑,因此可以推定,《金石录后序》很可能出于后人伪托。付琼的论文指出,茅坤《唐宋八大家文抄》有四个版本系统:万历七年(1579)茅一桂刻本、崇祯元年(1628)方应祥刻本、崇祯四年(1631)茅著刻本和乾隆时期四库全书抄本,分别简称为桂本、方本、著本和四库本。桂本为初刻本,前修未密,颇多疏漏;著本为修订本,后出转精,是四库本之前的通行本;四库本以著本为底本,间有改易,是乾隆中叶以后的通行本;而第一次对桂本的体例和内容加以大规模修订的,不是著本,而是方本。论文仔细地比勘了方本与桂本、方本与著本后,无可疑义地论定方本是茅坤《唐宋八大家文抄》诸版本中贡献最大也最为精善的版本。清嘉庆末年,李兆洛(1769—1841)编选《骈体文钞》,在当时乃至后世均产生了广泛的影响。谭献(1832—1901)先后三次评校《骈体文钞》,初评本亡佚,二评、三评皆存,由其学生将两本评点合写。钟涛的论文在认真比对各本后指出,谭献评校本延续了原刻本的基本风貌,在体例内容上都未对原刻本进行大的改动。谭献评校本的特色,主要在文中的圈点以及对收录文章的评点。以世界书局本为代表的民国排印本所录谭批,未必全是谭批原貌。相比李兆洛评点对文章结构与体势的关注,谭评更多表现出对文章整体审美的重视。在其他未刊手评中,翁同书(1810—1865)评点注重考据,常以史事补足文章背景,多收前人之说,有集评的特点,价值最高。

在中国古代文学研究中,问世于清乾隆年间的《四库全书总目》集部提要的影响极其巨大,甚至成为 20 世纪以来历代诗文研究乃至文学史研究的范本。但是,《四库全书总目》主要代表了纪昀(1724—1805)等人的文学观,在历代作家、历代诗文集的评价上颇有可议之处,而且该书还时有文献考证的失误之处。为此,何宗美、刘敬撰写出版了《明代文学还原研究——以〈四库总目〉明人别集提要为中心》(北京:人民出版社,2014),对《四库全书总目》明别集提要作了"还原"研究,纠正了不少错误。以此为基础,何宗美《〈四库总目〉明人别集提要补正十八则》一文,进一步选择《四库总目》中《青城山人集》《东里全集》等十数篇明人别集提要,对其中的纰误细加考订,对明代文学研究提供了重要的参考资料和学术基础。

文献整理是文献研究的重要组成部分,也是文献研究的坚实基础。而文献研究则旨在以文献整理为前提,深入地发掘文献内在的义蕴,揭示文献的历史价值与理论价值。在"义蕴发微"板块中,收录了 5 篇论文,都在文献研究方面有所开拓。

文献研究既可以于细处入手,也可以从大处着眼。前者如于雪棠《夸诞之言·似道之言·两行之言——〈庄子〉"寓言"含义词源学考辨》一文,从词源学角度,运用因声求义的训诂方法,并结合《庄子》一书的语境,考辨"寓言"一词的含义。论文指出,"禺""寓""颙""愚""喁""遇""偶""耦"为同源字。"寓"在古音侯部,侯部的字有厚大之义。"禺"有相似义,"寓"也有相似义。"寓"通"耦"(偶),有二物相并、相对义。"寓"之厚大、相似、相对三个义项,都可以从其声音的来源上找到根据,三者统一于"寓"的词源意义之中。因此在《庄子》中,"寓言"的本义是大言,亦即夸诞之言,兼具似道之言(与道相似的言说)和两行之言(不执着于是非之争的言说)两义。后者如刘伟的《唐代文学批评生命化象喻摭言》一文,从社会历史文化的角度,指出中国文学批评中的生命化观念有着广泛而久远的历史传统,生命化批评深刻地反映了文学与人的生命精神之间的密切关系,它要求文学作品应具有和生命特征相似、相通的内涵和形式。在唐代文学批评经典文献中,陈子昂论"风骨",王昌龄论"势",杜甫论"神",韩愈论"气"与"不平则鸣",司空图论"生气远出",无不体现出一种生命精神。唐代文学批评生命化象喻,体现了文学创作者在时代精神的鼓舞下,主体意识的充分觉醒和对自身生命价值的高度肯定,反映了唐代文人追求生命永恒、人文同构的审美倾向和批评理念。

毋庸置疑,中国古代散文研究文献的产生、流传与接受,不仅与散文作家、散文文本有着密切的关联,而且归根结底是以散文作家、散文文本作为基本凭借的。因此,历代散文作家、散文文本的考察与阐释,理所当然地构成散文研究文献的整理与研究的重要组成部分。张德建《茅坤的知识世界与精神境界及其散文模式》、刘洋《明代台阁文人诗序文结构与论述话语流变》、莎日娜《论戴名世散文的史笔与文心》三篇论文,便是对散文作家、散文文本的深入研究。

张德建的论文以茅坤散文为研究对象,由茅坤知识世界与精神境界的构成入手,试图解析其官僚意识、历史意识、文人意识之下的思维方式。论文认为,思维方式决定了作家的文本创作模式,即文本在结构、语言、风格上的特征。正是由于这样的思维方式,茅坤散文构成现实时空、历史时空交替并存,悲剧意识与使命意识同在,立言与立功双重选择的基本表现模式。论文进而对茅坤的精神境界做进一步探讨,指出他沉溺在"古传记"的知识世界中,不能提升到超越之境,从而限制了他散文的成就,这正是他的"知识障"所在。刘洋的论文尝试从台阁文人们的诗序创作入手,结合个体创作特征来简析其中流变历程。论文指出,与历时百年的明代永乐到弘治前期的台阁文学繁盛、衰落到再盛的兴衰历程相对应，台阁文人的诗序文创作的结构和叙述话语也在发生变化，具体表现为三个方面，即对诗歌意义的阐释由修身到怡情改变，诗序文结构侧重由铺叙人情向立论倾斜，频繁征引的诗歌史符号由《诗经》向魏晋盛唐转换。这三个方面的变迁趋势共同构成被政治昭示诉求所左右的观诗话语。莎日娜的论文发表在《厦门广播电视大学学报》2012年第4期，从"存史与治史——戴名世的修史理想与实践""抒怀与修文——戴名世散文的文人情怀""史笔与文心——戴名世散文的艺术旨归"三个方面，阐发了戴名世（1653—1713）散文中学人与文人的双重品性。论文进而指出，戴名世散文创作中所呈现出的学术追求与文人情怀，正是入清后散文创作文风转变的标识。而后人多言戴名世散文开桐城派之先河，却不知桐城之文得其形而未获其神。

以上仅浮光掠影地概要介绍了本《论丛》收录的22篇论文，但已足以呈现出《中国古代散文研究文献集成》项目所涉及的学术范围和拟开拓的研究深度。我们已经得到、也希望继续得到学界同仁的鼎力相助，使我们如期圆满地完成这一项目。

本《论丛》中的所有论文，都是2014年度国家社科基金重大项目《中国古代散文研究文献集成》（项目批准号14ZDB066）的前期成果，不再一一出注。有的文章尚有其他基金项目资助，则在附记中说明。有的文章已经在各种学术期刊上发表，也一并在附记中说明。

本《论丛》卷末，附有论文作者简介。

北京师范大学文学院的中国古代散文研究有着悠久的传统和丰厚的成果。郭预衡先生一生专攻中国文学史研究，尤其在散文研究方面硕果累累，堪称中国古代散文研究的一代宗师，曾任中国古代散文研究会会长。他撰著《历代散文丛谈》（太原：山西人民出版社，1986）、《中国散文简史》（北京：北京师范大学出版社,1994)、《中国散文史》(上海:上海古籍出版社,1986—1999)、《中国散文史长编》(太原:山西教育出版社,2008)、《历代散文史话》(北京:中国文联出版社,2009)等著作,并与刘盼遂先生(1896—1966)主编《中国历代散文选》二册(北京:北京出版社,1989),所有这些筑就了中国古代散文史研究的丰碑。聂石樵先生(1927—)独著的《先秦两汉魏晋南北朝文学史》(北京:北京师范大学出版社,1999)、《唐代文学史》(北京:北京师范大学出版社,2002)中,都有论述散文的专章,资料丰富,论述详明,精见迭出。韩兆琦先生(1933—)曾任中国古代散文研究会副会长,独著《中国传记艺术》(呼和浩特:内蒙古教育出版社,1998),合著《汉代散文史稿》(太原:山西人民出版社,1986),主编《中国传记文学史》(石家庄:河北教育出版社,1992)、《中国古代散文专题》(北京:高等教育出版社,2008)、《先秦两汉文导读》(北京:高等教育出版社,2014)、《先秦两汉文选》(北京:高等教育出版社,2014)等,并撰著了《史记》研究的系列著作,如《史记选注集说》(南昌:江西人民出版社,1986)、《史记通论》(北京:北京师范大学出版社,1990)、《史记选注汇评》(北京:文津出版社,1993)、《史记博议》(北京:文津出版社,1995)、《史记笺证》(南昌:江西人民出版社,2004)、《史记解读》(北京:中国人民大学出版社,2008)、《史记精讲》(北京:中国青年出版社,2008)、《史记:全本全注全译》(北京:中华书局,2013)等。此外,张俊、李道英、于天池、尚学锋、郭英德、李真瑜、李山、过常宝、张德建、陈惠琴、康震、马东瑶、于雪棠、莎日娜、李芳瑜、李小龙、周剑之、谢琰等老、中、青三代学者,也都编撰了大量高水平的古代散文整理与研究的论著。我们可以自信地说,北京师范大学文学院古代文学研究所已经成为国内外中国古代散文研究重要的学术基地。

我们相信,借助《中国古代散文研究文献集成》这一重大项目的推动,在将来很长的一段历史时间里,北京师范大学同仁一定会为学术界奉献更为丰富的中国古代散文研究成果,为弘扬中国古代散文的优良传统,为传承中华民族优秀传统文化,做出更大的贡献。

郭英德

2015 年 10 月 24 日

研究视野

中国古代散文研究断想

郭英德

一、"散文"何谓?

最晚在12世纪的南宋时期,"散文"一词作为文体称谓,已经普遍出现在中国典籍之中。但是今天我们所说的"中国古代散文"一词,却是现代人使用的概念,既有对古代散文作品的理性归纳,又涵载着现代人的意识[①]。这种"现代人的意识"最鲜明地体现为这样的定义:散文是与诗歌、戏剧、小说相并列的一种文学体裁,或者散文指除诗歌、戏剧、小说外的文学作品。

我们现在所谓"中国古代散文"的文本,既可以宽广地涵容从先秦至清末的文章,也可以有选择地局限于一些"美文"或"文学散文"。在中国古代文化语境中,作为一种文体,"散文"的内涵和外延一直相当模糊。20世纪以来,以这种内涵不清、外延不明的"散文"作为基点,展开"中国古代散文研究",这不免在学理上处于"妾身未分明"的尴尬局面。在《中国散文通史总序》中,我曾经

---

① 参见杨庆存《散文发生与散文概念新论》,《中国社会科学》1997年第1期。

对"散文何谓"这一问题做过简要分析①,最近又有更多的思考,想再做一些补充。

首先,以韵律作为分类标准,"散文"可以与"韵文"相对称。日本学者泽田总清原著、王鹤仪编译的《中国韵文史》,开宗明义即说:"从修辞上文学(Literature)可分为散文(Prose)和韵文(Verse)两种。散文称为文章或文,韵文则有诗或歌或诗歌等称呼。这二者相合通称诗文。说到这二者间的区别,即韵文有韵律(Rhythm),散文没有;韵文有形式的限制,散文也没有。"②古人曾经在"韵""散"区别的意义上,界说"诗"与"文"两种文体,有时称为"韵语"和"散语"③;有时称为"诗律"与"散文"④;有时则分辨押韵与不押韵,将不押韵的文本称为"散文"⑤。但是,在中国古人的文体辨析中,是否有韵律,并不足以区分"诗"与"文"。南朝宋刘勰(465?—520)说:"今之常言,有文有笔,以为无韵者笔也,有韵者文也。"⑥他所说的"有韵之文",并非仅指诗或歌或诗歌,还包括赋、箴、铭、赞、颂、碑、诔等文体,实为"韵体之文",后人习惯上也将这些文体归入散文⑦。刘勰所说的"无韵之笔",也并非都是散文,如《文心雕龙·书记》篇列举的 24 种杂体之文,如谱籍簿录、

---

① 郭预衡、郭英德主编:《中国散文通史》,安徽教育出版社 2013 年版。
② 〔日〕泽田总清原著,王鹤仪编译:《中国韵文史》,上海商务印书馆 1937 年版(商务印书馆 1998 年版),第 1 页。
③ 宋陈师道《后山诗话》:"曾子固(即曾巩)短于韵语,黄鲁直(即黄庭坚)短于散语。"〔清〕何文焕《历代诗话》,中华书局 1981 年版,第 312 页。
④ 宋邓肃《栟榈集》卷四《昭祖送韩文》:"两鸟相酬不肯休,欲令日月无旋辀。斯文未丧得韩子,扫灭阴霾雰九州。古来散文与诗律,二手方圆不兼笔。独渠星斗列心胸,散落毫端俱第一。"《景印文渊阁四库全书》第 1133 册,第 277 页。
⑤ 宋朱熹说:"古之谣谚皆押韵,如夏谚之类。散文亦有押韵者,如《曲礼》'安民哉'叶音'兹',则与上面'思''辞'二字叶矣。"〔宋〕黎靖德编:《朱子语类》卷八〇《诗一》,中华书局 1986 年版,第 2081 页。
⑥ 〔南朝梁〕刘勰著,范文澜注:《文心雕龙注》卷九《总术》,人民文学出版社 1958 年版,第 655 页。
⑦ 刘麟生《中国骈文史》说:"韵文之在西洋文学中,不过诗歌而已。而在吾国文学中则有赋,有箴、铭、赞、颂、诔。"上海商务印书馆 1936 年版,第 6 页。

方术占式、律令法制、符契券疏、关刺解牒之类,都是纯应用性文体,习惯上从未归入散文。既然"有韵之文"中有"散文","无韵之笔"中有"非散文",那么有无韵律,就显然无法作为区分"诗"与"文"的标准,我们既不能说散文是非韵文,也不能说非韵文即散文。

其次,以语体作为分类标准,"散文"可以与"骈文"相对称,排比俪偶为"骈文",散行直言为"散文"。人们发现,至少在北朝熊安生(?—587)疏证《礼记》时,就以"对文"和"散文"对称,进行"词体"的辨析①。而"散文"与"骈文"相对称的文体意义,到南宋时开始逐渐确立,并大量使用②。如吕祖谦(1137—1181)认为:"诏书或用散文,或用四六,皆得。散文以深纯温厚为本,四六须下语浑全,不可尚新奇华巧而失大体。"③他说的"四六"即指骈文。王应麟(1223—1296)《辞学指南》进行文体分类时,就将"诰"和"诏",都分为"散文"和"四六"两类。但是,"奇偶相生、骈散相杂",原本就是汉语文章的特点④。因此在历代写作实践中,骈散之分,从来都是相对的而非绝对的⑤,骈文容有散行之气,散文也不乏骈偶之语。周必大(1126—1204)早就认识到:"四六特拘对耳,其立意措辞,贵浑融有味,与散文同。"⑥所以今人也常常以散文统称散体文与骈体文,认为骈文"和古文同属于广义的散文范畴。古典散文的研究应该包括骈文在内"⑦。周振甫《中国文章学

---

① 参见罗书华《"散文"概念源流论:从词体、语体到文体》,《文学遗产》2012年第6期。
② 参见杨庆存《散文发生与散文概念新论》;马茂军《中国古代"散文"概念发生研究》,《文学评论》2007年第3期。
③ [宋]王应麟:《辞学指南》卷二引,《景印文渊阁四库全书》第948册。
④ 思鲁:《关于中国古代散文研究问题(座谈纪要)》引郭预衡语,《文学遗产》1988年第4期。
⑤ 参见刘麟生《中国骈文史》,第6页。
⑥ [宋]罗大经:《鹤林玉露》甲编卷二引,中华书局1983年版,第27页。
⑦ 王运熙:《重视我国古典散文的研究工作》,《文汇报》1961年3月。

史》所谓"文章",即包括散文、骈文和赋①。杨庆存则从音乐标界的分野模式,论证散文的范畴中应包括骈文②。

第三,以典籍目录作为分类标准,"散文"隶属集部典籍,经籍、史籍、子籍之文不属于"散文"。南朝梁萧统编纂《文选》,基本上采取了这一选文标准③。但是从古至今,谁也无法否认,经籍、史籍、子籍之中包含着大量的散文(或称"古文")。经籍如《尚书》《春秋左氏传》,后人称为"史传散文";《论语》《孟子》,后人称为"诸子散文";包括《礼记》中的诸多篇章(如《檀弓》《学记》《乐记》等),也进入后人的"散文"视野。所以清人刘熙载(1813—1881)说:"《六经》,文之范围也。"④直到20世纪30年代,蔡元培(1868—1940)还如此追述中国古代散文传统:"在文学方面,《周易》的絜静,《礼经》的谨严,《老子》的名贵,《墨子》的质素,《孟子》的条达,《庄子》的俶诡,邹衍的宏大,荀卿与韩非的刻考,《左氏春秋》的和雅,《战国策》的博丽,可以见散文的盛况。"⑤在中国古代,成篇章之"文",起源于上古史官的"记事""记言"⑥,并且融贯于经、史、子、集各部典籍之中。可以说,在中国古代典籍文献中,形成了一个以经部为源头与规范,史部、子部分流殊派,集部蔚为大观的"散文"世界。

第四,从中国文学源流变迁来看,对"散文"的认知原本涵容在对"文"的认知之中,而"文"的内涵与外延本身就一直包容广泛,而且变动不居。从先秦至六朝所说的"文",仅仅以"文字书

---

① 周振甫:《中国文章学史》,中国文联出版社1994年版,第1页。
② 杨庆存:《古代散文的研究范围与音乐标界的分野模式》,《文学遗产》1997年第6期。
③ 参见殷孟伦《如何理解〈文选〉编选的标准》,《文史哲》1963年第1期;王运熙《〈文选〉选录作品的范围和标准》,《复旦学报》1988年第6期。
④ [清]刘熙载:《艺概·文概》。
⑤ 蔡元培:《中国新文学大系总序》,赵家璧主编:《中国新文学大系·导言集》,良友图书公司1935年版,第4页。
⑥ 参见《礼记·玉藻》《汉书·艺文志》。

写"的意义论,大而言之可以指称"文"(或称"文章""文辞")与"学"(学术),中而言之可以指称诗、赋、奏、议、论、序等各种"文"(如《文心雕龙》《文选》所谓"文"),小而言之可以指称与"笔"相区别之"文"。从中唐开始,"诗"与"文"成为两相对称的"文类","文"才渐渐特指"散文"(包括"古文"与"骈文")。中国古代"文"的内涵与外延的包容性与流动性,形成一种相当独特的"泛文学"或"大文学"的体制与观念,而最能鲜明地代表这种体制与观念,并长期延续、至今不变的文学体裁,非散文莫属。直到20世纪初,傅斯年、胡适等人方始明确地在诗歌、散文、戏剧、小说"四分法"的范围内,确认散文的文体地位与文体价值。直到20世纪30年代《中国新文学大系》编辑出版之后,与诗歌、小说、戏曲并称的"现代性"的"散文"概念才最终定型①。

因此从整体上看,中国古代散文历时久远,歧义纷呈,旁枝杂出,甚至"泥沙俱下",的确难以"正名"。"散文何谓",这恐怕已经是、并且永远是一个难以准确回答,也不必准确回答的问题。

当然,文体结构包括体制、语体、体式、体性四个层次②,中国古代散文的体制、语体、体式无论多么纷繁,多么变动,就其体性而言,应该有着一脉相承的审美对象和精神结构。这种审美对象和精神结构,借用南朝梁萧统的概括,就是"事出于沉思,义归乎翰藻"③。我觉得,这一概括,虽然模糊,却也实用,不仅可以指称古代的散文,也可以指称现当代的散文。

至于"散文"的外延,完全可以是流动性、开放性、包容性的,因时不同,因体不同,甚至因人不同。"定体则无,大体须有"④,这

---

① 参见罗书华《"散文"概念源流论:从词体、语体到文体》。
② 参见郭英德《中国古代文体学论稿》,北京大学出版社2005年版。
③ [南朝梁]萧统:《文选序》,萧统编、[唐]李善注:《文选》卷首,影印清嘉庆间胡克家刻本,中华书局1977年版。
④ [金]王若虚:《滹南遗老集》卷三七《文辨》,《四部丛刊初编》影印本。

是文体的特质,其实也是"文学"的特质,古今中外,概莫能外。美国学者韦勒克(René Wellek)、沃伦(Austia Warren)就指出:"我们还必须认识到艺术与非艺术、文学与非文学的语言用法之间的区别是流动性的,没有绝对的界限。"①英国学者特雷·伊格尔顿(Terry Eagleton)也说:"我们可以一劳永逸地抛弃下述幻觉:'文学'具有永远给定的和经久不变的'客观性'。任何东西都能够成为文学,而任何一种被视为不可改变的和毫无疑问的文学——例如莎士比亚——又都能够不再成为文学。……如果说,文学是一组具有确定不变之价值的作品,以某些共同的内在特性为其标志,那么,这种意义上的文学并不存在。"②

因此,从汉语文章的实际出发,"中国古代散文"不能仅限于那些抒情写景的所谓"文学散文","而是要将政论、史论、传记、墓志以及各体论说杂文统统包罗在内,不仅如此,而且连那骈文辞赋也都包括在内"③;而且不能仅限于集部之文,还应包容经部、史部、子部之文。这种广义的"散文"观念,超越了20世纪以来学术界对"散文"的内涵与外延的纷繁歧异的辨析,更为符合中国古代文学的实际面貌。

二、"研究"何为?

当然,无论"散文"概念如何变动,如何宽泛,如何灵活,无论"散文"有着什么样的"文化属性","散文研究"还是有着明确的"学科归属",学术界大都约定俗成地将它划归"文学研究"范围。

---

① 〔美〕韦勒克、沃伦著:《文学理论》,刘象愚等译,生活·读书·新知三联书店1984年版,第13页。

② 〔英〕特雷·伊格尔顿著:《二十世纪西方文学理论》(Literary Theory: An Introduction),伍晓明译,陕西师范大学出版社1986年版,第14页。

③ 郭预衡:《中国散文史·序言》,上海古籍出版社1993年版,第1页。

在当代学术界，由于受西方文学观念的影响，文学批评史与文学理论史的梳理越来越细致深入，但从整体上看，却难免与中国文化传统及文学史风貌方枘圆凿。因为中国古代并无西方意义上的"纯文学"以及与之相伴而生的纯粹的文学批评与文学理论，因此，这两种研究只好把关注点落在与西方文学批评或文学理论貌合神离的诗话、词话、曲话及文话上。有鉴于此，我在十多年前就提出"研究史"的概念。我认为"研究史"这一概念，足以打破以往以西方文学理论来框范中国文学现象的陈规，以其开放性和宽泛性的结构更切合中国传统的"大文学""泛文学"观念。

我曾经指出，中国古代的文学研究大致包括三个相互联系而又各自独立的结构层次：第一个层次是中国古代对文学资料的整理与考订，包括历代的文学文献编纂、校勘、注释、评点、考证、目录编制、资料汇编等；第二个层次是中国古代对文学现象的记述和评论，包括作家传记与评述、作品评论与鉴赏、文体分类与研究、文派构成与特点、文学传播与接受等；第三个层次是中国古代对文学规律的探索和总结，包括对各种文学现象的发生、发展、性质、特点及其内在联系的深入分析、阐释和批评，对断代或通代的文学发展过程的描述，对文学的写作方法、鉴赏方法、研究方法的探讨，对文学观念、文学理论的思考和总结，对文学各种体裁、类型之间的比较研究，对文学与其他文化形态之间的关系、文学与时代社会的关系的深入考察等[①]。

一般来说，文学批评史和文学理论史多数在有意无意之间忽视了前两个层面，这样一来第三个层面的研究也便无形中被架空了。更何况，在"大文学""泛文学"观念的制约下，中国古代的文学研究还与经学研究、史学研究、子部研究以及文献学研究结下

---

① 参见郭英德《中国古典文学研究史·绪论》，郭英德、谢思炜等：《中国古典文学研究史》，中华书局1995年版，第20—21页。

密不可分的因缘关系。只有在"研究史"宏通的学术视野中，才有可能给中国古典文学研究一个准确的描述与定位。

具体到中国古代散文而言，这种宏通而开阔的"研究史"概念更为切合文体形式庞杂多变、文化含量丰厚深邃的散文文体，也更为切合包罗万象、种类丰富的散文研究活动。中国古代的散文研究随着散文的产生而发生，对散文经典的校勘、注释、评点、考证工作一直作为主要传承方式绵延不断，相关作家传记、作品评论、目录编制、资料汇编中也包含着大量散文研究资料，而别集、总集、选本、笔记、类书、方志甚至族谱中更是保存了海量研究文献。所有这些都应该纳入"散文研究"的学术视野之中。

在"文学研究"结构中，中国古代的散文研究表现出以下几个鲜明的特点：第一，由于散文较之诗歌，具有更为鲜明的"实用性"特征，在古代政治生活、社会生活中发挥广泛而巨大的实用功能，所以大量散文专集、别集、选集、总集、评点盛行于世，上自文人学士，下至书生塾师，通过编选笺释、教育讲授，促进了散文研究的普遍化；第二，从"知人论世"的研究方法出发，重视散文史料的搜集与编撰，从作家传记、作品评论到目录编制、资料汇编，形成了一个庞大丰富的散文研究资料宝库，为散文研究打下了坚实基础；第三，为中国传统的随意性、领悟性的思维方式所制约，散文研究大多采用随笔式、杂感式的研究方法，散文研究成果多为随思、随感、随录的札记体文章，散见于文人的交谈、书信、序跋、笔记、杂论等形式之中，有的甚至隐含于文人的哲学著作、史学著作、子学著作之中；第四，散文研究特别注重文本内涵的丰富性，注重文本与社会生活、学术思想、文化习俗的密切联系，散文经典在不断的阐释中被赋予生命，成为文学、文化、思想的重要载体和重要呈现，从而构建了宏阔的散文研究格局；第五，由于散文具有实用性的"书写"功能，古代对散文体式（或表达方式）的研究数量庞大，内容丰富，论析细致，包括文体、篇体、语体、修辞、体貌等

"散文写作学"的认知,足以构成中国古代"文章学"的完整体系。

可以看出,中国古代的散文研究观念和研究格局是非常宏通,也相当开阔的。但是,20世纪以来,由于受到西方文学观念和现代文化思想的影响,传统的"文学研究"发生了结构性的变化。从总体上看,古代文学研究界更为热衷于记述和评论文学现象,探索和总结文学规律,而相对地忽略对文学资料的整理与考订;而且在文学现象与文学规律的研究中,也更为偏重作家作品的评论或文学规律的总结,而不是作家活动的记述或文学过程的梳理。

具体落实到对中国古代散文研究成果的总结方面,学术界普遍倡导进行散文批评史与散文理论史的建构,所以我们看到的要么是断代的散文批评或散文理论研究,要么是某某作家或作家群(文学流派)的散文批评或散文理论。这种主动地将丰富多彩的古代散文研究狭隘化的学术视野,限制了散文研究的拓展和深入,一方面切断了与中国古代丰富文学世界的联系,另一方面中断了与传统学术文化思想的对话。所以,现代的中国古代散文研究虽然努力开拓"审美空间",但是由于无法与古人深刻博大的审美精神与文化精神融汇,导致散文研究长期以来一直陷入难以形成自身独立的价值体系、学术概念和研究方法的尴尬局面。

因此我认为,今天重提我们在《中国古典文学研究史》中提出的"研究史"概念,不仅大有必要,而且适当其会。这一"研究史"概念,以其开放性和宽泛性的结构,更切合中国的"大文学""泛文学"观念,有助于打破以往用西方文学观念和文学理论来框范中国古代文学现象的陈规陋习,全面而深入地审视中国古代的文学研究成果,透视文学研究与经学、史学、子学以及文献学研究结下的密不可分的因缘关系,从而给中国古代的文学研究做出更为准确的定位和生动的描述。就中国古代的散文研究而言,这种宏通而开阔的"研究史"概念,显然更为切合文体形式庞杂多变、文化含量丰厚深邃的散文文体，也更为切合包罗万象、种类丰富的散文研究文献。

三、"文献"为何？

从先秦至清末，散文的基本文献由两大部分组成：一是散文文本文献，包括历代书写的散文篇章、专集、别集、选集、总集等，这是从古至今散文研究的基本对象，也构成中国古代散文史的主要叙述对象；二是散文研究文献，即历代研究散文的成果，既包括校勘、标点、注释、考证、编纂、辑佚、编目、典藏、检索、翻译等文献整理的成果，也包括批评、论述、鉴赏、技巧探讨、理论思考等文献阐释的成果，这是从古至今散文研究的学术资源，也构成中国古代散文研究史的主要叙述对象。

20世纪以来，中国古代散文文本文献的整理与研究成绩极其显著，这至少表现在三个方面：一是历代散文专集、别集、选集、总集的整理蔚为壮观，迄今为止，从先秦至元代断代总集的编纂已然全备，历代著名散文家的别集整理硕果累累，并仍不断推出新的成果；二是散文史研究专著层出不穷，从民国时期陈柱《中国散文史》的草创，到20世纪八九十年代郭预衡《中国散文史》《中国散文史长编》系列著作的辉煌，再到新近出版的我和郭预衡共同主编12卷本《中国散文通史》的再续辉煌，仅近30年来就出版了通代散文史十部，断代散文史五十余部，分体散文史三十余部，可以说中国古代散文史研究已经步入稳健发展的成熟期；三是中国古代散文的各种断代研究、专题研究、作家研究也已形成"规模效应"，如先秦诸子散文研究、唐宋古文运动研究、宋文研究、晚明小品研究、桐城古文研究等。

相形之下，中国古代散文研究文献的整理与研究，现状却不容乐观。最可称道的是王水照主编的《历代文话》①,收录宋以来至民国时期(1916年)的文评专书及别集中成卷的文章评论部分,以论古文者为主,兼及部分论评骈文、时文者,共计143种,627万字。该书是系统整理"文话"的开山之作,卷帙浩繁,编撰精当,可与《历代诗话》(及续编)、《词话丛编》鼎足而三,堪称散文批评文献的代表性总集,沾溉学林,厥功甚伟。

当然,《历代文话》在所确定的收录范围中,尚未能"涸泽而渔",其后余祖坤编撰《历代文话续编》三册②,便补充其未收录的明清和民国时期文话27种。而且限于编选原则,《历代文话》亦有其不足之处,如只收成书,不收散见资料;只收宋以后,未及宋以前。所以吴小如在充分肯定《历代文话》的编纂实绩后,不无遗憾地指出:"自南北朝以迄唐五代,具文章学评论之内容而未成专著者,实连篇累牍不胜枚举。即以两宋历元明清乃至于'五四'前后而言,凡散见于书牍、序跋、随笔、小品中涉及文章学或文评文论之文字,诚如天上之繁星、地面之渊海……倘不加以搜罗辑录,则将永如恒河之散沙,未采之巨矿。"③

的确,若从"散文研究文献"所应包容的对象来看,《历代文话》所遵循的"文章学"学术理念,显然无法提供更为广阔的文献空间。中国古代的散文研究发端于先秦,延续至清末,奉献出极为丰富的研究成果,累积成汗牛充栋的典籍文献。这些丰富的散文研究文献,固然以集部文献为主,但是却决不仅仅限于集部文献,举凡经部、史部、子部文献中,也都包含着众多与散文研究相关的资料;固然有略成系统的文评专书,但是潜藏在各种典籍文献中的散文研究资料,更如散金碎玉,难以计数。

因此,中国古代的散文研究文献是一座含金量极高的富矿,

---

① 王水照主编:《历代文话》,复旦大学出版社2007年版。
② 余祖坤编撰:《历代文话续编》,凤凰出版社2013年版。
③ 吴小如等:《〈历代文话〉七人谈》,《中国图书评论》2008年第7期。

亟待人们全面、系统而深入地开采。这一学术工作至少具有如下几方面的学术价值和社会意义：

第一，全面而系统地梳理、编纂、辑录中国古代的散文研究资料，可以为中国古代散文史、中国古代文学史的学术研究奠定更为坚实的文献基础。丰富而完备的中国古代散文研究文献，暗含着历史变迁的脉络和发展演变的过程，足以客观地呈现中国古代散文写作与散文研究的多重面相，如实用与审美、继承与创新、观念交叉融合、文体生成演变等，从而为古代散文史、古代文学史研究提供极为充足的学术资源。

第二，全面而系统地梳理、编纂、辑录中国古代的散文研究资料，可以为中国散文学（中国文章学）、中国文学理论的学术建设奠定更为坚实的文献基础，有助于在中国传统文化语境中梳理、思考、总结中国古代散文研究的观念、对象、范围、方法等一系列学术问题，进而建构中国古代散文研究理论体系。中国古代散文研究本质上属于历史研究，必须回归古代散文世界，回归古代散文所依存的学术思想世界，在宏观、整体的视野下重新审视古代散文，才能建立自足的理论体系。

第三，全面而系统地梳理、编纂、辑录中国古代的散文研究资料，有利于实现古今文化融合，开创崭新的散文文化，推进中华传统文化的继承和发展。古往今来，从经世济民、思想创造、传递情感，到描写社会、塑造历史、表现社会习俗，散文展现出一个多元并存的世界，承担着其他文体无以取代的巨大的社会作用。中国古代散文研究文献的系统整理，必将对当代社会文化建设提供有力的支持。

第四，全面而系统地梳理、编纂、辑录中国古代的散文研究资料，有利于实现"中国文化走出去"的整体战略目标。中国文化的核心载体是散文，散文具有丰富而深厚的精神内涵，特色鲜明的表达方式和审美特征，是中国文化精神价值的重要载体。因此，在"中国文化走出去"的时代语境中,我们应当更加重视古代散文在国际文化传播中的重要作用。

总之,全面而系统地梳理、编纂、辑录中国古代的散文研究资料,编纂一套迄今为止最为丰富、最为完备、最成系统的《中国古代散文研究文献集成》,这不仅可以为中国古代散文史、中国古代文学史的学术研究奠定更为坚实的文献基础,也可以为中国散文学、中国文学理论的学术建设奠定更为坚实的文献基础,并借助散文文体丰富的文化蕴涵,重建中国古代文化研究的格局,从而为中国古代优秀传统文化的当代化发挥重要作用。

1998年11月8日至11日,中国古代散文学会第二届学术研讨会在湖南长沙举行。闭幕式上,北京师范大学教授郭预衡先生发表讲话,题为《中国古代散文研究断想》[①],重点谈"知人论世"的古代散文研究方法。时隔15年,我觉得有必要从郭预衡先生的"断想"接着"往下说",再度思考中国古代散文研究问题,于是写了这篇同题文章,希望与学界同仁共勉,齐心协力地开拓中国古代散文研究的新局面。

2014年7月23日初稿

2014年8月7日二稿

2014年9月20日三稿

附记:本文二稿,发表于《人民政协报》2014年8月11日第11版"学术·讲坛";三稿,提交"中国古代散文国际学术研讨会暨中国古代散文学会第十届年会"。本文删略稿,作为"国家社科基金成果要报",发表于《光明日报》2015年4月2日第16版。本文受中央高校基本科研业务费专项资金资助(项目批准号 SKZZY2014072)。

---

① 郭预衡:《中国古代散文研究断想》,《湘潭师范学院学报》1999年第4期。

论《中国古代散文研究文献集成》的编纂宗旨

郭英德

2003年启动《中国散文通史》的编撰工作时[①],我们北京师范大学文学院古代文学研究所的同仁就构想一个研究计划,拟在适当的时机着手编纂一套散文研究文献集成。2011年下半年《中国散文通史》交付出版社之后,我们即开始具体实施这一研究计划。通过普查文献目录,我们初步整理了"中国古代文评文献总目""中国古代集部散文注释文献总目""中国古代散文评点文献总目"等目录,同时逐步展开"中国古代文评文献的历史演进""20世纪以来中国古代集部散文注释文献研究状况""20世纪以来中国古代散文评点文献研究状况"等专题的研究。经过三年的前期筹备工作,2014年11月5日,经全国哲学社会科学规划领导小组批准,我们投标的《中国古代散文研究文献集成》被立为2014年度国家社科基金重大项目。

本项目是一项大型的文献典籍与资料整理工程,旨在编纂一整套《中国古代散文研究文献集成》,为中国古代散文研究提供完整齐备、信实可靠、便利适用的文献资料。为了尽可能全面而系

[①] 郭预衡、郭英德主编:《中国散文通史》,安徽教育出版社2013年版。

统地集成中国古代的散文研究文献,项目组成员经过深思熟虑,确立了明确的编纂宗旨,即以广义的散文观念涵括对象,以宏通的研究理念确定内容,以开阔的文化思路探求方法。本文即拟分别论述这三大编纂宗旨,以求教于学界同仁。

一、以广义的散文观念涵括对象

集成性地整理中国古代的散文研究文献,首当其冲的核心问题,无疑是什么是"散文",或者说什么是"中国古代散文"。

最晚在12世纪南宋时期,"散文"一词作为一种文体称谓,已经时见于子部与集部典籍。但是今天我们所说的"中国古代散文"一词,却是现代人使用的概念,既包含着对古代散文作品的理性归纳,又镕铸着现代人的文体意识。这种现代人的意识最鲜明地体现为这样的定义:散文是与诗歌、戏剧、小说相并列的一种文学体裁。因此,我们现在所谓"中国古代散文"的文本,既可以宽广地涵容从先秦至清末各种类型的文章,也可以有选择地限定为一些"美文""文学散文"或"艺术散文"。也就是说,散文既有广义,也有狭义。

在中国古代文化语境中,作为一种文体,散文的内涵和外延一直相当模糊,也相当游移。而20世纪以来,学术界一直以这种内涵不清、外延不明的"散文"概念作为基点,展开"中国古代散文研究",由此造成研究状况的混杂不清。为了确定"中国古代散文"的研究对象,近十多年来,仍有许多学者撰文论辩和析解古代的"散文"概念[①]。在《中国古代散文研究断想》一文中,我也曾经

---

① 主要论文有:杨庆存:《散文发生与散文概念新论》,《中国社会科学》1997年第1期;渠晓云:《中国古代散文概念的变迁及散文范畴的界定》,《上海大学学报》2006年第4期;马茂军:《中国古代"散文"概念发生研究》,《文学评论》2007年第3期;欧明俊:《文学文体,还是文化文体——古代散文界说之总检讨》,《文史哲》2011年第4期;罗书华:《"散文"概念源流论:从词体、语体到文体》,《文学遗产》2012年第6期。更详细的论述,参见宁俊红《20世纪中国古代文学研究史(散文卷)》,东方出版中心2006年版。

思考过"散文何谓"这一问题①。我认为,以韵律作为分类标准,散文可以与韵文相对称②。但是在中国古人的文体辨析中,"有韵之文"中有散文,"无韵之笔"中也有"非散文"③,因此是否有韵律并不足以界定散文。以语体作为分类标准,散文可以与骈文相对称,排比俪偶为骈文,散行直言为散文。但是"奇偶相生、骈散相杂",原本就是汉语文章的特点④,在历代写作实践中,骈文容有散行之气,散文也不乏骈偶之语,因此骈散之分从来都是相对的而非绝对的⑤。以典籍目录作为分类标准,散文一般隶属集部典籍,经部、史部、子部之文不属于散文。但是谁也无法否认,经部、史部、子部之文中包含着大量的散文(或称"古文"),在中国古代典籍文献中,形成了一个以经部为源头与规范,史部、子部分流殊派,集部蔚为大观的散文世界。从中国文学源流变迁来看,对散文的认知原本涵容在对"文"的认知之中,而"文"的内涵与外延本身就一直包容广泛,而且变动不居,因此散文的内涵与外延也同样包容广泛、变动不居。

因此,从汉语文章的实际出发,中国古代散文不能仅限于那些抒情写景的所谓"文学散文","而是要将政论、史论、传记、墓志以及各体论说杂文统统包罗在内,不仅如此,而且连那骈文、辞赋

---

① 郭英德:《中国古代散文研究断想》,载《中国政协报》2014年8月11日。参见郭英德《中国散文史总序》,首都师范大学文学院编《全球化视野下的中国文学史观国际学术研讨会论文集》,2013年7月,第91—97页。

② 日本学者泽田总清《中国韵文史》开宗明义说:"韵文有韵律(Rhythm),散文没有;韵文有形式的限制,散文也没有。"〔日〕泽田总清原著,王鹤仪编译:《中国韵文史》,商务印书馆1998年版,第1页。

③ 刘勰《文心雕龙·总术》说:"今之常言,有文有笔,以为无韵者笔也,有韵者文也。"[南朝梁]刘勰著,范文澜注:《文心雕龙注》,人民文学出版社1958年版,第655页。

④ 思鲁:《关于中国古代散文研究问题(座谈纪要)》引郭预衡语,《文学遗产》1988年第4期。

⑤ 刘麟生:《中国骈文史》,商务印书馆1936年版,第6页。

也都包括在内"①；而且不能仅限于集部之文，还应包容经部、史部、子部之文。我认为，这种广义的散文观念，超越了20世纪以来学术界对散文的内涵与外延的纷繁歧异的辨析，更为符合中国古代文学的实际面貌。采用这种广义的散文观念，便于打破以往画地为牢的散文研究状况，可以将从先秦至清末的各种非诗歌、非小说、非戏剧的所有"文章"，全部囊括在本项目的研究视野中，这一点充分体现出本项目研究对象的全面性和系统性。

而迄今为止的中国古代散文研究文献的整理与研究，恰恰未能以广义的散文观念涵括对象，由此局限了散文研究文献整理的对象。例如，近年来中国古代散文研究文献整理最重要的成果，是王水照教授主编的《历代文话》十册②。该书汇集中国古代文章学研究、评论资料，收录宋以来至民国时期(1916年)的专书和单独成卷者，酌收重要文章选集的评论部分，共计143种，627万字。该书是系统整理历代文话的开山之作，卷帙浩繁，编选精当，堪称中国古代散文研究文献整理的最大、最新成果，可与《历代诗话》《词话丛编》鼎足而三，沾溉学林，厥功甚伟。

但是人们不无遗憾地看到，限于编选原则，《历代文话》的缺陷也很明显。首先，该书时间断限不尽科学，既"不足"又"有余"。就"不足"而言，由于以"文话"为对象，《历代文话》编者认为文章学的成熟在宋代，因而收书只从宋代开始，未及宋以前，以致将挚虞《文章流别》、刘勰《文心雕龙》等重要的文评著作排除在外。就"有余"而言，该书虽名为"历代"，但却收录了30种民国时期的文评著作。从历史发展的脉络来看，由于20世纪西方学术的传入，民国时期文评著作的观念、学理、话语等都发生了重要变化，与中国古代传统的"诗文评"形态有着明显的差异。尽管这部分文评

---

① 郭预衡：《中国散文史·序言》，上海古籍出版社1993年版，第1页。
② 王水照主编：《历代文话》，复旦大学出版社2007年版。

著作确实是研究中国古代散文的重要文献,但却不应阑入"历代"范围,而应列入"中国现代"的散文研究范围,另辟别论。

其次,该书收录范围多有局限。该书收书"以论古文者为主,亦选取论评骈文、时文之集成性著作(如《四六丛话》)及若干代表性论著以示例……赋话则概不阑入。"①但是如前所述,从汉语文章的实际出发,骈文应和古文同属于散文范围;而以音乐标界而论,赋的内在学理实与古文写作相通相融,因此也应属于散文的范畴之内②。因此,要实现对中国古代散文研究文献的系统整理,要全面而深入地发掘中国古代散文研究理论与方法的精义,历代骈文研究资料和赋学资料不但不可缺少,而且应搜罗齐备③。

复次,该书收录对象多有遗漏。吴小如教授在充分肯定《历代文话》的编纂实绩后,曾不无遗憾地指出:"自南北朝以迄唐五代,具文章学评论之内容而未成专著者,实连篇累牍不胜枚举。即以两宋历元、明、清乃至于'五四'前后而言,凡散见于书牍、序跋、随笔、小品中涉及文章学或文评、文论之文字,诚如天上之繁星、地面之渊海……倘不加以搜罗辑录,则将永如恒河之散沙,未采之巨矿。"④其实,即使依照《历代文话》所厘定的编选标准,该书所收文献仍然未臻完备,多有漏收、失收的文献。该书出版后,余祖坤博士以一人之力,尽数年之功,就补充《历代文话》一书漏收的明清和民国时期文话 27 种⑤。经过本项目组的初步文献调查,即使以《历代文话》所定编选标准为准,目前也已经搜集到《历代文话》《历代文话续编》二书未收的文评专书和单独成卷者 50 种

---

① 《历代文话编例》,王水照主编:《历代文话》第 1 册,第 1 页。
② 参见杨庆存《古代散文的研究范围与音乐标界的分野模式》,《文学遗产》1997 年第 6 期。
③ 周振甫《中国文章学史》(中国文联出版社 1994 年版)所谓"文章",即包括散文、骈文和赋。
④ 吴小如等:《〈历代文话〉七人谈》,《中国图书评论》2008 年第 7 期。
⑤ 余祖坤:《历代文话续编》,凤凰出版社 2013 年版。

以上,占二书收书总数(170 种)的 29.4％。仅就宋代而言,即有祝穆《新编四六宝苑群公妙语》二卷、吴子良《木笔杂钞》二卷、方颐孙《黼藻文章百段锦》二卷等未被以上二书收录。其他如明代唐之淳《文断》、刘元珍《从先文诀》二卷、蒋之葵《尧山堂偶隽》七卷、徐渼《新校刻艺林古今文法碎玉集》二卷、董其昌《董思白论文宗旨》一卷,清代彭元瑞《宋四六话》十二卷、黄承吉《梦陔堂文说》十一卷、李元春《诸集拣批》一卷、张裕钊《濂亭评文》一卷等,更是为数众多。如果再加上那些评论时文、赋的专书,以及从一些论文甚富的笔记著作中辑录而成的专书,其数量几乎可与《历代文话》相埒。

由此可见,一旦我们采用了广义的散文观念,就可以涵括更为宽广的散文研究文献作为文献集成的对象,从而为散文研究提供更全面、更丰富、更扎实的文献资料,大大地拓展中国古代散文研究的学术领域。因此,本项目明确地坚持以广义的散文观念涵括研究对象,不仅要搜集和编纂中国古代所谓"古文"的研究资料,还要搜集和编纂骈文、时文(包括八股文)、赋的研究资料;不仅要尽可能全面地网罗集部文献中的散文研究资料,还要广泛地辑录经部文献、史部文献、子部文献中的散文研究资料。

二、以宏通的研究视野确定内容

作为一项文献整理与文献研究的基础性工作,《中国古代散文研究文献集成》的编纂同样能够体现出不同的研究视野。

我曾经指出,中国古代的文学研究大致包括三个相互联系而又各自独立的结构层次:第一个层次是中国古代对文学的资料整理与考订,包括历代的文学文献编纂、校勘、注释、评点、考证、目录编制、资料汇编等;第二个层次是中国古代对文学现象的记述和评论,包括作家传记与评述、作品评论与鉴赏、文体分类与研究、文派构成与特点、文学传播与接受等；第三个层次是中国古代对文学规律的探索和总结，包括对各种文学现象的发生、发展、性质、特点及其内在联系的深入分析、阐释和批评，对断代或通代的文学发展过程的描述，对文学的写作方法、鉴赏方法、研究方法的探讨，对文学观念、文学理论的思考和总结，对文学各种体裁、类型之间的比较研究，对文学与其他文化形态之间的关系、文学与时代社会的关系的深入考察等[1]。

用这样的文学研究视野来考察，中国古代的散文研究观念是相当宏通的，研究格局也是相当开阔的。但是20世纪以来，由于受到西方学术思想的强大影响，古代散文研究界普遍倡导进行散文批评史与散文理论史的建构，据此而展开的古代散文研究难免与中华文化传统及散文史风貌方枘圆凿，导致古代散文研究长期以来一直陷入难以形成自身独立的价值体系、学术概念和研究方法的尴尬局面。

我们不妨仍然以《历代文话》为例，稍作辨析。该书承续《历代诗话》《词话丛编》的文献编纂理念，以"文话"为名，侧重于汇集中国古代文章学研究、评论之资料，亦即中国古代文献分类学中属于集部文评类的资料。这种稍显狭小的学术理念和研究视野，将散文研究的范围仅仅局限于文章学层面和文评专书（尤其是集部文评专书）领域，其结果是无法提供更为丰富的文献研究空间。这显然不利于中国古代散文研究的广阔拓展和深入开掘。因为众所周知，中国古代浩如烟海的散文研究文献，固然有以研究、评论为主，且略成系统的文评专书，但是散见于文人的交谈、书信、序跋、笔记、杂论等形式之中，或潜藏在由编纂、注释、评点等各种典籍整理成果中的散文研究资料，更如散金碎玉，难以计数；固然

---

[1] 郭英德：《中国古典文学研究史·绪论》，郭英德、谢思炜等：《中国古典文学研究史》，中华书局1995年版，第20—21页。

以集部文献为主，但是在经部、史部、子部文献中，也都包含着众多与散文研究相关的资料。如果我们仅仅以"文章学"的研究视野画地为牢，就可能得秋毫而弃舆薪，遗弃了含量极其丰富的散文研究宝藏。

正是有鉴于此，本项目自觉地放弃了传统的"文话"概念，而采用更为宽泛的"文评专书"概念。在传统的四部分类中，"文话"的概念仅隶属于集部的"诗文评"之下；而"文评专书"则可以指称各种类型的评文论艺之作，它虽以集部为主，同时也可以囊括子部乃至经部、史部文献。如宋代叶棻所编《圣宋名贤四六丛珠》，类编与四六相关的典故、偶句等，在四部分类中属于子部的类书类，所以《历代文话》未能收录。但是此书虽非"文话"，却包含着对骈文文体与文法的深刻认识和独特思考，无疑是散文研究的一种专门性著作，当之无愧地属于"文评专书"之列。可见，"文评专书"更能从"全"的意义上实现对古代散文研究专门性著作的涵盖。

因此，确定《中国古代散文研究文献集成》项目的研究内容，必须采用宏通的研究视野。于是重提我们在《中国古典文学研究史》中独创的"研究史"概念，就不仅大有必要，而且适当其会。这一"研究史"概念，以其开放性和宽泛性的结构，显然更为切合文体形式庞杂多变、文化含量丰厚深邃的散文文体，也更为切合包罗万象、种类丰富的散文研究文献。

更重要的是，由于中国古代散文纵横经、史、子、集的"广谱"特征，散文研究文献突破诗文评甚至突破集部的范围而进入四部典籍的空间，其意义不仅仅是数量的倍增，而是观念的拓展。四部典籍所提供的研究资料有助于研究者从更广泛的文化意义上来观照散文，而这其实也正与中国古代散文概念的开放性、包容性相适应。也就是说，有了这些文献提供的理论框架与讨论视角，才会让更全面、更切合散文本质的研讨成为可能。

坚持以宏通的研究视野确定内容的编纂宗旨,《中国古代散文研究文献集成》将尽可能全面地考察中国历代散文文献的编纂、校勘、注释、评点、考证、目录编制、资料汇编、图书典藏等文献整理活动及其成果,同时也尽可能广泛地囊括经部、史部、子部、集部文献中与散文研究相关的资料,将其分门别类地加以梳理与辑录。这一点充分体现出本项目研究内容的全面性和系统性。这种以文献整理为基础的宏通的研究视野,继承和发扬中国古代的学术特色和学术传统,超越了20世纪以来仅仅关注中国古代散文研究中的现象评论、作家评述、作品阐释等的"文章学"框架,将散文研究还原成为一种丰富多彩的文化活动实践,便于在古今融通的学术视野中观照中国文学研究的实态、成就和特色。

以宏通的研究视野确定《中国古代散文研究文献集成》项目的内容,根据中国古代散文研究成果的基本文献形态,本项目拟分为以下五个子课题。

第一个子课题"中国古代文评专书全编",拟全面而系统地辑录、校点、整理中国先秦至清末的文评专书,其文体类型包括古文、骈文、时文、赋,其批评类型包括理论技法探讨、漫谈随感杂评和资料杂录汇编等,其文献类型包括集部、史部、子部典籍中单独成书、单独成卷或辑录成书者,按著者年代先后分卷编纂。

第二个子课题"中国古代集部散文注释文献与评点文献丛编",拟全面而系统地考察、梳理中国历代散文别集、散文总集及文评著作的注释文献(包括独注本、校注本、注疏本、集注本等)和评点文献(包括批本、批点本、批校本、批注本等),加以详细叙录,并分专题影印出版历代集部散文评注文献的珍本,以嘉惠学界。

第三个子课题"中国古代文集序跋汇编",拟全面而系统地辑录、校点、整理中国历代集部文献中,针对诗文合集(包括别集与总集)、散文别集、散文总集而写作的序跋文章,按年代先后分卷编纂成书。

第四个子课题"中国古代散文研究资料类编",拟尽可能全面而系统地辑录、校点、整理中国历代经部文献、史部文献、子部文献和集部文献中散见的散文研究资料,按照作家研究、文体研究、文本研究、文法研究、综合研究五种类型,分门别类,整理成书。

第五个子课题是"中国古代散文研究文献集成数据库",将以上四个子课题的全部散文研究资料加以汇总,建设内容丰富、功能强大的数据库。

在这五个子课题中,文评专书、散文注释、散文评点、文集序跋,是中国古代的散文研究中相对独立的四种研究形式,分别构成四类较成系统的文献,足以独立成编。在这四类文献之外,历代经部文献、史部文献、子部文献和集部文献中散见的散文研究资料,如散金碎玉,丰富多彩,需要单独按类辑录,加以系统化的整理和体系化的编纂,以便研究者利用。

总之,本项目将以宏通的研究视野考察中国古代文化典籍,全面地梳理、编纂、辑录中国古代的散文研究资料,努力编纂一整套迄今为止最为丰富、最为完备、最成系统的《中国古代散文研究文献集成》。本项目丰富与完备的资料集成,不仅为中国古代散文史、中国古代文学史的学术研究奠定了更为丰厚而坚实的文献基础,也为中国散文学、中国文学理论的学术建设奠定了更为丰厚而坚实的文献基础。

三、以开阔的文化思路探求方法

《中国古代散文研究文献集成》项目还有一个重要的编纂宗旨,就是倡导以中国传统典籍文化为研究语境,以开阔的文化思路探求研究方法。中国古代的"文"原本就是一个包罗万象的概念,并具体地呈现为各种文化典籍相通相容的"文化性"。尤其是散文,因其具有极其鲜明的实用性、书写性、现世性特征,在中国传统文化语境中,与其说是一种文学文体,不如说是一种文化文体[1]。因此,本项目坚持以开阔的文化思路探求研究方法,不是从狭窄的文学角度,而是从宽阔的文化角度,将中国古代的散文研究作为古人的一种文化实践加以认知和探求,从而极力发掘散文研究赖以确立、展开和实现的文化语境。这种开阔的文化思路,充分体现出本项目研究方法的全面性和系统性。

由于倡导以各种文化典籍相通相容的"文化性"为语境的学术研究思路,本项目搜集、整理历代的散文研究资料,就不仅仅注目于文学领域,而是在广阔的文化领域内纵目浏览,上下求索。本项目一方面自觉地坚持"文学本位",亦即在广阔的文化领域内,着力搜集与整理同文学研究关系最为密切的文献资料;另一方面也明确地强调"文化视野",亦即在丰富的"非文学"文献中,着力搜集与整理同文学研究可能相关的文献资料。既坚持"文学本位"又坚持"文化视野",既"出乎其外"又"入乎其中",这正是本项目探求、倡导和践行的学术研究方法[2]。

本项目充分地借鉴现代的学术分类思想和分类方法,有效地运用现代的文献学研究和文学研究的理论与方法,深入地整理历代纷繁复杂的散文研究资料,使之更为条理化、系统化、清晰化。例如,在设计第四个子课题"中国古代散文研究资料类编"时,本项目将所有辑录的中国古代的散文研究资料,划分为作家研究、文本研究、文体研究、文法研究、综合研究五大类型,

---

[1] 参见钱仓水《中国古代散文研究的一个百年纽结》,《淮阴师范学院学报(哲学社会科学版)》2000年第2期;黄卓越《书写、体式与社会指令——对中国古代散文研究进路的思考》,《北京大学学报(哲学社会科学版)》2010年第2期;欧明俊《文学文体,还是文化文体——古代散文界说之总检讨》。

[2] 本项目采用的这种文化学的研究方法,受益于傅璇琮的倡导和实践,参见傅璇琮《一种文化史的批评——兼谈陈寅恪的古典文学研究》,《中国文化》1989年第1期;《探索古代文学研究的新思路——在"传统文学与现代性"国际学术研讨会上的讲话》,《广州大学学报(社会科学版)》2004年第11期。并参见张仲谋《试论文化学的批评方法——读傅璇琮〈唐诗论学丛稿〉》,《文学遗产》1994年第4期。

分别加以甄别和编排,这就鲜明地体现出一种既坚持"文学本位"又坚持"文化视野",既"出乎其外"又"入乎其中"的学术研究方法的探求。

由刘勰《文心雕龙》所建构的中国古典文论体系,通常被视作包含文体论、创作论、鉴赏批评论三个层面。但是从唐宋以来,随着"古文"的倡导和"文章学"的崛起,散文家逐渐成为与诗人、词人并列的独立身份形态,于是散文研究也借鉴了钟嵘《诗品》以来的作家论传统,建构出属于散文史自身的作家形象和作家史①。而20世纪以降的中国古代散文研究,更是以作家研究为核心、为大宗。为了兼顾中国古代散文研究的古典传统和现代方向,兼顾学术性和实用性,本项目在分类纂辑散见的中国古代散文研究资料时,明确地将作家研究类提到最先的位置。至于文本、文体、文法三类,则以散文作品研究为中心,依次针对作品本身、作品集合(即文体)的历时发展、作品的共时思维与技法等三个维度,形成文本研究、文体研究、文法研究三大类型。这三大类型基本对应着《文心雕龙》中鉴赏批评论、文体论、创作论三个层面,但是又远远突破了《文心雕龙》所讨论的范围。比如后世文法研究所使用的理论术语与修辞术语,就远比《文心雕龙》创作论中所列数量更多,分类更细,分析更精;而后世文本研究、文体研究所涉及的考证、辨析、品鉴等方面,也是后出转精、后出转广的。此外,倘若一条文献资料难以归入上述四种类型或同时兼涉多种类型,本项目则辑入综合研究类,以免遗珠之憾。总之,将中国古代典籍中散见的散文研究资料加以辑录和编纂,划分为作家研究、文本研究、文体研究、文法研究、综合研究五种类型,这既符合中国古代文学理论的整体格局,也切合散文研究的自身特点

---

① 参见郭英德等《中国古典文学研究史》中的相关论述和郭英德《论"知人论世"的古典范式》一文,董乃斌等主编:《中国古典文学学术史研究》,新疆人民出版社1997年版,第83—100页。

与发展规律。本项目希望用这种科学的学术分类,尽量囊括散见于四部典籍之中的历代散文研究资料,同时增强文献整理背后的理论思考力度,对所纂辑的资料进行初步定性,为学界提供一份卷帙极为浩大但又分割合理、便于使用的中国古代散文研究文献集成成果。

在开阔的文化思路指导下,"中国古代散文研究资料类编"子课题还需要制定科学的、合理的纂辑标准,以便使纷繁复杂的文献资料真正实现有序化。本项目中"中国古代文评专书全编""中国古代集部散文注释文献与评点文献丛编""中国古代文集序跋汇编"三个子课题,都具有较为鲜明、容易辨认的著述形态,是较为专业化、较具自觉意识、含金量较高的散文研究文献,数量有边界,质量有保障,相对而言比较容易确立纂辑标准。但是"中国古代散文研究资料类编"子课题的文献纂辑范围,几乎包括中国古代四部典籍的全部;即便经过一定的遴选、梳理之后,数量会大大减少,但仍然如沙里淘金,并且良莠不齐,需要仔细甄别,纂辑难度极为巨大。然而,恰恰是这一最具研究难度的领域,涵容着中国古代散文研究的根本精神,展示了中国古代散文研究的生存基础。

如果说文评、注释、评点、序跋等散文研究文献,基本上还是体现出传统意义的"小散文"观念,即主要以"集部文章"的视角去审视集部文献,兼及经部、史部、子部相类似的文献;那么,"中国古代散文研究资料类编"子课题所要面对的散文研究资料,则充分体现出"大散文"观念,即以各类载籍的视角去审视一切载籍,传达出历代士人的知识与思想世界。而这个世界,往往就是散文概念的边界。它虽然在整体上比散文世界更宽广,但从局部看,散文的触角随时可以波及到任何角落。比如经部典籍作者总结经书体例,分析经书笔法;史部典籍作者记录作家生平传记资料,评价其人格与风格,著录其著述;子部典籍作者信口而谈地讨论天下文章、历代文人;集部典籍作者在墓志、传记、奏议、书信、赠序、杂记、杂说等各种文体中谈经论史、谈文论艺;释、道二藏的作者在论道修心之余,也不妨广论世间文章诸法,不乏真知灼见。

以上这些各类载籍的作者,都是在各自的知识和思想领域中进行各具特色的著述,他们有时也许完全没有"散文研究"的自觉意识,但他们所提供的事实和观点,却常常能够成为散文研究领域中各种论题的前提与基础。比如经部注疏家对《春秋左传》"五十凡"的揭示,史学家刘知幾《史通》对历史叙事理论的开掘,理学家朱熹在与学生讲学论道时兼及评文论诗,文学家苏轼在书信、尺牍中的臧否人物与自我解剖,这些材料,只需要确定一个合适的阐释视角,就都可以转化为极为重要的散文研究资料——"五十凡"属于历史散文文本研究,《史通·叙事》是极精辟的历史散文文法研究,《朱子语类》中包含着丰富的作家研究观点,苏轼的臧否与解剖则是极准确、极可信的宋代散文作家研究。这种"化无用为有用""化无关为相关"的效果,绝非臆想所致,而是由散文这种文体的独特属性所决定——散文的广阔外延,决定了散文研究的无处不在;如果说诗、词、戏曲的研究基本局限于专业化的文士,那么散文研究则几乎无人不可参与,无书不可涉及。

因此,"中国古代散文研究资料类编"子课题需要在充分认识到"散文研究资料"的广阔性、无穷性的基础上,设立多样化、合理化的纂辑标准,为经部、史部、子部、集部、释藏、道藏等各种文献量身定制不同的纂辑标准以及相关操作细则。解决了这一难题,不仅意味着这一子课题找到了文献整理的合理办法,而且意味着古代散文研究理论和方法的重大突破——把散文研究还原到历史文化研究的广阔天地中,建设真正具有中国特色的散文学体系。由此可见,以各种文化典籍相通相容的"文化性"为语境的学术研究思路,不仅制导着研究方法的自觉探求,而且衍生出研究方法的全新开辟。

四、结语

综上所述,《中国古代散文研究文献集成》在总体的编纂宗旨上,倡导以广义的散文观念涵括对象,以鲜明的研究理念确定内容,以开阔的文化思路探讨方法。

在这三大编纂宗旨指导下完成的《中国古代散文研究文献集成》,将综合运用中国古典文献学和现代的文献学、历史学、文化学、文学、语言学等理论与方法,针对中国古代散文研究的存在方式和独特形态,将中国古代浩如烟海的散文研究成果,整合为文评专书、集部散文注释与评点文献、文集序跋及散见于四部典籍的散文研究资料四大部类,进行全面而系统的辑录、编纂与整理,从而编纂迄今为止最为丰富、最为完备、最为系统的《中国古代散文研究文献资料集成》,在极大程度上充实和完善中国古代散文研究的基础文献,从而从整体上促进和提升中国古代散文研究的学术水平。

《中国古代散文研究文献集成》项目成果,将为学术界奉献一整套丰厚而坚实的研究文献资料,在中国传统文化语境中思考、认识、揭示、梳理中国古代散文研究的观念、对象、范围、方法等一系列学术问题,建构中国古代散文研究理论体系,从而提升中国古代散文研究的学术品格和学理气象,开拓中国文学研究的学术视野,提高中国文学研究的学术价值,深化中国文学研究的学术意义。而且,本项目对中华传统文化资源、文化成果的创造性转化和创新性发展,也将为如何有效地整理古代碎片式、随意性、散乱化的学术研究资料,提供宝贵的经验和有价值的范例。借助散文文体丰富的文化蕴涵,拓展古代散文研究的学术视野,也有助于重建古代文化研究的格局,这对传承传统文化、建设当代文化有着重要的借鉴意义,可以成为当代文化创新的重要的知识准备和理论资源。

附记:本文的主要内容基于2014年度国家社会科学基金重大项目(第二批)投标书。投标书的撰写是集体智慧的结晶,尤其是李小龙博士和谢琰博士,对本文内容贡献最大,谨致谢忱!本文发表于《文艺研究》2015年第8期,中国人民大学报刊复印资料《中国古代、近代文学研究》2015年第11期全文转载。

学术视野中的古代文章学

欧明俊

通行的古代文章学,就是接受现代西方"纯文学"观念的古代散文理论研究,局限于"文学"体系中,就文章论文章,或将文章学理解为写作学、辞章学、修辞学、技法学。古代文章学有其独特的内在规定性,绝不是现代西方"文学"概念所能范围的。古代主流观念,文章学基本上是附属性的,而独立性只是相对的,笔者特别强调在学术大视野中研究古代文章学。

一、古代"文章学"界说

界说古代"文章学",首先要界说清楚古代"文章"概念,辨明"文章"与"散文"内涵的差异。"散文"是西方文学文体四分法(散文、诗歌、戏剧、小说)的一体,就形式而言就是散体,即不押韵之文体;就内质而言是感性、抒情、艺术、审美,现代通行的是以这种西方纯文学"散文"概念指称古代相对于韵文的散体文。古代"文章"是一种非韵文文体,古人多以"文""古文""古文辞"(古文词)、"辞章"(词章)、"文辞"(文词)等指称散体文,而极少用"散文"概念。现代引进的西方文体概念,是"纯文学"文体概念,中国古代主流文体观念是"大文学""杂文学"文体或"文章"文体、"文化"文体概念,"文章"文体包括所谓"应用"文体和"文学"文体,文体是实用性与审美性的统一。散体文章只是"文本",同一篇或一部散体文,可分属于不同学科,如《墨子》,既属于哲学,又属于逻辑学,又属于文学。古代文章在"大文学"的背景下发展,这种体制可以说是"文学",也可以是经学、史学、子学,经、史、子都可借助散体文章作为载体来表达思想。用"文章"来指称古代"散文",一是本土立场,本土语言,尊重历史,尊重传统,传统"文章"观念独具民族特点,不应生搬硬套西方"纯文学"散文概念;二是古代"文章"使用频率最高。

古代文学理论著作多使用"文章"概念,但没有一部使用"散文"概念。可以考虑,正如用"经学"而不用"哲学"命名一样,可称古代"文章学",而不说古代"散文学",如王水照《历代文话》即采用"文章学"概念。用"文章学"这一概念,是为纠偏,强调以传统话语来还原传统学术的本来面目,而不完全用西方的理论来硬套,从而肢解传统。如果用西方"纯文学"散文观念来看待古代散文史,就会发现有很多重要的文章将会被排除在外。

一般理解,所谓"文章学",就是专门研究文章性质、功能、构造及读写文章的规律和方法的学问。研究古代文学的人研究古代文章学,研究散文学、写作学、辞章学、修辞学史的人皆研究古代文章学,古代文章学与散文学、写作学、辞章学、修辞学,含义不同,性质有别。

其实,古代文章学有广义、狭义之分,不同学者理解的内涵不同:①古代文章理论即古代散文理论研究。②古代文章研究包括作品和批评、理论研究。③文章学是文章修辞学、技法学。④文章学就是写作学(创作学)。⑤古代文章学只研究古代的书面语、文言文,排除白话语体文。⑥古代文章学是古文学,排除骈文和时文。⑦文章学只研究古文和骈文,排除赋,如王水照先生《历代文话》即是如此。⑧文章学研究非韵文之学,包括古文、骈文、时文、小品和赋。⑨文章学是研究所有散文、韵文的学问,就是文学研究。同是"文章学",名同实异,实属于性质不同的学科,对不同的"文章学",要具体认识,切忌笼统而论。

有学者理解的古代文章学,是文章"技术"之学,历代"文话"大多是写作学、修辞学和技法学,只是文章学全体的一面或几面,文章学仅仅论"技术",是远远不够的,是浅层次的。文章学更重要的是研究文章的本质精神,真正意义上的古代文章学,绝不仅仅是文章写作学或修辞学、技法学。最广义的文章学,是指对非韵文的散体文章的一切问题的研究,以创作研究、文本分析、理论阐释为中心,大体上包括文章作者学(文人学)、文章性质学、文章本原学、文章写作学、文章修辞学、文章技法学、文章题材学、文章主题学、文章结构学、文章语言学、文章风格学、文章声韵学、文章文体学、文章功用学、文章价值学、文章起源学、文章史学、文章鉴赏学、文章批评学、文章评点学、文章范畴学、文章编选学、文章注释学、文章诵读学、文章传播学、文章接受学、文章分类学、文章文献学、文章文化学、文章地理学、文章生态学、文章心理学、文章病理学、文章翻译学、文章教育学、比较文章学、文章应用学、文章研究方法学,等等,这样大体建构了古代文章学的完整体系。古代文章学是"学术"体系中不可分割的一部分,应将其置于学术视野中研究评价,此即笔者心目中的古代文章学。笔者强调,古代文章学不仅仅是"纯文学"文体的"散文学";同时强调,此最广义的文章学也只是众多文章学体系中的一种,并不是唯一"正确"的文章学,不同体系的文章学完全可以并行研究。

清末,西方学术传入中国,学者对传统的经、史、子、集学术分类做了重新整合,形成了各种各样的学术分科。经、史、子、集都被归类于"文学科"中,"辞章学"附属于"文学科"之下,与经学、史学并列,这意味着现代"辞章学"的独立。这里的"辞章学"与古代

"文章学"实际上是对同一研究对象的不同命名,古人常将"文章"和"辞章"概念交并使用。不过,一般理解的文章学,比辞章学范畴大,文章学包括辞章学,辞章学即为狭义的文章学。

科学无国界,东西方科学没有差别;而学术文化不一样,东西方学术观念差异甚大,有些甚至完全相反。文学更是如此,古代文章学真正的本质精神是"道"而非"艺"(术、技),是"道"本位而非"艺"本位,道本艺末,道体艺用,写文章的目的是载道、明道、传道,道是根本、灵魂,而现代引进的西方"纯文学"的散文学是"艺"本位,艺本道末,甚至排斥"道"。我们研究古代文章学,不采用"散文学"概念,而选择"文章学"概念,原因即在此,不应完全以西方"纯文学"观念为标准来看待古代文章学。中国传统文学有其独特内涵,独特的话语体系,独特的概念范畴。我们要重视传统文学精神,重视本民族的文化特色,要有一种自信和文化"自觉"。

二、学术体系中的古代文章学

古代文章学主要依附于经、史,孔子说"言之无文,行而不远",要求将文章写好,而研究如何写好文章,就属于文章学,文章学只是经学的一面。章学诚(1738—1801)《文史通义》中大谈文章,按他的观念,文章学也只是史学的一面。经、史、子都有文章学,文章学的独立性只是相对的。

应在学术视野中论文章学,不应只论修辞、技术层面。上古学术,本为一整体,东周时,学术分裂,《庄子·天下》感叹:"天下大乱,贤圣不明,道德不一。天下多得一察焉以自好,譬如耳目鼻口,皆有所明,不能相通。犹百家众技也,皆有所长,时有所用。虽然,不该不遍,一曲之士也。判天地之美,析万物之理,察古人之全,寡能备于天地之美,称神明之容。是故内圣外王之道,暗而不明,郁而不发,天下之人各为其所欲焉以自为方。悲夫!百家往而不反,必不合矣!后世之学者,不幸不见天地之纯、古人之大体,道术将为天下裂。"①各种学术从大"道"中分裂开来,由"合"而"分",庄子明确指出学术分裂之弊。庄子以后,历代学者对学术分裂有不同的认识,有的肯定,有的批评,论及文章学,多主张在学术整体中看待,在大"道"视野中看待。

萧绎(508—555)《金楼子·立言》说:"古人之学者有二,今人之学者有四。夫子门徒,转相师受,通圣人之经,则谓之儒。屈原、宋玉、枚乘、长卿之徒,止于辞赋,则谓之文。今之儒,博通子、史,但能识其事,不能通其理者,总谓之学。至如不便为诗如阎纂,善为章奏如伯松,若此之流,泛谓之笔。吟咏风谣,流连哀思者,谓之文。"②"笔"即散体文章,与"学""儒""文"对应,萧绎只是客观指出学术分裂状况,不加评论。程颐则明确指出:"今之学者歧而为三:能文者谓之文士,谈经者泥为讲师,唯知道者乃儒也。"③又说:"古之学者一,今之学者三,异端不与焉。一曰文章之学,二曰训诂之学,三曰儒者之学。欲趋道,舍儒者之学不可。""今之学者有三弊:一溺于文章,二牵于训诂,三惑于异端。苟无此三者,则将何归?必趋于道矣。"④程颐(1033—1107)强调学问应求大"道"即整体性,而视分裂为弊端,他特别重视"儒者之学",而轻视单纯的"文章之学",认为只有通过"儒者之学"才能复归于大"道"学术。清鲁曾煜(生卒年不详)《穆堂别稿序》说:"古之学者出于一,今之学者出于三,曰道学也,经学也,词学也。"⑤此三分若按现代观念,实际上只是两分,经学和道学都是哲学,"词学"即词章学、文章学,作者不满本为一体的学术分裂为三。我们发现,

---

① [清]王先谦注:《庄子集解》第二册,上海书店1987年复印本,第96—97页。
② [南朝梁]萧绎:《金楼子》卷四,《景印文渊阁四库全书》本。
③ [宋]程颢、程颐:《二程遗书》卷六,上海古籍出版社1992年版。
④ [宋]程颢、程颐:《二程遗书》卷十八。
⑤ [清]李绂:《穆堂别稿》卷首,清乾隆十二年(1747)刻本。

古人眼中的文章学,其实很多时候只是"学术"统摄下的一个子概念,只是学术整体的一面。

钱大昕(1728—1804)《味经窝类稿序》云:"尝慨秦汉以下,经与道分,文又与经分,史家自区《儒林》《道学》《文苑》而三之。夫道之显者谓之文,'六经'、子、史皆至文也,后世传《文苑》,徒取工于词翰者列之,而或不加察,辄嗤文章为小技,以为壮夫不为。"①他认为道最为根本,经、道、文分裂是不对的,经、史、子本身就是"至文",文为道之显,批评无道之文。焦循(1763—1820)《与孙渊如观察论考据著作书》云:"唯经学可言性灵,无性灵不可以言经学。故以经学为词章者,董、贾、崔、蔡之流,其词章有根柢,无枝叶。而相如作《凡将》,终军言《尔雅》,刘珍著《释名》,即专以词章显者,亦非不考究于训故名物之际。晋宋以来,骈四俪六,间有不本于经者,于是萧统所选,专取词采之悦目。历至于唐,皆从而仿之,习为类书,不求根柢,性情之正,或为之汩。是又词章之有性灵者必由于经学,而徒取词章者不足语此也。"②认为经学著作便是文章,且是有根柢的文章,舍经学而言文章,只是枝叶之文,反对"词章"的独立性。

姚鼐(1731—1815)主张为学要兼"义理、考证、文章"三者之长,将宋儒之性道与汉儒之经义相结合,考证与文章相统一,其现实针对性十分明显,是为了纠正"汉学"轻视"义理"和"文章"之偏。③ 姚鼐《述庵文钞序》说:"余尝论学问之事,有三端焉:曰义理也,考证也,文章也。是三者,苟善用之,则皆足以相济;苟不善用之,则或至于相害。今夫博学强识而善言德行者,固文之贵也;寡闻而浅识者,固文之陋也。然而世有言义理之过者,其辞芜杂俚近,如语录而不文;为考证之过者,至繁碎缴绕,而语不可了当,以

---

① [清]钱大昕:《潜研堂文集》卷二十六,《四部丛刊初编》本。
② [清]焦循:《雕菰楼集》卷十三,清道光四年(1824)刻本。
③ 参见王达敏《姚鼐与乾嘉学派》,学苑出版社2007年版,第163—182页。

为文之至美,而反以为病者,何哉?其故由于自喜之太过,而智昧于所当择也。夫天之生才,虽美不能无偏,故以能兼长者为贵。而兼之中,又有害焉。岂非能尽其天之所与之量,而不以才自蔽者之难得欤?"①姚鼐强调义理、考证、文章三者不可偏废,然必以义理为质,而后文有所附,考据有所归。姚鼐又在《谢蕴山诗集序》中指斥:"矜考据者,每窒于文词;美才藻者,或疏于稽古,士之病是久矣。"②意在纠偏救弊。在《复秦小岘书》中,姚鼐强调指出:"鼐尝谓天下学问之事,有义理、文章、考证三者之分,异趋而同为不可废。一途之中,歧分而为众家,遂至于百十家。同一家矣,而人之才性偏胜,所取之径域,又有能有不能焉。凡执其所能为,而龇其所不为者,皆陋也,必兼收之乃足为善。若如鼐之才,虽一家之长,犹未有足称,亦何以言其兼者?天下之大,要必有豪杰兴焉,尽收具美,能祛末士一偏之蔽,为群材大成之宗者。鼐凤以是望世之君子,今亦以是上陈之于阁下而已。"③姚鼐自谦无能,呼吁"有豪杰兴",写出义理、文章、考证三者兼备的大文章、真文章。姚鼐《敦拙堂诗集序》云:"夫文者,艺也,道与艺合,天与人一,则为文之至。"④强调道与艺结合,天赋与学力相济。如此各方面兼长统一,达到既调和汉学、宋学之争,又写出至善至美文章的目的。姚鼐所谓"义理",主要即为儒家经义,特别是程朱理学。义理是思想内容,是道的层面;考证是基本功,属于文献功底;文章是文辞,属于学术思想的表达艺术。三者是学术的三个层面,是一体三面。文章只是学术的一面,不是现代意义上独立的"散文"或"文章"。一般认为姚鼐是站在"古文"立场来阐述其理论的,这

---

① [清]姚鼐:《惜抱轩文集》卷四,《续修四库全书》本,上海古籍出版社 1995 年版,第 21 页。
② 同上书,第 14 页。
③ 同上书,第 22 页。
④ 同上书,第 25 页。

是狭隘化的理解。其实,姚鼐是站在学术立场创立"桐城派",开辟一条学术新路子,引导大家的学术方向。他认为,作为一个学者,要追求思想,义理属于道,最重要,所以放在第一位,道通过文章来传播,文章也要美,不能像汉学家那样只知考据,文章写得支离破碎。"桐城派"的内在特质是,文章是用来阐发宣扬程朱理学的,是为义理服务的,是末而非本,是手段而不是目的。文章与学术是种属关系,文章是种概念或下位概念,学术是属概念或上位概念,或者说,文章是子概念,学术是母概念,文章与学术不是一个层面。姚鼐本意绝不是认为文章包含义理、考证,而是学术包含义理、文章、考证。姚鼐是站在更高层面来论述三者的重要性,而非现在我们所理解的,仅仅是为了写好"古文"。"文章"是"大文学"散文概念,包括古文、骈文,若仅仅将其理解为"古文",也是狭隘的。① 陈用光(1768—1835)《姚先生行状》说姚鼐"所著经说发挥义理,辅以考证,而一形于古文法"②。义理、考证、古文一体,古文是为了有效地显现和宣传义理,也就是说,文章是依附性的,而非独立性的。姚鼐讨论的"文章",绝对不是我们现在理解的"文学"散文,而是学术本位的文章。他认为真正的古文家,义理、考证、文章,缺一不可,其中的文章就是我们所说的文章学,它不是独立的,只是学术的三方面之一,与义理、考证密不可分,如去除义理、考证,将文章完全独立出来,便是轻贱了文章。我们可以看到,姚鼐的《登泰山记》《快雨堂记》等文就很好体现了他的文章特色,其中既有义理、考据,文辞也十分雅驯简洁。

戴震(1724—1777)《与方希原书》云:"古今学问之途,其大致有三,或事于义理,或事于制数,或事于文章。"③戴氏欲沟通三者

---

① 参见欧明俊《"文学"流派,还是"学术"流派?——"桐城派"界说之反思》,《安徽大学学报》2011年第6期。
② [清]陈用光:《太乙舟文集》卷三,道光二十三年(1843)孝友堂重刊本。
③ [清]戴震:《戴震文集》卷九,中华书局1980年版,第143页。

而使之合一,与姚鼐同,他以词章为末,而以义理为文之大本,得圣人之道,才为得文之大本,才可成为至文。段玉裁(1735—1815)在《戴东原集序》中提到:"先生初谓天下有义理之源,有考核之源,有文章之源,吾于三者皆庶得其源。后数年又曰义理即考核、文章二者之源,义理又何源哉? 吾前言过矣。"①戴震所谓"制数",段玉裁易为"考核",戴震强调义理为文章之源、文章之本。段玉裁《戴东原先生年谱》中亦称:"先生合义理、考核、文章为一事,知无所蔽,行无少私,浩气同盛于孟子,精义上驾乎康成、程、朱,修辞俯视乎韩、欧。"②三者合一的"文章"才是真正的好文章。

章学诚为一代通儒,更是以宏通的学术视野将文章学置于学术体系中论证评价。《与吴胥石简》认为:"古人本学问而发为文章,其志将以明道,安有所谓考据与古文之分哉? 学问、文章皆是形下之器,其所以为质者道也。彼不知道,而以文为道,以考为器,其谬不逮辨也。"③文章、道、学问三位一体,学问为文章之本,古文与考据不可分,文章、学问都是器,写文章的目的乃是为道,学问、文章均是为道服务的。《文史通义·原道下》云:"训诂名物,将以求古圣之迹也,而侈记诵者,如货殖之市矣。撰述文辞,欲以阐古圣之心也,而溺光采者,如玩好之弄矣……宋儒起而争之,以谓是皆溺于器而不知道也。夫溺于器而不知道者,亦即器而示之以道,斯可矣。而其弊也,则欲使人舍器而言道……义理不可空言也,博学以实之,文章以达之,三者合于一,庶几哉周、孔之道虽远,不啻累译而通矣。"④强调义理、博学、文章三者合一。又《诗话》云:"学问成家,则发挥而为文辞,证实而为考据。比如

---

① [清]戴震:《戴震文集》卷首。
② [清]戴震:《戴震文集》附录,第246页。
③ [清]章学诚:《章学诚遗书·补遗》,文物出版社1985年影印本,第608页。
④ [清]章学诚著,叶瑛校注:《文史通义校注》(上),中华书局1985年版,第140页。

人身,学问其神智也,文辞其肌肤也,考据其骸骨也,三者备而后谓之著述。"①《与陈鉴亭论学》云:"其稍通方者,则分考订、义理、文辞为三家,而谓各有其所长,不知此皆道中之一事耳。著述纷纷,出奴入主,正坐此也。"②《与朱少白论文》中说明:"道混沌而难分,故须义理以析之;道恍惚而难凭,故须名数以质之;道隐晦而难显,故须文辞以达之。三者不可有偏废也。义理必须探索,名数必须考订,文辞必须闲习,皆学也;皆求道之资,而非可执一端谓尽道也。"③义理、考订、文辞皆为"道"中之一事,亦皆是"学"中之一事,不可泥于一端以求之。章氏强调综合会通以见其大,文章只是"道"之一面,不可离"道"而言"文",专事文辞,以窄而深自诩者,适以自见其陋而已。

道术分裂后,互为水火,其弊也不能不有以矫之。章学诚《文史通义·博约下》说:"道欲通方,而业须专一,其说并行而不悖也……后儒途径所由寄,则或于义理,或于制数,或于文辞,三者其大较矣。三者致其一,不能不缓其二,理势然也。知其所致为道之一端,而不以所缓之二为可忽,则于斯道不远矣。徇于一偏而谓天下莫能尚,则出奴入主,交相胜负,所谓物而不化者也。"④章氏特别重视综合会通,强调三者并行不悖。《答沈枫墀论学》云:"由风尚之所成言之,则曰考订、词章、义理;由吾人之所具言之,则才、学、识也。由童蒙之初启言之,则记性、作性、悟性也。考订主于学,词章主于才,义理主于识,人当自辨其所长矣。记性积而成学,作性扩而成才,悟性达而为识,虽童蒙可与入德,又知斯道之不远人矣。"⑤重三者合一,但可有所侧重,既博且专,既专

---

① [清]章学诚著,叶瑛校注:《文史通义校注》(上),第570页。
② [清]章学诚:《章学诚遗书》卷九,第86页。
③ [清]章学诚:《章学诚遗书》卷二十九,第335页。
④ [清]章学诚著,叶瑛校注:《文史通义校注》(上),第165—166页。
⑤ [清]章学诚:《章学诚遗书》卷九,第85页。

又博。《文史通义·史德》云:"史所贵者义也,而所具者事也,所凭者文也。孟子曰:'其事则齐桓、晋文,其文则史,义则夫子自谓窃取之矣。'非识无以断其义,非才无以善其文,非学无以练其事,三者固各有所近也。"①又《说林》云:"义理存乎识,辞章存乎才,征实存乎学。"②又《申郑》云:"孔子作《春秋》,盖曰其事则齐桓、晋文,其文则史,其义则孔子自谓有取乎尔。夫事即后世考据家之所尚也,文即后世词章家之所重也,然夫子所取,不在彼而在此。则史家著述之道,岂可不求义意所归乎?"③义、事、文,才、学、识,义理、考据、词章,章氏从不同角度论证,"文"对应于"才",所以文章学也可以理解为"才情之学",强调"文""才""词章"是"道"中之一事,是"学"(学术)中之一途。又《原学下》云:"学博者长于考索,岂非道中之实积,而骛于博者,终身敝精劳神以徇之,不思博之何所取也?才雄者健于属文,岂非道体之发挥?而擅于文者,终身苦心焦思以搆之,不思文之何所用也?言义理者似能思矣,而不知义理虚悬而无薄,则义理亦无当于道矣。"④感叹三者分裂之弊。又《言公中》感叹:"呜呼!世教之衰也,道不足而争于文,则言可得而私矣;实不充而争于名,则文可得而矜矣。言可得而私,文可得而矜,则争心起而道术裂矣。"⑤批评有意为文。又《史释》云:"道不可以空铨,文不可以空著。三代以前未尝以道名教,而道无不存者,无空理也;三代以前未尝以文为著作,而文为后世不可及者,无空言也。"⑥批评文章家的"空言"。又《诗教上》云:"子史衰而文集之体盛,著作衰而辞章之学兴。"⑦《周书昌别传》

---

① [清]章学诚著,叶瑛校注:《文史通义校注》(上),第219页。
② 同上书,第351页。
③ 同上书,第464页。
④ 同上书,第154页。
⑤ 同上书,第182页。
⑥ 同上书,第231页。
⑦ 同上书,第61页。

云:"自学问衰而流为记诵,著作衰而竞于词章。"①批评一味偏重辞章,痛惜文人之文兴,而人才愈下,学识愈以卑污。章学诚《文学叙例》强调:"文之于学非二事也。"②《文史通义·文理》云:"求自得于学问,固为文之根本;求无病于文章,亦为学之发挥。"③又《答沈枫墀论学》云:"夫文非学不立,学非文不行,二者相须若左右手,而自古难兼,则才固有以自限;而有所重者,意亦有所忽也。"所以只有"攻文而仍本于学,则既可以持风气,而他日又不致为风气之弊"④。强调只有文、学并重,才能成其学,也才能成其文。上述可见,章学诚反复强调在学术体系中论文章,在"道"的基础上论文章,批评单纯就文章论文章。

曾国藩(1811—1872)于《求阙斋日记》中将学术四分:"有义理之学,有词章之学,有经济之学,有考据之学。义理之学,即《宋史》所谓'道学',在孔门为德行之科;词章之学,在孔门为言语之科;经济之学,在孔门为政事之科;考据之学,即今世所谓汉学也,在孔门为文学之科。此四者缺一不可。"⑤孔门之学:德行、言语、政事、文学四科,"言语"后来发展为文章之学,"文学"即著书立说的学术。曾国藩《劝学篇示直隶弟子》说:"苟通义理之学,而经济该乎其中矣……然后求先儒所谓考据者,使吾之所见证诸古制而不谬;然后求所谓词章者,使吾之所获,达诸笔札而不差。"⑥亦强调义理为文章之本,文章不能舍弃考据,不可舍学术而纯粹言文章。

顾颉刚《古史辨》第一册《自序》强调,"中国的学问是向来只

---

① [清]章学诚:《章学诚遗书》卷十八,第181页。
② [清]章学诚:《章学诚遗书》卷二十一,第205页。
③ [清]章学诚著,叶瑛校注:《文史通义校注》(上),第287页。
④ [清]章学诚:《章学诚遗书》卷九,第85页。
⑤ [清]曾国藩著,[清]王启原辑:《求阙斋日记类钞》卷上,传忠书局光绪二年(1876)刻本。
⑥ [清]曾国藩:《曾国藩全集·诗文》,岳麓书社1994年版,第443页。

有一尊观念而没有分科观念的","旧时士大夫之学动则称经、史、词章,此其所谓统系,乃经籍之统系,非科学之统系也"。①他的意思是,古人学术,没有类似西方的分科观念,是书籍的分类,而不是科学的分科。经、史、词章三分,实际上还是统一的整体,而不是独立的"词章学"。与重分析、重分科的西方学术不同,中国传统学术重视整体性,部分是整体中的部分,与整体不可分割。因而古人谈文章学,是指整个学术体系中的文章学。熊十力《答邓子琴》说:"中国旧学家向有四科之目,曰义理、考据、经济、辞章。此四者,盖依学人治学之态度不同与因对象不同,而异其方法之故。故别以四科,非谓类别学术可以此四者为典要也。"②他不同意以此四科来类别学术,是基于治学不分科的传统,认为是"旧学家"的常规认知。古人的学术整体观、文化整体观博大精深,我们绝不应该孤立地就文章学论文章学。

在古人正统观念中,文章学不是独立于学术之外的,文章学是附属性、依附性学问,应是"学术"本位而非审美本位、艺术本位。义理之学、考证之学、文章之学,义理最重要,文章学地位在后,现在把文章学完全独立出来进行研究,古人极少此种观念。

当然,并不是所有义理、考证、文章三者融合的文章就一定是好文章,有时也会适得其反,毕竟这三者不同。有时候三者可融合,而有时候,文章就是文章,和义理、考证矛盾冲突,是不可融合的。文章学也有其相对独立性,这里的文章学则接近于西方"纯文学"概念下的"散文学"。

古人亦有学术分科观念。方以智(1611—1671)《物理小识·总论》中引其父方孔炤《潜草》曰:"言义理,言经济,言文章,言律历,言性命,言物理,各各专科,然物理在一切中,而《易》以象数端

---

① 顾颉刚:《我与古史辨》,上海文艺出版社 2001 年版,第 36 页。
② 熊十力:《十力语要》,中华书局 1996 年版,第 211 页。

几格通知,及性命生死鬼神只一大物理。"①说明方以智在晚明西方科技传入之时,已吸收了西方学术分科观念,认为"物理"即科学包括一切。应㧑谦(1615—1683)《万子充宗礼仪解序》云:"今之世,有经济之学,有禅玄之学,有诗赋之学,有四六之学,有刑名之学,有举业之学,而性命之学未之见也。"②作者重骈文,不提古文,是一家之言。他把学术分为七类,其中"性命之学"是最为重要的。袁枚(1716—1797)在同汉学家争论时,带有文学"自觉",认为辞章是最重要的,《散书后记》云:"辞章与考据,一主创,一主因;一凭虚而灵,一核实而滞;一耻言蹈袭,一专事依傍;一类劳心,一类劳力。二者相较,著作胜焉。且先有著作而后有书,先有书而后有考据。以故著作者,始于《六经》,盛于周秦;而考据之学,则自后汉末而始兴者。"③认为创作最重要,而考据研究注释前人,乃因袭之学。袁枚《与程蕺园书》又说:"古文之道形而上,纯以神行,虽多读书,不得妄有掇拾,韩、柳所言功苦尽之矣。考据之学形而下,专引载籍,非博不详,非杂不备,辞达而已,无所为文,更无所为古也。"袁枚认为:"古文家似水,非翻空不能见长;考据家似火,非附丽于木不能有所表现。"袁枚还引经据典说:"《记》曰:'作者之谓圣,述者之谓明。'《六经》、三传,古文之祖也,皆作者也;郑笺、孔疏,考据之祖也,皆述者也。圣作为考据,明述为著作。形上谓之道,著作者也;形下谓之器,考据是也。"④袁枚把学术分为两个方面,一是创作,即作者,是形而上的;另一方面,考据是述者,是形而下的。其中高下之别,他分得很清楚,他重辞章而轻考据,义理则避而不谈,重视文章的独立价值。梅曾亮(1786—

---

① [清]方以智:《物理小识·总论》,《文渊阁四库全书》本。
② [清]应㧑谦:《应潜斋先生集》卷四,清咸丰四年(1854)刻本。
③ [清]袁枚著,王英志主编:《袁枚全集》(二),江苏古籍出版社1993年版,第505—506页。
④ [清]袁枚著,王英志主编:《袁枚全集》(二),第525页。

1856)《答吴子叙书》云:"昔孔氏之门有善言德行,有善为说词者,此自古大贤不能兼矣。谓言语之无事乎德行,不可也;然必以善言德行者乃得为言语,亦未可也。庄周、列御寇及战国策士于德行何如? 然岂可谓文词之不工哉! 若宋、明人所著语录,固非可以文词论,于德行亦未为善言者也。"①认为作文可与宣德分开,不再将文作为德行附庸。龚自珍(1792—1841)在《阮尚书年谱第一序》中,将阮元的学术撰著分为十类:训诂之学(音韵、文字)、校勘之学、目录之学、典章制度之学、史学(含水、地)、金石之学、九数之学(含天文、历算、律吕)、文章之学、性道之学、掌故之学。② 皆为清初兴起的专门之学,其中不少门类还和20世纪以后建立的现代学科大同小异,文章学已从传统学术体系中分化独立出来。

魏晋"文学自觉",六朝文学特别是骈文发达,文章摆脱经学独立发展,刘勰(约465—520)的《文心雕龙》为文章学的集大成著作。独立性的文章学在晚明又一次兴盛,之后便消沉下去了,直到袁枚、郑板桥(1693—1765),才又重视文章独立,但和者寥寥。这些文章,与经学分离,被排斥在"道统"和"文统"之外,是不入统系的另类"文章"。纵观古代,文章学的独立是非主流观念。

三、学术视野中的古代文章学研究的意义

论文章学,应避免就事论事,应将其置于学术大视野下来看,这样,问题的主干和枝节,才能够看得更清楚。如将文章学仅仅理解为文法学和修辞学,这样就把古代文章学范围缩小,将其重要性看轻了。

古代文章学著作不少是"入门"性质的,是写作或鉴赏"指

---

① [清]梅曾亮:《柏枧山房文集》卷二,《续修四库全书》第1513册,上海古籍出版社1995年版,第620页。
② 参考张鉴等《阮元年谱》附录,中华书局1995年版,第273页。

南",正如真正大书法家针对小学生写一些"入门"字帖,但是这些字帖不足以反映他的书法水平。文章学又多为应试而作,类似现在高考复习材料,但是层次极低,很少学术含金量,即使是一些名家所著,像茅坤(1512—1601)的《唐宋八大家文钞》,也不能代表他的真实学问。因此,有深度的文章学理论,大多数应当从历代名家单篇文章中提炼出来,这些才谈得上是真正的文章学,韩、柳、欧、苏虽没有专门的文章学著作,但是他们的文章中表达了自己的文章理论。不少"文话"和文章选本评点,只论"技术"层面,是"技术"之学,是"末"而非"本",不能代表真正意义上的文章学。古代文章学具有形而上、形而下的不同层面,形而上者属于理论性质的更高层面,形而下者属于"技术",古代文章学有许多内容属于形而下的"技术"层面。

清末引进西方学术分类、分科观念,学界有不同"回应"。《京师大学堂章程》以"中学为体,西学为用"为办学宗旨,其根本目的在于维新变法、经世致用,被称为"无用之用"的文学自然得不到重视。1898年,《京师大学堂规条》中规定:"记诵词章不足为学,恭行实践乃谓之学,五经、四子书如日月经天、江河行地,历万古而常新,又如布帛菽粟不可一日离。学者果能切实敦行,国家何患无人才,何患不治平。"①"词章学"与体育学一样不被视为一门学问,被极度边缘化。梁启超对早年自矜的"词章"有所反思,他在《万木草堂小学学记》中说:"词章不能谓之学也。虽然,'言之无文,行之而不远';说理论事,务求通达,亦当厝意。若夫骈俪之章、歌曲之作,以娱魂性,偶一为之,毋令溺志。西文西语,亦附此门。"②认为学术只是研究,只是理论,应排除文章创作。1908年,周作人《论文章之意义暨其使命因及中国近时论文之失》说:"文

---

① 转引自顾明远总主编《中国教育大系·历代教育制度考》(二),湖北教育出版社1994年版,第1844页。
② 梁启超:《饮冰室合集·文集》之二,中华书局1936年版,第35页。

章者，必非学术者也。盖文章非为专业而设，其所言在表扬真美，以普及凡众之心，而非权为一方之说法……历史一物，不称文章。传记（亦有入文者，此第指记叠事实者言）编年亦然。他如一切教本，以及表解、统计、方术、图谱之属亦不言文，以过于专业，偏而不溥也。"①他将"学术"之文排除在"文章"之外，要求文章具有"真美"，而排除"善"，即提倡"美文"，一种"纯文学"散文。陈寅恪《重刻〈元西域人华化考〉序》说："夫义理、词章之学及八股之文，与史学本不同物，而治其业者，又别为一类之人，可不取与共论。独清代之经学与史学，俱为考据之学，故治其学者，亦并号为朴学之徒。"②认为"词章之学"根本不构成一门独立的学问，融合不进现代西方学术的体系里。文章学从学术中独立出来，利弊得失亦因此而生。

王水照、朱刚《三个遮蔽：中国古代文章学遭遇"五四"》指出，"五四"运动后，"杂文学"概念被"纯文学"概念所代替，无法真正地把握中国文学史的民族特点，满足中国文学史的主体性追求。感叹"五四"以后，文言文被严重边缘化，从整个社会生活中退出，并使文章学历史中断。③ 西方的"纯文学"，只重感性、抒情、语言、艺术、审美，而排斥理性、说理、思想、道德、现实、政治，而这些在中国古代，都是文学"题中之义"，文、道一体不分。我们研究古代文章学，追求的是对传统的文章有更真切、更全面、更本质的认识。应重新认识"文学"，重新认识"散文"，文章学应回归传统学术体系中。应重新认识古代文章学的内在规定性，认识传统文学的特点、灵魂、本质精神，接续传统文化的命脉，吸纳传统文化的精髓，找到我们的文化自信。

---

① 周作人：《论文章之意义暨其使命因及中国近时论文之失》，《河南》1908 年第 4、5 期。
② 陈垣：《元西域人华化考》卷首，上海古籍出版社 2000 年版。
③ 王水照、朱刚：《三个遮蔽：中国古代文章学遭遇"五四"》，《文学评论》2010 年第 4 期。

现代散文理论和文学理论研究在很大程度上患上了"失语症",喜模仿西方,整个话语体系基本上都是西方的,缺乏自己的东西。而传统文章学内涵丰富,一些重要范畴包括文、道、体、用、心、性、气、情、理、事、器、品、格、趣、味、韵、式、势、法、境等,都是精髓。这些范畴都应自然地吸纳到当代散文理论以及文学理论话语中,以救治"失语症"。

不同时代、不同学者有不同的文章学体系观念。①将文法学、修辞学当成文章学的全部,是技艺本位的文章学。南宋以来的文章学著作,大部分为举业之学,重视修辞技巧,基本上停留于"技术"层面,这种文章学层次较低,修辞技法只是文章之末,不可弃本逐末。②文体本位(体制本位)。认为文章之体最为重要,论文章要先辨其体,张戒(生卒年不详)《岁寒堂诗话》卷上云:"论诗、文当以文体为先,警策为后。"①古人多主张严分文体疆界,刘祁(1203—1250)《归潜志》强调"文章各有体,本不可相犯"②。③载道本位。道是文章的精神、灵魂,文以载道,不然,文是等而下之的。④娱乐消遣本位。晚明小品就是这种观念下的产物,郑元勋(1603—1644)《媚幽阁文娱自序》说:"吾以为文不足供人爱玩,则'六经'之外俱可烧。"③郑氏强调文章是用以愉悦读者耳目、性情的。⑤审美本位,认为审美的意义大于教化,重美轻善。⑥作者本位。规定什么人写的才是真正的文章,或者规定作者什么样的状态写出来的才是真正的文章,如言为心声,真情实感才是文章,虚情假意就不是文章。⑦语言本位。要特定语言写出来的才是文章,如桐城派将"文"和"言"分开,文即是现在所说的文言,言就是白话口语,这种观念认为,口语白话不是文章,只有经过修辞加工成为书面语的才是文章。⑧学术本位。学术是最根本的,文

---

① 丁福保辑:《历代诗话续编》,中华书局1983年版,第459页。
② [金]刘祁著,崔文印点校:《归潜志》卷十二,中华书局1983年版,第138页。
③ [明]郑元勋:《媚幽阁文娱》卷首,明崇祯三年(1630)刻本。

章只是学术总体之一面,是学术的显现,文章就是有效地将作者的思想感情表现出来。我们应特别重视"学术"本位的文章学的学术价值。古人学术多比较零散,学者很少建构成完整的体系,无论文章、诗、词理论,多处于一种"潜体系"状态。因而,我们需要对古人零散的理论进行整合,从而建构起古代文章学的科学体系。

当下,文章与义理分裂,文章学就是研究如何创作,主要是修辞、技法等,研究义理,是哲学,是思想,是学术。只注重义理,枯燥乏味;过分重视文章,仅有"艺""术",是不够的,没有义理,放弃"道",是舍本逐末。中国传统学术观念,创作与研究往往是一体融合的,文章学是创作与研究并重并行;当下,文章和考据分裂,考据的有几个会创作美的文章呢?会创作文章的有几个懂得考据呢?古代,文字、音韵、训诂与文学一体,是不可分的;当下,语言学和文学分裂,两者似乎是井水不犯河水。学术分工过专过细,学者往往仅懂得某些点、线、面,其他则不懂或没兴趣,学术严重分裂,弊端日益显露,这是学术的异化,是当下学术健康发展相当严重的问题。

重视学术视野中的古代文章学研究意义重大:①强调作者德、才、情、学、识、胆、力,都需重视,这对当代散文学和文章学建设有很大借鉴意义。②古代文章,文、言分离,现代是文、言合一,这种"合一"的合理性首先应充分肯定,但弊端日益显露,我们应有清醒的认识。③建构现代观念的文章学体系,应该包括语体文、白话文,观念应开放,但是白话文应处于次要地位,这个是肯定的。④文章学是学术体系中的一部分,不应将文章和学术对立起来。⑤文章不仅求美,而且求真,求善,真善美合一。古人观念,往往善即美,美即善,现代美善分离,纯粹追求美,而排斥善,容易导致文章的形式主义、唯美主义。⑥文章不仅是感性的,也是理性的,不仅是抒情的,也是说理的。文章不仅审美,更应重视审智。⑦与现代散文"艺术"本位相比,古代文章是"道"本位,"道"是文章的精神和灵魂,道本艺末,道是体,艺是用。文源于道,能通乎古圣贤之心志,则必能尽人情物理,所谓"有德者必有言,有言者不必有德",即是此理。古今观念差异甚大,过分执着于艺术技巧而忽略文章之本质、精神,其弊甚大。⑧文章是创作,本是学术的组成部分,创作与理论相通并存,不是对立关系,学术不应排斥文章,文章也不应脱离学术。

文章学属于学术的一面,义理、考证、文章三分,或在三者基础上加上"经济"四分,文章学属于学术的三个或四个层面中的一个层面,应以宏通的学术视野,在整个学术体系中认识文章学。文章是与"经"或"义理"融为一体的,若想阐释好义理,必定要精于文章,而文章又须以义理为根本。如论曾国藩,看他的文章,不能仅仅就事论事,他写文章是为了"载道",这种文章不肤浅,里面有知识,有识见,有文献功底,文章本身写得好,还有用、有益。顾炎武(1613—1682)《日知录》云:"文之不可绝于天地间者,曰明道也,纪政事也,察民隐也,乐道人之善也。若此者,有益于天下,有益于将来,多一篇,多一篇之益矣。"①有害的文章只会消磨人的意志,有益、有用才是好文章。这样认识文章学内涵,才比较全面深刻,不能仅仅以现代"纯文学"散文观念来认识和研究古代文章。

我们有必要跳出"文章是文学"的"前理解"来认识古代文章,散体文的形式,本身却属于"文学"之外的"文化",集部中许多有关经、史、子的论文,是"文化"文章,而非纯粹的"纯文学"散文。学科分类是现代科学发展的结果,而中国传统文化强调整体性、综合性,与西方的分析式文化不同。文章,本来是综合的"大文学",先秦诸子文章多是"至文",后逐渐演变并分离出经学、史学、子学等。在古代学科分类的混沌状态下,仅将文章简单地归类为"文学"之一体,是对古代文章的狭隘化理解。古代主流观念认

---

① [清]顾炎武著,[清]黄汝成集释:《日知录集释》卷十九,上海古籍出版社 2006 年版,第 1079 页。

为，文章不仅是指集部之学，而且是指所有的非韵文，无论经、史、子，都可称为文章。古文家心目中的文章，是为道服务的，这种文章观念与现代文章观念相差甚远，自有其独特价值，应充分重视。

现代学术分化、纯化，文章脱离学术统系，一方面取得了独立发展的地位，但另一方面，文章局限于"文学"本身，势必限制了自身发展，路子越走越窄，独立的现代"纯文学"散文若只是一味纯而又纯，便走向末路了。若只是孤立研究文章本身，而排斥义理、考证、经济，文章学便失去博大厚重和经世致用的重任。

周作人、林语堂等追认"拟构"了一个"纯文学"散文谱系，往上追溯至王羲之的书札等六朝小品，直至明末袁宏道为代表的"公安派"小品，明清之际的张岱、王思任、李渔，清代的袁枚、俞正燮、郑板桥等人，这是现代作家在"纯文学"观念下"拟构"出来的古代文学散文新谱系，即性灵、自我、闲适、趣味、随意、轻松、灵动、美的便是真正的散文，排斥"载道"之文。这是传统"文统"以外的"小品"文系统，是与"载道"相反的"言志"文统，是不入传统"文统"的另类"文统"，古今观念完全相反。这种观念可以说是"片面的深刻"，但这是对古代主流文章观念的误读和肢解，所以有些学者对于这种散文谱系并不完全接受，比如郭预衡的《中国散文史》，小品文的比重极小。古代散文史，可以写一部正宗"古文"史，也可以写一部"小品"美文史。现代正统的学者，像唐文治、钱基博等，心目中的古代文章与周作人、林语堂的观念相差甚大。

研究古代文章学，当然要有现代意识、当下关怀，但笔者更强调重回历史现场，重回历史语境，以古解古，在历史语境中认识和评价文章学，研究独具中国传统文化特色的"原生态"的文章学，强调充分体认中国传统文章学的整体性特质，对古人的整体学术观念有起码的尊重，反思近百年来完全采用西方学科分类带来的学术分裂之弊，切忌完全以现代西方文学观念、散文观念硬套和肢解古代文章和文章学，不应只论所谓"纯文学"散文，更不应只论技法,应以宏阔的学术视野研究古代文章学。古代文章学,首先是古人观念的文章学,不只是今人观念先行的文章学。本文强调应将历史语境与当下语境结合起来评价古代文章学,既尊重古人,尊重传统,又注重时代,注重创新。

整个古代,学术的"分"与"合"之争、"专约"与"博通"之争,文章的独立性与依附性、纯洁性与驳杂性、封闭性与开放性之争,接连不断,各有利弊。不同的文章学观念,完全可以并重并行,切忌以"唯一"思维而排他。

文章学的独立性只是相对的,就是以艺术、审美为本位,可就文章学论文章学。但在传统主流学术观念中,文章学依附于经学、史学,基本上不具备独立性。古代文章学被今人层层解读,甚至层层"误读",离历史本真状态越来越远。我们应将文章学还原于"历史语境"中,置于传统学术的总体系中进行考量,正如中医看眼疾,必定从整体来寻求病因,而不是西方眼科就眼睛看眼睛,这是中国文化伟大的地方,应努力回复文章学的"原生态",而不是观念先行地孤立看待。现代通行的文章学观念,是"文学"体系下的文章学,是抒情、艺术、审美、本位的文章学,但绝对不是唯一正确的文章学观念,局限性十分明显,确有深刻反思的必要。

笔者的写作意图只是反思学术分裂,绝不是想推翻通行文章学观念,只是纠偏,针对的就是把文章学完全独立出来,甚至孤立出来,单纯地就文章学论文章学,客观指出其存在的弊端。强调"学术"本位的文章学的合理性存在,强调古代文章学研究应追求会通性、整体性、综合性,追求大视野、大格局、大境界,但绝不是主张只能如此研究文章学。同时强调,笔者的观点只是"私见""偏见",同样不是唯一正确的观点。

附记:本文发表于王水照、侯体健主编《中国古代文章学的衍化与异形——中国古代文章学二集》(复旦大学出版社 2014 年版)。

宋代子部文献中散文研究资料的特点及价值

谢 琰

在诗歌、散文、戏剧、小说四大文类中,散文的内涵最模糊、外延最广阔;散文与政治及社会制度之间的关系,比其他文类更直接、更密切、更多元,因此散文又具有无所不在的实用性。正是由于研究对象的无限性、实用性以及由此而生的诸多不确定性,散文研究资料的界定和摄取,也需要多元视角和多重方法。举凡校勘、标点、注释、编纂、辑佚、编目、典藏、检索、翻译、记录、考证、批评、论述,都应属于散文研究资料的范畴;举凡经、史、子、集各部,乃至释藏、道藏文献,都应成为散文研究资料的摄取范围。

目前学界关于散文基本文献的整理,就散文文本而言,已形成科学有序的整理方法,构成以大型断代文章总集为龙头的整理工程;就散文研究文献而言,则似乎尚处于或零散、或狭隘的状态。首先,别集整理仍然偏重诗词,历代散文别集、总集的注本及评点本,未被充分重视,未能形成系统的整理,未能得到历史的考察。其次,《历代文话》《历代文话续编》成就卓著、嘉惠学林,毋庸赘言,但它们主要着眼于集部"诗文评"传统,这固然是散文研究资料出现频率最高的场域,但不能涵盖散文研究资料的丰富形式与内容。就思想深度、知识广度、写作难度而言,散文均高于诗歌。如果说诗歌研究资料的整理集成工作都已广采各种材料(比如《宋诗话全编》),那么,散文研究资料的摄取,更应该从范围上突破集部,从形式上突破"文评""文话",以期展现出古人对于散文的多元态度,进而发掘古代散文的广阔形态,提升散文研究的境界。笔者参加《中国古代散文研究文献集成》课题研究,负责其中"中国古代散文研究资料类编·子部编(唐以后部分)"这一子课题,目前对于宋代子部文献中散文研究资料的辑录类编工作,取得了一些初步成果,有一些心得,写出来供学界同仁批评指正。

一、宋代子部文献中散文研究资料的分布概况

吕思勉《经子解题·论读经之法》云:"书籍之以记载现象为主者,是为史。就现象加以研求,发明公理者,则为经、子。……经、子本相同之物,自汉以后,特尊儒学,乃自诸子书中,提出儒家之书,而称之曰经。"[1]可见,子部文献不同于史部之处,在于发明公理,不止于记载现象;子部文献不同于经部之处,在于思想驳杂,不限于儒家。因此,子部文献中最珍贵、最有特色的内容,是多元的思想和个性化的论断;与此同时,子部文献也具有记录事实和申明儒学的功能。

从目录学看(据《四库总目提要》),子部十四类即儒家、释家、道家、法家、兵家、医家、农家、天文算法、术数、杂家、小说家、艺术、谱录、类书,在宋代都有较大规模的文献存世。而从散文研究角度看,这些类型的重要性需要重新排序:首先,类书是百科全书,表面上看包含了很多散文研究资料,但全是抄录。除了宋初的几部大书具有重要的辑佚价值之外,南宋的大部分类书质量不甚高,可在全部文献辑录工作完成之后作为补遗、校雠之用。所

---

[1] 吕思勉:《经子解题》,华东师范大学出版社1995年版,第1页。

以类书重要性最低。其次，法家、兵家、医家、农家、天文算法、术数几家，都属于实用性极强的专科文献，几乎不涉及散文，唯有极少数关乎应用文体写作的材料可作辑录，比如许洞（976—1015）《虎钤经》卷二〇有各类誓文、祭文格式范例。再次，艺术、谱录两家性质也近于专科文献，但毕竟与文人关系近，保存诗文和轶事较多，偶有可辑录者，故重要性略高于前几家。复次，释家、道家文献后来都独立为释藏和道藏。释家文献博大精深，其中经疏往往涉及逻辑和文法问题，僧传、教史以及僧人文集则多涉及文人事件、包含论辩文章，而礼忏仪轨又多与文体有关；道家文献也会涉及文法、文体。故这两类的辑录工作虽如大海捞针，但也无妨披沙拣金，重要性较高。复次，儒家、小说家显然包含大量散文研究资料，但儒家类所探讨的问题往往与经部文献相呼应，小说家类的记录方式则近于杂史传记，虽然意义重大，但特色不明显，只能屈居第二。最后，杂家类文献最能体现子部文献的特色，即包含多元的思想，常推出个性化的论断，便于梳理散文发展的脉络，提升散文研究的理论高度，故重要性高居第一。

要之，宋代子部文献中散文研究资料分布最广、质量最高的三类是杂家、小说家、儒家。这三类，既体现了子部文献作为古典文献的博大厚重的通性，也体现了其思想犀利、观念新颖、形式灵活的特性。下面依次论述三类文献所包含的散文研究资料的特点及价值。

二、杂家类文献中的散文研究资料

先秦两汉的杂家类文献，尚有独宗一家之说者，如《鬼谷子》属纵横家，《墨子》属墨家，《邓析子》《公孙龙子》属名家，在当时亦属显学，只不过后世难乎为继，学脉断灭，所以被《四库总目提要》统统归入杂家。至于《淮南子》《吕氏春秋》《颜氏家训》之类，才是杂家正脉，真正代表思想驳杂的特性。到宋代，这一脉的杂家事实上被冠以"学术笔记"的名分，与"史料笔记"相区别。诚然，宋代杂家类文献也会包含史料（尤其杂纂、杂编之属），以记录史料为主的小说家类文献也会包含学术观点，但无论就作者的创作意识还是后世研究者的分类意识而言，两者的分野还是很清晰的。如周密（1232—1298）《齐东野语》和《癸辛杂识》，前者偏重"语"（谈论），后者偏重"识"（记录），故分属杂家和小说家。总之，传统的图书分类法与现代人的"笔记"观念之间总有诸多错位，而且分类法本身亦有不严谨之处，"笔记"观念本身亦有不同理解，我们的论述只能强作剪裁、略其纷繁——宋代杂家类文献，大多属于学术笔记；小说家类文献，则与杂史传记相似，同属于史料笔记。

宋代杂家类文献的学术性，决定了其中包含的散文研究资料往往具有较高的历史眼光和理论水平，能够对作家、文本、文法诸问题产生整体性的把握和规律性的认识。

其一，作家研究，能用精辟的语言概括作家的创作特点。如《宋景文公笔记》卷中："贾谊善言治，晁错善言兵，董仲舒善推天人，司马迁叙事，相如、扬雄文章，刘向父子博洽至矣。"[1]有时还将人格与风格结合起来谈，更有一针见血之妙。如《仇池笔记》卷上："王介甫多思而喜凿，时出一新说，已而悟其非，又出一说以解之，是以其学多说。"[2]又云："黄鲁直诗文如蜣蜋、江瑶柱，格韵高绝，盘餐尽废，然不可多食，多食则发风动气。"[3]语涉谐谑，但其观点不可等闲视之。还有些条目，虽就现象发论，但能由表及里，戳中要害。比如《续考古编》卷九："晋伐重耳于蒲城。蒲城人欲战，重耳不可，曰：'保君父之命，而享其生禄，于是乎得人。有人而

---

① [宋]宋祁：《宋景文公笔记》，朱易安等主编：《全宋笔记》第1编第5册，大象出版社2003年版，第57页。

② [宋]苏轼：《仇池笔记》，朱易安等主编：《全宋笔记》第1编第9册，第201页。

③ 同上书，第210页。

校,罪莫大焉。吾其奔也。'庾公之斯曰:'我不忍以夫子之道反害夫子。'与重耳意同。此与操吾戈入吾室以伐我者异也。柳子厚学作文于《左传》,读之既熟,深见其驳,遂著论以非之,亦入室操戈以伐本主者也。"①又《爱日斋丛抄》卷二:"温公《嵩山题字》云:'登山有道,徐行则不困,措足于平稳之地则不跌,慎之哉。'又书曰:'光视地然后敢行,顿足然后敢立。'即题嵩山语而愈诚悫。盖公一举动,无时不存此意。康节称君实脚踏实地人,公自以为知言,信哉。"②这两例,前者揭出柳文学《左传》,后者悟出司马光为人为文之真髓,皆是的论。

其二,文本研究,能对文本真伪、源流以及相互关系进行考证辨析,对于文本中某些问题的探讨也常能上升到一定高度,总结出一定的规律。王观国(生卒年不详)就是散文文本研究的大家。其《学林》卷一考"《孟子》所引《书》,今《书》皆有之,是亦伏生《书》所无,而科斗书有之"③,考"《书序》本自为一篇,不在众篇之首"以及"逸《书》者,《虞》《夏》《商书》皆有之,不特《周书》也"④,考"《左氏春秋传》,内传也;《国语》,外传也。内传附于经,故讹谬者鲜;外传世俗所传,讹谬且多"⑤,考"汲冢之语,意其战国以来好异说者为之辞"⑥,皆非饾饤之学,而常发高论,不仅可写入经学史,而且对于我们认识先秦经典散文的编辑流传方式以及相关体例、写法问题,有所启迪。再如卷六考证王勃(650—676)《滕王阁序》开头"星分翼轸,地接衡庐"的知识错误,进而指出:"勃《序》颇为唐人所脍炙,而首误二字,何耶? 欧阳文忠公尝谓王勃《滕王阁序》

---

① [宋]程大昌著,刘尚荣校证:《考古编·续考古编》,中华书局2008年版,第394—395页。
② [宋]叶寘著,孔凡礼点校:《爱日斋丛抄》,中华书局2010年版,第42页。
③ [宋]王观国著,田瑞娟点校:《学林》,中华书局1988年版,第2页。
④ 同上书,第5页。
⑤ 同上书,第33页。
⑥ 同上书,第44页。

类俳,盖唐人文格如此,好古文者不取也。"①这就从一个知识点引申出"唐人文格类俳"的大问题。又如卷一列举了大量《史记》改前代旧文的例子,如"改绩用为功用,改厥田为其田,改肆觐为遂见,改宵中为夜中,改咨四岳为嗟四岳,改协和为合和,改方命为负命,改九载为九岁,改格奸为至奸,改慎徽为慎和,改烈风为暴风,改克从为能从,改浚川为决川,改恤哉为静哉,改四海为四方。改熙帝为美尧,改不逊为不训,改胄子为稚子,改维清为维静,改天工为天事,改底绩为致功,改降丘为下丘,改纳锡为入赐,改孔修为甚修,改夙夜为早夜,改申命为重命,改汝翼为汝辅,改勑天为陟天,改率作为率为,改宅土为居土"等②,这是非常精彩的词汇学研究,本身就对散文研究有所助益,而王观国又从中提炼出"大率司马迁好异而恶与人同""但知好异,而不知反有害于义"之说,这就把问题引向文法乃至作家人格,更具理论深度。至于王观国在汉赋研究方面的诸多贡献,已有学者专门论及③,此不赘述。总之,《学林》一书不仅在具体文本考证方面成果斐然,而且其中某些考证具有自觉的理论诉求,使之有可能成为高质量的散文文本研究资料。像这样的著作还有不少,如《宋景文公笔记》《考古编》《续考古编》《爱日斋丛抄》《容斋随笔》,都包含不少立足于文献学、语言学而又发散于散文研究的精彩资料,值得仔细辨析、辑录。

其三,文法研究:如果说文话类、评点类文献的理论高度主要取决于文法研究,那么在宋代杂家类文献中,类似水平的研究资料比比皆是,只不过散落四维,亟待搜集整理。与评点类文献相比,杂家类文献中的文法研究资料,由于具有更自由的学术诉求、更宏阔的学术视野,故能突破一篇一咏,扩展出更多的知识,发表

---

① [宋]王观国著,田瑞娟点校:《学林》,第186页。
② 同上书,第14页。
③ 参见踪凡《王观国的汉赋研究》,《学术论坛》2007年第1期。

更系统的见解。如《考古编》卷八:"退之《罗池庙碑》云:'春与猿吟兮,秋鹤与飞。'若以常体论之,当曰'秋与鹤飞',故超上一字,以取劲健,盖骚体也。《东皇太乙》曰:'吉日兮辰良。'又曰:'璆锵鸣兮琳琅。'老杜曰:'红稻啄残鹦鹉颗,碧梧栖老凤凰枝。'皆其比也。《集古录》得碑本,其文云然,而欧公疑误。不知公最好古,何以疑此?"①这里就不仅点出倒装句法,而且评其效果,论其由来,更捎带讲了版本问题;一般的评点类文献,不会作这样的发挥。再如《宋景文公笔记》卷中:"柳子厚云'嘻笑之怒,甚于裂眦;长歌之音,过于恸哭',刘梦得云'骇机一发,浮谤如川',信文之险语。韩退之云'妇顺夫旨,子严父诏',又云'耕于宽闲之野,钓于寂寞之滨',又云'持被入直三省丁宁顾婢子语,刺刺不得休',此等皆新语也。"②这条评论言简意赅,意旨不甚清晰,但若结合整部《宋景文公笔记》的学术诉求来看,便明白宋祁偏好语言文字之学尤其是《说文》学,所谓"险语""新语",实侧重于用字、炼字,与韩愈所谓"陈言务去",有关联也有重大差异。章太炎《天放楼文言序》指出:"宋世效韩氏为文章者,宋子京得其辞,欧阳永叔得其势。"③可见其中问题之复杂。因此,即便是说法相近的资料,放在杂家类文献所营造的完整学术氛围中,与孤立地放在一本文法专论的著作中,或零散地陈列在作品原文之下,其内涵以及学术价值是不一样的。又如《齐东野语》卷四考证"古今避讳之事"④,极为详尽;《考古编》卷六论"凡《中庸》援琴瑟、鬼神、山石、江河者,则专以取喻也"⑤,是以文法来解经义。这些文章可以补文话类文献之不足,为一些文法现象提供更丰富、更系统的背景解释。总之,杂

---

① [宋]程大昌著,刘尚荣校证:《考古编·续考古编》,第134页。
② [宋]宋祁:《宋景文公笔记》,第58页。
③ 章太炎:《章太炎全集》第5册,上海人民出版社1982年版,第152页。
④ [宋]周密著,张茂鹏点校:《齐东野语》,中华书局1983年版,第55页。
⑤ [宋]程大昌著,刘尚荣校证:《考古编·续考古编》,第89页。

家类文献中的文法研究资料,极为零散,且常为无心插柳之论,但恰恰是这种无处不在的讨论、横贯旁通的考索,能够最全面地呈现散文技巧的丰富源泉以及散文观念的丰厚内蕴。

以上所论宋代杂家类文献保存的作家研究、文本研究、文法研究的资料比较丰富,研究较为深入。当然,并非每一部文献、每一则材料都包含清醒的历史眼光或理论诉求。然而,"学术性"的存在,并不一定要外化为结论或成果,而是可以作为一种意识而存在,始终指导写作。所以,从总体看来,杂家类文献的确比小说家类文献以及史部中的杂史传记类文献提供了更多的有关散文的深层思考,而不止于提供事实证据;也比文话类、评点类文献提供了更充分的事实和更宽广的文化背景,从而有可能催生出散文研究的新观念、新方法。

三、小说家类文献中的散文研究资料

作为史料笔记的重要组成部分,小说家类文献的主要功能在于提供事实;就散文研究而言,它所提供的主要是文本生态和作家轶事这两个方面的资料。其中,作家轶事资料的辑录早已成为学界用力极勤的一项工作,现在需要做的就是将其中与散文关系密切的轶事挑拣出来。如《归田录》卷一:"杨大年每欲作文,则与门人宾客饮博、投壶、奕棋,语笑喧哗,而不妨构思。以小方纸细书,挥翰如飞,文不加点,每盈一幅,则命门人传录,门人疲于应命,顷刻之际,成数千言,真一代之文豪也。"[1]这样的轶事,才算散文研究资料。相比之下,文本生态资料与散文研究的关系更为直接、密切——宋代小说家类文献最容易提供有关文本创作背景和传播过程的鲜活资料,可帮我们复原散文文本的复杂生态。

---

[1] [宋]欧阳修著,李伟国点校:《归田录》,中华书局1981年版,第16页。

首先,小说家类文献注重载录零散文本,可补史阙,亦可资文集辑佚之用。如《挥麈录》和《桯史》就大量保存此类文本,每有"家间偶存此疏,录以呈太史李公仁甫,载之《长编》","此翰林学士承旨强渊明之文也。偶获斯本,谨录于右"①,"余家旧有石刻,正其所著《嘉禾篇》者,……因录之,以表其初终焉"等语②。《全宋文》编纂就曾大量借助此类资料,并且编成副产品《宋文纪事》。一般而言,全文载录之时,也通常交待了创作背景。此类资料的价值,无需多言。

其次,更多情况下,小说家类文献是在记录事件之余,顺便捎带上文本创作的重要信息。如《厚德录》卷一:"赵阅道少保,宽厚长者,与物无忤。家于三衢,所居甚隘。弟侄有欲悦公意者,厚以直易邻翁之居,以广公第。公闻不乐,曰:'吾与此翁三世为邻矣,忍弃之乎?'命亟还翁居,而不追其直。常知越州,值岁大歉,公召州之富民毕集,劝诱以赈济之义,即自解腰间金带置庭下。于是施者云集,所全活十数万人。曾子固作《救灾记》,备述其事。"③又《涑水记闻》卷一〇:"滕宗谅知岳州,修岳阳楼,不用省库钱,不敛于民,但膀民间有宿债不肯偿者,献以助官,官为督之。民负债者争献之,所得近万缗,置库于厅侧,自掌之,不设主典案籍。楼成,极雄丽,所费甚广,自入者亦不鲜焉。州人不以为非,皆称其能。"④又《龙川别志》卷上:"范文正公笃于忠亮,虽喜功名,而不为朋党。早岁排吕许公,勇于立事,其徒因之,矫厉过直,公亦不喜也。自越州还朝,出镇西事,恐许公不为之地,无以成功,乃为书自咎,解雠而去。其后以参知政事安抚陕西,许公既老居郑,相遇

---

① [宋]王明清:《挥麈录》,上海书店出版社 2009 年版,第 88、89 页。
② [宋]岳珂著,吴企明点校:《桯史》,中华书局 1981 年版,第 81 页。
③ [宋]李元纲:《厚德录》,朱易安等主编:《全宋笔记》第 6 编第 2 册,第 240 页。
④ [宋]司马光著,邓广铭、张希清点校:《涑水记闻》,中华书局 1989 年版,第 196 页。

于途。文正身历中书,知事之难,惟有过悔之语,于是许公欣然相与语终日。许公问何为亟去朝廷。文正言欲经制西事耳。许公曰:'经制西事,莫如在朝廷之便。'文正为之愕然。故欧阳公为《文正神道碑》,言二公晚年欢然相得,由此故也。后生不知,皆咎欧阳公。予见张公言之,乃信。"①这三段记载,对于后人理解曾巩(1019—1083)《越州赵公救灾记》、范仲淹(989—1052)《岳阳楼记》、欧阳修(1007—1072)《文正范公神道碑》这三篇著名散文,都有重要参考价值。有时,小说家类文献还会记载具体的写作行为和修改行为,更能从中读出人格与历史。如《挥麈录》后录卷一一:"绍兴丁卯岁,明清从朱三十五丈希真乞先人文集序引,文既成矣,出以相示,其中有云:'公受今维垣益公深知,倚用而不及。'明清读至此,启云:'窃有疑焉。'朱丈云:'敦儒与先丈皆秦会之所不喜,此文传播,达其闻听,无此等语,至掇祸。'明清云:'欧阳文忠《与王深父书》云:吾徒作事,岂为一时?当要之后世,为如何也。'朱丈叹伏,除去之。"②

再次,小说家类文献还会提供文本传播的珍贵资料,这类资料也为《全唐文纪事》《宋文纪事》所采录,但不全,还需以新的观念重新辑录。所谓传播,包括时评、保存、传写、刊刻、学习、研究等多方面。如《归田录》卷二:"咸平五年,南省试进士《有教无类赋》,王沂公为第一,赋盛行于世,其警句有云:'神龙异禀,犹嗜欲之可求;纤草何知,尚熏莸而相假。'时有轻薄子,拟作四句云:'相国寺前,熊翻筋斗;望春门外,驴舞柘枝。'议者以为言虽鄙俚,亦着题也。"③这涉及文本的时评和学习,可见当时赋学风尚。再如《挥麈录》后录卷七:"东坡先生为韩魏公作《醉白堂记》,王荆公读

---

① [宋]苏辙著,俞宗宪点校:《龙川略志·龙川别志》,中华书局1982年版,第83页。
② [宋]王明清:《挥麈录》,第168页。
③ [宋]欧阳修著,李伟国点校:《归田录》,第25页。

之云:'此韩、白优劣论尔。'元祐中,东坡知贡举,以'光武何如高帝'为论题,张文潜作参详官,以一卷子携呈东坡云:'此文甚佳,盖以先生《醉白堂记》为法。'东坡一览,喜曰:'诚哉是言。'擢置魁等。后拆封,乃刘焘无言也。"①这涉及文本的时评、学习、研究,也涉及文法、文体问题,可证宋代散文中的文体互参现象。又如《东轩笔录》卷三记穆修(979—1032)事:"文章随时风美恶,咸通已后,文力衰弱,无复气格。本朝穆修首倡古道,学者稍稍向之。修性褊讦少合,初任海州参军,以气陵通判,遂为捃摭削籍,系池州,其集中有《秋浦会遇诗》,自叙甚详。后遇赦释放,流落江外,赋命穷薄,稍得钱帛,即遇盗,或卧病,费竭然后已。是故衣食不能给,晚年得《柳宗元集》,募工镂板,印数百帙,携入京相国寺,设肆鬻之。有儒生数辈至其肆,未评价直,先展揭披阅,修就手夺取,瞋目谓曰:'汝辈能读一篇,不失句读,吾当以一部赠汝。'其忓物如此,自是经年不售一部。"②这段文字既揭示了柳文传播史上的重要一环,而且对于研究穆修其人乃至宋初散文发展史,都有启迪。有时候,小说作者在记录文本传播的过程中,会时加评论,这些评论往往因亲历而具有独特的味道及价值。比如《挥麈录》第三录卷二:"靖康丙午,真戎乱华。次岁之春,京城不守,恣其号舞,妄有易置。时秦会之为御史中丞,陈议状云:'……'此书得之于丹阳苏著廷藻,云:'顷为秦之孙埙客,因传其本。'词意忠厚,文亦甚奇,使会之诚有此,而无绍兴再相,擅国罔上,专杀尚威,则谓非贤可乎?昔人有诗云:'周公恐惧流言后,王莽谦恭未篡时。若使当时身便死,一生真伪有谁知?'"③这段评论,对于今人理解秦桧(1090—1155)其人其文当有参考价值。总之,小说家类文献所提供的有关文本创作和文本传播的资料,具有很高的史料价值和理

---

① [宋]王明清:《挥麈录》,第130页。
② [宋]魏泰著,李裕民点校:《东轩笔录》,中华书局1983年版,第30页。
③ [宋]王明清:《挥麈录》,第189—191页。

论启迪意义;即便其真实性有待验证,但验证过程本身,就会对散文研究起到重要刺激作用,甚至产生诸多新疑问、新命题,这正是文献工作最期待的结果。所以,"散文纪事"类的文献整理工作,还有必要而且必须要继续做下去。

以上略论宋代杂家、小说家两类文献在保存散文研究资料方面的各自特色。但正如前文所说,两者不可截然分开,记事与明理、史料与学术,往往彼此勾连、相互推动。因此,有些重要的散文研究资料,在两类文献中都大量出现,需合而论之。

首先是文本及文法研究方面,杂家、小说家两类文献都包含不少有关语句出处的资料。比如《归田录》佚文:"载德州长寿寺《舍利碑》云:'浮云共岭松张盖,明月与岩桂分丛。'亦与'落霞与孤鹜齐飞,秋水共长天一色'同。"①后来王观国《学林》卷七又提出新说:"庾子山《马射赋》曰:'落霞与芝盖齐飞,野水共春旗一色。'王勃正仿此联,非摹《长寿寺碑》也,《长寿寺碑》亦仿《马射赋》,而句格又弱者也。"②这两例讲的是句法之出处。还有《续考古编》卷一〇云:"黄鲁直哀邢惇夫曰:'言之可为酸鼻。'人将出涕,鼻必酸楚,酸鼻二字,诚善体物。辛丑正月二十二夜,阅《后汉·公孙述传》:光武以延岑既降吴汉,更纵火掠宫室,帝诏责之曰:'闻之可为酸鼻。'知鲁直用此语也。"③这是语典、词汇之出处。又《齐东野语》卷一:"颖滨论曰:'刘备弃荆州而入蜀,则非其地;用诸葛孔明治国之才,而当纷纷之冲,则非其将;不忍忿忿之气以攻人,则是其器不足尚也。'其说盖用陈寿所谓'应变将略,非其所长'之语耳。虽然,孔明岂可少哉。"④这又揭示了论述观点之出处。更进一步的研究,是通过语句出处研究来揭示作家创作思想乃至归纳

---

① [宋]欧阳修著,李伟国点校:《归田录》,第53页。
② [宋]王观国著,田瑞娟点校:《学林》,第226页。
③ [宋]程大昌著,刘尚荣校证:《考古编·续考古编》,第421页。
④ [宋]周密著,张茂鹏点校:《齐东野语》,第8页。

创作方法。如《续考古编》卷八对贾谊(前200—前168)《鵩鸟赋》的文辞和思想渊源都作了精辟分析:"贾谊《鵩鸟赋》大率以道观物,期造乎宏达,是诚可尚矣。然其立意措辞,悉本《鹖冠子》。谊曰:'万物变化,固无休息。'其在《鹖冠》则曰:'斡流迁徙,固无休息。'谊曰:'迟速有命兮,焉识其时。'《鹖冠》则曰:'同合消散,孰识其时。'至谓'水激则悍,矢激则远',又谓'祸之与福,何异纠缠',则全是《鹖冠》本文也。李善历历能言之,凡其自始至末,用《鹖冠》语意者,凡二十一处。自此之外,则皆文以《庄子》语也。"①又《云麓漫钞》卷三云:"柳子厚游山诸记,法《穆天子传》;欧阳文忠公《醉翁亭记》,体《公羊》《穀梁》解《春秋》,张忠定《谏用兵疏》,效韩退之《佛骨表》;黄鲁直《跋奚文》,学汉王子渊《便了券》,唐人《大槐国传》,依《列子·汤问》;此所谓夺胎换骨法。"②这里则广举范例,并借用诗学术语,提炼出散文创作的普遍规律。

其次是文体研究方面,杂家、小说家两类文献都注重记载或梳理文体与政治制度之关系,从而展现文体的真实发展历程和相关文化信息。文体既是书面语言格式,也是社会生活中的具体行为方式,因此文体研究最需要结合历史背景尤其是制度史。在文话类、评点类文献中,相关的背景知识常常被简化甚至被删略,导致文体研究的虚泛化、形式化。而在杂家、小说家类文献中,文体的生长环境以及发展线索,常能得到切实的考索。关于碑志,《考古编》卷一云:"始皇二十八年,刻石琅琊台,其文曰:'之帝者,地不过千里。犹刻金石,以自为纪。今皇帝一海内,以为郡县。群臣相与诵皇帝功德,刻于金石。'秦既引古帝纪刻金石者,以为其时刻石本祖,秦以前不专铭功钟鼎,其必已有入石者矣。第金可久,石易磨泐,故古字之在后世,有得诸钟鼎,而无得之石刻者,其

---

① [宋]程大昌著,刘尚荣校证:《考古编·续考古编》,第363页。
② [宋]赵彦卫著,傅根清点校:《云麓漫钞》,中华书局1996年版,第49页。

坚脆不同,理固然也。"①这是考察碑志类文体的起源,而石料和钟鼎这两种载体的不同,其实也意味着文体发展阶段的不同。很多文体的写法,都与实际用途有密切关系,不明用途,则难明体制,如《宋景文公笔记》卷上云:"碑者,施于墓则下棺,施于庙则系牲,古人因刻文其上。今佛寺揭大石镂文,士大夫皆题曰碑铭,何耶?吾所未晓。"②又后世吴讷《文章辨体序说·碑》云:"是则宫室之碑,所以识日影;而宗庙则以系牲也。秦汉以来,始谓刻石曰碑,其盖始于李斯峄山之刻耳。"③这些论断,虽不一定依据子部文献,但利用子部文献补充印证更多的背景知识,对于文体研究而言,当然是很有意义的。关于尺牍书状,《云麓漫钞》卷四云:"古尺牍之制,某顿首,或再拜,或启。唐人始更为状,末云:'谨奉状谢,不宣,谨状。'或云:'谨上状,不宣,谨状,月日,某官姓名,状上某官。'《北梦琐言》云:'唐卢光启受知于租庸使张浚,浚出征并、汾,卢为致书疏,凡一事,别为一幅。后不闻他人为之。唐末以来,礼书庆贺为启,一幅前不具衔,又一幅通时暄,一幅不审迩辰,颂祝加餐,此二幅每幅六行,共三幅。宣政间,则启前具衔,为一封,又以上二幅六行者同为公启,别叠七幅为一封。秦忠献当国,有投以札子者,其制,前去'顿首''再拜',而后加'右谨具,申呈月日,具官姓名',札子多至十余幅,平交则去'申'字。庆元三年,严叠楮之禁,只用三幅云。'后又只许用一幅,殊为简便。"④这段考述,详细交待了尺牍书状的写法措辞和进献规格。又同书卷八云:"近世行状、墓志、家传,皆出于门生故吏之手,往往文过其实,人多喜之,率与正史不合。"⑤这揭示了士风与碑志传状的关系。关

---

① [宋]程大昌著,刘尚荣校证:《考古编·续考古编》,第167页。
② [宋]宋祁:《宋景文公笔记》,第44页。
③ [明]吴讷著,于北山校点:《文章辨体序说》,人民文学出版社1962年版,第52页。
④ [宋]赵彦卫著,傅根清点校:《云麓漫钞》,第63—64页。
⑤ 同上书,第134页。

于策论,《涑水记闻》卷三载:"鲁平曰:宋初以来,至真宗方设制科,陈越、王曙为之首。其后夏竦等数人皆以制科登第,既而中废。今上即位,天圣六年始复置。其后,每开科场则置之,有官者举贤良方正,无官者举茂材异等,余四科多不应。皆自投牒,献所著文论,差官考校。中者召诣阁下,试论六首,又中选,则于殿前试策一道,五千字以上。其中选者不过一二人,然数年之后即为美官。庆历六年,贾昌朝为政,议欲废之,吴育参知政事,与昌朝争论于上前,由是贾、吴有隙。乃诏自今后举制科者,不听自投牒,皆两制举乃得考校。"①这揭示了科举制与策论文的关系。总之,如何将制度史和文体研究更好地结合起来,尚待思考和尝试,但当务之急是整理好各类文体的资料长编,廓清文体背后的制度背景;在这方面,宋代杂家、小说家类文献提供了众多知识和启迪。

四、儒家类文献中的散文研究资料

相比于前两类文献,宋代儒家类文献所包含的散文研究资料,数量不算少,但涉及的具体问题比较单调,研究方法也比较简捷质朴。就问题而言,儒家类文献基本只关注文道关系、经部文本的宏观评价、作家的宏观评价这三个方面;就方法而言,儒家类文献较少使用繁琐考证和征引,主要采用义理阐述。

首先是文道关系问题,它属于文法范畴,但限于"形而上",不讨论技巧。周敦颐(1017—1073)《通书·义辞第二十八》云:"文所以载道也。轮辕饰而人弗庸,徒饰也;况虚车乎!文辞,艺也;道德,实也。笃其实,而艺者书之,美则爱,爱则传焉。贤者得以学而至之,是为教。故曰:'言之无文,行之不远。'然不贤者,虽父兄临之,师保勉之,不学也;强之,不从也。不知务道德

---

① [宋]司马光著,邓广铭、张希清点校:《涑水记闻》,第56页。

而第以文辞为能者,艺焉而已。噫! 弊也久矣!"①这段话奠定了大多数宋儒讨论散文问题的基调。在"文以载道"的基调下,可以讨论的文法问题十分有限,但耐人寻味的是,尽管有限,讨论的都是极具理论价值的大命题。比如"修养说":"问:出辞气,莫是于言语上用工夫否? 曰:须是养乎中,自然言语顺理。今人熟底事,说得便分明;若是生事,便说得塞涩。须是涵养久,便得自然。若是慎言语不妄发,此却可着力。"②再如"辞达说":"辞取意达则止,多或反害也。"③再如"含蓄说":"语高则旨远,言约则义微。大率《六经》之言涵蓄,无有精粗,欲言精微,言多则愈粗。"④又如"文势说":"至大至刚以直,不言至直,此是文势。如'治世之音安以乐','怨以怒','粗以厉','噍以杀',皆此类。"⑤"如'形而上者谓之道',不可移'谓'字在'之'字下,此孔子文章。"⑥即便是名声向来不佳的"作文害道说",其实也包含了散文创作的真知灼见,只不过表达方法比较偏激罢了。如:"问:作文害道否? 曰:害也。凡为文,不专意则不工,若专意则志局于此,又安能与天地同其大也?《书》曰'玩物丧志',为文亦玩物也。吕与叔有诗云:'学如元凯方成癖,文似相如始类俳,独立孔门无一事,只输颜氏得心斋。'此诗甚好,古之学者,惟务养情性,其他则不学。今为文者,专务章句,悦人耳目。既务悦人,非俳优而何? 曰:古者学为文否? 曰:人见《六经》,便以为圣人亦作文,不知圣人亦摅发胸中所蕴,自成文耳。所谓'有德者必有言'也。曰:游、夏称文学,

---

① [宋]周敦颐著,陈克明点校:《通书》,《周敦颐集》,中华书局2009年版,第35—36页。
② [宋]程颢、程颐著,王孝鱼点校:《河南程氏遗书》,《二程集》,中华书局2004年版,第208页。
③ [宋]张载著,章锡琛点校:《正蒙》,《张载集》,中华书局1978年版,第44页。
④ [宋]程颢、程颐著,王孝鱼点校:《河南程氏遗书》,第148页。
⑤ 同上书,第165页。
⑥ [宋]程颢、程颐著,王孝鱼点校:《河南程氏外书》,《二程集》,第361页。

何也？曰：游、夏亦何尝秉笔学为词章也？且如'观乎天文以察时变，观乎人文以化成天下'，此岂词章之文也？"①这段文字实质是对"修养说"的进一步阐释，其中提出的"六经之文""俳优之文""词章之文"等概念，也都切中时弊。总之，宋代儒家类文献所探讨的文道关系问题，一方面自身具有重要的影响力和理论价值，另一方面也决定了该类文献独特的批评视角和宏阔的批评气度。

其次是对经部文本的宏观评价。评价有三：一是文本本身的考辨，二是文本写作体例的悟解，三是文本价值的论定。宋儒对于历代经部散文的考辨方法，有鲜明的时代特点，既摈弃杂家类文献的引证、辨析之法，也否定传统经学的固守师说、字斟句酌之术，而是纯从义理出发，进行道义推阐或是事实比勘。比如张载（1020—1077）《经学理窟·周礼》云："《周礼》是的当之书，然其间必有末世添入者，如盟诅之属，必非周公之意。盖盟诅起于王法不行，人无所取直，故要之于神，所谓'国将亡，听于神'，盖人屈抑无所伸故也。如深山之人多信巫祝，盖山僻罕及，多为强有力者所制，其人屈而不伸，必咒诅于神，其间又有偶遭祸者，遂指以为果得伸于神。如战国诸侯盟诅，亦为上无王法。今山中人凡有疾者，专使巫者视之，且十人间有五人自安，此皆为神之力，如《周礼》言十失四已为下医，则十人自有五人自安之理。则盟诅决非周公之意，亦不可以此病周公之法，又不可以此病《周礼》。《诗》云：'侯诅侯咒，靡届靡究'，不与民究极，则必至于诅咒。"②这段考辨，围绕人情道德立论，甚至引今证古，颇有点文化人类学的气魄。再如《河南程氏遗书》卷一七云："《儒行》之篇，此书全无义

---

① ［宋］程颢、程颐著，王孝鱼点校：《河南程氏遗书》，第239页。
② ［宋］张载著，章锡琛点校：《经学理窟》，《张载集》，中华书局1978年版，第248页。

理,如后世游说之士所为夸大之说。观孔子平日语言,有如是者否?"①又同书卷二〇:"问:《左传》可信否?曰:不可全信,信其可信者耳。某年二十时,看《春秋》,黄声隅问某如何看?答之曰:有两句法云:'以传考经之事迹,以经别传之真伪。'又问:《公》《穀》如何?曰:又次于《左氏》。《左氏》即是丘明否?曰:《传》中无丘明字,不可考。"②这两段文字主要运用事实比勘之法。大抵宋儒读经书,烂熟于心,琢磨逻辑,体察文意,结合朴素的事实比勘之法,从而形成论点。这套读书法和论证法,无法还原经书的原貌原意,倒是恰恰把经书所包含的写作经验和思想方法提炼出来并构成体系,这就天然地具有了一种散文研究的向度。同时,宋儒在简单考辨基础上所悟解的经书写作体例以及对经书相互关系、各自价值的论定,就有可能成为极为独特的散文研究资料。比如《河南程氏遗书》对于《春秋》笔法就有诸多精辟之论。卷二二下云:"问:桓四年无秋冬,如何?曰:圣人作经备四时也。如桓不道,背逆天理,故不书秋冬。《春秋》只有两处如此,皆言其无天理。"又同卷:"《春秋》书盟,如何?先王之时有盟否?或疑《周官》司盟者。曰:先王之时所以有盟者,亦因民而为之,未可非司盟也。但春秋时信义皆亡,日以盟诅为事,上不遵周王之命,《春秋》书,皆贬也。唯胥命之事稍为近正,故终齐、卫二君之世不相侵伐,亦可喜也。"又卷二三《春秋》云:"书陨石陨霜,何故不言石陨霜陨?此便见得天人一处,昔尝对哲宗说:'天人之间甚可畏,作善则千里之外应之,作恶则千里之外违之。昔子陵与汉光武同寝,太史奏客星侵帝座甚急,子陵匹夫,天应如此,况一人之尊,举措用心,可不戒慎!'"③这些论述,固然以义理为归宿,但就历史散文编写而言,体例与义理又怎能分开?而所谓"书陨石陨霜,何故

---

① [宋]程颢、程颐著,王孝鱼点校:《河南程氏遗书》,第177页。
② 同上书,第266页。
③ 同上书,第298、303、309页。

不言石陨霜陨"，又显然将写作技巧与义理结合起来看待，这种观点，恰是一切技巧的归宿——技巧终究服务于内容，语言终究服务于事实。当二程以此种观点去评价经书的相互关系及各自价值，经书就会呈现出内容与形式高度统一的混元气象。如卷二上云："圣人用意深处，全在《系辞》。《诗》《书》乃格言。"又同卷云："《诗》《书》载道之文，《春秋》圣人之用。《诗》《书》如药方，《春秋》如用药治疾，圣人之用全在此书，所谓'不如载之行事深切著明'者也。有重叠言者，如征伐盟会之类。盖欲成书，势须如此，不可事事各求异义。但一字有异，或上下文异，则义须别。"又卷五云："孔子言语，句句是自然；孟子言语，句句是实事。"①这些断语，恐怕不能局限于内容或形式之一端，而应该包含义理和文法、哲学与文学两方面的意见。总之，宋代儒家类文献中所保存的解经文字，提供了关于经部散文文本、体例和价值的诸多精准恰切的意见，是独特的散文研究资料。

最后是对作家的宏观评价。从"明道""宗经"观念出发，宋代儒家类文献对于重要散文家的评价，往往与历代文人批评以及当代文学史大异其趣。正如它们评价经书采取"道器合一"的模式，其对先秦诸子和唐宋散文大家的评价，也是采用内外通透的全面观照，充满思想的穿透力，常有犀利惊人之语。比如二程论先秦诸子："仲尼，元气也；颜子，春生也；孟子，并秋杀尽见。仲尼，无所不包；颜子，示'不违如愚'之学于后世，有自然之和气，不言而化者也；孟子则露其才，盖亦时然而已。仲尼，天地也；颜子，和风庆云也；孟子，泰山岩岩之气象也。观其言，皆可以见之矣。仲尼无迹，颜子微有迹，孟子其迹著。""杨、墨之害，甚于申、韩；佛、老之害，甚于杨、墨。杨氏为我，疑于仁。墨氏兼爱，疑于义。申、韩则浅陋易见。故孟子则辟杨、墨，为其惑世之甚也。佛、老其言近

---

① ［宋］程颢、程颐著，王孝鱼点校：《河南程氏遗书》，第13、19、76页。

理,又非杨、墨之比,此所以害尤甚。杨、墨之害,亦经孟子辟之,所以廓如也。""问庄周与佛如何?伊川曰:周安得比他佛?佛说直有高妙处,庄周气象大,故浅近。如人睡初觉时,乍见上下东西,指天说地,怎消得恁地?只是家常茶饭,夸逞个甚底?"①这三段文字,将人物、文章、思想统合而论,表面看无关散文,但细究起来,先秦诸子的文风和魅力,岂不就是思想的直接体现吗?心术决定文气,这在先秦诸子散文中表现得最为明显。所以,不分辨思想,就无法判别文风,进而就无法判断其价值和地位。同样道理,《北溪字义》卷上花很大篇幅去辨析"性善恶"之说,一方面是在讲哲学,一方面又何尝不是分析文本、判定价值?其云:"孟子不说到气禀,所以荀子便以性为恶,扬子便以性为善恶混,韩文公又以为性有三品,都只是说得气。近世东坡苏氏又以为性未有善恶,五峰胡氏又以为性无善恶,都只含糊就与天相接处捉摸,说个性是天生自然底物,竟不曾说得性端的指定是甚底物。直至二程得濂溪先生《太极图》发端,方始说得分明极至,更无去处。其言曰:'性即理也。理则自尧舜至于涂人,一也。'此语最是简切端的。如孟子说善,善亦只是理,但不若指认理字下得较确定。胡氏看不彻,便谓善者只是赞叹之辞,又误了。既是赞叹,便是那个是好物方赞叹,岂有不好物而赞叹之耶?程子于本性之外,又发出气禀一段,方见得善恶所由来。故其言曰:'论性不论气,不备;论气不论性,不明;二之则不是也。'盖只论大本而不及气禀,则所论有欠阙未备。若只论气禀而不及大本,便只说得粗底,而道理全然不明。千万世而下,学者只得按他说,更不可改易。"②这段辨析,即便放在宋元文话中,也属本色当行、切中肯綮之论,因为论体文这种文体的写作技巧,很大程度上取决于思想的纯正和逻辑

---

① [宋]程颢、程颐著,王孝鱼点校:《河南程氏遗书》,第76、138、425页。
② [宋]陈淳著,熊国祯、高流水点校:《北溪字义》,中华书局1983年版,第8页。

的清晰。正是在这个意义上,大儒朱熹(1130—1200)对唐宋散文大家的评价,往往比专门的文评家还要犀利。略举几例:《朱子语类》卷一三九云:"李泰伯文实得之经中,虽浅,然皆自大处起议论。首卷《潜书》《民言》好,如古《潜夫论》之类。《周礼论》好,如宰相掌人主饮食男女事,某意如此。今其论皆然,文字气象大段好,甚使人爱之,亦可见其时节方兴如此好。老苏父子自史中《战国策》得之,故皆自小处起议论,欧公喜之。李不软贴,不为所喜。"①又卷一三〇云:"问:东坡与韩公如何?曰:平正不及韩公。东坡说得高妙处,只是说佛,其他处又皆粗。又问欧公如何?曰:浅。久之,又曰:大概皆以文人自立。平时读书,只把做考究古今治乱兴衰底事,要做文章,都不曾向身上做工夫,平日只是以吟诗饮酒戏谑度日。"②又同卷云:"东坡平时为文论利害,如主意在那一边利处,只管说那利。其间有害处,亦都知,只藏匿不肯说,欲其说之必行。"③又卷一三九云:"今东坡之言曰:'吾所谓文,必与道俱。'则是文自文而道自道,待作文时,旋去讨个道来入放里面,此是它大病处。只是它每常文字华妙,包笼将去,到此不觉漏逗。说出他本根病痛所以然处,缘他都是因作文,却渐渐说上道理来,不是先理会得道理了,方作文,所以大本都差。"④综上可见,宋儒"以道驭文"的批评方法,也许并不适合《醉翁亭记》之类的"美文",但对于以思想性见长的各种文体而言,这其实是最根本的权衡。

五、余论:宋代子部文献与宋代文章学

上文依次描述了杂家、小说家、儒家这三类宋代子部文献中

---

① [宋]黎靖德编,王星贤点校:《朱子语类》,中华书局1994年版,第3307页。
② 同上书,第3113页。
③ 同上书,第3113—3114页。
④ 同上书,第3319页。

所包含的散文研究资料，大致梳理了其分布概况，并举例说明了各自的特点及价值。总的看来，这些文献并非稀见文献，只是由于以往散文观念和文献整理方式的局限，导致诸多珍贵的散文研究资料散落、淹没在历史世界和思想世界之中，或是被搜集、整理到不同用途的书籍之中，导致其特点和价值不能凸显。郭英德师主持的《中国古代散文研究文献集成》课题，正是希望通过艰苦而不懈的努力，借助新颖的散文研究理念、科学的整理方法，将更多的散文研究资料发掘出来，整理停当，并赋予意义。路漫漫兮，求索之路尚远。通过这一阶段的辑录类编工作，笔者深刻地体会到，宋代文章学的完整学术体系及其发展、成熟的历程，只有在完成四部文献的全盘搜索之后，才有可能真正把握。南宋中期以后始兴盛的文话类和评点类文献，其实只是一段伟大历程的初步收获，而且只收获了其中的某些方面。比如文话往往与科举考试紧密结合，偏重论体文，偏重文法问题。如果只整理文话类和评点类文献，一方面不利于我们完整地看待散文，另一方面也不利于我们历史地看待文章学。这就是《中国古代散文研究文献集成》课题组之所以在"中国古代文评专书全编""中国古代散文注释文献与评点文献丛编""中国古代文集序跋汇编"等子课题之外，再设立"中国古代散文研究资料类编"（分经史子集四编）这一子课题的原因。相信在这样一个文献整理体系的映衬烛照下，文话和评点的理论价值定会得到进一步的认识！

金人的金代散文批评述论

魏崇武

关于金代文学的研究,近些年来取得了相当可喜的成绩。而专门从金人的金代文学研究这个角度展开探讨的学术成果,就笔者所见而言,迄今为止仅有周惠泉先生《金代文学学发凡·内篇》第二章。周著以人为纲,重点评述了金代周昂(？—1211)、赵秉文(1159—1232)、王若虚(1174—1243)、元好问(1190—1257)等四人对金代文学和文学家的评论,值得参考。不过,这些著名文学家兼文论家所关心的对象和问题有同有异,涉及的范围也比较广,需要我们作进一步的分析、归纳,以便更好地把握其中相对集中和重要的内容。此外,还有其他名声稍逊者也有一些重要的观点,值得我们关注。本文尝试从代表性作家、发展阶段、师法对象、风格特征、文风之争、发展方向等方面对金人的金代散文批评展开论述。

一、代表性作家及发展阶段

在文学史上,不同朝代的文学成就虽有高有低,但都有自己的代表性作家。赵秉文、元好问等人本身就是金代的代表性散文家,他们对金代散文作家的评价无疑值得重视。

赵秉文《翰林学士承旨文献党公碑》认为:"本朝百余年间,以文章见称者,皇统间宇文公,大定间无可蔡公,明昌间则党公。"①虽说"文章"一词含义较宽,不一定仅就散文而言,但赵秉文又"于前辈中,文则推党世杰怀英、蔡正甫珪"②,可见至少他对蔡珪(1131?—1174?)、党怀英(1134—1211)的散文成就是很推崇的。而对处于同时代的后辈作家,赵秉文"散文许李之纯、雷希颜"③,并在《答麻知几书》中承认经学与文章不及李纯甫(1177—1223)和麻九畴(1183—1232)④。从现存材料看,赵秉文推许的散文作家有蔡珪、党怀英、李纯甫、麻九畴、雷渊(1184—1231)。

这份五人名单,在元好问笔下有进一步的扩大。当然,元好问《闲闲公墓铭》是结合唐宋古文的发展来谈的,因而也更具文学史的意义:

> 唐文三变,至五季,衰陋极矣。由五季而为辽宋,由辽宋而为国朝,文之废兴可考也。宋有古文,有词赋,有明经,柳、穆、欧、苏诸人斩伐俗学,力百而功倍。起天圣,迄元祐,而后唐文振。然似是而非、空虚而无用者,又复见于宣政之季矣。辽则以科举为儒学之极致,假贷剽窃,牵合补缀,视五季又下衰,唐文奄奄如败北之气,没世不复,亦无以议为也。国初因辽宋之旧,以词赋、经义取士,预此选者,选曹以为贵科,荣路所在,人争走之。传注则金陵之余波,声律则刘郑之末光,固已占高爵而钓厚禄,至于经为通儒、文为名家,良未暇也。及翰林蔡公正甫出于大学大丞相之世业,接见宇文济阳、吴深

---

① [金]赵秉文:《闲闲老人滏水文集》卷十一,《四部丛刊》影印汲古阁精写本。
② [金]刘祁著,崔文印校点:《归潜志》卷十,中华书局1983年版,第119页。
③ [金]刘祁著,崔文印校点:《归潜志》卷八,第87页。
④ 参见[金]赵秉文《闲闲老人滏水文集》卷十九。

州之风流,唐宋文派乃得正传,然后诸儒得而和之。盖自宋以后百年,辽以来三百年,若党承旨世杰、王内翰子端、周三司德卿、杨礼部之美、王延州从之、李右司之纯、雷御史希颜,不可不谓之豪杰之士,若夫不溺于时俗,不汩于利禄,慨然以道德仁义、性命祸福之学自任,沉潜乎《六经》,从容乎百家,幼而壮,壮而老,怡然涣然,之死而后已者,惟我闲闲公一人。①

在上述文字中,元好问列出了蔡珪、党怀英、王庭筠(1156—1202)、周昂、赵秉文、杨云翼(1170—1228)、王若虚、李纯甫、雷渊这样一份名单,并将其归为"唐宋文派"。元好问特别突出了蔡珪和赵秉文的地位:他将蔡珪视作金代"唐宋文派"的开启者,而将赵秉文视为最杰出的代表。当然,赵秉文《答麻知几书》高度推许麻九畴,以及元好问《闲闲公墓铭》高度评价赵秉文,都应放在具体语境下具体分析,综合多方面的情况,并结合其他人甚至他们自己的相关评价,才能得到相对客观的认识。此外,上述代表性作家除赵秉文《闲闲老人滏水文集》、王若虚《滹南遗老集》尚存之外②,其余人的文集均已失传,现存散文有如零珠碎玉,不成规模。据阎凤梧主编《全辽金文》统计,蔡珪现存散文 2 篇,党怀英 13 篇,王庭筠 6 篇,周昂无,杨云翼 3 篇,李纯甫 9 篇及残章 10 则,麻九畴 1 篇,雷渊 2 篇,这种状况无疑会大大影响今人对金代散文的总体认识。

赵秉文、元好问二人的上述评价大体勾勒出金代散文发展的两个阶段:蔡珪相当于一座里程碑,之前是一个阶段,之后则进入一个新阶段。然而,刘祁(1203—1250)《归潜志》又以贞祐南渡(1214)为界,划出一个新的阶段:"南渡后,文风一变,文多学奇

---

① [金]元好问:《闲闲公墓铭》,姚奠中主编:《元好问全集》卷十七,山西古籍出版社 2004 年版,第 400—401 页。

② 按,王庭筠《黄华集》为今人金毓黻所辑,有《辽海丛书》本。

古,诗多学风雅,由赵闲闲、李屏山倡之。"①这样,综合赵、元、刘三人的看法,实际上他们划出了金代散文发展的三个阶段:金太祖至海陵王在位期间为第一阶段,金世宗在位至金宣宗贞祐南渡前为第二阶段,贞祐南渡之后为第三阶段。这种划分直到今天还普遍为学者们所接受②。

二、师法对象和风格特征

关于南宋和金朝的思想文化,清人翁方纲(1733—1818)有一个屡被引用的著名说法,那就是:北宋灭亡之后,"程学盛于南,苏学盛于北"③。其中,"苏学盛于北",已成为今天我们把握和研究金代文学的基点。就金代诗、词、文相比较而言,金词受苏轼(1057—1101)的影响最大,所谓"吴蔡体"乃由直接继承并发扬光大"东坡体"(指苏词中风格豪放的作品)而形成,而"吴蔡体"的产生又标志着北宗词体派的创立,并且北宗词在其发展过程中继续沿着宗苏的总体方向前进④;金诗则在宗苏的大背景下,在初、中期还受到黄庭坚(1045—1105)、江西诗派的很大影响,到后期,又因苏黄及江西诗派带来的一些弊端,在进行了批判、反思之后,转而提倡宗唐⑤。然而,金代散文是否有其他取径? 金人又勾勒出

---

① [金]刘祁著,崔文印校点:《归潜志》卷八,第85页。按,赵秉文,号闲闲老人;李纯甫,号屏山居士。

② 鉴于元好问的突出成就,当今学者中有人将蒙古军围汴(1232)至金亡之后元好问、李俊民、刘祁等人的创作继续划为金代散文的第四阶段(如王永的博士学位论文《金代散文研究》),可以视为一种新的认识。当然,这一做法有可能受到张晶《辽金诗史》的启发:《辽金诗史》将金亡前后的时期划作"金诗的升华时期",作为金诗发展的第四阶段。

③ [清]翁方纲:《石洲诗话》卷五第9则,人民文学出版社1981年版,第153页。

④ 相关研究可参看赵维江《金元词论稿》(中国社会科学出版社2000年版)等。

⑤ 元好问云:"百年以来,诗人多学坡、谷。"[金]元好问:《赵闲闲书拟和韦苏州诗跋》,姚奠中主编:《元好问全集》卷四十,第844页。相关研究可参看张晶《辽金诗史》、胡传志《金代文学研究》相关章节等。

怎样的金朝散文师法现象和作家风格特征？以下大致按金朝作家生活年代的先后次序，而非以师法对象所处时代的先后加以述论。

(一)金前期

宗苏：高士谈

金中期人魏道明（大定、明昌间在世）在注释蔡松年（1107—1159）《汉宫春·次高子文韵》一词时，指出金初著名作家高士谈（？—1146）"作文染翰，皆宗师坡仙"①。可惜高士谈没有散文作品流传下来，难以印证魏道明的说法。

(二)金中期

1. 宗苏：郑子聃

郑子聃（1126—1180）早年以能赋知名，曾分别于海陵王天德三年（1151）、正隆二年（1157）两度参加科举考试，先后中探花、状元，堪称奇闻。刘象先（生卒年不详）《雨声轩记》所言"以文章两登巍科，名冠天下"，所指即此事。郑子聃雨声轩之得名，源自苏轼《和癸卯岁始春怀古田舍》诗句②。刘氏记文写郑子聃"生平慕东坡之为人，于其文章尤所嗜好，下笔优入其域"，赞扬其诗文"轧轧若自肺腑中流出，何异于'万斛泉源不择地而出'焉"③，可知郑氏散文宗苏无疑。不过，郑子聃现存散文作品只有一篇，同样难以印证刘象先的说法。

---

① [金]蔡松年著，[金]魏道明注：《明秀集注》卷二，《四印斋所刻词》丛书本。

② 按刘象先《雨声轩记》云苏轼有诗"临池治虚堂，雨急瓦声新"（《和癸卯岁始春怀古田舍》其二），"郑侯（指郑子聃）深爱其语，故结字于湖亭之东，以瞰湖上"（[清]张金吾编：《金文最》卷二三，中华书局1990年版，第320页）。

③ [金]刘象先：《雨声轩记》，[清]张金吾编：《金文最》卷二三，中华书局1990年版，第320页。

2. 宗韩：孔摠、周昂

孔摠(1138—1190)为孔子第五十代孙，袭封衍圣公。为文以师法韩愈(768—824)为主，兼及左氏。党怀英为孔摠所作的墓表称其"力学自强，通《春秋左氏》，尤喜韩愈诗文，谈论简尺，多引二书，先辈多称誉之"①。孔摠散文今已失传。

周昂是金中期著名文学家和文论家。李纯甫《屏山故人外传》讲周昂"学术醇正，文笔高雅，以杜子美、韩退之为法，诸儒皆师尊之"②，看来周昂之诗歌学杜而散文宗韩，其取径颇有影响。刘祁《归潜志》也记载："(周昂)文章气势，一时流辈推之。屏山最爱之，尝曰：'若德卿操履端重，学问淳深，真韩欧辈人也。'"③

除了孔摠、周昂之外，金中期还有可能以韩愈、柳宗元(773—819)为师法对象的散文家是刘中(？—1207?)。据元好问《中州集》载，刘中"尤长于古文，典雅雄放，有韩柳气象。教授弟子王若虚、高法飏、张履、张云卿，皆擢高第，学古文者翕然宗之"④。不过，其高足王若虚却以宗苏为主。

3. 宗欧：党怀英

赵秉文有多篇关于党怀英的文章，对于后人了解党怀英有很大的帮助。其《翰林学士承旨文献党公碑》曾这样形容党怀英的诗文：

　　文章非能为之为工，乃不能不为之为工；非要之必奇，要之不得不然之为奇也。譬如山水之状，烟云之姿，风鼓石激，然后千变万化，不可端倪。此先生之文与先生之诗也。

---

① [金]党怀英：《赠正奉大夫袭封衍圣公孔公墓表》，《金文最》卷八九。
② [金]元好问：《中州集》卷四"常山周先生昂"小传，《景印文渊阁四库全书》本。
③ [金]刘祁著，崔文印校点：《归潜志》卷二，第13页。
④ [金]元好问：《中州集》卷四"刘左司中"小传。

当今有些论者据此认为党怀英宗苏,实际上并非如此。在多篇文章中,赵秉文一再指出党怀英散文风格接近于欧阳修(1007—1072):

> 文似欧阳公,不为尖新奇险之语;诗似陶谢,奄有魏晋。①
> 自公之未第时,已以文名天下,然公自谓入馆阁后,接诸公游,始知为文法,以欧阳公之文为得其正,信乎公之文**有似乎欧阳公之文也**。②
> 李监之篆,蔡中郎之八分,虞永兴之小楷,陶谢之诗,六一公之文,妙绝一世,公兼而有之,抑可谓全矣。③

党怀英散文之似欧阳修,不只是在风格上,而且是在思想内容上。赵秉文还讲到党怀英"文章仿六经"④,元人郝经(1223—1275)也讲党怀英"混然更比坡仙纯,突兀又一文章公"⑤,认为党怀英在思想上较苏轼更醇正,而欧阳修也历来被认为如此。⑥

(三)金后期

1. 宗苏:赵秉文、王若虚

元好问概括赵秉文散文风格云:"公之文出于义理之学,故长于辨析,极所欲言而止,不以绳墨自拘。"⑦赵秉文本人在理论上取径甚宽,其《翰林学士承旨文献党公碑》将先秦、两汉、韩、欧古文均视为正宗,倡导人们学习:

---

① [金]赵秉文:《翰林学士承旨文献党公碑》。
② [金]赵秉文:《竹溪先生文集引》,《闲闲老人滏水文集》卷十五。
③ [金]赵秉文:《题竹溪篆》,《闲闲老人滏水文集》卷二十。
④ [金]赵秉文:《送李按察十首》(其五),《闲闲老人滏水文集》卷三。
⑤ [元]郝经:《读党承旨集后》,《陵川文集》卷九,明正德二年(1507)李瀚刻本。
⑥ 按,郭预衡先生认为党怀英的思想其实也并不纯粹,为了投机取容,亦有佞佛颂圣之作。参见郭预衡《中国散文史》中册,上海古籍出版社1993年版,第695页。
⑦ [金]元好问:《闲闲公墓铭》,姚奠中主编:《元好问全集》卷十七,第403页。

先秦古文、篆籀淳古简严,后世邈乎不可及已。汉之文章,温醇深厚,如折枯橼以为明堂之楹,驾骙骃以遵五达之衢,不忧倾覆,使人晓然知治道之归。韩文公之文,汪洋大肆,如长江大河,浑浩运转,不见涯涘,使人愕然不敢睨视。欧阳公之文,如春风和气,鼓舞动荡,了无痕迹,使读之,亹亹不厌。凡此,皆文章之正也。

赵秉文未以苏轼为正宗,而遭到李纯甫"揭露",说赵实际上还是受到了苏轼的影响:"才甚高,气象甚雄,然不免有失肢堕节处。盖学东坡而不成者。"①可见李纯甫认为赵秉文未脱大苏窠臼。

至于王若虚,元好问说他"文以欧苏为正脉,诗学白乐天"②。不过,在欧苏之间,王若虚显然更为推崇苏轼。党怀英曾说:"文当以欧阳子为正,东坡虽出奇,非文之正。"③对此,王若虚曾予以严厉的批驳。他说:

> 定是谬语!欧文信妙,讵可及坡?坡冠绝古今,吾未见其过正也。④

在《滹南遗老集·文辨》中,王若虚发表了对先秦至宋代众多作家作品的看法。其中,最突出的是对于司马迁的批评和对苏轼的推崇。他曾说"文至东坡,无复遗恨"⑤,于此可见一斑。他认为

---

① [金]刘祁著,崔文印校点:《归潜志》卷八,第87页。近人钱基博先生尝论以为"党怀英、赵秉文,名曰宗欧祖韩而实为苏。"钱基博:《中国文学史》中册,中华书局1993年版,第741页。
② [金]元好问:《内翰王公墓表》,姚奠中主编:《元好问全集》卷十九,第443页。
③ [金]王若虚:《文辨》第22则,《滹南遗老集》卷三六,明祁氏澹生堂抄本。
④ [金]王若虚:《文辨》第22则,《滹南遗老集》卷三六。
⑤ [金]王若虚:《文辨》第21则,《滹南遗老集》卷三六。

"宋文视汉唐,百体皆异,其开廓横放,自一代之变"①,"散文至宋人,始是真文字,诗则反是矣"②,这种视宋文为最高峰的观点,正是以苏轼的成就作为其最有力的支撑。

2. 宗左、庄:李纯甫

李纯甫在散文上的师法对象,与前此诸人有所不同。刘祁《归潜志》及元好问《中州集》记载:

> (李纯甫)初为词赋学,后读《左氏春秋》,大爱之,遂更为经义学。逾冠,擢高第,名声赫然。为文法庄周、左氏,故其辞雄奇简古,人皆宗之,文风由此一变。③

> 屏山幼无师传,为文下笔便喜左氏、庄周,故能一扫辽宋余习。而雷希颜、宋飞卿诸人皆作古文,故复往往相法效,不作浅弱语。④

> 于书无所不窥,而于庄周、列御寇、左氏、《战国策》为尤长,文亦略能似之。⑤

以上记载相当重要,它让我们了解了金朝散文在贞祐南渡之后创作风气的新变。李纯甫提倡师法先秦散文,为金代散文带来一股新的气象,得到了许多人的响应,以"奇古"为尚的追随者大有人在。如冯延登(1176—1233)专擅《左传》,但他"为文苦思,尚奇涩"⑥,呈现出些弊端。李汾(1192—1232)尤喜《左传》《史记》⑦,等等。

---

① [金]王若虚:《文辨》第24则,《滹南遗老集》卷三五。
② [金]王若虚:《文辨》第39则,《滹南遗老集》卷三七。
③ [金]刘祁著,崔文印校点:《归潜志》卷一,第6页。
④ [金]刘祁著,崔文印校点:《归潜志》卷八,第85页。
⑤ [金]元好问:《中州集》卷四"屏山李先生纯甫"小传。
⑥ [金]刘祁著,崔文印校点:《归潜志》卷四,第41页。
⑦ [金]元好问:《中州集》卷十"李讲议汾"小传。

不过,《归潜志》还记载李纯甫"其文不出庄、左、柳、苏",看来他虽以宗先秦为主,但也没有完全排斥唐宋散文的影响。

3. 宗韩:雷渊;宗柳:王郁;宗宋祁:宋九嘉

虽说李纯甫引领了南渡之后散文的"奇古"之风,但有此追求者却并非都是宗先秦两汉的,如刘祁《归潜志》记载雷渊学韩愈,王郁(1204—1233)学柳宗元,宋九嘉(?—1233)则师法宋祁(998—1061)等。由于这些人资料较少,且均出自《归潜志》,故归在一处论述。

雷渊虽然也文尚奇古,不作浅弱语,但取径与李纯甫有所不同,而专门师法韩愈。《归潜志》记载:

(雷渊)博学有雄气,为文章专法韩昌黎,尤长于叙事。①
论文尚简古,全法退之,诗亦喜韩,兼好黄鲁直新巧。②

雷渊"尝为文祭高公献臣,其词高古,一时传诵。工于尺牍,辞简而甚文,朋友得之,辄以为珍藏。发书顷刻数十轴,皆得体可爱"③。不过,雷渊生性耿直,不讲情面,"在馆,与诸同年友制辞,皆摘其不及以箴之。如诰商衡平叔云:'将迎间有,亦须风节之自持。'诰聂天骥元吉云:'读书大可益人,宜勤讲学。'"④他不肯谀墓,在为李纯甫作墓志时,曾指责其缺点,而招致一些人的不满⑤。

宋九嘉喜作简古之语,但主要师法宋祁《新唐书》,比较特别。《归潜志》记载:

---

① [金]刘祁著,崔文印校点:《归潜志》卷一,第10页。
② [金]刘祁著,崔文印校点:《归潜志》卷八,第89页。
③ [金]刘祁著,崔文印校点:《归潜志》卷一,第10页。
④ 同上。
⑤ 参见[金]刘祁著,崔文印校点:《归潜志》卷八,第89页。

> （宋九嘉）少游太学，有词赋声。从屏山游，读书为文有奇气，与雷希颜、李天英相埒也。……文辞简古，法宋祁《新唐书》，惜乎为吏事所夺，不多著。①

至于王郁，《归潜志》载：

> （王郁）为文闳肆奇古，动辄数千百言，法柳柳州。歌诗飘逸，有太白气象。②

王郁《王子小传》自评"为文一扫积弊，专法古人"③，未提及师法柳宗元。不过，既然刘祁被王郁认可为仅有的两位"心交"之一④，其评论应当是具有较高的可信度。此外，据《归潜志》记载，还有一位名叫李夷（1191—1232）者，喜读史书，尚武使气，"为文尚奇涩，喜唐人"⑤，颇为雷渊等所重。

综上所述，金人的金代散文批评资料显示：虽说"苏学盛于北"，但在散文方面，金人的师法对象乃至风格特征还是较为多样化的。金朝著名散文家的师法对象主要是韩柳欧苏，于此可见元好问所言蔡珪开创了一个金代的"唐宋文派"，的确不虚。而在贞祐南渡之后，在追求"奇古"的文坛新风之下，取径也有宗先秦散文与唐宋散文之区别。

三、文风之争及发展方向

正是由于审美趋向有异，在金后期的著名散文家之间产生了

---

① ［金］刘祁著，崔文印校点：《归潜志》卷一，第11页。
② ［金］刘祁著，崔文印校点：《归潜志》卷三，第23页。
③ 同上。
④ 金王郁《王子小传》："至于心交者，惟李冶、刘祁二人而已。"（［金］刘祁著，崔文印校点：《归潜志》卷三，第25页。）
⑤ ［金］刘祁著，崔文印校点：《归潜志》卷二，第20页。

一定程度的冲突。刘祁《归潜志》记载了几个代表性散文作家之间的争论,使后人对此能有所了解,颇具文学批评史的价值。

(一)文风之争

1. 赵李之争

据《归潜志》记载,赵秉文、李纯甫之间有过一些争议。赵秉文批评李纯甫片面追求奇崛:"文字无太硬。之纯文字最硬,可伤!"①又嫌李纯甫诗文风格过于单一,说:"之纯文字止一体,诗只一句去也。"②李纯甫则讥讽赵秉文的散文创作:"才甚高,气象甚雄,然不免有失支堕节处,盖学东坡而不成者。"③在赵李之间,王若虚明显站到了赵秉文一边。他也批评李纯甫:"之纯虽才高,好作险句怪语,无意味。"④刘祁是个有心人,从诸位名家谈诗论文中,琢磨出了赵李文风的区别,并各取其长:

> 兴定、元光间,余在南京,从赵闲闲、李屏山、王从之、雷希颜诸公游,多论为文作诗。赵于诗最细,贵含蓄工夫,于文颇粗,止论气象大概。李于文甚细,说关键、宾主、抑扬,于诗颇粗,止论词气才巧。故余于赵则取其作诗法,于李则取其为文法。⑤

在继承与创新关系的问题上,赵李二人的观点也颇有差异。《归潜志》记载:李纯甫教后学为文,鼓励自成一家,常说:"当别转

---

① [金]刘祁著,崔文印校点:《归潜志》卷八,第88页。对于这个说法,刘从益表示赞同。按,李纯甫字之纯,号屏山居士。
② 同上书,第87页。
③ 同上。
④ 同上书,第88页。
⑤ 同上。

一路,勿随人脚跟。"①在李纯甫的影响下,金后期颇有一些作家主张师心自用。赵秉文对此表达了不同意见:

> 为文当师《六经》、左丘明、庄周、太史公、贾谊、刘向、扬雄、韩愈,为诗当师《三百篇》《离骚》《文选》《古诗十九首》,下及李杜,……尽得诸人所长,然后卓然自成一家,非有意于专师古人,亦非有意于专摈古人而独立者。……岂遽漫汗自师胸臆,至不成语,然后为快哉?②

这些议论不无道理,符合文学发展规律,也比较通达。实际上赵秉文主张文章不执一体,他教后进为诗文:"有时奇古,有时平淡,何拘?"③这些观点决定了他与李纯甫之间的争论不会太过激烈。

2. 王雷之争

赵李之间的争论,远不如王若虚与雷渊之争那么激烈。王雷之争,颇多意气用事的成分。《归潜志》记载:

> 王(若虚)则贵议论文字有体致,不喜出奇,下字止欲如家人语言,尤以助辞为尚。……雷(渊)则论文尚简古,全法退之。……正大中,王翰林从之在史院领史事,雷翰林希颜为应奉兼编修官,同修《宣宗实录》。二公由文体不同,多纷争。盖王平日好平淡纪实,雷尚奇峭造语也。王则云:"《实录》止文其当时事,贵不失真,若自作史,则又异也。"雷则云:"作文字无句法,委靡不振,不足观。"故雷所作,王多改革。雷大愤不平,语人曰:"请将吾二人所作,令天下文士定其是

---

① [金]刘祁著,崔文印校点:《归潜志》卷八,第87页。
② [金]赵秉文:《答李天英书》,《闲闲老人滏水文集》卷十九。
③ [金]刘祁著,崔文印校点:《归潜志》卷八,第87页。

非。"王亦不屑。王尝曰:"希颜作文好用恶硬字,何以为奇?"雷亦曰:"从之持论甚高,文章亦难止以经义科举法绳之也。"①

王若虚与雷渊之间的争议,正是金代散文在后期审美取向多样化之后的自然反映。这说明,金代散文创作在长期追求平易自然后,出现流于滑易的弊端。在是否应当继续宗苏的问题上,文士们有不同的认识,提倡延续平易文风者与追求雄奇简古新文风者之间,便产生了分歧。因此,王雷之争实际上代表了当时两种创作倾向之间的矛盾。

(二)发展方向

贞祐南渡之后,李纯甫大力提倡奇古文风,就是在探索一条新路。然而,限于材料,今天我们无法得知李纯甫一派的散文家提出过哪些有价值的理论。但有一篇《王子小传》,却让我们了解到了当时一位年轻人颇具前瞻性的理论思索。《王子小传》是仅仅活了三十年的王郁的自传。王郁年寿不长,但在金后期文坛应该占有较为重要的地位。原因是他敏锐地察觉到南宋理学北传之后散文即将发生的变化,在理论上做出了迅速的反应:

> 是时学者惟事科举时文,先生为文一扫积弊,专法古人。……其论学,孔氏能兼佛老,佛老为世害。然有从事于孔氏之心学者,徒能言而不能行,纵欲行之,又皆执于一隅,不能周遍。故尝欲著书推明孔氏之心学,又别言之、行之二者之不同,以去学者之弊。其论经学,以为宋儒见解最高,虽皆笑东汉之传注,今人唯知蹈袭前人,不敢谁何,使天然之智

---

① [金]刘祁著,崔文印校点:《归潜志》卷八,第89页。

识不具,而经世实用不宏,视东汉传注为尤甚。亦欲著书,专与宋儒商订。其论为文,以为近代文章为习俗所蠹,不能遽洗其陋,非有绝世之人奋然以古作者自任,不能唱起斯文。故尝欲为文,取韩柳之辞、程张之理,合而为一,方尽天下之妙。①

王郁以韩柳之辞表达程张之理的思想,在当时是一个新的提法。它是在金代散文长期宗苏之后取径逐渐多样化的背景下,在肯定文学技巧的同时,突出强调思想内容的重要地位。它是对"文以载道"或"文以明道"说的具体化表述,也是对金中期周昂"文以意为主"说的明确化改造,无疑具有较强的理论意义。

四、结语

金朝文献佚失严重,我们只能就有限的资料对金人的金代散文批评做一番较为简略的述论。本文所使用的材料,基本出自金后期乃至金亡前后的文献,主要有赵秉文、王若虚、元好问等人的别集以及元好问《中州集》作家小传、刘祁《归潜志》等。这些文献所载内容,也是以属于金后期者居多,所以对所要探讨的问题存在很大的局限。但即便如此,上述几个方面的内容,对于我们认识金代散文的相关问题依然有相当价值,值得重视。

---

① [金]刘祁著,崔文印校点:《归潜志》卷三,第23—24页。

新时期以来中国古代集部散文评点研究述评

李小龙

评点是中国古代文学批评的重要方式之一,古已有之,而关于评点的争论也一直未断。近百年来由于文化传统的断裂与更张,评点这种极富特色的民族形式被摒弃、忽略。新时期以来,学界才开始对这种表现形态投去探究的目光,最初,这种探究只是从两个切入点开始的:一是语文教学,二是小说评点。

20 世纪 80 年代仅仅发表了四篇与散文评点有关的文章,其中三篇分别发表在《语文学习》《语文教学与研究》《中学语文》上[①],从刊物便可知其与语文教学的关系了。再看其文,最早是祖耀先《〈古文观止〉的评点及其他》,通过对《古文观止》评点的描述,作者指出:"语文教材中的阅读课文,如果加上适当的评点文字,对指导学生阅读不是十分有利吗?"同时再由《古文观止》评点"各有侧重",而想到语文教材千篇一律的"思考与练习",实际上借《古文观止》评点来诊断当下语言教学之弊。这真是个有趣的巧合,据学界的看法,评点的形式成熟并流行起来,是与科举考试

---

① 这三篇文章分别是祖耀先:《〈古文观止〉的评点及其他》,《语文学习》1980 年第 5 期;史巧芝:《略谈古代的诗文评点》,《语文教学与研究》1981 年第 3 期;张少阶:《谈"评点"》,《中学语文》1984 年第 3 期。

密切相关的,新时期对评点的重视竟也从语文教学开始,颇堪玩味。

另外两篇文章虽然发表在语文教学类的刊物上,却借此大谈小说评点的问题,仿佛中学生上语文课看小说一样。由此亦可见新时期以来研究虽有瞩目,但仍为小说、戏曲评点的天下。原因是小说在新时期后地位的急剧上升,而古代小说研究资料又非常稀少,因而小说评点便成为解救研究资料不足的宝藏。

当然,学者"爱屋及乌",由小说之评点追溯或迁移到散文评点也是可能的。这一点从前举发表于语文教育类刊物中的后两篇文章即可看出。此外,2000年前,学界公开发表探讨散文评点的文章极少,目前来看仅有四篇,其中吴承学的《评点之兴——文学评点的形成和南宋的诗文评点》开端便称:"他们的眼光多集中于明清的小说评点,对于评点形式的源流尚缺乏比较完整系统的认识。鉴于此,本文重点讨论评点方式的形成和早期诗文评点的主要著作,以期对研究文学评点历史的工作起些抛砖引玉的作用。"①可见其对评点的研究与小说评点有关。钟法《妙阐幽微 巧度金针——金圣叹评点散文笔法论析》与孙秋克《含思精切 性灵手眼——论金圣叹的散文评点》二文仅从题目亦可知其虽研究金圣叹(1608—1661)的散文评点,但论文的背后却一定有金批《西厢记》与《水浒传》的影子。前者论述了金圣叹评点中的13种笔法,其实便带有金圣叹小说评点的格局;后文算是严格意义上对金圣叹评散文进行研究的文章,虽然也未能摆脱金氏小说评点的影响,但所论集中于散文评点②。不过,全文类似于对金氏评点

---

① 吴承学:《评点之兴——文学评点的形成和南宋的诗文评点》,《文学评论》1995年第1期。

② 参见钟法《妙阐幽微 巧度金针——金圣叹评点散文笔法论析》,《学术论坛》1992年第1期;孙秋克《含思精切 性灵手眼——论金圣叹的散文评点》,《昆明师专学报》1998年第4期。

的评点,侧重于鉴赏与例举,尚未有理论性的架构。直到 2000 年以后,散文评点的研究才逐渐增多,大致有上百篇论文发表。以下就对这些成果分类进行评述。

一、评点的产生与体例

研究评点这种中国独有的文本呈现样式,首先便需要考虑评点是如何产生的。1993 年王锺陵《总集与评点——兼论文学史运动的动力结构》一文对这一问题有所思考。其文一方面认为总集"居于文学史运动的中介地位,不断地萌发出文学史发展的许多契机";另一方面又指出总集的评点"则使这种中介作用得以充分发挥",也是"理论建构的有效方式"。在此基础上,作者对评点进行了溯源,认为"评点就其实质来说,乃是对于文本的一种诠释","广义的文本诠释,可以上溯至春秋列国之间聘问交往中的断章赋诗","文本诠释的几种主要方法在中国首先是由汉代经学确立的",并进一步指出,宋人"改变了由汉代经学确立的事义兼释的文本阐释法,转到了艺术技巧的读解上来。这样一种转变,随着宋代古文运动的风靡六合而覆被文苑,科举的需要更对这种转变作出了强大的推动。以致对于先秦诸子典籍,宋以下亦出现了很多从文法上作讲求的著作。"[①]应该说,这些意见都是精当的。

1995 年,安徽教育出版社出版了朱世英等撰写的《中国散文学通论》一书,全书共分源流篇、范畴篇、类型篇、功用篇、技法篇、评点篇六部分,评点居其一,可见对于散文评点的重视。不过,此书评点篇虽有近百页七万字的篇幅,但只包括评点史与评点法两个部分,并未深入。在评点史这一部分中,论述了散文评点的萌

[①] 王锺陵:《总集与评点——兼论文学史运动的动力结构》,《中国社会科学》1993 年第 4 期。

芽期、成熟期与辉煌期,前二期中涉及评点的源流,一方面指出解经著作是"评点学的滥觞",另一方面也认为"严格意义上的评点学兴起于南宋",并进一步认为"评点学的奠基人是与朱熹交往甚密的吕祖谦","其选编的《古文关键》成了评点学的开山之祖"①。

同年,吴承学发表了《评点之兴——文学评点的形成和南宋的诗文评点》一文,共分四个部分,第一部分便探讨了评点的源流。作者指出,"文学评点中的总评、评注、行批、眉批、夹批等方式,是在经学的评注格式基础上发展起来的"。同时将评点符号单独出来,认为这是"在古代读书句读标志的基础上进一步发展起来的","句读与评点当然分属语法与鉴赏两个不同的系统","当句读方式由语法意义扩大至鉴赏意义时,文学性质的圈点也就产生了"。而至于"评",作者也指出,其至少在唐代的诗歌选本上就有了,如《河岳英灵集》《中兴间气集》等。再向前追溯,如朱墨读书法追溯到后汉贾逵(174—228)《春秋左氏经传朱墨例》与三国董遇(生卒年不详)的"朱墨别异",但"作为一种自觉的批评方式,评点到了宋代才真正形成"。这一方面与宋代雕版印刷术的使用有关,也"与宋人读书认真的风气有关"。他进一步指出,"宋代儒家的读书方法对于评点之学更是影响巨大,其中理学大师朱熹及其门徒的读书方法影响尤大"②,并搜罗文献,从朱熹(1130—1200)的五色圈点读书法到其门人黄榦(1152—1221)、再至何基(1188—1268)、到王柏(1197—1274),可以看到清晰的线索。当然,与此相联系的还有科举,对儒家经典的"批点抹截"是举子们的重要功课。应该说这种溯源相当全面并合乎事实。

---

① 朱世英、方遒、刘国华:《中国散文学通论》,安徽教育出版社1995年版,第909—915页。

② 吴承学:《评点之兴——文学评点的形成和南宋的诗文评点》;又吴承学:《中国古代文体形态研究》(增订本)第十二章《评点形态源流》,中山大学出版社2002年版,第218—240页。

1999年,第一部《中国评点文学史》出版,作者孙琴安在绪论中对评点文学的性质进行了探讨,指出"评点文学是一种兼有文学批评和文学作品双重属性的特殊文学形态"[①],这一看法极富洞见,是摆脱将评点文论化,并重新审视评点的基础。该书第一章即"中国评点文学的来源",讨论了评点文学的两个来源。一为训诂学,通过对训诂历史的梳理,作者发现,最初的训诂虽要在解释字词,但"在有些地方已超出了训诂学的范围,更多了一些注者的主观成分,个别地方甚至已涉及文学批评的范畴"[②],并且认为评点中读法当源于诗大序,而回前评又源于诗小序。二是历史学,作者认为史学著作的评点要早于文学著作,如《史记》的"太史公曰"便是一种评语(当然,这种体制其实还可以再向上追溯,如《左传》中便有大量的"君子曰"),这在后代正史中被承袭下来,不仅从体制上对文学评点是一种引导,而且史评本身也常常对文学作品进行品评。

2001年,张伯伟发表《评点四论》一文,用近四万字的篇幅全力讨论评点的渊源,这也是迄今为止对评点溯源问题探讨最全面的文字。全文从章句、论文、科举、评唱四个角度来探讨评点之源,均极翔实有见。作者首先指出评点"包括'评'和'点'两端,又与所评的文本联系在一起,宋人合而为一,遂成为一种文学批评的样式"。点"出自古人章句之学",并探讨了章句中的"断句之符",后代评点从"点"的角度来看,与此关系密切。另外,"评点中又有以不同色彩的笔点抹以表示不同意义者","能够看到评点符号与章句符号一脉相承的关系"[③]。此外,经疏之学对评点的影响

---

① 孙琴安:《中国评点文学史·绪论》,上海社会科学院出版社1999年版,第1—2页。
② 孙琴安:《中国评点文学史》第一章,第1—13页。
③ 张伯伟:《评点四论》,《中国学术》2001年第2期,又载《中国古代文学批评方法研究》,中华书局2002年版,第543—591页。另改名《评点溯源》发表于章培恒、王靖宇主编《中国文学评点研究论集》,上海古籍出版社2002年版,第1—54页。

亦可从区分章段、篇末总括大意与开题方面来探讨。如果说这些主要在讨论"点",那么从论文的角度则主要讨论"评"。钱锺书在《管锥编》中曾评论陆云(262—303)的《与兄平原书》"俨然诗文评点之最古者",而张伯伟则指出此类其实有更早的渊源,如《左传》《论语》均是,"其勒为专书者,当推《文心雕龙》和《诗品》"。并具体从诗格、选集和诗社三方面来探讨,均发新意。至于科举,是唐后主要的官员选拔考试,"考试方法既定,也是从为文的格式上去讲求。最早的评点书,不涉及诗而涉及文,又多讲究文法、格式,根本原因即在于此",具体来说,《文献通考》说宋代科举是"变声律为议论,变墨义为大义","与诗赋、记诵不同,'议论'和'大义'是与文章,也就是古文紧密结合在一起的。评点在宋代的出现,与科举考试科目转变的背景是分不开的"。而"从考官的批语到评点的评语,其递转的痕迹在《论学绳尺》一书中,可谓赫然在目"。最后还特别提出了禅宗的评唱,禅宗公案"未必人人能悟","对于同一公案,诸学人参证商量的心得也未必一致","由于这两点原因,于是禅家又有'颂古'和'代别',对公案下转语、著见地,以转拨心机、启发学人"。"评唱的语言风格一如禅宗语录,但更为简捷泼辣,尤其是其著语部分,更是正语、反语、雅语、俗语、冷嘲语、热骂语、庄语、谐语、经典语、疯癫语杂陈并置,无所不用。评点书中的文中夹评,虽语言风格有异,但同样简捷明快,一语中的",而且,"早期的评点书中也不时夹杂禅语"。总体而言,就是"章句提供了符号和格式的借鉴,前人论文的演变决定了评点的重心,科举激发了评点的产生,评唱树立了写作的样板"。

在吴、张二文之后,对评点的溯源研究告一段落。张曙光《经学思想的嬗变与文学评点的视域生成》,分别指出南宋时期文学评点的理学思想视域、宋元之际刘辰翁(1233—1297)评点的陆氏心学影响及明中后期文学评点的王氏心学视域①,可谓别出手眼。

而在评点的体例这一部分,上述研究评点的文章都或多或少涉及过,但最为集中的还是朱世英等《中国散文学通论》中的"散文评点法"一章。此章共分三个部分,分别列举了点的使用法、批的使用法和评的使用法,如前所云,此书总体来说多为罗列,但毕竟对评点体例进行了部分的梳理。

二、古文选本评点研究

正如王锺陵《总集与评点——兼论文学史运动的动力结构》一文所称的,评点的兴盛与古文选本有着极为复杂的关系。这一点从学界对评点研究的起始便可看到,即前文提及祖耀先《〈古文观止〉的评点及其他》一文,正是从《古文观止》这个近数百年最为流行的古文选本为研究对象的。

在这里,仍需提及吴承学 1995 年发表的《评点之兴——文学评点的形成和南宋的诗文评点》一文,在此文的第二节,作者指出:"阅读过程的评点活动应是渊源久远的,但那往往只是个人的阅读行为;而在书籍印行中,把选集和评点这两种文学批评的方式结合起来,则是一种更为广泛的文化传播和文化普及的行为。"从这一意义出发,作者细致论述了"最早合选本与评点方式为一"的《古文关键》,指出"在文学批评史上,吕祖谦《古文关键》最突出的成就在于运用了文学选本的评点方式"。在此基础上继续论述了受《古文关键》影响的楼昉(生卒年不详)《崇古文诀》、真德秀(1178—1235)《文章正宗》、谢枋得(1226—1289)《文章轨范》等带有评点的选本,不但论其体例,也点出其对后世评点的影响。

---

① 参见张曙光《经学思想的嬗变与文学评点的视域生成》,《贵州社会科学》2013年第 4 期。

在此基础上,张智华《南宋所编诗文选本在中国学术史上的地位》一文对南宋各种诗文选本的意义也作了探讨,作者别具只眼地指出:"诗文评点的文本价值是指选评者通过对诗文所作出的选择、圈点、评点等活动,从而使入选作品获得了自身独特的版本价值和文学价值。这有两种表现形态:一是对诗文情感主旨的强化,另一是对诗文艺术形式的增强。选评者常常将自己的评点作为一种艺术再创造活动,将自己的思想感情、审美趣味融入到了批评对象之中。选评什么,如何评点,均反映出鲜明的倾向。评点与入选作品紧密结合从而具有独特的文本价值。这种诗文评点选本有一点值得人们注意,即诗文批评所应有的强烈的读者意识,这种读者意识与科举考试的功利目的紧密相联。"①

由于吕祖谦(1137—1181)《古文关键》在评点一体上的重要性,研究者对此书投注了较大的关注,除了前面提到王锺陵、吴承学、张智华的论文之外,还有数篇文章专论《古文关键》。其中,2002年吴承学《现存评点第一书——论〈古文关键〉的编选、评点及其影响》一文最为全面,此文先考察了《古文关键》的版本,并从选目及评语的矛盾上对此书编者提出一些谨慎的质疑。然后指出,从《古文关键》开始了评点最大的体制特征,即"与本文紧密结合",并且细密地论述了《古文关键》的体制特点及其对南宋其他选本乃至于后代脍炙人口的唐宋八大家文集选本的影响。不过,此文最有见地的是对于"点"的论述:"评点之特色首在于'点',即点抹标志。点抹是一种超越文字的特殊的分析方式,它本身是为了提醒读者注意而使用的醒豁的标志符号,但是符号所含蕴的意义又是需要读者细细体会的,与直接的文字批评不同,这正是评点之所以与传统文学不同的主要形式特色。假如完全舍'点'则

---

① 张智华:《南宋所编诗文选本在中国学术史上的地位》,《北京师范大学学报》2000年第5期。

评点不成其为完整的评点了。但是研究宋人点抹标志颇为困难：由于时代久远,现存宋人评点的选本大都是后人传刻的。传刻者往往只留下'评',而删略去圈点标抹之处,使我们难以看到宋人评点的真面目,而且多数评点研究者也只研究'评'而不暇顾及'点',这是目前评点学研究的通病。"①这一看法深中肯綮,并且触摸到了评点一体最有价值的地方,但可惜由于资料限制,此文虽然指出这一点,却也无法深入论列。

当然,对于选本评点而言,南宋几种选本各有特点,一般的研究都将后几种作为承袭《古文关键》影响的佐证,很少有研究者具体关注另外三种选本的意义,罗书华《中国散文评点"三宗"论》一文从张云章序中"是三书皆东莱先生开其宗者"一语引申,别出心裁地提出"《古文关键》和《崇古文诀》《文章正宗》《文章轨范》可谓中国散文评点的'一祖三宗'"的论断,这一看法将另三部选本也置于评点史的脉络之中,从而彰显其不同的特点。作者指出:"三宗继一祖而起,各有继承和发展。《崇古文诀》以文法为中心,是文章家的评点;《文章正宗》以义理为中心,是理学家的评点;《文章轨范》则文法与义理并重,是传统文士的评点,它们三足鼎立,代表了古文评点的基本结构和发展方向。"②

除以上的南宋选本外,有清以来最为流行的古文选本《古文观止》也引起学者的关注,如王兵从《古文观止》的选、评来探讨编选者的散文观③,陈琳从二吴的评点入手梳理其文章技法④。除此之外,清代其他的文章选本也多有研究者论及,如《古文辞类

---

① 吴承学:《现存评点第一书——论〈古文关键〉的编选、评点及其影响》,章培恒、王靖宇主编:《中国文学评点研究论集》,上海古籍出版社2002年版,第215—236页。
② 罗书华:《中国散文评点"三宗"论》,《福建师范大学学报》2012年第3期。
③ 参见王兵《论〈古文观止〉编选者的散文观》,《贵州文史丛刊》2008年第3期。
④ 参见陈琳《浅论〈古文观止〉二吴评点所揭示的文章技法》,《西藏民族学院学报》2014年第1期。

纂》《古文渊鉴》《赋学正鹄》等。

三、唐宋八大家评点研究

唐宋八大家笼罩了明清两代的散文选本,同时也是被评点最多的。所以,他们也同样应该是研究散文评点者关注的对象。不过,遗憾的是,这本应是散文评点研究的重中之重,但研究成果却非常少,或许作为选本的《唐宋八大家文抄》过于引人注目,反倒让人们忽略了对茅坤(1512—1601)在其选本中进行的评点。

2011年,林春虹发表《茅坤与明代古文评点的兴盛》一文,提出一个重要的命题,即评点是从《古文关键》肇端,那为何到了明代进入极盛时期呢?作者认为关键便在于茅坤,她指出茅坤《唐宋八大家文抄》中的评点从"体例、内容等呈现出'法'与'意'相统一的特征,使他超越了以往评点家,促成了明代古文评点的空前兴盛"①。2012年,付琼《简论明清学人对茅坤〈唐宋八大家文抄〉的负面评价》一文从反面着眼,梳理茅坤此选在明清两代的另一种不为人知的境遇,并由此背景反观明清学人对茅氏评点"埋没古人精神"的批评,指出茅氏评点的影响与特点②。事实上,明清两代古文选本出现了"唐宋八大家"范式,其实便是对茅选模仿与批评共同作用的结果,而这些羽翼在茅选之下的作品也成为古文评点研究的关注点。如储欣(1631—1706)《唐宋八大家类选》与沈德潜(1673—1769)《唐宋八家文读本》是清代影响力最大的"唐宋八大家"式选本,其评点也都有特色。

除将"唐宋八大家"视为一个整体的选本之外,八大家中每一

---

① 林春虹:《茅坤与明代古文评点的兴盛》,《广播电视大学学报》2011年第2期。
② 参见付琼《简论明清学人对茅坤〈唐宋八大家文抄〉的负面评价》,《文学评论》2012年第6期。

位作家的古文选本也是评点家青睐的对象。丁俊丽《清代科举影响下的韩文评点文献探微》一文梳理了清代韩愈散文评点的七部著作,指出"清代科举影响下产生了一批韩文评点文献,促进了清代宗韩风气的发展",并进一步论析了这些评点本的文献价值①。孙麒《新见方苞评点柳文辑略》一文对新发现的方苞(1668—1749)手批柳文进行了考证与辑录②,方苞不甚喜欢柳宗元的散文,但却留存了相当多的评点,很值得研究。总体来说,清代颇为忽视对柳文的评点,明代还好,杨贵环《唐宋派对柳宗元文的评点——以唐顺之、茅坤等评点为中心》一文便对明代柳文评本进行了叙录与分析③。

在唐宋八大家的评点研究中,对苏轼(1037—1101)评点的研究因有学者以此为学位论文的研究对象而显得更加深入,目前所发表的有关苏文评点的论文中,除郑艳玲《析钟惺评选的〈东坡文选〉》对钟惺(1574—1624)评本进行文献描述之外④,余三篇文章均为樊庆彦发表,其《明代苏轼研究"中熄"说献疑——兼论明代苏文评点的学术价值》一文对于评点本身而言都具有重要的意义,因为据学界的看法,明代为苏轼研究的"中熄"时代,一片沉寂,实际上这是囿于传统研究领域的看法,如果把视野扩大到评点,就会发现明代对苏文的评点非常丰富,也就是说,从某种意义上看,明人的苏轼研究更多是以评点的形态存在的⑤。其实此前,付琼便已经从明代苏文选本的统计上对"中熄

---

① 丁俊丽:《清代科举影响下的韩文评点文献探微》,《山西师大学报》2014年第4期。
② 参见孙麒《新见方苞评点柳文辑略》,《古籍研究》2013年第1期。
③ 参见杨贵环《唐宋派对柳宗元文的评点——以唐顺之、茅坤等评点为中心》,《湖北社会科学》2014年第4期。
④ 郑艳玲:《析钟惺评选的〈东坡文选〉》,《广州大学学报》2007年第6期。
⑤ 参见樊庆彦《明代苏轼研究"中熄"说献疑——兼论明代苏文评点的学术价值》,《复旦学报》2010年第3期。

说"提出了质疑①——据笔者所在课题组的统计,苏文评点文献约有三十种,是古代作家文章评点文献存世数量最多的,甚至比韩文多出不少,更重要的是,这些评点文献几乎全部集中在明代,所以仅统计明代的话,是韩文的近三倍,这不能不说是一个极为重要的文学批评现象。樊庆彦另外两篇文章—论苏轼诗文评点的社会传播价值,一论苏轼诗文评点的演进历程,都对苏文评点的意义进行了探讨②。

四、《文选》与《文心雕龙》评点研究

将《文选》与《文心雕龙》单列为一类似乎有些奇怪,但就目前情况来看,对此二书评点的研究占全部古代散文评点研究的三分之一,数量非常多。另外,《文选》作为一部有着重要影响力的经典选本,自然也是明清两代评点学关注的对象,并借《文选》本身的重要性扩大了评点的影响,所以也确实理应得到更好的研究;而《文心雕龙》本身便是很好的文章,对其评点则既有文章学的意义,也有文学理论方面的抉发,因此这也是散文评点研究中比较重要的领地。

《文心雕龙》的评点在2005年即由黄霖整理为专书出版③,故研究甚便。不过,由于《文心雕龙》一书的特殊性,目前关于此书评点的七篇论文,几乎全为对评点所揭示与探讨《文心雕龙》一书在文学理论上的意义,所以,仍是把评点当作文论资料的惯例。

---

① 参见付琼《苏文选本在明清时期的刊刻和流行——兼评明代苏轼研究"中熄"说》,《兰州学刊》2009年第7期。
② 参见樊庆彦、刘佳《论苏轼诗文评点的社会传播价值》,《中国文学研究(辑刊)》2013年第1期;樊庆彦、刘佳《苏轼诗文评点的演进历程》,《文史哲》2013年第5期。
③ 黄霖整理:《文心雕龙汇评》,上海古籍出版社2005年版。

而《文选》则不同,因为它本来就是一本诗文选集,自然更倾向于研究与选本结合紧密的评点。《文选》研究的论文数量较多,占所有散文评点研究论文的近四分之一。不过,这一比例并不完全能说明《文选》评点受到了全面关注,因为这二十余篇文章中,有17篇同为赵俊玲撰写,据其论文发表的标注可知,这些论文同属于几个科研课题。总体来看,对于《文选》评点的研究目前仍处于文献描述的层面上。如赵俊玲教授17篇文章中,有14篇是分别对钱陆灿(1612—1698)、邹思明(1542?—?)、洪若皋(1624—1695)、方廷珪(生卒年不详)、何焯(1661—1722)、郭正域(1554—1612)、孙鑛(1543—1613)、卢之颐(1599—1664)、李淳(生卒年不详)、俞玚(清康熙间人)、杨慎(1488—1559)、孙琮(清顺康间人)、闵凌刻本、余碧泉(生卒年不详)刻本等评点本进行文献考察的,这些文章对研究对象多进行了较精详的描述与考论,如最早发表的《钱陆灿〈文选〉评点本探析》对向称名家的钱陆灿《文选》评点进行考察,指出其评点绝大部分来源于孙鑛《文选瀹注》,同时参考《文选纂注评林》等书,由此可以更合理地考察钱氏在《文选》评点史上的地位[①]。赵俊玲深入文献细节,像这样的收获还有很多,如《今传三种何焯〈文选〉评点本辨》一文由评语细勘指出,于光华本《重订文选集评》是收录何焯评点最详尽的版本,但却误增了俞玚的评点[②],这一辨析对于我们研究何焯评点是非常重要的。当然,《文选》的评点是代代生成的,于光华刻《重订文选集评》将此前学人的评点集中起来之后,其书本身又成为后人评点的对象。刘洋《〈重订文选集评〉袁兰评点本述评》一文便对南京图书馆所存,上有袁兰(清乾嘉间人)评点并过录潘耒(1646—1708)、沈祖惠(1700—1767)评点的珍贵版本进行研究,并对相关评点的文献

---

① 参见赵俊玲《钱陆灿〈文选〉评点本探析》,《殷都学刊》2007年第3期。
② 参见赵俊玲《今传三种何焯〈文选〉评点本辨》,《兰州学刊》2008年第2期。

价值进行了讨论①。

在基础性的文献考察之外,对《文选》评点更为深入的研究也在进行。前述赵俊玲便以文献考察为基础,对相关评点所展示的历史脉络与思想意义进行研讨。如《〈文选〉评点、明清文学批评与"文选学"》一文就一方面承认评点与时文的密切关系,另一方面也指出评点的文学批评意义以及特殊的《文选》评点对于"文选学"的价值②,《论〈文选〉评点在明清两代的历史发展》一文则将《文选》评点置于明清两代的大背景下,分析其兴起与发展的动力,并剖析其差异③。

前文已述及时贤对于评点起源的看法,不少学者认同其远源当与经书注疏有关,从这个意义上讲,《文选》是一个特殊的文本,因为《文选》并非儒家经书,但却成为文化经典,而且,经疏的注疏之学也迁移到这部新的经典上来。不过,甚少有人将二者联系起来。王书才、朱子《论唐代〈文选〉五臣注与〈文选〉评点》一文则非常有趣地将不同于李善(630—689)注的五臣注与后世《文选》的评点进行对比,发现李善注更接近于经书注疏的传统,而五臣注则更多后世评点的因素。④

五、评点家与评点史研究

当然,讨论评点的研究,自然不能忽略对于评点家的专门性研究。但学界目前在这一领域还处于简单介绍的阶段。

---

① 参见刘洋《〈重订文选集评〉袁兰评点本述评》,《文献》2014 年第 1 期。
② 参见赵俊玲《〈文选〉评点、明清文学批评与"文选学"》,《郑州大学学报》2010 年第 3 期。
③ 参见赵俊玲《论〈文选〉评点在明清两代的历史发展》,《天中学刊》2013 年第 3 期。
④ 参见王书才、朱子《论唐代〈文选〉五臣注与〈文选〉评点》,《前沿》2010 年第 12 期。

首先,被大多数研究者认为是"第一位杰出的评点大师"①、"文学评点的奠基人"的刘辰翁(1233—1297)理应是评点家研究的重中之重,但研究仍较少。目前看来,仅有四篇文章。孙琴安《刘辰翁的文学评点及其地位》第一次对刘辰翁的评点进行全面的描述,这正是他在《中国评点文学史》中的一部分。另外三篇均为焦印亭所撰,焦印亭的博士论文即为《刘辰翁研究》,则研究其人之评点亦为题中应有之义,然而就这三篇文章而言,也仍处于描述的阶段。事实上,对于刘辰翁评点的研究并不少,但多数集中于小说甚至诗歌评点上,散文评点多被一笔带过②。

另一位评点大家是金圣叹(1608—1661),他的小说与戏曲评点是整个评点史上研究成果最多的领地,相对而言,散文评点的研究也少很多,而且有一部分研究也是着眼于散文评点与小说评点关系的。除此之外,也有林云铭(1628—1697)、汤显祖(1550—1616)、蒋士铨(1725—1784)等作为评点家进入过研究者的视野,只是仍多在于描述。

评点史的描述自然以朱世英《中国散文学通论》中《散文评点史》一章最早,也最丰富,但总体上还是以罗列为主,析论很少;孙琴安《中国评点文学史》因为对象是全部的评点,所以无法将散文评点单列,计其篇幅,较《中国散文学通论》略少,但论述更加深入。

对评点史的研究一般都着眼于评点家或评点文本,而吴承学别具手眼,从《四库全书总目》入手,希望在大众与文人之外,关注官方的学术立场,从四库馆臣对当时最为流行的孙鑛、钟惺评点的批评,到四库馆臣最终对于评点的观点与立场的分析,清楚地显示出官方对于评点理论上批评、实践上顺从的悖论,同时也显

---

① 孙琴安:《中国评点文学史》目录。
② 杨春旭的硕士学位论文《刘辰翁文学评点研究》(华中师范大学 2014 年)甚至根本没有提及刘辰翁的散文评点。

示出评点的魅力①。

六、散文评点研究的问题

点检新时期以来中国古代散文评点研究的收获,共有近百篇论文,专著则几乎没有。在研究的布局上也十分不平衡,研究的开展不完全由散文评点专题的地位所决定,而且现有的研究大多还处于基本的事实描述上,理论的开拓颇感欠缺,对评点文献纵横勾连以窥历史全貌的文章也很少。

为什么散文评点研究会有这样的表现呢?笔者认为大致有如下一些原因。

一、在新的文学观影响下,散文文体本身不受重视,因为它的纯文学色彩最少,研究者用力便很少,这在古代文学研究领域其实已经是长期以来的客观事实。这不能不说是散文观点被西方文学同化的恶果之一。西方的散文属于文学四大文体之一,首先要属于文学,因此需要所谓的文学性,但中国古代的散文却并不完全属于文学,它其实有着很复杂的身份与更特殊的功能,但这些特色都随着被"文学化"而抹杀了。

二、在散文不受重视的大环境下,评点一体其实更不受重视。因为从西方文学观念进入中国后,评点被认为是外加于文本的东西。西方文学从亚里士多德以来特别重视一种文学文本的有机性,对于中国这种随时加评加点的开放式文本根本没有文化准备,所以很难去理解,而中国人接受西方文化格局后也同样开始遗忘评点。

三、评点在新时期以来研究倒也不少,但这并非评点之福。

---

① 参见吴承学《〈四库全书〉与评点之学》,《文学评论》2007年第1期,并收录于吴承学《中国古代文体学研究》,人民出版社2011年版,第416—431页。

因为这种关注有两个前提，一是因为小说地位的迅速上升，带动了对小说评点的研究，也就是说，虽然研究评点的成果不少，但大多并不在散文，而在小说与戏曲①；甚至重视小说的评点也并不完全在评点本身，而在于中国古代小说研究资料极其缺乏，把评点文论化、资料化了。此外，诗词评点也因为幽微之处向难索解，所以对古人评语还较重视。散文的评点则又被忽视了。

四、不得不说，散文评点的研究并非没有，但更多集中在非集部散文中，比如《庄子》《史记》《左传》之类的评点已经有不少成果，这些文字虽然也属于"文"，但其之所以受重视却不完全是"文"的原因，因此，这些研究的成果也很难迁移到集部散文中来。

五、即便是有对集部散文评点进行的研究，如前所论，也存在面不够宽、力量不够平衡、研究比较平面化等诸多问题。这些问题的原因很多，散文观念的问题、评点观念的问题以及研究方法的问题，都需要我们认真清理。不过，这些问题都有赖于资料的挖掘与传播，因为长期以来，在散文评点上的资料建设便极为欠缺，所以现在空谈观念转变，研究扩展，其实都是向壁虚构，只有把资料建设的短板补上，散文评点研究才有可能开拓新的局面。正是在这个意义上，学术界急切地需要一套规模宏大、收罗完备的《中国古代散文评点文献丛刊》，有了扎实的资料积累，便可为研究者提供较为完整的散文评点样貌，从而使得散文评点研究尽量避免盲人摸象或一叶障目的陷阱，开创更全面、更深入的新局面。

---

① 现在小说与戏曲都有质量很高的专著问世（如谭帆《中国小说评点研究》，华东师范大学出版社 2001 年版；朱万曙《明代戏曲评点研究》，安徽教育出版社 2002 年版），而散文评点却没有。

中国古代文评专书整理与研究综述

诸雨辰

"文评专书"指中国古代以散文研究为核心而撰写的专门性著作,包括文评专著和一书中单独成卷者。文评专书是中国古代文人、学者对于古代散文研究的理论集成,包括作家论、作品论、文体论、文法论等,它们是中国古代文学理论的一部分,对于中国古代散文的研究意义重大,理应受到重视。

文评类著作在《四库全书》中被归入"诗文评"类,《四库全书总目》"诗文评"小序云:

> 文章莫盛于两汉。浑浑灏灏,文成法立,无格律之可拘。建安、黄初,体裁渐备。故论文之说出焉,《典论》其首也。其勒为一书传于今者,则断自刘勰、钟嵘。勰究文体之源流,而评其工拙;嵘第作者之甲乙,而溯厥师承。为例各殊,至皎然《诗式》,备陈法律,孟棨《本事诗》,旁采故实。刘攽《中山诗话》、欧阳修《六一诗话》,又体兼说部。后所论著,不出此五例中矣。①

---

① [清]永瑢等:《四库全书总目》,中华书局1965年版,第1779页。

其中以五类著述作为诗文评的分类标准,即"究文体之源流,而评其工拙"(评论文体)、"第作者之甲乙,而溯厥师承"(品评作家)、"备陈法律"(研求文法)、"旁采故实"(典故逸事)、"体兼说部"(随感杂录)五种性质的著作,基本涵盖了中国古代诗文研究的各个方面,本文所拟定的"文评专书"的范围也依此而定。

本文将从文评专书的出版、提要撰写、文献学研究、文章学研究、文论研究等角度,对中国古代文评专书的整理与研究情况作出总结。

一、文评专书的整理情况

虽然同属诗文评类,但文评的整理研究情况一直落后于诗话,相对于《历代诗话》《历代诗话续编》《全明诗话》《清诗话》等一系列总集性质的诗话集成来说,文评类专书的集成和出版一直不够丰富,目录学的编撰也相对有限。

(一)文评专书的整理出版

人民文学出版社的"中国古典文学理论批评专著选辑丛书"系统地出版了一系列古代文论著述,虽然主要是诗话著述,但也包括不少文评专书,如晋代陆机(261—303)的《文赋集释》[①];宋代陈骙(1128—1203)的《文则》与元代李涂(生卒年不详)的《文章精义》的合刊本[②](前者另有书目文献出版社整理版[③]);明代吴讷

---

① [晋]陆机著,张少康集释:《文赋集释》,人民文学出版社2002年版。
② [宋]陈骙、李涂著,刘明晖校点:《文则 文章精义》,人民文学出版社1960年版。
③ [宋]陈骙著,刘彦成注译:《文则注译》,书目文献出版社1988年版。

(1372—1457)的《文体明辨序说》和徐师曾(1517—1580)的《文章辨体序说》合刊本①,清代刘大櫆(1698—1779)的《论文偶记》、吴德旋(1767—1840)的《初月楼古文绪论》、林纾(1852—1924)的《春觉斋论文》合刊本②(此书又于 1963 年由香港商务印书馆出版)、清代孙梅(？—约 1790)的《四六丛话》③。

此外,零散的专书出版又如:凤凰出版社和齐鲁书社分别出版了王世贞(1526—1590)的《艺苑卮言》④;上海古籍出版社出版了顾炎武(1613—1682)的《救文格论》⑤、林联桂(1774—1835)的《见星庐赋话》⑥、浦铣(1729—1813)的《历代赋话》⑦;上海书店出版社出版了梁章钜(1775—1849)的《制义丛话　试律丛话》⑧,此书后又被武汉大学出版社整理为《梁章钜科举文献二种校注》⑨再次出版;中华书局和上海古籍出版社分别出版了陈鸿墀(1758—?)的《全唐文纪事》⑩;巴蜀书社、北京图书馆出版社、台湾

---

① ［明］吴讷、徐师曾著,于北山、罗根泽校点:《文体明辨序说　文章辨体序说》,人民文学出版社 1962 年版。
② ［清］刘大櫆、吴德旋、林纾著,舒芜校点:《论文偶记　初月楼古文绪论　春觉斋论文》,人民文学出版社 1959 年版。
③ ［清］孙梅著,李金松校点:《四六丛话》,人民文学出版社 2010 年版。
④ ［明］王世贞著,陆洁栋、周明初批注:《艺苑卮言》,凤凰出版社 2009 年版。王世贞著,罗仲鼎校注:《艺苑卮言》,齐鲁书社 1992 年版。
⑤ ［明］顾炎武著,刘永翔校点:《救文格论》,上海古籍出版社 2012 年版。
⑥ ［清］林联桂著,何新文、余斯大、踪凡校证:《见星庐赋话校证》,上海古籍出版社 2013 年版。
⑦ ［清］浦铣著,何新文、路成文校证:《历代赋话校证》,上海古籍出版社 2007 年版。
⑧ ［清］梁章钜著,陈居渊校点:《制义丛话　试律丛话》,上海书店出版社 2001 年版。
⑨ ［清］梁章钜著,陈水云、陈晓红校注:《梁章钜科举文献二种校注》,武汉大学出版社 2009 年版。
⑩ ［清］陈鸿墀:《全唐文纪事》,中华书局 1959 年版,上海古籍出版社 1987 年版。

商务印书馆分别出版了包世臣(1775—1855)的《艺舟双楫》①；金城出版社、台湾商务印书馆分别出版了吴曾祺(1852—1929)的《涵芬楼文谈》②；南开大学出版社出版了来裕恂(1873—1962)的《汉文典》③。还有的专书被一些丛刊整理收录或附于相关别集、单行文献出版，如曾国藩(1811—1872)《鸣原堂论文》《求阙斋读书录》等被收入台湾文海出版社出版的《近代中国史料丛刊续编》第一辑④，叶燮(1627—1703)的《汪文摘谬》分别附于《汪琬全集笺校》⑤和《原诗笺注》⑥。北京图书馆出版社将《文心雕龙》至《读赋卮言》的24部历代赋话合辑成《赋话广聚》影印出版⑦，具有赋话文献的丛书性质。此外，香港三联书店出版了《赋话六种》⑧，收录了《读赋卮言》《赋品》《赋概》《复小斋赋话》四种清代赋话。

也有少数文评专书因为重要的影响力而被人们反复整理，其中最典型的就是《文心雕龙》，作为古代最成体系的文学理论著作，该书的整理与研究一直是最丰富的，目前已有完整的注本、译本接近十余种⑨，至于其选本更是层出不穷、蔚为大观。此

---

① ［清］包世臣：《艺舟双楫》，（台北）商务印书馆1986年版。包世臣、康有为著，祝嘉编：《艺舟双楫疏证 广艺舟双楫疏证》，巴蜀书社1989年版。包世臣著，李宗玮解析：《艺舟双楫》，北京图书馆出版社2004年版。
② 吴曾祺：《涵芬楼文谈》，金城出版社2011年版；（台北）商务印书馆1966年版。
③ 来裕恂著，高维国、张格注释：《汉文典》，南开大学出版社1993年版。
④ ［清］曾国藩：《曾文正公全集》，（台北）文海出版社1987年版。
⑤ ［清］汪琬著，李圣华校注：《汪琬全集笺校》，人民文学出版社2010年版。
⑥ ［清］叶燮著，蒋寅校注：《原诗笺注》，上海古籍出版社2014年版。
⑦ 王冠辑：《赋话广聚》，北京图书馆出版社2006年版。
⑧ 何沛雄辑：《赋话六种》，（香港）三联书店1982年版。
⑨ 略举如：［南朝梁］刘勰著，刘永济校释：《文心雕龙校释》，武汉大学出版社2013年版。刘勰著，范文澜注：《文心雕龙注》，人民文学出版社1958年版。刘勰著，周振甫译注：《文心雕龙译注》，江苏教育出版社2006年版，中华书局2013年版，名为"文心雕龙今译"。刘勰著，黄叔琳辑注、李详补注、杨明照整理：《增订文心雕龙校注》，中华书局2012年版。刘勰著，王运熙、周锋译注：《文心雕龙译注》，上海古籍出版社1998年版。

外,刘熙载(1813—1881)的《艺概》①、章学诚(1738—1801)的《文史通义》②等也有不下十余种整理本出版,显示了文献整理的不均衡现象。

资料汇编性质的文评纂集首先出现在修辞学的研究领域,1980年郑奠、谭全基编纂了《古汉语修辞学资料汇编》一书,并由商务印书馆出版。该书从文评专书、单篇论文、尺牍序跋、笔记杂著等资料中辑录与修辞学有关的文论资料,其中与文评有关的300余种,多数以节录或单篇文章的形式出现,少数重要者予以全录。虽然由于编纂体例与使用目的等原因,该书并不能完整地呈现历代文评专书的整体风貌,但由于其纲举目张的编纂性质以及对笔记杂著类资料的关注,可以说至今依然有较高的参考价值。

2007年,复旦大学出版社出版了王水照教授主编的十卷本《历代文话》,该书收录宋以来至民国初期(1916年)的文评专书及

---

① 略举如:[清]刘熙载:《艺概》,上海古籍出版社1978年版。刘熙载著,王气中笺注:《艺概笺注》,贵州人民出版社1986年版。刘熙载著,徐中玉、萧华荣校点:《刘熙载论艺六种》,巴蜀书社1990年版。刘熙载著,龚鹏程撰述:《艺概》,(台北)金枫出版社1998年版。刘熙载著,周圣伟整理:《艺概》,山东画报出版社2004年版。刘熙载著,袁津琥校注:《艺概注稿》,中华书局2009年版。此外,还有其他分概整理本或刘熙载全集本。

② 略举如:[清]章学诚著,[清]叶长青注:《文史通义注》(影印),(台北)广文书局1970年版。章学诚:《文史通义》(影印),(台北)世界书局1956年版。章学诚著,叶瑛校注:《文史通义校注》,中华书局1985年版。章学诚:《文史通义》(影印),上海书店出版社1988年版。章学诚著,仓修良编:《文史通义新编》,上海古籍出版社1993年版。章学诚著,严杰、武秀成译注:《文史通义全译》,贵州人民出版社1997年版。章学诚著,叶瑛校注:《文史通义校注 校雠通义校注》,台北顶渊文化事业有限公司2002年版。章学诚著,彭明整理:《文史通义》,山东画报出版社2004年版。章学诚著,李春伶校点:《文史通义》,辽宁教育出版社1998年版。章学诚著,仓修良编注:《文史通义新编新注》,浙江古籍出版社2005年版。章学诚著,吕思勉评,李永圻、张耕华导读整理:《文史通义》,上海古籍出版社2008年版。章学诚:《文史通义》,时代文艺出版社2008年版。章学诚著,叶长青注,张京华点校:《文史通义注》,华东师范大学出版社2012年版。章学诚著,钱茂伟、童杰、陈鑫注译:《文史通义》,中州古籍出版社2012年版。章学诚著,罗炳良译注:《文史通义》,中华书局2012年版。

别集中成卷的文章评论部分,以论古文者为主,兼及评论骈文、时文者,不收论赋之作。所纂集的文献主要包括四类:系统性的理论专著、随笔性质的狭义"文话"、"辑"而不述的资料汇编式著作、文章选集之评点。共计143种,627万字。甫一问世,就博得学者们的一致好评。罗宗强指出其三大优点:"提供了自宋代至近代的相当完整的文话发展的基本史料","提供了一些稀见传本","为我们研究我国古代文学、古代文论的特点提供了较为完整的线索"。此外,还从编选角度肯定了《历代文话》"选择甚精","著者介绍与著作论点提要,亦多简练精当"等优点。曾枣庄从书目选择、版本取舍、作家考证等角度称赞《历代文话》之可贵在于科学性强"。谭家健也认为"此书在广泛搜罗和认真别择两方面都相当严肃认真"①。

《历代文话》固然具有集大成性质,但由于其编书体例以及选文标准的限制,仍有一批古代散文研究资料没有收入其中,对于文献的整理尚有不足。此书出版后,余祖坤以一人之力,在数年之内就完成了《历代文话续编》②,补充《历代文话》漏收的清代和民国时期文话27种。因而正像吴小如建议的"可以《历代文话》为起跑线,集思广益,或分门别类,或分朝断代,不遗巨细,不惮劳苦,不求速成,不计名利,于《历代文话》之外更予以广收备采,卒使古今一切有关文话之文献资料,皆能收入读者之眼底",谭家健也认为《历代文话》在时间断限、收书范围等问题的处理上,"目前可行,但从更全面来要求,似乎还有补充拓展的余地"③。

还有一些学者建设性地提出《历代文话》在编纂过程中存在一些细节问题,希望在再版时加以订正,如卢康华在肯定了全书

---

① 吴小如等:《〈历代文话〉七人谈》,《中国图书评论》2008年第7期。
② 余祖坤:《历代文话续编》,凤凰出版社2013年版。
③ 吴小如等:《〈历代文话〉七人谈》。

选文精到、提要见解深刻等优点后,考证了《四六话》中提到的王铚(生卒年不详)之父"王莘"当为"王莘"①,罗宗强也提出"朱荃宰《文通》大量引用《文心雕龙》,而校点者对引文多不加引号,与朱荃宰的话混在一起"等具体校点的问题②。当然,这些指正多数还是出于希望《历代文话》这部巨著更为精准、更方便读者阅读的良苦用心,和《历代文话》的突出贡献相比可谓瑕不掩瑜。

《历代文话》以外,对文话的整理还有于景祥、李贵银编著的《中国历代碑志文话》一书,该书辑录与碑志、文话有关的资料③,但采取的是节录的体例,且部分内容略于文话而详于评点,和卷帙浩繁的《历代文话》相比,就难以望其项背了。陈良运主编的《中国历代文章学论著选》也是与文评、文话有关的辑录④,当然选家并不全面、选文也基本为节选,可贵之处是对选文做了注释工作,便于读者阅读。薛新力、段庸生主编的《古典文学文献学》一书的下编第十三章第三节专设"古代文评类文献",其中所列"专著类文献"即文评专书⑤,该书的特点是收录了包括骈文评与赋评在内的书目,从大散文视角看是对狭义散文研究的必要补充,可惜所列书目并未超越前论各书,而且也没有撰写提要,参考价值有限。

虽然有了以《历代文话》为代表的总集性文评专书集成,也有各出版社单独出版的单行文献问世,总体上满足了当前研究文评、文话著述的基本要求。但也需要看到,文评、文话整理的另一块土壤仍处于未加开拓的水平,这就是笔记、杂著性质的文评整

---

① 卢康华:《资料·思想·方法——评〈历代文话〉的学术价值》,《古籍整理研究学刊》2012年第2期。
② 吴小如等:《〈历代文话〉七人谈》。
③ 参见于景祥、李贵银《中国历代碑志文话》,辽海出版社2009年版。
④ 参见陈良运《中国历代文章学论著选》,百花洲文艺出版社2003年版。
⑤ 薛新力、段庸生:《古典文学文献学》,中州古籍出版社2007年版。

理。在王水照主编的《历代文话》中收录了朱熹(1130—1200)《朱子语类》中论文的一卷,以及从《容斋随笔》中辑录出来的论四六的资料等。这个方向是正确的,为我们指明了笔记中蕴涵的大量文评、文话资料。但《历代文话》的辑录毕竟还数量有限,而除了《历代文话》外,又很少有笔记、杂著性质资料的专门整理,它们多数以选录的性质出现在资料汇编类的书籍中,未能呈现出笔记、杂著中丰富的文评内容之全貌。

客观上说,这是由笔记的性质决定的,笔记多为"丛残小语""街谈巷议"的小说家言,系统性、连续性都不强。部分作家对所著笔记的内容进行了简单的归类,而更多的笔记则呈现为条目散乱的特点,即便是那些经过分类的笔记,文评与诗话、词话,乃至书法、绘画等类依然常常归并在一起,这都造成了笔记体文评专书整理、集成的巨大困难,研究者面对浩繁的笔记资料,如入茫茫大海,难以精准地找寻文评资料的目标与方向,而这也就成为未来文评专书整理工作中有待攻克的一个难关。近年来,随着自然语言处理技术的飞速发展,对于文本自动识别、自动分类技术正逐渐得以实现,并在英语、现代汉语文本中取得了较好的效果和广泛的应用,相信这一技术未来也可以辅助对笔记、杂著类资料中文评专书的检索与整理工作,填补笔记类文评专书搜集、整理方面的空白。

(二)文评专书的提要撰写

除了系统性地整理文评专书的文本以外,撰写文评专书的叙录、提要等也是文评专书整理的重要部分,目录学工作可以为以后学者按图索骥,获取相关文献提供重要的参考依据,同时提要之"辨章学术,考镜源流"的功能,也是对文评专书研究的一种学术史梳理。

傅璇琮主编的五卷本《中国古代诗文名著提要》中专设《诗

文评》一卷，对晋代至民国时期 670 种诗文评类著述撰写了提要①，达到了《四库全书》的 4.5 倍，尤其值得一提的是清代诗文评的提要达到 371 种，远远超过《四库全书》的 9 种，具有重要的文献学价值。复旦大学黄霖教授高度评价了本书作为目录的学术史价值，将其视为案头必备书、指路灯②。全书秉持作者生平考证、书籍内容提炼、版本藏地介绍的严格体例，简练而精到，堪称典范。该书所收的文评书目中有不少孤本秘笈，是《历代文话》《历代文话续编》所未收的，如王芑孙(1755—1817)《碑版文广例》十卷、冯登府(1783—1841)《金石综例》四卷等金石类论著等。另外，该书中提到一些笔记中收有文评的线索也值得注意，如对边连宝(1700—1773)《病馀长语》十二卷的叙录称："书中以论诗为主，亦多涉于文、画、书等"③，这些线索值得进一步挖掘确认，以促使未来的文评资料整理更为全面。

孙立著《中国文学批评文献学》是一部兼有中国文学批评史及目录索引性质的专著④，该书以诗文评文献为主，根据时代顺序进行断代，每代的概述相当于文学批评史的内容，其下列举文献书目，对作者认为重要的文献均撰写了题解，包括其作者、版本、体例、内容等情况，而对作者认为一般的文献则列出其作者、书目、常见版本等备览。另外，值得称道的是该书选文范围包括诗话文话、词话曲话、选本评点、文集、笔记杂著五类，特别是笔记杂著类的收录对于搜集散见于笔记中的文评资料具有重要的指导意义，为他书所未及。该书收录的文评专书书目也有不少是《历

---

① 参见傅璇琮总主编，刘德重主编《中国古代诗文名著提要·诗文评卷》，河北教育出版社 2009 年版。

② 参见黄霖《明道之要，学术之宗——〈中国古代诗文名著提要〉窥见》，《北京大学学报(哲学社会科学版)》2010 年第 3 期。

③ 傅璇琮总主编，刘德重主编：《中国古代诗文名著提要·诗文评卷》，第 399 页。

④ 参见孙立《中国文学批评文献学》，广东人民出版社 2000 年版。

代文话》《历代文话续编》未收的，比如张履祥(1611—1674)《读诸文集偶记》、章学诚《文史通义》等。可惜其中除少数历代文评名作外，多数文献只有存目，未作详细题解。

单篇论文形式的叙录整理有吴承学、何诗海发表的系列论文《古代文体学要籍叙录》，其中也涉及"诗文评类要籍"[①]，二人对历代著名文评的作家、内容、版本等情况都做了详细的梳理，所涉书目从晋陆机《文赋》开始到民国吴曾祺《文体刍言》为止，共计17种。此外，卞东波对日本学者长泽规矩也的《和刻本汉籍随笔集》中收录的中国文评著述做了梳理，提供了日本收藏整理的大量宋明两代的文评书目，并对《文则》《文章一贯》等书目做了重点评析[②]，同样具有较高的文献目录价值。蔡德龙作了《清代文话总目汇考》，认为清代各类文话总数约在200种以上[③]。

台湾方面的文评、文话整理也有一定成果，重要的论文有台湾文化大学李四珍的硕士论文《明清文话叙录》[④]，该文以明清文话为整理研究对象，自《书目类编》《丛书子目类编》《四库全书总目提要》《续修四库全书总目提要》中辑得诗文评类专著凡52种，分选文、评点、论文、四六各类，分别撰写详细的提要，包括作者考证、内容要旨，并附以后人评述等资料，虽然不如刘德重、孙立等人的提要简练，但亦可见作者用功之细。另外该文选择文献重在论文部分，论文部分又详别综论、创作论、批评论，正是本文所划定的文评专书的范围。《叙录》所列书目中，刘青芝(？—

[①] 吴承学、何诗海：《古代文体学要籍叙录(二)》，《古典文学知识》2014年第4期。

[②] 参见卞东波《江户明治时代的日本文话探析》，《文艺理论研究》2013年第4期。

[③] 参见蔡德龙《清代文话总目汇考》，《国学研究》第33卷，北京大学出版社2014年版。

[④] 李四珍：《明清文话叙录》，台湾文化大学1983年硕士学位论文。此文后与周淑媚《刘熙载〈艺概〉研究》合并出版，见潘美月、杜洁祥主编：《古典文献研究辑刊》三编第21册，(台北)花木兰文化出版社2006年版。

1763)《续锦机》、丁晏(1794—1875)《文毂》、汪潢(生卒年不详)《抡元汇考》、路德(1785—1851)《仁在堂论文》、吕留良(1629—1683)《吕子评语馀编》等书均为《历代文话》《历代文话续编》所失收,特别是汪潢的《抡元汇考》,据《中国古籍总目》著录藏于国家图书馆,然国图检索系统实未收藏,而台湾图书馆藏稿本,或为稀见图书,则其叙录的文献学价值对于大陆学者了解其书的内容与性质就更为重要了。此外,台湾东吴大学林妙芬的硕士论文《中国近代文话叙录》中也著录了清代包世臣《艺舟双楫》、唐才常(1867—1900)《论文连珠》等书目[①],亦可为李四珍文章之补充。

除了这两篇叙录性质的硕士论义外,台湾师范大学的王更生教授还撰有《开拓中国古代文学理论的新局——从整理"文话"谈起》[②]一文,在文中详细总结了台湾学界对于文话的整理情况,更开列了详细的整理书单,具有研究的路线图性质。以清代部分为例,除了李四珍、林妙芬的整理之外,王更生还开列了二人失收的书目16种,其中《历代文话》《历代文话续编》未收录的有申颋(1628—1694)《耐俗轩课儿文训》、吴荫培(1851—1930)《文微》等。

综上所述,以上学者的研究中都涉及很多《历代文话》《历代文话续编》中所未收的历代文评、文话类的研究书目,虽然综合考虑文话体例标准和时代标准的界定等问题后,部分书目是否应当纳入文评专书的整理范围还值得商榷,但他们毕竟提供了较为详细的书目整理资料,对于进一步完善中国古代文评专书的整理具有很大贡献。

[①] 参见林妙芬《中国近代文话叙录》,台湾东吴大学1986年硕士学位论文。
[②] 王更生:《开拓中国古代文学理论的新局——从整理"文话"谈起》,《学术月刊》1994年第4期。

二、文评专书的研究情况

文评专书是对散文思想、技法、规律等的总结,所以这对于研究中国古代文学理论、文学批评来说,是天然的原始材料,因而很早就被研究者所重视。在郭绍虞、罗根泽、朱自清等古代文论研究奠基者的论著中就常常结合文评专书中的选段加以总结,因而首先需要对他们的贡献加以总结。

(一)文评研究的奠基之作

郭绍虞的《中国文学批评史》①分上下两卷,按照时代顺序编排。唐前部分依据专题划段,唐代主要围绕复古运动为线索展开,宋以后的编排则大体上是先文论后诗论的顺序。在各章节的文论篇中涉及了包括朱熹、吕祖谦(1137—1181)、王若虚(1174—1243)、王世贞、屠隆(1544—1605)、顾炎武、黄宗羲(1610—1695)、魏禧(1624—1680)、魏际瑞(1620—1677)、刘大櫆、曾国藩、章学诚等历代学者的文评专书材料,并细致总结其文学批评观点。郭绍虞的论著以条理性、逻辑性见长,比如他以桐城派"义理、考据、词章"为主线,向前上溯到黄宗羲、顾炎武"文须有益于天下"的经世文学观,又把魏禧、魏际瑞的情理、气势、论识等纳入到这一传统中来,作为桐城派之先驱,进而贯穿方苞(1668—1749)、刘大櫆、姚鼐(1731—1815)的桐城派,又把曾国藩的论学、论文以及行气等理念设为桐城派之旁支。而与这一系古文家论文相对的学者论文如章学诚,也认真梳理其论述"义理、博学、文章之合""道与学与文之关系"等命题,隐含着与古文家论文的比较,这样就把众多文评家的理念贯穿成线面交织的网络,在纵横

---

① 郭绍虞:《中国文学批评史》,商务印书馆 1950 年版。

比较中形成认识。

　　罗根泽的《中国文学批评史》虽然时代跨度止于宋代,但亦颇具特色,该书主体部分也是结合具体的文评资料论述作家的文学观点,但罗著的《绪论》部分对于文评的理论阐释则是郭著未尝言及的,特别是"中国文学批评的特点"一节,在中西对比中总结中国文评的特点说:"中国的批评,大都是作家的反串,并没有多少批评专家。作家的反串,当然要侧重理论的建设不侧重文学的批评。"这是对诗文评属性的定性式分析,进而指出中国的诗文评"对文学作家及作品的批评也很冷淡","中国人喜欢论列的不是批评问题,而是文学问题,如文学观、创作论、言志说、载道说、缘情说、音律说、对偶说、神韵说、性灵说以及什么格律、什么义法之类,五光十色"①。这一论断部分地揭示出中国古代诗文评论之"尚用"的特点。而更重要的是,唯有在罗根泽这一判断的前设下,我们关注古代文评专书中的文法论、作家论、文本论乃至其间关系时才会更有针对性,才会使我们进一步思索诸如什么样的作家论、文本论才有可能进入文评专书的视野,它们和文理论的联系又何在等更为深入的问题。

　　此外,当时以诗文评作为直接研究对象的还有朱自清,他在《诗文评的发展》一文中首先通过"正名"与目录学推究,论证了诗文评在中国学术史上的地位:"我们的诗文评有它自己的发展;现在通称为'文学批评',因为这个名词清楚些,确切些,尤其郑重些。但论到发展,还不能抹杀那个老名字。老名字代表一个附庸的地位和一个轻蔑的声音——'诗文评'在目录里只是集部的尾巴。"②这个问题是一个值得关注的点,既然诗文评是地位不高的一类书写,那么文评专书论说的姿态、书写的方式等也许就更值

---

　　① 罗根泽:《中国文学批评史》,上海书店2003年版,第14页。
　　② 朱自清:《朱自清古典文学论文集》,上海古籍出版社2009年版,第543页。

得关注,而很多文评家如朱熹、黄宗羲、顾炎武等人,在论文法、论文体的同时又包含着经世思想,他们在抬高某类文学观念或文体价值的背后必然有着争取某种权力的意图,这种书写意图和诗文评地位的关系就尤其值得进一步挖掘了。此外,朱自清还提到一些罗根泽所忽视的文评资料所具有的深厚传统,同样值得注意,比如关于制艺选家的评点资料,罗著认为毫无价值,朱自清则指出"可是这种书渐渐扩大了范围,也扩大了影响,有的无疑地能够代表甚至领导一时创作的风气",所以"文学批评史似乎也应该给予这种批评相当的地位,才是客观的态度。"[1]这种不以时文、古文文体为界限划定研究范围的态度也是相当科学的。

1949年后对文评专书的研究基本上延续着民国时期的思路,往往会在论述某一文评家的文学思想,或者在类似文学批评史的写作中运用文评资料,当然其方向也在向更宽广的领域扩展,并不仅限于文学批评的框架,比如研究古代修辞学史、古代文章学史的学者也常常引用文评专书的资料。在这方面有周振甫《中国修辞学史》[2]《中国文章学史》[3]等论著,其《中国修辞学史》将诗、文、词、小说等多种文体的修辞特点综合加以分析,而《中国文章学史》将文章分成散文、骈文、赋三部分,前者重在讨论修辞手法,后者重在讨论文章创作理念,但基本都会使用历代名家的文评的资料。周振甫的研究触及文论家的面比较广,在其《中国修辞学史》中涉及不少研究古代文论史的学者较少讨论的文评家与专书,比如李涂的《文章精义》、陈绎曾(约1279—约1351)的《文说》、李绂(1675—1750)的《秋山论文》、唐彪(1640—1713)的《读书作文谱》、包世臣的《艺舟双楫》等,这些专书即便在其后几十年的文论研究中也依然少有人关注。正是在这个意义上谭家健肯定了周著在文献目

---

[1] 朱自清:《朱自清古典文学论文集》,第548页。
[2] 周振甫:《中国修辞学史》,江苏教育出版社2006年版。
[3] 周振甫:《中国文章学史》,江苏教育出版社2006年版。

录方面的价值,他在谈论《历代文话》之缺失时就提出:"关于文章学和修辞学方面的书,亦可参考周振甫《中国文章学史》《中国修辞学史》适当增补。"①但是和郭著《中国文学批评史》相比,周著的两本书都偏于零散,其基本体例是一家一家地介绍作家,一条一条地总结观点,无意于形成作家之间的参照比对,呈现出一种散点透视式的评说方式,当然在客观上这也是和周著关注面较广有关的,在较大范围内寻找联系本身就很有可能是不尽科学的。

(二)文献学方向的文评研究

对于文评专书的研究,最基础也最直接的方向就是对其进行文献学上校勘异文、考订成书情况、版本信息等方面的研究,而这同时也可以作为下一步文评专书整理的前提条件,具有较高的现实价值。

郭绍虞的《〈文章流别论〉与〈翰林论〉》,从两部书的不同辑本、在历代官修目录中的著录情况入手,考证二书的成书及版本情况,并由此得出"挚虞所编重在类聚群分,故其书名'流别',而所论亦止及文体,李充所编重在菁华,故其书名'翰林',而所论多评作家"②的不同编纂体例与意图。朱迎平较早地考辨了《文章缘起》的作者问题和成书的可靠性问题③。其后,吴承学、李晓红在前人基础上继续挖掘历代目录、史书、笔记中著录的资料,并且详加考证,一一驳斥四库馆臣对任昉(460—508)《文章缘起》"疑为依托"的判断④。与之类似的还有杨赛的考证与辨

---

① 吴小如等:《〈历代文话〉七人谈》。
② 郭绍虞:《〈文章流别论〉与〈翰林论〉》,原载《燕大月刊》1929 年 12 月,第 5 卷第 3 期;又郭绍虞《照隅室古典文学论集》,上海古籍出版社 2009 年版,第 146—148 页。
③ 参见朱迎平《〈文章缘起〉考辨》,《古籍整理研究学刊》1996 年第 6 期。
④ 参见吴承学,李晓红《任昉〈文章缘起〉考论》,《文学遗产》2007 年第 4 期。

析①,他们引述的资料虽然不尽相同,但结论基本认可任昉的作者身份与《文章缘起》的真实性。

吴承学较早提出吕祖谦《古文关键》的选编有一些难以理解的问题,进而从文献考证角度出发提出总论部分与选本部分可能并非出于一人之手,并暗示唐仲友(1136—1188)在其中的作用,不过吴承学治学态度比较审慎,主张仍保持阙疑态度②。其后,江枰也在考察《古文关键》的版本源流基础上,通过目录学线索及文本分析认为《古文关键》的入选篇目与诸家评语标准不一,恐非出于吕祖谦一人之手③。两篇论文材料都很扎实,辨析也较有说服力。蔡德龙从《仕学规范》等书中辑佚出吕祖谦《丽泽文说》中十余条论述④,一定程度上恢复了该书的状貌,实有发现之功。侯体健详细分析了《履斋示儿编》的几个版本情况,并梳理出三个版本系统⑤,为此书整理提供了文献基础。卞东波考证了《怀古录》作者陈模(1209—约1256)的生平及生卒年情况⑥,虽然后面主要论其中诗论,但《怀古录》下卷主要论古文,所以同样可资文评之考证。俞信芳对《古籍善本书目》中著录的《黄氏日钞》版本进行了考证⑦,认为绍定二年(1229)本著录不确,当为元刊本或南宋末年刊本。张海鸥、孙耀斌对魏天应(?—1300以前)的《论学绳尺》成书、补辑、版本以及流传等情况做了仔细梳理与

---

① 参见杨赛《〈文章缘起〉的真伪问题》,《北京科技大学学报(社会科学版)》2009年第2期。
② 参见吴承学《现存评点第一书——论〈古文关键〉的编选、评点及其影响》。
③ 参见江枰《吕祖谦编选〈古文关键〉质疑》,《古籍研究》2005年卷下。
④ 参见蔡德龙《宋文话〈丽泽文说〉考论》,"古代文学理论研究——中国文论的两轮"学术会议论文,2009年9月。
⑤ 参见侯体健《〈履斋示儿编〉的学术得失与版本流传考略》,《图书馆杂志》2011年第8期。
⑥ 参见卞东波《南宋陈模〈怀古录〉考论》,《中国典籍与文化》2012年第4期。
⑦ 参见俞信芳《〈黄氏日抄〉九十七卷本出版过宋绍定二年本吗》,《文献》2001年第1期。

考证①。

　　元代文评中,《文章精义》的作者问题是一个悬而未决的难题,四库馆臣出于谨慎态度仅据《永乐大典》著李耆卿,但注出焦竑(1540—1620)《经籍志》有李涂《文章精义》二卷,李耆卿又字性学,据元代《故国子助教李性学墓碑》名李淦。李耆卿到底是李涂还是李淦,他生活的时代在宋还是元等一系列问题都不清楚,因而不少学者都对这一系列问题做过考证。王树林认为"涂"和"淦"字形相近,都有可能是误刻,并且二字字义也相近,所以也可能是此人有两个名字。此外,文章还根据《李性学墓碑》以及宋元笔记的记载,还原了不少李耆卿的生平资料②。其后,陈杏珍亦做了进一步考辨,认为李淦其人身世与李耆卿较为符合,李涂则缺乏依据。除作者问题外,文章还将此书的四库本与明刻本进行了细致的对勘工作③。其后,马茂军也做了类似的考证,除了前人已经指出的李涂应为李淦,以及李淦的基本生平外,文章重点梳理了《文章精义》的版本系统、条目等问题④。问题至此似乎已经清晰,而其后又有袁茹著文,考证《文章精义》的编者问题,认为非"于钦"而是"于钦止",至于断代,文章认为应该根据书籍内容定型来计算,不应根据初稿、刊刻的年代算,所以定为南宋⑤。不过关于年代问题的新解似乎并不具有很强说服力。元代另一部文评《修辞鉴衡》也存在残缺的问题,四库馆臣修书时所据的就是一个残缺本,因而有不少存疑之处。于天池在北京师范大学图书馆

---

①　参见张海鸥、孙耀斌《〈论学绳尺〉与南宋论体文及南宋论学》,《文学遗产》2006年第1期。
②　参见王树林《〈文章精义〉作者考辨》,《文学遗产》2000年第6期。
③　参见陈杏珍《〈文章精义〉考辨》,《北京图书馆学刊》1994年第3期。
④　参见马茂军《〈文章精义〉考》,《华南师范大学学报(社会科学版)》2005年第6期。
⑤　参见袁茹《〈文章精义〉作者、编者补考》,《安徽师范大学学报(人文社会科学版)》2014年第3期。

发现了叶德辉(1864—1927)影写元刻本《修辞鉴衡》并对其文献形态、校勘情况做了介绍,指出这个本子应该是国内《修辞鉴衡》的一个最好的善本,此外于天池还依据叶德辉本解释了《四库全书总目提要》中的三点疑问①,为该书的整理提供了一个善本的依据。陈绎曾的《文章欧冶》又名《文筌》,关于此书两个名字的问题,杜泽逊通过将书中的刻印、序文和明代藩王朱权(1378—1448)其他刻书对比,认为该书系朱权所刻,并且朱权在刻书时把《文筌》改成了《文章欧冶》②。此外,围绕陈绎曾还有一个问题,王水照《历代文话》中指出《续修四库全书》收录的《文式》误为陈绎曾作,当为明代曾鼎(1321—1378)作③。高洪岩对此提出疑义,认为曾鼎《文式》与陈绎曾《文章欧冶》出自同一底本,并认为曾鼎可能是此书的编者④。当然这个问题还涉及陈绎曾《文说》与《文式》的关系,或有待更多资料的发现,以便进一步考证。此外,慈波对潘昂霄(? —约1320)的生平及其文评著述《金石例》的撰述情况做了考证⑤,提供了一些基础的文献资料。踪凡对祝尧(生卒年不详)《古赋辨体》的六种版本进行对勘,认为成化本是各版本的祖本,据祝氏家藏稿本刻印,是最为精良的版本,四库本有所删削⑥,为后人选择底本提供了指南。

张煦在很早就对《文章一贯》的作者生平及文献价值做了考订,指出其书对于校勘现存旧籍错讹的价值⑦。此后,侯体健又指

---

① 参见于天池《题叶德辉影写元刻〈修辞鉴衡〉》,《北京师范大学学报(人文社会科学版)》2001年第1期。
② 参见杜泽逊《明宁献王朱权刻本〈文章欧冶〉及其他》,《文献》2006年第3期。
③ 参见王水照《历代文话》,复旦大学出版社2007年版,第1532页。
④ 参见高洪岩《明刻〈文式〉残本考论》,《兰台世界》2014年第9期。
⑤ 参见慈波《潘昂霄〈金石例〉小考》,《江西科技师范学院学报》2009年第3期。
⑥ 参见踪凡《〈古赋辨体〉版本研究》,《南京大学学报(哲学·人文科学·社会科学版)》2012年第5期。
⑦ 参见张煦《校读〈文章一贯〉后记》,《清华学报(文哲学号)》1930年第6卷第1期。

出了其书对于古籍辑佚的价值①。徐文新考察了北大藏《诗文轨范》,将其和《文体明辨》《文章辨体》两书对比后,结论是北大藏本系明末清初人篡改后的版本,并非元代原貌②。吴承学对《文体明辨序说》和《文章辨体序说》的于北山和罗根泽校本、影印本做了校勘,指出"每类自为一类""仍宋先儒成说"两处纰缪以及"制诰三公"的断句问题,并对"斜冗名"提出理校意见,此外,吴承学还认为书名应作"序题"而非"序说"更为恰当③。虽然是对现行整理本的校勘,但同样对文献的阅读与传播有很大作用。吕蒙的硕士论文对王世贞《艺苑卮言》的版本情况做了详尽论析,特别关注了新发现的六卷本的情况,并梳理了该书的版本流变④;此外,李燕青的博士论文亦有较大篇幅考证《艺苑卮言》的成书及版本情况⑤,均可见作者用力之勤。

张静对《全唐文纪事·贡举卷》进行了校勘举证,论文通过细致的校勘,发现《贡举卷》中有 35 条引述材料与其原文都有所出入,对未来的进一步整理修订提供了便利⑥。蔡德龙就薛福成(1838—1894)《论文集要》卷三《曾文正公论文》中收录的曾国藩文论与吴铤(1800—1833)《文翼》之间的关系进行了考证,推测"当日张裕钊或将吴德旋、吴铤、曾国藩等人论文之语抄于一册,薛福成未加甄别便全部作为曾国藩之语而收入《曾文正公论文》之中。"⑦李龙如考察了王夫之(1619—1692)《夕堂永日绪

---

① 参见侯体健《资料汇编式文话的文献价值与理论意义——以〈文章一贯〉与〈文通〉为中心》,《复旦学报(社会科学版)》2009 年第 2 期。
② 参见徐文新《〈诗文轨范〉成书年代考辨》,《中国典籍与文化》2008 年第 4 期。
③ 吴承学:《读〈文体明辨序说〉二书献疑》,《古典文学知识》2013 年第 2 期。
④ 参见吕蒙《〈艺苑卮言〉版本考》,上海交通大学 2014 年硕士学位论文。
⑤ 参见李燕青《〈艺苑卮言〉研究》,上海大学 2010 年博士学位论文。
⑥ 参见张静《〈全唐文纪事·贡举卷〉校勘举证》,《古籍整理研究学刊》2004 年第 1 期。
⑦ 蔡德龙:《"曾国藩文论抄录吴铤〈文翼〉"说考辨》,《文献》2011 年第 1 期。

论》的刊刻时间等资料①。王晓静对姚范(1702—1771)《援鹑堂笔记》纷繁复杂的版本情况做了梳理与考辨,认为"通过对其成书过程及诸家著录的考辨,可以最终考定《援鹑堂笔记》只有初刻二十八卷和重刻五十卷两种版本"②。陈志平根据《四六丛话》引用萧绎《金楼子》的情况考证其写作时间,否认孙梅之门生的三十年创作之说,考订该书动笔完成是在乾隆四十八年(1783)至乾隆五十三年(1790)间③。吕双伟发挥四库馆臣的意见,通过对目录记载和陈维崧(1625—1682)作品的详细分辨,考证了《四六金针》并非陈维崧作,而是抄袭补缀元代陈绎曾的《文筌·四六附说》而成④。何新文对何沛雄所辑《赋话六种》进行校勘,指出其中若干名号纰缪与标点错误⑤,属于对现代学术著作的文献校订。

总之,这些与文评专书有关的文献学考证,其证据都是比较充分的,对于文评专书的整理会起到间接的积极影响。

(三)基于文章学范畴的文评研究

近年来不少学者喜欢将文评研究定义为文章学研究,这在王水照主编《历代文话》的序言中就能看出:"以文评著作为主要载体之我国古代文章学,内涵丰富复杂,却自成体系,最具民族文化之特点。"⑥为了有效展开文章学的研究,王水照还以复旦大学为中心多次召开文章学学术会议,吸引了学界众多学者参与,近年

---

① 参见李龙如《王船山著作版本考》,《文献》1982年第3期。
② 王晓静:《〈援鹑堂笔记〉版本考》,《西南交通大学学报(社会科学版)》2013年第3期。
③ 参见陈志平《〈四六丛话〉创作时间小考》,《黄冈师范学院学报》2014年第4期。
④ 参见吕双伟《〈四六金针〉非陈维崧撰辨》,《中国文学研究》2006年第4期。
⑤ 参见何新文《读〈赋话六种〉札记》,《学术研究》1991年第2期。
⑥ 王水照:《历代文话·序》,第5页。

来已相继出版了《中国古代文章学的成立与展开》①《中国古代文章学的衍化与异形》②两本文章学论文集,一时大有提升文章学地位的趋势,这股思潮甚至也进入现代文学研究领域,比如孙郁近年来就多次呼吁应当从文章学的角度研究鲁迅③。

不过,王水照说的"自成体系"这一点部分地存在争议,仍有一些人坚持认为"尽管除《文心雕龙》《原诗》等少量具有较强理论色彩的文论专著之外,包括诗话在内的绝大多数文论就不存在内在体系,具有非体系的构成特性。"④但是很显然,在坚持诗文评具有非体系性的前提下,要想进一步细化、深化其研究就必然面对无从下手的困境,于是着力建构文评著作的体系、找寻各种文评著述之间的联系成为一项摆在面前的重要工作。

王水照提出了六个文评著述的主题类型:

(一)文道论,即论文之根本与功能,属本体论范畴。《文心雕龙》首举原道、征圣、宗经,影响深远,既突出经世致用之意义,又因维护阐道翼教功能而与重情、审美相冲突,对散文发展的作用,巨大、深刻而又正负兼具。(二)文气论,关涉作家之涵养、写作准备及"气"在作品中之表现。(三)文境论,包括境界、神、味等诸多文论范畴,探求作品的艺术灵魂与审美核心的构成。(四)文体论,论析文章各体之发生、规范与特点,文体流变过程中之正、变之辨。(五)文术论,有关写作技巧、手法之多方面探讨,以及"有法"与"无法"关系的研究。

---

① 王水照、朱刚主编:《中国古代文章学的成立与展开——中国古代文章学论集》,复旦大学出版社 2011 年版。
② 王水照、侯体健主编:《中国古代文章学的衍化与异形——中国古代文章学二集》,复旦大学出版社 2014 年版。
③ 2014 年 4 月 16 日,北京师范大学主办的"鲁迅与中学语文教学"论坛上,孙郁教授就从文章观念、语词观念等方面解读了鲁迅的价值。
④ 彭玉平:《诗文评的体性》,北京大学出版社 2012 年版,第 38 页。

(六)品评论,评析作家作品之优劣得失及其各自特色。(七)文运论,研究文章之历史演变、流派发展等,此外,还包括作家行迹及其逸事等生平背景研究,以及考订、辨析、辑佚等文献方面的内容。①

王水照的分类照应周详,大致上将与文评著述相关的话题都涵盖其中。但是其中恐怕有两个问题值得考虑,首先一个问题在于"道""气""神""味"这些概念在不同文论家的话语体系中很可能有所交叉,虽然王水照将其分别定义为本体论范畴、作家涵养、作品灵魂,但毕竟都属于文学书写的理论归纳,似乎可以考虑合并。王凯符的文章学分类和王水照所关注的类似,但明显相对精简:"文道论""修养论""写作论""文体论""风格论"②,他的简式分类法或许更值得参考。

而紧接着涉及的问题就在于,这些内容能否用文章学来概括? 曾枣庄认为:"文章学是研究诗文篇章结构、音韵声律、语言辞采、行文技法的学问。"③类似的还有祝尚书的观点,他认为文章学也就是宋人所称的"笔法学":"文章学就是解决诸如文章如何认题立意,以及它的间架结构、声律音韵、造语下字、行文技法等等'知之'方面的问题。"④所以祝尚书重新提出他认为的文章学体系:1. 作家修养论;2. 文章学的认题、立意论;3. 文章结构论;4. 文章行文论;5. 文章修辞论;6. 文章造语下字论;7. 文章用事、引证论;8. 文章风格论⑤。与祝尚书的分类相似的又如张寿

---

① 王水照:《历代文话·序》,第5页。
② 王凯符等:《古代文章学概论》,武汉大学出版社1983年版。
③ 曾枣庄:《文章学须以文体学为基础》,王水照、朱刚主编:《中国古代文章学的成立与展开——中国古代文章学论集》,第6页。
④ 祝尚书:《对文章学研究中几个问题的思考》,复旦大学中文系《第二届中国古代文章学学术研讨会论文集》,2012年,第1页。
⑤ 参见祝尚书《关于文章学研究的几点思考》,《社会科学战线》2013年第1期。

康的分类:源流论、类别论、要素论、过程论、章法论、技法论、阅读论、修饰论、文风论、风格论等①。这两种分类就基本上排除了和文章写作有关的外部因素,比如"道""经世""文运"等,但是显然它们在面对具体的文评著述时,并不能有效涵盖全部内容。这个问题吴承学也注意到了,所以他在征引前人观点之后,提出自己对于文章学的认识:

> 中国文章学固然涉及文道、文体、文气、文术、文评等诸多问题,是关于文章问题的比较系统完整的研究与认识,但是其对象与重心应该是关于文章之写作与批评,或者说中国文章学就是以文章之写作、批评为核心并包含相关问题的系统理论。另一方面,我们要强调的是,中国文章学以文章之写作、批评为核心,但不能因此褊狭地把中国文章学理解为文章写作技法之学。在中国古代,单纯的有强烈实用和功利色彩的文章写作技法理论著作反而影响不大、地位不高。中国文章学往往是形而上的"道"与形而下的"技"两者水乳交融不可分割的。②

吴承学的论述对两方面的学术思考都有所照应,但是依然隐藏不了其内在的理论矛盾与概念的纠缠。应该承认曾枣庄、祝尚书所认定的文章学的定义当然是合理的,因为文学的外部因素(台湾学者仇小屏称为文章的"外律")是"文本分析之外的相关学科领域"③,本身并不应该成为"文章学"的内容。但是在历代文评

---

① 参见张寿康《文章学论略》,《北京师院学报》1986年第4期。
② 吴承学:《中国文章学成立与古文之学的兴起》,《中国社会科学》2012年第12期。
③ 仇小屏:《吕祖谦〈古文关键〉文章论研究》,(台北)万卷楼图书股份有限公司2010年版,第160页。

著述中又出现了这些哲学、诗学思辨,那么就说明以"文章学"来涵盖文评著述本身可能是不尽合理的,因为文评著述的内涵和外延要大于文章学的体系,如果把论题框定在"文章学"的界限之内就会遮蔽文评著述中的很多问题。实际上,王水照基于《历代文话》的编纂实践,已经非常明确地看出文评、文话著作中的这些外部因素了,所以在他的设想中为文道论、文气论、文运论等留下了空间,但既然已经设计如此,那么不如干脆放弃"文章学"的帽子,重新建立文评著述的体系框架,这样也会避免一些理论体系上的纠缠。

暂且抛开"文章学"这个帽子是否合适的问题不谈,在现行框架下的"文章学"论述确实成果颇丰,近年来用力较勤的学者如祝尚书和吴承学。祝尚书的研究主要侧重于宋元文章学,除了上面提到的文章学分类以外,祝尚书还著有专文为"文章学"正名,总结文章学不发达的原因,提出要破除科举、程式、时文等传统上的偏见等①,希望为文章学打开新的研究道路。祝尚书还特别重视"行",因而围绕文章学研究撰写了多篇论文,仔细梳理了宋元时期十种文章学著作,并一一做了叙录,虽然其中涉及不少评点著述而非纯粹的文评专书,但总的来说著录严谨规范,具有较高的目录学价值。在叙录的基础上从文本中归纳其基本内容,等于从事实上为他提出的文章学的基本内容框架提供了有效支撑②。此外,祝尚书还从数种文章学著述中拈出"用事"概念进行了专题式的考辨③,同样是对文章学研究的深化。

吴承学的文章学研究侧重于文体论,比如对文章学成立与文

---

① 参见祝尚书《略论文章学研究的资源开发》,《文学遗产》2007年第2期。
② 参见祝尚书《论宋元时期的文章学》,《四川大学学报(哲学社会科学版)》2006年第2期。
③ 参见祝尚书《论宋元文章学的"用事"》,《四川大学学报(哲学社会科学版)》2008年第5期。

评专书特点的总结,他说:"《四库全书总目》谓宋人诗话'体兼说部',而文话却离'说部'稍远,可谓'体近子论'。文话很少像诗话有那么多的名人逸事、传说趣闻、街谈巷议,明显较为严谨与理性。"同时,他提出一个假设:"'文话'之称在文学批评史上的认可度与接受程度不如诗话、词话那么高"①,其原因有待学者进一步思考。他还讨论了明代的总集编纂与文章学,从《文体明辨》《文章辨体》《文章辨体汇选》三部明代文章总集的辨体意识入手,分析明代出现的序题与选文相结合的文体学思路以及背后折射出的明人文体"正变"的思想、吴讷为代表的文体观念对后世的影响等,对四库馆臣的评价也有所回应②。理论扎实而严谨,就文章结构上看颇有路线图的意义,足以为后人提供进一步研究的思路。

  就一般的文章学的研究来说,一般会涉及深入的内部研究与扩展的外部研究两条路径,王水照指导的博士生慈波在其《文话研究引论》中提出了几个值得关注的问题,包括:"文话与文学的互动关系""文话与科举的关系""文章流派的兴起与文话传播之间的关系""文话与诗话、词话等文评著作之间的互相渗透""建立一个具有个性特征的文章批评系统""对于具体文话作者生平、著作的考订""对于文话著录、版本的辨析""对于单一文话著作在理论上所做出的贡献"③等。这几个问题涵盖了文话研究的内外诸因素,也为未来的文话研究提供了部分可行的方向。慈波本人的博士论文及若干篇具体文话的单篇研究均就这些问题做出了尝试,其《文话发展史略》中既有具体的文献考证内容,又有历代文评家的核心思想命题分析,以及对社会思潮、学术渊源等外部氛

---

  ① 上引见吴承学《中国文章学成立与古文之学的兴起》。
  ② 参见吴承学《明代文章总集与文体学——以〈文章辨体〉等三部总集为中心》,《文学遗产》2008 年第 6 期。
  ③ 慈波:《文话研究引论》,《江淮论坛》2006 年第 3 期。

围的研究,基本围绕着他提出的文话研究路线图而展开①。同时,其他学者也或多或少地触及了文章学的纯内部研究与文章和社会关系的外部研究,下面分别加以总结。

  文评专书的文体研究属于文评专书的内部研究。在这方面,彭玉平著有《诗文评的体性》,该书作为"中国古代文体学研究丛书"的一部,重点关注的是历代诗文评的文体特点,但是贯穿该书的一个核心理论思想其实是古典批评文体与现代批评体系的接合问题,下编具体的专书分析又多着眼于诗话、词话等,对于文话的总结还显欠缺②。又如蔡德龙和王明强等也分别有讨论文话的专题论文,具体总结文话的体性,从文话的体性特点上归纳,三人观点较为一致,如蔡德龙说:"在内容上,'话'体批评形式注重叙事和摘句,文话则以'及辞'为主,罕有'及事',亦乏摘句;在风格上,'话'体批评形式自由活泼,文话则严肃板重。"③此外,蔡德龙还引述清人王之绩《铁立文起·凡例》云:"是编论文,非选文也,故名作如林,皆所弗录。"④从文体属性上说,主张将评点文体和文话文体区分开来,这是很有道理的,而这也进一步引申出《历代文话》收录的某些评点性文字(如方苞《古文约选评文》、朱宗洛《古文一隅评文》等)是否属于"文话"范围的商榷。

  文体研究的另一方面是运用文话资料来确证特定时代的文体分类标准,除了前述吴承学的整理与辨析之外,还有任竞泽的《王应麟的文体学思想》讨论《玉海·辞学指南》中的文体分类对《文心雕龙》的继承、批评术语与理论体系建构、《玉海》文体观在文论史上的地位,以及王应麟(1223—1296)的仕宦、学术经历

---

① 参见慈波《文话发展史略》,复旦大学 2007 年博士学位论文。
② 彭玉平:《诗文评的体性》,北京大学出版社 2012 年版。
③ 蔡德龙:《文话的辨体与溯源》,《文学评论丛刊》2010 年第 2 期。
④ 王水照:《历代文话》,第 3624 页。

对其文体观的影响等①。论文打通了文体发展史的内部线索与作者生平经历对文体思想的外部影响,讨论问题综合而全面。又有对《文体明辨序说》和《文章辨体序说》两部讨论文体分类、文体正变的文献的研究,这也是文体学研究的重要部分,比如仲晓婷的硕士论文介绍了徐师曾《文体明辨》一书的文体观和文体分类现象,并在和吴讷的比较下讨论了《文体明辨》的发现与创变②。贾奋然的论文重点回应四库馆臣对《文体明辨序说》的分类"治丝而棼"的问题,从阶层性、实用性、名实之辨、文类增生、古今正变等角度提出见解③,其关于阶层性的探讨较少人提出,或有待进一步深思。此外,还有蔡德龙的《清文话中的文体分类观》总结清代文话的文体论特点为:"既以门系类,提纲挈领,又做到条分缕析、细论文体,在归纳与演绎这两种相反的路向上并行,显示出总结期的集成气象。"④而论及清代文话集大成的原因,他认为除了文论自身的因素外,还有社会思潮与民族危机的因素影响。

文评专书的"文法论"研究也是文评专书内部研究的重要方面,这方面的论文如张海鸥、孙耀斌以魏天应《论学绳尺》为对象,论述了宋代论体文的书写策略——"文格"问题,对篇制、文法、风格等侧面都有所观照,同时涉及科举对论体文高度成熟的影响⑤。何诗海研究清代文学批评中好谈文章义例的现象,重点关注了碑志义例和古文义例两方面的材料,论述了考据风气、史传文学对其影响,在此基础上探讨了义例之学的批评史意义,

---

① 参见任竞泽《王应麟的文体学思想》,《济南大学学报(社会科学版)》2011年第1期。

② 参见仲晓婷《徐师曾〈文体明辨〉研究》,广西师范大学2006年硕士学位论文。

③ 参见贾奋然《论〈文体明辨序说〉的辨体观》,《首都师范大学学报(社会科学版)》2007年第2期。

④ 蔡德龙:《清文话中的文体分类观》,《南京大学学报(哲学人文社会科学版)》2012年第1期。

⑤ 参见张海鸥、孙耀斌《〈论学绳尺〉与南宋论体文及南宋论学》,《文学遗产》2006年第1期。

认为其促成了叙事文体地位的提升并在一定程度上转变了抒情言志的传统文学批评格局①。此外,对金石义例之学的关注也是文评专书"文法论"的研究焦点之一,围绕几部金石义例的专书产生了大量的文法义理梳理②、文化背景考察③、金石学与辞章学之交流④等多方面的研究论著,可以说经过他们的阐释,金石义例类专书的基本情况已经得到比较充分的挖掘、展开。此外,作为文法学的一部分,修辞学的研究也一直关注文学批评的相关内容,如张秋娥从修辞接受与修辞表达的角度分析了吕祖谦《古文关键》的修辞思想⑤。李熙宗等著《中国修辞学通史》对历代比较重要的文学批评家的理论观点做了评述,总体上说依然延续了周振甫所开辟的修辞学史的路数⑥。但是如何把语言学研究与文论研究深度融合,发现其中的新意还有待进一步探索。

"文道论""文气论"等文话中形而上理论阐释的研究,也是研究的热点。然而必须指出的是,大量文评专书的外部研究都存在重描述、轻阐释,缺乏理论深度的问题,比如胡建次论述清代刘大櫆、曾国藩、章学诚、唐彪、刘熙载等人文评中的"文气论",从"文章审美之本的标树""文气审美特征与要求""文章写作角度"三个

---

① 参见何诗海《论清代文章义例之学》,《浙江大学学报(人文社会科学版)》2012年第4期。

② 参见陈志扬《拘守与变通——清代碑志义例的抉择》,《华中师范大学学报(人文社会科学版)》2007年第5期;陈恩维《清代收藏家梁廷枏及其金石研究》,《收藏家》2007年第12期;孙瑾《论宋元明清学者唐代墓志的著录与研究》,首都师范大学2009年硕士学位论文。

③ 参见陈春生《〈金石三例〉与金石义例之学》,《东南文化》2000年第7期。

④ 参见党圣元、陈志扬《清代碑志义例——金石学与辞章学的交汇》,《江海学刊》2007年第2期。

⑤ 参见张秋娥《修辞接受与修辞表达——从〈古文关键〉评点看吕祖谦的修辞思想》,《河南师范大学学报(哲学社会科学版)》2002年第5期;《论吕祖谦〈古文关键〉评点的修辞接受思想》,《修辞学习》2004年第2期。

⑥ 参见李熙宗等《中国修辞学通史》,吉林教育出版社1998年版。

维度考察"气"在文评中的阐释①,虽然引述材料较为丰富,但逻辑性不甚清晰,基本上没有跳出对材料的平面分析。

形而上的文法批评方面,较为优秀的比如罗书华对《古文关键》义法的研究,文章注意到作为理学家的吕祖谦却罕言"道",由此挖掘了吕祖谦对"意"概念的发挥与其历史意义。此外,该文还从《古文关键》众多的评论话语中拈出"有力"的关键词②,这就使其论述具有问题导向与重点突破的优点,解决了一般"文法论"平面化描述的问题。另一篇比较精彩的论文是蔡德龙研究清代主流桐城派的"唯简论"思潮,涉及传统的"文质论"问题,文章在对顾炎武、魏禧、魏际瑞对"文质"问题不拘一格的看法,黄本骥(1781—1856)、于鬯(约1862—1919)"为繁丰张本"等一系列清代文评家的"反思"中,发现"繁简""文质"观念的变化受到考据风气、骈文中兴等学术思潮、文学思潮的影响,也拓展了其理论阐释的维度③。

外部研究的常见思路是从知识结构、身份意识入手,讨论文评专书或作家文学观念的生成,以文本研究或作家研究为基础,在考证与内容层面需要比一般的文学理论研究更加凿实。比如徐昌盛的博士论文《挚虞研究》,论文从经、史、子、集四个角度展开,涉及挚虞(250—300)的史官身份、名辨思潮以及魏晋时期的文人情结与文学活动等外部因素对《文章流别集》《文章流别论》产生的影响④。文章的优点在于把具体的文体观念放在当时与前代的历史语境中纵横比较加以分析,很见文本细读的功力。此

---

① 胡建次:《清代散文理论批评视野中的文气论》,《青海社会科学》2008年第2期。

② 罗书华:《从文道到意法:吕祖谦与散文学史的重要转折——兼说〈古文关键〉之"关键"的含义》,《中国文学研究》2010年第3期。

③ 蔡德龙:《论清人对文章学繁简理论的重建》,《四川大学学报(哲学社会科学版)》2014年第4期。

④ 参见徐昌盛《挚虞研究》,北京大学2012年博士学位论文。

外,该文最后一章还讨论了时代风气对挚虞编纂体例的影响,具有扎实的文献考证与目录学功底。此外,还有余历雄对《翰林论》作者李充(生卒年不详)家世的考证,认为其"刑名之学"的知识结构影响了《翰林论》中表、奏等文体观念①。

外部研究的一个较为经典案例是祝尚书对南宋文章"活法"的讨论②,文章首先从诗学上的"活法"引申到文章学的"活法",接着结合《古文关键》《馀师录》等宋代文评资料,讨论文论领域曲折、警策、灵活等观点,最后放在科举考试的背景下加以总结,既提出一个较为新颖的话题,又在文学与制度的关系上做了很好的沟通。此外,对诗学与文章学关系以及科举与文章学关系的讨论还可参看祝尚书的《南宋古文评点缘起发覆——兼论古文评点的文章学意义》③与彭国忠的《宋代文格与〈黼藻文章百段锦〉》④两篇论文。另一个经典的外部研究案例是赵园对清初"文质论"的探讨⑤,该文首先从顾炎武、吕留良(1629—1683)的"文运论"入手,结合明末清初的政治鼎革与文人心态的变化等因素,将清初顾炎武、黄宗羲、王夫之等人的"文质论"思想提升到华夷之辨与经世救弊的高度。赵园的文章极富洞察力地回答了"为什么"(包括"怎么来的")等问题,这就在一般性质的理论描述基础上深入了一步,其观点的启发性是平面化论述所不可企及的。又如许结梳理清以前赋话与诗话黏附以及清代诗话、赋

---

① 参见余历雄《论李充〈翰林论〉的学术渊源与文学观念》,《中国典籍与文化》2003年第3期。
② 参见祝尚书《论南宋的文章"活法"》,《北京大学学报(哲学社会科学版)》2012年第2期。
③ 祝尚书:《南宋古文评点缘起发覆——兼论古文评点的文章学意义》,《四川大学学报(哲学社会科学版)》2005年第4期。
④ 彭国忠:《宋代文格与〈黼藻文章百段锦〉》,《安徽大学学报(哲学社会科学版)》2013年第6期。
⑤ 参见赵园《明清之际士人的文质论——兼及其时语境中文人的自我认知》,《江西社会科学》2005年第7期。

话分离的现象,分析了汉代"赋者古诗之流"为代表的诗赋合流观念、唐宋科举诗赋并考的取士制度以及明清以来尊体辨体意识、科举试赋等思想文化与社会制度背景①,为赋话在清代出现高潮的文评现象提供了清晰的脉络,也是较为深入的文学外部关系研究。

外部研究的常见问题是文评材料的分析与时代背景的考察贴合不够紧密,这会导致研究的平面化甚至常识化,比如杨赛分析《文章缘起》与南朝文章学的关系,论及南朝文章兴盛、文体分类、文章学在南朝的地位等②,就多是背景常识的介绍,未能把握其与《文章缘起》文本的内在联系。

(四)文学理论性质的文评研究

从数量上看,更多的研究是以文评专书为材料,进行类似文学理论或理论家思想的梳理与研究,这类研究往往聚焦在历代著名学者或作家的著述上,其客观原因首先应该是这些文评著述的整理比较充分,文献的获取比较便利;其次是不少作家在文学史、文论史上的地位比较重,因而容易受到关注;再次就是相关的研究比较充分,便于研究者在阅读的基础上迅速进入研究状态。由于这方面的研究数量极为庞大,所以下面只选择其中较有代表性或较有理论深度的研究加以综述。

刘勰(约465—520)的《文心雕龙》是专书研究的一个独特现象,它长期以来都是研究的热点,并且已经成为一门显学。1983年8月,学界还成立了中国《文心雕龙》学会,每隔两年召开一次年会,并且有会刊《文心雕龙学刊》,"龙学"大有与"红学"分庭抗

---

① 参见许结《论诗、赋话的粘附与分离》,《东南大学学报(哲学社会科学版)》2003年第6期。

② 杨赛:《〈文章缘起〉与南朝文章学》,《吉林师范大学学报(人文社会科学版)》2009年第5期。

礼的趋势。就其研究情况而言,从清末的黄侃(1886—1935)[1]开始,到民国时期范文澜、陆侃如[2]、王元化[3]等学者的一系列经典论著问世,以及近年来王运熙[4]等为代表的学者关于《文心雕龙》的各种专著与论文出版,历代学者们在刘勰的身世考证、《文心雕龙》的文学理论、文体论、文学思想史,包括用《文心雕龙》指导文学写作等各个方面,都展开了细致的研究。限于篇幅,本文不可能对《文心雕龙》的研究展开详细评析,只能呈现综述性质的论著,以便于查考。戚良德编有《文心雕龙学分类索引》[5],该书收录1907—2005年有关"文心雕龙学"的论文、注释、序跋、书评、通讯、索引等单篇文章和专著、专书等单行本共6517条,为了解"龙学"的长期发展以及研究进程提供了比较详细的参考。单篇的研究综述性质论文也有不少发表,如涂光社的《现代〈文心雕龙〉研究述评》[6]、李平的《20世纪中国〈文心雕龙〉研究的回顾与反思》[7]、张连科的《20世纪〈文心雕龙〉研究》[8]、蔡树才等的《转益多师是汝师　不废江河万古流——百年〈文心雕龙〉研究反思》[9]等,均可

---

[1] 黄侃:《文心雕龙札记》,中华书局2014年版。该书作为具有里程碑意义专著,被各出版社不断出版,如中国人民大学出版社2012年版,武汉大学出版社2013年版,岳麓书社2013年版,商务印书馆2014年版等。
[2] 陆侃如、牟世金:《刘勰和文心雕龙》,上海古籍出版社2011年版。
[3] 王元化的《文心雕龙》研究最初名为《文心雕龙创作论》,于1979年初版问世,印了两版。1992年更名为《文心雕龙讲疏》,又印行了四版。2007年又再度修订,更名为《读文心雕龙》,列入《清园丛书》。现存易见版本如王元化《文心雕龙讲疏》,上海三联书店2012年版;王元化《读文心雕龙》,新星出版社2007年版。
[4] 王运熙:《文心雕龙探索》(增补本),上海古籍出版社2014年版。
[5] 戚良德:《文心雕龙学分类索引》,上海古籍出版社2011年版。
[6] 涂光社:《现代〈文心雕龙〉研究述评》,《文学评论》1997年第1期。
[7] 李平:《20世纪中国〈文心雕龙〉研究的回顾与反思》,《文艺理论与批评》1999年第5期。
[8] 张连科:《20世纪〈文心雕龙〉研究》,《辽宁大学学报(哲学社会科学版)》2001年第4期。
[9] 蔡树才、黄金华:《转益多师是汝师　不废江河万古流——百年〈文心雕龙〉研究反思》,《船山学刊》2003年第3期。

为研究"龙学"的学者所参考。

1. 宋代专书的文论研究

陈骙的《文则》是宋代文评专书研究的重点,其中一个重要角度是从语言学入手。这类研究关注《文则》的文体风格、消极修辞、积极修辞、方言训诂、语法问题、语言运用等[1],或者结合现代学者的修辞概念、术语来概括、分析《文则》的修辞论,对《文则》进行现代化阐释[2],但是在文本分析上,却很难看到这类总结对《文则》在文化语境中独特价值的彰显,结果就是述而不论,论而不详。稍微好一点的比如刘晋峰评析陈骙文论中的"意"法和"言"法,把创作论、语言论、风格论等统观起来[3],比一般修辞学式的分析更为灵活,但是仍然以介绍、描述陈骙的理论观点为主,缺少自己的把握。此外,也有学者主张从文章学角度发挥《文则》的价值,较早的研究如全国斌、陈亚丽等人从立意、体裁、语言风格等角度分析《文则》的文章学思想[4],有开风气之先的效果。后辈研究或挖掘《文则》的实用原则[5],或将其和《文心雕龙》进行比较,探讨其重理、重简洁的特点[6],或分析其批评对象与文

---

[1] 参见李金苓《我国修辞学史上的重要里程碑——〈文则〉简谈》,《修辞学习》1982年第2期;吴礼权《论〈文则〉在中国修辞学史上的地位》,《鞍山师范学院学报》1994年第2期;戴军明《从〈文则〉看陈骙的语言观》,《东方论坛》2005年第5期。

[2] 参见张春泉《陈骙〈文则〉的修辞研究方法举隅》,《沈阳师范学院学报(社会科学版)》2002年第4期;刘蓓然、唐娟《陈骙〈文则〉的现代修辞观》,《井冈山学院学报(哲学社会科学)》2007年第7期;马晓军《〈文则〉与现代汉语的修辞手法之比较初探》,《语文学刊》2008年第4期;姜亚维《陈骙〈文则〉修辞理论研究》,内蒙古师范大学2009年硕士学位论文;齐昆《〈文则〉研究》,内蒙古大学2004年硕士学位论文。

[3] 参见刘晋峰《论〈文则〉的"意"法和"言"法》,山西大学2011年硕士学位论文。

[4] 参见全国斌《为文言文 以则统文——评陈骙〈文则〉》,《河南师范大学学报(哲学社会科学版)》1993年第2期;陈亚丽《〈文则〉的文章论》,《首都师范大学学报(社会科学版)》1998年第3期。

[5] 参见余莉《〈文则〉的实用文章学理念及影响》,《韶关学院学报·社会科学》2010年第5期。

[6] 参见余莉《论〈文则〉与〈文心雕龙〉"宗经"理念之差异》,《甘肃联合大学学报(社会科学版)》2011年第1期。

法观点①等等。但问题是如果仅仅从内容分析上展开讨论，那么所谓的文章学研究与修辞学研究其实是一样的，学者如果不能触及文学观念深刻的社会背景、理论传承等，就很难真正深入到文评专书的核心价值中，这是导致一系列研究平面化的根本原因。

王水照对王应麟《玉海·辞学指南》的研究堪称专书研究与社会背景、理论脉络相勾连的样板。他首先从王应麟的"词科"情结入手，分析《辞学指南》的著述取向，进而从文体形态与骈文批评两个角度探讨其书的文献价值②，而无论是对文体案例的分析还是对骈文的考察，都始终处在科举与文学的背景观照之下，尤其是文章开端对王应麟"词科"情结以及士大夫心态的分析，是精彩而又独到的，从单纯的文章学研究中弹出了新调。此外，研究《辞学指南》的还有一篇曹家欣的博士论文③，从资料分析及科举背景的完备性上说比单篇论文周详得多，不过论文的主要贡献是对以往研究的进一步细化，而就大体的研究思路来说并没有跳出王水照所划定的博学宏词科、文体形态、文章写法这些分析的角度。

还有部分研究选择相对冷门的文评作家与专书，因而至少具有填补空白的价值。比如韩燕分析了张镃(1153—1211)《仕学规范·论文》中体现的对作家素养以及文法技巧的关注④。商真真讨论吴子良(1198—1257)的诗文思想，依据的材料主要是《荆溪林下偶谈》，从文气、文法、文体三个层面加以评说，并结合了吴子良的三篇散文创作具体阐释⑤。蔡军结合《黄氏日钞》讨论了黄震

---

① 参见慈波《陈骙〈文则〉与文章批评》，《石家庄学院学报》2006 年第 5 期。
② 参见王水照《王应麟的"词科"情结与〈辞学指南〉的双重意义》，《社会科学战线》2012 年第 1 期。
③ 参见曹家欣《王应麟〈辞学指南〉研究》，华东师范大学 2014 年博士学位论文。
④ 参见韩燕《〈仕学规范·作文〉的散文创作理论研究》，山西大学 2013 年硕士学位论文。
⑤ 参见商真真《吴子良诗文思想研究》，江南大学 2013 年硕士学位论文。

(1213—1280)的文道论、文用论、文法论等①。可惜这几篇硕士论文均未能摆脱描述性介绍的窠臼。

四六话也是宋代文评专书研究的热点,其中莫道才最具代表性,他在二十余年间一直对四六话的问题保持研究热情,先后发表了一系列研究论文,并结集出版了《骈文研究与历代四六话》②一书,莫道才对四六话的研究主要包括:讨论了《六一诗话》为代表的诗话体例对四六话形成的影响③,宋代骈文对应用文的渗透,四六话文体的现实性、随笔性特点④,四六话骈文故事、骈语本事、骈语品评、骈语典故、骈文理论的基本内容及其驳杂特点⑤,王铚(生卒年不详)"伐山""伐材""生事""熟事"几个用典理论在强调创新与达意方面的价值等⑥,几篇论文互有发明,总体上从发生学的角度回答了四六话产生的基本问题。此外,曾枣庄亦较早讨论了四六话的诞生,由宋至清几部经典四六话的叙录,四六话中现实性、文学性、用典等理论命题⑦,在同类研究中具有开创性。莫山洪在介绍了宋代几部四六话的内容后,引入朱熹对四六的评价以及李刘(1175—1245)的四六创作⑧,在评论话语、思想意识与创作实践上有所贯通。此外,还有人总结四六话的产生、特点、内

---

① 参见蔡军《黄震文学理论研究》,华东师范大学2014年硕士学位论文。
② 参见莫道才《骈文研究与历代四六话》,中华书局2005年版。
③ 参见莫道才《宋代"四六话"产生与"诗话"关系考》,《广西师范大学学报(哲学社会科学版)》2014年第3期。
④ 参见莫道才《论宋代四六话的兴起》,《广西师范大学学报(哲学社会科学版)》1996年第1期。
⑤ 参见莫道才《从"话"的文本特性看宋四六话的博杂特点》,《广西师范大学学报(哲学社会科学版)》2013年第2期。
⑥ 莫道才:《"伐山""伐材"之喻与"生事""熟事"之法——王铚〈四六话〉的骈文典故理论探析》,《中国文学研究》2015年第2期。
⑦ 参见曾枣庄《宋代四六创作的理论总结——论宋代四六话》,《古籍研究》1995年第2期。
⑧ 参见莫山洪《话的兴起与南宋中期文章骈散的对峙——以朱熹、李刘为例》,《广西师范大学学报(哲学社会科学版)》2009年第2期。

容、贡献等方面问题[1],具体解读四六话中用事、典故、辞藻、气格论等理论命题[2],或对比《四六话》《四六谈麈》《云庄四六馀话》的异同[3],或分别介绍各书主要观点[4],或讨论四六话对唐宋骈散之争的反应[5]等,但这些研究无论是深度还是广度都还远远不够。

2. 金元专书的文论研究

慈波分析了王若虚《滹南遗老集·文辨》作为"辨"的金源文化特性,以及推崇苏轼(1037—1101),追求"惟适其宜"的论文风格[6],对时代风格与文论的关系把握比较到位,然而具体的文论特色缺乏亮点。王永也有类似文章总结《文辨》的文体论、文法论、语言论[7],他还单独拈出王若虚对韩愈(768—824)的评价个案,特别关注了《文辨》对韩文字法、句法等具体文法结构的分析[8],是对《文辨》批评特点的具体呈现,在同类介绍性文章中稍有新意。此外,苏利国和李晓艳两人的硕士学位论文对《滹南遗老集》进行了统观式的分析[9],值得一提的是他们总结了王若虚经学、史学思想

---

[1] 参见莫山洪《论〈诚斋诗话〉中的四六话》,《柳州师专学报》2001 年第 2 期;王竞《王铚〈四六话〉与古代骈文理论的发展》,《安徽大学学报(哲学社会科学版)》2010 年第 2 期;钟仕伦《骈文与王铚的〈四六话〉》,《文史杂志》1993 年第 3 期;吉昊《王铚〈四六话〉研究》,山西大学 2013 年硕士学位论文。

[2] 参见涂春芬《王铚〈四六话〉的用事说》,《文教资料》2011 年 6 月号下旬刊;《王铚〈四六话〉国朝故事叙略》,《文教资料》2012 年 10 月号中旬刊;《王铚〈四六话〉的声律辞藻与气格说》,《文教资料》2011 年 10 月号下旬刊。涂春芬、徐小明《浅论王铚的四六源流说》,《文教资料》2012 年 4 月号下旬刊。

[3] 参见李建军《谢伋〈四六谈麈〉考论》,《图书馆理论与实践》2012 年第 11 期;刘潇潇《宋代有关骈文研究三部著作考索》,辽宁师范大学 2012 年硕士学位论文。

[4] 参见黄威《〈四六谈麈〉的文学批评价值》,《求索》2012 年第 10 期。

[5] 参见温志拔《宋四六话:骈散之争格局中的骈文理论》,《太原理工大学学报(社会科学版)》2013 年第 1 期。

[6] 慈波:《论金源文化背景下的〈文辨〉》,《邯郸学院学报》2007 年第 1 期。

[7] 参见王永《从〈文辨〉看王若虚的散文观念》,《新国学》2012 年第 1 期。

[8] 参见王永《〈滹南遗老集·文辨〉韩愈批评论》,《江苏大学学报(社会科学版)》2014 年第 6 期。

[9] 参见苏利国《王若虚诗文批评研究》,西北师范大学 2008 年硕士学位论文;李晓艳《王若虚文学思想研究》,河北大学 2014 年硕士学位论文。

对文学思想的影响,从王若虚的知识结构入手分析《文辨》的思想关联,这种研究方法也值得肯定。

闵泽平讨论了李耆卿《文章精义》中的养气、繁简、源流等问题,将其和吕祖谦等人的文评观点做了横向比较,并专门介绍了其中关于韩、柳、欧、苏文章特色的作家论①。邵斯琦以《文章精义》为对象,探讨其思想内容与批评特色,并将其置于宋元文章学的脉络中加以考察②。任彦智、李艳也从《文章精义》的繁简论、源流论、文与意、文气论四个维度介绍了《文章精义》的主要观点③。不过这几篇论文基本上还是描述性的,缺乏明确的问题意识,而且后出的几篇基本上没有超出闵泽平文章划定的讨论范围。此外,稍有不同的是万志全对《文章精义》的研究,他重点讨论了《文章精义》的文法论,这是前面几位较少论述的,更独特的是他对《文章精义》的批评述语、批评概念进行了考察④,等于是文学批评的批评,这就使文章在平面展开的基础上多了一重思考维度。

王构《修辞鉴衡》作为第一部以"修辞"命名的文评著述,在学界也一直被研究修辞学的学者所重视,林兴仁在 1982 年就撰文介绍了《修辞鉴衡》的四个主要内容,即修辞原则、修辞方式、文章作法、文章风格⑤。其后徐丹晖也分析了其主要内容并重点从历史贡献的角度分析《修辞鉴衡》的价值⑥。两篇文章都属于较早地

---

① 参见闵泽平《〈文章精义〉的文章观》,《湖北三峡学院学报》2000 年第 6 期。
② 参见邵斯琦《小著作大气魄——〈文章精义〉研究》,陕西师范大学 2012 年硕士学位论文。
③ 参见任彦智、李艳《李耆卿的〈文章精义〉散文理论管窥》,《长春大学学报》2010 年第 3 期。
④ 参见万志全《放胸襟如太虚始得——〈文章精义〉的创作理论与批评实践》,《兰州学刊》2009 年第 6 期。
⑤ 参见林兴仁《〈修辞鉴衡〉——我国第一部以修辞命名的修辞学资料汇编》,《当代修辞学》1982 年第 2 期。
⑥ 参见徐丹晖《〈修辞鉴衡〉历史评价的思考》,《修辞学习》1997 年第 5 期。

从修辞学角度研究该书的论文。陈亚丽引述郑子瑜、陈望道的话，认为《修辞鉴衡》其实和现代意义上的修辞学没什么关系，主张从文学理论的角度审视这部著述，并提出从文章学的角度关注书中的文体论、作家论、文法论这三个主要部分[①]。这虽然代表了一种不同于修辞学研究的思路，但从内容分析上说又很难说与修辞学者的总结有多少不同。当然，从这些研究个案中，也透露出一个值得思考的问题，那就是文章学的研究与修辞学的研究应该在什么意义上展开对话？又应该在什么意义上借助对方学科的长处有效地发现问题、解决问题？

有些是针对元代关注较少的文评专书展开的研究，比如高洪岩结合陈绎曾《文筌》对先秦至汉代散文的评价，分析了此书的文章与文体观念[②]，在资料分析的基础上得出较为可信的结论。慈波考察了陈绎曾《古文谱》《古文矜式》《文说》等书的本体论、修养论、创作论、文体论、风格论、鉴赏论等观点，并将其纳入的元代文章学整体创作背景中进行观照[③]，介绍亦颇为全面。张思齐考察了倪士毅（生卒年不详）的生平及其《作义要诀》中的文章学观点，从写什么和怎么写两个问题重点展开[④]，并充分肯定了"八股"在元代的创体意义与文学价值。由于张思齐的外语背景，在论文中随处可见中西比较诗学的思想对照，且行文颇涉个人感悟，是一篇较有个性的论文。

元代四六话文献较少，于景祥讨论了陈绎曾的《四六附说》在骈文批评史上的价值，论文从创作方法上的古与今、骈文类别的

---

① 参见陈亚丽《读王构的〈修辞鉴衡〉》，《文史知识》1996 年第 8 期。
② 参见高洪岩《论元代〈文筌〉的古文鉴赏观》，《鞍山师范学院学报》2006 年第 8 期。
③ 参见慈波《陈绎曾与元代文章学》，《四川大学学报（哲学社会科学版）》2007 年第 1 期。
④ 参见张思齐《倪士毅的著述活动与文章学理论》，中国古代文学理论学会第十八届年会暨国际学术研讨会论文集，2013 年 8 月，内蒙古。

疆域与标准、唐体与宋体两种典型范式、行文结构与风格五个角度,指出《四六附说》在宋代几部四六话基础上的理论进步①,对于揭示其理论贡献具有很大价值。

赋话方面,杨赛的硕士论文以祝尧的《古赋辨体》为研究对象,重点从古赋本体论、古赋流变论、古赋艺术论三个层面加以论述②,突出了本体论中赋"以情为本"的一面以及艺术论中《古赋辨体》对朱熹赋、比、兴用法的吸收。何诗海从传播与接受的角度,探讨《古赋辨体》对明代文论的影响,从吴讷、徐师曾、许学夷(1563—1633)等明人的辨体著述对祝尧的引述、复古派的文学辨体思想、总集编纂中的分体意识三个方面论述《古赋辨体》作为第一部"辨体"著述对后代的影响③,作为影响研究,持论有据,结论可靠。蒋旅佳也总结了《古赋辨体》的分类辨体原则,并对其在明代的影响作出初步探讨④,不过论述的细致程度还有提升空间。

3. 明代专书的文论研究

与热闹的明代文学流派理论研究相比,明代的文评专书研究相对冷清,并没有成为研究的焦点,这主要是因为明代各流派作家的文学思想主要以单篇文章形式保存在别集中,通过专门写作文评专书表达文学主张的人地位又不甚显著。虽有王世贞作为文评作家,但对《艺苑卮言》的研究又多偏向诗论。

侯体健在总结高琦(生卒年不详)《文章一贯》文献学价值的基础上,从内容角度肯定了该书作为修辞学资料汇编对于修辞研究的意义;又分析了朱荃宰(?—1643)《文通》对于呈现明后期文

---

① 参见于景祥《陈绎曾的〈四六附说〉在骈文批评上的贡献》,《文学评论》2010年第4期。
② 参见杨赛《祝尧〈古赋辨体〉研究》,湖南师范大学2003年硕士学位论文。
③ 参见何诗海《〈古赋辨体〉与明代辨体批评》,《文艺理论研究》2013年第1期。
④ 参见蒋旅佳《祝尧〈古赋辨体〉赋体辨析与分类》,《文艺评论》2013年第8期。

献保存的意义和其中反映出的文学观点；最后从历时线索角度梳理了资料汇编性质的文评专书的时代发展趋势①。文章既有扎实的文献辑佚、校勘功底，又显示出一定的理论维度思考，对时代线索趋势的把握也令人信服。何诗海从文体学的角度关注了《文通》在明代文体正变思潮中的位置，并特别以"经义"体为例，讨论了《文通》保留时文文体在明代"反八股"整体文学思潮中的别调价值②。王凤霞也有对《文通》作者、内容的介绍与评价性文章③，当然总体上描述性居多，不如前两位学者具有较强的问题意识。刘艺琴以《历代文话》中收录的31种明代文话资料为研究对象，梳理明人对"唐宋八大家"的文学批评，探讨八大家在明代批评家心中的地位变化，并由此折射明代文学思潮的变化。此外，文章还以茅坤（1512—1601）《唐宋八大家文抄》评文为对象展开了个案研究④。总之，无论从文话呈现与文学思潮的结合，还是从总体分析与个案研究的结合上说，这都是一篇较好的硕士论文。

明代文论的冷门研究，如孙学堂通过对王世贞《读书后》和《艺苑卮言》的对比，发现王世贞晚年文评观念中重视人品学识、旨趣风味的一面，并以此观照王世贞晚年文学思想变化的问题⑤，在一个个具体个案中分析对比，使其结论可信度较高。孙冠楠比较了《文章九命》和《更定文章九命》，并分析了文人穷达与写作的关系⑥，可惜文章内容平平，缺乏理论深度。慈波总结了王文禄

---

① 参见侯体健《资料汇编式文话的文献价值与理论意义——以〈文章一贯〉与〈文通〉为中心》，《复旦学报（社会科学版）》2009年第2期。
② 参见何诗海《〈文通〉与明代文体学》，《苏州大学学报（哲学社会科学版）》2013年第3期。
③ 参见王凤霞《朱荃宰〈文通〉通论》，《嘉应学院学报》2008年第2期。
④ 参见刘艺琴《明代文话中的唐宋八大家批评研究》，中南大学2011年硕士学位论文。
⑤ 参见孙学堂《〈读书后〉与弇州晚年定论》，《南开学报》2000年第2期。
⑥ 参见孙冠楠《试论〈文章九命〉》，《文学界（理论版）》2010年第10期。

(1532—1605)《文脉》的文统观念,彰显了其在明代宗秦汉与宗唐宋两股思潮中标举魏晋的别调性①,对《文脉》的研究具有填补空白的价值。徐姗姗的硕士论文以袁黄(1533—1606)的《游艺塾文规》为研究对象,新意是在理论分析中引入文体比较的视角,分析了戏曲、古文、诗歌与时文的关系②。

此外,日本同志社大学副岛一郎教授考察了日本江户时期对中国传入的文章论的接受情况,其中尤其关注了《文章欧冶》《文章一贯》等文评著述以及相关的宋、元、明三代文评资料,进而指出其中的文学思想对日本文人古文创作的影响③。作为中国文学海外传播的一部分,副岛一郎的研究实际上也为我们的文评专书研究提供了新鲜的他者视角,尤其值得我们关注。

四六话方面,于景祥概括了王志坚(1576—1633)《四六法海》的长处与不足,重点分析了《四六法海》评文部分的历时视角、对各类作家的关注、对对偶、用典、行文规范等问题都做了阐发④,不过优劣二分法式的分析显得比较平面、单调。

4. 清代专书的文论研究

清代文评专书的文论研究呈现出井喷的态势,这主要是因为清以前的文评专书作家在文学创作与思潮引领上作用较小,他们没有成为文坛领袖,因而北宋六家、明代各种流派等才是研究的焦点。清代则呈现出不同趋势,这一时期的文评大家同时也是文坛、思想界领袖,比如易代之际几位思想家、桐城三祖、曾国藩、章太炎等,因而他们的文评著述也备受关注。

---

① 参见慈波《〈文脉〉:重文统而喜立异》,《重庆社会科学》2008年第1期。
② 参见徐姗姗《〈游艺塾文规〉正续编研究》,扬州大学2008年硕士学位论文。
③ 参见〔日〕副岛一郎《日本江户时代中国文章论的接受及其展开》,《中华文史论丛》2009年第4期。
④ 参见于景祥《〈四六法海〉在骈文批评上的贡献及其存在的问题》,《社会科学辑刊》2010年第6期。

王夫之的《夕堂永日绪论外编》是讨论八股文的,所以研究王夫之文评的学者一般也集中于对王夫之八股文思想的总结,比如张思齐将《外编》的52条文评细致地分成六组,分别为根本上"依经立论",立意上"追求境界",格调上"切忌庸滥",经营上"讲究章法",源流上"动态观察",批谬上"实事求是"①,相对其他说明式的总结②来说,这种归纳更为简明扼要。还有人归纳王夫之理想的八股文的文体规范"崇尚静、雅、贞,排斥躁、俗、淫"③,将文评材料纳入到"文体论"的考察维度,进而还有人从"功能论"的角度解释王夫之抬高八股文文体地位的原因④。此外,钱竞对比了王夫之和曾国藩文论的异同,提出二人文论都属于"规范之学",他们都面临"社会历史的奇变"而"自觉地承担起指导者的角色",因而分别对唐宋派、桐城派有所反拨⑤。也将文论思想、社会问题、士人心态等几个维度的思考贯通起来,理论精到而有说服力。

对刘大櫆文论的研究首先集中于"神气""音节""字句"三者关系的梳理,这部分地涉及"文气论"方面的探讨,论者或将"势"视作连结"音节"与"神气"的纽带⑥,或突出刘大櫆以"神"取代"气"作为文的主导地位,认为这凸显了作家的主体性⑦,或将三者关系从理论建构延伸到创作论、鉴赏论等实践维度⑧,还有人将

---

① 张思齐:《从〈夕堂永日绪论〉看王夫之的八股文观》,《大连大学学报》2010年第1期。
② 参见刘春霞《王夫之制艺观管见》,《船山学刊》2013年第2期。
③ 王伟:《论〈夕堂永日绪论〉外编中的"体"》,《淮北煤炭师范学院学报(哲学社会科学版)》2009年第1期。
④ 萧晓阳:《王船山说八股》,《湖南省船山学研讨会船山研究论文集》,2008年,第106—111页。
⑤ 钱竞:《曾国藩、王夫之文论思想异同》,《文学遗产》1996年第1期。
⑥ 参见徐杰《刘大櫆"神气、音节、字句"说研究》,四川师范大学2009年硕士学位论文。
⑦ 参见李季《刘大櫆〈论文偶记〉研究》,安徽师范大学2012年硕士学位论文。
⑧ 参见贾文昭《读〈论文偶记〉偶记》,《江淮论坛》1983年第4期。

"音节""字句"与刘大櫆的《论文偶记》中提出的"文章十二贵"结合起来,挖掘其中蕴涵的语言观与审美思想①。但是总体来看,大多数论者对《论文偶记》以及刘大櫆文论观点的研究仍然是平面化的,以一般性质的描述、概括为主,因而研究成果虽然丰富,但亮点却不多。

对曾国藩文论的研究集中于探讨其义理、考据、词章、经济四合一的主张,特别是他新加的"经济"上②,指出这是出于适应晚清时代环境的需要③。此外,关于曾国藩的"文气论"也是讨论的热点,论者往往通过对气势、气味、气象等概念的细致辨析探讨"气"论在曾国藩文论中的位置及其传承流变④。而围绕曾国藩《鸣原堂论文》这一文评专书,论文多言及其中的奏疏文体论,或者将其与曾国藩对阳刚之美的追求结合起来讨论⑤。此外,代亮的博士论文《曾国藩诗文思想研究》历时性地考察其思想的变化,并在更广的时间维度上讨论了曾国藩"古文四象"说对林纾等后人的影响⑥,这种历时性的考察可以说是优于他人的独特之处。

对刘熙载文论的研究涉及文评体系中的"文运论"层面,围绕刘熙载的"文之道,时为大"形成了若干论述,由此进一步讨论刘熙载"变古""用古"的文学理念⑦。20 世纪 80 年代的研究者一般喜欢从辩证法的角度分析刘熙载在《艺概》中提出的"物一

---

① 参见戴小勇《刘大櫆散文理论研究》,湖南师范大学 2009 年硕士学位论文。
② 参见张方《曾国藩古文理论初探》,《中州学刊》1981 年第 3 期。
③ 参见黄伟、周建忠《曾国藩古文理论平议》,《文学评论》2008 年第 6 期。
④ 参见周颂喜《曾国藩古文理论评述》,《求索》1985 年第 2 期。
⑤ 参见章继光《曾国藩的诗文风格论》,《湘潭大学学报(语言文学)》1985 年增刊。
⑥ 参见代亮《曾国藩诗文思想研究》,南开大学 2010 年博士学位论文。
⑦ 韩烈文:《"古,当观于其变":刘熙载的艺术发展论》,《西南民族学院学报(哲学社会科学版)》2002 年第 1 期。

无文"和"物无一则无文"两处论断,比较二者关系进而总结刘熙载融会贯通的文学观念,认为"一"是主意、筋骨,而"无一"是指艺术风格的多样①。近年来随着文艺学领域古典文论的现代转型论思潮的流行,一些研究者开始倾向于在文评的现代性转化上做文章,如李清良对"原始要终"与"执本驭末"两种思维方式的分析②。此外,还有一些人综合性地总结刘熙载整体的理论框架,作出一番全景式的描述③,不过仍难以突破现象描述的研究层面。探讨刘熙载知识结构对其理念的影响也是研究的一个侧面,主要围绕儒学④与佛学⑤两方面谈"文道论"、文学"本体论"等文论的组成部分,他们的论述能勾连起文学思维和学术思维、宗教思维的不同思维方式,对于开拓文学理论与学术、与宗教之关系研究是很有益的尝试。此外,由于多数研究刘熙载的文章喜欢谈《艺概》中的《文概》《诗概》《词曲概》等更接近"纯文学"方面的理论,而对于《经义概》的研究比较少,所以仅有的几篇《经义概》的专题研究就具有填补空白的意义了,这些论文一般都能发现《经义概》中与《艺概》其他部分相关或相似的理论观点,如立主脑、结构格

---

① 参见毛时安《〈艺概〉和刘熙载的美学思想》,《文艺理论研究》1981年第3期;陶型传《"物一无文"和"物无一则无文"——〈艺概〉的审美方法论之一》,《文艺理论研究》1982年第3期;张峰屹《〈艺概〉的文艺辩证法》,《内蒙古大学学报(哲学社会科学版)》1985年第4期;陈德礼《刘熙载的〈艺概〉及其辩证审美观》,《北京大学学报(哲学社会科学版)》1987年第5期。

② 李清良:《从〈艺概〉看古代文论思维方式的现代转化》,《文学评论》2013年第1期。

③ 参见阮忠《刘熙载散文理论研究》,《佛山科学技术学院学报(社会科学版)》2005年第1期;徐林祥《论刘熙载对文学语言表达技术的研究》,《文艺理论研究》2011年第1期;杨学森《〈艺概〉的文学理论研究》,新疆大学2012年硕士学位论文;孙士聪《〈艺概〉文体思想研究》,苏州大学2004年硕士学位论文。

④ 参见陈志《论刘熙载〈艺概·文概〉中的散文思想》,《兰州大学学报(社会科学版)》2006年第6期。

⑤ 参见詹志和《好借禅机悟"文诀"——佛学对刘熙载文艺美学观的影响浸润》,《文学评论》2006年第1期。

局之变化、字法句法之自然等①,但几篇论文大致思路都比较趋同,在创新性方面明显不足。此外较有特色的论文是袁津琥的两篇探讨《艺概》话语方式的论文,一篇重点关注《艺概》通过引用前代典籍而组织成文的特点②,另一篇重点关注《艺概》看似零碎的话语之间的前后关联,实现文简而意贯的效果③,两篇文章从《艺概》的语体层面透视其理论特点,可以说在大量平面式的描述研究中颇具新意。

对章学诚文论的研究一方面集中于阐发其"六经皆史"的理论,钱志熙通过批评史的梳理指出"章学诚的文学史学,正是继承刘、班而发展出来的",并为文学找到了"诗教"的源头。此外,钱志熙还高度评价了章学诚"六艺之文"到"战国之文"的文学史观④。另一方面的研究集中于从修辞学的角度对其"修辞立诚"的理论加以评说,或将其与章学诚"临文必敬"和"论古必恕"的创作态度结合起来⑤,或指出其中反映了章学诚言之有物与真性情的观念⑥。还有专门从"文体论"的维度分析章学诚《文史通义》,梳理其文体分类原则、文体的风格规范、文体的流变、古文与时文的异同等⑦,这些研究可以为文评专书的文体论研究提供必要的参照。唐元与张静的论文试图沟通章学诚的"文道论"与"文法论",在对"诗教""战国之文"等章氏的文学史观的分析基础上,寻找两

---

① 参见陈志《刘熙载〈艺概·经义概〉刍议》,《复旦学报(社会科学版)》2009年第3期;肖营《刘熙载〈艺概·经义概〉探微》,《语文学刊(高教版)》2006年第11期;李成林《论〈艺概·经义概〉的理论特色及贡献》,《青海师范大学学报(哲学社会科学版)》2010年第3期。
② 参见袁津琥《镶金嵌玉 碎锦成文——浅谈〈艺概〉一书的写作特点》,《古典文学知识》2011年第1期。
③ 参见袁津琥《一动万随 明断暗续——再谈〈艺概〉一书的写作特点》,《古典文学知识》2011年第6期。
④ 钱志熙:《论章学诚在文学史学上的贡献》,《文学遗产》2011年第1期。
⑤ 蒋振华:《论章学诚"以立诚为本"的文章观》,《中国文学研究》2005年第1期。
⑥ 参见朱茂汉《读〈文史通义〉谈"修辞立诚"》,《当代修辞学》1995年第3期。
⑦ 参见彭志琴《章学诚文体批评研究》,江西师范大学2009年硕士学位论文。

种理论范畴之间的联系①,也是较有深度的文评的内部研究。此外,江晓军有一系列论文,分别研究《文史通义》中的"文原观"(本体论层面)、"文质观"(形式与内容层面)、"文律观"(文法论层面)和"文德观"(作家修养层面)②,其论述的多维度与细致程度要超过他人。

除了对几位清代文评大家的集中研究外,还偶尔散见对一些不太知名的文评家或其文评专书的介绍、分析性文章,由于研究资料不够充分,所以具有开创意义。余祖坤重点从《史记七篇读法》分析王又朴(1681—1763)的古文理论,值得注意的是他探讨了王又朴文评观点及术语对金圣叹(1608—1661)小说评点的继承③,既有新意又合情合理。张茂华和孙良明介绍了顾炎武《日知录》中的"经世""辞达""贵简""反对模仿"等论述④,惜未做更多文学与社会关系的探讨。靳利翠的硕士论文从清初文章学的角度探讨了张谦宜(1650—1733)《𫄧斋论文》的内容与价值,该文的分析比较细致,涉及"本体论""文质论""作家论""创作论"等多方面,可惜对张谦宜本人的生平考述流于小说家言⑤,使其论文的严肃性受损。方锡球研究方以智(1611—1671)的文章中涉及对《文章薪火》的阐释,就其中"道艺"观、方氏对主体性的高扬、"灵动""神识"等作家论、"辞达"的修辞论等都做了

---

① 唐元、张静:《文道关系与文辞义例——〈文史通义·诗教〉意旨辨》,《四川民族学院学报》2010年第2期。
② 江晓军:《章学诚的文原观——〈文史通义〉中的文章学思想研究之一》,《益阳师专学报》1993年第3期;《章学诚的文质观》,《蒲峪学刊》1994年第1期;《章学诚的文律观——章学诚〈文史通义〉中的文章学思想研究之三》,《河南师范大学学报(哲学社会科学版)》1993年第6期;《章学诚的文德观——章学诚〈文史通义〉中的文章学思想研究之四》,《贵州教育学院学报(社科版)》1993年第4期。
③ 参见余祖坤《王又朴的古文批评及其价值》,《文艺理论研究》2015年第2期。
④ 张茂华、孙良明:《顾炎武论文风与语法规范——读〈日知录〉札记》,《古籍整理研究学刊》2007年第6期。
⑤ 靳利翠:《张谦宜〈𫄧斋论文〉与清初文章学》,陕西师范大学2013年硕士学位论文。

比较清晰的论述[1]。蔡德龙介绍了平步青(1832—1896)《国朝文楇题辞》的地域文学视角,指出平步青对浙江文脉的评述对于后人了解桐城派以外的清代文坛具有重要意义[2]。此外,陈莹也肯定此书对于研究清代文人别集的目录学、版本学价值[3]。江小角和朱杨从文学与教育的关系入手,论述了方宗诚(1818—1888)编纂的教材《文章本原》的内容与价值[4]。卢善庆较早地从内容与形式的关系方面介绍了包世臣的《艺舟双楫》[5]。谭君强将李绂《秋山论文》与法国叙事学理论进行对比,高度称赞《秋山论文》中九种叙事策略的提出要早于法国学者热奈特的《叙事话语》270年[6],但是作为比较叙事学的研究来说,该文并没有深入分析中国叙事学与法国叙事学的深度文化差异,难免陷入一种浮泛的平行比较之中,盲目地比较时间早晚也让人觉得不够信服。安源较早地对唐彪《读书作文谱》进行了内容上的描述,重点关注文章写作技巧的阐述[7],有古为今用、服务写作的用意。潘新和对《读书作文谱》的研究则关注到该书引述性质的文体特点,以及"对举辨析"的思维方法[8],其结论也较为中肯且更有新意。解婷婷分析王之绩(生卒年不详)《铁立文起》中的文章学观,并结合郭英德《中

---

[1] 方锡球:《传统文化诗学视野中的经典阐释范式——以方以智的"中边言诗"和"道艺"观为例》,《桐城派研究论文集》,中国文联出版社 2006 年版。

[2] 参见蔡德龙《地域文学视域下的清人论清文——〈国朝文楇题辞〉与清代文集叙录》,《杭州师范大学学报(社会科学版)》2014 年第 5 期。

[3] 参见陈莹《〈国朝文楇题辞〉研究》,河北师范大学 2010 年硕士学位论文。

[4] 参见江小角、朱杨《方宗诚的文学教育与近代桐城派传播》,《安徽大学学报(哲学社会科学版)》2013 年第 5 期。

[5] 参见卢善庆《包世臣论文学艺术的内容和形式之美——读〈艺舟双楫〉》,《上饶师专学报》1988 年第 1 期。

[6] 参见谭君强《〈李绂〈秋山论文〉中的叙事论:比较叙事学研究》,《云南民族大学学报(哲学社会科学版)》2011 年第 5 期。

[7] 参见安源《唐彪〈读书作文谱〉述论》,《广播电视大学学报》1999 年第 1 期。

[8] 参见潘新和《集百家之长立中肯之说——评[清]唐彪〈读书作文谱〉》,《福建师范大学学报(哲学社会科学版)》1990 年第 1 期。

国古代文体学论稿》中的理论,重点关注了《铁立文起》的"文体论"成分①。伍中和万陆较早地介绍了魏禧的文学观,提出"经世""积理"两个核心命题②,以点带面地勾勒其文论思想。肖烽、郝艳芳、李联三人的学位论文也都以魏禧、魏际瑞为研究对象,全面总结其文学理论观点③,属于中规中矩的文论观念总结。黄怡鹏考述了吕璜(1778—1838)在广西的生平事迹,并分析了吴德旋《初月楼古文绪论》中的文论观,戚顺欣的硕士论文同样以《初月楼古文绪论》为对象,研究吴德旋"清雕琢"文艺观,进行文学风格方面的研究④。周怀文的硕士论文以姚范(1702—1771)的《援鹑堂笔记》为研究对象,在细致梳理文论内容的基础上,进行了全面的描述性总结⑤。

四六话方面,莫山洪讨论了彭元瑞(1731—1803)《宋四六话》中文体排序、文体类型所反映的清人文体应用观念⑥,不过文章写得比较简短,未有深入论析。陈志扬揭示了孙梅《四六丛话》区别于《宋四六话》的独特价值,介绍了其文体论中特殊的骈文分体与骈文史观,并指出其在"文以意为之统宗"原则下,调合骈散的理论主张⑦,由此高度肯定了孙梅作为清代骈文理论家的巨大贡献。

---

① 参见解婷婷《论王之绩〈铁立文起〉中的文章学观》,《南京师范大学文学院学报》2013年第3期。
② 伍中、万陆:《论魏禧的文学批评理论与文学批评实践》,《赣南师专学报》1982年第2期。
③ 参见肖烽《宁都三魏古文研究》,广西大学2007年硕士学位论文;郝艳芳《魏禧的文章学理论及其实践》,扬州大学2010年硕士学位论文;李联《魏禧文学思想考论》,辽宁大学2007年博士学位论文。
④ 戚顺欣:《论吴德旋"清雕琢"文艺观》,山东师范大学2011年硕士学位论文。
⑤ 参见周怀文《姚范及其〈援鹑堂笔记〉研究》,安徽师范大学2006年硕士学位论文。
⑥ 参见莫山洪《论〈宋四六话〉的体制特点及学术价值》,《柳州师专学报》2006年第3期。
⑦ 参见陈志扬《〈四六丛话〉:乾嘉骈散之争格局下的骈文研究》,《文学评论》2006年第2期。

类似的研究还有李金松,他认为"文以意为之统宗"的主张其实是骈散之争倒逼出来的①。马骁英也有一系列关于《四六丛话》的研究,其中稍有特点的是从宋学到汉学转型时期实学精神影响下的骈文训诂研究②,在文学与社会思潮、文学与小学关系方面有所触及。

　　清代还是赋话研究的焦点,这与清代大量赋学著述的产生有关。赋话研究的代表是何新文。他很早就梳理了宋元笔记、王铚《四六话》到浦铣《历代赋话》一系列的发展演进脉络,并简要分析了赋话的基本内容、代表作品与影响价值③,为赋学研究提供了较为清晰的时间线索。潘务正、何新文等分别考察了林联桂的《见星庐赋话》④,在林联桂生平的梳理中发现他的翰苑情结,呈现在赋话中就是密切关注翰苑赋家与赋作,呈现出"去唐律与尚时趋"的价值取向,同时具有了解文人交流、翰苑考课的史料价值。此外,他们还具体分析了嘉庆朝馆阁赋作的诠题、开篇、用韵、对偶等方面的技巧,由此得出馆阁赋"因难见巧"与"避熟趋新"等艺术追求的结论。潘务正的论文还探讨了理学、八股文、古赋等相关学术思想与文体对律赋的影响,其整体论述清晰严密,在赋话内部的文法论与外部的社会关系、意识形态方面的分析上都照应得

---

　　① 参见李金松《论孙梅〈四六丛话〉中的骈文批评》,《江西师范大学学报(哲学社会科学版)》2007年第4期。
　　② 参见马骁英《清代孙梅〈四六丛话〉的骈文训诂》,《沈阳农业大学学报(社会科学版)》2014年第3期;《社会转型与学术转型时期的骈体文学与骈文理论——以清代孙梅〈四六丛话〉为例》,《辽东学院学报(社会科学版)》2014年第2期;《文化自觉视阈中的骈文理论——以〈四六丛话〉与〈文心雕龙〉比较研究为例》,《沈阳师范大学学报(社会科学版)》2014年第2期。
　　③ 参见何新文《赋话初探》,《湖北大学学报(哲学社会科学版)》1991年第2期;何新文、龚元秀《论赋话的渊源及其演进》,《湖北大学学报(哲学社会科学版)》2008年第1期。
　　④ 参见潘务正《林联桂〈见星庐赋话〉与嘉道之际馆阁赋风》,《文学遗产》2010年第5期;何新文、彭安湘《论〈见星庐赋话〉对清代律赋艺术的评析》,《湖北大学学报(哲学社会科学版)》2010年第6期。

比较全面。此外,何新文还有专文论述浦铣、林联桂的生平与《历代赋话》《复小斋赋话》《见星庐赋话》的文献价值[1],对三书的介绍较为详尽,可资目录学之用。

其他学者的赋学研究,如蒋寅介绍了黄承吉(1771—1842)的生平与写作情况,并就其研究扬雄(前53—18)赋作的《梦陔堂文说》的内容与治经的学术方式做了评述[2],从浩如烟海的清代文献中发现了这位独具特色的赋论家,具有填补空白的重要文献价值。孙福轩对汤稼堂《律赋衡裁》与李调元(1734—1803)《雨村赋话》两部赋学著作进行了研究,首先指出《雨村赋话》对《律赋衡裁》的"抄袭",但同时承认其传播价值以及引入清代律赋学的新意。之后对两部专书的内容做了分析,重点探讨了尊唐观念、作家评点、唐律赋作法三个方面[3]。金胤秋引入"经典化"理论,从王权、精英、学校三个方面论述了清代赋话专书中对"经典"赋作地位的确立[4],在运用新的研究理论与视角方面较有新意,结论也扎实可靠。此外,还有何祥荣的《四六丛话研究》通过对《四六丛话》中二十篇孙梅的绪论及案语的考察,分析孙梅的骈文理论批评的思想[5]。许结的《论清代的赋学批评》首先列举五大类三十余种与赋学有关的专书,然后分析其主要内容与学术旨趣,在此基础上结合馆阁、制度等外部环境因素,探讨清代的古赋、律赋之争问题[6],文章既有扎实的文献学功底,足资赋话目录整理之助,同时

---

[1] 参见何新文《浦铣及其赋话考述》,《文献》1997年第4期;何新文《林联桂及其赋作赋话考论》,《辽东学院学报(社会科学版)》2010年第5期。

[2] 参见蒋寅《黄承吉及其〈梦陔堂文说〉略述》,《励耘学刊(文学卷)》2009年第1期。

[3] 参见孙福轩《〈律赋衡裁〉与〈雨村赋话〉:乾嘉古律之争格局下的律体赋学》,《中国诗歌研究》2009年第6期。

[4] 参见金胤秋《论清代赋话中经典赋作的确立》,《南京大学学报(哲学·人文科学·社会科学版)》2008年第6期。

[5] 参见何祥荣《四六丛话研究》,线装书局2009年版。

[6] 参见许结《论清代的赋学批评》,《文学评论》1996年第4期。

对理论思潮、文学思潮的分析又很有条理,为赋学研究提供了典范。姜子龙、詹杭伦分析了王芑孙《读赋卮言》中提出的"七言、五言最坏赋体"说,从诗赋关系的角度综合分析五言句、七言句的体制与体性特点,并将其置于尊体的理论范畴中考虑①,在诗赋关系、文体形式研究以及文化背景研究上都有新意。

5. 近代专书的文论研究

晚清近代文评方面,宋启发在综合评价陈澹然(1859—1930)学术思想时涉及对其"经世致用"的文学思想的评述②。方春有从写作学方面对来裕恂《汉文典·文章典》的评介③。其后,宋文的硕士论文又从文章学写作的角度较为全面地对《文章典》中"文体论""技法论""风格论""文质论""作家论""文评论"等加以总结概括④,是对方春评介的细化。李贵以《国文大义》和《国文经纬贯通大义》对作为"文章学现代转型的先驱"的唐文治(1865—1954)的文论思想进行讨论,重点关注了其"保存民族精粹,开物成务"的新型"文道论"以及44种作文法为代表的新型"文术论"⑤,论文既关注到了社会环境因素的刺激也始终关注文本解读,算是一篇比较有价值的文评阐释。澳门大学邓国光的论文《唐文治古文批评探要》结合唐文治年谱做了文评成书的考证,同时谈到曾国藩《古文四象》对唐文治的影响,并从"人格""心术""文气"等层面阐释唐文治的文评观点⑥,立论翔实周到,并且关注到了文评家之间的影响关系,也是一篇有价值的论文。对吴曾祺《涵芬楼文谈》的研

---

① 姜子龙、詹杭伦:《王芑孙"坏体说"论析》,《贵州社会科学》2008年第9期。
② 参见宋启发《陈澹然学术思想论略》,《安庆师范学院学报》1991年第2期。
③ 参见方春《一部颇具价值的写作学理论著作——〈汉文典·文章典〉评介》,《赣南师范学院学报》2004年第1期。
④ 宋文:《〈汉文典·文章典〉研究》,广西师范学院2009年硕士学位论文。
⑤ 李贵:《唐文治的文章学理论及其贡献》,《复旦学报(社会科学版)》2009年第2期。
⑥ 邓国光:《唐文治古文批评探要》,载黄霖主编:《中国文学研究》(第19辑),复旦大学出版社2012年版,第145—155页。

究有三篇硕士论文,主要立足于写作学的角度介绍《文谈》的观点[①],但因均以描述现象为主,所以后来者的论述就嫌重复了。另外,慈波研究了吴曾祺从编选《涵芬楼古今文钞》到写作《涵芬楼文谈》中反映的文论观念[②],在文评专书的生成方面重点关注文体分类观念的传承,而对《文谈》的研究则注意到吴曾祺取法《文心雕龙》以及所受姚鼐的影响,此外,文章还谈到吴曾祺对姚鼐观点的超越等细节问题,论述是具有史家眼光的。

三、结语

综上所述,从目前的研究现状看,各种文评专书的研究者,以古代文论方面的研究最为突出,无论是具体的理论阐发还是对个别的作家、专书评介,数量上都已蔚为大观。大批从事古代文学、古代文论的研究者从历代文评专书中挖掘出了不少有益的观点,同时也有一些精彩的原因探究或者深入的理论分析。但是存在的问题也很明显,一是对少数文评家的扎堆研究,产生了大量人云亦云的论述,而对更多文评家的精彩观点则很少涉足,呈现出极不均衡的研究状貌。二是现有的研究多以对文论观点的介绍、评述为主,很容易流于平面化的阐释,像赵园、钱竞等那样在广阔背景下综合比较的研究还比较少,而深入的理论内部关系的探讨也仍有很大的提升空间。

此外,还有一点值得注意的是,自王水照《历代文话》出版问世以来,很多冷门的文评家开始受到关注,更成为不少学者的一

---

① 参见兰培《吴曾祺〈涵芬楼文谈〉探要》,内蒙古师范大学 2007 年硕士学位论文;方雷《〈涵芬楼文谈〉写作主体素养论研究》,广西师范学院 2011 年硕士学位论文;韩李茁《吴曾祺〈涵芬楼文谈〉之文章学理论研究》,内蒙古师范大学 2014 年硕士学位论文。

② 参见慈波《选文与论文——从〈涵芬楼古今文钞〉到〈涵芬楼文谈〉》,《社会科学研究》2010 年第 6 期。

手研究材料，特别是大量学位论文的研究对象，如张镃的《仕学规范·论文》、李涂的《文章精义》、高琦的《文章一贯》、张谦宜的《絸斋论文》、李绂的《秋山论文》、唐文治的《国文大义》《国文经纬贯通大义》等。甚至还有学者直接通过摘引《历代文话》中的文评资料①，总结归纳历代《文选》学的发展情况，虽然理论深度不够，但资料罗列却非常丰富，这恰恰显示了《历代文话》的文献价值。总之，它们都从实践上证明了《历代文话》为代表的文评专书整理对于开拓新的研究领域具有巨大推动力，而如果能如《〈历代文话〉七人谈》中的诸位学者期待的那样对其做进一步的补充、丰富和完善的话，想必还能激发出更多新的文评研究相关论著的产生。

附记：本文发表于《励耘学刊（文学卷）》2015 年第 2 辑（总第 22 辑）。本文受到中央高校基本科研业务费专项资金资助(项目批准号 SKZZY2014072)。

---

① 参见孙津华《从"文话"视域看〈文选〉的品评——以〈历代文话〉为中心》，《聊城大学学报(社会科学版)》2015 年第 1 期。

文献整理

文 学 集 団

陶渊明文集注释文献叙录五篇

吴 娇

笺注陶渊明集十卷总论一卷（晋）陶潜撰（宋）汤汉等笺注（元）李公焕辑

陶渊明（352或365—427），字元亮，一名潜，浔阳柴桑（今江西九江）人。晋末宋初年间曾任江州祭酒、镇军参军、建威参军、彭泽县令等职，后辞职归隐田园，私谥靖节，《晋书》《宋书》有传。有《陶渊明集》传世，后学校注、翻刻版本甚多。

汤汉（约1198—1275），字伯纪，号东涧，饶州安仁（今江西余江）人。宋淳祐四年（1242）甲辰科进士，晚年任饶州教授兼象山书院山长，谥号文清，追赠饶国公，传见《宋史》。著有《东涧集》《陶靖节先生诗注》等。

李公焕（生卒年不详），卷首自题为"庐陵后学"，明何孟春《余冬录》录为元人，虽依据不详，然元刘履所撰《风雅翼》有"释陶诗《九日闲居》"一条，将汤注误引作李注，则李氏应大略生于宋元之交,著书在有元一朝。

《笺注陶渊明集》为李公焕据汤汉《陶靖节先生诗注》一书,增补陶文及诸家辨析所成。汤汉《诗注》四卷、《补注》一卷,卷首附淳祐元年(1241)汤汉自序,实初刻于咸淳元年(1265)前后(《影印本〈陶靖节先生集注〉说明》,中华书局)。李公焕《笺注》正文十卷,另附《补注陶渊明集总论》一卷,为李氏集东坡曰、黄山谷跋、朱文公语录曰等二十三条评语并附按语两条而成,正文卷首为萧统序及目录,卷一至卷四集注陶诗,卷五集注记、辞、传、述四体杂文,卷六集注赋,卷七集注传赞(即《五孝传》),卷八集注疏祭文,卷九至卷十为上下《集圣贤群辅录》(即《四八目》)及颜延年诔与萧统传,卷后附阳修序、宋庠私记、思悦书后与绍兴十年(1140)十一月佚名氏跋。

是书现存最古为元刻本(藏国图、国博、浙大、台中图),避"匡"等宋讳。今有清宣统贵池刘氏玉海堂影印本、《四部丛刊》本册九十九、《中华再造善本》等,诸本内容一致,因所依元本不同,故字画不尽相同。清吴焯曾跋称其秀谷亭旧藏本为元翻宋淳祐刻本,然因李氏所参汤注本成书已是咸淳元年前后,晚于淳祐(1241—1252),且距南宋灭亡(1279)仅十四年,故翻刻之说,实难成立。今存明刻本一种(藏国图、上海、浙江),另有日本内阁文库藏本《陶渊明集笺注》,版类元本,且避宋讳,惟《总论》附于目录后,萧序附于卷末,序后另有《文庙宋元刻书跋》,署"下总守市桥长昭"。是书明清复刊本众多,良莠不一,以嘉靖蒋孝校刊本为最早,改名《陶靖节集》。其后数本,如嘉靖傅凤翱、张存诚及万历周敬松、蔡汝贤、休阳程氏、汉魏六朝诸家文集本等,均作《陶靖节集》。

是书元刻本注、评分列,正文大字,间插双行小字注语,注诗多,注文少。在汤注之外,别采蔡注(蔡氏不详何人,其注陶书名卷数均不详),并移汤注中凡自述已见者于文末,另集诸家评语,荟萃众说，简洁明了，可谓开后世注陶者集注集评之风。然注语多出处不详者，明何孟春《余冬录》评曰："不见其能为述作家也。"如注《桃花源记》题解"桃源经曰"，杨时伟斥为妄语。此外，是书考证陶氏生平，尚有误漏之处。如注《祭从弟敬远文》云"靖节年三十七，母孟氏卒"，又注《祭程氏妹文》云"晋安帝隆安五年……是冬母孟氏卒"，疑参自吴仁杰《年谱》"隆安五年君年三十七"，今多不从。

笺注陶渊明集补注陶靖节集十卷总论一卷（晋）陶潜撰（宋）汤汉等笺注（元）李公焕辑（明）程氏编

陶渊明、汤汉、李公焕生平见前书。

现存明万历休阳程氏本《陶靖节集》，观其内容，大体同李公焕本，然有以意篡改之处（参见郭绍虞《陶集考辨》），如《停云诗序》"罇湛新醪"改作"罇酒新湛"。此本后世流传颇广，称汉魏二十一家本、汪士贤本、杨时伟本、杨鹤本、潘琮本、映旭斋本云云，皆翻自程氏。杨时伟诸（诸葛亮）、陶合刻八卷本，非昭明旧书，乃杨氏自编，书中附宋吴仁杰《陶靖节先生年谱》，删李氏旧评而加何孟春注及按语者，颇见匠心。杨鹤本于萧传、颜诔中，夹附按语或《宋书》《南史》等所记渊明轶事，亦别树一帜。

陶靖节集不分卷（晋）陶潜撰（宋）汤汉等笺注总论一卷（元）李公焕辑（明）毛晋编

陶渊明、汤汉等人生平见前文。

毛晋（1599—1659），原名凤苞，字子久，号潜在、隐湖，昆成湖七星桥（今江苏常熟）人。少屡试不就，遂归家务农事。家资渐丰后，广收宋元善本，建汲古阁、绿君亭、目耕楼等室藏书，并以佳纸优墨誊钞,又校勘镂版,刊书六百余种,所出"毛钞""汲古阁""绿君亭"本均为后世藏书者珍重。著有《隐湖题跋》,辑《毛诗陆疏广要》。

毛编《陶靖节集》虽原据李公焕本,然不分卷,正文以诗一百五十八章为一编,文十七篇为一编,《四八目》为一编,另分叙、评、章次、传、杂附、参疑等部,卷首有毛晋撰《序》《凡例》《跋》三篇,详述编次之旨,此略述一二。《总评》《章评》收诸家评论,《杂附》收拟作、年谱考辨等,如《归园田居》《问来使》《四时》诸诗及靖节祠考,《参疑》收字句异文。

是书今存绿君亭编印本(藏国图、南通),为屈、陶合刊本,与一年后杨时伟诸、陶(八卷)合刻本相似,盖受宋曾集两卷本《陶渊明集》及元吴澄《陶诗注序》影响(参见郭绍虞《陶集考辨》)。合刊重编之风既盛,于时出潘琮阮、陶(八卷)合刊本,凌濛初陶(八卷)、韦合刻本,王锡哀陶(四卷)、李合刻本,以及汉魏七十二家、三百家集本等。

毛氏承李氏辑录总论之举,亦于《总评》一部辑录诸家评语,采李公焕、何孟春旧集,去粗取精,并以诗为序,以人为纲,条理清晰,优于李、何二氏。然毛氏只求体例精纯,所用李、何本中注语,若并列出处书名及作者,则删去书名,若出自作者佚名之书籍,竟整条删去,失之轻率。而重编原书总论,亦难免错漏,如"作诗须从陶、柳门中来乃佳"一条,李注为朱熹语,毛注则误作陈后山语。

陶靖节集十卷(晋)陶潜撰(宋)汤汉等笺注(元)李公焕辑(明)何孟春注附

陶渊明、汤汉等人生平见前文。

何孟春(1474—1536),字子元,号燕泉。郴州(今属湖南)人。明孝宗弘治六年(1893)进士,历授兵部主事、河南参政、太仆少卿、右副都御史等，因谏世宗遭贬官削籍，后引疾致仕，官谥文简，传见《明史》。著《燕泉集》《余冬录》《孔子家语注》等。

此书为何孟春重编增补李公焕《笺注陶渊明集》而成。卷首附何氏"正德戊寅（1518）阳月"跋记，自述编纂之旨，乃因困于前代陶集名目不清而重勘新注，为之正书名、编目次，以达尊贤者、定伦贯。全书分十卷，卷一至卷四为陶诗，卷五收录辞、赋，卷六为传赞，卷七收录述、记、疏、祭文，卷八、九为上下《四八目》，卷十为《附录》，收颜诔、萧传、萧序、阳序、宋庠私记、思悦书后与《集总论》，末附何氏《后记》一篇，作于"正德戊寅良月"，记世注陶者有汤汉、詹若麟等，然皆不传，惟李公焕本行见于世，诸家附益。

是书刻本有二，一为明正德年间何孟春刻（藏国图、北师），卷首附莆见素、林俊正德十六年（1521）所书《题陶渊明集》，张志淳正德十五年（1520）所题《陶靖节集序》，皆言书酬何氏见赠《陶靖节集》，赞其校刻俱佳，而伦次尤清。一为明嘉靖二年（1523）范銮重刊（此本原委见龚易图《大通楼藏书目录》卷四，参见郭绍虞《陶集考辨》）。范永銮，字汝和，桂阳（今河南汝阳）人，正德九年（1514）进士。此二本外别无他本，后世虽多有征引，然甚少流传。

是书注评或分列文中、文末，或同夹附文中。注语较之李氏原注，有删有增，如删《四八目》注文，于《归去来兮辞序》之"室瓶无储粟"下增注"东坡曰"云云。何氏未见汤本，所引汤注，皆取自李本及宋人诗话。汤、李之外，又多引苏轼、朱熹诸公及史书语，另有自注数条。评语广集诸家之说，又有自为考析者，如辨渊明辞职归乡是妹丧抑或督邮之故。何氏此书"具注，具评，附以新得，以致详也"（《题陶靖节集》），旁征博引，既专且深。编次用心，如卷十之《集总论》，以时为序，以人为纲，删繁就简，详略得当，较李公焕之《总论》更为清晰。然是书亦有难称伦贯之处，如卷六所收《五孝传》，昭明旧书原无，后人斥为伪作，诸本陶集或单列一卷，或删去不存，何竟以之与《五柳先生传》《孟府君传》编为同卷，实欠分明。

靖节先生集十卷（晋）陶潜撰（宋）汤汉等笺注集注（清）陶澍集注附年谱考异二卷（清）陶澍撰

陶渊明、汤汉等生平见前文。

陶澍（1779—1839），字子霖，一字子云，号云汀、髯樵、桃花渔者，湖南安化人。嘉庆七年（1802）进士，授翰林院编修，累迁山西、四川、福建、安徽等省布政使，官至两江总督加太子少保，受赐御书"印心石屋"匾额，卒任，赠太子太保衔，谥文毅，传见《清史稿》。著有《印心石屋诗抄》《蜀輶日记》《靖节先生集》《陶文毅公全集》等。

是书正文分十卷，卷首附《例言》《四库全书提要》《诸本序录》及《谏传杂识》，卷一至卷四为诗，卷五为赋、辞，卷六为记、传、述、赞，卷七为疏、祭文，卷八为《五孝传》，卷九、十为上下《四八目》，卷末附《诸家评陶集汇》《靖节先生年谱考异》。是书体例，陶氏已于《例言》阐明，言底本据阳修之本，于昭明旧八卷本另加《五孝传》《四八目》而成十卷。所集注语，多取自汤文清（汤汉）、李公焕、何孟春三家，因"汤止注诗，颇为简要。李、何稍繁，然于意逆之处，俱有发明。故今所注，虽博采群贤，要以三家为本"。所辨异文，则"参取汤文清公本、李公焕本、何孟春本、焦弱侯本、汲古阁旧本、毛晋绿君亭本、何义门所校宣和本"，择善而存，若遇义可两存者，但云某本作某，去取从违，不掺己见。所采诸家评陶之语，自云为效颦之作，于李公焕旧集之外，添何孟春、毛晋、吴瞻泰等集，荟萃成编。所考年谱，仿张缤辨证先例，以王质、吴仁杰《年谱》参互考订，汇宋、元以来诸家所说，别为考异，成上下二卷。

是书现存清道光二十年（1840）惜阴书社刻本（藏国图），卷首有湘潭周诒朴记，存道光二十一年翻刻本。另有光绪九年（1883）

江苏书局重雕本,版式同道光本,惟于《诸本序录》后增靖节先生像、张燕昌记、陶靖节先生小像、兔林吴鸢赞、陶渊明墓山图,并附言"原本无像图,偶见拜经楼有此,函为摹入,以补所未备"。是书重印本甚多,有中华书局《四部备要》本、商务印书馆《国学基本丛书》本等,不一一赘述。

是书广为后世熟知,注评分列,体式清晰,其注分训诂、释义两类,其评荟萃精要,凡引注评,详尽核实,且皆言作者出处,颇见卓识。其校勘亦精,征引《文选》《艺文类聚》《宋书》等作他校,如卷七《与子俨等疏》"每役柴水之劳"下注"《宋书》作'无役'"。《四部备要书目提要》称"自来编靖节诗文集者,通行之本甚多,当以此本为最完善"。

骆宾王文集注释文献叙录四篇

吴 娇

新刊骆丞集注四卷 (唐)骆宾王撰 (明)陈魁士注

骆丞即骆宾王(约619—?),字观光,婺州义乌(今属浙江)人。初为道王李元庆府属,历武功、长安主簿,继入为侍御史,坐事下狱,次年遇赦,除临海丞,后辞官。武周光宅元年(684),为徐敬业作《代李敬业讨武曌檄》,敬业兵败,宾王亦不知所终,或云被杀,或云隐杭州灵隐寺为僧。生前无集,唐郗云卿辑有十卷本《骆宾王文集》,佚,今传北宋蜀本。另有《灵隐子》行世。

陈魁士(生卒年不详),漳浦(今福建漳州)人,嘉靖三十七年(1603)举人,官南京工部主事、舒城县令等。曾修《舒城县志》,博学有文名,著有《三州集》。

《新刊骆丞集注》总目以文体分,卷一收颂、赋、五言古诗、五言律诗、挽诗,卷二收五言排律、歌行、五言绝句、七言古风,卷三收表、对策文、启、书,卷四收序、杂著,共收诗一百二十六首,颂一、赋二、文四十七篇。卷首署"知舒城县事闽漳后学陈魁士注释","教谕丽水刘大烈、训导馆陶王无违、江陵孙大贵校正","门生:金凤、王亮、徐相、夏昌、潘懋南、祝可教、程中孚、刘谘益、赵衷、祝子隆同校",并附万历七年(1579)陈魁士、李案序,万历八年叶逢春序。叶序云:"骆集故无注解,舒令陈君特为考释而付之梓。余题数语于端,令知宾王器识度越寻常,第以文词而观者,末也。"卷末附《骆宾王遗事》一则(即郗云卿序),孟启著骆宾王灵隐寺与僧对诗事、《新唐书・骆宾王传》一则、宋刘定之先生语一则及万历七年刘大烈《序骆宾王文集后》。刘文云:"余嘉美骆先生致文而多公注释之义,爰□□工绣梓,以广其传,观者未可以易而忽之。"

是书存万历七年刘大烈刻本(藏国图、北大、北师大)。《中国善本书目提要》著录美国国会图书馆亦藏此本,彼虽云万历间刻本,然无叶逢春序,或为早出。国图、北师大藏本"由"多作"拜",或避熹宗朱由校、思宗朱由检之讳,则应重印于熹宗、思宗两朝间。今有清康熙间影抄本。另有宾王裔孙、清骆士奎校跋本(藏上图),骆士奎参苑上颜文选本、宋本、秦恩复石研斋等本,校勘精审,另补入胡应麟《补唐书骆侍御传》。

陈注详于考证,骆文凡有涉典故之语,如名物、人事、职官、风俗、成语、化用语等,颜氏即随文尽录其可能之出处,极尽完备之能事,而少论训诂,至于评语、异文及校勘,则几无可见。注以小字附于正文中,多以句为笺释单元,详略得当,如《晦日楚国寺宴序》,于"夫天地交通,忘筌蹄者盖寡人。间行乐共烟霞者,几何群贤"一句后依次注"天地交通""筌蹄""行乐""烟霞"。其注文或引原文,如注云:"《易》泰之象曰:天地交而万物通也,上下交而其志同也。"或简易说明,如注云:"烟霞,隐居之趣也。"于前文已注出之事不再出注,如《秋日于益州李长史宅宴序》注云:"池水用张芝砚池事,见上兖州启翰池注。"另有栏外注音,如《又破没蒙俭露布》注云:"陣音岛。"陈氏征引诸家,俱称书名,备言其事,可谓详而博者也。惜一味求全,过犹不及,如注《钓矶应诘文》之"严州七里滩",陈氏竟备言严州自吴、晋、隋、唐、宋、明以来之地名沿袭,未免失于繁杂。

附陈魁士序:

昔晦翁注《楚辞》,或以为玩物丧志,翁非以《楚辞》而已也,悯屈子之忠获罪,存《楚辞》所以存屈子也。夫屈子之忠,忠而过者也,骆子之过,过以忠者也,虽非合于《中庸》,然晦翁纲目《唐史》,书曰"英公李敬业起兵扬州",分注独详武氏之檄,亦未以骆子为过,举而弃之者。愚以存其辞而录之也。旧有注,甚略。士居乡时,因同志之问而辨之,积久成秩,考之未暇及其详。治舒之明年,外翰刘、王、孙三先生肆志稽古,出以示之,遂捐俸而梓。盖致文从兹始也,而不计其玩物之惑也。抑亦悯骆子之过而存之,与遂书之以纪岁月。万历乙卯仲秋之吉,直隶泸州府舒城县知县、漳浦陈魁士书于龙舒委蛇官舍。

骆丞集四卷(唐)骆宾王撰(明)陈魁士注(明)颜文选补注

骆宾王、陈魁士生平见《新刊骆子集注》。

颜文选(生卒年不详),字巽之,宣城(今属安徽)人。明万历十四年(1586)进士,初知江夏县,后擢南京户科给事中。因谏请建国储疏,言词颇激切,又坐邹元标事,谪浙江按察司知事。卒追赠光禄少卿。

《骆丞集》四卷,卷一列颂、赋、五言古诗、五言律诗、挽诗、五律补遗,卷二列五言排律、五言绝句、七言古风,卷三列表、启、书,卷四列序及杂著,以文体编目,次序井然。卷末附唐鲁国郜云卿《记骆宾王遗事》及《新唐书·骆宾王传》。是书今传明万历四十三年(1615)颜心圣刻本(国图、北大、浙江等藏)。

颜文选于陈魁士原注，多补典故名物之事，除注音外几无删削，故继其博杂琐碎之弊，虽收入四库本中，惜无佳评。兹节录如下备考："《骆丞集》四卷，唐骆宾王撰。宾王，义乌人，仕至侍御，左迁临海丞，后与徐敬业传檄讨武后，兵败不知所终，事迹具《唐书》本传。中宗时，诏求其文，得百余篇，命郗云卿编次之。陈振孙《书录解题》引云卿旧序，称光宅中，广陵乱，伏诛。盖据李孝逸奏捷之语。孟棨《本事诗》则云宾王落发，遍游名山。……其集新、旧《唐书》皆作十卷，宋《艺文志》又载有《百道判》三卷，今并散。此本四卷，盖后人所裒辑。其注则明给事中颜文选所作，援引疏舛，殆无可取。以《文选》之外，别无注本，而其中亦尚有一二可采者，故姑并录之，以备参考焉。"

骆侍御全集四卷(唐)骆宾王著(明)颜文选补注(清)陈坡节删(清)孙凌云、孙文炳校附考异一卷(清)陈坡撰

骆宾王、颜文选生平见前文。

陈坡(？—1861)，字东屏，浙江义乌人，清曾国荃《(光绪)湖南通志》记其于道光中知宁远县，"洞悉民隐，决狱委曲"，任时遇傜民为乱，坡督军平之，四境稍安。又清俞樾《右台仙馆笔记》卷八曰："咸丰辛酉，贼陷义乌，陈避至城外观音堂……明日，贼至，遇害。"著有《谏亭诗草》，今或佚。

是书为删节、增益颜文选注本而成，编目与颜书无异，卷首增附吴之器《骆侍御公遗像赞》及道光十三年(1833)《重刊临海集序》，卷末加附陈坡跋并《考异》一卷，吴之器《骆临海丞列传》，汪道昆、毛奇龄、汤宝尹序，以及宋祁《新唐书·骆宾王传》，胡应麟《补唐书骆侍御传》，熊人霖《临海墓碑记》(崇祯庚辰撰)。另补陈熙晋《骆临海集笺注》附录内容，如郗云卿《骆宾王文集原序》，陈

熙晋序及《续补唐书骆侍御传》《骆临海集笺注》凡例等。是书今传清道光二十九年（1849）梅林孙景谊滋德堂本（北师大藏）。

陈本于颜本改良之处有三。一改随文注为文后注，即先列原文，继分列各词于文末，再以双行小字夹注，较之颜文，读者查看，更为便宜。二则删繁就简，于颜注琐碎无稽之处，或删或截，如《祭赵郎将文》，陈坡删颜注之"'枌榆'见后《露布》，新丰注：箪食，醪酒也，绍兴府城东南六里有箪醪河，一名投醪河，水经越王楼，会稽有酒投河中，士饮其流，战气百倍"。三加《考异》，补骆集异文、轶文数条，分篇集之，或言取舍，如《答员半千书》"而词旨殷勤"一条，陈曰："殷勤，《苑》作勤勤，是也。"或言疑问，如《对策文》"元后得唐虞之后"一条，陈曰："当有讹，未详。"或言判断，如《畴昔篇》"五霸争驰千里马"一条，陈曰："按霸当是陌字之讹。"虽寥寥数语，亦可补颜注不事校勘之憾。陈坡于其删节增益之理，特作跋说明，兹录如下：

骆侍御公集流传既久，刻本甚多。向惟《文苑英华》及汲古阁所藏蜀本为最善。至明，有云间陈眉公增注，又有苑上颜给谏补注。今四库馆所藏四卷，则颜公原刻也，当中宗朝降敕搜访，合鲁国郗云卿集其遗漏，凡十卷，今已久佚。后人所重辑者，咸分为十卷，盖以新、旧两《唐志》皆以十卷者著录故也。义乌为公所产地，向有黄公景韩刻本，近又有松林后裔之刻，大约仍黄公之旧书，略有改注而不及陈、颜之详。梅林后裔孙景谊者，尝取黄本，订其讹舛，补其遗漏，未及付工而赍志以没。令孙凌云、文炳，去冬取所藏校本相示，欲重梓以承先志。余深为嘉叹，因即以订正嘱余。余惟时御公以沈博绝丽之才，名隆四杰，其诗文非注解不能令读者了然。惟颜本最为详赡，而征引太多，又间有以己意诠解者，故钦定《简明书目》谓其颇为弇陋。兹特取而节删之，庶有以补本邑新刻之略，而不致厌陈、颜旧刻之繁，或不虚此一番梨枣乎！又尝阅元和顾涧蘋石研斋重雕本，后有《考异》一册，则取范本、蜀本互勘，而重加决定，较世行本尤堪信据，亦附于末，以备参详。至注中仍不无错字，则以库本未见，坊刻多讹，不及细为改正，尤望博雅君子有以纠予之不逮云。时道光三十年仲春月，同邑后学陈坡敬跋。

骆临海集笺注十卷凡例一卷附录三卷（唐）骆宾王著（清）陈熙晋笺注

骆宾王生平见前文。

陈熙晋（1791—1851），原名津，字析木，号西桥，浙江义乌人。清嘉庆二十四年（1819）应贡生试，举为优贡，充镶黄旗教习。历任贵州龙里、普定知县及都匀府、宜昌府知府，颇有政功，人称"西桥太守"。嘉庆三十年（1825），因丁母忧辞任，后病逝故乡。陈氏擅研古籍，藏书、著述俱丰，有《春秋述义拾遗》《古文孝经述义疏证》《帝王世纪》等。

《骆临海集笺注》十卷，凡例一卷，自叙编目从郗云卿旧本，卷一列《上吏部侍郎帝京篇》《夏日游德州赠高四》《在江南赠宋五之问》三诗，卷二至卷五收诗，卷六为赋，卷七收表、启，卷八为启、书，卷九为自叙状、序，卷十为文及露布。附录一卷，收历代骆集注本序传、咏诗及跋，含郗云卿、汤宝尹、汪道昆、毛奇龄序，新、旧《唐书》所记骆宾王传、胡应麟《补唐书骆侍御传》、吴之器《骆丞列传》、陈熙晋《续补唐书骆侍御传》、熊人霖《骆临海墓碑记并铭》，以及杜甫、李商隐等咏骆宾王诗四十四首并骆祖攀跋。是书今传清咸丰三年（1853）松林宗祠刻本（藏国图、北师大），《续修四库全书》收录。

陈氏笺注博采多家，《凡例》中自云总自郗、颜、毛等本，补之以《文苑英华》《全唐诗》《全唐文》诸书。是书校勘精良、辑佚完备、辨伪审慎，可谓呈宾王诗文之原貌。如《冒雨寻菊序》"风生曳鹭之涛"一条,陈注"鹭,各本作露",郗、颜、毛、《全唐文》等皆作"露",陈氏以意改之。今据各本对照,陈氏校勘或另参《唐文粹》《初学记》及石研斋刻本。陈氏于笺释则详尽细致,凡涉舆地、职官、典章、人物等俱引原典,辅以史实,后世称为"精博"。如《与程将军书》,引《旧唐书·职官志》释"郎将",引《旧唐书·程务挺传》,得考宾王此文作于中宗嗣圣元年(684),程务挺未赴军时。然既囿于求全,则笺注考释难分主次,不免累赘,前文所举《程务挺传》,陈氏备言务挺身世,繁冗拉杂,即属此例。

附陈熙晋《凡例》:

一、唐宋皆以姓名目兹集,明金继震本称《骆先生集》,颜文选本称《骆丞集》,并称《侍御集》,又有称《义乌集》《武功集》《灵隐子集》者,胡应麟始称《临海集》。考《隋志》,有王筠《临海集》,移以标斯集,则最后之官也。今仍之。

一、郗云卿序称十卷,明金继震、庚九章、陆宏祚、童昌祚并六卷,颜文选、施羽王并四卷,康熙中黄之绮本十卷,乾隆中项家达本四卷,嘉庆中秦恩复本十卷,云从汲古阁毛氏藏本影写,证为蜀本。今从郗云卿之旧,定为十卷。

一、颜本以五言古风、律诗、排律、绝句、七言古诗、绝句次其先后,不知《选》标古诗,未分今体,唐至沈、宋,始号律诗。李汉编《韩昌黎集》,以五七言古体为古,五七言律及排律、绝句统名律。诗至唐初四杰,如王子安《滕王阁诗》,此七古也,称"成四韵";临海《送阎五还润州》,此五律也,谓"勒四言",则犹未有律之称也。汲古阁本十卷,为赋、颂一,杂诗四,表、启一,启、书一,杂著三。今从陶集冠《停云》,柳集首《淮雅》之例,先杂诗,次赋、颂,次表、状、对策,次启、书,次杂著,较为近之。

一、临海诗文,大率由后人缀拾而成,已非唐时原帙。兹略为叙次,粗具巅末。其首帝京者,虽则少通其例,用以弁冕全集。

一、颜注为《四库》所著录,夼陋疏舛,殆鲜可采。集中诗文,脱简甚多。有佚其篇者,如《送刘少府游越州诗》《从军行》,从《文苑英华》补;《称心寺诗》《游招隐寺》,从《全唐诗》补;《仙游观赠道士诗》,从《王子安集》补;《上兖州张司马启》,从《文苑英华》补;《圣泉诗序》,从《全唐文》补是也。有佚其全题者,如《甲第驱车入》,别为一首,误连《饯骆四》之后;《与亲情书》"某初至乡间"以下,别为一首,系《再与亲情书》是也。有佚其题字者,如《送郑少府入辽》,佚"共赋侠客远从戎"七字;《送王赞府上京参选》,佚"赋得鹤"三字;《上廉察使启》,佚"察"字;《钓矶应诘文》,佚三字是也。有佚其字句者,如《荡子从军赋》,脱"见空陌之草积"十二字;《晚泊江镇诗》,脱"从橘怆离忧"二十字;《行军军中行路难》,脱"行路难歧路"五字;《畴昔篇》,脱"莫教憔悴损仪容"十四字;《上韦明府启》,佚"延张必"十二字;《上吏部裴侍郎书》,佚"四月一日"九字;《与程将军书》,脱"幸勿为过"八字;《与博昌父老书》,脱"月日"二十二字;《与亲情书》,脱"宾王疾患"八字;《姚州露布》,上篇脱七十三字,下篇脱三十五字是也。至如误"哀牢"为"危牢",何从详其地理;讹"阙月"为"日",查莫睹其旨归。若此之类,不可殚悉,具详各篇,兹不俱载。

一、临海一生涉历,诗文所传,尚可略见其概。今从本集,证以新、旧《唐书》及初唐人集,藉以考见时事。其所不知,付之阙如。

一、集中有一事而屡见者,已见于前,俱注明见某篇,以省繁芜。其彼此异意及事有正用旁推者,均详为疏解,互相据引,稍存抉择微意。

一、临海诗文,根柢经籍,于人人习见之书,多援古义。初唐以后,少臻此诣。今一一诠解,可见当时经术之盛。

一、注家必引作者以前之书,今于唐以前之书,殚力搜讨,至于互相考证,虽近人所注,亦必据引,用李善注《西都赋》引文以明前例也。

一、凡引经史，必书某篇某传，诸子百家，亦列篇目。至引古人文集，务举其题，以便核验。

附陈熙晋《临海集序》：

临海，志士也，非文士也。杨用修有言："孔北海与建安七子并称，骆宾王与垂拱四杰为列，以文章之末技，掩立身之大闲，可惜也。"呜呼，文章与立身，果有二道哉？亦论其志而已矣。北海志乎汉，建安，献帝纪年也，概北海于七子，不可，概以建安，未始不可。临海志乎唐，垂拱，武氏纪年也，概临海于四杰，不可，概以垂拱，尤不可。北海糜身，无救于炎祚；临海昌明大义，志卒伸于二十一年之后，非直北海比。唐史于临海，不传之忠义，而侪之王、杨诸人，违其志矣。或曰："孔璋居衰，呼操为豺狼，在魏，目绍为蛇虺，颜黄门以为文人之巨患。临海穷途落魄，幕府草檄，非必出于本心。设宰相怜才，牝朝物色，安知不与李峤、陈子昂诸人，颂金轮功德乎？"是不然。夫观人于其素，临海于《道王使自叙所能》，则不奉令；于《上裴行俭书》，则辞以养亲；于《答员半千书》，则勖以守道；于《赋萤》《咏蝉》之作，则见上疏之实，坐赃之诬。读"宝剑思存楚，金锤许报韩"之句，自命不在申包胥、张子房下，非其素所积蓄者然乎？或曰："敬业开三府于扬州，不扫地度淮，而觊负江之固，此盝屋尉料其无能为者也。临海杖策从之，不可谓智。"是又不然。兵法常为不可胜以待敌之可胜。祖狄自京口纠合骁健，击楫渡江，威行河朔；刘寄奴奋起京口，定晋室，克燕秦，敬业犹是也。异时琅琊王冲、越王贞举兵于博、豫二州，何尝不败乎？然临海未尝不联长安将相以为声援也。"绯衣小儿"之谣，盖出于倾陷之口，而为敬业画计，取裴炎同起事，当不诬。武氏曰：炎反有端，岂即青鹅之字欤？炎与程务挺，以将相行废立事，炎以请复辟诛，务挺以申理炎诛。按临海《与程将军书》有曰："送往事居。"知此书作于嗣圣元年,将军即务挺。书又有"忝预贤良之荐"及"辞满泛舟"诸语,则是去临海后,以荐举至长安,即以是年由长安至广陵,并非失职怨望也。夫敬业有弟弟敬猷、唐之奇、杜求仁、薛璋、魏思温、李宗臣、李崇福谋于外,有临海结裴炎、程务挺应于内,与朱虚、绛侯何以异?事之成不成,天也,未可以病敬业,何可以病临海?且武氏凶狡,百倍吕雉,然卒不敢舍庐陵而立承嗣、三思者,大义持之也。当是时,武氏所信者,张易之兄弟耳。均房之居,李昭德、狄仁杰、苏安恒辈争之不能得。而天下人人思唐,易之、昌宗心孤,故吉顼之谋得入,乘间言于武氏,始托疾召庐陵。不然,武氏以羽林属之诸武,张柬之、桓彦范等,何从举兵乎?由是观之,唐之复,非复于五王讨乱之日,而复于中宗再入东宫之时;非复于中宗再入东宫之时,而复于柳州司马传檄天下之时。虽谓唐之中兴,兴于一檄,可也。中宗追复李勣官爵,敬业不在原宥,至于临海,独下诏求其文传之。后人因其文以见其志,临海亦可以无憾矣。

吾故曰:临海,志士也,非文士也。集编自郗云卿,凡十卷,著录于《唐志》。行世既久,讹舛滋多。因取各本校正,援据载籍为之笺注,自知涓滴无补江河,西陵郡斋公余多暇,因取箧衍旧稿排次之,临海一生踪迹,略见于兹,不具论,论其大者于简端。道光二十三年,岁在昭阳单阏。夏五月,义乌后学陈熙晋序。

《中州启札》的编刻与价值

花　兴

　　《中州启札》是元人吴弘道(生卒年不详)编纂的一部书信总集,约成书于大德五年(1301),共收书信201封,其中作者姓名确定的47人,还有部分作者题作无名氏,除赵秉文(1159—1232)等少数几人外,绝大部分是元人,因其成书较早,所收书启作者大多并无文集流传,具有较高的文献价值。

一、《中州启札》的编刻与体例

　　(一)编者

　　据许善胜(生卒年不详)为《中州启札》所写序言,本书编者是时任江西行省掾史的吴弘道。吴弘道字仁卿,号克斋,金台蒲阴(今河北安国)人,大德间任江西省检校掾史,后以府判(从六或正七品)致仕。张可久(约1270—约1350)有《秋思和吴克斋》,则吴弘道与张可久相识并有唱和活动;张可久主要活动在江浙一带,则吴弘道可能晚年居于江浙。又吴弘道与曲家陆仲良(生卒年不详)交好,据《录鬼簿》所载关于陆仲良的资料,陆登善,字仲良,扬州人,江浙立行省后随其父定居杭州。吴、陆二人交好,故吴弘道晚年似居于杭州一带。除编纂《中州启札》外,吴弘道还是位曲家,《录鬼簿》称其有《手卷记》《正阳门》《子房货剑》《楚大夫屈原投江》《醉游阿房宫》五部杂剧,散曲集《金缕新声》,还编有《曲海丛珠》一部,皆已亡佚,仅于《阳春白雪》《乐府群玉》等散曲总集存其散曲若干。据《录鬼簿》卷上末尾钟嗣成(生卒年不详)跋语:

> 右前辈编撰传奇名公,仅止于此。才难之云,不其然乎？余僻处一隅,闻见浅陋,散在天下,何地无才？盖闻则必达,见则必知。姑叙其姓名于右。其所编撰,余友陆君仲良,得之于克斋先生吴公,然亦未尽其详。余生也晚,不得预几席之末,不知出处,故不敢作传以吊云。①

则《录鬼簿》卷上关于北方诸曲家的内容实来自吴弘道。从这一点我们也可以看出,吴弘道在刻意搜集和保存当时一些北方著名文人的作品,由此可以推测其编纂《中州启札》的动机,即存中州之文献。

(二)命名

中州常被用作今河南地区的代称,因其地处中原,为九州之中。然《中州启札》所收作者,其籍贯并不局限于当时的河南行省,如元好问(1190—1257)为太原秀容(今山西忻州)人、冯璧(1162—1240)为真定(今河北正定)人、杨果(1197—1271)为祁州蒲阴(今河北安国)人、杜仁杰(生卒年不详)为济南人、释性英(生

---

① [元]钟嗣成著,王钢校订:《校订〈录鬼簿〉三种》,中州古籍出版社1991年版,第74页。

卒年不详)为辽东人,特别是释性英,其家乡辽东甚至不在传统的中原范围内,所以中州一词更接近于元好问《中州集》之中州。元好问《中州集》收录有金一代作者之作品,从地理因素看,其中州实指金统治下的中国北方。《中州启札》所收诸作大多作于金亡之后,作者大部分为蒙元大臣,故排除其时间因素,则其中州所指范围应是元朝北方原金统治区。从《中州启札》所收诸作者籍贯看,符合这个原则。

启和札是两种文体,吴曾祺(1852—1929)云:"魏晋间于启之首尾,多云'某启''某谨启''某启闻',此乃一定之体,或又谓之启事,……用骈俪者居多。"①这是启。札有两种,一是奏札,属公文类,另一种是友朋往来之笔札,"古有笔札之称,即书札之札,非奏札之札也。"②然《中州启札》之启札并非实指这两种文体,如以文体论基本上都是书,也就是说吴弘道是以"启札"作为友朋书信的泛称。现存几部元代与书信有关的类书也多以"启札"为名,如《新编事文类聚启札云锦》《新编事文类要启札青钱》等,可知以"启札"代指整个书信类文体在元代比较普遍。

《中州启札》所收作品多为北方人之间的往来书信,然而也有例外,卢挚(约1235—约1314)的《与姚江村》就是写给南方人姚云(生卒年不详)的,姚云字圣瑞,一字若川,高安(今属江西)人,宋咸淳四年(1268)进士。但全书仅此一例,其他可考者皆是北方人的书信往来,所以许善胜序称是书"衷中州诸老往来书札"也不为过。

综上,"中州"实际指蒙元北方原金统治区内,而"启札"则为书信的代称。

---

① 吴曾祺:《文体刍言》,王水照主编:《历代文话》第7册,复旦大学出版社2007年版,第6645页。

② 同上。

(三)编纂体例

从如今可见的两种抄本看,吴弘道并未如将条例冠于卷首。通过将《中州启札》所收篇章与文集中所收对比来看,吴弘道在收录编写的过程中确实经过了自己的加工,今将这些编写痕迹指出以观其编选时的体例。

取材:《中州启札》所收文章大致来源于两部分,一是已经成书传世的文集,二是吴弘道搜集的以散篇形式流传的作品。

来源于文集的,其文集在《中州启札》编刻时多已成书,所以吴弘道可以直接从中收录。如元好问,元好问文集刊刻较早,据李冶(1192—1279)、徐世隆(1206—1285)为《遗山集》写的序可知,中统三年(1262)左右,东平严忠杰(生卒年不详)便已经在编辑元好问遗文,准备刊刻①,《中州启札》所收元好问书与根据元本重刻之《四部丛刊》本《遗山集》篇目、次序全同,仅篇名有所变更,此涉及《中州启札》的篇名的编辑体例,下文详述。可见,吴弘道确实看到了元好问的集子。刘因(1249—1293)与元好问的情况类似,虽现存最早的刘因文集刊刻于至顺年间,但据刘因《又与赵安之书》所说的"向所命写谬作,但诸稿多涂抹,学生辈不能尽辨"②,可知,刘因生前便已在学生的帮助下编辑自己的文集,且刘因门生杜萧(生卒年不详)写于大德五年的《静修先生圹记》云:"有文集二十二卷行世。"③则在大德五年之前刘因的文集已经开始流传,而卷数亦为二十二卷,与至顺刊本相同,但究竟是抄本还是刻本还未可知④。许衡(1209—1281)的情况则较为复杂,从《考

---

① 参见葛娜《元好问诗集版本研究》,山西大学2013年硕士学位论文,第2页。
② 李修生主编:《全元文》第13册,江苏古籍出版社1999年版,第340页。
③ 李修生主编:《全元文》第37册,凤凰出版社2004年版,第199页。
④ 参见辛梦霞《刘因文集版本考辨》,北京师范大学2007年硕士学位论文,第4—6页。

岁略》等材料看,许衡不仅生前未编辑自己的文集,甚至死后一段时间其家人弟子也未进行此事,仅有门下弟子整理其授课笔记而成《语录》等理学著作流传世间。所以一般认为刻于大德十年(1306)的吴显忠(生卒年不详)《鲁斋遗书》刻本是许衡文集的第一次结集刊刻,然而《中州启札》所收许衡书启篇目与根据元刻本重刻的《中州名贤文表》本全同,文字虽小有差异,但大德十年本书信中被认为是初刻证据的小字注文,《中州启札》所收书信也全有,因此虽然由于篇目次序及少数篇章的写作对象有所不同,但似乎可以肯定,大德十年本并非许衡文集的初次结集。也就是说,在吴显忠刻本出现之前,除《读易私言》这样的理学著作已经单独流传外,其部分诗文也已结集流传,并最终由吴显忠汇集而成大德十年本的《鲁斋遗书》,而《中州启札》所根据的便是之前单独流传的诗文集。

然而,就整个《中州启札》所收文章看,大多数书启应是吴弘道搜集的散篇作品。根据现有文献,除元好问、许衡、刘因等少数人外,《中州启札》所收书启之作者大多没有文集传世,如杨果等,也有部分作者虽有文集传世,但其成书远远晚于《中州启札》的成书,如姚燧(1238—1313)、卢挚,《中州启札》成书时二人尚在人世。但这些人都是当时的名公巨卿,其作品应该有选集或者散篇传抄坊间。此外,本书收录的书信,多是写给吕逊(1209—1273)、游显(1210—1283)、张斯立(生卒年不详)三人的,可以推测吴弘道本人或其友人很有可能曾在这三人身边任职,所以收集写给这三人的作品比较方便。这便是本书作品的第二个来源。

至于取材时限,书中可以确定时间最早的当是赵秉文的《与杨焕然先生》,作于金亡之前,其他则作于金亡以后。最晚的是卢挚的《与姚江村》,又名《为潭学聘姚江村书》,其篇首题"大德四年岁合庚子"①,也就是《中州启札》成书的前一年。另外,宋渤(生卒

---

① [元]周南瑞:《天下同文集》卷十九,《文渊阁四库全书》本。

年不详)《与张可与》篇首称"某顿首载拜大参相公阁下"①,张斯立于大德元年(1297)至大德七年(1303)任中书参知政事,其卸任还在《中州启札》成书之后,因无其他材料,所以无法确认其书写时间,仍以《与姚江村》的写作时间为下限。

篇目排列:全书共分四卷,大抵以作者生卒年先后排列其文章,卷四末又有"拾遗门",应为后加内容,包括王仪(生卒年不详)、李澍(生卒年不详)、乌古伦贞(生卒年不详)及无名氏的若干作品,作者前后不一,且乌古伦贞的作品在卷三已经出现,大概此部收集时全书已成,不能轻改,后搜集之作品不能加入卷三的作品之后。

篇名:《中州启札》所收文章之篇名多作"与某某"或"答某某",即"与"或"答"加上写信对象,即使原本篇名并非如此也一并修改,如元好问《癸巳岁寄中书耶律公书》简化作《与中书耶律》,《答聪上人书》去掉"书"字作《答聪上人》等。篇名中的收信人称呼一般以文章开始处的称呼为准,又由于古时写信一般以字加官职等为篇首称呼,一般不加姓,所以在加篇名时还要将这个人的姓加在称呼之前,如杨果写给史天泽(1202—1275)的书信,篇首作"某呈丞相大恩府阁下",篇名则作《与史丞相》,有时某人的号非常有名,也可能不加其姓氏,如杨果的《与藏春国师》便是截取刘秉忠(1216—1274)号"藏春散人"中的"藏春"二字加上篇首"某呈国师上人"的"国师"。有时篇首仅作"某顿首启"无对方称呼,则篇名仅作"与某某",如商挺(1209—1288)写给吕子谦(即吕逊)的信,其篇首称呼为"六月十七日某顿首启",故篇名仅作《与吕子谦》。另外如果连续几封皆是写给某人的信,则这几封信常常只在第一封前列有篇名,篇名命名以第一封信为准,如陈季渊(生卒年不详)写给吕子谦的几封信中,其第一封信篇首称呼作"某顿首

---

① [元]吴弘道:《中州启札》卷四,《北京图书馆古籍珍本丛刊》影清抄本。

启",篇名便作《与吕子谦》,其后几篇皆以此为名。

当然必须承认,《中州启札》的命名有很大的随意性,并不严格,所以有时其篇首称呼与篇名严重不符,如徒单公履(生卒年不详)写给吕子谦的信,其篇首称呼作"顿首贤参军执事",篇名则仅作《与吕子谦》,这种情况经常发生在吕逊、游显、张斯立三人身上,大概《中州启札》中写给这三位的书信最多,一一分辨后命名则略显繁琐,故直接作《与吕子谦》或《与张可与》了事。

作者:作者一般列于篇名之下,如连续多篇为同一作者,则只在第一篇前署名。署名时一般不直书姓名,有些是姓加官职,如冯璧作"冯内翰",窦默(1196—1280)作"窦太师";有些是姓加字号加官名,如王鹗(1190—1273)作"王百一承旨",王磐(1202—1293)作"王文柄学士";有时会将字号与官名调位,变成姓加官职加字号,如姚枢(1203—1280)作"姚左丞雪斋",许衡作"许左丞鲁斋";有时是姓加号加字,如杜仁杰作"杜止轩善夫",商挺作"商左山孟卿";更多时候只是姓名加字或加号,如杨果作"杨西庵",徒单公履作"徒单云甫",乌古伦贞作"乌古伦正卿"。

关于名字需要特别说明的是,《中州启札》对于某些书信的作者归属有不准确之处,如《中州启札》中收录一组有关元初彰德路旱灾的书信,署名分题王仲谟和杨正卿二人,杨正卿为杨果,此无疑义。至于王仲谟,王恽(1227—1304)字仲谋,"谟"与"谋"通假,故王仲谟应即王仲谋,即王恽。这一组书信共十封,其中署名杨果的有九封,为《与姚左丞雪斋》《与史丞相》《与藏春国师》《与赵平章宝臣》《与张平章仲一》(四首)《与王左三部侍郎子勉》;署名王恽的一封,为《与杨正卿参政》(二)。这些书信都是写给姚枢等朝中大臣的,请求减免其治下赋税。史天泽、姚枢、张易(?—1282)、赵璧(1220—1276)皆是忽必烈(1215—1294)近臣,所以应作于忽必烈主持汉地以后。其中署名王恽的《与杨正卿参政》(二)云:"某呈某先生阁下:夏暑,伏惟钧履冲裕。某待罪治郡七年,无所称道,形气失和,天降责罚,罹此大旱。夏麦秋苗,荡如扫迹。……今遣知事马某北行。"①而署名杨果的《与张平章仲一》(三)中也提到:"某不肖,七年之间,殊无一政可录。愧怍愧怍。重罹大旱,又为百姓忧。……今续遣知事马某上谒。"②从所引文字看,两书都提到待罪七年和遣知事马某。另外,署名杨果的《与张平章仲一》(三)云:"某待罪相下几七年。"③而署名王恽的《与游子明》(四)云:"日承轩斾过相,某以坠马,不能迎待。"④可知这两封书信的作者除皆因旱灾上书,皆为官七年外,实际两人任职的地方也是一样,即相地。所以可以确定,这几封信实际出于一人之手。那么其作者到底是杨果还是王恽呢?杨果,字正卿,号西庵,金台蒲阴(今河北安国)人,徙居许昌,后登金正大元年(1224)进士科,金亡后杨奂为河南课税所长官,征为经历,后入史天泽幕府。中统元年(1260)授北京宣抚使,明年入为中书省参知政事,至元六年(1269)出为怀孟路总管,就任不久即请老还家,至元八年(1271)卒,《元史》卷一六四有传。可知杨果并没有在相地任职的经历,且署名王恽的旱灾书信正是写给杨果的,所以这些书信的作者不可能是杨果。而王恽,字仲谋,卫州汲县(今属河南)人。王恽虽早有才名,但他在中统元年才由姚枢荐为东平详议官,后任职中书,又出为监察官,也并无在相地也就是彰德路长期任职的经历。所以这两组书信虽出于一人,但作者却不是王恽或者杨果中的任何一个。

据现有文献,唯一符合在元代前期长期任彰德路总管的是真定人高鸣(1209—1274)。高鸣,字雄飞,河北真定(今正定)人,《元史·高鸣传》云:"诸王旭烈兀将征西域,闻其贤,遣使者三辈

---

① [元]吴弘道:《中州启札》卷三,《四库全书存目丛书》影爱日精庐藏旧抄本。
② [元]吴弘道:《中州启札》卷一,《北京图书馆古籍珍本丛刊》影清抄本。
③ 同上。
④ [元]吴弘道:《中州启札》卷三,《四库全书存目丛书》影爱日精庐藏旧抄本。

召之,鸣乃起,为王陈西征二十余策。王数称善,即荐为彰德路总管。世祖即位,赐诰命金符。已而召为翰林学士兼太常少卿。"① 据周良霄先生《元史》,旭烈兀(1217—1265)在1253年10月左右出征西域②,也就是说,高鸣在1254年左右开始出任彰德路总管,世祖即位以后又赐予诰命、金符。又据《元史·王鹗传》:"至元元年,加资善大夫,上奏曰:自古帝王得失兴废可考者,以有史在也。……皆从之。始立翰林学士院,鹗遂荐李冶、李昶、王磐、徐世隆、高鸣为学士。"③可知在至元元年(1264)之前,高鸣应该一直担任彰德路总管。所以,这些关于彰德路旱灾事宜的书信应该是高鸣所作而非杨果或王恽。至于写作时间,高鸣1254年左右任彰德路总管,任职七年应在中统二年(1261)左右。书信中有一封是写给杨果,云:"惟相公平日学道,以济物为己。今在庙朝,天下实所倚望。"④可知此事发生在中统二年杨果出任中书参政以后,那么这些书信也应作于中统二年之后的这段时间。

由于《中州启札》所收作者,除许衡、刘因等外,如乌古伦贞、徒单公履等大多没有文集传世,生平资料也不足参考,所以很难判定其他署名是否都有问题,在没有新证据的情况下,关于署名的问题仍以《中州启札》为准。

正文称呼:文集在收录书启时,会对书信上款及文中的姓名予以简化,《中州启札》也是如此,如《与姚江村》的上款,《元文类》所收作"大德四年岁合庚子冬十一月七日后学涿郡卢挚顿首载拜"⑤,此应为原本的上款,《中州启札》收入后则改为"某顿首再拜"。有些正文中的自称如许衡自称"衡"之类,也都简化作"某",

---

① [明]宋濂等:《元史》,中华书局1976年版,第3758页。
② 详见周良霄、顾菊英《中国断代史系列:元史》,上海人民出版社2003年版,第241—243页。
③ [明]宋濂等:《元史》,第3757页。
④ [元]吴弘道:《中州启札》卷三,《北京图书馆古籍珍本丛刊》影清抄本。
⑤ [元]苏天爵编:《元文类》卷十九,《景印文渊阁四库全书》本。

当然不仅书启如此，有时神道碑或者其他文体在谈到某人姓名时也常以"某"字代替，这是文集收文的惯例。

以上乃是通过《中州启札》与其他同收一文的书籍作对比，以其不同来推测《中州启札》的体例，可以作比的只是少数，大部分无从对比，因而所谓体例实有牵强，只是推测，仅供参考。

二、《中州启札》的版本

（一）刻本

元刻本：《中州启札》有元刻本一部，据《仪顾堂续跋》卷十四："《中州启札》四卷，元椠本，每叶二十六行，行二十二字。钱氏《补元史艺文志》著于录。原本久佚，乾隆中馆臣从《大典》录出二卷，附存其目。前有大德辛丑江西儒学提举许善胜序。……四库馆臣未见全本，此则犹元时原本也。"①此本今存，藏于日本静嘉堂文库。

明刻本：据《爱日精庐藏书志》记载："《中州启札》四卷明成化刊本。[元]吴宏道编，影元抄本中多阙文，兼有误字，藉此得以校补，亦快事也。许善胜序。翁世资重刊序成化三年。"②则《中州启札》在明成化间曾重刊，张金吾（1787—1829）曾藏有此本并以此校勘其影元抄本。又黄裳《来燕榭书跋》云："《中州启札》四卷，成化刻。十二行，二十四字。大黑口，四周双栏。前有大德辛丑四月朔，承事郎江西等处儒学副提举许善胜序。后有成化三年莆田后学翁世资跋。"并叙述其得书经历曰："庚寅初冬十月十八日，海

---

① [清]陆心源：《仪顾堂续跋》卷十四，《续修四库全书》影印复旦大学图书馆藏清刻《潜园总集》本。
② [清]张金吾：《爱日精庐藏书志》卷三五，清光绪十三年（1887）吴县灵芬阁集字版校印本。

上所收。此本出虞山瞿氏而无藏记,实秘册也。黄荛翁所藏为钞本,称为稀有,此成化本实较元板为善,以误书反少也。……壬辰初夏五月十一日挥汗记此。"①则黄裳先生曾于1950年在上海购得此书,黄裳先生藏书于特殊时期曾遭浩劫,不知此书是否幸存。

(二)抄本

《中州启札》清抄本共有两类,一是四库馆臣自大典中辑出者,只有两卷,传世情况不详。

还有几种据元本影抄而成,杜泽逊《四库存目标注》共著录抄本五种,分藏南京图书馆、北京图书馆、日本静嘉堂文库和台湾"中央图书馆"。其中台湾"中央图书馆"藏影元抄本两种,一为刘氏嘉业堂旧藏,四卷一册,半叶十三行,行二十二字,无格。后有劳权手跋;一为张蓉镜(1802—?)旧藏,四卷一册,半叶十二行,行二十二字。日本静嘉堂文库藏者为陆心源(1834—1894)皕宋楼旧藏。南图抄本为张金吾旧藏,即前所引《爱日精庐藏书志》云以明刻本校补者,四卷,十三行,行二十四字,无格,前有许善胜序,又有丁申及柳诒徵手跋,书末过录有黄丕烈(1763—1825)跋,今收入《四库存目丛书补编》。北图藏本为清抄本,四卷,半叶十三行,行二十二字,无格,卷首无序。收入《北京图书馆珍本古籍丛刊》。② 北图本及南图本又被《中国古籍总目》著录。此两本皆有部分阙文,文字也互有优劣,但总体来讲,北图藏本较优。

---

① 黄裳:《来燕榭书跋》,上海古籍出版社1999年版,第118页。
② 参见杜泽逊《四库存目标注·集部》(下),上海古籍出版社2007年版,第3395—3396页。

三、《中州启札》的价值

（一）辑佚价值

如刘晓所说,《中州启札》入选诸人"大部分人的生平事迹可考,除了赵秉文、冯璧等个别人可划为金人外,大部分人均符合《全元文》的人选范围。"① 而且除了文章本身外,有些友朋往来书启还有诗词作品可供钩稽,如释性英《与海云长老》,王博文(1223—1288)《与吕子谦》《与张绣江可与》(二首),王复(1226—1289)《与张可与》,张孔孙(1233—1307)《与张可与郎中》(二首),王构(1245—1310)《与张可与》等,由于这些人如王博文等并无文集传世,故从《中州启札》中可以辑出这些人的文章和诗作以供参考。

（二）校勘价值

《中州启札》成书较早,颇具校勘价值。如许衡文集现存最早为明刊本,而即使明刊本之祖本大德十年(1306)本也较《中州启札》为晚,因而,通过校勘,可修正通行本《鲁斋遗书》,即明万历二十四年(1596)刻本②的许多错误,如《与子师可》中"《小学》《四书》,吾敬信如神明,自汝孩提时,便令讲习",几乎所有《鲁斋遗书》中皆如此,而检《中州启札》,"便令讲习"实作"便令诵习",当时许师可还只是两三岁的孩子,许衡怎能"令"他"讲习",惟有"诵习"才通,而从后文可知许师可十几岁后还不能背诵,更何况孩提时。又如《与子声义之》中有"得受共成一廛"一句,诸本皆如此,

---

① 刘晓:《〈全元文〉整理质疑》,《文献》2002 年第 1 期。
② 按:如今几种许衡文集的整理本皆以此为底本。

惟有《中州启札》作"共城一廛",共城为苏门县的古称,当时许衡置产苏门,这一句说的便是此事,而误一"成"字意义全变。最离谱的是《与人四首》(之二)中,许衡自谦道:"是羸犬负乌获之任也。"乌获为古时力士,何以与犬相对,许衡自称为犬则更令人疑惑,而《中州启札》及《中州名贤文表》本《鲁斋遗书》皆作"羸夫",一字之差,人犬之别。此外,《中州启札》所收许衡《与窦先生书》中有六处小字注文形式的校记,如"是果相知者所为"下有校记云"一无此一句,有'是区区者所望耶?像然画饼,居之自若,又岂区区者所敢耶?'二十三字"。① 这些校记显然是许衡文章成书时编者所加,对考察许衡文集的成书有重要参考价值,且《与窦先生书》集中体现出了许衡的政治思想,他是元代前期政坛的重要人物,这些校记对深入了解他有相当重要的价值,然而多数版本的许衡文集将这些校记删掉,仅《中州启札》及《中州明贤文表》本《鲁斋遗书》仍然保存。

(三)史料价值

在文学史料价值方面,首先,如前所言,《中州启札》收有部分友朋诗词唱和的书信,从这些书信可以看出当时北方文人集会唱和的情景。如王鹗《与吕子谦》之第二首提到:"燕城士风比旧日差胜,释奠破官钱,月旦必告朔,文会欢饮,无月无之。"②可知在忽必烈即位之前,王鹗居于燕京这段时间里,在王鹗等人的努力下,燕京的文化活动大有恢复,不仅有释奠告朔之礼,文人之间还经常举行文会,切磋诗文,这对更加深入地了解元代前期文学活动状况提供了有力帮助。

另外,从文体角度来说,《中州启札》所收部分书体文,有启的

---

① 上引见[元]吴弘道:《中州启札》卷二,《四库全书存目丛书》影爱日精庐藏旧抄本。

② [元]吴弘道:《中州启札》卷一,《北京图书馆古籍珍本丛刊》影清抄本。

特质,如商挺《与吕子谦》开头云:"某顿首启",以"启"或者"启事"开头是"启"这种文体的重要标志,但文章并非骈文,元代南方文人现存之启虽皆以"启"为首,而基本为骈俪之体,这从某种程度上反映了南北两地"启"这一文体发展倾向的不同和北方对"启"或"启事"用法的改变。

在史料价值方面,《中州启札》所收作者多为元代前期的名公巨卿,通过其往来书信可以更直观地考察当时的政治环境,如《中州启札》中收录有一组与元代初期彰德路旱灾有关的书信,如前所言,这些书信虽署名为杨果和王恽二人,但其真正作者应该是时任彰德路总管的高鸣。这些书信可以从侧面反映元代初期政治派别的形成。

元初,尤其是忽必烈统治时期,北方灾害颇多,仅以旱灾论,如陈高华先生所说,"忽必烈在位期间,至少有 28 年在不同地区发生程度不等的旱灾。总的来说,这一时期旱灾主要发生在长江以北广大地区,遍及腹里和河南、陕西、甘肃、辽阳诸行省。"[①]在元代前期,蒙古征战四方,征战的军需,大部分由汉地也就是河南、陕西这一带的赋税承担,而这些地方灾害频发,因此当灾害来临之时,执政者就必须做出选择,是继续征收赋税还是救灾赈济,众所周知,所谓汉法派与理财派争端的核心就是财政政策,汉法派要求与民休息,理财派则迎合忽必烈的需求,以聚敛财富为事。而所谓的派别并非如现在的党派般正式结党,更多是政见不同,是在处理政务时自然形成的,就像这一组书信所反映的那样,当旱灾发生时,身为郡守的高鸣立刻写信给中书宰执张易等人,请求减免赋税,其《与张平章仲一》(一)云:

某呈某阁下,时暑,伏惟钧侯曼福。彰德疆土苶尔,常岁

[①] 陈高华:《元朝史事新证》,兰州大学出版社 2010 年版,第 59 页。

丰收，仅能供给租调。以某不仁不明，重值盛旱，罪戾是速，无可言者，但虑科征之间，百姓必有不安之患，为之奈何。相公平日济时行道为心，万望回示哀矜，从容奏请，稍得轻减，甚大幸也。①

这些书信作于中统二年左右，当时忽必烈正在漠北与阿里不哥（约1219—1266）交战，军需极大，在这样的情形下想要减免赋税何其之难。不仅如此，假如征收不力，作为亲民官的高鸣还有丢官的危险，面临这样的情况，高鸣选择了为民请命，如其《与杨正卿参政》（二）所说：“倘曲赐哀矜，拜章奏请，于茧丝井税之中，蠲轻分数，甚大幸也。前所谓某之得失者，又何足惜云。”②也就是说，假如能减免税负，即使影响自己的仕途也在所不惜。这是身为儒者的高鸣所做的选择，正是这样的选择明确了高鸣的身份，将他与聚敛之臣区别开来。

如前所说，当时北方灾害频仍，如彰德路这样的状况不在少数，徐世隆《与张平章书》云：

世隆呈平章相公阁下：时夏，伏惟君侯受福，调鼎优游，神明孚佑。敝邑不幸，自去岁九月不雨，二麦尽损，秋稼不能立苗，百姓忧虞，无法可救。今差发已降，输纳之力，实不能任。谨遣知事马某，从降邻曲中前往告请，万望相公以平生利物之心，为分解方便。③

此文《全元文》辑自清乾隆十九年（1754）所修之《西华县志》。徐世隆字威卿，陈州西华（今属河南）人。西华属汴梁路，与彰德

---

① ［元］吴弘道：《中州启札》卷一，《北京图书馆古籍珍本丛刊》影清抄本。
② ［元］吴弘道：《中州启札》卷三，《北京图书馆古籍珍本丛刊》影清抄本。
③ 李修生主编：《全元文》第2册，第387页。

路接壤，从此书看，徐世隆之家乡陈州也遭遇了自九月以后的大旱，可能与彰德路为同一场旱灾，可知当面对灾害的时候，像高鸣、徐世隆这样在当地任官，或是当地出身选择减免赋税，也必然有人，或无奈或主动选择照常征税，在地方上形成了汉法派和理财派的区别。而作为士人政治地位最上层的宰辅们，如姚枢、张易、刘秉忠、赵璧、杨果等，在灾害频仍的状况下，他们也会遇到这样的选择，甚至次数会比地方官员更多，其所面对的情况也更复杂，如署名杨果的《与姚督运》云：

> 某顿首拜上公茂阁下，自违风度，几换星霜。……敝邑仓监杜通、部税齐河，近闻斗斛颇差，不能卒毕。幸公颜不肖薄面，早令得事了，极荷。人行，谨此奉闻。①

从书信内容可知，中统至元初年，在战乱之余百废待兴的情况下，税粮不足的状况可能经常发生，此人作书给姚枢，请他在其中转圜，他人如与宰辅有旧也会有这样的请求。姚枢等宰辅在面对这些请求的时候，他们可能会选择从军事角度出发不答应，也有可能出于私人关系或者为百姓考虑，为之奔走。高鸣、徐世隆等人最后也渐居高位，而汉法派这样的政治派系也就在每一次政策的制定和选择中渐渐确立，从后来的史实看，赵璧、张易、刘秉忠、姚枢、高鸣、徐世隆，这些人都属于所谓的汉法派，他们或属于忽必烈的潜邸旧侣，或是后起之秀，当忽必烈出于理财考虑起用聚敛之臣如王文统（？—1262）、阿合马（？—1282）、桑哥（？—1291）等人时，与之斗争的就是这些参与政策制定的有话语权的高层士人，于是也就有了所谓的汉法派与理财派之分。

---

① [元]吴弘道：《中州启札》卷一，《北京图书馆古籍珍本丛刊》影清抄本。

柳贯文集版本源流考

钟彦飞

柳贯(1270—1342)字道传,号乌蜀山人,又号静俭翁,婺州浦江(今属浙江)人。大德四年(1300)用察举为江山县学教谕,至大元年(1308)迁昌国州学正,延祐六年(1319)除国子助教,升博士,泰定元年(1324)迁太常博士,三年(1326)出为江西儒学提举,秩满归。至正元年(1341)起为翰林待制兼国史院编修,次年到官,任七月而卒,年七十三,门人私谥曰文肃。生平资料参见黄溍(1277—1357)《金华黄先生文集》卷三〇《翰林待制柳公墓表》、宋濂(1310—1381)《宋文宪公全集》卷四一《故翰林待制承务郎兼国史院编修官柳先生行状》、《元史》卷一八一。

柳贯一生转益多师,先后游学于金履祥(？—1303)、方凤(1241—1322)、吴思齐(1238—1301)、谢翱(1249—1295)、牟应龙(1247—1324)等人。为人"器局凝定,燕居默坐,端严若神,即之如入春风中。"士类咸乐归之。博学多识,经史、百氏、数术、方技、释道之书,无不贯通,与虞集(1272—1348)、揭傒斯(1274—1344)、黄溍并称"儒林四杰"。又"为文章有奇气,春容纡徐,如老将统百万雄兵,虽旗帜鲜明,戈甲焜煌,不见有喑呜叱咤之声。"①

---

① [明]宋濂:《柳先生行状》,《四部丛刊》本《柳待制文集》附录。

实为一代文章大家,于当时影响广泛,"识与不识,咸能道其姓字,虽武夫俗吏不通文义者,亦争得先生之文以为荣。"①且工于书法,精于鉴赏古物和书画。一生著述丰富,据《元史》本传载:"所著书,有《文集》四十卷、《字系》二卷、《近思录广辑》三卷、《金石竹帛遗文》十卷。"②

结合《柳待制文集》文内自叙及宋濂《后记》可知,柳贯生前诗文创作活动频繁,早年不自存稿,从四十岁左右北游大都时,始编次有集为《游稿》。其后累积日多,计有《西雍稿》《容台稿》《钟陵稿》《静俭斋稿》《西游稿》《蜀山稿》数部,甚至至正二年(1342)被复召为翰林待制后,以七十余岁高龄,依旧著述不断,可惜这一部分著作没有保存下来③。至正二年去世后,其诗文稿存之于家,并未立即得到编辑刊刻④。至正十年(1350),柳贯已殁八年,与柳贯有旧谊的余阙(1303—1358)任职浙东金宪,过柳氏家门,询问遗稿情况,于嗣子柳卣处"得其遗文凡若干篇",即上述七稿,付诸柳贯门人宋濂及戴良(1317—1383)编次成卷,并定名《柳待制文集》,嘱命浦江监县廉阿年八哈(生卒年不详)刻于浦江学官,当年完工,即为最早之"元至正十年浦江学官刻本"《柳待制文集》二十卷,此为后世诸本祖本,此后又经几次刊刻并有数种抄本,略叙如下。

1. 元至正十年刻本(明永乐四年递修本)

据《中国古籍善本书目》,上述至正十年元刊本现存有两部,

---

① [元]戴良《墓表碑阴记》,《四部丛刊》本《柳待制文集》附录。
② [明]宋濂等:《元史》,中华书局 1976 年版,第 4189 页。
③ 明宋濂《后记》:"未几,召还禁林,述作日益富,尚未名稿而先生殁,遂以为人乘间持去。"《四部丛刊》本《柳待制文集》附录。
④ 明宋濂《柳先生行状》:"所著书有文集若干卷、《金石竹帛遗文》若干卷、《近思录广辑》三卷、《字系》二卷,藏于家。"《四部丛刊》本《柳待制文集》附录)可知至正五年(1345)写行状之时,文集尚未编次分卷,待到宋濂撰写《元史》柳贯本传时,文集已然明确为四十卷之数,而至正十年(1350)文集编次刊刻时,黄溍撰《柳公墓表》仍称文集若干卷,盖祖宋濂行状文字也。

分别著录为:"元至正十年浦江学官刻本(卷十四至十五配清抄本)","元至正十年浦江学官刻递修本存六卷十至十五"①。前者现存上海图书馆(线善785887—900),缪荃孙(1844—1919)《艺风藏书续集》卷七著录,即民国间《四部丛刊》影印《柳待制文集》牌记所称"上海涵芬楼借江阴缪氏艺风堂藏元刊本",2005年北京图书馆出版社《中华再造善本丛书》亦据以影印。后者现残存一册六卷,藏于国家图书馆(01614)。兹据《四部丛刊》本加以介绍。

据《四部丛刊书录》,此本共二十卷,"有危素、苏天爵序,后有宋濂记,此至正间余阙浦江刊本,有刻书序。每叶二十四行,行二十字。首集中缝下有'陈元宁刊'四字。凡诗六卷,问十四卷,目录二卷,附录一卷。"②按文体分类编次,据宋濂《后记》知,"卷中所录古今诗五百六十有七首,杂文二百九十有四首。"又有附录一卷,收黄溍撰《墓表》、宋濂撰《行状》、戴良撰《碑阴记》。

此本缪荃孙得时已阙卷十四、十五,据所得黄丕烈(1763—1825)旧藏谢浦泰(1676—?)传抄宋宾王(约1690—1760)本补足,《四部丛刊书录》:"又从宋蔚如(按,即宋宾王)钞本补文十五则,文肃集当以此为最足。"而据《艺风藏书续集》卷七知,《四部丛刊》底本补叶实则为饶星舫转抄谢浦泰本:"阙十四、十五两卷,间有缺叶。宣统辛亥于图书馆得谢浦泰心䑕传录宋蔚如手钞本,跋云影自元钞黄荛圃藏书,有手跋。属饶君星舫影写,补缺卷缺叶,重装,并宋、谢、黄三跋附后。"③谢浦泰抄本现存南京图书馆(GJ/胶628)。卷十五据标目共十六篇,抄本所补除《崇福永乐寺记》《称心寺重建佛殿记》《药师院记》《慈慧庵记》外,其余均为宋宾王转抄顺治本所辑文章,与标目不合。又于附录增附文十五则,亦为

---

① 《中国古籍总目·集部》第一册,中华书局、上海古籍出版社2013年版,第471页。
② 《四部丛刊书录》,上海商务印书馆1922年版。
③ 同上。

从顺治本转抄。

此本刊板多叶字体风格迥异,如卷一《尊经堂诗有序》第三叶、卷二《曹尊师求白云楼诗》至《贯子素使君题榜》数叶。如此之类多现,字体差异如此之多,当非元刊本原貌。缪荃孙在《艺风堂藏书续集》卷七著录此本时亦言:"元刊清劲有致,板补则恅惚,幸所补无多耳。"①而《四部丛刊》本书后有柳贵(生卒年不详)永乐四年(1406)跋语,记其"补刊文集之颠末",知柳贵为金华府儒学教授时,元板尚存学官,贵检视残阙百余,遂倡议邑内士人捐资补板,"永乐四年正月望日起工,四月终毕"②。跋语字体古拙,正与正文中缪荃孙所谓字体"恅惚"者同,则知此所谓"元刊本"实为明永乐四年柳贵递修本,字体"清劲"者为元板,"恅惚"者则为柳贵递修板,元刻初印本全帙实已不存,缪氏著录未提及柳贵递修重印之事,径著录为元刊本,后世多沿其误③。

国图所藏六卷残本亦有补板,与《四部丛刊》本一致,当同为永乐四年递修本。此本存卷十至卷十五,而《四部丛刊》本卷十四、十五整卷俱阙,故此本虽然漫漶阙文非常严重,但从卷十四、十五所存文字仍可窥探元刊递修本面貌,可用以校正抄本之误。

综上,元至正十年刊本《柳待制文集》全帙已不存世,现存两种皆为明永乐四年柳贵递修重印本。

2. 明天顺七年张和、欧阳溥刻本

柳贵所补板当亦存世不久,活跃于明前期的名臣杨士奇(1365—1444)在《东里续集》卷一八《柳待制文集》条中言:"《柳待

---

① 缪荃孙:《艺风藏书续记》卷七,《艺风藏书记》,上海古籍出版社2007年版,第437页。

② [明]柳贵:《跋》,《柳待制文集》,《四部丛刊》本,《中华再造善本》亦存此跋。

③ 上海图书馆古籍书目查询网页仍著录"元至正十年"刻本,《中华再造善本》丛书影印本牌记页已改为"据上海图书馆藏元至正十年余阙浦江刻明永乐四年柳贵补修本影印",最新出版之《中国古籍总目·集部》亦将两种本子修正为"元至正十年浦江官刻递修本"(中华书局、上海古籍出版社2013年版,第456页)。

制文集》四册二十卷……其文皆有刻板在郡学，余皆得之文英。初得晋卿文尚完，道传缺三之一耳，至今未数年，然闻晋卿文无复全书，而道传所存仅五之二，惜哉！"①所记《柳待制文集》刻板已然由三分之二降到五分之二，损毁实为严重。

至明天顺七年(1463)，元刊本及柳贵递修本流传已不广，时浙江按察副使张和(生卒年不详)督学金华，得旧本《柳待制文集》于明初名臣王祎(1322—1374)孙王汶处，命义乌教谕欧阳溥(生卒年不详)刊刻，即为明天顺七年张和、欧阳溥刻本，简称天顺本。此本国内存数部，分藏于国家图书馆(4283)、上海图书馆(线善829854-65)、台湾"国家图书馆"(两部，八册本，缪荃孙题记；十册本，孙从添题记)、南京图书馆(1546，卷三、四、十、十八、十九、附录配清抄本，有丁丙(1832—1899)跋)。清瞿镛(1794—1846)《铁琴铜剑楼藏书目录》卷二二集部四、丁丙《善本书室藏书志》卷三四均有著录。兹据国图所藏天顺本加以考述。

天顺底本得自王祎所藏旧本，祎与宋濂同游学于柳贯、黄溍门下，明初又同主持《元史》编纂工作，洪武六年(1374)十二月于云南为元梁王所杀，未及见永乐本，故所藏当为至正十年浦江学官本《柳待制文集》。此本行款、避讳空格提行乃至异体字一仍元刊本，正文半叶十二行，行二十字，有"铁琴铜剑楼""汪士钟藏"印。前有郑环(1422—1482)《柳文肃公文集序》，后依次为苏天爵(1294—1352)、危素(1303—1372)、余阙序，再后为《柳待制文集标目》上下两卷，为二十卷目录。正文每卷卷端有"教谕泰和欧阳溥编辑训导江浦郁珎校正"，二十卷末尾有宋濂《后记》，又附录一卷：黄溍《元故翰林待制柳公墓表》、宋濂《柳先生行状》、戴良《墓表碑阴记》，书后有"天顺七年岁次癸未冬十月朔旦"张和《柳文肃公文集后题》。

---

① [明]杨士奇：《东里续集》卷一八《柳待制文集》条，《景印文渊阁四库全书》本。

天顺本卷十五"记"仅有《崇福永乐寺记》《称心寺重建佛殿记》《药师院记》《慈慧庵记》,据标目阙文十二篇,此外,卷十二《殇孙墓砖志》、卷十六《瀛海集序》、卷十七《龙氏叙族小录引》三篇亦有目无文,当为所得底本即阙。

3. 清顺治十一年冯如京刻本；康熙间傅旭元递修本、曾安世递修本

天顺本问世直至入清,二百年间柳贯集再无刊本,清代前期元、明本流传已稀。顺治十一年(1654),冯如京(生卒年不详)以江南右布政使按部婺州,搜集柳贯遗文于其子孙,所得若干卷,"而纸轴烂漫,鱼豕溷淆,因檄下浦令,重校付梓。"[1]柳贯裔孙柳寅东(生卒年不详)编,邑人张燧(生卒年不详)校订,浦江县令范养民(生卒年不详)、前宜江县令张以迈(生卒年不详)与成其事,是为顺治本。此本国内存多部[2],兹据国图藏顺治本《柳待制文集》(88108)考述。

此本半叶九行,行二十字。前有陆大任(生卒年不详)手书《柳集赘言》,冯如京《柳道传先生文集序》,范养民《柳文肃集小言》,张以迈《重刻柳待制文集后序》,何思卿《柳集后跋》,余阙、危素、苏天爵序,宋濂后记,郑环序,其后总目、各卷详目,总为第一册。

顺治本有两大特色：一为元、明刊本卷十五有目无文之十二篇俱补,均为辑录,除《许府君新庙记》外,其他皆与标目不合；一为书后增加《柳待制文集外编附录》,将柳贯生平相关资料十五则予以收录,即《四部丛刊》本"增附文十五则"出处。此本亦有阙目,计有卷八《严忠范谥节愍》、卷九《怀州大兴龙寺碑录》、卷十二《殇孙墓砖志》、卷十六《瀛海集序》、卷十七《龙氏叙族小录引》数

---

① [清]冯如京：《柳道传先生文集序》,清顺治刊本《柳待制文集》卷首。
② 《中国古籍总目·集部》著录有山东图书馆"明万历间刻本"《柳待制文集》二十卷,中华书局、上海古籍出版社2013年版,第456页。而山东图书馆网页仅能检索到顺治本,当著录有误。

篇，均有目无文，所阙与明天顺本基本相同，故当出于天顺本。

顺治本刊行后，板存县学之尊经阁，多有烂板，康熙五十年（1711），彼时邑人傅旭元（生卒年不详）募刊《宋文宪公集》，检视柳集板，"十亏其二三"，遂全力经营，为之补板，是为康熙傅旭元递修本，查遴（生卒年不详）为之作序，故有称查遴递修本者，误。傅旭元递修又于附录部分加以增善，据标目计有《论柳待制以书掩》《汇柳待制文评》《识青霞评总评语》《书柳待制文集后》，惜乎今所见诸递修本仅存前一篇，后皆无，疑当时傅氏虽有作，而实未刊行。康熙六十一年（1722），又有曾安世（生卒年不详）递修本，有跋语，称"三复校对，幸无缺失，为辨讹字六百三十有奇，指示剖人一一改正，而阙其疑"①，《四库全书》系统《待制集》即以此本为底本。

4. 清嘉庆十三年木活字本、光绪九年重刻木活字本

现存柳贯集又有两个流传不广的本子，俱题名《重刻柳待制文集》二十卷，均为木活字本。一为嘉庆十一年（1806）柳氏爱竹居刊本，一为光绪九年（1883）柳氏重订木活字本，均为柳贯后裔族人所编辑勘定，在此亦加以介绍。

嘉庆十三年柳氏爱竹居木活字印本，前有邑人周璠序，可以窥见其刊刻缘由，盖顺治十一年刻藏尊经阁书板曾于乾隆二十六年（1741）经柳氏族人修补一次，留存于一经堂，三年后，被火而焚，四十余年后，柳贯二十一世孙柳遵（启猷）用聚珍字样重新刊行，据前言知其所据底本即为顺治冯如京刊本。目前嘉庆聚珍本存世不多，国内所知仅天津图书馆（S2380）、南京图书馆（GJ/86095）藏有全帙。

另上海图书馆藏有一部标为"清康熙木活字本"的《重刻柳待制文集》残本（线普532216），经眼原书可知，此套书存卷十一至卷

---

① ［清］曾安世：《校柳待制文集题词》，清康熙六十一年（1722）曾安世递修本《柳待制文集》卷末。

二十及外编附录一卷,后有曾安世康熙后壬寅《校柳待制文集题词》,故上图据此定为康熙本,而每卷卷端有"裔孙启猷聚珍重订"字样,则此书为清嘉庆十三年柳启猷木活字聚珍版无疑,上图判断著录有误。

后嘉庆聚珍版于咸丰十一年(1861)遭太平天国兵劫,毁于一旦,仅柳梓材家存一部,族人视之拱璧,如获异宝。柳启猷曾孙全美、全基慨然曰:"先祖德行文学,海内景仰,而就湮没,后裔之责也。愿捐启猷公祭胙为工本,以承先志。"倡议族中,多有响应。而族中通文学者,"咸悉心校正,并力纂修,而公集复煌然焕然,表章一世矣。"①仍用木活字印刷,是为光绪九年(1883)重订聚珍本,国图有藏一部八册(90434)。

此本半叶九行,行十八字,卷八《严忠范谥节愍》、卷九《怀州大兴龙寺》有目无文;卷十二《殇孙墓砖志》则不阙,较顺治本有所增补;卷十五标目及正文顺序同顺治本;卷十六《瀛海集序》、卷十七《龙氏叙族小录引》标目及正文俱阙,为顺治本系统无疑。此本特点为序跋收录极全,从元刊、明刊以及后世题跋俱有,又活字印刷精美,可做鉴赏收藏之用,而校勘价值则不如前几种。

5. 民国十三年胡宗楙《续金华丛书》本

民国十三年(1924),金华胡宗楙继承乃父胡凤丹之志,仿退补斋《金华丛书》,于梦选楼刊刻《续金华丛书》,其中即收有《柳待制集》。此本前有"甲子春永康胡宗楙校锓"牌记,版心有卷数及"梦选楼"款识,每卷首页右下有"续金华丛书"字样,是为胡宗楙《续金华丛书》本。

此本书后有胡氏跋语,历数柳贯文集诸多版本,并一一加以考辨,较为详明,其称:"余此刻以元本为主,以诸本为辅,漫漶处

---

① [清]楼开瑜:《重印文肃公集序》,清光绪九年(1883)《重订柳文肃公文集》卷首。

多以天顺、顺治二本考校,其附录增文十五则,黄丕烈谓为元刻所无,芟去以存其真。"①可知其力图还原元刊本原貌,此所谓"元本"即《四部丛刊》本,内容排列一仍其旧,甚至把顺治本加入的附录增文也删去。胡氏本所出最晚,所见最全,刊印精美,又校以多本,实有出于《四部丛刊》之处,惟可惜所增补校改之处无校文,不知文献所出,有所不便。

6. 抄本数种

《柳待制文集》抄本存世多种,较重要者有:

国家图书馆藏明抄本十二册(02123),半叶十二行,行二十字。据天顺本抄录,有郑环序、张和跋,卷十五亦只存四篇。

南京图书馆藏清雍正七年(1729)谢浦泰抄本(GJ/胶628),六册,半叶十二行,行二十字。书中有"皇清雍正七年岁次乙酉娄东谢氏手钞藏于尚论堂""太仓谢浦泰手钞乙酉秋识"题记。此本即《四部丛刊》补叶所据底本,为转抄宋宾王本,宋抄本今已不存。据所过录宋宾王跋语知,雍正年间,先从朱彝尊门客处得影元钞本,"字画纤细,疑讹颇多",又参校以"明初翻本"即天顺本、"国初翻刻本"即顺治本,故此本面貌与元刻本接近,又吸收了顺治本所增补内容,价值较高。

清乾隆间又有《摛藻堂四库全书荟要》《四库全书》抄本数种,均题名《待制集》二十卷,荟要本后有曾安世跋语,故知底本为康熙六十一年(1722)曾安世递修顺治本,此系统本对部分人名、地名有所窜改,相对而言,荟要本校勘抄写更加精审细致。

综上,柳贯《柳待制文集》自结集以来,经过元、明、清、民国多次刊刻传钞,流传有绪。诸本皆以元至正十年浦江学官刻本为祖本,此本全帙今已不存,现存两部所谓"元刻本"实则为明永乐四年柳贵递修本。版本系统可梳理为下图所示:

---

① 胡宗楙:《跋柳待制文集》,《柳待制文集》卷末,《续金华丛书》本。

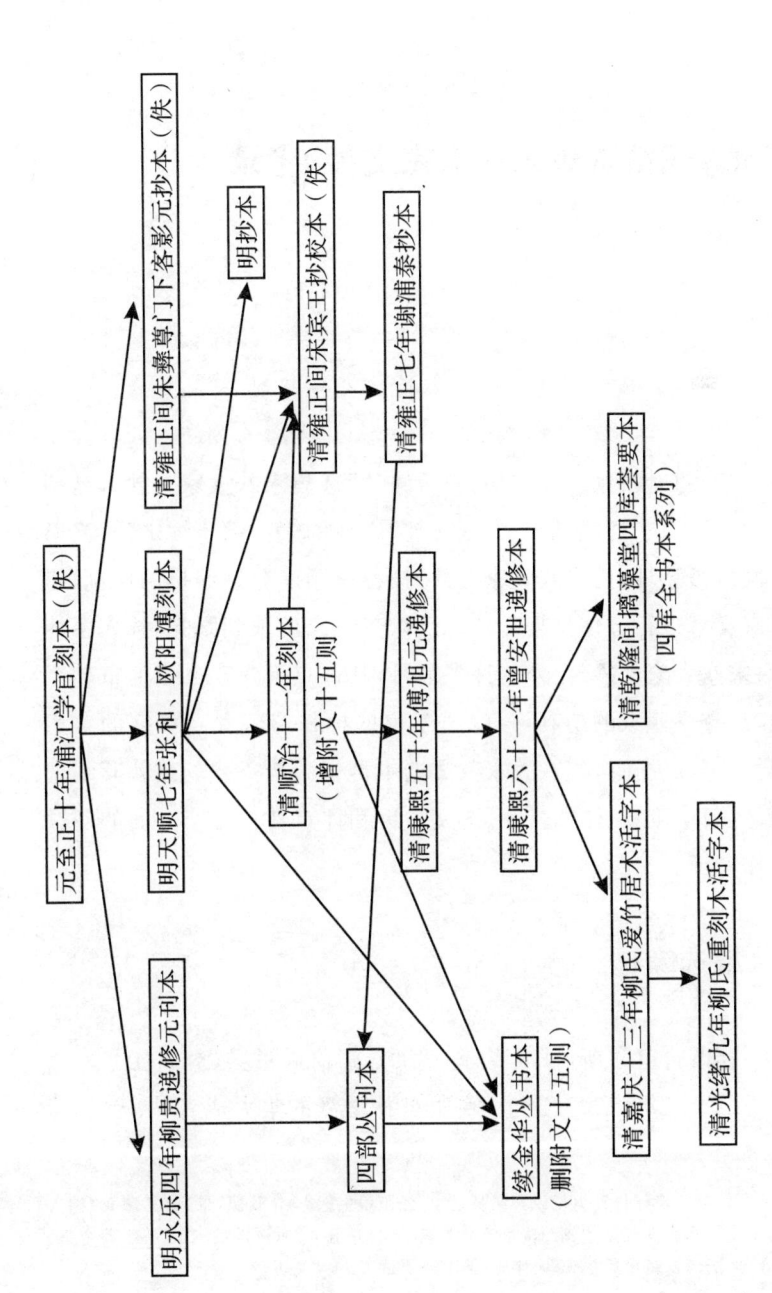

《柳待制文集》版本流变图

- 元至正十年浦江学官刻本（佚）
- 明永乐四年柳贵递修元刊本
- 明天顺七年张和、欧阳溥刻本
- 清雍正间朱彝尊门下委影元抄本（佚）
- 明抄本
- 清雍正间朱筼王抄校本（佚）
- 清雍正七年谢浦泰抄本
- 清顺治十一年刻本（增附文十五则）
- 清康熙五十年傅旭元递修本
- 清康熙六十一年曾安世递修本
- 清乾隆间摘藻堂四库荟要本
- 四库全书本系列
- 四部丛刊本
- 续金华丛书本（删附文十五则）
- 清嘉庆十三年柳氏爱竹居木活字本
- 清光绪九年柳氏重刻木活字本

孙慎行《精选唐宋八大家文抄》考录

付　琼

晚明孙慎行(1565—1636)所编《精选唐宋八大家文抄》，是茅坤(1512—1601)《唐宋八大家文抄》之后的第一部赓续之作，又第一次打破茅坤《唐宋八大家文抄》按各家顺序分别编排的体例，对各家文章进行分体排纂。孙慎行以美学家的独到眼光，选入茅坤《唐宋八大家文抄》之外的许多篇目，其评点聚焦于文章的审美个性，没有举业家的功利习气、道学家的标榜习气和经济家的实用习气，可以说在唐宋八大家散文选本群中独树一帜。兹就其编选缘起、版本流变、体例特征、选文宗旨和评点特色五个方面的问题略作考证。

一、编选缘起

孙慎行字闻斯，号淇澳，南直隶常州府武进县（今属江苏）人。万历二十三年(1595)进士，晚明东林学派的集大成者[1]。曾经历

---

[1]　黄宗羲评价孙慎行说："东林之学，泾阳（顾宪成）导其源，景逸（高攀龙）始入细，至先生而集其成矣。"[清]黄宗羲：《明儒学案》卷五九《东林学案》二，《黄宗羲全集》第 8 册，浙江古籍出版社 1992 年版，第 814 页。

晚明"梃击""红丸""移宫"三大案。天启七年（1627），因红丸案削籍戍宁夏。崇祯改元，遇赦未行，以原官协理詹事府，累召不起。杜门家居，研精性命之学。崇祯八年（1635），廷推为阁臣，带病入都，翌年去世，赠太子太保，谥文介。其《精选唐宋八大家文抄》即成书于崇祯二年（1629）杜门家居期间。

孙慎行为唐顺之（1507—1560）外孙，终其一生，推尊唐顺之不遗余力。编有《荆翁诗选》和《四大家文选》，后者将唐顺之与罗玘（1447—1519）、李梦阳（1473—1530）、王慎中（1509—1559）列为国朝文章四大家。他认为在四大家之中，唐顺之"创韩柳以来所不必有之局面，而实畅韩柳以来所必同有之精神"，"匠心独到，得文章真传者，先生一人而已"①。用他的文友邹元标（1555—1624）的话说，就是"自古及今，实有正气一脉真传，自史汉及唐宋八大家，虽调格不同，其得是诀窍一也"②，而"国朝惟荆翁一人，直接八大家正脉"③。孙慎行对唐宋八大家的关注与此相关，其编选《精选唐宋八大家文抄》，未必没有借此推尊其外祖父唐顺之的意图。

之所以称为"精选"，是相对于茅坤《唐宋八大家文抄》的芜杂而言。孙慎行说：

> 腐文可唾，卑文可扫，奇文可嗜，高文可师，如之何其混而一也？既已可混而一，又焉得不畔而逃？余少读《轨范》，一斑耳，已而睹茅氏《八大家文抄》，则浩矣。已又睹唐氏《文编》《文略》，则庶乎有裁。呜呼！道术之咠，文教之纯，衮衣绣裳之不为窄袖小冠，清庙明堂之不为白草黄蒿，赖是物也。而世初学小生，不识先生大人深奥，多以"史汉"为高，以八家为卑，又甚

---

① ［清］孙慎行：《读外大父荆翁集识》，《玄晏斋文抄》，《四库禁毁书丛刊》第 123 册，第 46 页。
② ［清］孙慎行：《记论文》，《玄晏斋文抄》，第 144 页。
③ ［清］孙慎行：《四山邹公志略》，《玄晏斋文抄》，第 160 页。

者鹜俗下若奇,畏八家若腐,其畔而逝也若是,余心忾焉。①

孙慎行认为茅坤的《唐宋八大家文抄》和南宋谢枋得(1226—1289)的《文章轨范》将"高卑奇腐"之文混于一书,抉择不精,而前者更为严重。正因为如此,当时的初学小生"以八家为卑""畏八家若腐",纷纷遗弃八家之文,而心有他鹜。对于这种情况,他很愤慨,于是对谢枋得、茅坤、唐顺之的选本加以"精选",去卑腐而存高奇,推出一个新选本,从而扭转当时遗弃八家的学风。孙慎行又认为,与谢枋得和茅坤的选本相比,其外祖的《文编》和《六家文略》"庶乎有裁",自然最可师法。但他又说,"兹之抄大约穷委极变、洞心骇耳居多,即三氏选中,间有搜其佚、发其沉湮者"。可见,他的选文又不局限于三个人的选本(即"三氏选"),而颇有搜佚发湮的追求。

孙慎行《精选唐宋八大家文抄》各卷卷首均题"晋陵孙慎行闻斯甫选,同邑白绍光超宗甫较",可知白绍光参与了校刊工作。白绍光,字超宗,南直隶武进人,万历三十四年(1606)举人②,曾任江西广信府兴安县知县、云南广南府知府等③。白绍光与孙慎行为姨表兄弟,也是唐顺之的外孙。张大复(约1554—1630)说:"(白)超宗诗学渊源于唐中丞。"④天启元年(1621),孙慎行作追忆其二姨母的文章说"今仲方任兴安令","仲"即其二姨母的次子白绍光。凡此,均可证明白绍光与唐顺之、孙慎行的亲缘关系。孙慎行自称,自万历四十三年(1615)请假里居以后,与姨表兄弟过从甚密,"青灯帷室,则起叹于栖棬;白日行原,则徘徊于楸槚",关系

---

① [清]孙慎行:《书八大家文抄后》,《精选唐宋八大家文抄》,崇祯二年孙慎行序刻白文本。
② 参见光绪《武进阳湖县志》卷十九,《中国地方志集成》江苏府县志辑第37册。
③ 参见同治《兴安县志》卷九,《中国方志丛书》华中地区第109号江西省第13册。
④ [明]张大复:《梅花草堂笔谈》卷九《诗义》,《四库全书存目丛书》子部第104册,第412页。

处得"如亲兄弟"一般①。孙慎行又说:"及后衰病,历年不出门,不谒客,专神窟思,时时窥见波澜骨力处,祖韩肖韩,而所评骘古近,搜扬巨细闳阔,殆有过之。"②崇祯二年,孙慎行与白绍光合作编校《精选唐宋八大家文抄》,就是在这种氛围中完成的。

从目前所掌握的资料看,孙慎行《精选唐宋八大家文抄》有两个版本系统:一是崇祯二年孙慎行序刻白文本,一是清初重刻评点本。

二、崇祯二年孙慎行序刻白文本

(一)实物鉴定

上海图书馆所见 8 册(索书号:线善 820370-77),著录为"《孙宗伯精选唐宋八大家文抄》6 卷,明孙慎行选,崇祯二年(1629)刻本"。半叶九行二十字,左右双边,白口,单白鱼尾,有直格。版匡 224×140 毫米,书 279×177 毫米。版心题"唐宋八大家文抄卷之一"。首卷卷首题:"孙宗伯精选唐宋八大家文抄卷之一,晋陵孙慎行闻斯甫选,同邑白绍光超宗甫较。"正文无圈点,无题下评、行间评、文后评和眉评。开本宽大,印刷精良。(见图 1)

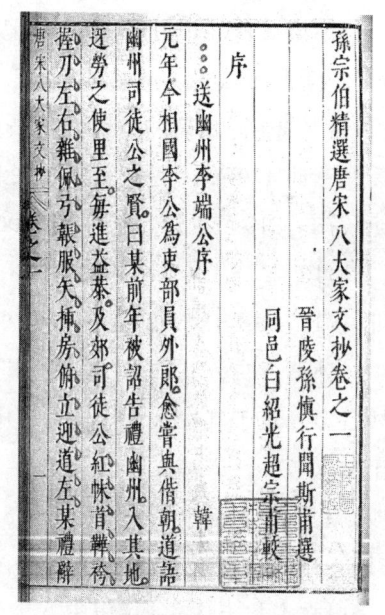

图 1 孙慎行《精选唐宋八大家文抄》卷一,崇祯二年(1629)刻白文本

---

① [清]孙慎行:《叙白姨母》,《玄晏斋文抄》,第 168 页。
② [清]孙慎行:《读朱子编选文后记》,《玄晏斋文抄》,第 50 页。

全书结构依次为孙慎行《八大家文抄序》《又序》《书八大家文抄后》《孙宗伯八大家文抄目录》《孙宗伯精选唐宋八大家文抄卷之一》。《八大家文抄序》下钤"随缘氏"朱印。《又序》末署"晋陵后学孙慎行书,崇祯二年月日"。三序均见孙慎行《玄晏斋集五种》之《玄晏斋文抄》,崇祯刻本,今收于《四库禁毁书丛刊》集第123册。一般来说,白文本在前,评点本后出。此本系白文本,《又序》又有"崇祯二年"署期,应当是孙慎行《精选唐宋八大家文抄》的初刻本。北大图书馆藏评点本《又序》无"崇祯二年"之署期,其刊刻应当在此本之后。

(二)选文情况

孙慎行自称,"《抄》有序,有记,有碑铭,有杂文,凡六卷,篇若干"。据上图藏白文本,全书共六卷,选四类文体。卷一选序79篇,卷二选记88篇,卷三、四选杂文157篇[①],卷五、六选碑铭96篇。总计420篇。从各家选文来看,韩愈(768—824)96篇,柳宗元(773—819)56篇,欧阳修(1007—1072)81篇,苏洵(1009—1066)13篇,苏轼(1037—1101)78篇,苏辙(1039—1112)10篇,曾巩(1019—1083)25篇,王安石(1021—1086)61篇。

孙慎行自称其选文"间有搜其佚、发其沉湮者"(《书八大家文抄后》)。对于其在八大家选本链中的搜佚发湮之功,可以通过对比加以考察。崇祯二年孙慎行序刊此书时,茅坤《唐宋八大家文抄》只有两个版本:万历七年(1579)茅一桂初刻本和崇祯元年(1628)方应祥修订重刻本。将上图藏孙慎行《精选唐宋八大家文抄》白文本与上述茅坤《唐宋八大家文抄》的两个版本对比,可以发现孙慎行的确增加了茅坤《唐宋八大家文抄》以外的许多篇目。

[①] 卷三《五箴五首》(韩愈)、《论语辩二篇》(柳宗元)、《三戒》三篇(柳宗元)、《罗汉赞十六首》(苏轼)、《志林论古十三首》(苏轼)和卷四《潮州祭神文五首》(韩愈),均按一篇计。

现将新增篇目①详列于下：

卷次/文体	作家/篇名
卷一/序	韩愈:爱直赠李君房别序。柳宗元:送南涪州量移澧州序/送独孤申叔侍亲往河东序/送蔡秀才下第归觐序/送瀣序/同吴武陵赠李睦州诗序/娄二十四秀才花下对酒唱和诗序/送崔子符罢举诗序。苏轼:晁君成诗集序/邵茂成诗集序/送钱塘僧思聪归孤山序/送寿圣聪长老偈并序/猎会诗序。曾巩:送王希序/王无咎字序。
卷二/记	柳宗元:永州龙兴寺西轩记。欧阳修:陈氏荣乡亭记/伐竹记/养鱼记/洛阳牡丹记。苏轼:凤鸣驿记。苏辙:庐州栖贤寺新修僧堂记。曾巩:兜率院记
卷三/杂文	韩愈:五箴五首。柳宗元:咸宜/谪龙说/梁丘据赞。欧阳修:跋唐华岳题名/跋李德裕平泉草木记。苏轼:杨荐字说/赵德麟字说/怪石供/后怪石供/书孟德传后/书蒲永升画后/书朱象先画后/书李伯时山庄图后/书唐氏六家书后/书篆髓后/鱼枕冠颂/阿弥陀佛颂/宝林□敬赞禅月所画十八阿罗汉/罗汉赞十六首/水陆法象赞/应梦观赞/金山长老宝觉师真赞/石宝先生画竹赞/澹轩铭/大觉鼎铭/十二琴铭/周文炳瓢砚铭/大别方丈铭/志林论古十三首。王安石:伤仲永。曾巩:国体传。
卷四/杂文	韩愈:潮州祭神文五首/祭竹林神文/祭柳州李使君文/祭薛助教文/祭侯主簿文。柳宗元:吴张后徐辞。欧阳修:祭吕敬叔文/祭外甥崔骈文/求雨祭文/祈雨祭汉高皇帝文/求雨祭汉景帝文。王安石:祭吴侍中冲卿文/祭李审言文/祭刁博士绎文/祭虞靖之文/祭鲍君永泰王文/李通叔哀辞。
卷五/碑铭	柳宗元:曹溪第六祖赐谥大鉴禅师碑/岳州圣安寺无姓和尚碑。欧阳修:卫尉卿祁公神道碑铭。王安石:赠司空兼侍中文元贾魏公神道碑/检校太尉公赠侍中正惠马公神道碑/外祖母黄夫人墓表。
卷六/碑铭	柳宗元:故秘书郎姜君墓铭。欧阳修:尚书兵部员外郎知制诰谢公墓志铭/广平郡太君张氏墓志铭。王安石:曾公夫人吴氏墓志铭。

---

① "新增篇目"是指万历七年茅一桂初刻本和崇祯元年方应祥修订重刻本都不曾收过的篇目。茅一桂刻本无而方应祥重刻本有的篇目不列入新增篇目。

在茅坤《唐宋八大家文抄》之外，孙慎行《精选唐宋八大家文抄》新增篇目82篇，其中韩愈7篇，柳宗元15篇，欧阳修14篇，苏轼30篇，苏辙1篇，曾巩4篇，王安石11篇。茅坤《唐宋八大家文抄》选文一千余篇，可谓洋洋大观，而孙慎行又新增许多篇目，表现了其强烈的创新追求和独特的审美趣味。

（三）体例特征

茅坤《唐宋八大家文抄》的体例是以人统文，文分众体，各家自为起讫，自成单元，然后按先唐后宋的顺序组接成书，属于人序体例。孙慎行《精选唐宋八大家文抄》则打破了各家界限和唐宋界限，分体排纂，以体统人，各家之文分散错杂于各体之中，属于体序体例。这一体例是受其外祖父唐顺之《文编》影响的结果。《文编》收先秦至唐宋之文，虽然不是唐宋八大家的专选，但唐宋部分收八家文为多。其体例就是以文体立卷，各家之文错综隶于不同文体之中，孙慎行认为《文编》"庶乎有裁"，其影响自不待言。

三、清初重刻评点本

除崇祯二年孙慎行生前所刻白文本外，尚有清初所刻评点本。清初评点本又有清初重刻六卷评点本和顺治十一年（1654）孙志韩删节后印四卷评点本。

（一）清初重刻六卷评点本

1. 实物鉴定

所见北京大学图书馆藏本（索书号：SB810.08/1292），1函10册。该馆著录为"孙慎行《孙宗伯精选唐宋八大家文抄》6卷，崇祯二年（1629）孙慎行刻本"。半叶九行二十字，左右双边，白口，单白鱼尾，有直格。版匡220×140毫米，书267×170毫米。版心题"唐宋八大家文抄卷之一",韩文首卷卷首题"孙宗伯精选唐宋八大家文抄卷之一,晋陵孙慎行闻斯甫选,同邑白绍光超宗甫较",下钤"北京大学文学馆图书室藏书印"。正文有圈点,有文后评,时有行间评,但皆不繁杂。

此本与上海图书馆所藏崇祯二年孙慎行序刻白文本行款相同,字迹也很接近。但有四点不同:上图本正文无任何圈点和评点,而北大本有圈点、文后评和行间评;上图本版匡高224毫米,而北大本版匡高220毫米;上图本《又序》有"崇祯二年月日"署期,而北大本没有;二本字迹十分接近,但微有差别。例如,韩文卷一首页第八行"恭"字的第八画,上图本粗重,而北大本细小,明显不是由同一个板片印出。这说明,北大本不是"崇祯二年孙慎行刻本",而是崇祯二年孙慎行所刻白文本的覆刻评点本(见图2)。

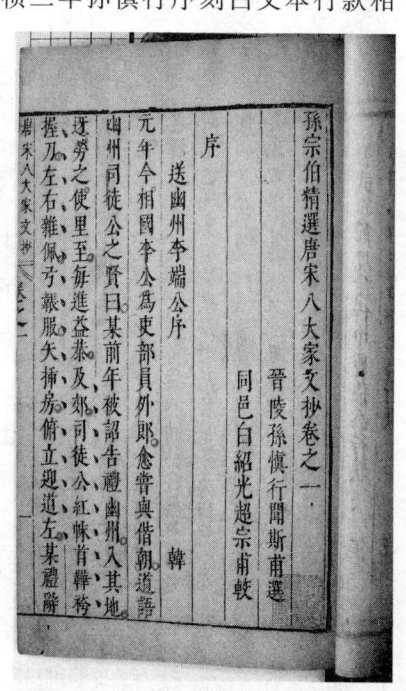

图 2 孙慎行《精选唐宋八大家文抄》卷一,清初重刻评点

北大评点本正文不讳"校""检"二字①,又删去孙慎行《又序》原署"崇祯二年月日"六字,说明不是崇祯本,其刊刻当在明亡之后;又不讳"玄""烨"二字,说明尚未进入康熙时期,当为顺治本。将北大本与顺治十一年孙志韩(生卒年不详)删节本对比,可以发现,孙志韩本断版情况更为严重,当系北大本的后印本。由此可

---

① 孙慎行序跋和各卷卷首"校"字仍讳作"较",系沿旧本。

以推断,北大藏孙慎行《精选唐宋八大家文抄》评点本应当刻于明亡至顺治十一年之间。

2. 选文情况

北大藏清初评点六卷本选四类文体。卷一序 80 篇,卷二记 88 篇,卷三至卷四杂文 171 篇,卷五至卷六碑铭 95 篇。总计 434 篇,比崇祯二年刻白文本多出 14 篇。从各家选文来看,韩愈 97 篇,柳宗元 56 篇,欧阳修 81 篇,苏洵 13 篇,苏轼 91 篇,苏辙 10 篇,曾巩 25 篇,王安石 61 篇。

此本对崇祯二年白文本的目录和选文进行了适当调整。例如,将原《志林论古十三首》的子目析出,分列 13 个篇目。将柳宗元《段太尉逸事状》由卷五(碑铭)前移到卷一(序)韩愈《张中丞传后叙》之后。将卷三目录中曾巩《国体传》改为《国体辩》。

3. 选文宗旨

对于孙慎行《精选唐宋八大家文抄》的选文宗旨,可以概括为"尚高""尚奇""尚真"三个方面。

(1)尚高

孙慎行说"高文可师"(《书八大家文抄后》),"余故不善文,然未尝不志高文"①,可见他对于"高文"的推重和向往。那么,什么是"高文"呢？第一是指兼具明道和经世功能的"文家之文"。孙慎行把古来文章分为明道之文、经世之文和文家之文三类,其中文家之文,"惟八家为至"。之所以如此,是因为八家并不专于文章,而是"兼举肆力","时明道,时经世",在明道之文和经世之文衰微的背景下能够续其一脉。这实际上是要求文家之文具有宏大的现实关怀,担负起明道和经世的重大使命。孙慎行又说,"圣门道术,首言学文,虽非世文辞之文,而文辞未必非其流绪焉。今世俗讲学家不及文章,文章家畏言理学,两失之矣。""因思史汉及

---

① [清]孙慎行:《文交》,《玄晏斋文抄》,第 100 页。

八大家,昔人见谓文辞客耳。今细探之,其胸中道术良有深见,浩荡无涯涘,而徐发其一二,故足传也。"①由此看来,能够打通文学与理学,对"道术"有所发明的文章就是"高文",八大家不乏这样的文章。以这样的眼光和判断选文,在其《精选唐宋八大家文抄》中是有具体体现的。例如,卷一韩愈《送王秀才序》文后评云:"赠答文字,叙情易,谈理难,独能溯出道术源流,妙甚。愚所谓高文可师也。"之所以称其为"高文",是因为它突破了赠答文字的"叙情"功能,而谈出了"道术源流"之理。这样的文章未必好玩,但有益世道人心,令人景仰,故不说"可嗜",而说"可师"。第二是指不借用、不掺杂佛道思想的"知儒言儒"之文。孙慎行说:"余性未尝不喜观佛经典及道家言,然讲儒家道理便不欲举相印证,即作文亦绝不欲用其语句。"又说:"呜呼,吾儒之道,何所不足,而增添之以二氏?何所不清,而洗濯之以二氏?"②他认为,讲儒家道理而借用或掺杂佛道思想和言论,就是"伧俍无归","不合正格"。"知儒言儒","一而不分","深醇尔雅",才称得上高文。

(2)尚奇

孙慎行说,"奇文可嗜"。对于什么是"奇文",他说:"余以为片言斩绝,出世俗意表,若巧射破的,是为最怪,是为最奇。至层峦叠嶂,泉涌涛奔,经数千言无一字倦薾,则怪奇于见形易识,怪奇于得髓难知耳。"③可见,其所谓奇文,既包括形式上有转折、有波澜、有气势的洋洋大篇,也包括内容上有卓越见解的蕞尔短章。也可以说,文章要有他外祖父唐顺之所说的"一段精光不可磨灭",才是真正的奇文;文章之长短、波澜之有无,还是次要的。孙慎行自称,"兹之抄大约穷委极变、洞心骇耳居多"(《书八大家文抄后》),可见他在选文上对于"奇文"的偏好。"穷委极变"是就文

---

① [清]孙慎行:《记论文》,《玄晏斋文抄》,第 144 页。
② [清]孙慎行:《出寺记》,《玄晏斋文抄》,第 23 页。
③ [清]孙慎行:《读朱子编选文后记》,《玄晏斋文抄》,第 50 页。

章在形式方面的变化而言,"洞心骇耳"是就文章在内容方面的冲击力而言。他在选文时的确是很看重这两个方面的。例如,"字字镵削,转笔都奇崛"(王安石《送陈升之序》),是就形式而言;"想创始者何等心思,真奇真怪,吾独笑后来之转转摹仿也"(韩愈《毛颖传》),是就内容而言。"用意奇,使笔奇,真奇作"(韩愈《行难》),则兼形式和内容而言。

需要说明的是,孙慎行有深厚的理学修养,因而推重阐扬道术、内容醇正的高文;又有杰出的文艺修养,因而酷爱形式新异、见解卓绝的奇文。因而,"高文可师"与"奇文可嗜"二者并不矛盾。前者是就社会责任而言,后者是就个人爱好而言。他没有像后来的许多理学家(如张伯行)一样,将文学放在与道学对立的立场上加以评价,是此非彼,一概相量,而是表现得十分通脱。

(3)尚真

孙慎行说:"吾取大家文,大抵取其近真者,如此文,好奇者未免弃捐,吾爱其真,故录之。"(卷二王安石《大中祥符观新修九曜阁记》评点)看来,虽然称不上"奇文",但如果"近真",也在入选之列。那么什么是"真"呢?孙慎行评价苏洵《苏氏族谱亭记》"矫世励俗,不为苛论,切直如对面而语,几不可作文字读,已乃真文字";评欧阳修《明因大师塔记》"只记一则问答语,若有意,若无意,最真率可爱玩";评欧阳修《祭吕敬叔文》"亦是真率文字,而中却有闲衬处作过接。昌黎则一笔直注,神脉自转,绝无过接之痕矣。于此可辩文章分两"。看来,"真"就是"真率",就是不假雕饰,接近自然。其具体表现是内容平实,语气亲切,结构无过接之痕。孙慎行进而认为,不雕饰、不炫巧、甘于平淡的"真文字",才是大家文字。其评韩愈《河南府同官记》"直直书事而已,无一语雕饰,大家正以此见身分";评柳宗元《零陵郡复乳穴记》"无他奇,大家文字,只要大段成片,如此类者,正恐人以平浅相轻耳";评欧阳修《画舫斋记》"题可镵刻见奇,服公能吐弃勿用,文似退人一步,其实进人数步,大作家多如此,然自有绝奇者不可执定"。在他看来,不雕饰、不镌刻的"平浅"文字,正是大家风范的表现,这样的文字因为没有过多的外在涂饰,其真率的一面更多地展现在人们面前,呈现出一种别样的审美和自信。

正是因为孙慎行对文章的美学特征有着独到的认识和感悟,他能够以开阔的眼光,对唐宋八大家散文"搜其佚,而发其沉湮者",将茅坤《唐宋八大家文抄》中的腐卑之文刊落三分之二以上,又在茅坤《唐宋八大家文抄》之外新增82篇,将这些不为人关注的篇章呈现在读者面前,拓展了唐宋八大家散文选本的选文范围。

4. 评点特色

从北大藏清初评点本来看,孙慎行《精选唐宋八大家文抄》的评点特色,可以概括为两个方面:

(1)审美的眼光

孙慎行具有敏锐的审美能力和卓越的艺术修养,其评点总是倾向于掠过文章所呈现的具体内容,聚焦于其各自不同的审美特征上,并用有区分度的术语将这些审美特征表达出来。例如,评柳宗元《娄二十四秀才花下对酒唱和诗序》(卷一)用"清切",评曾巩《送蔡元振序》(卷一)用"清醇",评王安石《秘阁校理丁君墓志铭》(卷六)用"清快"、《祭欧阳文忠公文》(卷五)用"清捷",评欧阳修《仁宗御飞白记》(卷二)用"清平"、《尚书度支郎中天章阁侍制王公神道碑铭》(卷五)用"清健"、《胡先生墓表》(卷五)用"清饬"、《集贤校理丁君墓表》(卷五)用"清和"、《翰林侍读学士右谏议大夫赠工部侍郎张公墓志铭》(卷六)用"清敏"。又如,以"雅切"评韩愈《送杨支使序》(卷一)、"雅则"评曾巩《送王希序》(卷一)、"雅饬"评韩愈《唐故相权国公墓碑》(卷五)、"雅净"评王安石《外祖母黄夫人墓表》(卷五)、"夷雅"评苏辙《庐山栖贤寺新修僧堂记》(卷二)、"冲雅"评欧阳修《太子太师致仕杜祁公墓志铭》(卷六)。上述二例均能用丰富的术语区分相似审美特征的细微差别。孙慎行的评点,还善于挖掘同一作家的不同审美特征。例如,他指出欧阳修的《伐竹记》(卷二)"挺然见颖,不类他篇之温软","欧文多宽平和澹,此篇何森耸突兀也"(卷四《与高司谏书》),"欧文多柔澹,此则奇气勃然"(卷六《徂徕石先生墓志铭》)。还说王安石的文章"多以短取胜,有短而峭直者,有短而悠扬者"(卷三《祭李审言文》)。茅坤多讥诮曾巩文"迂蹇,不甚精爽"(曾文卷三《与抚州知州书》评点),而孙慎行却说,其《抚州颜鲁公祠堂记》"议能推人底里,文之英爽,足与曾公相副"。茅坤说苏轼《司马温公神道碑》"独于叙事处,不得太史公法门",而孙慎行则从审美的视角赞扬此文"清濯之气,随笔注泻,逶迤播荡"(卷五《司马温公神道碑》)。都可谓识见独到,发前人所未发,表现了其独特的审美眼光。他还说,苏辙《齐州闵子庙记》(卷二)"通体平淡,后一段议论,却是耸特"。可见,就是同一篇文章审美格调的变化,也逃不过他的眼睛。

尤为值得注意的是,孙慎行对文章审美特征的体认和揭示是真切的、独到的,与清代许多选家的矮人观场、盲赞瞎评不能等量齐观。其突出表现是用语有个性,而较少一般评点家惯用的陈词滥调。例如,"全篇演漾,结局矫健"(卷二欧阳修《海陵许氏南园记》)、"作意有离披便娟之态"(卷二王安石《石门亭记》)、"幽澹细静"(卷三苏轼《十二琴铭》)、"放之汩汩,舒之洋洋"(卷四韩愈《答李翊书》)、"典美鸿懿"(卷四曾巩《寄欧阳舍人书》)、"苍茫历乱,自成奇文"(卷四韩愈《祭十二郎文》)、"和豫丰润,洋洋大篇"(卷六韩愈《赠太傅董公行状》)等,与常见举业家和道学家所用的语言大异其趣。

茅坤《唐宋八大家文抄》的评点出于杂家眼光,将载道、举业、经济、文学、炫识等杂烩在一起。而孙慎行《精选唐宋八大家文抄》的评点则出于纯粹的美学家眼光,没有后来许多八大家选本评点常见的举业家的功利习气、道学家的标榜习气和经济家的实用习气。可以说，孙慎行的评点是文学的、娱乐的、审美的，而不是功利的。

(2) 即兴的成分

孙慎行评点的另一个特点是有即兴的成分。例如，"序说道理令人思，品花津津令人厌，跋及君谟绝笔令人感。文哉文哉，能移我情"(卷二欧阳修《洛阳牡丹记》)，"竹耶？与可耶？苏子文耶？合而一之"(卷二苏轼《墨君堂记》)，"极弄聪明语，纱在归之说梦。噫嘻！毕竟梦也"(卷二苏轼《众妙堂记》)，"看得了时，方知其说之有味。虽然，看得到时，说又安有也？作者抄者，只是一片文字而已"(卷三苏轼《宝林寺敬赞禅月所画十八阿罗汉》)，"以智力制天下，其穷如此，其受祸之酷烈如此。读之使我遍身肌粟"(卷三苏轼《始皇论一》)。看来，孙慎行是把兔起鹘落般的阅读感受真切地记录下来作为评点，因而其评点大都三言两语，不假改削，具有随意灵动的特点。

当然，孙慎行的评点也有不足。例如，卷三苏轼《十八大阿罗汉颂》题下评"此等文字，韩欧所不欲为；此等见解，韩欧所不能及。由苏长公少悟禅宗，及过南海后遍历劫幻，以此心性超朗乃至于此，可谓绝世之文矣"，系茅坤评点而未予注明者。

(二) 顺治十一年孙志韩删节后印四卷圈点本

1. 实物鉴定

上海图书馆所见 8 册(索书号：线普 456860-67)，著录为"孙志韩编，清初刻本"。半叶九行二十字，左右双边，白口，线鱼尾，有直格。版匡 220×140 毫米，书 280×182 毫米。版心题"唐宋八大家文抄卷之一"，卷首题"孙宗伯精选唐宋八大家文抄卷之一，晋陵孙文介公原本，白岳后学孙志韩重编"。书尾镌"暮春既望兰陵龚孙寅书于浣香书屋"。正文有圈点，有少量行间注，无文后评。全书依次为孙志韩重刻八大家文抄序、凡例、孙宗伯八大家文抄目录、孙宗伯精选唐宋八大家文抄卷之一（见图3）。

孙志韩《重刻八大家文抄序》末署"白岳后学孙志韩谨序",《凡例》末署"甲午修禊后一日,啸山志韩漫识"。"白岳"是齐云山的古称,在安徽休宁县境内,可知孙志韩为安徽休宁人。孙序作于顺治十一年(1654)三月四日,自称"雕镂原板既无可踪迹,而四方藏书家副本又艰于购求,因不揣固陋,以原书六卷重登梨枣"。《凡例》又称"是集剞劂多年,行世甚少,余幼年从家

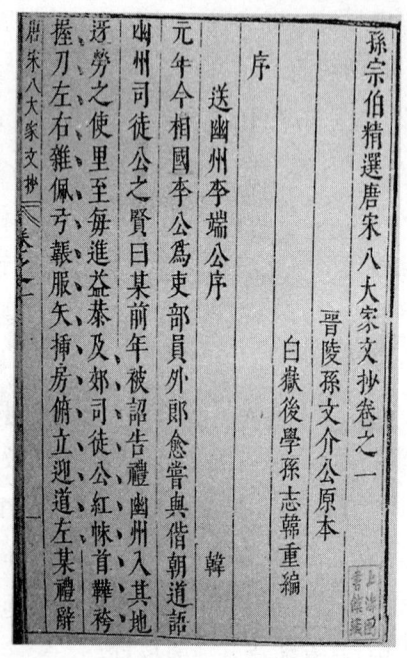

图3　孙慎行《精选唐宋八大家文抄》卷首,顺治十一年(1654)孙志韩删节后

塾中得一编,字迹多模糊,渐不可识。后屡向毘陵诸同学询其原板,皆无确耗。今春暇日,因购工重梓之,俾先辈典型不致湮没,非沽名,亦非射利也"。"晋陵孙文介公原本,白岳后学孙志韩重编""重刻""以原书六卷重登梨枣""购工重梓之"等字眼似乎很清楚地说明,此本确系孙慎行《精选唐宋八大家文抄》的重刻本。但实际情况并没有这么简单。

既然雕镂原板"无可踪迹""皆无确耗","四方藏书家副本又艰于购求",而且幼年家塾所得的那一编"字迹多模糊,渐不可识",那么此次"重刻"所用的底本是什么？别的事情都交待得很清楚,为什么漏掉了这个最为关键的问题？最为重要的是,这个各卷卷首镌有"白岳后学孙志韩重编"的刻本与北京大学图书馆

藏各卷卷首镌有"同邑白绍光超宗甫较"的清初评点本的行款、版匡尺寸、断版完全相同（从目录到正文无不如此），实由同一套板片刷印而来。只是上图藏孙志韩本经过了挖改和删节，而且断版情况更加严重。这有力地说明，上图藏所谓"孙志韩重编"本是北大藏清初评点本的删节后印本，断然不是重刻本。

可能的情况是，孙志韩没有从"毘陵（武进县古称，孙慎行家乡）诸同学"那里得到崇祯二年孙慎行序刻白文本的原板，但得到了清初覆刻评点本的板片，然后对这套板片加以修补，也许这个板片的后二卷已经毁坏，也许为了造成新刻原本的印象，故意将后二卷略去，将六卷本节为四卷本，将各卷卷首"晋陵孙慎行闻斯甫选，同邑白绍光超宗甫较"挖改成"晋陵孙文介公原本，白岳后学孙志韩重编"。现在再来看其《凡例》所称的"不敢增损成书，攘为己有""非沽名，亦非射利"等语，颇有"此地无银三百两"的意味。

2. 删节情况

上图藏顺治十一年孙志韩删节四卷圈点本对清初六卷评点本的挖改只有两项：一是各卷卷首将"晋陵孙慎行闻斯甫选，同邑白绍光超宗甫较"挖改成"晋陵孙文介公原本，白岳后学孙志韩重编"；二是书尾新镌"暮春既望兰陵龚孙寅书于浣香书屋"，从开头到结尾都给读者造成一种新刻的印象。但孙志韩后印本的最大动作是对全书的两个方面加以删节：

（1）删六卷为四卷

其具体做法是整卷删除最后两卷的目录和正文，即原书的碑铭部分，仅保留前四卷的目录和正文。卷四目录所在的第十九叶右页原"碑铭卷五"以下四行被删去，末行重镌"孙宗伯精选唐宋八大家文抄目录终"数字，给人造成此书足本为四卷而并非删节的印象。删后的四卷本，卷一收序80篇，卷二收记88篇，卷三至卷四选杂文171篇，总计339篇，比清初六卷评点本少95篇。

为笼络汉族知识群体,清朝统治者在顺治时期频繁开科取士,十八年中举行了十次科考,唐宋八大家选本作为由来已久的举业利器,自然十分畅销,但碑铭等叙事文体于举业帮助不大,孙志韩删去后两卷碑铭部分,也许与此有关。

(2)删文后评

清初重刻六卷评点本有文后评计七千余字,孙志韩全部将这些评点铲除,其实也是为了做得更像"原本"一些,因为崇祯二年孙慎行初刻"原本"是没有任何评点的。为此,孙志韩还特别作了一番解释。他说:"古人于诗文选本原无批评,叠山先生《文章轨范》虽止录文数十篇,亦不加评语。盖以古人立言不朽,历千百年耳目睹记,共闻共见,亦安用聚讼之纷纷乎?是集有圈点而不加批,想见前辈谨严,着笔不易。末学管窥,更不复妄增一字,虽蒙寡闻之诮,所不辞也。"孙志韩为铲除评点找到了很堂皇的理由,虽然他的本意不过是"增损成书,攘为己有"。

附记:本文为2015年度国家社科基金一般项目"明清时期文章总集叙录"(15BZW051)成果。

和刻稀见明清散文研究文献考录

李小龙

和刻本为经日本刊刻之中国文献,其源于中国古本,以中国文献流传多天灾人祸之故,文献散佚甚多,端赖和刻以传;然又因文化之因革,日人对此不甚重视,国人亦多隔膜,遂使中华文献流落东瀛,抱璞蕴玉,却无人问津。笔者多年来发愿积累和刻之善本,力求披沙拣金,从海量和刻中梳理出对中国现存文献有补充意义之"善本"。此为其中有关明清散文研究文献之数种,揭载以祈学界之关注与指正。

一、明王艮《王心斋全集》五卷

叙录

《王心斋全集》五卷,明王艮撰,日本嘉永元年(1848)刊。一册。板心分上下栏,上栏为评语,每行五字,下栏为正文,半叶九行二十四字,注小字双行同,四周单边,白口,单鱼尾,除前序外无栏线。扉页署"嘉永元年戊申新镌","京都书肆川胜鸿宝堂",首页题名为"王心斋先生全集",版心则题为"王文贞公全集"。首页署"楚黄耿定力、金陵焦竑原校,曾孙元鼎辑,八世孙以钲震九读识"。前有"弘化四年孟冬上澣平安潜庵源襄"序,末有"道光六年仲春月　日王荣禄"跋,跋后附日人宇都宫冈田裕跋。

王艮(1483—1541),初名银,后由其师王守仁(1472—1529)为其改名为艮,字汝止,号心斋,泰州安丰场(今江苏东台)人,开创泰州学派。中国历史上颇多奇人,由社会底层而为一代宗师,为百世效法,在释家则六祖惠能(638—713),在儒家则推王艮。其人为盐丁多年,却能自强不息,倾慕儒学,后入王守仁门下,成为王学左派代表人物,其思想影响于明末甚劲。

其书先列朝廷荐疏二章、弟子录、国朝李二曲先生观感录叙(据目录知此二部分或当列于全书之末),正文卷一为其门人张峰所撰年谱,卷二、卷三为语录共一百三十七则,卷四为杂著凡二十七篇,卷五为尺牍凡二十七则。正文分上下二栏,上栏列评语九十四条,所评短至一字,长至数百字,均颇透辟。

考证

王艮之奇除前所述外还在其不立文字之主张,虽广收门徒,影响遍及大江南北,然仍以"口传心授"之心学印证式传法,故著述极少。《中国古籍善本书目》未录其人著作,据《明别集版本志》[①],则有万历间《重镌心斋王先生全集》三种,实为一本,即万历三十四年(1606)耿定力(1541—?)、丁宾增修本,另一种为后印本,还有一种为此本之翻刻本。其书卷端题"楚黄耿定力、檇李丁宾同梓,棱陵焦竑、海岱蒋如苹同校,四代宗孙王元鼎补遗",后印本则于"王元鼎"之下又加"五代孙王翘林",翻刻本再加"六代孙王焜大任、王言伦震生翻刻"之字样。据此书题名之"重镌""四代宗孙王元鼎补遗"之语可知,此前定有初刻本,然此本已不存。此

---

① 参见崔建英辑订《明别集版本志》,中华书局2006年版,第128—129页。

外,《八千卷楼书目》卷十六曾录一明刊一卷本,亦未知是否仍存于世间。

谢巍先生《中国历代人物年谱考录》录王氏年谱四种。其一为《王心斋先生年谱》一卷,董燧(1503—1586)编,版本项为万历三十四年耿定力、丁宾刊本《王心斋先生全集》及日本嘉永元年刊本《王心斋先生全集》附。其二为《王心斋年谱》一卷,泰和张峰编,版本项云"不详",著录项则云"据焦竑《国史经籍志》,又见王元鼎辑本",备注云"此本闻有传抄本传世,待访"。其三为《王心斋先生年谱》一卷,编者张崟,版本为"日本文化四年(1807)重刊本《王心斋先生全集》卷首",又标为"待访",并于备注中云"此本编者名疑讹,俟查"①。

据此和刻本可知以上著录其实均不确。

此和刻本实即谢巍先生提及之日本嘉永元年本,此书为作者后裔王荣禄于道光六年(1826)所刊之本(南图存有孤本)之翻刻本,其底本则为耿定力等人初刊本,故此和刻本有其版本价值。

据此既可补充《明别集版本志》,亦可订正谢巍先生几处小误。一、日本嘉永元年刊本《王心斋先生全集》所附年谱非董谱,而是张峰之谱;二、其所录"据焦竑《国史经籍志》,又见王元鼎辑本"之收有张峰年谱者标为未见,实即此和刻本之底本;三、所录第三种"张崟"所编年谱,实为录误,因为其名写为"峯",故误为"崟";四、录有"日本文化四年(1807)重刊本《王心斋先生全集》",实无此书,当为嘉永本之误,据长泽规矩也《和刻本汉籍分类目录》及日本公藏可知,日本刻《王心斋全集》最早为嘉永元年本,并无文化四年重刊本。

---

① 谢巍:《中国历代人物年谱考录》,中华书局1992年版,第280—281页。

附录

潜庵源襄序：

余杜门却扫七年于兹，诵习之余，终日无事。一日与塾士子裕校心斋文，乃废卷喟然而叹。子裕曰："先生何为其叹也？"余曰："盖叹其流弊尔。然则心斋之说果有弊乎？曰：'否。'心斋之说亦易简矣。易简果有弊乎哉？虽然，后世有庸人丈夫，缘其易简之说，以饰其陋者，则其弊不可复救也。"子裕曰："愿闻其说。"曰："心斋之为人也，抱雄杰俊迈非常之资，而其立志直欲造圣人之域而止矣，且其用工易简，直截如霜隼搏空，此岂非心斋平生之事耶？后人既不获心斋之资禀，而志亦庸下，而喜其易简，便其捷径，乃其流之弊不狂则为陋也必矣。然发人之蒙，莫善于易简之说，顾其志何如耳。夫志犹权衡丈尺也，小有违焉，则轻重短长不得其法也。而其用工犹用权衡丈尺以量度轻重短长也。或抑或扬，或进或退，其势不得不遍至矣。苟不遍至则不能得其力。故圣贤之教有一定不易之权衡丈尺，而其抑扬进退，实无一定之法矣，则其说之繁简难易皆所以用工也。然而权衡不定，何以量度乎；志向不立，何以用工乎。庸丈夫则不知立我之志也，而趋于易简捷径，是犹不持权衡以量轻重而恶重喜轻也。而可乎？此余之所以叹也。然学者莫善于易简之说，易简非天德乎？故曰发人之蒙，莫善于此。"子裕曰："如是，则易简之说而可也，而又抑扬进退不亦繁难乎？"曰："抑之扬之，进之退之，乃所以归夫易简也，所谓不遍至则不得其力也，而后之人不知立其志矣。喜易简以至饰陋。噫，此岂心斋之志也哉！且余与子裕今讲斯学于幽闲落寞之乡，则未见其流弊何如也。而一旦有措诸业试诸显著者，乃其弊立见矣。此不得不周思而远虑也。"子裕曰："唯。"因次其语以弁卷首。弘化四年孟冬上澣平安潜庵源襄撰。

王荣禄跋：

先君子尝谓吾兄弟曰："《文贞集》行世二百余年矣，爱而传之者，心心相印，未易一二言其所以然也。而当年随辑随刊，编次未遑较画，如《孝弟箴》《乐学歌》等篇，年谱、语录并载，可一省；论说诗章又错见于尺牍，可放论孟某篇；多记某某之例，比类编之其前之谱系，后之传、诔，只载家乘可也。需重刊善本，则习读者益便。谨识九十余处示汝辈，读书梯筏，得失不能自知，亦思附刊以正有道。"庭训耳熟者如此。顾先君子未果办，长兄福未几继殁，兹协荣禧弟，聘之侄遵贻意，敬录原书，分为五卷，重新梨枣，爱附识言，谨承数典不忘之谊。道光六年仲春月日王荣禄谨跋。

宇都宫冈田裕跋：

丁未暮春，潜庵先生阅此集，又令裕校其半。裕因按卷首载刘节、吴悌荐疏二章，然刘疏已失，无别本之可考。盖此二疏当时不能进退公，而今也又托此集行。吾人读此当以知所从矣乎。宇都宫冈田裕谨跋。

影印

无

公藏

中国：北大。

日本：国会、东京都立中央、东洋文库、阪大总、京大文、大阪府立中之岛、千叶县立中央、九大、高知大、公文书馆、二松学舍、东大东文研、立命馆大学、东北大、中央大、京大人文研东方、前田育德会、神户大、国士馆。

二、明陈仁锡编、钟惺注《尺牍奇赏》十五卷

叙录

《尺牍奇赏》十五卷,明陈仁锡编、钟惺注。日本贞享四年(1687)柳枝轩刊本。四册。半叶九行十八字,注小字双行同,四周单边,白口,无鱼尾,无栏线。正文首页署"长洲明卿陈仁锡选,竟陵伯敬钟惺评,瓯粤邻周郑国校",末题"贞享丁卯桂月上浣日书肆茨木多左卫门寿梓"。前有陈仁锡序,序末有"陈仁锡印""壬戌探花"二印。按:除贞享四年刊本外,尚有文化九年(1812)印本(书存大阪府立中之岛图书馆)及明治盐野芳兵卫印本[1]。

陈仁锡(1581—1636),字明卿,号芝台,江苏长洲(今苏州)人。天启二年(1622)殿试第三名及第,授翰林编修,因拒权宦魏忠贤被罢职。崇祯初复官,预修神、光二朝实录[2]。陈仁锡性好学,喜著述,今传其著述甚多。《明史》有传。

钟惺(1574—1624),字伯敬,号退谷,湖广竟陵(今天门)人。万历三十八年(1610)进士,授行人,历官工部主事、福建提学佥事,著有《隐秀轩集》。

书分天文、地理、时令、人物、人事、珠宝、文史、花木、衣服、饮食、器用、果品、身体、宫室、鸟兽十五品,颇似类书,所不同者,每品之下非列词藻,而录当时名人相应之尺牍,如"天文"部先之以吴从先《招友赏月》、宁仕卫《请袁石龙赏雪》、汪道昆《雨中请客》、

---

[1] 参见〔日〕长泽规矩也《和刻本汉籍分类目录》,汲古书院1976年版,第212页。

[2] 金程宇先生解题云其任"国子监祭酒"(金程宇:《东亚汉文学论考》,凤凰出版社2013年版,第247页),实误,据《明史》"即家起南京国子祭酒,甫拜命,得疾卒"(中华书局1974年版,第7395页),可知其所授为"南京国子祭酒",且未到任即卒。

祝允明《重九遇雨请》数函,洵为古人撰写尺牍之秘册宝典。然正因有模本,则尺牍之性情尽失矣。周作人(1885—1967)曾藏是书(当即和刻本),其《夜读抄·五老小简》中云:"前年夏天买得明陈仁锡编的《尺牍奇赏》十四卷,曾题其端云:'尺牍唯苏黄二公最佳,自然大雅。孙内简便不免有小家子气,馀更自郐而下矣。从王稚登、吴从先下去,便自生出秋水轩一路,正是不足怪也。'"①

此书之注释亦颇有特色。板框分上下二栏,上栏为下栏四分之一,前云"上载《韵府纂要》《书言故事》《事类捷览》《韵府群玉》",仔细对读,可知上栏专收词藻,此类词藻并非下录尺牍中所用者,仅为录自上述数种日用类书,以与下栏尺牍所写时地相映照而已②。下栏则于尺牍之中以双行小字为注,多释语典与事典。每则之末,有"品"一则,实即编者之评点。如第一则为吴从先《招赏月》,上栏录"蟾蜍、玉盘、哉生明、哉生魄、颓魄、冰轮、悬镜"七词并释之,下栏注"今夕万里无云"句云:"杜诗'一年月色今宵好,万里无云秋夜长。'"此文之末云:"无使明月待也。"故文末品评云:"正邀明月作三人也。"

考证

陈仁锡喜著述,故其书传于今者极多。仅以"奇赏"为名之选本便有《古文奇赏》二十二卷、《续古文奇赏》三十四卷、《奇赏斋广文苑英华》二十六卷、《四续古文奇赏》五十三卷、《明文奇赏》四十卷(万历四十六年至天启间刻本)、《苏文奇赏》五十卷(崇祯四年刻本)、《奇赏斋古文汇编》二百三十六卷(崇祯七年刻本),仅此便近五百卷之巨③。然其《尺牍奇赏》十五卷却似佚失无存,遍检国

---

① 周作人:《夜读抄》,河北教育出版社 2002 年版,第 90 页。
② 金程宇先生解题云"栏头配有相关典故注释",或有误解。
③ 以上分别收入《四库全书存目丛书》集部第 12 册、第 352—365 册,齐鲁书社 1997 年版。

内各家公藏及公私书目，均未见此书踪影。日本龙野历史文化资料馆有《尺牍奇赏》三册，仅标为"明陈仁锡辑"，未知是否明本；另公文书馆藏有《尺牍奇赏》四卷，标为"明陈仁锡编，明钟惺评，明刊"，然仅四卷，或非全帙，或为另本。总之，此十五卷本之书仅赖此和刻本以传。

此书前陈仁锡序末云"予于古文及名文诸选，皆以'奇赏'名之，是种也又异乎哉"，可知此书与其前选多种以"奇赏"为名之选本亦为同一系列。然因陈序未署日期，故不知此书明刊为何时所刻，因其序提及"古文及名文诸选（当是'明文'）"，则当在天启之后，又序末有"壬戌探花"印，又当在其中进士的天启二年（1622）之后，而天启初年，钟惺任职福建，又因父丧回乡守制并卒于家，则此书云"钟惺评"大抵为伪托。

附录

陈仁锡《尺牍奇赏序》：

凡文章皆受命赤城主人，发邮筒于五力士，而达之双眸子。然其道太广，言太繁，应接亦易倦。赤城主人乃与双眸子约法三章，则今之尺牍奚为者，以笔代舌，宛如面谭，正复舌本期期，笔端了了，且如一方千里，徒劳梦魂；只此片楮数行，为慰饥渴。然古今异致，南北殊音，并采兼收，情深一往，引端何妨含绪，欲涕翻尔宜歌，斯亦千春之兰心，而四海之鱼腹也。考厥由来，则麟吐其玉，龟负以畴，天人性情，于斯合发。因尝闻漆雕答圣之牍，亦见彭泽遗力之书，其披宣蕴藉为何如者，是用以类澄奇、秘为清赏，毋论双眸君，顿见赤城霞起，将五丁力士，亦可无开山之劳耳。予于古文及名文诸选，皆以奇赏名之，是种也又异乎哉？陈仁锡书。

影印

长泽规矩也《和刻本汉籍文集》第二十辑。

金程宇《和刻本中国古逸书丛刊》。

公藏

中国：辽宁省图。

日本：东京都立中央图书馆、宫城县图、岛根县图、八户市立图书馆、堺市立中央图书馆、前田育德会、爱媛大学、东北大学、九州大学、京大人文研东方图书馆、关西大学、立命馆大学、庆应义塾大学。

三、明王宇撰、陈瑞锡注《新镌时用通式翰墨全书》十二卷

叙录

《新镌时用通式翰墨全书》十二卷，明王宇撰、陈瑞锡注。日本宽永二十年（1644）京都田原仁左卫门刊本。十册。半叶十行二十二字，注小字双行同，四周双边，粗黑口，双对花式鱼尾，无栏线。正文首页署"闽海王宇永启纂辑，古吴陈瑞锡圣乡释著"，末题"宽永二十癸未岁孟春吉日，二条柳马场东入町，田原仁左卫门新刊"。前有"天启岁次丙寅孟秋上浣之吉闽海王宇题于拂花轩"的序，"古吴陈瑞锡题于竹松居"的"拂花笺引"。

王宇，字永启，闽县人。万历庚戌（1610）进士，官南京刑部主事，擢武选司员外郎，仁至擢山东提学参议。乾隆《福建府志》有传。

全书十二卷，依次分节序门、庆贺门、冠礼门、婚礼门、丧祭门、馈送门、邀约门、请召门、荐举门、挽托门、干求门、假借门、酬谢门、慰问门、活套门十五门，每门之下再分细类，如节序门下分送礼翰、请客翰、遨游翰三类。此书与《尺牍奇赏》不同，各部下列

之尺牍均为纂辑者自作，而非采自文人书翰者，大多数亦附答函样式。句下有注，如首篇"元旦"条首句"凤历纪元（少昊以凤鸟纪官，谓之凤历），竹爆之声方动（古者西方有山鬼，人见之即病瘟疫，至此日以竹烧之，有毕卜之声，惊之则散，今俗卷纸贯硝药代之）"。

考证

王宇著述，今传评点、辑刻之书甚多，然国内公藏及书目所载未见此《翰墨全书》，日本公文书馆则存此书明本二种，一为高野山释迦文院本，一为木村兼葭堂本。二书著录均云"即《拂花笺》"，当据书前陈瑞锡《拂花笺引》"俄一书贾捧帙而进，手启视之，乃王公《拂花笺》"之言。除此二种之外，则仅有和刻传世。

书前王宇序云"天启岁次丙寅"，知序于天启六年（1626）。

注者陈瑞锡生平颇晦，遍查无果，仅据本书题署知其为江苏长洲人，字圣乡。然据本书《拂花笺引》"奈兄明卿，学富五车，才倾八斗，余薆菲不能，当避三舍，敢擅作者之权"句可知，其为前述《尺牍奇赏》编者陈仁锡之弟，陈仁锡著述等身，令其弟自惭形秽也亦宜。

附录

王宇序：

邈观太古混茫，政教未起，君臣未立。民所居者巢穴，洞房青宫无有也；所食者禽兽，甘脆肥浓无有也；所衣者皮毛，华衮绣裳无有也。又且嫁娶未制，何以咏夭桃；媒妁不通，何以歌伐木。由是而亲戚故旧与夫馈受晋接，漠然淡然，相忘于不识不知之天已耳。所以然者，以文字未兴，翰墨不相往来耳。虽然，当一画肇开之前，天应以日月星辰，地应以山川草木，若云霞之灿烂，鸟兽之嘤鸣，皆天然之翰，天然之墨也。宁必云缄锦字，而后为翰墨哉。

独怪今之浅嗜墨兵者,未必有一纸之贤,十袭之珍,辄诩诩自得,以为王之青箱、杜之武库,悉载笥腹中,至若班马苏韩,读之檐楣前,则星斗落怀;藏之笥箧内,则光怪射墟,其美何胜言哉,其美何胜言哉! 余弱冠即以词翰翩翩自许,然欲辑一班,殊觉甚难。迨骋足皇路,或杯酒,或诗骚,或山水,或花间月下,以简札往来者甚众,于是几席间方有尺余。归而就松径,在竹窗下,或删繁就简,或存液黜浮,大率十得其半,然犹恨不畅雅志。更于名公签史采其精,摘其华,得隋珠万斛。余于是欣然曰,虽非二酉三长,然细读之,可以愈头风,驱疟鬼矣。书成,授诸梓人,以鬻于市,具法眼者收而珍之,又何问姚黄魏紫。

时天启岁次丙寅孟秋上浣之吉闽海王宇题于拂花轩。

陈瑞锡《拂花笺引》:

盖尝危坐斋头,读秦汉来诸书,觉古人面目如聚一堂,勃勃然欲藉片楮以白当年事迹。奈兄明卿,学富五车,才倾八斗,余菲菲不能,当避三舍,敢擅作者之权。于是终日抱郁。忽一日,起立中庭,有微风拂面,异香绕鼻。余知为风拂花馨也。俄一书贾捧帙而进,手启视之,乃王公《拂花笺》。噫,此真玄圃菁华、汉苑之芳菲矣。余乃从其中释之注之,庶几秦汉来事迹著之不晦云。是书也,或怀思而缥缈,或俯仰而浮湛,厄言可以解颐,只字为能导窾。开函则明月入怀,入睫则白云凝袖。名言洒洒,玉屑霏霏,良在兹欤,良在兹欤! 噫,赋就太玄,序惭玄宴,过咸阳五都之市,得无谓鱼目之唐突璠玙也哉。

古吴陈瑞锡题于竹松居。

影印

无。

公藏

中国：人大。

日本：国会、东京都立中央图书馆、神户市立中央图书馆、静嘉堂文库、神户大学、实践女子大学、东北大学、京大人文研东方图书馆、东大总、新潟大学、中央大学、东大东文研、早稻田大学。

四、明熊寅几编注《尺牍双鱼》九卷

叙录

《尺牍双鱼》九卷，明熊寅几编。日本承应三年（1654）刊本。四册。半叶十行二十一字，注小字双行同，四周单边，大黑口，双对花式鱼尾，无栏线。首页题名为《增补较正熊寅几先生捷用尺牍双鱼》。前有署名"云间陈继儒眉公题"之序。除此承应刊本外，日本另有明治十二年（1879）翻刻本。

熊寅几，无考。

书凡九卷，分二十六大类，为书信、公文写作提供套路，如通问、起居、造谒、感谢、求荐、自叙、书翰、借贷；大类下另有小类，如"通问"下有"未曾瞻仰五条、乍会欣喜六条、久别思慕七条、近别叙情七条"等，全书共一百八十六小类。此书分类颇细，套语亦甚趣，举例可知其体。如全书第一条"未曾瞻仰"之一"夙仰才名轰耳，无由一聆謦咳。徒切望河之想，偶缘其事，借通竿牍，聊申鄙悃，万惟丙照。"又有回复的样本："素切瞻韩，无缘御李。讵蘄云章忽下，诵之喜溢眉宇。承谕谨当如命，再图面罄。"用词虽不免堆砌套语之嫌（故于字里行间亦有注解），然于尺牍之作或不无裨益。

此书亦多存史料，为社会史家多所取资。张传玺先生《论中国封建社会土地所有权的法律观念》引此书中"《卖田契》《当田契》《卖屋契》《当屋契》《赁房契》《卖坟地契》《佃贴》"等①；阿风《明清时代妇女的地位与权利》亦引其"《求亲准帖》《过聘书》《回聘书》《请归亲期》《答允》《答不允》"以推测明清时代婚书形式②；著名法律文献史家、古籍收藏家田涛先生于其《千年契约》一书中亦曾云："有一本明代的书籍，书的名称叫《尺牍双鱼》，是明朝末年的出版物，在这部书籍里，收录了大量的契约样本，涉及的范围十分广泛，非常珍贵，弥补了我们现在契约研究中的不足。"③并举多种契约细论。于此可知此书保存史料之丰。

考证

此书国内存有崇祯原刊本，然颇不易见，日本东洋文库及东大东文研亦藏有明刊本。此书和刻本刊行仅晚于崇祯原刊本二十年左右，与明本相较，仅将原本每半叶九行改为十行，余仍其旧。

其书未署编者，书前有陈继儒(1558—1639)序一篇，后世学者多将此书编者定为陈氏，如日本明治十二年岩垂柳塘注解本前重野绎序中便云"陈眉公《尺牍双鱼》传于我久矣"，东洋文库所藏二种明刊本皆为四卷本，一署"陈继儒"编，一标"阙名"；中国国家图书馆藏二明刊，一为十一卷，一为四卷，亦均署"陈继儒"，实并不妥，以其不过序作者而已。然据此书之标目定为熊寅几似亦不妥，陈继儒序云："雨来吴子用是集古今尺牍，分为二编。"则知此书或当为吴雨来(其人生平未详，俟考)所辑。

---

① 张传玺：《论中国封建社会土地所有权的法律观念》，《北京大学学报》1980年第6期。
② 阿风：《明清时代妇女的地位与权利》，社会科学文献出版社2009年版，第138页。
③ 田涛：《千年契约》，法律出版社2012年版，第45—46页。

按：日本宽文二年（1662）又有大和屋九左卫门刊《雁鱼锦笺》九卷四册，编者署名李赞廷，其人生平不详。笔者曾见清刻《如面谈新集》题"李赞廷先生纂辑"，标为"丰城赞廷李光祚"，然此李光祚为清乾隆时人，故非一人。此书国内无，日本公文书馆有明雨花斋刊本八卷，国内某拍卖会亦曾上拍一部明刊本，其题目"增补较正赞廷李先生捷用雁鱼锦笺"与《尺牍双鱼》相近，细观内容亦几乎全同。查日本大阪大学图书馆怀德堂文库藏有熊熊局刊《尺牍双鱼》明本，馆方著录云即"双鱼锦笺"，可知此二书必有袭用关系。

附录

陈继儒序：

尝想人生，百年萍逐，虽江皋雨雪，驿路风烟，匹马孤帆，迢迢靡届。要亦所历有尽无尽者，惟寸心耳。心之所历，或枯坐一庐，影形高寄，忽一念至，思从中来，回忆当日，与故人芳昼话心，清宵细语，炉熏茗碗，固助幽情；簟影虫声，亦添佳致。是即天各一方，其室则远，而一线单绪，孤行于寥廓之中，凡山之阿，水之湄，宛在之伊人，寤言之玉士，无不可以随感赋形，携入梦寐。然而情滋戚矣。与其"思公子兮未敢言"，何如亦"既见兮我心喜"；与其"怀佳人兮不能忘"，何如亦"既遘兮我心降"。乃至聚而别，别而思，思之不然已，已而欲乞灵于一鳞一羽。嗟夫，情亦曲矣，虽然，犹有曲焉者。旅人羁客，小妇征夫，见月思家，临风忆旧。岂无问雁之思，顾或盈臆情惊，而窘于才分，则亦笔不能传，墨不能语，亦有高人道流，名姬韵士，绣腕可以嘘霞，香心自能吐月，乃至吮毫伸纸之际，孤情乍往，逸兴遄飞，佳句欲来，停思旋逝。诗云"心乎爱矣，遐不谓矣"，良有以也。雨来吴子用是集古今尺牍，分为二编，一以富浅人之贫，一以赠深人之慧。浅深各致，雅俗并宜。庶几"风雨如晦，鸡鸣未已"，得是编以志其往来；即或"蒹葭采采，白露未晞",亦可凭是编以通其款曲云尔。

云间陈继儒眉公题。

影印

《明代通俗日用类书集刊》。

公藏

中国:辽宁省图。
日本:所藏有四十余家,不录。

五、清陈晋撰、蔡方炳注《玉堂尺牍汇书》不分卷

叙录

《玉堂尺牍汇书》不分卷,一册。清陈晋撰,蔡方炳注。日本贞享四年(1687)林五郎兵卫刊本。一册。半叶九行二十四字,小字注双行同,四周单边,白口,无鱼尾,无栏线。扉页横题"康熙壬戌冬新编",正中题"玉堂尺牍汇书",右署"古越陈太士、平江蔡九霞二先生纂著",左广告语署"集贤居梓行",末页署"贞享四丁卯年五月吉祥日林五郎兵卫梓行"。

陈晋,生平不详,据此书题署知其为浙江绍兴人,字太士。毛奇龄《西河集》卷一八三《赠陈太士并序》对其人有记载[1],知其于康熙十八年(1679)游京师,并选吴兴司教之职,后去职。

蔡方炳(1626—1709),字九霞,号息关,江苏昆山人。康熙十八年(1679)举博学鸿儒,以病辞。著述甚富,有《广治平略》四十

---

[1] [清]毛奇龄:《西河集》,《景印文渊阁四库全书》第1321册,台湾商务印书馆1985年版,第878页。

四卷、《增订广舆记》二十四卷、《愤助编》二卷等。

全书分"通款往复类、起居往复类、造谒往复类、感谢往复类、寄缄往复类、求荐往复类、借贷往复类、索取往复类、迎送往复类、赞美往复关、馈贺往复类、送受往复类、延请往复类、劝慰往复类、邀约往复类"十五类,末附"玉堂帖式"。

其正文先列范本,后列注解。注解颇细致,如首则"未会瞻仰"条云"仰炙台范,有如饥渴,而斗山重望,无由得睹雅教,只增溯洄之思耳",注解云:"仰炙,仰望而亲炙也;台范,台基之仪范也;如饥渴,言爱慕之心如饥如渴也;斗山,唐韩昌黎之文人望之如泰山北斗;雅教,大雅之教诲也;溯洄,《诗》'溯洄从之,宛在水中央',言欲溯洄流往从之而不可得见也。"

考证

此书国内公藏及各书目并无。据此本首页所题"康熙壬戌冬新编"知此和刻底本为康熙二十一年(1682)所刊,则知此和刻本仅晚于底本五年。

日本二松学舍所藏未标明和刻,或为唐本,佐贺县图所藏明确标为康熙二十一年刻本,则当为此和本之底本。另,国内公藏虽无,然笔者曾于书肆见一本,扉页有"书林徐梁成梓"字样。查徐氏为明末书商,曾刊行《新刊项橐小儿论汇纂张子房归山诗选》(藏于国图善本部,标为明代),又章宏伟《明代杭州私人刻书机构的新考察》①于统计万历间杭州私人刻书时列举一百零四家新增者,中有徐梁成其人。然注者蔡方炳生于天启六年(1626),而此书上横字即为"蔡九霞先生注释",故此徐梁成刻本更可能刊于清初。如此,则徐梁成之刻书当跨明清两代,而康熙刻本则为此书之重刻,然二书字体版式,完全相同,则康熙本或用清初本原版片

---

① 章宏伟:《明代杭州私人刻书机构的新考察》,《浙江学刊》2012年第2期。

刷印，而和刻本亦为忠实之覆刻。

除此书外，日本尚曾刊行蔡方炳辑注另二书。一为《四六汇书》，正德六年(1716)京都古川三郎兵卫刊行，日本大阪大学、实践女子大学及龙野历史文化资料馆三家有藏，国内既无原本，亦无和刻本。此书据书名知与《玉堂尺牍汇书》或体例相近。一为《尺牍青钱广编》及续集，此书国内亦无，而日本公文书馆及大阪府立中之岛图书馆各藏一康熙刊本，后者注云"清康熙十一年序刊本，习善堂藏板"。此和刻本为元禄十三年(1710)刊。日本仅龙野历史文化资料馆、九州大学、东北大学、实践女子大学、东京都市立中央图书馆五家有藏。此二书均甚稀见，本当叙录，然未睹全书，姑俟异日。

附录

扉页广告语：

士庶家欲修往来之好，通馈遗之谊，大都借毛生以为舌，即松卿而代面。历采笺素，坊刻何啻汗牛，然非腐谈满楮，则芜辞秽目，且或可用于贵而不可用于贱，可通之智而不可通之愚，均于交际无裨也。是集化俚为雅，易旧为新，言短而意长，词浅而情尽，洵上下可通行，而雅俗所共赏乎。予本藏作家秘，因友人过而许之，力请传世，因付之梓，以公天下。集贤居梓行。

影印

无。

公藏

中国：无。

日本：东大总、实践女子大学、宫城县图、大阪大学、东北大学、佐野县图。

六、明陈懋仁《文章缘起注、续文章缘起》二卷

叙录

《文章缘起注》一卷,梁任昉撰,明陈懋仁注;《续文章缘起》一卷,明陈懋仁撰。二册。日本宝历八年(1758)田中市兵卫刊本。半叶九行十八字,四周单边,白口,无鱼尾,有栏线。《文章缘起注》正文首页署"梁乐安任昉彦升撰,明嘉兴陈懋仁无功注,嘉善钱棅仲驭定",《续文章缘起》首页署"明嘉兴陈懋仁无功著,嘉善钱棅仲驭定",末署"宝历八年戊寅三月发行"。《文章缘起注》前有"崇祯壬午陬月福唐林古度撰"《文章缘起注续序》,又有范应宾《文章缘起注旧序》,末有洪适跋。《续文章缘起》前有谢廷授、姚士粦二序,末有日人香川景兴总跋。

任昉(460—508),字彦升,小名阿堆,原籍乐安博昌(今山东寿光),为竟陵八友之一,官至御史中丞、秘书监、新安太守,为当时著名文人及藏书家。撰述甚多,然多已亡佚。

陈懋仁,明末人,字无功,号藕居士,浙江嘉兴人,万历中由掾吏授泉州府经历,著述极富。

考证

《文章缘起注》及《续文章缘起》国内所用多为《学海类编》本,如《丛书集成初编》及王水照先生所编《历代文话》。然《学海类编》为道光间印行,后此和本近百年,故非最古之本。另据《中国古籍总目·丛书部》知南京图书馆存《陈懋仁杂著》七种,为明崇祯刊本,中收此二书,又《中国古籍总目·集部》亦有《文章缘起注》之崇祯刻本,同存于南京,颇疑此二者实为一书①。此崇祯本

---

① 分别参见《中国古籍总目·丛书部》第 1077 页、《中国古籍总目·集部》第 3168 页。

或为二书最古之本，然学界尚无人见之。而此和刻本实为明刊本之覆刻，故极忠实于底本（甚至未加日文训点），可称下明本一等之新善本。

此本前有林古度(1580—1660)于崇祯十五年(1642)所撰《文章缘起注续序》，其末云："令子献可，三长独秉，多读父书……则先生食报于子若孙，政尔未艾。桥梓著述，行将有勘官无者。"或原本为陈懋仁之子陈荩谟（字献可，《嘉禾征献录》卷四十六《陈懋仁传》后有附传）所刊，荩谟请林古度为此作序者。又，首页有"嘉善钱棅仲驭定"字样，钱棅(1619—1645)为陈懋仁同乡，崇祯十年(1637)进士，授南都兵部职方主事，后升吏部郎中，于1645年因抗清战死于乡。故可确定此书原本当刊于明末。

细勘此本与《学海类编》本，非但字句之间颇有异同，甚至多此有彼无、互相参差之句。颇疑陈注在刊刻过程中多经人增删。总体而言，《学海类编》本有个别字句和刻本无，和刻本所有而《学海类编》本所阙者更多，如"诏"下之注，《学海类编》本仅四十六字，而和刻本则近十倍于此。如上所言，此和刻底本当为陈懋仁之子主持刊刻，并请同乡名流钱棅校定，当为原本，《学海类编》辗转至道光间，已不能无疑。据此，整理陈氏此二书，当以此和刻为底本，校以《学海类编》本，方可称善。

附录

范应宾《文章缘起注旧序》，洪适跋、谢廷授、姚士粦《续文章缘起》二序等均见于王水照主编《历代文话》第三册，兹不赘录。《历代文话》未录二篇附下。

林古度《文章缘起注续序》：

天地万物皆有名号之所自始，名号立，其义乃彰。不尔，则天地无称谓，万物无本原矣。天地万物惟文章为最贵，齐天地于古今，后万物而不朽者也。文章不知其名与义，何有于著作，何辩乎篇目？斯任敬子《文章缘起》所由作焉。敬子八岁能文，王俭、沈约，当时咸为推让。其家甚贫，惟聚书万余卷，著书十万言。武帝使学士贺纵辈勘其书目，官无者，就其家取之。褚渊语其父曰："乡有令子，百不为多，一不为少。"当时人主之爱重，士类之交誉，以为无双。乃千载下，复有携李陈无功先生，枕典席坟，钩玄析理者，著书六十种，聚书数万卷，海内名硕，亡论识不识，咸推诩之，非止彦回之许敬子也。既注《缘起》，又续其所未尽，遂为文海大观。且夫缘者，循也、因也；起者，立也、作也。循其所因，立其所作，阐明古人之初心，导引今人之别识，灿然明世，启迪后学，讵止为敬子功臣！令子献可，三长独秉，多读父书，有谓其渊懿拔俗，喜为通志成务之学者；有谓其兼精测象，多深湛之思者。此又过彦回所称于任父之有子也者。而诸孙楚楚，各擅藻摛。九方皋将旦暮遇之，则先生食报于子若孙，政尔未艾。桥梓著述，行将有勘官无者。此《缘起》注、续，其一也。

崇祯壬午陬月福唐林古度撰。

香川景兴总跋：

梁任彦升所撰《文章缘起》一卷，明陈无功注及无功续一卷。延享年间，浪华田子明购获，与其友治文进校定镌梓，以藏于家。时余在浪华，得借以涉猎，至今十有余年。宝历戊寅之春，偶游于浪华，邂逅田子于治氏，谈及往事，惜斯书未行世。二子发愤，乃欲附书肆以传于海内。因记岁月以为跋。平安香川景兴。

影印

王水照主编《历代文话》据《学海类编》本排印。

公藏

中国：无。

日本：文教大学、东北大学、大阪大学、茨城大学、京大人文研东方图书馆。

七、明左培《书文式·文式》二卷

叙录

《书文式·文式》二卷，明左培撰。日本享保三年（1718）柳枝轩刻本，二册。书前有章世纯（1575—1644）、詹应鹏（1572—1653）、蒋棻（1598—1663）序，又有作者自撰之凡例。

左培，生平不详，仅据此书知其字因生，宛陵（今安徽宣城）人。

其书分《书式》与《文式》各二卷，其《凡例》云："是编乃应试先资，故《书式》止论小楷，《文式》止论时艺。"其体例为"首列名公之论于前，而附诸法于后。欲学者一见，先知大意，然后入法不难耳"。

考证

此书仅日本前田育德会尊经阁文库藏有原刊本，然尊经阁标为"清左培"，其余日本图资机构则均标为"明左培"。因此人无可考，故时代难明。《历代文话》所收此书点校者王宜瑷先生据序作者章世纯卒于明亡之年、詹应鹏为万历四十四年（1616）进士推断"左氏亦为明末人"[①]。尚可补充一证，即此书第三篇序作者"古虞社弟蒋棻"，其云"予既为之点次，又僭为之序云"，知当二人交往之早期，据考其人卒于康熙三年（1664），年六十[②]，则知序此书当

[①] 王水照主编：《历代文话》，复旦大学出版社2006年版，第3133页。
[②] 参见邱炫煜《明末清初的蒋棻及其〈明史纪事〉之研究》，《简牍学报》1997年第16期。

在明末。

附录

章世纯、詹应鹏、蒋棻序及作者自撰凡例均见于王水照主编《历代文话》第三册,兹不赘录。

影印

长泽规矩也《和刻本书画集成》第二辑、《和刻本汉籍随笔集》第十九辑。

金程宇《和刻本中国古逸书丛刊》(有解题)。

王水照主编《历代文话》排印其中之《文式》。

公藏

中国:无。

日本:国会、前田育德会、佐野市立乡土博物馆、新潟大学、关西大学、东北大学、公文书馆、东大总、东北大学。

八、明高琦、吴守素编《文章一贯》二卷

叙录

《文章一贯》二卷,明高琦、吴守素编。日本宽永二十一年(1644)风月宗智刊本。一册。半叶十一行二十字,四周双边,白口,双对花式鱼尾,无栏线。正文首页署"山东武城丙戌进士高琦编集","同窗时庵吴守素同集",末署"宽永廿一甲申岁孟夏吉辰二条通观音町风月宗智刊行"。前有"嘉靖丁亥季夏望日烟溪程默顿首拜书"之序,后有"嘉靖丁亥陆月既望晴溪程然顿首拜书"之后序。

书分二卷,卷上分立意第一、气象第二、篇法第三、章法第四、句法第五、字法第六,卷下分起端第一、叙事第二、议论第三、引用第四、譬喻第五、含蓄第六、形容第七、过接第八、缴绪第九,共十五部。多录前人论文之语。张煦《校读〈文章一贯〉后记》曾统计其书所引三十七种书的细目,并有极高之评价,其云:"中土论文之书,以梁刘彦和《文心雕龙》最为杰出,此夫人而知之。唐宋以降诸作,学者每盛道宋陈骙之《文则》,元陈绎曾之《文筌》。然《文则》多比较字句而略大体,《文筌》虽究大体,而于全帙未能十分组织。求其条贯义类,首尾有章,如今日教本体裁秩然不紊者,亘唐宋元明四代,未有善于此书者也。"①侯体健《资料汇编式文话的文献价值与理论意义——以〈文章一贯〉与〈文通〉为中心》一文指出其保留了三种已佚文话之佚文及其于修辞学史上之地位②,均可参考。

考证

高琦,据其自署及嘉靖《山东通志》,知其为嘉靖丙戌(五年,1526)进士,山东武城(今河北故城)人,曾任知县③。另据乾隆《武城县志》卷六知其为嘉靖乙酉(1525)科举人,"嘉靖五年丙戌科龚用卿榜,歙县知县,刚正不阿,忤当道,谢病归。"④据乾隆《歙县志》知任知县由嘉靖五年至八年⑤。又据本书程然《后序》"得吾格庵先生所辑《文章一贯》而观之","一以贯之,尚当无负吾格庵先生

---

① 张煦:《校读〈文章一贯〉后记》,《清华大学学报(自然科学版)》1930年3月号。按:感谢侯体健兄赐示此文信息。
② 参见侯体健《资料汇编式文话的文献价值与理论意义——以〈文章一贯〉与〈文通〉为中心》,《复旦学报》2009年第2期。
③ 参见嘉靖《山东通志》,第142页。
④ 乾隆《武城县志》,《中国地方志集成·山东府县志辑》第18册,凤凰出版社2004年版,第270—271页。
⑤ 乾隆《歙县志》,《中国方志丛书》影印本,台湾成文出版社1966年版,第238页。

之深意焉"等可知其号格庵。

吴守素,生平不详,据此书知为高琦同乡,号时庵。又据乾隆《武城县志》卷六知其为嘉靖戊子(1528)科举人。

此书据程默、程然二序,知当成书于嘉靖六年(1527),然明刊早佚。据金程宇先生云,此书有朝鲜明宗时铜活字本,然存世极少,故此书端赖和刻本以传。除宽永二十一年(1644)刊本外,明治十五年(1882)尚有东京如兰社排印本,又有明治十七年(1884)龟卦川政隆《文章一贯集解》(卞东波《江户明治时代的日本文话探析》一文对此书之意义有详细讨论①)。

按:序作者程默(1496—1554),据过庭训《本朝分省人物考》卷三七云"程默,字子木,休宁人","嘉靖乙酉举明经,卒业太学。戊戌下第,吏部铨选第一时除广州府同知","以嘉靖甲寅卒,年五十有九。"②知其字子木,号烟溪,安徽休宁人。嘉靖四年(1525)中举,嘉靖十七年(1538)授广州府同知,嘉靖三十三年(1554)卒,年五十九。程然无考,以名、号相核,疑即程默之弟。

附录

程默、程然二序均见于王水照主编《历代文话》第二册,兹不赘录。

影印

长泽规矩也《和刻本汉籍随笔》第十六辑。

金程宇《和刻本中国古逸书丛刊》(有解题)。

王水照主编《历代文话》排印本。

---

① 参见卞东波《江户明治时代的日本文话探析》,《文艺理论研究》2013年第4期。

② [明]过庭训:《本朝分省人物考》,《续修四库全书》第534册,上海古籍出版社2002年版,第17页。

公藏

中国：辽宁省图（亦藏有明治十七年龟卦川政隆集解本）。

日本：公文书馆、大阪府立中之岛、前田育德会、关西大学、东大总、新潟大学、大阪大学、实践女子大学、广岛大学、椙山女子大学、东北大学、庆应义塾大学。

九、明王世贞《文章九命》不分卷

叙录

《文章九命》不分卷，明王世贞（1526—1590）撰。日本元文二年（1737）跋刊本。一册。正文半叶六行十五字，四周单边，白口，无鱼尾，有栏线，板心下方有"文林堂"字样。前有"元文改元秋七月僧道超"《文章九命序》，又有高志养浩《文章九命跋》，末有"元文二丁巳年泉溟友懋绩撰"《文章九命卷尾》，在末叶"文林堂梓行目录"后有"南久宝寺町心斋桥筋丹波屋理兵卫版"字样。

考证

此书实即王世贞《艺苑卮言》中一节①，曾被录入明华淑（1589—1643）所编《闲情小品》中②，又收入《说郛续》卷三十二③，影响颇著，后清初王晫（顺康年间）仿此作《更定文章九命》（有《昭代丛书》本）。然国内并无单行之本。此和刻本为第一个单行本。

---

① [明]王世贞：《艺苑卮言》，《历代诗话续编》本，中华书局 2006 年版，第 1080—1087 页。
② 参见《中国古籍总目·集部》，第 3189 页。
③ [元]陶宗仪等编：《说郛三种》，上海古籍出版社 1988 年版，第 1541—1545 页。

前有僧道超之序云："筑之太宰府者，王室盛时纲纪西州之外径也。菅相公尝谪死于此，以故建庙。庙旁有书库，倭汉之典籍，插架充栋，号为神物。……贫道少时与友人湄川居士翱翔于彼，偶得王世贞《文章九命》于库内，其事可惊可怪，可悲可喜者，秩然布列。……因谋所识之一先生校正之，属梓以永其传。"知此书为道超携出付梓，然其并未说明底本来历。高志养浩跋云："弇州之此编，纂修古今才子命之厚薄，言简意激。有一衲抽之《续说郛》中，秘袭焉。"则知此实出《说郛续》，以文本视角观之，无甚价值。然此和本甚罕见，目前所知，日本图资机构所藏，仅广岛大学一处。至明治十三年（1880），又被收入《温故丛书》第一集。王水照《历代文话》即据长泽规矩也《和刻本汉籍随笔集》第十七辑所收元文二年跋刊本入录。

然此节录入《说郛续》时即有更改，王世贞原文"一曰贫困，二曰嫌忌，三曰玷缺，四曰偃蹇，五曰流贬，六曰刑辱，七曰夭折，八曰无终，九曰无后"，至《说郛续》则一为知遇，二为传诵，三为证仙，四为贫困，五为偃蹇，六为嫌忌，七为刑辱，八为夭折，九为无后，去原玷缺、流贬、无终三条，易之以知遇、传诵、证仙，未知何所从来。即未易之条，亦未免《说郛续》多从删略之病。此元文本亦全同《说郛续》。后《温故丛书》之校订者村田直景发现此节云："余尝阅《艺苑卮言》，曰'曩与同人戏为文章九命，一曰贫困，二曰嫌忌，三曰玷缺，四曰偃蹇，五曰流贬，六曰刑辱，七曰夭折，八曰无终，九曰无后'，颇与此篇出入异同。然此篇旧藏于我筑前宰府之神库者，故姑存其古，别设拾遗以补其阙，又置参考以见其异云。"其将遗漏者均入拾遗，又撰参考，实即校勘记附于后，堪称严谨。

附录

僧道超《文章九命序》、高志养浩《文章九命跋》、懋绩《文章九命卷尾》均录于王水照主编《历代文话》，兹不赘录。

影印

长泽规矩也《和刻本汉籍随笔集》第十七辑。
王水照主编《历代文话》排印本。

公藏

中国：无。
日本：广岛大学。

十、明王守谦《古今文评》不分卷

叙录

《古今文评》不分卷，明王守谦撰。日本享保十三年（1728）京都奎文馆刊本。一册。半叶八行二十字，左右双边，白口，单鱼尾，有栏线，板心下有"奎文馆藏"字样。正文首页题"中都灵壁王守谦道光甫著"，末有"享保戊申岁孟秋下浣，京城书林，濑尾源兵卫刊行"字样（笔者所见庆应义塾本无末叶，此据《历代文话》补），前有"享保丁未春三月吉长崎平君舒仲缓撰"《古今文评序》，末有其人《附刻文评后》。

考证

此书原本国内无存，即此享保所刊和本亦极罕见，非但国内无收藏者，即日本目前所知亦仅庆应义塾大学图书馆藏一种（长泽规矩也所编《和刻本汉籍随笔集》影印之底本非庆应藏本）。此外，尚有《温故丛书》第一集本，然此《温故丛书》日本所存亦仅国会图书馆、民博、庆应义塾大学三家有藏。

著者王守谦生平颇晦。《历代文话》据"书中提及'天启间

(1621—1627)长组吴师'云云,则当为明末人",生平不详①。检《(光绪)重修安徽通志》卷二百二十八据《灵璧县志》所录小传云:"王守谦,号凤竹,灵璧人。以岁贡历清河教谕,博极群书,多所著述。致仕归,年逾八十。流寇攻城,犹率子弟登陴拒守。随笔纪事,所著有《小隐窠爽言》(按:据后所引文献,'窠'或当为'窝'字,此有误字)。其《唤世编》为县令苏一圻借钞,遂携去不传。"则其生平大致清晰,且可据此书补其"道光"之字。

然上引小传之末提及县令苏一圻,初疑王守谦非明人。据江庆柏《清代人物生卒年表》知此苏一圻生于康熙四十四年(1705)②,据《明清进士题名碑录索引》知其为雍正五年(1727)丁未科进士③,据《(光绪)重修安徽通志》卷一四三知其乾隆五年(1740)知旌德县,则其为灵璧县令时在乾隆初期,若此时王守谦八十岁,则其当生于康熙初年。故绝非明人。

然事有未必然者,据前可知,苏一圻雍正五年方中进士,恰在此年日本之《古今文评》已然刊行,绝无此理。再检《乾隆灵璧县志略》,王守谦传见"乡贤"之明代部分,传与前引《安徽通志》略同,后有注云:"吴志言崇祯中流寇攻城,守谦年逾八十,犹率子孙守陴……惜其书不可见,余尝从邑诸生求其轶事,无所得。闻所著有《唤世编》稿,前令苏一圻借观,携之去。今存者唯《爽言》刻本。(苏令借书在某吏陆家,抄写未完而携去。王氏后人竟不能举其名。余见苏令……因公事至楼子庄,约见王某,示家刻一卷,乃《小隐窝爽言》,前朝王道光所著。问其家藏书,多散轶,犹有《唤世编》,未付剞劂。取而观之,上下古今,纵横浩瀚,大江南北,当首屈一指,乃知苏令所借即此《唤世编》也。)"④

---

① 王水照主编:《历代文话》,第3117页。
② 参见江庆柏《清代人物生卒年表》,人民文学出版社2005年版,第235页。
③ 参见朱保炯、谢沛霖《明清进士题名碑录索引》,上海古籍出版社1989年版,第2697页。
④ 《乾隆灵璧县志略》,《中国地方志集成·安徽府县志辑》,江苏古籍出版社1998年版,第56页。

知《安徽通志》经剪裁,将相隔百年之事并置,遂令人误解。而王氏崇祯中"年逾八十",则为明人始无疑义。又按:据此志亦可知苏一圻为乾隆"十一年由旌德调任此"。

据前考,知王守谦著作多佚,乾隆时仍有《小隐窝爽言》之刻本,此书今亦不传。然细味平君舒《附刻文评后》"右《古今文评》,载乎《小隐窝爽言》,乃明王氏之所作。《爽言》数百,则其一也。盖世之罕有,是以弗传"之语,再核以其序中"世有文评,而无古今文评,王守谦著《爽言》,为文评古今之谓也",知此《古今文评》实《小隐窝爽言》中之部分,正如前述《文章九命》为《艺苑卮言》之部分同。故可知初无所谓《古今文评》之书也,此为日人据流传至彼之《小隐窝爽言》(日本今亦无存)抽出单行者。

附录

平君舒仲缓撰《古今文评序》及《附刻文评后》录于王水照主编《历代文话》第三册,兹不赘录。

影印

长泽规矩也《和刻本汉籍随笔集》第十七辑。
王水照主编《历代文话》排印本。

公藏

中国:无。
日本:庆应义塾大学。

附记:本文受中央高校基本科研业务费专项资金资助(项目批准号SKZZY2015068)。

文献考辨

李清照《金石录后序》质疑
陈伟文

　　李清照(1084—1155?)《金石录后序》(以下简称《后序》)不仅作为散文名篇被广泛收录于各种选本,而且作为李清照生平研究最重要的文献依据,被古今学者频繁征引。但是,《后序》本身也存在种种疑点,似乎无法得到合理解释。本文拟在前贤研究基础上,对《后序》的疑点进行深入考证,以求教于方家。

一、"西兵之变"与李清照、赵明诚夫妇收藏品的散佚

　　《后序》的核心内容之一,就是叙述李清照、赵明诚(1081—1129)夫妇收藏品散佚的过程,其中记录了最重要的两次散佚事件:

　　　　青州故第,尚锁书册什物,用屋十余间,期明年春再具舟载之。(建炎元年)十二月,金人陷青州,凡所谓十余屋者,已皆为煨烬矣。……(赵明诚)葬毕,余无所之。朝廷已分遣六宫,又传江当禁渡。时犹有书二万卷,金石刻二千卷,器皿、茵褥,可待百客,他长物称是。余又大病,仅存喘息。事势日迫。念侯有妹婿,任兵部侍郎,从卫在洪州,遂遣二故吏,先

部送行李往投之。(建炎三年)冬十二月,金寇陷洪州,遂尽委弃。所谓连舻渡江之书,又散为云烟矣。①

如上所述,这两次事件是:一、建炎元年(1128)十二月金人陷青州;二、建炎三年(1130)十二月金人陷洪州。

南宋岳珂(1183—1243)《宝真斋法书赞》卷九蔡襄书《赵氏神妙帖》有赵明诚跋云:

此帖章氏子售之京师,予以二百千得之。去年秋,西兵之变,予家所资荡无遗余,老妻独携此而逃。未几,江外之盗再掠镇江,此帖独存。信其神工妙翰,有物护持也。建炎二年三月十日。②

根据赵明诚跋,赵氏夫妇收藏品似乎主要散佚于建炎元年(1127)秋天发生的"西兵之变"。赵明诚自称,在这次事件中,"予家所资荡无遗余"。所谓"荡无遗余",诚然可能带有夸张成分,未必可以拘泥理解。但是,即使考虑到夸张的因素,仍然不能不承认"西兵之变"是赵明诚夫妇收藏品散佚过程中一次极为重要的事件。

既然"西兵之变"是赵明诚夫妇收藏品散佚过程中一次极为重要的事件,那按照常理,应该与李清照《后序》所述赵氏夫妇收藏品散佚事件相对应。正是从这个逻辑出发,学者或认为"西兵之变"指建炎元年十二月发生的青州兵变③,或认为指《后序》所述

---

① 王仲闻:《李清照集校注》,人民文学出版社 1979 年版,第 179、180 页。本文所引《金石录后序》皆自此书,为省繁复,不再一一出注。

② [宋]岳珂:《宝真斋法书赞》卷九,中华书局 1985 年影印《丛书集成》本,第 141 页。

③ 参见黄盛璋《李清照事迹考辨》,济南市社会科学研究所:《李清照研究论文集》,中华书局 1984 年版,第 327—329 页。

建炎元年金人攻陷青州事件①。但是,这显然都是错误的。第一,人物不符。西兵在宋人一般语境中皆指陕西兵,陕西兵在北宋以善战著称。青州兵变的主要人物王定是青州将官,赵晟是临朐土兵,青州和临朐皆在东部,与"西兵"扯不上关系,故青州兵变不可能称为"西兵之变"。金国在大宋东北方,绝无称"西兵"之可能,故金人陷青州更不可能称为"西兵之变"。第二,时间不符。赵跋明确说西兵之变是在建炎元年秋天,而青州兵变则发生在建炎元年十二月。金人陷青州的时间,据《宋史·高宗纪》及《建炎以来系年要录》卷十二等所载在建炎二年(1128)正月,与赵跋所云发生于建炎元年秋天的"西兵之变"明显不符。虽然仅差几个月,但是赵明诚跋写于建炎二年三月,岂会将两个月前刚刚发生之事误记为半年前?何况是导致其主要藏品散佚的大事件?第三,地点不符。根据赵明诚跋所云"再掠镇江",可知"西兵之变"亦当发生在镇江,故不可能指青州兵变或金人陷青州事件。

最近马里扬提出新说,认为"西兵之变"指建炎元年八月末李汲等之乱②。但此说亦不能成立,因为:第一,史书仅称李汲为"溃卒",马先生谓其为陕西兵溃卒,其实仅出猜测,并无确凿的文献证据。第二,这次兵乱主要人物是博州卒宫仪,史书只是在叙述宫仪兵乱时偶尔提及宫仪杀李汲兼并其众之事而已。李汲在这次兵乱中根本就是很次要的人物,且早早就为宫仪所杀,即使李汲确为陕西兵溃卒,亦不可能称此次兵乱为"西兵之变"。第三,李汲之乱发生在山东即墨等地,与赵明诚跋中"再掠镇江"语亦无法对应。

那么,"西兵之变"究竟指的是什么事件呢?应指建炎元年秋天在秀州、镇江等地发生的一次陕西兵叛乱事件。考李心传

---

① 参见黄墨谷《李清照易安居士年谱》,《重辑李清照集》,中华书局2009年版,第163—164页。
② 参见马里扬《李清照南渡事迹考辨》,《文学遗产》2014年第2期。

(1166—1243)《建炎以来系年要录》卷八云：

> （建炎元年八月壬申）延康殿学士知镇江府两浙西路兵马钤辖赵子崧言杭州军变，遣京畿第二将刘俊往捕，又命御营统制辛道宗将西兵二千讨之。①

同书卷九云：

> （建炎元年九月甲午）先是，御营统制官辛道宗奉诏讨贼，军行至镇江府。守臣赵子崧犒赐甚厚，道宗掩有之。行次嘉兴县，始命给军士人五百钱，众皆怒。是夜，其众自溃乱而去者六百人。道宗挺身得小舟，奔还镇江。众推高胜为首，胜者太行山之盗也，谓之高托天。乱兵攻秀州，守臣直龙图阁赵叔近城守，人遗以四缣，贼乃北趋平江府。②

又云：

> （建炎元年九月乙卯）是日，贼赵万入镇江府。境守臣延康殿学士赵子崧遣将逆击于丹徒，调乡兵乘城为备，禁居民毋出。良久，府兵败归，乡兵惊溃。子崧率亲兵保焦山寺，贼逾城而入，纵火杀人，莫知其数，万遂据镇江。③

同书卷十云：

> （建炎元年十月丙戌）是日，两浙制置使王渊率统制官张

---

① ［宋］李心传：《建炎以来系年要录》，中华书局1988年版，第200—201页。
② 同上书，第214页。
③ 同上书，第226页。

俊等领兵至镇江府，军贼赵万等不知其猝至，皆解甲就招。时辛道宗前军将官苗翊犹在叛党中，乃委翊统之，众心稍定。翊，傅弟也，渊寻给贼以过江勤王。其步兵先行，每一舟至岸，尽杀之，余骑兵百余人，戮于市，无得脱者。①

统观此数条，则所谓"西兵之变"的始末已清晰可见：建炎元年秋，杭州发生军变，辛道宗受命率领陕西兵二千人讨之，行至嘉兴县，兵士因不满辛道宗独吞犒赐而叛变，攻打秀州，随后攻陷镇江，但不久就在镇江被宋军收服。此事亦载于熊克（1132—1204）《宋中兴纪事本末》卷二。《宋史·赵叔近传》云："建炎元年，（赵叔近）为秀州守，杭卒陈通反，诏辛道宗将西兵讨之。兵溃为乱，抵秀州城下，叔近乘城谕以祸福，乱兵乃去。"②亦可相印证。翟汝文（1076—1141）《奏为杭州军贼攻劫提刑不知所在乞朝廷遣重将将兵并力讨杀状》云："臣见事势如此，扼腕痛愤，以谓浙东兵既为贼所诱，不可使战。而浙西兵又皆乡夫怯懦，独有西兵可必破此贼。既闻朝廷遣辛兴宗将西兵二千人前来，臣计期日望收复。而西兵至秀州，忽作乱杀主将辛兴宗，沿路劫掠，复欲回归。"③则更是当时亲历者的奏议，确凿可信。奏议中明确称"西兵""作乱"，与赵明诚跋所言"西兵之变"正相符合。

那么，赵明诚跋中"未几，江外之盗再掠镇江"指什么呢？应是建炎二年正月张遇陷镇江事。《建炎以来系年要录》卷十二云：

（建炎二年正月庚子）是日，张遇陷镇江府。初，遇自黄州引军东下，遂犯江宁。江淮制置使刘光世追击之，遇乃以

---

① [宋]李心传：《建炎以来系年要录》，第236—237页。
② [元]脱脱：《宋史》，中华书局1977年版，第8764页。
③ 曾枣庄、刘琳主编：《全宋文》第149册，上海辞书出版社、安徽教育出版社2006年版，第163页。

舟数百绝江而南,将犯京口。既而回泊真州,士民皆溃。……翌日,遇自真州攻陷镇江。守臣龙图阁直学士钱伯言弃城去。①

建炎元年九月乙卯赵万陷镇江,十月丙戌宋军收复镇江,次年正月张遇再陷镇江。赵万、张遇先后陷镇江,相隔仅三四月,故赵明诚跋云"未几,江外之盗再掠镇江。"②根据赵明诚跋"再掠镇江"语,可知其前述"西兵之变"中导致"予家所资荡无遗余"的具体事件亦当发生在镇江,然则具体所指应是叛兵赵万于建炎元年九月乙卯攻陷镇江之事,而且当时李清照似寓居镇江。以往学者受《后序》所述李清照事迹的成见影响,因而将"西兵之变"与山东青州相牵连,不知其实枘凿不合、矛盾显然。

以上所考镇江兵乱,与赵明诚跋中所言"西兵之变"的时间、地点、人物、事件皆一一合若符节,丝毫无爽,应该是确凿无疑的。根据赵明诚跋的自述,赵氏夫妇的主要收藏品是在建炎元年秋天的镇江兵乱中散佚的。但是,根据李清照《后序》的叙述,赵氏夫妇收藏品主要散佚于建炎元年十二月金人陷青州和建炎三年十二月金人陷洪州,《后序》甚至根本未提及镇江兵乱之事。这显然是无法弥缝的矛盾。

对于赵氏夫妇藏品的散佚过程,李清照的自述和赵明诚的自述竟然相互矛盾,这不能不说是难以解释的重大疑点。

---

① [宋]李心传:《建炎以来系年要录》,第271页。
② 马里扬《李清照南渡事迹考辨》认为张遇起事于淮西,不得称"江外之盗"。其实古人称"某盗",未必指其起事之地,多指其当时所在之地,故同一"盗"可以有不同指称。比如宋江,史书或称"山东盗",或称"京东贼",或称"淮南盗"。又如李昱,史书或称"济南寇",或称"兖贼",或称"任城寇"。张遇当时自真州攻镇江,称"江外之盗",正相切合,似无可疑。

二、《后序》其他叙事与史实的出入

《后序》除了对赵氏夫妇藏品散佚过程的叙述与赵明诚所述根本矛盾之外，其叙事还有很多与史实不符之处。其中一部分，前贤早已指出，兹在前贤研究基础上详细论证如下：

（一）《后序》云："余建中辛巳，始归赵氏。时先君作礼部员外郎，丞相时作吏部侍郎。侯年二十一，在太学作学生。"丞相，指赵明诚之父赵挺之（1040—1107）。《后序》称赵挺之在建中元年（辛巳，1101）任吏部侍郎。然今考《宋史·赵挺之传》述建中元年宋徽宗即位前后赵挺之所历官职，云：

> 徽宗立，为礼部侍郎。……拜御史中丞，为钦圣后陵仪仗使。曾布以使事联职，知禁中密指，谕使建议绍述，于是挺之排击元祐诸人不遗力。由吏部尚书拜右丞，进左丞、中书门下侍郎。①

赵挺之元符三年（1100）任礼部侍郎，建中元年正月拜御史中丞②，后改任吏部尚书，崇宁元年（1102）正月拜尚书右丞③。又考赵挺之确曾官吏部侍郎一职，只是并非在建中元年。李焘（1115—1184）《续资治通鉴长编》卷四九三："（绍圣四年十一月）癸亥，礼部侍郎赵挺之为吏部侍郎。"④卷四九八："（元符元年五月）辛亥，权吏部侍郎赵挺之为中书舍人。"⑤据此可知，赵挺之在绍圣四年

---

① ［元］脱脱：《宋史》，第 11094 页。
② 参见［宋］陈均《皇朝编年纲目备要》卷二六，中华书局 2006 年版，第 646 页。
③ 参见［宋］徐自明《宋宰辅编年录》卷十一，中华书局 1986 年版，第 694 页。
④ ［宋］李焘：《续资治通鉴长编》，中华书局 1992 年版，第 11696 页。
⑤ 同上书，第 11847 页。

（1097）十一月至元符元年（1098）五月间官吏部侍郎。而《后序》所述显然与史实矛盾。

（二）如前所引，《后序》称李清照建中元年嫁入赵家时，赵明诚年二十一。考今传欧阳修《集古录》跋尾四墨迹中有赵明诚亲笔跋："壬寅岁除日，于东莱郡宴堂重观旧题，不觉怅然，时年四十有三矣。"①壬寅为宣和四年（1122），赵明诚时年四十三，据此则建中元年（1101）时赵明诚二十二岁，非二十一岁。

（三）《后序》云："（建炎元年）十二月，金人陷青州。"据《宋史·高宗本纪》载："（建炎二年正月）癸卯，金帅窝里嗢陷潍州，又陷青州，寻弃去。""（建炎二年十二月）辛未，金人犯青州。""（建炎三年正月）丁亥，金人再陷青州，又陷潍州，焚城而去。"②李心传《建炎以来系年要录》卷十二、十八、十九和徐梦莘《三朝北盟会编》卷一百十九、一百二十所载亦无异说。而《后序》所称金人陷青州，显然不符。

（四）《后序》云："建炎戊申（二年）秋九月，侯起复知建康府。"考江宁府至建炎三年（1129）始改称建康府，此处称"建康府"亦微误，然犹可解释为追述之辞偶有笔误，姑置不论。但李心传《建炎以来系年要录》卷七载："（建炎元年七月丁巳）仍起复直龙图阁赵明诚知江宁府兼江东经制副使。"自注："《日历》：明诚明年正月己亥除知江宁府。而《建康知府题名》：明诚以元年八月到任。按江宁要地，无缘彦国死半岁方除帅臣，盖《日历》差误，今附此。"③《景定建康志》卷十四："建炎元年七月翁彦国致仕，八月起复朝散大夫秘阁修撰赵明诚知府事，仍兼江南东路经制使。"据此，则赵明诚在建炎元年八月已经到任江宁府知府，而《后序》称其建炎二年

---

① 参见吴金娣《有关赵明诚、李清照夫妇的一份珍贵资料》，《上海师范大学学报》1987年第2期。欧阳修《集古录》跋尾四墨迹原本今藏台湾故宫博物院。

② [元]脱脱：《宋史》，第454、459页。

③ [宋]李心传：《建炎以来系年要录》，第192页。

九月起复知建康府,显然不符。

(五)《后序》云:"上江既不可往,又虏势叵测,有弟迄任敕局删定官,遂往依之。到台,守已遁。之剡出睦,又弃衣被走黄岩,雇舟入海,奔行朝,时驻跸章安,从御舟海道道之温,又之越。"此段文字所述李清照避兵所走路线,显然于地理不合。前辈学者早已注意及此,黄盛璋云:"这一节所记避难路线,舛讹几不可究诘……这一节一定传钞时给钞错了。"①黄先生因此抛开文本另行考证李清照逃难路线。浦江清则云:"此数句疑有误倒处,按之地理不顺。以余之见,应改为'出睦之剡,到台,台守已遁。又弃衣被走黄岩,雇舟入海,奔行朝,时驻跸章安',于地理方合。"②但是,浦先生随意解释为《后序》的脱简、错简,却没有任何版本依据,甚至也找不到校勘学意义上的"讹误痕迹"。这种大幅度的主观调整校改,似有违校勘学基本原则,实难让人信服。

(六)《宋史·高宗本纪》载:"(建炎四年正月十八日)辛酉,发章安镇。壬戌(十九日),雷雨又作。甲子(二十一日),泊温州港口。""丁卯(二十四日),台州守臣晁公为弃城遁。"③可知宋高宗(1107—1187)从章安镇到达温州后三天,台守才弃城遁逃。而据《后序》所述,李清照"到台,守已遁",则此时高宗必然早已离开章安到达温州。又岂会等到李清照从台州辗转到达章安后,还能"从御舟海道道之温"呢?其时间错乱显然可见。

(七)《后序》文末题署:"绍兴二年、玄黓岁,壮月朔甲寅,易安室题。"壮月指八月。据李心传《建炎以来系年要录》卷五七,绍兴二年(1132)八月朔日之干支为戊子,非甲寅。李慈铭(1830—1894)认为:"是月戊子朔,《后序》题甲寅朔,盖笔误。甲寅是二十

---

① 黄盛璋:《李清照事迹考辨》,第331—332页。
② 浦汉明编:《浦江清文史杂文集》,清华大学出版社1993年版,第152页。
③ [元]脱脱:《宋史》,第475页。

七日,或是戊子朔甲寅,脱戊子二字,又朔甲寅误倒,古人题月日,多有此例。易安好古,观其用岁阳纪岁,月名纪月可知。"①但当时自题月日,虽不能说绝无笔误之可能,但此可能性毕竟是微乎其微的。而所谓脱文、误倒,又皆为毫无版本依据的臆测,且"戊子朔甲寅"的纪日法,亦极为罕见。又有学者认为"绍兴二年"当为"绍兴四年"之讹,但据李心传《建炎以来系年要录》卷七九,绍兴四年(1134)八月朔日之干支为戊寅,亦非甲寅;而且"玄黓岁"指壬年,绍兴四年为甲寅,更不合。还有学者认为"绍兴二年玄黓岁壮月朔甲寅"是"绍兴五年壮月玄黓朔甲寅"之讹,②但此类毫无版本依据的臆改恐难让人信服。且如其所改,则是以"玄黓"纪朔、以"甲寅"纪日,古籍中亦似未见如此纪时之例。总之,百计辩解,疑点终在。

(八)《后序》云:"余自少陆机作赋之二年,至过蘧瑗知非之两岁,三十四年之间,忧患得失,何其多也。"所谓"陆机作赋",用杜甫《醉歌行》"陆机二十作文赋"之典,则"少陆机作赋之二年"指十八岁。而所谓"蘧瑗知非",用《淮南子》"蘧伯玉年五十而知四十九年非"之典,则"过蘧瑗知非之两岁"指五十二岁。两者相隔恰好三十四年,应无疑义。据此李清照作《后序》时年五十二,《后序》题署"绍兴二年"(1132),据此上推李清照的出生年,当为 1081 年。然《后序》记事始于建中辛巳(1101)李清照嫁入赵家,则此年李清照为十八岁,据此上推李清照的出生年,却当为 1084 年。两者相差三年。即使《后序》题署据《容斋随笔》改作"绍兴四年",但仍然相差一年。学者又因此认为《后序》题署原作"绍兴五年",但又毫无版本依据,且亦与"玄黓岁"不符。经过众多学者百余年的讨论,

---

① [清]李慈铭:《书陆刚甫观察〈仪顾堂题跋〉后》,褚斌杰等编:《李清照资料汇编》,中华书局 1984 年版,第 141 页。
② 夏承焘:《〈易安事辑〉后语》,《夏承焘集·唐宋词论丛》第 2 册,浙江古籍出版社、浙江教育出版社 1997 年版,第 171 页。

李清照的生年、出嫁年问题,迄今未能得到一个令人信服的结论。

三、《后序》流传过程的疑点

《后序》作为《金石录》之序,按照常理本应附在《金石录》中流传。但《金石录》最早的刻本淳熙间龙舒刊本中却并未载《后序》。最早提及《后序》的是洪迈(1123—1202)《容斋四笔》卷五:"今龙舒郡库刻其书,而此序不见取。比获见元稿于王顺伯,因为撮述大概。"①洪迈自称从王厚之(字顺伯,1131—1204)处见到李清照《后序》手稿,并撮述其内容大概载于《容斋四笔》中。但是,如果李清照真写过《后序》,那为何淳熙刊本《金石录》未收录?即使淳熙刊本《金石录》偶未收录,南宋之时李清照文集具在,何以在洪迈之前或和洪迈同时的文人学者从未提及《后序》,洪迈亦只能偶然从所谓李清照手稿中得见《后序》?洪迈之兄洪适(1117—1184)《隶释》收录了《金石录》部分内容以及赵明诚自序,却未收录《后序》。不仅如此,《隶释》甚至提及"绍兴中,其妻易安居士李清照表上之",却根本未提及李清照撰有《后序》,显然并不知道《后序》的存在②。这些,都是让人生疑的。

学界一般认为,开禧元年(1205)赵不谫重刊《金石录》就已载录《后序》全文。然而,所谓开禧刊本《金石录》不仅今日未见传本,而且历代书目皆未见著录,甚至未见可靠文献记载任何人真正见过。③ 学者称有此版本,唯一的依据是明清抄本《金石录》中的一篇跋文:

---

① [宋]洪迈:《容斋随笔·容斋四笔》,中华书局 2005 年版,第 684 页。
② [宋]洪适:《隶释》,中华书局 1985 年影印本,第 283 页。
③ 上海图书馆所藏十卷宋刻残本,清儒江藩等曾误以为是开禧刊本,但近年被证实为淳熙刊本的后印本。

> 赵德父所著《金石录》,锓版于龙舒郡斋久矣,尚多脱误。兹幸假守,获睹其所亲钞于邦人张怀祖知县。既得郡文学山阴王君玉是正,且惜夫易安之《跋》不附焉,因刻以殿之,用慰德父之望,亦以遂易安之志云。开禧改元上巳日,浚仪赵不谫师厚父。①

赵不谫此跋只见于明清抄本以及源自这些抄本的清刻本《金石录》中,未见明代中期以前的任何文献提及,其来源并不可靠。因此,是否真的存在载录《后序》全文的开禧刊本《金石录》,颇为可疑。

以往我们都认为开禧刊本《金石录》载录《后序》全文之后,《后序》开始广泛流传于世。但是,笔者经过仔细考证,发现事实并非如此。在明末以前,绝大多数学者所知仅限于洪迈《容斋四笔》中的撮述,并未见过《后序》全文。比如,拙文第二小节考证赵明诚任建康知府的时间,曾引用李心传《建炎以来系年要录》卷七的相关考证,李心传提及《日历》和《建康知府题名》对赵明诚任建康知府时间的不同记载,却完全不提《后序》的异说,可证渊博的历史学家李心传亦未见过《后序》全文。明末以前《后序》作为散文名篇被收录于众多选本和杂著中,但这些《后序》居然全部都是《容斋四笔》撮述本。如田艺蘅《诗女史》卷十一、唐顺之(1507—1560)《荆川稗编》卷八二、胡应麟(1551—1602)《少室山房笔丛》卷四、贺复征《文章辨体汇选》卷三二一、赵世杰《古今女史前集》卷三、刘士鏻《古今文致》卷三、郦琥《彤管遗编》续集卷十七、陈继儒(1558—1639)《古文品外录》卷二三、毛晋(1599—1659)刊本《漱玉词》附录,等等,所收录者无一例外皆是撮述本《后序》,从未

---

① [宋]赵明诚著,金文明校证:《金石录校证》,上海书画出版社1985年版,第571页。

见有收录《后序》全文者。《金石录》在明代流传甚广,《文渊阁书目》《内阁藏书目录》《宝文堂书目》《澹生堂藏书目》等明代书目都有著录,曾征引此书的明代著作更不胜枚举。即上引《少室山房笔丛》《文章辨体汇选》两书本身就皆曾征引《金石录》,后者甚至还收录赵明诚《金石录自序》,而所收录的《后序》却为撮述本而非全文,可见其时所见《金石录》皆未载录《后序》全文。如果南宋开禧年间赵不谫重刊《金石录》已经附载《后序》全文,那胡应麟、毛晋等皆是著名藏书家,藏书数万卷,何以皆未见开禧刊本《金石录》,甚至也未见源自开禧刊本的抄本,以致根本不知道《后序》全文的存在?因此,是否真的存在所谓载录《后序》全文的开禧刊本《金石录》,就更令人生疑了。

在现存文献中,《后序》全文最早的出处是元末明初陶宗仪(1329—1412)《说郛》卷四六所载佚名《瑞桂堂暇录》:

> 易安居士李氏,赵丞相挺之之子讳明诚字德夫之内子也。才高学博,近代鲜伦。其诗词行于世甚多。尝见其为乃夫作《金石录后序》,使人叹息。比间见世间万事真如梦幻泡影,而归于一空而已。全录于此,曰:……(引者按:此下载录《金石录后序》全文,省略。)①

据《说郛》所载,《瑞桂堂暇录》原书十卷,今仅存《说郛》摘录二十余条。其作者及成书时代皆不能确考,惟书中记事止于南宋中后期,叙述语气似为宋人,其中一条云:"陆放翁为侂胄作碑南园,园已为福国之物,陆碑仆卧庑下。"此条显为记当代事之语气,则《瑞桂堂暇录》当作于南宋后期。由此可见,《后序》全文确实在

---

① [明]陶宗仪:《说郛》卷四六,中国书店 1986 年据涵芬楼 1927 年版影印本,第 7 页。

南宋后期已经出现。

虽然《后序》全文在南宋后期已经出现,但在相当长的一段时间里并未引起很多学者注意,流传仍然甚罕。明代弘治年间,著名藏书家朱大韶曾将《后序》全文抄录在一部宋刻残本《金石录》后。其书至今仍存,藏上海图书馆,卷末有朱大韶(1517—1577)亲笔跋云:

> 丙辰秋,偶得古书数帙,中有《金石录》四册。然止十卷,后二十卷亡之矣。因勒乌丝,命侍儿录此序于后,以存当时故事。易安此序,委曲有情致,殊不似妇女口中语,文固可爱。余凤有好古之癖,且亦因以识戒云。丙辰七夕后再日,前史官华亭文石主人题于钦天山下学舍味道斋中。①

朱大韶虽未明言从何书抄录李清照《后序》,但所抄《后序》末尾有跋云:"易安居士李氏,赵丞相挺之之子讳明诚字德夫之内子也。才高学博,近代鲜伦。其诗词行于世甚多。今观为其夫作《金石录后序》,使人叹息不已。以见世间万事,真如梦幻泡影,而终归于一空也。"②此跋字迹与前引朱大韶亲笔跋迥异,而与《后序》字迹则完全一致,皆为端庄秀丽的小楷,当是朱氏"侍儿"连同《后序》一同抄录者。此跋文字又与前引《瑞桂堂暇录》基本相同,可证所抄录的《后序》必源自《瑞桂堂暇录》无疑。《后序》本为《金石录》而作,而朱大韶却反而需要从僻书《瑞桂堂暇录》中将《后序》抄录到《金石录》中。这难道不是大可怪异吗?可见,朱大韶作为明代中期的著名藏书家,亦未见载有《后序》全文的《金石录》刊本或抄本,其所见《后序》全文的唯一来源,就是《瑞桂堂暇录》。

---

① 上海图书馆藏宋刻残本《金石录》卷末朱大韶手跋真迹。皮迷迷女史代为查阅,谨表谢忱。此跋又载潘祖荫:《滂喜斋藏书记》卷一,第30页。
② 上海图书馆藏宋刻残本《金石录》卷末。

朱大韶将《后序》全文抄录于宋残本《金石录》中,很可能是《金石录》附载《后序》全文的开端。而明末以后,直至清代,各种《金石录》抄本和刊本,无不附载《后序》全文,究其文献来源,也很可能追溯到《瑞桂堂暇录》。

综上所考,《后序》作为《金石录》之序,并非如我们以往所认为的附载《金石录》而流传于世。《后序》全文首见于《瑞桂堂暇录》,直到明代弘治年间被朱大韶抄录于宋残本《金石录》中,才附载《金石录》而流传。这样的流传过程,不能不说是极为可疑的。

四、对以上疑点的解释

既然《后序》的文本内容和流传过程都有那么多疑点,我们就不能不尝试对其作出尽可能合理的解释。对于《后序》中与史实不符之处,前贤的解释是:版本讹误或者作者误记。这一解释是否合理呢?

首先,关于版本讹误。古书在刊刻、传抄过程中常常会发生一些文字讹误,《后序》当然也可能存在此类讹误。因此,用文字讹误来解释《后序》个别与史实不符之处,有其合理性。但是,从版本学和校勘学的角度来看,文字讹误一般都会有讹误的痕迹,造成文字不连贯、不通顺,但是《后序》中与史实不符的文字,在表述上大多都是文从字顺的,只是所表述的内容不符合史实而已。这恐怕就不是文字讹误所能解释的了。再者,《后序》与史实不符之处,不仅仅在今存各版本《金石录》所附载的《后序》中存在,而且在宋人《瑞桂堂暇录》本中同样存在,甚至在洪迈《容斋四笔》声称根据李清照手稿所作的撮述中同样存在,这又岂是用版本讹误所能合理解释的?

其次,关于作者误记。写文章出现一些记忆错误,是很正常的。《后序》开篇第一段"自王播、元载之祸,书画与胡椒无异"句,其中"王播"当是"王涯"的误记,此类误记典故的情况在很多著名作家中都存在,并没什么可疑的。即使是回忆追述自己亲身经历的往事,也同样有误记的可能。因此,用误记来解释《后序》个别与史实不符之处,亦有其合理性。比如前文所考《后序》述金人陷青州时间,结婚时赵明诚岁数之类的小差误,诚然有可能是误记所致。但是,《后序》所述大多都是建炎年间李清照亲身经历的重大事件,仅仅相隔五六年之后的回忆追述,居然会出现如此多的误记,这显然也是不合情理的。更何况,其中一些重大的史实出入,根本不是误记能合理解释的。

我们具体分析《后序》中的部分与史实不符之处,就可以更清楚认识到版本讹误和作者误记不能合理解释这些疑点。比如,李心传《建炎以来系年要录》根据当时《建康知府题名》考定赵明诚在建炎元年八月就已经到任建康知府了,可是《后序》却称"建炎戊申(建炎二年)秋九月,侯起复,知建康府"。这不可能是版本讹误,因为《后序》这段文字是严格按时间顺序叙事,"靖康丙午""建炎丁未春三月""十二月""建炎戊申秋九月""己酉春三月""夏五月""六月十三日""七月末""八月十八日""冬十二月""庚戌十二月""绍兴辛亥春三月""壬子"。也就是说,《后序》叙述赵明诚在"建炎戊申秋九月"任建康知府,是这一完整时间链中的一环,不可能存在大的版本讹误问题。那是否可能作者误记呢?显然也不太可能。按照李清照《后序》的记载,赵明诚建炎二年九月任建康知府,建炎三年二月罢任,也即任期只有五个月。但实际上赵明诚建炎元年八月就上任建康知府,任期共十八个月。赵明诚罢任建康知府后半年即去世,五年后李清照写作《后序》,居然会将丈夫赵明诚生前最后一个重要官职的任期由十八个月误记成五个月?须知,建康知府这样的官职是要迁居就任的,而且李清照也随从居住,仅仅相隔五年,号称"性偶强记"的李清照回忆丈夫赵明诚建康知府的任期竟然会出现高达三倍以上的误差?这是不合情理的。更关键的是,《后序》叙述的核心事件就是李清照、赵明诚夫妇收藏品的聚集、散佚过程,但居然连这样的核心事件的叙述也与史实大相径庭。这又岂是版本讹误和作者误记所能解释得了的?

既然版本讹误和作者误记无法解释上文提出的种种疑点,那我们就不得不认真考虑另外一种可能的解释:《后序》并非出自李清照之手,而是后人的伪托之作。李清照并未写过《后序》,洪迈《容斋四笔》首先伪称获见李清照《后序》手稿,并杜撰了《后序》的撮述。后来《瑞桂堂暇录》作者又据洪迈的撮述伪撰《后序》的全文。直至明代中期以后,《后序》全文才被抄入《金石录》中并广泛流传于世。这一解释,虽然乍听之下似乎很难接受,但仔细思考上文提出的各种疑点,伪作的解释是合理的。因为这不仅可以解释为何短短二千字的《后序》竟然会出现如此多的史实出入,而且可以解释为何《金石录》最早的刊刻本中并无《后序》,为何明代中期以前在《金石录》流传颇广的情况下却极少有人见过《后序》全文。这也可以解释为何《后序》全文会最早出现在《瑞桂堂暇录》中,为何《说郛》摘录《瑞桂堂暇录》时会保留《后序》全文,为何朱大韶要从《瑞桂堂暇录》中把《后序》全文抄录到《金石录》中。不仅如此,以往学界关于《后序》作年和李清照生平的纷纷聚讼,也可以有较合理的解释。比如,《后序》的作年,洪迈《容斋四笔》明确称是绍兴四年,《瑞桂堂暇录》作者据之伪撰全文,故其题署写作时间亦为"绍兴四年玄黓壮月朔甲寅日",相互是一致的。但明清各版本、抄本《金石录》所附载《后序》皆题署为"绍兴二年玄黓岁壮月朔甲寅",其实原因很简单,就是因为后人发现"玄黓岁"指壬年,而绍兴四年乃甲寅年,显然不合,所以臆改为绍兴二年(壬子)以求相合而已。但无论绍兴四年还是绍兴二年,八月朔日皆非甲寅,这就是因为《后序》本来就是伪作,故所题署年月日根本就是错乱的。又如李清照改嫁之事,宋代多种不同史源的文献皆众口一词明确记载,自可信从。但清末反对改嫁说的况周颐(1859—1926)等人根据史籍考证建炎三年至绍兴二年间张汝舟的行踪与《后序》所载李清照的行踪判然不合,因此认为两人不可能结婚。况周颐提出的这条证据颇为有力,主张李清照改嫁说的学者似乎并未能对此作出合理的反驳。其实《后序》是伪作,所载李清照行踪本不可完全据信,况周颐提出的证据自然也就落空了。

综上所述,《后序》存在的种种疑点,皆指向其文献可靠性本身存在问题,《后序》很可能是后人伪托之作。对于《后序》这样一篇名作,我们固然不能随意断定其伪;但面对《后序》的种种疑点,如果我们不能加以合理解释,却随意以版本讹误、作者误记去牵强解释,而不去认真思考研究其伪作的可能性,恐怕也不是对待文献的严谨态度。因为随意解释的实质只是回避问题,而不是解决问题。《后序》的种种疑点如果能得到其他合理的解释,笔者自然很乐意放弃对《后序》真实性的质疑。但是,如果这些疑问无法得到合理解释,恐怕我们就不能回避《后序》为伪作的可能性。如果我们总是理所当然地以《后序》为真作,并以此为前提去研究其他相关的问题,拒绝以开放的心态认真研究其是否有伪作的可能性,那我们就有可能自己堵住了一条解决问题的道路。

总之,笔者提出对《后序》真伪的质疑,并非轻率宣判其必是伪作,而是作为一个问题提出来,希望引起学界的注意和讨论,以期在同仁的共同努力下,《后序》的真伪问题能获得最终的裁定。笔者相信,无论《后序》是真是伪,对这一问题的深入讨论无疑都是有益的。

附记:本文发表于《文学遗产》2014年第6期。

《唐宋八大家文抄》方应祥本发覆

付 琼

茅坤《唐宋八大家文抄》有四个版本系统：万历七年（1579）茅一桂刻本、崇祯元年（1628）方应祥刻本、崇祯四年（1631）茅著刻本和乾隆时期四库全书抄本，分别简称桂本、方本、著本和四库本。桂本为初刻本，前修未密，颇多疏漏。著本为修订本，后出转精，是四库本之前的通行本。四库本以著本为底本，间有改易，是乾隆中叶以后的通行本。

但是，第一次对桂本的体例和内容加以大规模修订的，不是著本，而是方本。著本全面吸收了方本的修订成果，其《凡例》甚至一字不易地照抄方本，却对方本只字不提；又于各家内封镌"茅衙藏板"，各卷卷首镌"孙男暗叔著重订"。这样一来，著本就以"茅氏正宗"的面目迅速流行开来，方本由此湮没不彰。《四库全书总目提要》云："万历中，坤之孙著复为订正而重刊之，始以坤所批《五代史》附入欧文之后。"①其实订正重刊并附入《五代史》始于方本，而且已入崇祯，不在万历。撰者将方本的贡献李戴于著本，显然不知此前尚有方本。近代以来，方本稍为人知，却又受到错

---

① ［清］纪昀等：《四库全书总目》，中华书局1997年版，第2647页。

误评价。王重民先生见过方本,但其所见"每家各删落若干篇,又合并卷数,更改每家小引内卷数以符之。又目录上间有增益之篇名,集内实无其文"①,实系明末书坊翻刻本中的一个节本,并非崇祯元年杭州小筑社初刻本。至于著本,其成为明末清初的通行本,主要是因为卷首"孙男暗叔著重订"那七个大字。今人不察,或以为"奠定《文钞》经典地位"②的版本不是方本,而是著本,并且对方本校刊所据的底本等重要问题存在着一些错误的认识,很有必要加以澄清,以收发覆之效。③

一

方应祥(1560—1628)字孟旋,号青峒,浙江省衢州府西安县人。万历四十四年(1616)进士,官至山东提学。为文"根极性命,自辟阡陌,非六经语不道",为人"胸次磊落,气度汪洋","与人交,倾肝沥胆,即之蔼如婴儿"④,加之在制艺方面卓然名家,因而从游者甚众。关于其生平,钱谦益(1582—1664)说:

万历甲午,选贡入南国学,祭酒冯公避席,以诏六馆。丙午,与余同举南京,同年生遮道指目,以为衣冠有异也。丙辰,举进士,除南京兵部职方司主事。天启元年,覃恩赠封其父母,转礼部祠祭司员外,升郎中。乙丑,升山东布政司参议,兼按察司佥事,提督学政,奉母丧归。除服而卒,崇祯戊

---

① 王重民:《中国善本书提要》,上海古籍出版社1983年版,第446页。
② 茅坤《宋八大家文抄》的"抄"字,或作"钞"。万历七年茅一桂刻本,序跋、凡例等作"钞",目录及正文各卷均作"抄",此后方本、著本皆如此。书名以正文为据,当以"抄"为是。
③ 梅篮予:《茅坤〈唐宋八大家文钞〉渊源与流传考论》,复旦大学2010年硕士学位论文,第25页。
④ [明]龚立本:《烟艇永怀》卷二,《丛书集成新编》第102册,第129页。

辰六月初一日也。享年六十有八。①

方应祥早年丧父,"既无兄弟,又艰子嗣,依恃寡母,辛苦卒业"。②到天启五年乙丑(1625)由南京礼部祠祭司郎中升任山东布政司参议时,其母已经八十五岁,正奉养于南京。方应祥奉母由南京入山东赴任,其母入署三日而殁。方又奉母丧归衢州,守制在浙,直至崇祯元年戊辰(1628)六月"除服而卒"。方氏对《唐宋八大家文抄》的重刻,即与其从游者完成于在浙江守制的三年之中。

龚立本(1572—1644)说:"丁卯夏,予守制及暮,偶至武林,闻孟旋避喧湖上。往叩其扉,见容色枯槁,荤酒俱却,犹夜半秉烛,为蕴辉上人序《南华发覆》。"③今存《南华发覆序》末署"天启丁卯夏孟友弟方应祥稽首书于武林孤山之净居"④,与龚说相合。天启七年丁卯(1627)夏,距方应祥撰成《重刻八大家文钞叙》的"崇祯元年人日(正月七日)",相隔半年上下,此时《唐宋八大家文抄》的重刻当仍在进行中。可见方应祥是在重病中完成《唐宋八大家文抄》校刻的,地点就在杭州西湖的小孤山上。

方应祥《重刻八大家文钞叙》说,参与校雠的有闻启祥及其外甥杨次弁。闻启祥,"字子将,博综群书,尤工制举业。武林,东南都会,江、广、闽、越之士登贤书者,公车到武林,必质义于祥。品题甲乙,命梨枣曰行卷;制义之有行卷,自祥始。万历壬子,举于南雍。尝与吴郡李流芳同与计吏,入京师,已及国门,忽意不自

---

① [清]钱谦益:《方孟旋先生墓志铭》,《牧斋有学集》卷二九,《续修四库全书》第1391册,第287页。
② [明]方应祥:《闻山东学议报申请代题呈子》,《方孟旋先生合集》卷九,顺治九年(1652)李际期刻本。
③ [明]龚立本:《烟艇永怀》卷二,《丛书集成新编》第102册,第129页。
④ [明]方应祥:《南华发覆序》,蕴辉上人《南华发覆》卷首,《续修四库全书》第957册,第10页。

得,趣车径返。后屡以荐被征,悉辞不赴。性好延纳,每庀舟车,饬厨傅,宴会宾客,若置驿然。所著有《自娱斋稿》。"①看来,他与方应祥一样,都以制艺名重于时,而且都是小筑社的资深成员。小筑社最初成立于万历二十六年(1598),由方应祥、闻启祥等人发起,至此已存在二十余年。社事活动在邹孟阳(1575—1643)的西湖别业"小筑"进行,因名"小筑社"。② 钱谦益说,"小筑维何?邹氏之庐。湖山回环,水木翳如"(其一),"小筑虽小,孤山不孤"(其八),"湖波潮汐,林木仰俯"(其九),③显然小筑社也在小孤山上。其主要功能是切磋制艺,为举业作准备。为此,将各位社员的制艺汇编成社稿,或将著名社员的制艺单本结集,并予刊刻发行,就成为经常的社事活动。就此而言,小筑社既是一个举业社团,也是一个出版机构。其出版物既包括时文,也包括古文,大抵皆为举业而设。现存崇祯元年方应祥刊《唐宋八大家文钞》166卷本内封有"小筑藏板"四字,可知此本系小筑社同仁为有资时文而刊。

方应祥序称"诸生时读是书忘厌倦",他最终考取进士,得力于茅坤《唐宋八大家文抄》处不少。此次重刻茅《抄》,目的是为举业群体提供一部自己深信不疑的古文读本,以引导当时的时文写作。方氏认为当时的时文写作"种种敝习,莫可缕指",其具体表现是"以搜括隐僻为奇胜""以率任疏陋为空灵""以剽拾玄梵为精微""以假借阴铃为壮刲""以誊写管商为经济""以生割骚赋为风流"。造成这些敝习的原因,他归结为"售世之念急,中无管钥以相守","提唱无自,靡所适从"④。小筑社同仁在方应祥引领下重

---

① 康熙《钱塘县志》卷二二,《中国地方志集成·浙江府县志辑四》,上海书店1993年版,第414页。
② 李新:《杭州小筑社考》,《暨南学报》2008年第5期。
③ [清]钱谦益:《小筑诗十章为邹孟阳作》,《牧斋初学集》卷十六,《续修四库全书》第1389册,第380页。
④ [明]方应祥:《重刻八大家文抄叙》,茅坤《唐宋八大家文抄》卷首,崇祯元年(1628)方应祥刻本。

刻并大力"提唱"茅《抄》，就是要解决举业者"靡所适从""无管钥以相守"这个根本性问题。

二

现存方本，以北京师范大学藏崇祯元年刻166卷本（索书号：834.4/516）最为可靠。此书8函35册。韩文首卷首页半叶九行二十字，四周单边，白口，单白鱼尾，有界行。版匡207×134毫米，书256×160毫米（见图1）。

全书结构依次为内封、茅坤《唐宋八大家文钞总叙》、方应祥《重刻唐宋八大家文钞叙》《八大家文钞论例》《韩文公本传》《八大家文钞凡例》（附新刻《凡例》）《韩文公文钞引》《唐大家韩文公文抄目录》《唐大家韩文公文抄卷之一》。以下各家均先《引》后《传》，然后是目录和正文。韩愈（768—824）以下依次为柳宗元（773—818）、欧阳修、苏洵（1009—1066）、苏轼（1037—1101）、苏辙（1039—1112）、曾巩（1019—1083）、王安石（1021—1086）。茅坤《总叙》三至五叶与方应祥《重刻叙》错简。

图1 茅坤《唐宋八大家文抄》卷首
崇祯元年（1628）方应祥小筑社刻本

茅坤《总叙》及各家《文钞引》首页多处钤"藕潢林氏藏书记""东京女子师范学校图书之印""高等师范学校图书消却之印""国立北京师范学院图书馆藏书之印""帷鉴"印。"藕潢林氏"即日本江户时代末期的汉学家林复斋（1800—1859），曾在1854年日美《神奈川条约》谈判中担任日方首席代表。① 此书由中国流入日本，先后为日本汉学家林复斋和日本"东京女子高等师范学校"收藏。后来又从日本回流到中国，现藏于北京师范大学。内封题"茅鹿门先生《唐宋八大家文钞》，小筑藏板"，有"本衙藏板"方印。方应祥修订本最先由杭州小筑社刻印问世。在本人经眼的馆藏方本中，"小筑藏板"牌记仅见于北师大藏

图 2 茅坤《唐宋八大家文抄》内封
崇祯元年(1628)方应祥小筑社刻本

本。可以说，北师大藏本是最为可靠的方本初刻本(见图2)。

方应祥自称"新刻多有不同处"，那么，他是依据什么对桂本进行订补，从而产生了这些"不同"的呢？其《重刻唐宋八大家文钞叙》云：

> 余向奉视学东省之命，窃计斯地结天地中粹之气，牺于此画卦，孔于此删经，为万世文字祖。爰是以树之风声，足倡予海内。因向吾友孝若氏乞其家藏手批原本，捧持以往，为东方指南。此愿不遂，乃与子将暨其甥杨次弁谋校雠付梓人，公诸四方。

梅篮予根据"此愿不遂"四字得出的结论是，茅坤的幼子茅维(字孝若)拒绝了方应祥"乞其家藏手批原本"的请求。这个结论

---

① 陈福康：《论八音诗和八居诗》，《苏州大学学报》2011年第5期。

是不对的。通观全文，"此愿"并非指"乞其家藏手批原本"，而是指"捧持以往，为东方指南"。这段文字是说，山东是个好地方，要是能在这里树起良好的文风，就可以辐射到全国。他带着这样的宏愿，向茅维借来了其"家藏手批原本"，准备带到山东去，作为引导文风的指南。没想到这个愿望没有实现。为什么没有实现呢？因为他升任山东提学不久，母亲去世，只好离任回到浙江守制。说得再显豁一点，方应祥借来茅坤的"手批原本"，本打算在山东提学任上用来校刻《唐宋八大家文抄》的，"此愿不遂"，只好在浙江完成这个工作。但那离"倡予海内"的宏愿已经很远了，所以文字间流露了一丝失望。方应祥是有名的孝子，对母亲的离世很感内疚，曾自责"踽踽三千里水陆之崎岖，以断送八十五岁之母；拼撇八十五岁老人之性命，以博一日之官"①。此序又写得很宏阔，不忍也不便提起母亲去世这件事，所以对何以"此愿不遂"，未作交待。由于这个原因，文义显得有些沉晦。何况以"吾友"称茅维，语气亲切，与借书遭拒事不合；明言茅维有书不借，显暴其过，与方应祥"以朋友为性命"②的性格也不合。方母去世后，茅维曾往唁贶，二人并未有隙。梅君误读了"此愿不遂"四字，而且所引文字的内容和标点都有错误，③因而得出了那样的结论。

  方应祥从茅维那里得到了茅坤的"手批原本"，这是他对桂本进行全面"校雠"的主要依据。同时也参考了桂本的修订后印本。万历时期茅一桂对万历七年初刻原板进行过修订，现有中国社会科学院文学所图书馆所藏修订后印本为证。此本 6 函 30 册，《苏

---

  ① ［明］方应祥：《大宗祠安灵祭文》，《方孟旋先生合集》卷十七。
  ② ［清］钱谦益：《方孟旋先生墓志铭》，《牧斋有学集》卷二九，《续修四库全书》第 1391 册，第 287 页。
  ③ "孔"字前脱"蟻于此画卦"，后衍"子"字。"暨"字误作"及"。"爱是"被点破。见梅篮予《茅坤〈唐宋八大家文钞〉渊源与流传考论》，第 22—24 页。

文公文钞引》和《苏文定公文钞引》首页版心下亦镌"傅汝光刻"四字，字体、断版、行款等与万历七年茅一桂初刻本亦同，显非重刻本（见图 3）。唯于原《八大家文旨》后附录茅坤文三篇，并新增茅一桂识语云：

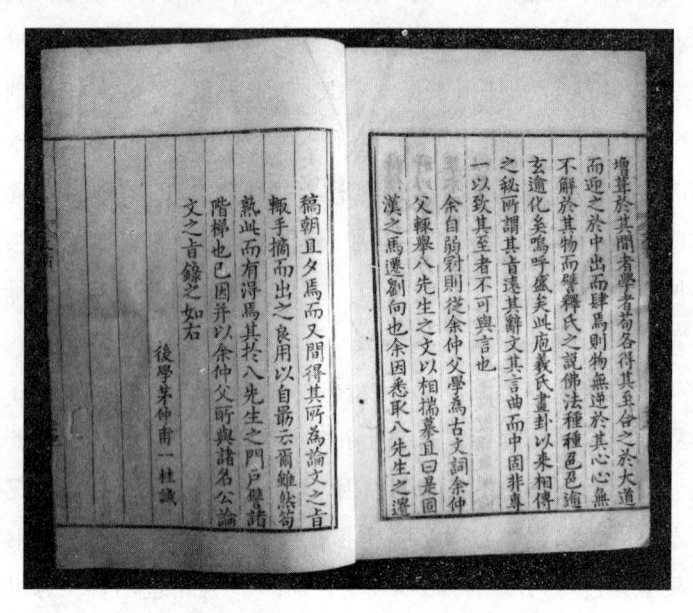

图 3　茅坤《唐宋八大家文抄》茅一桂新跋
万历时期茅一桂修订后印本

余自弱冠，则从余仲父学为古文词。余仲父辄举八先生之文以相揣摹，且曰：是固汉之马迁、刘向也。余因悉取八先生之遗稿，朝且夕焉。而又间得其所为论文之旨，辄手摘而出之，良用以自勖云尔。虽然，苟熟此而有得焉，其于八先生之门户，譬诸阶梯也已。因并以余仲父所与诸名公论文之旨录之如右。后学茅仲甫一桂识。

看来，茅一桂将茅坤的三篇文论看作茅氏"文旨"的代表，因而附骥于八大家文旨之后。除此之外，又增入初刻本遗落的部分篇目和评语,但不是全部。例如,柳文卷五增入《童区寄传》和评语"事亦奇",欧文卷三增入《荐司马光札子》和评语"司马公之不乏,欧公之推贤,可谓两得之矣"。以上二篇在初刻印本中目文俱无;这样的情况还有更多。凡此均说明,此本系万历七年茅一桂初刻本的修补后印本。或者认为本人在《唐宋八大家选本在明清时期的衍生和流行》①一文中所做的茅一桂刻本在万历时期经过重修的结论,"缺乏具体版本作为依据,因为自初刊本以来,方应祥本是第一个再版本"②。中国社科院藏本就是一个可资依据的"具体版本"。"重修"是对残缺板片加以修补,然后与其他完好的板片一起再次刷印;而"重刻"(即梅君所说的"再版")是用新的板片将全书重新刻过,然后刷印。承认万历七年茅一桂初刻本经过重修,与"方应祥本是第一个再版本"并不矛盾。

总之,茅一桂的重修增加了一些新内容,解决了部分老问题,但不全面,也不彻底。方应祥新刻《凡例》说:"旧刻已经订补,不失鹿门先生初旨,然尚有题存文缺者,今皆增入,不敢妄加评点。订补续本仍袭旧板,未免苟简,补苴间有头上安头、尾后接尾者,今悉依次改正。""旧刻"指万历七年茅一桂初刻原板的印本,"订补续本"指万历时期经过茅一桂修订的初刻板片的后印本。二者虽然皆由万历七年初刻板片刷印,但有原板和修订板、先印与后印之分。这段文字,梅篮予也没有看懂。③ 显然方应祥对万历时期茅一桂修订后印本(即"订补续本")的优点和不足十分清楚,可见他是认真研究并参照过这个印本的。

---

① 《中国社会科学院研究生院学报》2008年第5期。
② 梅篮予:《茅坤〈唐宋八大家文钞〉渊源与流传考论》,第25页。
③ 崇祯四年茅著本《凡例》一字不变地照抄了崇祯元年方应祥本的新增《凡例》,包括上面所引的这段话。梅篮予说,茅著本《凡例》中提到的"题存文缺"问题"是指方应祥本之疏漏,而非茅一桂本"。果如梅君所言,那么方应祥本《凡例》中的"题存文缺"会是自陈"疏漏"吗?

总起来看，崇祯元年方应祥对桂本的重刻，不是不校而刻，而是先校后刻。其所用的校本，一是茅坤的家藏手稿本，一是茅一桂的修订后印本。

三

方应祥写作《重刻八大家文钞叙》的崇祯元年，距茅坤《唐宋八大家文抄》的初刻已经过去了半个世纪。当时仍在流行的万历七年茅一桂初刻本存在不少问题。万历时期茅一桂对初刻本进行过修订，但因为"仍袭旧板"，一些问题仍然没有解决。方应祥以茅坤的"家藏手批原本"为主校本，以万历时期茅一桂的修订后印本为参校本，对茅一桂初刻本进行了全面的修订，并予以重刻。将北京师范大学藏崇祯元年方应祥小筑社初刻本与国家图书馆藏万历七年茅一桂初刻本（胶片）进行对比，可以发现，方本对桂本的修订主要包括七个方面：

1. 将茅坤《八大家文钞凡例》中的"论文九则"析出，单列《八大家文钞论例》，同时删除茅一桂《八大家文旨》及其后识语。

初刻本《凡例》中的最后九段文字（从"世之论韩文者"至"当自有定议云"），约 1100 余字，实际上是一篇总论，无关"凡例"，可与《唐宋八大家文钞总叙》相发明。方应祥认为这九段文字"既可见先生选八大家之意，亦可开后人读八大家之眼"，把它放在《凡例》中，"如著宝玉于土中，殿精骑于尘后"，不足以突出其重要性，因而将它析出，单列为《论例》。茅一桂的《八大家文旨》只是八大家论文观点的辑录，与编选者的编选意图和个人看法关系不大，而且长篇累牍，有喧宾夺主之嫌。方应祥将它和后面的识语全部删除，虽然没有作任何说明，其否定性评价是不言而喻的。

2. 附刻欧阳修《新唐书钞》二卷、《五代史钞》二十卷，共85篇。

方应祥新刻《凡例》云："先生序欧文有云：'世欲览欧阳子之全者，必合予他所批注《唐书》《五代史》读之，斯得之矣。'因并附入，以备欧阳一家，非骈枝也。""先生序欧文"指万历七年茅一桂初刻本所载茅坤《欧阳文忠公文钞引》，"世欲览欧阳子之全者"云云，即出自此序。这是方应祥附入茅坤《新唐书钞》上下卷、《五代史钞》二十卷的依据。北师大本《宋大家欧阳文忠公文钞》后附《新唐书钞》（共9篇）和《五代史钞》（76篇）两种，内封题"合刻唐书五代史钞"。下有《欧阳公史钞引》云云，共230字。这样一来，《唐宋八大家文抄》由万历七年茅一桂本的144卷增为166卷。

3. 新增73篇，并修改茅坤《文钞引》中的收文数字，解决了万历七年初刻本目录与《文钞引》设定篇数不合问题。

北师大藏崇祯元年方应祥刻本新增73篇，这些篇目在国家图书馆藏万历七年茅一桂初刻本目录和正文中皆无。它们是：

韩愈（11篇）：卷一《论变盐事宜状》、卷四《答殷侍御书》《答张籍书》、卷六《送陆歙州诗序》《送郑十为校理序》、卷七《送张道士序》《送陈秀才彤序》《石鼎联句诗序》、卷十《通解》《行难》、卷十五《瘗砚铭》。

柳宗元（7篇）：卷三《答严厚舆论师道书》、卷四《上大理崔大卿应制举不敏启》、卷五《童区寄传》、卷八《六逆论》、卷十《对贺者》、卷十二《唐故给事中皇太子侍读陆文通先生墓表》《又祭崔简神枢归上都文》。

欧阳修（16篇）：卷三《荐司马光札子》《乞奖用孙沔札子》、卷四《乞添上殿班札子》、卷五《论澧州瑞木乞不宣示外廷札子》、卷六《乞与尹构一官状》《举丁宝臣状》《再论许怀德状》、卷十一《代杨推官洎上吕相公求见书》、卷十九《孙子后序》、卷二十三《金部郎中赠兵部侍郎阎公神道碑铭》、卷二十四《资政殿大学士尚书左丞赠吏部尚书正肃吴公墓志铭》、卷二十七《尚书工部郎中充天章阁待制许公墓志铭》《尚书都官员外郎欧阳公墓志铭》、卷三十一《祭程相公文》《司封员外郎许公行状》、卷三十二《跋唐华阳颂》。

苏洵(1篇):卷十《族谱后录》。

苏轼(9篇):卷三《上皇帝书》、卷五《乞免五谷力胜税钱札子》《辩试馆职策问札子二首》、卷六《代李琮论京东盗贼状》、卷七《杭州召还乞郡状》、卷八《杭州谢上表》、卷十八《会于澶渊宋灾故》《黑肱以滥来奔》、卷二十八《祭魏国韩令公文》。

苏辙(16篇):卷二《论衙前及诸役人不便札子》、卷四《乞招河北保甲充役以消盗贼状》、卷六《秦论一》《秦论二》、卷九《唐高祖论》、卷十《郭崇韬论》、卷十一《卫论》《虞卿》《鲁仲连》《穰侯》《范雎蔡泽》《白起》《李斯》《蒙恬》、卷二十《诗说》《书白乐天集后》。

曾巩(3篇):卷一《请令州县特举士札子》、卷五《类要序》、卷六《送李材叔知柳州序》。

王安石(10篇):卷二《辞集贤校理状》、卷四《上田正言第二书》、卷五《与王深甫书》《与王逢原书》《答杨忱书》《答张几书》《答钱公辅学士书》、卷九《庄周论下》、卷十《进说》、卷十一《鲁国公赠太尉中书令王公行状》。

与《文钞引》的设定相比,万历七年茅一桂初刻本目录少选者45篇,多选者42篇。对于目录少选的45篇,方应祥本依据茅坤"家藏手批原本"增补了上述73篇;增补数大于缺少的篇数。对于多选的42篇,方应祥则通过修改各家《文钞引》中的收文数字予以合法化。也就是说,对于万历七年茅一桂初刻本目录与《文钞引》设定篇数不合这个问题,方应祥采取了少者补足、多者认同的方法。

将万历七年茅一桂初刻本与崇祯元年方应祥修订重刻本中的各家《文钞引》设定的篇数相对照,可以发现方应祥对茅坤《文钞引》设定篇数的修改情况如下表:

韩愈

文体	表状	书启状	序	记传	原论议	辩解说颂杂著	碑墓志碣铭	哀辞祭文行状	总计
桂本篇数	8	44	28	12	10	22	41	8	173
方本篇数	9	46	33	12	10	22	52	8	192

柳宗元

文体	书启	序传	记	论议辩	说赞杂著	碑铭墓碣诔表状祭文	总计
桂本篇数	35	17	28	14	18	19	131
方本篇数	33	17	28	14	18	20	130

欧阳修

文体	上皇帝书疏	札子状	表启	书	论	序	传	神道碑铭墓志铭	墓表祭文行状	颂赋杂著	新唐书抄	五代史抄	总计
桂本篇数	6	53	22	25	36	31	2	25	47	23	10	0	0	280
方本篇数	6	53	22	25	35	31	2	25	47	23	10	9	74	362

苏洵

文体	书状	论	记	说	引	序	总计
桂本篇数	14	37	4	2	2	1	60
方本篇数	14	37	4	2	2	1	60

苏轼

文体	制策	上书	札子	状	表启	书	论解	策	序传	记	碑	铭赞颂	说赋祭文杂著	总计
桂本篇数	2	7	13	12	26	22	50	25	10	26	6	15	15	229
方本篇数	2	7	13①	12	26②	22	70	25	10	26	6	15	15	249③

---

① 方应祥本正文实收14篇。苏轼卷五《辩试馆职策问札子二首》实为两篇,方本作一篇计,故有此异。

② 方应祥本正文实收27篇。苏轼卷八《谢赐对衣金带马表二首》实为两篇,方本作一篇计,故有此异。

③ 方应祥本实选苏轼文251篇,比《苏文忠公文钞引》的设定多出两篇。

苏辙

文体	上皇帝书札子状	执政书	诸论及古史名论	策	序引传	记	说赞辞赋祭文杂著	总计
桂本篇数	19	10	72	25	7	12	11	156
方本篇数	19	10	82	25	7	12	11	166

曾巩

文体	疏札状	书	序	记传	论议杂著哀词	总计
桂本篇数	6	14	32	28	7	87
方本篇数	6	15	31	28	7	87

王安石

文体	上皇帝书	札子书状	表启	书	序	记	论原说解杂著	碑状墓志铭表祭文	总计
桂本篇数	1	7	36	35	12	22	25	59	197
方本篇数	1	7	36	35	12	22	25	73	211

总起来看，桂本在各家《文钞引》中设定的篇数是1313，目录选文1310篇。崇祯元年方应祥小筑社刻166卷本在各家《文钞引》中设定的篇数是1457，目录选文和实际选文都是1459篇，比万历七年茅一桂初刻本目录所选多出149篇。

4. 在正文中增加有目无文者5篇，在目录中增加有文无目者4篇，解决了万历七年初刻本目录与正文不合问题。

桂本有目无文者共5篇，即柳文卷四《上权德舆补阙温卷启》、卷五《送琛上人南游序》，欧文卷四《乞添上殿班札子》、卷十四《春秋或问》、卷十八《送廖倚归衡山序》。有文无目者共4篇，即欧文卷十七《苏氏文集序》，大苏文卷八《谢赐对衣金带马表二》、卷八《谢馆职启》、卷二十三《送水丘秀才序》。方本在正文中增补5篇有目无文者，在目录中增补4篇有文无目者，这样万历七年初刻本目录与正文不合问题也得到了解决。

5. 修改正文及评点中的部分文字。

方本对桂本目录、正文和评点中的一些文字也作了改动,大都比较恰当。以下略举数例。

作家	卷次	篇目	桂本	方本
柳宗元	卷一	《寄许京兆孟容书》(评点)	苏子瞻安置海**内**时诗文及复故人书,殊自旷达	苏子瞻安置海**外**时诗文及复故人书,殊自旷达
柳宗元	卷十二	《亡友故秘书省校书郎独孤君墓碣》(评点)	大都未勉**焉**唐以来四六绮丽之遗	大都未勉**为**唐以来四六绮丽之遗
欧阳修	卷首	茅坤《欧阳文忠公文钞引》(正文)	又或訾其间不免**其**俗调处	又或訾其间不免俗调处
欧阳修	卷十	《与黄校书论文章书》(评点)	所**指**言革弊一节	所**措**言革弊一节
苏洵	卷七	《心术》(评点)	此文中多名言,但一段段自为**支**节	此文中多名言,但一段段自为**文**节
苏轼	卷六	《奏马澈不当屏出学状》(标题)	奏马**澈**不当屏出学状	奏马**澈**不当屏出学状
苏轼	卷十二	《鲁隐公论一》(标题)	鲁隐公**一**论	鲁隐公论**一**
苏轼	卷十二	《诸葛亮论》(评点)	何以**嘿**无一言	何以**默**无一言
苏轼	卷二十五	《眉州远景楼记》(评点)	迁客思故乡,风**旨**婉然	迁客思故乡,风**致**婉然
苏轼	卷二十七	《十八大阿罗汉颂》(评点)	苏长公少悟**禅**宗	苏长公少悟■宗
苏辙	卷十七	《民政策六》(评点)	二者夹杂**混**融	二者夹杂**浑**融

但也有改而不佳不如不改者,如"支节"改为"文节"、"嘿无一言"改为"默无一言"、"混融"改为"浑融"。

6. 将部分行间评改为眉评。

桂本只有题下评、文后评、行间评三种,无眉评。崇祯元年方应祥本第一次将部分行间评改为眉评。例如,曾文卷一《熙宁转对疏》的两段评点"曾公欲发明心学以悟主上,然尚影响揣摩,是以文郁而不达,而至于此处,非晦庵及本朝阳明不能得其至也"和"曾公凡到要紧话头便缩舌,岂能感动主上?及读王荆公万言书便别。学者须于此等处看得玲珑,则它日立朝,必有做手",桂本皆为行间评,方本则转为眉评。行间评字很小,又杂于正文之间,不如眉评醒人眼目。将部分重要的行间评转为眉评,起到了有效的强调作用,拓展了评点的空间。

7. 唐顺之、王慎中评点标识由符号改为姓名。全书分篇重刻,解决了桂本部分选文连板所造成的体例不一致问题。

方本新刻《凡例》说:"诸家表启、子由《古论》,旧刻因省工板,遂致连牵,今准集中旧式,仍各分篇,庶为一例。原刻标批,唐以○,王以丶,今恐易混,直出唐荆川、王遵岩二先生字号,使读者一览可知,不烦再审。"一篇文章刻完后,如果最后一个板片还有剩余的板面,就在这个板面上接着刻下一篇,这种二文接连出现在同一个板面的情况,称作连板。连板的优点是节省工板,缺点是刷印的单页不美观,而且在装订时容易出现错简。桂本的雕板,大都不连板,但部分篇幅较短的文章连板而刻。它们是:欧文卷九(全部);苏轼文卷八(大部分);小苏文卷五(小部分)、卷十一(大部分);王文卷三(全部)、卷十(小部分)、卷十六(大部分)。方应祥的重刻彻底解决了这一问题。

四

方本出现四年后,也就是崇祯四年,茅维之子茅著与其舅父吴毓醇又将茅《抄》三刻于苏州,是为著本。著本与方本在文字校刊上互有得失,不过著本疏漏更多一些。例如,韩文卷七《送齐皥下第序》评点,桂本、方本作"大鬯己嫉时之论,而入齐生谗数语","谗"字显误,著本改为"纔",甚是。柳文卷八《驳复仇议》评点,桂、方本作"(唐荆川)又曰:理精而文正",著本易"正"为"王",亦是。苏轼文卷二十七《十八大阿罗汉颂》评语，桂本作"苏长公少悟禅宗"，方本"禅"为墨钉，著本复改为"禅"。但是，相较而言，误改之处更多。例如，韩文卷二《后廿九日复上书》评点，桂本、方本均作"当看虚字斡旋处"，著本易"斡"为"乾"。柳文卷二《答周君巢书》评点，桂本、方本均作"未必无可取者"，著本易"无可"为"何可"。柳文卷三《答韦中立论师道书》评点，桂本、方本均作"子厚中所论文章之旨"，著本误"子厚"为"子原"。茅坤《欧阳文忠公文钞引》，桂本、方本均作"厘为三十二卷"，著本作"厘为三十三"。欧文实有三十二卷（加上《五代史钞》，共五十二卷），著本误。欧阳文卷十一目录，桂本、方本均作"答吴充秀才书"，著本"充"误作"克"。著本的评点，与桂本和方本相较，又偶有增益者，如柳文卷七《永州铁炉步志》增"转处妙"三字，欧文卷三十一《祭吴尚书文》增"也字为韵，贯到篇末"八字。间有少量异文，如韩文卷七《送高闲上人序》评点，桂本、方本均作"行文、造语、叙述处，亦大类《庄子》"，"叙述"，著本作"叙实"；王文卷十一卷前评，桂本、方本均作"隽永迭出"，"迭"字，著本作"远"。著本还会简化目录，如柳文卷十一，桂本、方本作"唐故中散大夫捡校国子祭酒兼安南都护御史中丞充安南本管经略招讨处置等使上柱国武城县开国男食邑三百户张公墓志铭"，著本简为"唐故中散大夫张公墓志铭"。

总起来看，著本全面吸收了方应祥本的校刊成果，删去了方应祥序和《新唐书钞》二卷，并增加了一个新跋语，使其成为卷数与桂本和方本皆不相同的 164 卷本。

作为初刻，桂本难免存在问题，方本对这些问题做了全面和彻底的修订，并首次附入《五代史钞》二十卷。崇祯四年著本全面吸收了方本的校刊成果，并纠正了方本中的若干错误，同时也滋生了一些新的错误。晚明的吴绍陵、龚太初等书坊主，出于射利目的，对著本的板片进行挖改和删节，对部分目录加以重刻，又滋生了更多的错误。无论从校刊，还是从雕版和刷印来看，著本的精善程度都没有超过方本。可以说,方本是茅坤《唐宋八大家文抄》诸版本中贡献最大也最为精善的版本。关于其贡献,已如上述。说它精善,是说它没有万历七年茅一桂初刻初印本的疏漏、万历时期茅一桂修订后印本的斑驳、崇祯四年茅著重刻本的草率和乾隆时期四库全书本的失真。可见方应祥自称"此刻不独为八大家之定本,亦为鹿门先生之功臣"(新刻《凡例》),并非大言欺人之语。

附记:本文为2015年度国家社科基金一般项目"明清时期文章总集叙录"(15BZW051)成果。

《四库总目》明人别集提要补正十八则

何宗美

拙著《明代文学还原研究——以〈四库总目〉明人别集提要为中心》①，虽对《四库全书总目》明别集提要作了"还原"研究，纠正了不少错误，但全面系统的考辨工作仍付阙如。近复考订若干，稍加整理如下。

一、王璲《青城山人集》提要

然所著诗稿散佚，正统十二年其孙镗始衷次为编，其姻家华靖删定为八卷，即此本也。②

按，对照景泰四年（1453）徐理（1407—1472）所作《青城山人诗集序》，《总目》此说有三处疏误。序曰："公……著述甚富，而稿之藏家者皆烬于火，独其诗散逸于四方，好事者得而录之。公之孙铠，缮写藏于箧笥。友人华彦谋，与王氏连姻，尤好公诗，既为

---

① 何宗美、刘敬：《明代文学还原研究——以〈四库总目〉明人别集提要为中心》，人民出版社 2014 年版。
② ［清］纪昀等：《四库全书总目》卷一七〇，中华书局 1997 年版，第 2290 页。

编次,复锓梓以传于世。"①这说明:一是所谓"所著诗稿散佚"之说,与通常所说的"散佚"不同,而是指"散逸"在外,幸未毁于火;二是其孙"锴"之名为"铠"之误;三是该集"编次"者应是华靖(彦谋)。又,景泰二年(1451)邹亮作《王先生诗集序》曰:"乡友华彦谋,雅擅好事之誉,尝编次先生之诗,寿梓以传于后,征序其端。"②今藏于国家图书馆和北京大学图书馆的正统十二年(1447)华靖刻景泰印本《青城山人诗集》八卷本,卷端题"太子宾客谥文靖吴门王汝玉""隆亭华靖编次"③。这两条材料都证明,正统刻本《青城山人诗集》的编次者是华靖。又,王铠《青城山人诗集后跋》载:"稿皆残缺,所幸间或收贮,得十之二,阅岁既久,铠以菲才宦游古汴,束以自随,公暇因掇拾分类,缮写一帙,有外集者附之,藏之箧中。家居以来,罔敢失坠,偶姻好华君彦谋,过而见之,三复嗟叹,遂于内各删百首,命工刻次……时正统十二年嘉平望日孙铠谨识。"④跋文亦见于正统本⑤,"铠"而非"锴",足以证之。

二、杨士奇《东里全集》《别集》提要

集分正、续二编,正集所载较少,续集几至倍之。其别集四种,一即《代言录》,一为《圣谕录》,一为《奏对录》,一为士奇传、志诸文,缀于末,为附录。李东阳《怀麓堂诗话》曰:"杨文贞《东里集》手自选择,刻之广东,为人窜入数首。后其子孙又刻为续集,非公意也。"然则续集乃士奇所自芟弃,非尽得意之作,以其搜罗较富,往往有足备

---

① [明]钱谷:《吴都文粹续集》卷五六,《文渊阁四库全书》本。
② 同上。
③ 崔建英:《明别集版本志》,中华书局 2006 年版,第 76 页。
④ [明]钱谷:《吴都文粹续集》卷五六。
⑤ 崔建英:《明别集版本志》,第 76 页。

考核者,故仍其旧,并录之焉。①

按,文渊阁四库本《东里集》于卷首列出总目为《文集》二十五卷、《诗集》三卷、《续集》六十二卷、《别集》三卷②。据此,该集总计为九十三卷,除《别集》三卷则为九十卷。这与《总目》所谓"《东里全集》九十七卷、《别集》四卷"以及"其别集四种……一为士奇传、志诸文,缀于末,为附录",不无出入。主要表现为:四库本正、续集仅为九十卷,而非九十七卷,此其一;别集仅三种,并无附录,此其二。今国家图书馆、上海图书馆所藏明嘉靖刻本《东里诗集》三卷、《文集》二十五卷、《文集续编》六十二卷、《别集》五卷、《附录》四卷③,亦与《总目》所叙版本不同,除《别集》《附录》外,与四库本则一致。《钦定续文献通考》载"《东里全集》九十七卷,《别集》四卷",其提要曰:"臣等谨按,别本《东里文集》二十五卷,不及是集之半。李东阳《怀麓堂诗话》云:'杨文贞《东里集》手自选择,刻之广东。'疑别本即士奇所自定者。"④《总目》"九十七卷"之说本此,《怀麓堂诗话》的说法亦被《总目》沿用,说明《总目》此则提要不是据四库本版本的实际情况撰成,而是照搬《钦定续文献通考》的现成说法,由此致误。

三、金幼孜《金文靖集》提要

《千顷堂书目》载幼孜集十卷,又外集一卷,又《北征集》一卷。今外集未见,朱彝尊《静志居诗话》称其《北征

---

① [清]纪昀等:《四库全书总目》卷一七〇,第 2290 页。
② 参见[明]杨士奇《东里集》(一),上海古籍出版社 1991 年版,第 1 页。按,库书提要亦曰"《东里集》九十三卷",翻检其书,与卷首总目、提要皆相一致。
③ 参见崔建英《明别集版本志》,第 584 页。
④ [清]张廷玉等:《钦定续文献通考》卷一九一,浙江古籍出版社 1988 年版,第 4304 页。

集》"大漠穷沙,靡不身历,时露悲壮之音。"则彝尊犹及见之,今亦未见。①

按,《千顷堂书目》所载如《总目》,见该著卷一八。今传明成化金昭伯刻弘治六年(1493)卢渊补修本《金文靖公集》十卷、《外集》一卷②,说明《外集》尚存。《总目》言"未见",不过限于馆臣当时的版本视野罢了。朱彝尊(1629—1709)《静志居诗话》云:"金幼孜,初名善,以字行……谥文靖。有《北征集》。文靖扈驾北征,大漠穷沙,靡不身历。故其诗,时露悲壮之音。"③据此,似金幼孜(1367—1431)全集名曰"北征",但钱谦益(1582—1664)《列朝诗集小传》又谓其"有全集及《北征诗集》若干卷"④,则《北征》当别为一集,如《千顷堂书目》所云。杨士奇(1365—1444)《北征集序》载:"《北征集》者,今太子少保礼部尚书兼武英殿大学士临江金公之作也。公侍太宗皇帝,凡四出师征幕北,此盖永乐八年第一出师也……公以清材博学,介胄櫜鞬,从属车司命令,而间暇形诸咏歌,长篇短章,汎汎乎铺写鸿猷,宣扬伟绩,凡山川气候之殊,道途涉历之远,所以充拓见闻,发舒志意者,靡不备之。"⑤又,胡俨(1361—1443)《金谕德北征诗集序》曰:"永乐八年春二月,圣天子亲驾北庭,御群帅以统六师,问罪边塞。维是扈从之臣,妙选将相大臣暨文武之士,右春坊右谕德兼翰林侍讲金公幼孜,与学士胡公、庶子杨公实在帷幄……及皇师奏凯而归,幼孜乃出示《北征诗集》,属余为序。余诵之,凡若干首。道路之所经,风气之所接,山川关塞之所登览,云霞草木霜露晦明之景,与凡师徒之次,军容之盛,既得以吐其奇气,见之咏歌矣。至于沐道德之光,赞谋谟之

---

① [清]纪昀等:《四库全书总目》卷一七〇,第2291页。
② 参见崔建英:《明别集版本志》,第752页。
③ [清]朱彝尊:《静志居诗话》卷六,人民文学出版社1990年版,第149页。
④ [清]钱谦益:《列朝诗集小传》乙集,上海古籍出版社1983年版,第164页。
⑤ [明]杨士奇:《东里文集》卷七,中华书局1998年版,第96—97页。

密,亲际风云之会,而发挥乎敌忾之义,词雄句杰,富丽铿锵,有以远扬天声,如金钟大镛,震乎寥廓之外,而光前振后者,有非他人所得与也。故是编之作,非特写一时荣遇而已,盖将纪千载不朽之盛事,而传之无穷焉。"①可见,《北征集》实乃永乐八年(1410)金幼孜随成祖北征的诗集。

四、唐文凤《梧冈集》提要

其五世孙泽撰《墓表》云:"先生著述在乡校者曰《朝阳类稿》,在兴国者曰《政余类稿》,又曰《章贡文稿》,在藩府者曰《进忠类稿》,在洛阳者曰《洛阳文稿》,归田后曰《老学文稿》。"今此编所存者止诗四卷,文四卷,盖不逮十之三四,然亦足见其大凡矣。②

按,文渊阁四库本《梧冈集》为十卷而非八卷,其中诗四卷,文六卷而非四卷。故四库本提要曰:"臣等谨案,《梧冈集》十卷……今此编所存者止诗四卷,文六卷,盖不逮十之三四矣。"③《总目》所叙与四库本版本往往有不相符合者,此即一例。《梧冈集》确有八卷本,程敏政(1446—1499)所编《唐氏三先生集》即属此。"三先生"者,乃唐文凤及其祖唐元(1269—1349)、父唐桂芳(1308—1380)之称也。《三先生集》,收唐元《筠轩集》诗八卷、文五卷,唐桂芳《白云集》诗五卷、文二卷,唐文凤《梧冈集》诗四卷、文四卷④。《钦定续文献通考》载:"唐文凤《梧冈集》八卷。文凤,字子仪,号

---

① [明]胡俨:《颐庵文选》卷上,上海古籍出版社1991年版,第572页。
② [清]纪昀等:《四库全书总目》卷一七〇,第2292页。
③ [明]唐文凤:《梧冈集》卷首,[明]王直:《抑庵文集》外三种(二),上海古籍出版社1991年版,第521页。
④ 参见[清]纪昀等《四库全书总目》卷一九一《唐氏三先生集》提要,第2680页。

梦鹤,歙县人。永乐中,以荐授兴国县知县,改赵府纪善。"①《总目》与《通考》所据《梧冈集》的版本为《唐氏三先生集》,而四库本《梧冈集》则别有所本。而《总目》又多据《钦定续文献通考》,其误或在所难免。

五、李时勉《古廉集》提要

时勉本名懋,以字行,安福人。永乐甲申进士,官至国子监祭酒。卒,谥文敬,成化中改谥忠文。事迹具《明史》本传。②

按,《明史》李时勉(1374—1450)本传,见该书卷一六三。传曰:"景泰元年得旨褒答,而时勉卒矣,年七十七。谥文毅。成化五年,以其孙颙请,改谥忠文。"③据此,《总目》谓"卒谥文敬"与史载相龃龉。王世贞(1526—1590)《弇山堂别集》卷九"改谥"载:"国子祭酒李时勉,初谥文毅,亦改忠文。"④林俊(1452—1527)《题乞恩褒异旧臣事》亦谓"李时勉先谥文毅"⑤。可证"文毅"为其初谥,而非"文敬"。今核之文渊阁、文溯阁、文津阁三库书《古廉集》提要,皆谓"卒谥文毅",亦为《总目》之误的佐证。究《总目》之误因,亦为本《钦定续文献通考》所致。《通考》云:"李时勉《古廉集》十一卷,《附录》一卷。时勉本名懋,以字行,安福人。永乐进士,官至国子监祭酒,谥文敬,改谥忠文。"⑥这基本上被《总目》抄录,只是增添了个别文字,而"谥文敬"之误也就自然被连带抄袭下来了。

---

① [清]张廷玉等:《钦定续文献通考》卷一九一,第4304页。
② [清]纪昀等:《四库全书总目》卷一七〇,第2292页。
③ [清]张廷玉等:《明史》卷一六三,中华书局2000年版,第2940页。
④ [明]王世贞:《弇山堂别集》卷九,中华书局1985年版,第171页。
⑤ [明]黄训:《名臣经济录》卷三〇,《文渊阁四库全书》本。
⑥ [清]张廷玉等:《钦定续文献通考》卷一九一,第4304页。

其所著作，以当代重其为人，脱稿多为人持去，故所存者无多。此集乃成化中其门人戴难所编，其孙长乐知县颙所刊，并以墓志传赞之类附录于末焉。①

按，据《明别集版本志》，今尚有明景泰刻本《古廉李先生诗集》十一卷、成化刻本《谥忠文古廉文集》六卷、清刻本《谥忠文古廉李先生文集》十二卷等传世②。而四库文渊阁本《古廉集》十一卷，前十卷为文，后一卷为诗词。因此，综合起来看李时勉之诗文的流传情况，并非《总目》所谓"所存者无多"。成化十年(1474)吴节(？—1481)所撰《忠文公古廉李先生文集序》载："先生殁，遗文多为好事者求去，所存者十常一二耳。"③说明"所存者少"的原因也非所谓"以当代重其为人，脱稿多为人持去"。而景泰七年(1456)李奎《古廉先生诗集序》曰："国子祭酒前翰林学士古廉李先生既卒之三年，其门人南京国子祭酒吴公与俭(节)，哀其平日所著赋、颂、古选及五七言律绝句，总计若干首，分为十一卷。"④这又说明，李时勉之诗及赋、颂，在其卒后不久便由门人吴节整理成集，后来"多为好事者求去"是其文而非其诗。到成化间另一位门人戴难所编者为《谥忠文古廉文集》六卷，不含其诗歌。再到清刻本《谥忠文古廉李先生文集》十二卷，则为诗文合集，其中仅卷一、二、四、七、十卷端首题有"门人戴难编集、孙知县颙刊行"字样⑤，所以，《总目》"此集乃成化中其门人戴难所编，其孙长乐知县颙所刊"的说法亦欠准确。

六、曹端《曹月川集》提要

而端之遗书散佚几尽，其集亦不复存。此本为国朝

---

① [清]纪昀等：《四库全书总目》卷一七〇，第2292页。
② 崔建英：《明别集版本志》，第461—462页。
③ 同上书，第462页。
④ 同上书，第461页。
⑤ 同上书，第462页。

仪封张伯行裒辑而成,首以《夜行烛》,次《家规辑略》,次《语录》,次《录粹》,次序七篇,次诗十五首。《夜行烛》《家规》二序不冠本书,而别载于后诗之中,间以《太极图赞》一篇,皆非体例,盖编次者误也。末附诸儒评语及张信民所纂年谱。①

按,曹端(1376—1434)之著述,《四库全书》子部儒家类收其《太极图述解》一卷、《西铭述解》一卷、《通书述解》二卷、《月川语录》一卷、《夜行烛》共五种。别集收《曹月川集》一卷,除与子部相重的《夜行烛》《语录》外,尚有《家规辑略》等。《总目》谓"端之遗书散佚几尽",实有所夸张。王秉伦在《曹月川集·点校说明》中列出散佚者有《孝经述解》《四书详说》《存疑录》《儒家宗统谱》《性理论》诸种,并说"可幸的是,曹端此外的大部分著作至今尚有流传"②。另,《总目》云"此本为国朝仪封张伯行裒辑而成",但四库本未见张氏之序。王秉伦点校本《曹月川集》于附录中收入。序作于康熙四十九年(1710),对集中收入曹端作品情况未详其始末,仅曰:"先生平日所著书,类多遗失不可考,今搜其旧帙所贻留者仅此。"③此数语即为《总目》所本。然在张伯行(1651—1725)前有顺治间渑池知县张璟者"始得《夜行烛》《家规辑略》《语录》《录粹》《年谱》共八卷梓之"④,此较之于四库本《曹月川集》已大体相近,知张伯行康熙刻本是在张璟顺治刻本基础上增补而成的。

七、薛瑄《薛文清集》提要

是集为其门人关西张鼎所编。初,瑄集未有刊本,瑄

---

① [清]纪昀等:《四库全书总目》卷一七〇,第2293页。
② [明]曹端:《曹月川集》卷首,中华书局2003年版,第2页。
③ [明]曹端:《曹月川集》附录六,第354页。
④ [清]张璟:《重修靖修曹月川先生文集序》,《曹月川集》附录六,第355页。

孙刑部员外郎祗以稿付常州同知谢庭桂,雕版未竟而罢。弘治己酉监察御史畅亨得其稿于毗陵朱氏,鼎又从亨得之。字句舛讹,多非其旧,因重为校正,凡三易稿而成书。共得诗文一千七百篇,厘为二十四卷。鼎自为序,引朱子赞程子"布帛之文,菽粟之味"二语为比,殆无愧词。①

按,此段文字实据张鼎《敬轩文集序》撰成。序曰:"布帛之文,菽粟之味,朱子尝以是而赞程子矣……所著有《读书录》《续读书录》《河汾诗集》行于世。惟文集,则先生孙前刑部员外郎祗,曾托前常州同知谢庭桂板刊未就。今年夏四月,前监察御史畅亨,先生同乡,谪官陕右,道过镇阳。予因访前集,畅曰:'某于毗陵朱氏得之矣。'予喜而阅之,但舛讹非原本矣。因仿唐昌黎集校正编辑,总千七百篇,分为二十四卷,凡三易稿,始克成编。"②据此,在张鼎编二十四卷本《敬轩文集》刻印前,薛瑄(1389—1464)已有"《读书录》《续读书录》《河汾诗集》行于世",今有成化五年(1469)谢庭桂刻《河汾诗集》八卷传世,藏于国家图书馆,卷端题"刑部主事孙祗编次,国子监门人阎禹锡校正,常州府同知同郡晚生谢庭桂重校"③。可见,《总目》"初,瑄集未有刊本……雕版未竟而罢"之说并不确切。"未有刊本"者、"雕版未竟"者都只是文集,诗集则否。

考自北宋以来,儒者率不留意于文章,如邵子《击壤集》之类,道学家谓之"正宗",诗家究谓之"别派"。相沿至庄昶之流,遂以"太极圈儿大,先生帽子高,送我两包陈福建,还他一匹好南京"等句④,命为风雅嫡派。虽高自位

---

① [清]纪昀等:《四库全书总目》卷一七〇,第2293页。
② [明]薛瑄:《敬轩文集》卷首,上海古籍出版社1991年版,第34页。
③ 崔建英:《明别集版本志》,第528页。
④ 按,《总目》此处标点有误,应为:遂以"太极圈儿大,先生帽子高","送我两包陈福建,还他一匹好南京"等句。

置,递相提唱,究不足以厌服人心。刘克庄集有《吴恕斋文集序》曰:"近世贵理学而贱诗赋,间有篇咏,率是语录、讲义之押韵者耳。"则宋人已自厌之矣。①

按,《总目》所举庄昶(1437—1499)诗与事实是有出入的。杨慎(1488—1559)《升庵诗话》卷一二"庄定山诗"载:"庄定山早有诗名,诗集刻于生前。浅学者相与效其'太极圈儿大,先生帽子高',以为奇绝。又有绝可笑者,如'赠我一壶陶靖节,还他两首邵尧夫',本不是佳语,有滑稽者,改作外官答京宦苞苴诗云:'赠我两包陈福建,还他一匹好南京。'闻者捧腹。然定山晚年诗入细,有可并唐人者。"②由此看来,"赠我两包陈福建,还他一匹好南京"之句并非出自庄昶,而是"有滑稽者"的改作,庄氏原诗是"赠我一壶陶靖节,还他两首邵尧夫"。此二句见其诗《与王汝昌、魏仲瞻雨夜小酌》,原曰:"我家玄酒无人共,忽此陶然弄瓦壶。赠我一杯陶靖节,答君几首邵尧夫。草堂今夜能来几,我辈人间此会无。醉倒莫孤江上月,明朝空伴钓渔徒。"③杨慎所引与庄昶原诗有两字之差,且置于整首诗中,此二句倒也没有什么可笑,连杨慎也只说"本不是佳语"。至于"太极圈儿大,先生帽子高"二句,严格来说也不是庄昶的"原货",只不过是篡改了《游茅山》的"变种"。诗曰:"莽莽空尘漫几毫,天风鹏辈岂知劳。山教太极圈中阔,天放先生帽顶高。万里风光全倜傥,百年人物且英豪。茅家兄弟谁相报,说我箕山太古樵。"④显然,不仅截去"山教""天放"二语变为五言诗与原七言诗是不一样的,就是"太极圈中阔,先生帽顶高"与

---

① [清]纪昀等:《四库全书总目》卷一七〇,第 2293 页。
② [明]杨慎著,王大厚笺证:《升庵诗话新笺证》卷一二,中华书局 2008 年版,第 698 页。
③ [明]庄昶:《定山集》卷四,《枫山集》外四种,上海古籍出版社 1991 年版,第 211 页。
④ 同上。

"太极圈儿大,先生帽子高"比较起来也大相径庭。只要还诗人原作以真实面目,再放到原作的诗境中作整体领会,事实上不存在杨慎所批判的庄昶早年诗的那种问题,或者至少被人为地夸大了许多。古代诗话或不免据逸闻趣事写成,不乏道听途说之语,有时出于诗人的主观倾向、有意歪曲事实的情况也客观存在。《总目》之说原本之于杨慎,但未作考证,由此致误。

《总目》引刘克庄(1187—1269)语亦不见于刘克庄集中,所本者当为周密(1232—1298)《癸辛杂识》,该著"押韵语录"条载曰:"刘后村尝为吴恕斋作文集序云:'近世贵理学而贱诗赋,间有篇咏,率是语录、讲义之押韵者耳。'"①

八、刘球《两谿文集》提要

球字求乐,更字廷振,安福人。永乐辛丑进士,授礼部主事,以杨士奇荐入侍经筵,改侍讲。后忤王振下诏狱,为振党马顺就狱中支解死。景泰初赠翰林学士,谥忠愍。事迹具《明史》本传。②

按,刘球(1392—1443)由礼部主事"入侍经筵",荐之者或载为胡濙。成于明代的《今献备遗》载:"刘球字求乐,江西安福人也。永乐十九年进士,擢礼部仪制主事。正统初,诏求文学之士,尚书胡濙以球荐,预修《宣庙实录》成,改翰林侍讲。"③《明史·刘球传》亦谓:"刘球,字廷振,安福人。永乐十九年进士。家居读书十年,从学者甚众。授礼部主事。胡濙荐侍经筵,与修《宣宗实

---

① [南宋]周密:《癸辛杂识·续集》卷下,《宋元笔记小说大观》第6册,上海古籍出版社2001年版,第5831页。
② [清]纪昀等:《四库全书总目》卷一七〇,第2293页。
③ [明]项笃寿:《今献备遗》卷一七,《文渊阁四库全书》本。

录》，改翰林侍读。"①《江西通志》所载亦同②。三书皆主胡濙(1375—1463)荐刘球说。胡濙，字源洁，号洁庵，江苏武进人。历官建文到天顺六朝，自宣德四年(1429)恰以礼部尚书兼詹事③，以此荐刘球"侍经筵"显然是可能的。当然，《总目》"以杨士奇荐"之说亦有所本。刘定之(1409—1469)《两谿文集序》曰："正统初，予筮仕翰林，公被杨文贞公荐自春官，属来预经筵史馆事，宣庙实录成，改侍讲。"④刘定之是知情人、见证者，他的说法必有其依据。故对上述二说合理的解释应该是荐举者非为一人，即刘球入侍经筵，实乃杨士奇、胡濙共举的结果。这种判断恰可得到稍晚于杨、胡等人官至南京礼部尚书的倪谦(1415—1479)《刘忠愍公祠堂记》一文证实，其文曰："翰林院侍讲安成刘公球，字求乐，其学邃于《春秋》，登永乐辛丑进士第，授礼部仪制主事。文行卓然，为学者所宗。少师东里杨公、尚书毗陵胡公，雅相敬重，正统初荐入翰林，预修宣庙实录，书成授前职，入侍经筵。"⑤此可以解歧说之疑，亦能补《总目》之说。

是编皆所作杂文。球殁后二十八年，其子广东布政司参政钺所编，彭时、刘定之皆为之序。⑥

按，文渊阁本《两谿文集》按文体编辑，并于卷首一一标明，如卷一为讲章，卷二为奏疏，卷三为赋颂，卷四至六为记，卷七至十四为序，卷十五至十六为书，卷十七为说、谕、论，卷十八为箴、铭、赞，卷十九为题跋，卷二十为哀词，卷二十一为祭文，卷二十二为行状，卷二十三为墓铭、墓表，卷二十四为传。以此观之，其集不

---

① ［清］张廷玉等：《明史》卷一六二，中华书局1974年版，第4402页。
② ［清］谢旻等：《江西通志》卷七七，《文渊阁四库全书》本。
③ 参见［清］张廷玉等《明史》卷一一一《七卿表》，第3413页。
④ ［明］刘球：《两谿文集》卷首，上海古籍出版社1991年版，第406页。
⑤ ［明］倪谦：《倪文僖集》卷一五，上海古籍出版社1991年版，第369页。
⑥ ［清］纪昀等：《四库全书总目》卷一七〇，第2293页。

仅文类较为齐全,而且编排有序,《总目》"是编皆所作杂文"之说甚是无由。《总目》"杂文"一语,意多混乱。此前已考订宋讷(1311—1390)《西隐集》提要"后六卷为杂文",而集中卷五至卷十分别标明记、序、碑、文、铭和杂文,显然与原书分类有悖。

成化刻本《两谿文集》二十四卷为刘球之子刘钺、刘釪(1422—1458)兄弟同编,非钺一人之力。彭时(1416—1475)作于成化六年(1469)的《两谿文集序》曰:"公没后二十有八年,其子广东参政钺、浙江副使釪,相与类集公文锓梓以传。"①《总目》之说本此,但未言釪名,实为阙漏。原刻今存于北京大学图书馆,除彭、刘二序外,尚有胡荣《书刘忠愍公文集后》,张瑄《题两谿先生文集后》,以及刘钺题记,皆作于成化六年②,四库本删削未收。

九、于谦《于肃集》提要

倪岳作谦神道碑,称"谦平生著述甚多,仅存《节庵诗文稿》、奏议各若干卷,祸变之余,盖千百之什一"云云。是其殁后遗稿已多散佚,世所刊行者,乃出后人掇拾而成,故其本往往互有同异。《明史·艺文志》载谦奏议十卷,文集二十卷。又嘉靖中河南刊本诗文共八卷,而无疏议。此本前为奏议十卷,分北伐、南征、杂行三类,与《艺文志》合。后次以诗一卷,杂文一卷,附录一卷,与《艺文志》迥异,与嘉靖刊本亦迥异,盖又重经编次,非其旧帙也。③

按,倪岳(1444—1501)《神道碑》收入文渊阁四库本《忠肃集》

---

① [明]刘球:《两溪文集》卷首,第405页。
② 参见崔建英《明别集版本志》,第665页。
③ [清]纪昀等:《四库全书总目》卷一七〇,第2294页。

附录中,亦见《青溪漫稿》卷二十一,题曰《大明故少保兼兵部尚书赠特进光禄大夫柱国太傅谥肃愍于公神道碑》①。碑文中提到"今上皇帝纪元弘治之初"②,知其写作时间在弘治间。又,文中所说《节庵诗文稿》,应该就是成化十二年(1476)由于谦(1398—1457)之子于冕刻成的《节庵先生存稿》。于冕跋曰:"不肖孤亦得效犬马,驰驱辇下,亟访旧稿无得,仅于士林得抄录者计若干首。如梁晋所作,得之都宪无锡杨公、今南昌二守同邑夏世芳;兵部所作,得之少宰昆山叶文庄公、今祠部主事表弟董序;近于乡曲之家,又得公进士御史时所作,若《画鱼》《葡萄》诸诗,所谓存什一于千百也。呜呼痛哉!然以屡经誊写,中间鱼豕杂然。去年秋,得告南还,南京大理寺卿仁和夏先生致政家居,间求是正。先生欣然为之手校,而又序其首简,因题之曰《节庵先生存稿》。"③于冕又曰:"有《节庵诗文稿》行于世,恨遭变故,仅存什一于千百。"④此为倪岳碑文所说之本。于冕成化刻本,今藏于上海图书馆,有夏时正(1412—1499)序和于冕跋。成化本后,明复有嘉靖六年(1627)刻本《于肃愍公集》八卷、附录一卷,隆庆补修本《于忠肃公集》五卷、附录一卷,天启元年(1621)刻本《于忠肃公集》十二卷、附录四卷。其中天启本卷一至十为"奏议",卷十一为"诗集",卷十二为"文集"⑤。今检阅文渊阁四库本,卷一至十二与天启本恰相一致,惟附录有一卷与四卷之别。胡玉缙《四库全书总目提要补正》谓"《静嘉堂秘籍志》载文澜阁传本,为《本集》十二卷、《附录》四卷"⑥

---

① [明]倪岳:《青溪漫稿》卷二一,上海古籍出版社1991年版,第276页。
② [明]于谦:《忠肃集》附录,上海古籍出版社1991年版,第410页。
③ [明]于谦:《忠肃集》卷一二,第395页。
④ [明]于谦:《忠肃集》附录《行状》,第409页。
⑤ 参见崔建英《明别集版本志》,第144页。
⑥ 胡玉缙:《四库全书总目提要补正》卷五三,中华书局1964年版,第1488页。胡氏又曰:"疑《提要》中《附录》一卷,当为四卷,而标目当为十六卷。"但今观四库本《忠肃集》附录仅收《谕祭文》《诰命》《赐谥忠肃谕祭文》《行状》《神道碑》五文,不可能分为四卷。

即为天启本。《总目》只知嘉靖本,而不知天启本,故不得其解。

又案,王世贞《名卿绩记》及李之藻序谦集,皆谓谦尝再疏请复储。今集中实无此疏,《明史》亦不著其事。惟倪岳《神道碑》称"景帝不豫,谦同廷臣上章乞复皇储"。是当时所上乃廷臣公疏,非谦一人,故集中不载其稿。世贞等专属之谦,殆亦考之未审欤![1]

按,倪岳《神道碑》之说,所本实为于谦之子于冕所撰其父《行状》。碑曰:"丁丑正月,景皇帝不豫,公同廷臣上章乞复皇储,未报。英宗皇帝复正宸极,此实天与人归之会。亨等贪天之功,掩为己有,即诬公等迎立外藩以为罪,与大学士王文六七大臣俱下狱。"[2]《行状》曰:"明年正月,景泰帝不豫。在廷文武群臣同公等,上章请宪庙临朝,议未下,太上皇帝光复宝位,改元天顺,实天与人归之会。石亨等贪天之功,掩为己有。假夺门迎复之名以欺朝廷,诬迎立外藩之罪以报私怨。原其奸计,盖谓此罪不重则彼功不高,不大杀服肱重臣则威不立,不构成党逆大狱则权不专。乘机嗾言官,劾公与王文等六七大臣俱下狱。"[3]对照二者,不少语句皆相同,只是倪岳作了些删减。但岳文谓"上章乞复皇储",冕则仅曰"上章宪庙临朝",未言《复储疏》事。据《明通鉴》和《古今说海》载《复辟录》,众臣关于立储上奏有两次,一次是景泰八年(1457)正月十一日,另一次是同月十六日,而严格说来前一次只是疏请建储,后一次才是复储。两次皆有于谦参与,但他并非起草者,其中后一疏的主草者是商辂(1414—1486)而非于谦[4]。史载石亨(?—1460)、徐有贞(1407—1472)等设计加害于谦,恰恰

---

[1] [清]纪昀等:《四库全书总目》卷一七〇,第2294页。
[2] [明]于谦:《忠肃集》附录,第416页。
[3] 同上书,第406页。
[4] 参见[清]夏燮《明通鉴》卷二七,岳麓书社1999年版,第778页。又见陆楫《古今说海》,巴蜀书社1988年版,第794—795页。

是在复储问题上大做文章,"诬谦等与黄竑构邪议,更立东宫,又与太监王诚、舒良、张永、王勤等谋迎立襄王子"①,虽所谓迎立外蕃是莫须有的罪名,但可以肯定的是于谦在复储一事上显然不是主其事者,以致给石、徐之辈有隙可乘。因此,只能说于谦是上《复储疏》的参与者,主之者则不是他,疏亦自然不出于其手。《总目》谓"所上乃廷臣公疏,非谦一人,故集中不载其稿",固然不误,而其说尚欠确切,有进一步补充之必要。

一〇、谢晋《兰庭集》提要

晋字孔昭,吴县人。工画山水,尝自戏为"谢迭山"。其名,《明诗综》作"晋",而集末《赠盛启东》一首,乃自题"葵丘谢缙"。又附见沈大本诗一首题作"寄谢缙"。案:《易·象传》称"明出地上,晋"。《杂卦传》称"晋,昼也"。以其字孔昭推之,作"晋"有理,作"缙"无义,本集或反传写之误耶? 其始末不甚可考。②

按,《总目》对谢晋名字的考证,初看起来似无道理,若加细究则问题甚多。首先,"《明诗综》作'晋'",检原书并非如此。《明诗综》卷十九(上)清楚载为"谢缙",且曰:"缙字孔昭,吴人。有《兰庭集》。"③该书确有一个叫谢晋的人,见于八十一卷,是明末的一位诗人,字无可,晚更名孔渊,会稽人④。显然,在《明诗综》中"谢缙"与"谢晋"原非一人,《总目》或因误记而相混。其次,诗人自称"谢缙"者不仅有《总目》所举《兰庭集》卷下《启东医学将还吴,葵

---

① [清]张廷玉等:《明史》卷一七〇《于谦传》,第3028页。
② [清]纪昀等:《四库全书总目》卷一七〇,第2294页。
③ [清]朱彝尊:《明诗综》卷一九(上),第928页。
④ 同上书,第4049页。

丘谢缙为写《云阳早行图》并诗以赠,时永乐丁酉岁十月既望也》①一例,而且在《书画题跋记》(卷九)、《珊瑚网》(卷三五)、《式古堂书画汇考》(卷四七)保存的谢缙作品中皆自题"谢缙"或"葵丘谢缙"。再者,《总目》以《周易》"晋"卦象义解释与"孔昭"之间的关联性,由此得出"作'缙'无义"的结论,也是经不起推敲的说法。《说文解字》解"缙"字曰:"帛,赤色也。"②其本义与"孔昭"不是无关而是十分密切的。另,《江西通志》载元代有个叫皮缙的人,其字"昭德"③,亦可佐证谢缙字孔昭是毫无问题的。综合这三个方面,《总目》的理由便一条一条被推倒了,《兰庭集》作者是谢缙而非谢晋,今当恢复其本名。需要补充一点的是,明代以来也有把谢缙写作谢晋的,较早者为王鏊(1450—1524)的《姑苏志》(卷五六),后有《江南通志》(卷一六五)、《钦定续文献通考》(卷一九六)、《钦定佩文斋书画谱》(卷五五)等皆袭之,诸书或又为《总目》所本。但这与谢缙自署其名为"缙"相比,都算不上最有力的证据。

集中有《承天门谢恩值雨》诗,则尝以布衣应征者也。卷首有汝南周传、浚仪张肯二序。肯序称晋诗二百余篇,而此集所存乃不下四五百篇。考张序作于永乐甲申,而集末有"永乐丁酉十月既望之作"。丁酉上距甲申凡十四载,积诗之多,宜过于肯序所云。传序谓"姑苏之诗,莫盛于杨孟载、高季迪,而孔昭得二君之旨趣"。肯序亦谓其得性情之正,而深于学问。然则晋不特以绘事传矣。④

按,张肯《兰庭集序》署曰"永乐元年五月十日浚仪张肯序",

---

① [明]谢缙:《兰庭集》卷下,上海古籍出版社1991年版,第480页。
② [汉]许慎:《说文解字》,中华书局1963年版,第273页。
③ [清]谢旻等:《江西通志》卷七四,《文渊阁四库全书》本。
④ [清]纪昀等:《四库全书总目》卷一七〇,第2294页。

永乐元年(1403)为癸未年,二年才是甲申,《总目》"张序作于永乐甲申"误,应改为"作于永乐癸未","丁酉上距甲申凡十四载"亦当改为"丁酉上距癸未凡十五载"。

一一、李贤《古穰集》提要

此集为其婿程敏政所编。凡奏疏二卷,书一卷,记二卷,序三卷,说、题跋一卷,神道碑四卷,墓碑碣一卷,墓表二卷,墓志二卷,行状、传一卷,祭文、铭、箴、赞、赋、哀辞一卷,古今体诗二卷,《和陶诗》二卷,《天顺日录》三卷,杂录、奏疏、杂文三卷。中多记载时事,亦有足备史乘参核者,未可弃也。其《天顺日录》有本别行。兹以原本编入集中,仍并录之焉。①

按,据文渊阁《古穰集》目录及集中内容,"墓志二卷"应为"墓志、圹志二卷","杂录、奏疏、杂文三卷"应为"杂录三卷",此与《总目》所述略有异。《明别集版本志》载,《古穰文集》三十卷的明刻本今尚存二种,一为成化本,一为万历本,皆藏于国家图书馆。成化本有刘定之序、程敏政(1446—1499)识记各一篇,序云"其子尚宝司丞璋与公婿翰林编修新安程君敏政哀之文所谓《古穰集》者"。序作于成化三年(1467),说明此时《古穰集》已编讫,而编之者为李璋、程敏政二人。后在成化十年(1474)程敏政作识记曰:"公薨,治命曰:'遗文必归程婿。'走受而藏之,将十年矣。正伪诠类,始克定为是编以授公子璋。"②联系刘序来看,《古穰集》最初当由李贤(1409—1467)、程敏政二人哀编,后又经过程敏政"正伪诠类",再交付李璋刻行。另据程敏政《光禄大夫柱国少保吏部尚书

---

① [清]纪昀等:《四库全书总目》卷一七〇,第2294页。
② 崔建英:《明别集版本志》,第464页。

兼华盖殿大学士赠特进光禄大夫左柱国太师谥文达李公行状》载李贤著述曰:"所居图书左右,口诵手录,虽老不懈。每有得即识之,有《体验录》一卷,《杂录》三卷。所被顾问,有《天顺日录》三卷。作文章以理为主,不为艰深靡丽之词,每教人以《晦庵草庐》为法,有《古穰集》若干卷。诗冲澹温厚,有《和陶诗》二卷,《和杜诗》一卷,《读诗记》一卷,《读易记》一卷,《南阳李氏族谱》若干卷。"①其中,《杂录》《天顺日录》《和陶诗》皆见于三十卷本《古穰集》中,《体验录》《和杜诗》《读诗记》《读易记》《南阳李氏族谱》等则否。《中州人物考》(卷二)、《千顷堂书目》(卷一九)、《明史》(卷九九)等皆载李贤于《古穰集》三十卷外,尚有《古穰续集》二十卷。程敏政《书古穰续集后》云:"公子尚宝卿士钦,及其弟锦衣千户士敬,搜其家之所藏,与得之四方者,复畀走诠次为《续集》以传,敬诺之而未暇也。适者蒙恩纳禄,屏居山中,始克定著为二十卷。"②此皆《总目》未言及,可作补充。

一二、徐有贞《武功集》提要

有贞究心经济,于天官、地理、兵法、水利、阴阳、方术之书无不博览,惟倾险躁进,每欲以智数立功名,与石亨等倡议夺门,侥幸孤注之一掷,幸而得济。又怙权植党,威福自专,卒亦为人构陷。所谓"君以此始,必以此终",实深为君子所诟病。祝允明为有贞外孙,所作《苏谈》,往往回护其词,究不足以夺公论也。③

---

①　[明]程敏政:《篁墩文集》卷四〇,上海古籍出版社1991年版,第二册,第12页。
②　[明]程敏政:《篁墩文集》卷三八,第一册,第666—667页。
③　[清]纪昀等:《四库全书总目》卷一七〇,第2295页。

按,《苏谈》作者为杨循吉(1458—1546),而非祝允明(1460—1527),馆臣在《玉山璞稿》提要中亦谓"杨循吉《苏谈》"①,说明此为误记。该书中涉徐有贞(1407—1472)事者仅有"武功治水""林屋洞天"两则,读其内容,并无一词为徐有贞"回护"②。祝允明有《苏材小纂》六卷,是记载苏州人物的,《四库全书》存其目,提要曰:"明祝允明撰……是书记天顺以后苏州人物。前有自序,称'弘治改元,诏中外诸司,撰集事迹,上史馆为实录。简③允明等数弟子员司其事,因私纂纪为此书'。第一曰簪缨,纂徐有贞以下十九人。第二曰丘壑,纂杜琼以下五人。第三曰孝德,纂朱灏一人。第四曰女宪,纂王妙凤以下三人。第五曰方术,纂张豫等二人。大约本之碑志行状,而稍为考据异同,注于本文之下。其叙徐有贞事,颇有讳饰。盖允明为有贞外孙,亲串之私,不能无所假借云。"④馆臣将《苏材小纂》混为《苏谈》,故有《武功集》提要的上述错误。

一三、倪谦《倪文僖集》提要

据李东阳《序》,谦所著有《玉堂稿》一百卷,《上谷稿》八卷,《归田稿》四十二卷,《南宫稿》二十卷,又有奉使朝鲜之作,为《辽海编》,别行于世。今皆未见。此本凡赋、辞、琴操、古今体诗、诗余十一卷,颂、赞、表、笺、箴、铭一卷,文二十卷,盖谦所自编,于生平著作,汰存六之一

---

① [清]纪昀等:《四库全书总目》卷一六八,第2255页。
② [明]杨循吉:《苏谈》,《苏州文献丛钞初编》上编,古吴轩出版社2005年版,第163—164页。
③ 按,中华书局1997年版整理本将"简"字归上句,第850页。"上史馆为实录简"不通,误。简,简选也,"简允明等数弟子员司其事"则通。
④ [清]纪昀等:《四库全书总目》卷六一,第850页。

者也。①

　　按，《总目》此段文字大体抄录《钦定续文献通考》，该书于"《倪谦文僖集》三十二卷"条叙录曰："臣等谨按，李东阳序称谦所著有《玉堂稿》一百卷，《上谷稿》八卷，《归田稿》四十二卷，《南宫稿》二十卷，又有奉使朝鲜之作为《辽海编》，别行于世，皆未之见。今本凡三十二卷，盖谦所自编，于平生著作汰存六之一者也。"②两相对照，《总目》惟补入"赋、辞、琴操、古今体诗、诗余十一卷，颂、赞、表、笺、箴、铭一卷，文二十卷"之语。于《辽海编》，二著皆言未见，其中《总目》袭《钦定续文献通考》之说而未之考。今检《千顷堂书目》（卷八）、《明史・艺文志》（卷九十七），皆载有《辽海编》四卷，知清初此书未佚，盖馆臣未之见也。国家图书馆今尚存成化五年（1469）倪谦（1415—1479）子岳刻本，即可佐证。据卢雍《辽海编序》曰："公由学士进少宗伯致政家居，其子岳举进士为翰林编修奉命归省，尝于公旧箧见公遗稿弃不自惜，恐遂散佚，乃手自辑录，并使事之纪述、缙绅之赠言、国人之投献者合为四卷，名曰《辽海编》欲谋诸梓，以传不朽。"③则其成书缘起及其内容，概可知矣。

　　关于《倪文僖集》之编订者，《钦定续文献通考》所叙未详且欠确，《总目》因之亦然。胡玉缙《四库全书总目提要补正》谓："丁氏《藏书志》有弘治刊本，云：'弘治癸丑，谦子岳、阜辈，裒成是集，属长沙李东阳为序，岳识后。'据此，则非谦自编。"④胡氏所引乃后来之间接材料，且稍显简略。其实，倪岳原跋对其原委载之甚详："先少保文僖府君，自游庠序，即负重名，平生制作极富。成化庚寅，回禄之变，岳方归省于家，仓卒之际，挈一笥以出，及归，他已

――――――――
① ［清］纪昀等：《四库全书总目》卷一七〇，第2295页。
② ［清］张廷玉等：《续文献通考》卷一九一，第4305页。
③ 崔建英：《明别集版本志》，第315页。
④ 胡玉缙：《四库全书总目提要补正》卷五三，第1488页。

无及,由是先世所藏荡然一空。惟先君文稿,幸在笥中得存。岳即收拾散亡,今为百七十卷,钞录数本,与诸弟共藏之。其间有经先君手自校订者,得诗若文八百九十篇,别为三十二卷,谨用刻梓以传。"①这是说成化六年(1470),倪家发生了一场火灾,藏书多毁于一旦。其父倪谦之文稿幸被抢出,得传于世。百七十卷本者,为岳整理并抄录。三十二卷本者,谦虽"自校订",但编定付梓则亦属岳之所为。核之倪岳之说,《钦定续文献通考》《总目》及胡玉缙《补正》,皆有失片面。谦集在其逝后十五年的弘治六年(1493)刻行,今北京大学图书馆、南京图书馆有藏②。

一四、韩雍《襄毅文集》提要

雍字永熙,吴县人。正统壬戌进士,官至右佥都御史总督两广。正德间谥襄毅。事迹具《明史》本传。③

按,韩雍(1422—1478)籍为长洲而非吴县,官至右都御史而非右佥都御史。此在杨武泉《四库全书总目辨误》已据史考订,可供参考④。今可补充者,《总目》之误乃抄录《钦定续文献通考》所致。该著于"韩雍《襄毅文集》十五卷"条载曰:"雍字永熙,吴县人。正统进士,官至右佥都御史,总督两广。谥襄毅。"⑤将《总目》上述文字与此对照,一目了然。

一五、岳正《类博稿》提要

是集为其门人李东阳搜辑遗稿而成。凡诗二卷,杂

---

① [明]倪谦:《倪文僖集》卷末,上海古籍出版社1991年版,第601页。
② 参见崔建英《明别集版本志》,第315页。
③ [清]纪昀等:《四库全书总目》卷一七〇,第2295页。
④ 参见杨武泉《四库全书总目辨误》,上海古籍出版社2001年版,第244页。
⑤ [清]张廷玉等:《钦定续文献通考》卷一九一,第4305页。

文八卷。又附录二卷,前一卷载诸人志、铭、传、赞等作,后一卷则东阳以叶盛所作志铭多所隐讳,为正补传也。①

按,据李东阳(1447—1516)自云,"搜辑遗稿"者非其一人而已。《书蒙翁〈类博稿〉后》曰:"检阅旧稿,存什一而已。公既属圹东阳以治,命拾遗文,得于其从子坪。窃惧阙略,不敢就次,乃与公门人潘君辰、李君经稍加搜访,或摘残草,手自誊识。越十有余年始克成,编为十卷,乃属我同年知府陈君道,刻于金华,名曰《类博》者,存公旧也。"②参与其事者另有岳正(1418—1472)门人潘辰(? —1519)、李经,亦不可忽略。又,文渊阁四库全书本《类博稿》附录未分卷,《总目》所叙与之未符。今明刻本传世者,上海师大图书馆、天津图书馆藏有嘉靖八年(1529)任庆云刻《类博稿》十卷、附录二卷,重庆图书馆、莆田图书馆分别藏有嘉靖十八年(1539)吴逵刻和嘉靖间徐执刻《类博稿》十卷③。

一六、柯潜《竹岩诗集》《文集》提要

惟《文集》乃传本甚稀,据集首董士宏序,则原集在嘉靖中曾经刊版,然今福建所采进者,仅属抄本。又据康太和序,知当时已多阙逸,今则并康序中所称《记盆鱼序》《愚乐》等作,亦俱未见,殆更为后人妄有刊削,弥致散亡。抄录亦多舛误,弥失其真。今就是集所存诗文各一卷,重为订正,并从郑岳《莆阳文献》、郑王臣《莆风清籁集》中录诗十首,文二首,为《补遗》一卷,附缀于末,以存梗概。④

---

① [清]纪昀等:《四库全书总目》卷一七〇,第 2296 页。
② [明]李东阳:《怀麓堂集》卷四一,上海古籍出版社 1991 年版,第 444 页。
③ 参见崔建英《明别集版本志》,第 687—688 页。
④ [清]纪昀等:《四库全书总目》卷一七〇,第 2296 页。

按，柯潜(1423—1473)《竹岩集》，《千顷堂书目》(卷一九)、《明史·艺文志》(卷九九)皆载八卷，《福建通志》(卷六八)载五十卷。今传世者有国家图书馆和南京图书馆藏清抄本《竹岩先生文集》十二卷，卷端题"四世从孙维骐编校"，版心下镌"天一阁抄本"，知其底本出自明代。吉林师范大学图书馆藏有清雍正十一年(1733)柯潜九世从孙柯潮刻本《竹岩集》十八卷、《补遗》一卷、《续补遗》一卷①。这说明，柯潜集并非像四库馆臣说的那样"传本甚稀"，只不过限于馆臣视野而未得经眼罢了。需要补充一点的是，《四库全书》采用柯潜集版本受到了《钦定续文献通考》的影响，该著卷一九一载"柯潜《竹岩诗集》一卷、《文集》一卷、《补遗》一卷"，并叙曰："潜字孟时，号竹岩，莆田人。景泰辛未进士第一，官至詹事府少詹事。"②从版本到叙录文字皆为《总目》袭取。

一七、童轩《清风亭稿》提要

《千顷堂书目》载《清风亭稿》十卷。此本第一卷为骚赋，自二卷至七卷皆诗，其门人李澄所编，而刘珝、张弼评之，后有魏骥、杨守陈、沈周诸人题词，较《千顷堂书目》少三卷，未知为原本佚脱，为黄虞稷误记也。③

按，文渊阁本《清风亭稿》为八卷而非七卷④。卷一为"四言古诗""骚体"，与《总目》之说有异。二至八卷为"乐府歌行""五言古诗""七言古诗""五言律诗""七言律诗""五言绝句""七言绝句"，体各一卷。可知，《清风亭稿》八卷皆诗，卷一也不例外。另，该本

---

① 参见崔建英《明别集版本志》，第479页。
② [清]张廷玉等：《钦定续文献通考》卷一九一，第4306页。
③ [清]纪昀等：《四库全书总目》卷一七〇，第2297页。
④ 按，胡玉缙《四库全书总目提要补正》卷五三引《静嘉堂秘籍志》曰"当作八卷"(第1490页)，但未证之以《文渊阁四库全书》本。

亦无《总目》刘珝(1426—1490)、张弼(1425—1487)评语。今中国科学院图书馆藏有成化间刻《清风亭稿》八卷,卷首题"门人兰溪儒学训导李澄编集""翰林侍读青齐刘珝、进士华亭张弼评""云南按察司佥事四明俞泽重评",有张楷(1399—1460)、陶元素、项骐、曹安、沈周(1427—1509)、张弼等人之序、题辞、识记或题后①。除"魏骥、杨守陈、沈周诸人题词"外,文渊阁本概无之。

轩别有《枕肱集》二十卷,又有《海岳涓埃》《谕蜀稿》②,《千顷堂书目》尚著录,今未之见,其存佚盖莫之详矣。③

按,《千顷堂书目》所载,见该著卷一九,曰:"童轩《枕肱集》二十卷,又《清风亭稿》十卷,又《海岳涓埃》,又《谕蜀稿》。"④今存者有明刻本《枕肱亭文集》二十卷,诗与文各十卷,另有目录、附录各二卷。国家图书馆藏诗二至十卷、文一至二卷,中国科学院图书馆藏文一至十卷⑤。

一八、张宁《方洲集》提要

是集首有弘治四年仁和夏时正序,称《方洲集》四十卷,又有余姚谢丕续集序,称夏复拾《林下之作》为四卷。又有钱升募刻疏,称《僭作补遗》,是又在四卷外矣。而今本乃止二十六卷。合以所附《读史录》仅三十卷,或钱升

---

① 参见崔建英《明别集版本志》,第2页。
② 按,中华书局1997年版《四库全书总目》误为《海岳涓谈》《论蜀稿》,见第2297页。
③ [清]纪昀等:《四库全书总目》卷一七〇,第2297页。
④ [清]黄虞稷:《千顷堂书目》卷一九,上海古籍出版社2001年版,第504页。
⑤ 参见崔建英《明别集版本志》,第2—3页。

重刊改并欤？[①]

按，四十卷本刻于弘治五年（1491），题曰《方洲张先生文集》，今仍传世，国家图书馆和中山大学图书馆有藏。该本有夏时正（1412—1499）、吴伯通（1439—1502）序各一，吴原（1431—1495）题后、朱祚后序、许清识记各一。四库全书采用的"两淮马裕家藏本"是明代万历间另一刻本，《方洲先生集》二十六卷，并《读史录》六卷，合为三十二卷。卷端题曰"海昌许清编集，门人朱祚校正，后学钱端晚重校"，今亦传世[②]。文渊阁本即为该本，《读史录》为六卷，《总目》误曰"四卷"，合起来亦非"三十卷"而为三十二卷[③]。

附记：本文为国家社科基金重点项目"《四库全书总目提要》的官学约束与学术缺失研究"（11AZW006）、重庆市哲学社会科学领军人才支持计划项目、西南大学人文社科研究重大项目培育项目"《四库全书总目》的重新整理及其文学批评的还原研究"（13XDSKZ003）的阶段性成果。

---

① ［清］纪昀等：《四库全书总目》卷一七〇，第 2297 页。
② 参见崔建英《明别集版本志》，第 167 页。
③ 按，胡玉缙《四库全书总目提要补正》卷五三引《静嘉堂秘籍志》曰："此本有《读史录》六卷，并本集为三十二卷。"（第 1490 页）胡氏未核之于文渊阁库本书，亦未以明刻版本证之。

《骈体文钞》谭献评校及其他未刊手评考论

钟 涛

从萧统(501—531)《文选》问世以来,选本在中国古代文学传播和研究史上,就占有重要地位。评点亦是中国古代一种重要的文学批评方式。对古代浩瀚的文学选本和文学评点的研究,极大拓展了古代文学研究的资料来源和学术视野。清代李兆洛(1769—1841)编选的《骈体文钞》,因其独特的编撰旨趣在当时乃至后世均产生了广泛的影响,是骈文史上一部重要选本。该书有李兆洛原评、谭献(1832—1901)评点、未刊刻的手评本评点等,这些评点在骈文研究史上具有重要理论意义,但其价值尚未得到深入发掘。本论文将探讨谭献评校本的形成过程及其对《骈体文钞》传播的贡献,谭献评校本评点的特色,以及《骈体文钞》其他未刊善本手评的价值。

一、谭献评校本的形成过程

谭献,初名廷献,字仲修,一字涤生,号复堂,又自号半厂,浙江仁和(今杭州)人。据其《谕子书一》自叙:"丁卯(1867),乡试获举,年已三十六矣。"① 同治六年(1867)中举,历知歙县、全椒、合

---

① [清]谭献:《谕子书一》,《碑传集补》卷五一,(台北)文海出版社1973年版,第2851页。

肥、宿松诸县,后隐归。词学造诣尤深,有清人词选《箧中词》六卷,后又续四卷,其弟子徐珂(1869—1928)辑录其词学观点成《复堂词话》。又工骈体文,治经则以《公羊》为宗。著有《复堂类集》,包括文四卷,诗九卷,词三卷,金石跋三卷,日记六卷。《清史稿》载其"少负志节,通知时事。国家政制典礼,能讲求其义。治经必求西汉诸儒微言大义,不屑屑章句。读书日有程课,凡所论著,橐括于所为日记。文导源汉魏,诗优柔善入,恻然动人。"①谭献与李兆洛等人所属的常州学派与文学关系密切,其《复堂日记》"同治八年"条称:"庄中白尝以常州学派目我,谐笑之言,而予且愧不敢当也。盖庄氏一门、张氏昆季、申耆、晋卿、方立、稚存、渊如皆尝私淑,即仲则之诗篇又岂易抗颜行乎?"②陈钟凡在《中国文学批评史》中对包括李兆洛在内的骈散文家进行划分:以汪中(1744—1794)、李兆洛等人为骈文之"魏晋派","桐城、仪征两派,主散,宗骈,各有所尚。至汪中、李兆洛之伦,则又上法魏晋,以求复古代骈散不分之体焉。厥后谭献亦以此说倡于南中"③,认为谭献与汪中、李兆洛一脉相承而来。谭献在《复堂日记》中亦有"先以不分骈散为粗迹,为回澜。八荒寥寥,和者实希"与"吾辈文字,不分骈散,不能就当世古文家范围,亦未必有意抉此藩篱也"之说,是对李兆洛等人师法魏晋、不分骈散之论的进一步继承与发扬。

谭献评点《骈体文钞》之始末状况,在其《复堂日记》中有详细记载:

> 光绪七年闰月十七日,《骈体文钞》两年来重加评定,往往携以行县,读于村舍。今日始卒业一过。以校乙亥江宁试院读定本,颇有异同,所见固以时殊邪?

---

① 赵尔巽等撰:《清史稿》卷四八六,中华书局1977年版,第13441页。
② [清]谭献:《复堂日记》,河北教育出版社2001年版,第44页。
③ 陈钟凡:《中国文学批评史》,江苏文艺出版社2008年版,第145页。

是书(《骈体文钞》)予二十八岁时初评识于闽中者,已亡失。光绪乙亥,再评于金陵贡院。阅五年庚辰,三评于全椒官舍。粗略是正康刻误字,未及发书,校记各本异同也。……分张十五年,是书未尝不在箧,再三论文,卒未一一雠勘。……戊子秋晚,得假佩瑗旧校。是编点勘研精,然否异同,蝇头茂密。予先借《易林》杂校各本。人事作辍,粗毕延寿书,仍未写定,而已岁余短景矣。是书温故,兼旬卒业。老作长恩,病餐特健,聊书本末,以识因缘。——以上戊子。①

这里交代的时间,与后来著录在民国排印本中的谭献为《文钞》所作序言"辛巳闰七月十有七日廷献书"②完全相符。

另苏本过录有谭献跋,不见于他本,其中所言与《复堂日记》亦甚为相符,录之于此,可互为参看。

光绪之元,治骈体于金陵贡院,下编评跋较略。枯冬行县,村舍蜷伏。辄呵笔补完之《七林》《连珠》,则三年前已研朱论。此别本可与金陵旧本相参互也。庚辰腊八日在程家市记。

献读《骈体文钞》,有初评本失于闽中,阅廿年,乃再点勘于金陵,此为三评。以皆客中,未及陈书雠勘,故字句异同,久欲旁注,迄未卒业。亦以亡友庄仲求,校读研精,颇思借钞,已而宦辙分张,逡巡未果。杨子雪渔传写之本,亦未睹也。玉折兰摧,仲求逝矣。献离群拙宦,衰暮归来,乃知遘柯杨君,凤与仲求同校,是编标识精妙,罗陈诸本以献同岑之托,得偿夙心。借本校勘,自孟冬下旬,始事十六日而终卷。

---

① [清]谭献:《复堂日记》,第298、178页。
② [清]李兆洛选辑:《骈体文钞》,中州古籍出版社1990年版,第20页。

虫鱼身世未悔,衰迟感逝赋邻笛之声,汲古无修绠之力。邂柯仙吏,学林冠九等之表,即此芳缣润玉,媵志雅鉴,得籍成劳,以成善本。亦文字因缘矣。不日雪渔归与话畴昔,度亦叹息绝倒也。光绪十四年仲冬十有二日谭献仲仪书。

戊子腊月岁不尽九日检校又一过,献。①

概而言之,谭献评《骈体文钞》过程如下表所示:

评点	时间	地点	概况
初评	咸丰十年庚申(1860)	闽中	亡佚
二评	光绪元年乙亥(1875)	金陵贡院	评点较略
三评	光绪六年庚辰至七年辛巳(1880—1881)	全椒官舍	历时两年,重加评定
检校	光绪十四年戊子(1888)		借杨葆彝(遐柯)评本重校

谭献评《骈体文钞》,先后经历三次评点。除初评本亡佚,其二评、三评本皆存,只有详略异同,其学生将两本评点合写,谭评因而变得丰富,得以流传。而刊行与过录内容的差异,或许也正是因为数加评点,导致流传各异。

二、谭献评校本的特色及其意义

谭献评校本在内容上并未对《骈体文钞》原刻本进行大的改动,在编目上对原刻本"朝代＋作者＋文题"的模式有所改进,略去了朝代,部分作者不明的文题则一一落实了文章作者。康氏原刻本的编目一类中以时代先后顺序进行排列,但未做到严密精

---

① [清]李兆洛选辑:《骈体文钞》,国家图书馆藏光绪三十四年(1908)苏州振新书社本。

审,谭校本则对此类情况略有调整,例如一类之中尽量将同一作者之文置于一处。但这项工作也并未严格执行,只有少数几处得到了改进,目录的疏漏在谭校本中也延续下来。原刻本中少量"文不对题"的情况,谭校本也都原样保留了下来。例如卷十一奏事类所录名为刘向(前77?—前6)《讼陈汤疏》之文,实际上是刘向的《论甘延寿等疏》。总的来说,谭校本延续了原刻本的基本风貌,在体例内容上都未对原刻本进行大的改动。谭校本的主要特色,并不在于重新校阅,主要在于谭献于文中的圈点以及对收录文章的评点。

随着谭献评校《骈体文钞》的广受关注,人们愈来愈意识到谭评的价值。自民国始印行《骈体文钞》,则必将谭献评校整理其中。1912年上海中华书局首次据康氏家塾原刻之谭校本进行校刊。由桐乡陆费逵总勘、杭县高时显、吴汝霖辑校、杭县丁辅之监造,印行了加入谭校的《骈体文钞》。而谭评与李评则用不定数目的〇列相隔以示区别。该本印行时还保留了谭献在文中的圈点。1936年由国学整理社整理出版,世界书局印行的《骈体文钞》也收录了谭评。世界书局本首次将《骈体文钞》一直存在的目录遗漏问题解决,补齐了七条目录的遗漏并予以重新编排,依照"朝代+作者+篇题(篇数)"的目录体例将"铭刻类"原刻本中"秦刻石"为题的刻石文皆冠以"李斯"之名,以求体例规范统一。其他篇题也有小的改动,但是原文中不再标注谭献圈点,稍留遗憾。世界书局本的改进补益工作使得《骈体文钞》的体例更加规范,而其排版美观大方、流传广泛,其后各地再印此书,多据世界书局本为底本。

但世界书局本所录谭批,也还存在疏漏,未必完全是谭批原貌。谭献手评本,笔者未见。在国家图书馆藏《骈体文钞》诸本中,苏州振新书社本是笔者所见唯一收有手录谭批的本子,其中所录似基本可以反映谭批的原貌。

此本录有杨雪桥(1865—1940)、陈澧(1810—1882)、谭献三人批校①。其中谭批不仅将康刻本的目录遗漏都标注出来，批语中凡有文章出处者必标注，人名误用、表字与名的误用亦有标注。对同体文章中同一作者的文章，都予以重新归类。值得注意的是，此本所录谭批，与《四部备要》本、世界书局本等民国排印本不甚相同，或在字句上有少量差异，或在评点位置上不类。相比较而言，苏州振新书社本的过录比通行的民国谭校本所录似更为可信。以书前的谭献序为例：

> 往年评《骈体文钞》，以李氏多精到语。又自童幼讽诵，丹黄杂题，散见他所，故辛亥秋棘闱评本识语甚略。阅数年，在安庆读《连珠》《七林》，……白下凉秋，萧瑟而已，独处多暇，隐几微吟……（世界书局本）

> 往年读《骈体文钞》，以李氏之评多精到语。又自童幼讽诵，丹黄杂题，散见他所，故乙亥读本识语甚略。阅数年，在安庆读《连珠》《七林》……下添秋，萧瑟而已，独处多暇，隐几微吟……（苏州振新书社本过录）

不仅措辞稍有差异，而且关键信息也有所不同。世界书局本言有"辛亥秋棘闱评本"。辛亥年在谭献有生之年仅对应1851年，而是年谭献才十九岁，尚在学年，似不大可能已有《骈体文钞》评本问世。而"苏本"过录之"乙亥"则为1875年，四十三岁的谭献有对《骈体文钞》评校似更为可信。而且，谭献《复堂日记》载有乙亥年读《骈体文钞》之事："阅《骈体文钞》。《设辞》曼倩《解难》以下，《七林》自《七发》后，未尝悉心其际。今日句栉字比，知《解嘲》《七发》固是著书，诸家言各有当，皆非苟作。口耳之间，且二

---

① 三人批校依笔迹颜色、粗细加以区别，但仍易混淆。

十余寒暑乃始心知其意。"①"乙亥"与谭献序文中所云"辛巳(1881)闰七月十有七日廷献书"的时间也较为吻合。

苏州振新书社本的过录比通行的民国谭校本批语也多有不同。如《班孟坚封燕然山铭》后谭献批：

  瑰玮绝特，追琢金玉之文，崔蔡能为也。（世界书局本）

  瑰玮绝特，追琢金玉之文，崔蔡不能为也。（苏州振新书社本过录）

从句意上即可判断，苏本所表达的"崔蔡不能为也"更合乎情理，意谓崔（骃）、蔡（邕）等人的刻石碑志文难追班固。二本所录谭批之差异甚多，兹不一一列举。但由此可知，以世界书局本为代表的民国排印本所录谭批，或未必全是谭批原貌，尽管民国三大排印本所录谭批内容相同，但因为三者出版时间前后相继，以《四部备要》本最早且重印最多，恐有陈陈相因之嫌。谭献评点《骈体文钞》，其书"恒在几案"，一生之中，数次评点，研读之深，旁人未有所及，其评点非一时完成，大约或是造成过录本与通行民国刊印本所录谭批不尽相同的原因之一吧。

三、谭献评语的批评特点

谭献评《骈体文钞》，最为详赡。序跋、评语、圈点均有丰富的留存，而尤以评语最多。谭献的圈点评语，不仅有助于读者阅读欣赏《骈体文钞》，推动了《骈体文钞》的传播，其自身也有一定的理论批评意义。

谭献对文章需多加注意处，往往以"。"圈点提示。《四部备

---

① [清]谭献：《复堂日记》，第67页。

要》本《骈体文钞》保留了谭校本的圈点,一些版本舍弃了这些标志,实际上并不能完全反映谭批的本来面目。这些圈点,既是对相应语句的激赏,也常与所下评语交相辉映。如谭评张载(1020—1077)《剑阁铭》以"精炼"二字,是对全篇风格的一个精确总结。而谭献加圈点的句子:"世浊则逆,道清斯顺","一人荷戟,万夫趑趄。形胜之地,匪亲勿居","兴实在德,险亦难恃","凭阻作昏,鲜不败绩"①,也很好地诠释了《剑阁铭》在立意和行文两方面的精炼之处。

不过,更能体现谭献对《骈体文钞》所选作品的认识和评价的还是其评语。《骈体文钞》李兆洛评点的价值和理论意义,奚彤云《中国古代骈文批评史稿》②、曹虹《清代常州骈文研究》③等研究论著都有深入发掘。谭评对李评的继承与发展十分明显,谭献为文与李兆洛一样主张"导源汉魏",其评点与李氏评点互为补益。有些谭评中直接表明其对李评的认可,如李兆洛评江淹(444—505)《齐太祖诔》云:"华缛已极,而叙次严整。唐人递相掇袭,富或过之,鲜采终不及也。"李兆洛评《四子讲德论》:"往时读此文,病其气靡辞冗,今再读之,始知其气之淳厚,辞之腴畅,从容雅颂,令人渐渍其中而不能自已。"谭献评云:"此评与此文同不朽。"④不过,更多谭评是在李评基础上延伸其意或别开生面,如颜延年(384—456)《三月三日曲水诗序》的评语:

隶事之富,始于士衡;织词之缛,始于延之;词事并繁,极于徐、庾,而皆骨足以载之。初唐诸作,则惟恐肉之不胜也。

(李兆洛)

---

① [清]李兆洛选辑,[清]谭献批校:《骈体文钞》,上海中华书局《四部备要》本,第50页。
② 奚彤云:《中国古代骈文批评史稿》,华东师范大学出版社2006年版。
③ 曹虹、陈曙雯、倪惠颖:《清代常州骈文研究》,江苏人民出版社2010年版。
④ [清]李兆洛选辑:《骈体文钞》,岳麓书社1992年版,第58页。

开合动宕,情文相生,俪体之上驷也。垂缩激射,文字上乘,开合跌宕次之。此为开合跌宕者欤?(谭献)

李评十分精彩,很具有批评价值。四十余字,不仅点出了几家骈文创作的特点,勾勒出从太康到齐梁骈文艺术发展的过程,而且通过和初唐骈文的对比,指出骨力与辞采的关系,对"肉不胜骨"这种现象间接表明态度。谭评与李评着眼于骈文艺术发展的大问题不同,而是就文论事,表现在对《三月三日曲水诗序》本身的鉴赏上,强调其有开合动宕、情文相生的艺术特点。再如薛玄卿《老氏碑》评语:

文字因题而异,亦因所施而异。意存扬颂,遂泛滥而忘其所归,是忘题也。为老氏立碑,不详立碑之意,而详立碑之人,是忘其所施也。自梁以下,其蔽皆然。骈体之遂为分途,皆自此等为之厉也。此唐初四杰之先声。其小异者,尚有疏朴之致。(李兆洛)

从容大雅,不厌铺采。评以疏朴,颇入微。南朝文章,惟晋人有之耳。铭语帖题,文致遒婉。(谭献)

李兆洛评点十分注重文章辨体的问题。在其128条评点中,李兆洛谈及"体"就达17处之多,即便未提及"体"处,也多有针对性地对某一文体进行辨析的评论。这条评语与"此非颂体,后人亦遂无效之者"[①]、"此亦哀诔之文,非施于碑志者,故附诸此"[②]之类略有不同,并未直接对碑文进行文体辨析,而是强调了文章立题和功用的不同。但对忘题、忘其所施的批评,仍是从文体功用角度出发的批评。而由忘题引出的"骈体遂为分途,皆自此等为之厉也"的感叹,展现的还是李兆洛对骈文发展的整体大视野。

---

① [清]李兆洛选辑:《骈体文钞》,岳麓书社1992年版,第45页。
② 同上书,第599页。

谭献评语则还是从文章艺术的审美角度切入。

相比李兆洛评点对文章结构、体势本身及其发展变化的关注,谭献评点更多表现出对文章审美艺术的重视。就笔者搜集到的553条谭评来看,谭献喜欢对文章进行审美评价这点比较明显。比如,《骈体文钞》卷九"教令类"的文章,李兆洛均未作评,谭献则基本上都有评语:评王子赣《敕掾功曹教》:"威棱凛然,凛若严霜。"评魏文帝(187—226)《以郑称为武德侯傅令》:"名言与白日一喻,并垂《文馆词林》。"评曹子建(192—232)《黄初六年下国中令》:"此令《文馆词林》所载,辞繁于此,今从本集。忧畏之意自在言下,《文馆词林》首尾完具,当从之题曰《自试令》。"评傅季友(374—426)《为宋公修张良庙教》:"与《荐谯元彦表》枢轴颇近,金玉之声,风云之气。"评傅季友《为宋公修楚元王墓教》:"机轴与前篇略同。"评任彦升(460—508)《宣德皇后令》:"琢词自工。"评萧彦达(475—518)《为荆州刺史下教》:"秀出。"评邱希范《永嘉郡教》:"使事有法,任、沈之流。"评陆佐公(470—526)《至浔阳郡教》:"雅饬。"评梁武帝(464—549)《禁奢令》:"择言,《文馆词林》。"评梁简文帝(503—551)《与刘孝仪令》:"称心而言,文致自胜。"评梁简文帝《与湘东王论王规令》:"情至,简贵,胜刘孝仪篇。"评梁简文帝《移市教》:"似未完。"评梁简文帝《罢雍州恩教》:"韶令。"评梁简文帝《与僧正教》:"六朝骈偶使事必不平实。"评梁元帝(508—555)《课耕令》:"华辞尚以意运。"评周文帝(507—556)《下朝士令》:"周隋文体,得趋于正。一气盘旋,去华反质之候。宇文一代朝宁,渐尚经训。疏达平夷,直是欧苏之先河。淳素之风,庶几可反。"这十几条评语,有几条是对文本出处的说明,《下朝士令》评语则梳理周隋文风去华返质的影响。其余大都是围绕文章的艺术特色点评。喜用秀出、雅饬、韶令之类审美范畴的词语来对文章审美特色进行定义,是谭评的一大特点。其评语中"闳约""茂懿""深美""沈静""雄丽""质厚""和雅""壮阔"等把握文章整体审美风格的词语，出现较为频繁。总之，谭评重视文章辞采之美，对文章审美特性尤为关注。

四、其他未刊手评本

除李兆洛原评和谭评外，在《骈体文钞》传布中，还有众多评校者，其中不乏名家。如《中国古籍善本书目》记载有：

1.《骈体文钞》三十一卷，清李兆洛所辑，清合河康氏家塾刻本，清陈澧批校。

2.《骈体文钞》三十一卷，清李兆洛所辑，清合河康氏家塾刻本，姚永概录清陈澧批校。

3.《骈体文钞》三十一卷，清李兆洛所辑，清合河康氏家塾刻本，清翁同龢录清翁同书批点。

4.《骈体文钞》三十一卷，清李兆洛所辑，清合河康氏家塾刻本，李慈铭批校。

5.《骈体文钞》三十一卷，清李兆洛所辑，清合河康氏家塾刻本，邵章录清谭献批并跋。

6.《骈体文钞》三十一卷，清李兆洛所辑，清合河康氏家塾刻同治六年娄江徐氏印本，清平步青批校。①

《中国古籍善本书目书名索引》②载有"同治六年印本周之桢录谭献杨佩瑗批校，陶北溟跋本"。谭献在《复堂日记》中记述自己评点《骈体文钞》时，也提到其他评校者。如称赞庄仲求③校《骈

---

① 参见中国古籍善本书目编辑委员会编《中国古籍善本书目》，上海古籍出版社1998年版。

② 参见天津图书馆编《稿本中国古籍善本书目书名索引》，天津图书馆2003年版。

③ 即庄士敏(1834—1879)，字仲求，号玉余先生，武进人。附贡生。福建候补同知，署霞浦县知县，福建候补知府。有才能。精骈偶文，尤善尺牍。著有《三国志》《能惧思斋文集》已佚，尚存《滇事总录》二卷、《玉余外编文钞》一卷、《玉余尺牍附编》八卷。

体文钞》"最为详审,宜其述造雅有渊源"①,"宜其文有家数也"②。称赞杨佩瑗③校本"蝇楷整丽,措语精审,愧十年评注为粗略矣"④。还说自己评校过程中也曾"借雪渔⑤校本《骈体文钞》,雠对予录本,互有同异"⑥。谭献接触过庄士敏、杨佩瑗、杨文莹三人对《骈体文钞》的评校本,并且评校详审精到,为他所仰慕。但这些人的评校本都未有刊刻,知者寥寥。庄仲求《骈体文钞》手评本今藏浙江大学图书馆,笔者未及查阅,而佩瑗、雪渔二人评本则无从考查。就笔者了解的手评本中,当以翁同书评本最具代表性。

(一)翁同书评点本

国家图书馆藏善本合河康氏本收录。是书内页有"常熟翁氏一经堂藏书"藏书印,"一经堂"为翁同龢(1830—1904)设于北京的藏书室,著有家藏书目《东堂书目》,其藏书有一部分来自其父兄遗留,书中卷一有"临伯兄祖庚阅本,咸丰辛酉七月朔,同龢"跋语。即翁同龢过录自其兄手评及圈点,而翁同书本人手评本已佚。翁同书(1810—1865)评《骈体文钞》,精严缜密,一篇之中,圈点、夹批、总评皆有所用,多以眉批为主,少量有尾批与夹批,且以"。"作为点抹标志对文句加以提示。

翁同书,字祖庚,号药房,江苏常熟人。道光二十年(1840)进士,授翰林院编修,曾任贵州学政,詹事府任少詹事等。逝后谥

---

① [清]谭献:《复堂日记》,第204页。
② 同上书,第347页。
③ 即杨葆彝(1835—1907),字佩瑗,号遯柯,又号大亨山人,在浙江历任诸县。工书画,于学无所不窥。其所著《墨子经校注》,瑞安孙诒让采其说入《墨子闲诂》,喜刻书,有《大亨山馆丛书》行世。
④ [清]谭献:《复堂日记》,第329页。
⑤ 即杨文莹(1838—1908),字粹伯,号雪渔,浙江钱塘(今杭州)人。光绪三年(1877)进士,官编修、记名御史、贵州学政。工书法,书宗宋四家,笔力瘦劲,有铁画银钩之势。亦工诗,著有《幸草亭诗集》。
⑥ [清]谭献:《复堂日记》,第336页。

"文勤"。翁同书少年颖悟,治小学音韵和史籍注疏考证,五岁遍读四子书,次年择师进学,十岁开始阅读前四史等史学著作,曾向藏书家稽瑞楼主人陈揆(1780—1825)等借阅书籍。陈揆赠其经义注疏、音韵字表之类书百册,学业由是大进。道光十二年(1832)中举之后,四次会试皆"报罢",回乡于常熟彩衣堂双桂轩书斋潜心学问,尤着力于小学。对《广韵》《音学五书》《方言疏证》《说文解字注》《说文解字》《说文通检》等小学经典无一不细加研读,并写有若干疏证文字,后多散失。研究音韵学的同时,还"杜门著经书数种"[1],对前、后《汉书》《三国志》等书进行"疏证",采用群经考证,并以金石考古之学以补前人疏证之不足。稽其事实,辨订史事讹误,推考分析传闻异同,校正订伪补短,务求其是。

翁同书熟稔经史,小学基础深厚。他采用考评结合的方法,将校勘、考释、评论三者相结合对《骈体文钞》选篇进行评点,比起李、谭二人,少了些许对文学特性的关注,却多了几分考据的特色。

首先,喜用音韵训诂等考据方法进行评点。文章评点一向有对字词进行注解的传统,翁评的特色之一也是对文本进行训诂考释。评点中或论及句中某词的音义出处,或对文章立意进行考辨,或对具体字词进行考证,有乾嘉学派考据遗风。如评李斯(前284?—前208)《琅玡台刻石》时,关注全文音韵:"秦刻石皆三句一韵,此独两句为韵。"再如评扬雄(前53—18)《百官箴》之"昔在夏殷,桀纣淫湎,持牛之饮,门户荒乱"时,对"牛饮"做一番考辨:"'牛饮'又见《六韬》,《御览》引《六韬》饮之以金鼓尘起,无长幼之席、贵贱之礼。"又:"《殷本纪》纣为酒池,回磐糟邱而牛饮者三千余人。"考据特色也体现在翁评好从细微处的字句入手,以符号和文字相结合,通过对某字词、句、段落进行关注,予以解析,厘清线

---

[1] 谢俊美:《翁同书传》,华东师范大学出版社1998年版,第12页。

索,指出文章布局章法与脉络。

其次,好以史事补足。对于文中所涉及的语典来历,翁同书也常指明语句的原始出处,这点与李善(630—689)注《文选》类似。比如在评论《骈体文钞》卷一所录温子升《寒陵山寺碑》时云:"庾信至北方,爱温子升《寒山寺碑》,后还,人问'北方何如',曰:'惟寒山一片石可共语。'"这个评语出自《朝野佥载》卷六:"梁庾信从南朝初至北方,文士多轻之。信将《枯树赋》以示之,于后无敢言者。时温子昇作《韩陵山寺碑》,信读而写其本。南人问信曰:'北方文士何如?'信曰:'唯有韩陵一片石堪共语。薛道衡、卢思道少解把笔,自余驴鸣犬吠,聒耳而已。'"①接着,翁同书还摘录了《北史》中李延寿关于南北文学不同之论来评论此文:"永明天监之际,太和天保之间,洛阳江左文雅尤盛,后世好尚,咸有异同。江左宫商发越,贵于清绮,河朔词义贞刚,重乎气质。气质则理胜其词,清绮则文过其意,善各立所短合其两长,则文质彬彬,尽美尽善矣。"②翁评善于从史料出发,结合文章考证史实背景。这种对文章所牵涉历史背景的描述,在一定程度上起到了"解题"的作用,如李公辅(530—590)《霸朝集序》篇评曰:

> 开皇五年,敕令撰录作相时文翰,勒成五卷,谓之《霸朝杂集》。
>
> 隋高祖初受顾命,适三方构乱,指授兵略,皆与德林参详。军书羽檄,朝夕填委,四日之中,数百数,或机速竞昔,口授如人。文意百端,不加点治。
>
> 高祖省读讫,明旦,谓德林曰:"自古帝王之兴,必有异人辅佐。我昨读《霸朝集》,方知感应之理。昨霄恨夜尝不能早

---

① [唐]刘㧾、张鷟:《隋唐嘉话 朝野佥载》,《历代史料笔记丛刊》,中华书局1979年版,第140页。
② [清]李兆洛选辑:《骈体文钞》,国家图书馆藏合河康氏家塾本翁同书手评本。

见公面,必令公贵与国始终。"于是追赠其父恒州刺史。未几,上曰:"我本意能深荣之。"后赠定州刺史,安平孙公,谥曰孝,以德林袭焉。①

以上摘录自《隋书·列传第七》的《李德林传》,能帮助读者了解背景,疏通文义。

再次,广引前人著作,有集评之特点。引用前人评点时,翁氏多从《文选》评点大家入手,如孙鑛(1543—1613)《孙月峰先生评文选》、洪若皋评《梁昭明文选越裁》、方廷珪《文选集成》、何焯(1661—1722)《义门读书记》等,故其评点本身颇有集评特色。

翁评往往表现出独特的衡文眼光。如评《蜀汉先主成都即位告天文》,既有以历史眼光发出对"《魏志》尽删颂功德上符瑞之奏,《蜀志》大书此文及群臣劝进表,陈寿故不愧良史才"的感慨,又有从文学角度体察"文有浮古之气"之对文章气格的把握,更有对"典谟训诰皆切实不华,自诏令章表一用四六,而古法荡然矣。试观此文及后主《策丞相诏》、孔明《出师表》,知三国时文章在蜀,非吴魏可比"对文体与文章史的宏观认识。而对李兆洛、谭献评语,若有殊意,他也一一指出。如卢思道《辽阳山寺愿文》一文,李评:"事既不经,文亦冗弱。以其为当时所尚,故附存之。"②谭评:"华润。清绮之中有灵气往来,工而不织,巧而不薄,尚有齐梁余韵。"③翁评:"选文者第当论其格之高下,以为去取,何乃云以其为当时所尚,而附存耶?"认为李兆洛作为选文者不以文之高下去取,而附当时所尚之举不妥。又如隋炀帝(569—618)《宝台经藏愿文》一文,翁氏明确指出:"此篇不宜登选。常州士人喜六朝文

---

① [清]李兆洛选辑:《骈体文钞》,国家图书馆藏合河康氏家塾本翁同书手评本。
② [清]李兆洛选辑:《骈体文钞》,中州古籍出版社1990年版,第138页。
③ 同上。

字碑板,每以为佳,亦一蔽也。"①在翁同书看来,《宝台经藏愿文》一文并非一篇佳作,时风喜六朝文字,以为篇篇佳作,是对文学审美的一种误导。

可以说,翁同书评点所呈现出来的考评结合的特色,是与其生平经历、治学方向以及时代风气有关系的,对比李氏与谭氏在文学性上的着力点评,翁同书立足考据评点相结合的方法,结合史料对文章背景的阐释与补足,可作为李、谭二人文学性评点的史料补足。总之,翁评数量丰富,内容方式独特,是与李氏、谭氏评点并茂之作,未能刊行于世,不得不说是一种遗憾。

(二)其他名家手评本

手评本除翁同书评点数量丰富,内容详赡,还有多种名家评点值得我们关注。

1. 陈澧评校本

北京大学图书馆今藏合河康氏本静航过录陈澧手评本。从过录本记录评点来看,涵盖范围亦包括全书,数量可观。另有国家图书馆藏傅增湘选录陈澧评语 45 条,(题跋印记)书眉行间有朱笔过录批语。卷末题:"己亥五日借陈兰甫先生手评本录入。"据笔者所见过录评语,陈澧评《骈体文钞》,以总评居多,多从文章行文入手,对作者文章立意、行文安排多有臧否。如评卷二梁简文帝《南郊颂》三条:

> 南郊事应经典,当以典重精博为贵,此文未衬。
>
> 首写南郊景物觇缕至数百字,而行礼处仅此数语,了无精采,盖写景易于设词,序述大礼非有硕学精思不能也,外强中干于此见矣。

---

① [清]李兆洛选辑:《骈体文钞》,国家图书馆藏合河康氏家塾本翁同书手评本。

草木池阁与题何涉？

卷十二孔文举(153—208)《肉刑议》，陈评"类多趋恶其复归"一句"此颇中理，然所称鬻权卞和之等乃自相矛盾"，《夏侯太初时事议》云"此两又以为当删去，分为三首录之"。此类评点大抵出于陈澧为师任教，有疏通文意、细读文章以授学生为文之道的需要，在行文上多有问题指点与方法指导，这也成为陈澧评《骈体文钞》的特点之一。

2. 赵铭评校本

同治六年(1867)娄江徐氏精刻本中，有赵铭(1828—1889)评点。此本笔者未能见，仅根据藏家所撰之文提供一二线索。十册书中，每册都有赵铭的小楷校注，每册少则一百来处，多则二百多处。校注时期从同治戊辰(1868)至光绪戊寅(1878)止，前后相距11年之久。

扉页上有销售书商红长方章"苏州元庙观西首绿润堂书坊发兑"。另有赵铭题跋："余向有《骈体文钞》一书，丹黄未竟，庚申寇乱失之，此本为同治戊辰冬月武林书市所购，版本为脱尚少云，桐孙氏记。"书中另有钤印"臣赵铭章"和"桐孙"各一枚。第十册后又有赵铭的跋语："辛未六月四日点毕，桐孙氏记于津门机局。"在第二册跋语中，赵铭详细记录了各年校注的时间、所引典籍、校注篇目。

3. 奭良评校本

奭良(1851—1930)，字召南，镶红旗满洲人，《清史稿》作者赵尔巽(1844—1927)的表侄。早年颇负诗文，有"八旗才子"之称。历任数省道员，辛亥革命后去官。熟悉清史掌故，著有《野棠轩文集》《史亭识小录》等。民国时期，应清史馆总裁赵尔巽聘，参与编撰《清史稿》。书中有藏书家夹页。对《文选》中出现的做朱笔标记为"选"，中有小序的篇目标有朱笔"有序"，另校正目录十八题，然评点较略。

4. 杨钟羲评校本

国家图书馆所藏合河康氏家塾刻本中,有一本为傅增湘过录陈兰浦(陈澧)评点并杨雪桥校点。此本一函八册,朱笔圈点,蓝笔过录,目录"骈体文钞上编"右有"目录改正各条依杨雪桥本"。第一卷结束处有:"辛巳正月初二日临雪桥校本藏园记。"杨雪桥即杨钟羲①,是著有《雪桥诗话》的清末学者。据傅增湘过录,杨钟羲共订正目录57条。其中有对遗漏的条目进行补充;有对目录错误加以改正,如将诏书类的《汉景帝后六年令二千石修职诏》中的"后六年"订正为"后二年";亦有对未名作者的篇目加上经过确认的作者,如卷七《魏禅晋策》加作者朱整(?—289),《齐禅梁策》加作者任昉,等等。后来的世界书局本和万有文库本都对目录进行过改正,但皆不如杨雪桥订正得严谨而完善,雪桥所正目录,多在严密的史实考证中得出结论,具有较为重要的价值。

谭献与翁同书,都是在常州学派深刻影响下的后进学者,翁氏家族所在的常熟与武进两地毗邻,学术相互沾染交叉。翁同书评点也属于《骈体文钞》书成后接受与传播的一部分,反映了当时常州一带《骈体文钞》流传接受状况。而其他诸家,或官居高位,或教授一方,他们对《骈体文钞》进行的点评,也说明《骈体文钞》成书后流播之广。而这些评点本身,也具有相当的理论批评价值,值得深入研究。

---

① 杨钟羲(1865—1940),字子勤,又字子琴、梓琴,号留垞、雪桥,乾隆年间隶汉军正黄旗。光绪十一年(1885)举人,十五年经殿试得"赐进士出身",翰林院庶吉士,散馆授编修。溥仪予谥"文敬",平生著述有《雪桥诗话》《八旗文经》《八旗文经作者考》《留垞杂著》六卷、《骈体文略》二十九卷等。

义蕴发微

夸诞之言·似道之言·两行之言
——《庄子》"寓言"含义词源学考辨

于雪棠

"寓言"一词最早见于《庄子》，对其含义，众说纷纭。通行的一种解释是"寓，寄也"，"寓言"为寄托之言①。然而，有所寄托并非《庄子》所独有，先秦诸子多有寄托之言，但他们并没有提出"寓言"这一概念，这种解释的问题在于它抹煞了《庄子》言说方式的独特性，因而并不可取。笔者认为，"寓言"不是一种文体，而是庄子学派对《庄子》一书特有的思想表达方式的命名，不适用于先秦其他著述。本文认为"寓言"的本义是夸大之言，即荒诞之言，兼具似道之言和两行之言义。

---

① 《庄子·寓言》"寓言十九"郭象（252？—312）注："寄之他人，则十言而九见信。"成玄英（生卒年不详）疏："寓，寄也。世人愚迷，妄为猜忌，闻道己说，则起嫌疑，寄之他人，则十言而信九矣。故鸿蒙、云将、肩吾、连叔之类，皆寓言耳。"（[清]郭庆藩撰，王孝鱼点校：《庄子集释》，中华书局2004年版，第947页。）王先谦（1842—1917）也认为寓言是"意在此而言寄于彼"（[清]王先谦：《庄子集解》，中华书局1987年版，第245页）。本文所引《庄子》原文均出自《庄子集释》一书，以下不一一出注。

一、"寓"之词源有大义,"寓言"即大言、夸诞之言

《庄子》对"寓言"的内涵有界定,其说甚明。《天下》:"庄周闻其风而悦之,以谬悠之说,荒唐之言,无端崖之辞,时恣纵而不傥,不以觭见之也。以天下为沈浊,不可与庄语,以卮言为曼衍,以重言为真,以寓言为广。独与天地精神往来而不敖倪于万物,不谴是非,以与世俗处。"这里阐明了"寓言"的意思。"寓言"为"荒唐之言,无端崖之辞"①,即大言,故曰"以寓言为广",广亦大。"寓"在古音侯部,有大义,与"寓"同声符的"颙""禺""愚",也都有大义。颙可训为大,古籍中不乏其例。颙,《说文解字》:"大头也。"《诗·大雅·卷阿》:"颙颙卬卬,如圭如璋,令闻令望。"毛亨(生卒年不详)传:"颙颙,温貌。卬卬,盛貌。"毛传释"颙颙"为"温貌",不确,当为大貌。《尔雅·释训》:"颙颙卬卬,君之德也。"谓德之高大。《易·观》:"盥而不荐,有孚颙若。"马融(79—166)注:"颙,敬也。"虞翻(164—233)注:"颙颙,君德有威容貌。"皆是大义。《诗·小雅·六月》:"四牡修广,其大有颙。"毛传:"颙,大貌。"这里直接训颙为大。西汉枚乘(?—前140?)《七发》曰:"纯驰皓蜺,前后络绎。颙颙卬卬,椐椐强强,莘莘将将。"李善(630—689)注:"颙颙卬卬,波高貌也。"李注所云"高貌",解释的只是"卬卬"的意思。"颙颙",这里应当是形容卷起的浪头很大。与"颙"对转的"洪""鸿"也是大义。

---

① 《诗·周颂·天作》:"大王荒之。"毛传:"荒,大也。"([汉]毛亨传,[汉]郑玄笺,[唐]孔颖达正义,龚抗云等整理,刘家和审定:《十三经注疏·毛诗正义》,北京大学出版社1999年版,第1293页。)《说文解字》:"唐,大言也。"([汉]许慎撰,[清]段玉裁注:《说文解字注》,上海古籍出版社1981年版,第58页。)

"禺"也有大义。《山海经·大荒东经》记北海有神,名"禺京",《大荒北经》又记北海之渚中有神,名"禺强"。郝懿行(1755—1823)笺疏:"禺京即禺强也,京、强声相近。"《庄子·大宗师》曰:"禺强得之,立乎北极。"《尔雅·释诂》:"京,大也。"京、强,都有大义,"禺"在这里也是取大的意思。再如"禺谷"一词,《山海经·大荒北经》:"夸父不量力,欲追日景,逮之于禺谷。"郭璞(276—324)注:"禺渊,日所入也,今作虞。"从谷声的字,如容、裕,都有大义,而且它们的声和韵都与禺相近,因此,"禺京"(禺强)和"禺谷"这两个词里的"禺"都可训为大。

"寓"与同在侯部的"厚"字双声叠韵,义亦可相通。"愚"与"寓"亦同源。"愚"有憨义,憨即厚大、厚钝。"寓"与"愚"可相假借。《山海经·北山经》记载马成之山有鸟,名曰鶌鶋,其鸣自叫,食之不饥,"可以已寓"。朱骏声(1788—1858)认为此处"寓"字是"假借为愚"。(《说文通训定声·需部》)此外,与"寓"声近的字,如"于",有大义,从于声的字皆有大义,对此清人已经论说得十分清楚,为学界公认。于声在鱼部,与侯部为邻部,近旁转。"寓"与"于"古音相近,寓也可有大义。由此而来,"寓言"即夸大之言。

再从《庄子》文本特点的角度考察,"寓言"为大言、荒诞之言,更是毋庸赘论。《庄子》崇尚大。书中描写了很多巨大的艺术形象,体积大的如《逍遥游》中不知其几千里的鲲鹏,《逍遥游》中的樗栎和《人间世》中的社树,《外物》中任公子所钓大鱼等。年寿大的如以八千岁为春、八千岁为秋的大椿,其大都令人瞠目,超乎想象。《庄子》一书"寓言十九"(《寓言》),"寓言"这种言说方式遍布全书,这是篇幅比重上的大。《庄子》语多夸张,如《德充符》对一系列形体异于常人的畸人的描写,《田子方》所写列御寇为伯昏无人射的故事,其夸张程度匪夷所思,令人难以置信,这是修辞上的大。总之,《庄子》之言多是"大而无当,往而不返","犹河汉之无极也"(《逍遥游》),其"恢恑憰怪"(《齐物论》)的风格,正是以"恢"为前提和基础,恢者,大也。"寓言"的本义当是夸大之言、荒诞之言①。

二、"寓"为相似,"寓言"乃似道之言

"寓"由"宀"和"禺"两部分构成。《说文》:"禺,母猴属,头似鬼。从甶,从内,牛具切。"母猴,沐猴也,亦称猕猴②。章太炎(1869—1936)《国故论衡》上卷《小学十篇》谈语言缘起论,说:"同一声类,其义往往相似。"他以"禺"字为例,解曰:"如立'禺'字以为根:禺亦母猴也,猴喜模效人举止,故引申之凡模拟者称禺。《史记·封禅书》云:'木禺龙栾车一驷,木禺车马一驷',是也。其后木禺之字,又变为偶,《说文》云:'偶,桐人也。'偶非真物,而物形寄焉,故引申为寄义,其字则变作寓。凡寄寓者非能常在,顾适然逢会耳,故引申为逢义,其字则变作遇。凡相遇者必有对待,故引申为对待义,其字则变作耦矣。"③章太炎认为"禺"的本义是母猴,猴喜模仿人,与人相似,因此,"禺"有模仿义。木禺车马,是仿真实的车马而制造,与真车真马相似。"偶",仿人形而做成,与人相似。由此推论,模仿之物与原物相似,则"相似"为"禺"的一个义项。

---

① 《尔雅·释诂》:"诞,大也。"([晋]郭璞注,[宋]邢昺疏,李传书整理,徐朝华审定:《十三经注疏·尔雅注疏》,北京大学出版社 1999 年版,第 9 页。)

② 禺为猴类,古籍中有例证。《山海经·南山经》曰:"有兽焉,其状如禺而白耳,伏行人走,其名曰狌狌,食之善走。"晋郭璞注:"禺似猕猴而大,赤目长尾,今江南山中多有。"([清]郝懿行:《山海经笺疏》,巴蜀书社 1985 年版,第 1 页。)《尔雅·释兽》举近十种似猕猴的动物,总曰"寓属"。阮元校:《说文》《周礼·司尊彝》注均作'禺',是。许叔重、郑展成所据《尔雅》均作"禺"。"(详见[晋]郭璞注,[宋]邢昺疏,李传书整理,徐朝华审定:《十三经注疏·尔雅注疏》,北京大学出版社 1999 年版,第 331 页。)可知禺、寓可假借。

③ 章太炎:《国故论衡》,上海古籍出版社 2003 年版,第 34 页。

以"禺"为声旁的字多有相似义,如"喁"。《庄子·齐物论》曰:"前者唱于而随者唱喁。"陆德明(550?—630?)《经典释文》引李轨(生卒年不详)曰:"于、喁,声之相和也。"喁,应和声,与前者之唱相似。《淮南子·俶真训》:"圣人呼吸阴阳之气,而群生莫不喁喁然,仰其德以和顺。"《史记·日者列传》:"公之等喁喁者也。何知长者之道乎!"这两处的"喁喁",都是形容随声附和之声。再如"隅",隅是角,两面相同或相似的墙相交,才构成隅,隅也含有相似义。"耦"也是一例。《战国策·齐策三》记载苏秦(?—前284)劝谏孟尝君(?—前279)不要入秦。有言曰:"今者臣来过于淄上,有土偶人与桃梗相与语。"《史记·孟尝君列传》:"今旦代(即苏代,生卒年不详)从外来,见木偶人与土偶人相与语。"司马贞(生卒年不详)《索隐》:"偶音遇,谓以土木为之偶,类于人也。"土偶,亦作"土耦"。刘向(前77?—前6)《说苑·正谏》:"见一土耦人,方与木梗人语。"这说明"耦"也有相似义。此外,《淮南子·要略》:"假象取耦,以相譬喻。""象"与"耦"都有与原物相似之义。

"寓"字也有相似义。如"寓车""寓马",是随葬的木制车、木制马。《汉书·郊祀志上》:"诏有司增雍五畤、路车各一乘,驾被具,西畤、畦畤寓车各一乘,寓马四匹,驾被具。"再如"寓钱",即纸冥钱。古时祭祀或丧葬时用圭璧币帛,祭毕埋在地下,因经常被盗,其后或用范土为钱,以代真钱,魏晋以后又改为纸钱。寓车、寓马、寓纸,都是与真物相似的替代品。"寓"与"偶"可通假。《史记·酷吏列传》:"匈奴至为偶人象郅都(生卒年不详)",司马贞《索隐》:"《汉书》作'寓人象'。案:寓即偶也,谓刻木偶类人形也。"王念孙(1744—1832)《读书杂志·汉书十四》"偶人"条考曰:"《汉书》本作'寓人'。""寓读曰偶","偶与寓古同声而通用。"偶人、寓人,都与真人相似①。

禺、寓、偶,都有相似义,据此,"寓言"当是相似的言论。与什么相似的言论呢？在《庄子》一书语境中,"寓言"指的是与道相似的言论。庄子学派认为道是不可言说的,这在《知北游》篇有集中的体现。庄子学派倡导"不言之辩,不道之道"(《齐物论》),但他们又别无选择,必须以言传道,其观点与表达观点所用媒介之间存在先天的矛盾,解决的办法便是不直接论道,而是假借外物以论道,即《寓言》所说"寓言十九"、"藉外以论之",假借之外物无法完全传达出道的精髓,只能无限接近道的真谛,"寓言"只能是似道之言。

三、"寓"通"耦"(偶),寓言为两行之言

以"禺"为声旁的"耦"字对理解"寓言"的含义也颇为关键。《庄子·齐物论》曰:"南郭子綦隐几而坐,仰天而嘘,嗒焉似丧其耦。"郭象注:"耦,匹也。"司马彪(？—306)注:"耦,身也,身与神为耦。"耦,相对、相匹配之义。《经典释文》:"耦,对也。""耦本亦作偶。"《说文》:"耕广五寸为伐,二伐为耦。从耒,禺声。"段注:"古者耜一金两人并发之。""伐之言发也。""今之耜岐头两金,象古之耦也。""長沮、桀溺耦而耕。此两人并发之证。引申为凡人耦之称。俗借偶。"《玉篇》:"耦,二耜也。"依段注,"耦"由两人并耕之义引申出凡两人相匹对都称为"耦",又假借为"偶"。偶,《说文》:"桐人也。"段玉裁(1735—1815)辨析了"耦"与"偶"的区别,

---

① 寓与偶相通,有学者因此认为"'偶'又指木偶,就是能与'道'相对应的偶象、形象。"(马冀:《略论庄子学派的文学思想》,《内蒙古大学学报(哲社版)》1982年第3、4期。)或云:"'寓言'不是'道所寄寓之言',而只是道所假借之'偶'。"(孙乃沅:《庄子"三言"新探》,《中华文史论丛》1983年第1辑,上海古籍出版社1983年版,第74页。)这种观点不无道理,但把"寓"仅理解为偶象,则不免拘泥。

注云："按木偶之'偶'与二耜并耕之'耦'义迥别。凡言人耦、射耦、嘉耦、怨耦，皆取耦耕之意，而无取桐人之意也。今皆作偶，则失古意矣。"此说不错，不过，"偶"字也可以引申出相对、相匹敌的意思。清徐灏（生卒年不详）《说文解字注笺》云："《释名》云：'偶，遇也，二人相对遇也。引申为凡对偶之称。'《中庸》曰：'仁者，人也。'郑注：'人也，读如相人偶之人，以人意相存问之言。'《公食大夫礼》：'宾入三揖。'郑注：'每曲揖及当碑揖相人偶。'灏按：相人偶者，与人相偶也，人相遇曰偶，因之凡事之相值者曰偶矣。"徐氏认为凡事之相值者都称作"偶"。

"寓"与"耦"也可通假。闻一多解释《齐物论》"荅焉似丧其耦"一句，曰："耦当读作寓。寓，寄也，神寄于身故谓身为寓。""案偶象之偶，本即寓字。""《德充符篇》：'直寓六骸，象耳目'，寓与象对，寓即偶也，《淮南子·览明训》正作偶。夫抟土刻木为像，所以寄寓神之精气者也，故谓之寓。神，一也，像，二也，二者一之匹偶，故像又谓之偶。于人亦然，有精神焉，有形骸焉。神一形二，二为一之偶，故形为神之偶；神本形末，形所以栖神，故形为神之寓。偶与寓一而二，二而一耳。"①闻一多把"寓"解释为寄，又解释为偶象，因为偶象寄寓着人的精气，偶是形，神寄其中，因此，形与神，偶与寓意思虽不同，但实际是一个事物的两个方面。形与神为二，且形神相匹，这个意思就是"耦"，也可作"寓"。

寓、耦、偶相通，皆有相并、相对、相匹配之义，由此，"寓言"的含义也与此义有关。前引《天下》篇"不以觭见之"一句可证。"不以觭见之"，成玄英疏曰："觭，不偶也。而庄子应世挺生，冥契玄道，故能致虚远深弘之说，无涯无绪之谈，随时放任而不偏党，和气混俗，未尝觭介也。"钱基博在成疏基础上又做了进一步的申

---

① 闻一多：《庄子义疏·齐物论》，《闻一多全集·庄子编》，湖北人民出版社1993年版，第379页。

论。文曰:"按'觭'者,畸之异文,即奇偶之奇。《说文·可部》云:'奇,不偶也。''以觭见之'即'知其一而不知其二'之意。上文云:'天下多得一察焉以自好,譬如耳目鼻口,皆有所明,不能相通。'此'以觭见之'之蔽也!""而不明'不以觭见之'之说者,亦不足以发庄生之意也。惟明乎'不以觭见之'之说,而后'以卮言为曼衍,以重言为真,以寓言为广',皆所不害。""要之言者毋胶于一己之见,而强天下之我信;但寄当于天下之所信,而纯任乎天倪之和;《齐物论》曰'莫若以明',此篇称'不以觭见之',所谓不同,归趣一也。"①

钱氏所论非常透辟。庄子学派的一个重要的思想方法,就是不以觭见之,即不偏执于一隅,不执着于一己之得,而是从相对立的两个角度分别观察事物,考虑问题。《齐物论》篇对此阐述甚明。如曰:"物无非彼,物无非是。""是亦彼也,彼亦是也。彼亦一是非,此亦一是非,果且有彼是乎哉?果且无彼是乎哉?彼是莫得其偶,谓之道枢。枢始得其环中,以应无穷。是亦一无穷,非亦一无穷。故曰:莫若以明。"《齐物论》篇大旨即此,意谓是非具有相对性。所谓"彼是莫得其偶","偶",相对待之意②。与"不以觭见之"相反的思想方法则是以偶见,表现为言说方式则是偶言,即"寓言"。"寓言"是"不以觭见之"之言,是"不遣是非"(《天下》)之言。《齐物论》曰:"是以圣人和之以是非而休乎天钧,是之谓两行。"郭象注:"任天下之是非。"寓言即"两行之言",是不执着于是

---

① 钱基博:《读〈庄子·天下篇〉疏记》,张丰乾编:《庄子天下篇注疏四种》,华夏出版社 2009 年版,第 129—130 页。
② 《庄子·寓言》一篇主旨与《齐物论》基本相同。《寓言》有多处文字与《齐物论》相同或相近。"天倪""天均"两个概念,罔两问景的故事和"恶乎然?然于然……无物不然,无物不可"一段话等,均见于两篇。

非之争的言说①。

总之,"寓"的厚大(夸大、荒诞)义、相似义、相对义,前面所述可证明来自同一个声音源头,从声音来源的意义上,三者是可以统一的。

附记:本文发表于《民俗典籍文字研究》2013年第2期。

---

① "不以觭见之",也可指"重言",觭即奇,觭见即偏见;重即耦,重言当是两行即辩证之言。《庄子》所云"寓言""重言""卮言",并非截然有别,而是从不同角度对其言说方式加以解说,三者有交叉重合处。重即耦,可佐证"寓言"为两行之言。

唐代文学批评生命化象喻摭言

刘 伟

一、文学批评中的生命化象喻传统

中国传统文化中的生命化观念有着广泛而久远的影响,按照中国古人的思维方式看来,人与自然本来就是一体的,人和自然有着十分亲和密切的关系,人是自然的一部分,自然是人的根本。《黄帝内经·素问·上古天真论》即说:"余闻上古有真人者,提挈天地,把握阴阳,呼吸精气,独立守神,肌肉若一。故能寿敝天地,无有终时,此其道生。"[1]中国古代哲学对于宇宙自然,有一份鱼水相得的默契,他们不把自然看作无生命异己的存在,而是视人类生命本源和宇宙本体有一种"天人合一"的大和谐。《周易·系辞下》说:"古者包牺氏之王天下也,仰则观象于天,俯则观法于地,观鸟兽之文与地之宜,近取诸身,远取诸物,于是始作八卦。以通神明之德,以类万物之情。"[2]《周易》"阴阳"学说的确立将人纳入

---

[1] 王育杰等编:《中医养生学精华》,广西师范大学出版社2007年版,第328页。
[2] 黄寿祺、张善文译注:《周易》,上海古籍出版社2007年版,第402页。

了哲学及文学领域,哲学及文学被赋予了人的生命意识和生命活力。"生生之谓易","天地之大德曰生","男女构精,万物化生","乾道成男,坤道成女"等语,都说明自然界本身就是一个伟大的生命过程。早在上世纪周予同、钱玄同、郭沫若等学者就敏锐地指出《周易》之中"—"是男根的象征,"--"是女阴的象征。① 宇宙本身就是一个富于生命行为、生命活力和生命情感的生命过程,天地之美充盈着生命精神,"人"成为中国文化的核心和本位。中国古代有许多关于"化生"和"创世"的神话,极具生命特征,最具代表性的是盘古死后化生的神话故事。据三国吴人徐整(生卒年不详)《五运历年记》记载:"首生盘古,垂死化身。气成风云,声为雷霆,左眼为日,右眼为月,四肢五体为四极五岳,血液为江河,筋脉为地理,肌肉为田土,发为星辰,皮肤为草木,齿骨为金石,精髓为珠玉,汗流为雨泽,身之诸虫,因风所感,化为黎甿。"②梁人任昉(460—508)《述异记》卷上亦云:"昔盘古氏之死也,头为四岳,目为日月,脂膏为江海,毛发为草木。秦汉间俗说:盘古氏头为东岳,腹为中岳,左臂为南岳,右臂为北岳,足为西岳。先儒说:盘古泣为江河,气为风,声为雷,目瞳为电。古说:盘古氏喜为晴,怒为阴。吴楚间说:盘古氏夫妻,阴阳之始也。"③中国古人这种象征性思维方式必然以人之本身感受宇宙自然、生命万物,古代诗歌的比兴传统便是人与自然万物的和谐统一,与这种象征性思维一脉相通,共同作用于诗文创作与批评之中。因此,文学批评借人体及其生命精神来喻示文章、批评文体便成为有源可稽之事。诚如邱紫华所说:"这种观念促成人们采取以己度物的方式,把自己的

---

① 参见周予同《孝与生殖器崇拜》,《周予同经学史论著选集》,上海人民出版社1983年版;钱玄同:《答顾颉刚先生书》,《古史辨》第一册,上海古籍出版社1982年版;郭沫若:《中国古代社会研究》,科学出版社1982年版。
② 施亚西、姜汉椿编:《中国神话精选》,上海教育出版社1990年版,第6页。
③ [南朝梁]任昉:《述异记》,《汉魏丛书》卷九,育文书局石印本1911年版。

活动经验普遍化。通过相似类比、联想、想象等思维方式,在形体、情感上把自身同自然对象加以比较,形成了关于一切事物都具有生命统一性和情感统一性的固定观念,并进而把自然万物都看作是自己的同类,以为他们一切生命活动和情感体验都与人类相同。"[1]中国古代在文学创作上,以追求人文合一为最高境界,反映在文学批评领域,就是要求文学作品应具备生命精神和生命审美特征——钱锺书《中国固有的文学批评的一个特点》一文指出,中国古代文学批评有"把文章通盘的人化或生命化","把文章看成我们自己同类的活人"的特点[2]。中国传统文化中的天人合一哲学思想、象喻比兴的诗性思维、上古神话及图腾崇拜、古代医学相术、阴阳五行说以及魏晋以来的人物品评之风等,都是生命化批评的重要理论渊源。中国古人在人与天的思考中,把自己的生命本质自然化,赋予天地万物以生命意识,在文学批评及人物品藻的审美中,又将自己的生命本质对象化,从根本上抓住了美的感性形式。

许多学者对这种人文同构的生命化批评进行了进一步的梳理研究,如吴承学的《生命之喻》[3]、韩湖初的《"生命之喻"探源》[4]、张家梅的《人化批评的民族特色与审美价值》[5]等文章都具有十分重要的理论意义。但到目前为止,学术界对于这种批评方式理论本身的学理研究较为关注,还没有人将这一批评方式放在一个具体的时代背景之内,做一种生命化批评的个案综合研究,分析这种批评方式与这个时代的文学特征乃至文化特征之间的密切关系。经笔者深入研查发现,唐代的生命化批评成就尤为突

---

[1] 邱紫华:《论东方审美"同情观"》,《文艺研究》1994 年第 4 期。
[2] 钱锺书:《中国固有的文学批评的一个特点》,《文学杂志》1937 年第 1 卷第 4 期。
[3] 吴承学:《生命之喻——论中国古代关于文学艺术人化的批评》,《文学评论》1994 年第 1 期。
[4] 韩湖初:《"生命之喻"探源》,《文学评论》1995 年第 3 期。
[5] 张家梅:《人化批评的民族特色与审美价值》,《佛山大学学报》1997 年第 1 期。

出,极具人文意蕴,这种生命化批评与唐之时代风神有着高度的理论契合。因而,深入探讨"生命化批评"这一命题,对于探讨唐代士人风貌和文学精神尤为重要。唐代生命化批评在继承以往人化批评的基础上有了长足发展,它不再是一种简单的生命比拟,而是实实在在灌注了唐人的生命意志和生命精神,要求文学作品应该完美体现出一种昂扬勃发的精、气、神。唐代文学批评的经典代表之中,如陈子昂(661—702)论"风骨",王昌龄(698—756)论"势",杜甫(712—770)论"神",皎然(730—799)论"诗道之极",韩愈(768—824)论"气盛言宜"和"不平则鸣",白居易(772—846)以"根、苗、华、实"喻诗,司空图(837—908)论"生气远出",无不体现出一种生命精神。如果说从经济、政治、宗教等角度阐释唐代文学风貌是一种外部研究,那么从生命化批评角度探讨唐代文学理论,可以说是一种内部深层次的研究,它是帮助我们了解氤氲闳阔的盛唐气象的一大关键。唐代是中国古代历史上少有的极为开放的时代,在时代精神的鼓舞之下,唐人充分张扬出自己潇洒热烈的风神气韵,人性自觉意识、人格自尊观念和积极进取的人生态度以及高举的理想主义旗帜,是唐代文学乃至唐文化之魂。作为唐文化一部分的文学理论也反映出了不同于其他时代的特点,那就是生龙活虎的生命气韵与精神。从生命化批评角度着眼,我们可以寻觅洞窥唐人独特的审美心灵,准确而深刻地诠释唐代美学和诗学所具备的人文精神。

  需要指出的是,唐以前生命化批评与人物品评之风密切相关,过多强调作者的才性和气质,但由于作者忘情投身于自然山水,因而缺少昂扬奋发的现实精神;唐以后文学批评逐渐向强调学问、强调技法,朝清雅、性灵方向发展,缺少唐代的风骨气魄,生命精神日益委顿。严羽(约1192—1197)《沧浪诗话·诗辩》讥宋诗"以文字为诗,以才学为诗,以议论为诗"[①],李东阳(1447—

---

① [清]何文焕辑:《历代诗话》,中华书局1983年版,第688页。

1516)《麓堂诗话》亦说:"唐人不言诗法,诗法出于宋,而宋人于诗无所得。"①与其他朝代相比,唐代生命化批评最大不同在于作为批评主体的"人"的生命精神状态的不同:先秦时期是你死我活相互比拼、厮杀决斗的"人";两汉时期是淹没于神权和宗法人伦中的"人";魏晋南北朝时期是在死亡的凄美中徘徊的"人";宋、元、明、清以降是压抑于理学、异族统治、厂卫特务、文字狱而迷失自由的"人"。只有在唐代,生命主体才是充满自信、高昂激越而唱响生命狂歌的"人"。可以说,正是由于唐人激昂勃发的生命情韵才铸就了唐代整个文学艺术大繁荣的局面。有些研究者认为,唐代文学理论的发展落后于文学本身的发展,但是他们往往没有看到文学批评之中亦充溢着飞动的生命情韵,正是这种共同的生命特质与因素才促进了唐文学的全面繁荣。唐人还将其生命情韵广泛投射到绘画、书法、音乐、舞蹈等诸多艺术领域,我们在唐代画论、书论、乐论中同样可以找到大量的生命化批评迹象,这说明生命化批评方式在当时不是一种孤立的文化现象,而是有着一种与唐代社会文化特征广泛一致的深层次因素,这无疑是开启大唐气象的一把金钥匙。

二、唐代文学批评生命化象喻的基本模式

生命化批评方式在唐代有了更进一步的发展,成为唐代文学精神特质最具推动力的理论渊薮,我们可以从中感受到一种灵动飞升的气势,一种昂扬向上的激情,一种灌注生气精神的生命力震撼。笔者认为,这种充溢于文学中的生命精神正是"盛唐气象"形成的根本原因,促进了唐文学的高度繁荣。人的生命形式可以分为三类:一是人体存在的基本的、具体的物质形式,即人的身体

---

① 丁福保辑:《历代诗话续编》,中华书局1983年版,第1371页。

各部分,如骨、筋、脑、眼、肌理、血脉等;二是人的内在精神气韵,如精气、元神、风骨、气韵、格力等;三是人自身在宇宙自然之中作为天地人"三才"之一的"人"所起到的能动作用,即《易经·贲卦》所说"观乎天文,以察时变,观乎人文,以化成天下"。与此相应,唐代文论生命化批评也自然包括三个层次,即生理层次的血脉筋骨、心智层次的气韵风神和价值层次的人文化成。笔者把这三个层次分别称为"人体之喻""精气之喻""人文化成"。从生命出发的文论高扬气韵、重视情感、体悟人情,其立论自然而踏实地与人身契合,正如宗白华所说:"中国艺术是生命的艺术。"①在唐代文学批评里,生命、艺术、审美更是相辅相成、密不可分。

(一)人体之喻

唐代文论中的"人化"艺术十分普遍,许多人体词汇被用来构成唐代文论重要的概念范畴和批评术语。形成一种特殊的人体隐喻,即以人的身体各部位(头、眼、耳、鼻、口、肩、臂等)为喻体,来比拟文学作品,体现人文同构的批评理念。这些词语基本涵盖主要人体部位,如果再使其与其他字组合就会衍生出诸如"法眼""诗心""胆气""肝胆""血肉""骨肉""珠胎"等大量的批评语汇或新的审美范畴术语等,兹举几例:

    神之于心,处身于境,视境于心。(王昌龄《诗格》)
    才赡而不疏,疏则损于筋脉。(皎然《诗式·诗有四不》)
    怜渠直道当时语,不着心源傍古人。(元稹《酬孝甫见赠十韵》)②

---

① 宗白华:《美学散步》,上海人民出版社1981年版,第177页。
② 本文所引唐代文论材料均源自肖占鹏《隋唐五代文艺理论汇编评注》(南开大学出版社2002年版)一书,下引该书只标题目不具注。

唐代文论之中有许多关于"体"的论述，意义广泛，含有文体、体势、文章作法、结构、气象风神等含义。文体之"体"，如魏徵(580—643)《隋书·经籍志》说："世有浇淳，时移治乱，文体迁变，邪正或殊。"体势之"体"，如皎然《诗式》说："气象氤氲，由深于体势。"文章作法之"体"，如刘知幾(661—721)《史通·叙事篇》说："盖叙事之体，其别有四：有直纪其才行者，有唯书其事迹者，有因言语而可知者，有假赞论而自见者。"结构之"体"，如韩愈《答尉迟生书》说："体不备，不可以为成人；辞不足，不可以为成文。"气象风神之"体"，如旧题贾岛(779—843)《二南密旨》说："诗体若人之有身，人生世间，察一元相而成体，中间或风姿峭拔，盖人伦之难，体以象显。"以"体"喻文，抓住了文学作品的精髓要旨，形神兼备，极具生命特征。

在唐代书论、画论之中同样存在大量的"人体之喻"，我们可以把书、画理论中的生命化批评作为文学理论生命化批评的佐证和补充，它们的共同之处在于都是在生命的感悟与把握中去看待艺术，例如：

　　心为君，妙用无穷，故为君也。(虞世南《笔髓论·辨应》)

　　外师造化，中得心源。(张璪《文通画论》)

　　或恬憺雍容，内涵筋骨；或折挫槎枿，外曜锋芒。(孙过庭《书谱》)

　　夫象物必在于形似，形似须全其骨气。(张彦远《历代名画记·叙论》)

人体词语作为一种符号，不仅记录了人类最初命名取象的思维倾向，而且积淀了一定的文化信息。正如马克思所说："任何人类历史的第一个前提无疑是有生命的个人的存在。因此第一个需要确定的具体事实就是这些个人的肉体组织,以及受肉体组织制约的他们与自然界的关系。"①黄霖亦说:"中国古代文学理论批评体系的核心就是以人为本原。"②唐代文论之中存在大量的"人体之喻",如果把这些人体词汇组合起来就是一个血肉丰满、器官完备、完整无缺的人形。这些具有生命化特征的人体词汇大量而普遍地存在于文学批评之中,构成了唐代文论显著的特征,它要求文学作品必须像人体一样具备一个整体有机的生命结构。季广茂指出中国诗学中有四个根隐喻:第一以植物喻诗,第二以禅喻诗,第三以味喻诗,第四以生命喻诗。③ 在笔者看来,在唐代以生命喻诗这个根隐喻被时代激活,焕发出巨大的生机与活力,远远超越了其他三个根隐喻,这直接影响了唐代文论的风姿神韵。

(二) 精气之喻

我们鉴赏文学作品之时常说"文如其人"或"言为心声",这两句看似平常不过的话语却蕴含着深刻的文学理论意义,它说明文学作品不是缺乏生机、死气沉沉的文字游戏,而是灌注了作者的生气意志,体现了人的生命精神。文学作品是主体生命的艺术结晶,作品本身是一个鲜活灵动的生命体,具有生命的意义和特质。这种鲜活灵动的生命体不仅体现在"血脉骨体"的外在体相方面,更表现在"性情神气"的内在精神方面。唐人生命精神高涨,为文之时经常运用到"精气之喻"。据笔者统计,《全唐文》之中精气词语出现次数极为频繁,数据如下表:

---

① 《马克思恩格斯选集》第1卷,人民出版社1974年版,第24页。
② 黄霖等:《原人论》,复旦大学出版社2000年版,第22页。
③ 季广茂:《隐喻理论与文学传统》,北京师范大学出版社2002年版,第116页。

表1 《全唐文》中"精气"语汇统计表

单字式：

精气词汇	理	志	神	健	气	情	灵	意	焕	壮	逸	魄	畅
出现次数	989	985	981	975	965	957	942	929	911	888	670	662	470

复合式：

精气词汇	情性	精神	生气	风神	风骨	飞动	刚健	畅神	胆气
出现次数	70	61	48	46	24	21	21	3	3

文学作品是人的精神气质的反映，体现人的生命意蕴。唐人文学批评中强调以人品文品合一为最高境界，其中用来批评品鉴的"精气之喻"不胜枚举，例如：

> 气盛则言之短长与声之高下者皆宜。(韩愈《答李翊书》)
> 故文人之异，在气格之高下。(裴度《寄李翱书》)
> 以气为主，以文传意。(令狐德棻《周书·王褒庾信传论》)
> 夫善为文者，发而为声，鼓而为气；真则气雄，精则气生，使五彩并用，而气行于其中。故虎豹之文，蔚而腾光，气也；日月之文，丽而成章，精也。精与气，天地感而变化生焉。(柳冕《答衢州郑使君论文书》)
> 予吟而绎之，顾其词甚约，而味渊然以长，气为干，文为支。跨跞古今，鼓行乘空。(刘禹锡《答柳子厚书》)
> 故无病则气生，气生则才勇，才勇则文壮，文壮然后可以鼓天下之动，此养才之道也，在足下他日行之。(柳冕《答杨中丞论文书》)

唐人在品评文章风格、人物风度之时，经常运用一些形容人精神状态极佳的字眼来作比喻,如"壮""刚""健""逸""通""畅""粲""秀""焕""丽"等,用以形象地阐明文学作品的生命特征。如杨炯在《王勃集序》中极力倡导一种新的文风,其主要特点是刚健、壮思、词韵磊落、风骨鋦锵,有雄律健笔,同时做到"壮而不虚,刚而能润"。房玄龄(579—648)《晋书·陆机传》云:"其弘丽妍赡,英锐漂逸,亦一代之绝乎!"杜甫《春日忆李白》赞扬李白云:"清新庾开府,俊逸鲍参军。"白居易《放言五首序》云:"韵高而体健,意古而词新。"崔元翰(729—795)《与常州独孤使君书》亦云:"阁下绍三代之文章,播六学之典训,微言高论,正词雅音,温纯深润,溥博宏丽,道德仁义,粲然昭昭。"权德舆(759—818)在许多文章之中多次谈到重"通"的批评观念,如《醉说》之中提出写作文章的四个要点即"尚气、尚理、有简、有通"。唐人文论中的"精气之喻"可以形象地说明文学作品所具备的那种生机勃发、气韵玲珑的审美特征和人文同构的艺术效果,极具盛唐气象时代特征,因而充满人文意蕴。

人的生命品质往往是通过其气韵风神体现出来的,人如果血脉畅通、精神愉悦就会充满生机与活力,饱含激情从而给人以无限风神之感。同样文章如果构思精巧、布局合理、饱蘸激情就会文采飞扬,气势滔滔,韵味无穷。这正是一种文学精气化的暗喻,是文学理论与美学的联姻。唐代文论中的"精气之喻"往往以人之内在品质喻文之生气精神、以人之安恙康病喻文之通涩好坏,把文学作品看作人本身才性、气质、品格的投射,进而使艺术批评演进为对生命的体悟和对话。这种批评方式由于与生命的结合而产生震撼人心的审美效应,使批评锋芒直指艺术的生命内核,如宗白华所说:"艺术是精神的生命贯注到物质界中,使无生命的表现生命,无精神的表现精神。"[①]生命通过文学艺术的审美观照,

---

① 宗白华:《美学与意境》,人民出版社1987年版,第55页。

才从现实的种种压制和束缚中解放出来,突破精神桎梏蝉蜕而出,人类才能洞察到自身心灵的价值和意义。"精气之喻"以神情气韵等人的生命特征作为批评之本,其独有的概念体系保留和传达着完整的审美经验,为我们了解唐代文学精神风貌提供了独特的审美津梁。

(三)人文化成

天地之大德曰好生,中国是四大文明古国之一,具有五千年的文明史,其文化源远流长,泽被四方。最具典型的文化特质和文化传统就是追求"人文化成",如《易经·贲卦》象辞所云:"刚柔交错,天文也;文明以止,人文也。观乎天文,以察时变;观乎人文,以化成天下。"天有其气,地有其纹,人作为三才之一,也必有其文,我们不妨将其概括为"人文精神"。唐代是一个健康、富有活力的时代,重视事功、富有理想、胸怀开阔、热情豪迈是唐人的总体风貌,所以唐人更重视"人文化成"的生命追求。正如李商隐(约813—858)《漫成五首》其二诗云:"李杜操持事略齐,三才万象共端倪。"据笔者对《全唐文》统计,有关"人文化成"方面的词语出现次数如下表:

表2 《全唐文》中"人文化成"语汇统计表

词汇	天地	造化	教化	化成	三才	天文	地文	人文	王化	化育	化成天下	人文化成	化机	天地精神
出现次数	753	246	243	148	123	156	5	116	118	48	29	10	8	1

另据《隋唐五代文艺理论汇编评注》①一书统计,唐人对于"天地生文""化成天下"的论述及阐释不下70次之多,尤其是吕温

---

① 肖占鹏:《隋唐五代文艺理论汇编评注》,南开大学出版社2002年版。

(771—811)还专门写了一篇文章《人文化成论》。唐人纷纷推原天文、人文,强调文之功用在于达幽显之情,明天人之际。唐人在时代精神的鼓舞之下以文为器,以文扬名,注重文章辅世的功能,慷慨高歌,诗赋人生,用文章之火淬炼生命价值,可谓"立德为自身,立功为国家,立言为万代"。唐代文学批评中的人文化成论具有一种尽气、尽才、永不舍弃的人文精神风范,独具特色,成就显著,影响深远。"人文化成"这一最高层次的生命形式常常用来阐释作家为文之目的、作用、意义,强调以文作为"化成天下"的工具。唐人在文章中展现其气质精神,陶冶其性情,进而实现其理想抱负和生命价值。如权德舆《唐御史大夫赠司徒赞皇文献公李栖筠文集序》所说:

> 辰象文于天,山川文于地,肖形最灵,经纬教化,鼓天下之动,通万物之宜,而人文作焉,三才备焉。命代大君子,所以序九功,正五事。精义入神,英华发外,着之话言,施之宪章,文明之盛,与天地准。

从理论的高度强调文章的地位与价值,古已有之,如曹丕(187—226)《典论·论文》就说:"盖文章,经国之大业,不朽之盛事。"但比较而言,唐人则不仅仅是喊喊"重文"口号而已,而是将生命彻底地沉入文章之中,用生命之火点燃千古诗魂,用生命心血去完成人文化成的人生宏愿。唐朝建立之初,以宏观的"人文"立论就成为史学家、文学家论事、论文、论诗的一种最高范式,魏徵等奉旨修两晋南北朝八史,以总结历史经验教训,作为唐王朝巩固政权的借鉴。这八部史书基本都设《文学传》或《文苑传》,十分重视文学的人文化成功能,并且评论了历代文学的利弊得失,对许多文学问题进行了深入探讨和研究。如《陈书·文学传序》说:"《易》曰'观乎人文,以化成天下',孔子曰'焕乎其有文章'也。

自楚、汉以降,辞人世出,洛汭、江左其流弥畅,莫不思侔造化,明并日月,大则宪章典谟,裨赞王道,小则文理清正,申纾性灵。"李百药(565—648)《北齐书·文苑传序》也说:"夫玄象著明,以察时变,天文也;圣达立言,化成天下,人文也。"房玄龄《晋书·文苑传序》云:"夫文以化成,惟圣之高义,行而不远,前史之格言,是以温洛祯图,绿字符其丕业。"魏徵《隋书·经籍志集部总论》在倡导"人文"的基础上对六朝靡弱文风提出批评。除此以外,令狐德棻(583—666)《王褒庾信传论》、李延寿(生卒年不详)《南史·文学传序》以及吴兢(670—749)编著的《贞观政要》之中也都高扬"人文"之论。高士廉(575—647)《文思博要序》亦云:"大矣哉,文籍之盛也!范围天地,幽赞神明。"可以说,经过长期战乱后形成的统一的李唐帝国,从一开始就坚定地确立了"人文治国"的统治思想。唐代文士亦十分重视文学的人文化成功能,如许敬宗(592—672)《芳林要览序》、杨炯(650—692)《王勃集序》纷纷推重"人文"之功。杜甫认为文章是千古不朽盛事,如其《偶题》所云:"文章千古事,得失寸心知。"于邵(约713—793)在《词场箴》中说:"文之为大,言不可已,上应天光,下符地理。"柳冕(约730—804)从儒家思想立场出发,略为偏斜地得出不能文就不是真正的儒士的命题结论,如其《答衢州郑使君论文书》云:"文不足则人无取焉,故言而不能文,非君子之儒也。"顾况(约727—815)曾高度赞扬文,认为文不可废,废文等于废天,等于破坏了世界的秩序,如其《文论》所云:"且夫日月丽乎天,草木丽乎地,风雅亦丽于人,是故不可废。废文则废天,莫可法也;废天则废地,莫可理也;废地则废人,莫可象也。"李益(约750—830)继承了美刺说,并把诗与道德上的彰善瘅恶和人情相联系,一方面是"人情之大窦",一方面诗歌又可以"反正辍淫",有益于道德教化,如其《诗有六义赋》说:"夫圣人之理,原于始而执其中,观天文以审于王事,观人文而知其国风。"韩愈把写文章作为一生的至爱而不懈追求,如其《答窦秀才书》说:

"念终无以树立,遂发愤笃专于文学。"《上兵部李侍郎书》也说:"性本好文学,因困厄悲愁无所告语,遂得究穷于经传史记百家之说,沈潜乎训义,反复乎句读,砻磨乎事业,而奋发为文章。"其《答崔立之书》还认为文章可以"诛奸谀于既死,发潜德于幽光"。柳宗元(773—819)也把写文章贯穿于自己的入世行道的始终,如其《上李中丞献所著文启》说:"宗元无异能,独好为文章,始用此以进,终用此以退。"唐人在其文学理论之中十分重视文学的人文化成功能,着眼于对自身命运存在的探讨、对理想人生的关注,把文章提高到与天地并生的同等地位,充溢着天地精神。

三、唐代文学批评生命化象喻的人文蕴涵

唐代生命化批评体现了文学创作者在时代精神的鼓舞下,主体意识的充分觉醒和对自身生命价值的高度肯定,反映了唐代文人追求生命永恒、人文同构的审美倾向和批评理念。唐人以极高的责任感、极其热烈的激情、极其深厚的文化素养,把批评之思徜徉于宇宙、社会、人生之中,把生命之火燃烧到极致,光耀寰宇,流芳百世,极具人文意蕴。笔者在大量唐代文学批评文本之中爬罗剔抉,钩沉整理出来如下几点生命化批评的人文蕴涵:

(一)追求"生气远出"的生命活力

生命化批评要求文学作品之中浑融弥漫作者的生命活力。唐代文士是时代骄子,他们为了不辜负盛世,积极入世,参政议政,以文为器,弄潮于时代洪流的风口浪尖之上,高唱时代主旋律,讴歌生命,充满生气生机。唐人文学批评同样十分重视生命活力,颇具人文精神,其批评之思气势飞动,包罗万象,呈现出一种勃发飞扬的生气精神,如《周书·王褒庾信传论》继承曹丕的说法,认为文章"莫不以气为主";殷璠(生卒年不详)《河岳英灵集

序》说"夫文有神来、气来、情来。"柳冕《答衢州郑使君论文书》也说:"夫善为文者,发而为声,鼓而为气。"白居易《故京兆元少尹文集序》说:"天地间有粹灵之气焉,万类皆得之,而人居多。就人中,文人得之又居多。盖是气,凝为性,发为志,散为文。"张籍(约766—830)在《祭退之》中高度赞扬韩愈说:"独得雄直气,发为古文章。"李德裕(787—850)《文章论》亦说:"鼓气以势壮为美。"司空图(837—908)《二十四诗品》更是赞赏"生气远出"之作。齐己(约863—937)《风骚旨格》认为诗有三格,"用气"为其中一格。在唐人看来,"气"不但是宇宙万物的生命本体,也是文学艺术作品"风姿神貌"的源泉,同时又是对审美主体生命力和创造力的总体概括,体现着宇宙生命的生机活力。

(二)强调"浑然天成"的有机整体

唐人论文十分强调文学作品的不可分割的整体功能,十分注重各种艺术因素之间的血肉联系,认为作品的任何部分都具有不可或缺的美学功能,各种艺术要素处于各自的结构层面,各有各的审美要求。优秀的作品是一个完美的整体,任何一方面的缺陷都会破坏作品的和谐完整。如平安末期传入日本的《赋谱》以人体为喻,揭示了各种句型在赋中的不同作用:"凡赋以隔为身体,紧为耳目,长为手足,发为唇舌,壮为粉黛,漫为冠履。苟手足护其身,唇舌叶其度;身体在中而肥健,耳目在上而清明;粉黛待其时而必施,冠履得其美而即用,则赋之神妙也。"[1]唐人关于诗歌章法结构的理论十分注重整体功能,王昌龄《诗格》最有经典代表性,在日本僧人遍照金刚(空海大师)《文镜秘府论》地卷"十七势"和南卷"论文意"两节中载有《诗格》关于诗歌章法理论的生动论

---

[1] 转引自张伯伟《全唐五代诗格汇考》,江苏古籍出版社2002年版,第554页。

述①,如"论文意"说:"夫诗,入头即论其意。意尽则肚宽,肚宽则诗得容预,物色乱下。至尾则却收前意。节节仍须有分付。"又云:"诗有无头尾之体。凡诗头,或以物色为头,或以身为头,或以身意为头,百般无定,任意以兴来安稳,即任为诗头也。"在作者看来,"诗头"极为重要,影响着"诗肚"和"诗尾"的安排乃至全诗的风格。唐代律诗以人体部位晓明文章结构体制,讲求起承转合,强调诗歌是"天然浑成"的有机整体,晚唐徐夤(生卒年不详)所作《雅道机要》之中"叙句度"一节,论述尤为精彩:

  破题,构物象,语带容易,势须紧险。颔联,为一篇之眼目。句须寥廓古淡,势须高举飞动,意须通贯,字须子(仔)细裁剪。腹中,句势须平律细腻,语似抛掷,意不疏脱。断句,势须快速,以一意贯两意。或背断,或正断,须有不尽之意堆积于后,脉脉有意。

  本段文字对律诗各联的地位、安排及起承转合关系作了形象而详尽的说明。首联起句触构物象,用语要平易而不失气势;颔联承句为全诗之机要,用语古淡但不乏飞动之势,意脉与全诗基调融合一致,而且要讲究炼字;颈联转句要属对精工,中规中矩,而且在全诗结构上要做到所谓"抛掷",即若即若离而不偏题旨;尾联合句为全诗之归宿,要快刀斩乱麻,当机立断,干净利落而含不尽之意于言外。

(三)崇尚"风骨神韵"的格调品味

  人是万物的尺度,文学说到底是一种人学,因而文学就应具备一定的生命精神,务必体现出人的格调品位。唐代文学批评高

---

① 王利器校注:《文镜秘府论》,中国社会科学出版社1983年版,第151页。

扬生命精神,崇慕气势,呈现出一种"风骨神韵"的格调品位。"风骨"这一审美范畴最典型地反映了唐代"生命化"批评的本质特征,初唐时期针对齐梁柔靡诗风的流弊,李百药、魏徵、姚思廉(557—637)、令狐德棻(583—666)、李延寿等,都在史书的《文学传》或《文苑传》的序中抨击六朝绮靡文风,高举"风骨"大旗,力图重振诗坛雄风。杨炯《王勃集序》批评初唐诗坛"骨气都尽,刚健不闻",提倡一种新的文风,其特点是"壮而不虚,刚而能润,雕而不碎,按而弥坚。"基于此,他高度赞扬王勃诗风劲健,风骨凛然。陈子昂不仅在理论上标举"风骨"大旗,而且在自己的创作实践上努力去实现这一主张,其开盛唐气象的历史功绩不可磨灭。正如元好问(1190—1257)《论诗绝句三十首》诗云:"沈宋横驰翰墨场,风流初不废齐梁。论功若准平吴例,合著黄金铸子昂。"盛唐诗坛更加注重诗歌的风骨,如果说初唐标举风骨主要是为了扭转齐梁诗风对诗坛的影响,那么盛唐诗坛对风骨的推崇则是唐诗成熟的表现,唐诗的风骨正是刚健有力、明朗阔大的盛唐气象得以形成的一个重要原因。唐诗风骨继承了汉魏风骨,无论是建安文学还是盛唐文学,都具有阳刚之美,也就是说都具备"风骨"的本质特征。但建安风骨与盛唐风骨又具有鲜明的区别,建安风骨具有慷慨悲凉的特色,而盛唐风骨则具有一种昂扬蓬勃的气象,这种盛唐气象所包蕴的是广阔的社会内容和积极进取的时代精神。正如陈伯海先生所说:"'唐诗风骨'扬弃了汉魏风骨中感慨悲凉的成分,而着重展开其豪壮明朗的一面,推陈出新,形成自己特有的素质。"[①]因此,盛唐诗人注重风骨精神,在其作品之中力求体现出一种雄浑、深厚、飞动的气韵,如李白(701—762)在《宣州谢朓楼饯别校书叔云》中就高度赞扬具备"蓬莱文章建安骨"风格的作品。在"盛唐风骨"这方面作出突出贡献的是盛唐著名的诗选家、

---

① 陈伯海:《唐诗学引论》,上海知识出版社1988年版,第10页。

批评家殷璠,他所编《河岳英灵集》中选盛唐二十四家诗,直接用"风骨"加以评价的有六家,其余用语稍异,诸如"气骨""气质""骨鲠""语奇体俊"一类评语,其义同旨于风骨。唐代文论及诗歌所体现出的刚健特质,对于我们重新树立民族自信心、激发民族自豪感,进行爱国主义教育是十分珍贵的。所以宗白华赞扬唐代诗歌是"有力的民族诗歌",唐代诗人是"慷慨的民族诗人",并且称他们是"真正的民众喇叭手"[①]。

综上所述,在唐代文论之中生命化批评尤为显著,常常显露这样的要旨:文学创作的过程与作家的生命息息相关,体现着作家深刻的生命意蕴;文学作品凝聚着作家的生命精神,是作家用生命和心血创作出来的艺术结晶;文学的人文化成功用能够帮助文士实现其生命价值和人生理想。从生命化角度着手为研究唐代文学批评提供了一个全新的视角,以生命化批评作为探究线索可以把唐代文学理论中许多零乱的、缺乏体系的理论范畴和审美观念贯穿起来,使之明确化、系统化,从而为唐代文学理论提供了新的研究方法和途径。本文旨在从文学理论中反观唐人的生命情愫,我们认为,生命化批评具有十分重要的理论意义,它从更高的理论层次揭示了唐代文学批评的本质特征,显现了有唐一代昂扬勃发的时代精神。

附记:本文为内蒙古师范大学高层次人才科研启动经费项目《唐人生命气质与诗歌关系研究》阶段性成果(项目编号:YJRC12008)。

---

① 宗白华:《美学与意境》,人民出版社1987年版,第132页。

茅坤的知识世界与精神境界及其散文模式

张德建

一、前言

对生命本质和意义的思考是整个明代学术思想的核心，明代文人的文学思想和文学创作与这种思考有着密切而直接的关系，他们必须要获得某种支撑，有了这个支撑才能为文学提供存在的根本因由。哲学思想和文化思潮影响到文学是通过人来实现的，人生观是实现影响的主要途径。从某种意义上讲，人生观是一种思维方式，思维方式决定了文学创作的形态。由于社会结构和儒家哲学的超稳定性，现实社会与古代社会之间存在着各种必然联系，人们对古代历史的关切表现在很多领域，思想、制度、文化自不待言，甚至政治行为、生活方式也都在古今之间建立起密切的联系。历史与现实就这样结合在一起，密不可分。在思想领域，复古观念最有代表性，尽管中国文化高度肯定新变的价值和意义，但却无法彻底突破复古的意识。在制度设计和执行方面，古代更是一个标准参照系。就上述意义而言，很少有作家能够跳出历史与现实的双重时空，而这正决定了思维形态和结构，并直接影响作家的思想和创作的形态。

明代文人的精神构成和思维方式决定了不同文学风尚的形成,并以流派、集团的方式出现,唱出多声并奏的乐歌。落实到个体和作品层面,则表现为风格繁多。但风格已不足以描述其内在的特质,只有深入到作者的精神和思维层面才能了解作家与作品的独特性。如何将作家精神与思维特质分析清楚却又是不容易的,必须避免条块分割式的介绍,要通过文本深入到作家的隐秘世界中去,并转而分析文本的特殊构成,这是本文尝试要达到的目标。每个个体的精神构成都是有差异的,我们可以从多个层面对其精神构成加以分析,但泛泛的言说不能说明问题。这就需要进行个案的研究,本文选取茅坤作为个案,就是基于这样一个目的。

二、茅坤散文悲慨激昂的文风

茅坤(1512—1601)古文创作的代表性风格形成于嘉靖二十五年(1546)他被贬广平(今属河北)别驾之后,此后基本固定下来,少有变化。明代很多人都指出了这一点,屠隆(1544—1605)《鹿门茅公行状》:

> 公谪广平别驾,郡斋多暇,于是益肆力尽读向所未竟书,篝灯荧荧,达曙不休。广平古赵地,有悲歌慷慨风,公以迁谪侘傺之气,一抒之文章,沉郁雄浑,名山之业大就。①

朱赓(1535—1609)《鹿门茅公墓志铭》:

---

① [明]茅坤著,张大芝、张梦新校点:《茅坤集·附录》,浙江古籍出版社1993年版,第1352页。

> 广平古赵地,有悲歌感慨之风。公以其之牢骚不平,一发为文章,沉郁顿挫,若河津吕梁,触石而走万里,自昔三闾、两司马之流,往往出于穷愁。而文乃益工,良不虚哉!①

王宗沐(1523—1592)《白华楼集序》：

> 悉出其平生所作示余,大都鞭霆驾风,如江河万状,不可涯涘。而其反复详略,形势淋漓,点缀悲喜,在掌则出司马迁班固,而自得陶铸成一家言。益得专其力于文章,而时出为铭传序述,率慷慨悲激以为壮,盖其倜傥奇峭者,既不得济于世,独敛缩而发于文,宜其有过人者。②

上述诸文都指出茅坤在贬谪之际形成了"侘傺之气""牢骚不平""倜傥奇峭"的情感特征,故发于文往往"沉郁雄浑""沉郁顿挫""慷慨悲激"。不仅大家这样看他,他自己也每每以此自励自慰,并屡屡向人吐露,《与蔡白石太守论文书》云：

> 独私扣文章之旨,稍得其堂户扃钥而入,而自罪黜以来,恐一旦露零于茂草之中,谁为吊其衷而悯其知,以是益发愤为文辞,而上采汉马迁、相如、刘向、班固及唐韩愈、柳宗元,宋欧阳、曾巩、苏轼兄弟与同时附离而起,所为诸家之旨,而揣摩之,大略琴瑟枹鼓,调各不同,而其中律一也。③

其中的关键词是"罪黜""露零""发愤",这种精神状态很容易产生慷慨、沉郁、雄浑之类的激昂情感,从而生成为文章风格。茅坤曾

---

① [明]朱赓:《鹿门茅公墓志铭》,《朱文懿公文集》卷九,明天启刻本。
② [明]茅坤:《白华楼藏稿》卷首,明嘉靖至万历递刻本。
③ [明]茅坤:《与蔡白石太守论文书》,《白华楼藏稿》卷一。

在《评司马子长诸家文》中云:"屈宋以来浑浑噩噩如长川大谷,探之不穷,揽之不竭,蕴藉百家,包括万代者,司马子长之文也。弘深典雅,西京之中独冠儒宗者刘向之文也。斟酌经纬,上摹子长,下采刘向父子勒成一家之言者班固也。吞吐骋顿若千里之驹而走赤电,鞭疾风,常者山立,怪者霆击,韩愈之文也……"①汉唐宋诸家之文都具有弘大典雅、吞吐万象、雄伟壮大的气象,这正是他所喜爱和推重的。造成这种气象最主要的因素是"豪特奇崛"②之士遭谗被黜,屈抑无聊,一腔悲愤发于诗文的结果。茅坤承认万物各得其情,《与蔡白石太守论文书》云"各得其物之情而肆于心"③,但他内心却独钟情于慷慨激昂之情。他最为推重的是"奇掘(按,原文如此,应为'崛')魁垒超跃踢宕之士"④"贤人君子,沉郁下寮,甚且伏迹岩壑处"⑤,以其"飘忽魁岸"⑥"贤豪宕轶"⑦之气,作为慷慨激昂、悲愤不平之文。茅坤对《史记》极为喜爱,对《史记》中所表现的感慨激烈之情多加推崇,千古之下,心意相通。其《与李中麓太常书》云:

> 天之生才及才之在人,各有所适,夫既不得显施,譬之千里之马,而困槽枥之下,其志常在奋报也,不得不啮足而悲鸣,是以古之贤豪俊伟之士,往往有所托焉以发其悲涕慷慨、抑郁不平之衷,或隐于钓,或困于鼓刀,或击筑乞食于市,或歌或啸,或喑哑,或医卜,或恢(按,原文如此,当作"诙")谐,

---

① [明]茅坤:《评司马子长诸家文》,《白华楼藏稿》卷九。
② [明]茅坤:《赠陈孔目序》,《白华楼藏稿》卷四。
③ [明]茅坤:《与蔡白石太守论文书》,《白华楼藏稿》卷一。
④ [明]茅坤:《赠范中方参政河南序》,《白华楼藏稿》卷六。
⑤ [明]茅坤:《与周山泉通参书》,《玉芝山房稿》卷一,明万历十六年(1585)刻本。
⑥ [明]茅坤:《赠归少参赴滇南序》,《白华楼藏稿》卷六。
⑦ [明]茅坤:《赠朱射陂考最序》,《白华楼藏稿》卷五。

或驳杂之数者非其故为与时浮湛者与,而其中之所持则固有涸于世之耳目,而非其所见与闻者。①

自言"尝悲古之豪贤俊伟之士,恨不生逢盛时,而又窃羁絷摧阻如此",并对弘治以来卓荦激昂之士"往往不得擢用,间为用者又不得通显,或且不久,其余放弃罪废者,不可胜数"的现象感慨不已。

那么,茅坤对"悲悌慷慨、抑郁不平"之气的推重,及其"慷慨悲激"的风格是如何形成的呢?这就不得不去追寻他的人生经历,并进而探讨他知识世界的构成,寻找他精神世界的隐微之处。

三、茅坤的人生经历与知识世界的形成

文章表达方式的背后是这种表达方式的文化或心理依据,二者由思维方式接合起来,因此,文体研究必须透过外在的表达去追究思维方式,进而发现特殊的文化心理。文化心理既存在于群体之中,形成时代文化心理,也存在于个体之中,形成个体文化心理。二者之间既互为支持,又有所不同。而决定文化心理的主要因素是思维方式,思维方式是精神世界的外现,精神世界又是由不同的知识世界构成的,因此我们必须由文化心理的探讨深入到作家的精神世界和知识世界中去。

茅坤精神世界的形成特别是他对慷慨激昂之情的钟爱与他个人的遭际有关。他是一个有着强烈责任感的人,屡经官场风波,但志意不改。每当失意之际,他都要向史上的仁人志士中寻求精神支持,在他的散文中引古仁人志士以为证几乎成为固定的格式。为什么会形成这样的固定格式呢?我们不能只从风格、才华、思想、修养这样一些表面化的方式进行分析和说明,需要深入

---

① [明]茅坤:《与李中麓太常书》,《白华楼藏稿》卷一。

到他的知识世界的构成之中,进而研究精神世界、思维模式与文本构成之间的关系。

嘉靖以来,士大夫好谈实学,王慎中(1509—1559)等嘉靖初进士刚开始也沉浸在复古风尚之中,后来才逐渐转向政事、吏治,留心实学。实学也称典故之学,王慎中《寄道原弟书一》:"及为吏部验封,自掌司事,始知典故不可不习,稍稍留意,而即以权臣之怒谪出矣,真可悔也。"①茅坤也讲求吏治之学,《寿云石郑侯序》:"国家洪武初起草昧,故其时吏治尚朴茂,宣德、弘治间右继体,故其时吏治务恩泽。近代以来稍稍声名相高,而吏业衰矣。上之人方持耳目以操天下功能之士,而下之士不得不相与各矜其功能以赴天下耳目之向。"②茅坤"读书务大旨,好窥古六经百家之奥"③,"倜傥奇峭,固上下古今,饫渥百氏,王伯甲兵之略,撑腹流口,听之令人座上须眉开张,欲起周旋"④。他读书"上下古今,饫渥百氏",但主要喜好的是其中的"王伯甲兵之略",这是因为历史提供了丰富的政治经验。正是这种知识构成塑造了他激昂感奋的精神世界,而这种精神在现实政治特别是官僚政治中显得格格不入,无法融入官僚体系之中。《太平府知府小陵吴公墓志铭》云:

> 予既前君举进士,宦游四方,所至或偶窃声名,擅闻一时矣,然忌亦随之。由县吏入为仪制为司勋,未几,出徙外郡。已而召还南省,又未几,再徙枭边徼,所被怨家者之挟执政以朋姗而摧击之,必穷其力,甚且削籍来归。而其所当渝渝讻讻之口,犹时引弋矰而未已也。此无他,予既远君,稍稍以其所自喜者劗肾,盛气为吏业,耻为涽洟洄沤以相浮湛。而又

---

① [明]王慎中:《寄道原弟书一》,《遵岩集》卷二四,《景印文渊阁四库全书》本。
② [明]茅坤:《寿云石郑侯序》,《白华楼续稿》卷七,《四库全书存目丛书》本。
③ [明]茅坤:《太平府知府小陵吴公墓志铭》,《白华楼藏稿》卷八。
④ [明]王宗沐:《白华楼藏稿序》,《白华楼藏稿》卷首。

颇好著文章,时时引胸中之愤咽慷慨叱咤淋漓而发之乎诗歌嘲吊之什,以诋刺当世。①

"盛气"凌人,且耻为"滓涹洇涩"之行,再加之好为文章以发泄不平,刺讥当世,自然不容于官场。

茅坤的为官经历并不复杂。嘉靖十七年(1538)中进士,除青阳令,仅65天就因父亲去世而归乡守孝。三年后,谒选补丹徒令,因救荒有功,擢升礼仪制司主事,转吏部司勋。未久,成为内阁斗争的牺牲品,调广平知府。迁南京兵部车驾司郎中,转南京礼部精膳司郎中,又因徐阶(1503—1583)之孙事,落入别人圈套,出为广西按察司佥事。因"剿雕"有功,擢为大名兵备副使。遭弹劾,解职还乡。平倭战争中被荐入胡宗宪(1512—1565)幕府,奏请为福建副使,未行。因家人横行乡里,褫职为民。茅坤在嘉靖间的政治斗争中,没有投靠某一方,却得罪了徐阶,两次遭贬以至解职都与徐阶有关。但这些都是私底下的运作,没有其他史料可以证明,只有茅坤在《三黜纪事》和《耄年录》的回忆和记录。从官场斗争角度看,茅坤确实冤枉,但与其他人如复古派成员、嘉靖八才子的经历相比,他的这些经历不仅没有留下太多痕迹,在当时也确实没有引起多大的政治反响。但这些经历使他一生无法释怀,不断向人提及,与他知识世界及精神境界的形成有极大关系。

当他被贬之后,他更多地转向历史,在历史的英雄世界寻找精神的立足点,并随之构成、加强了他的知识世界。在他的知识世界中,最重要、最突出的是"古传记",《与万婺源书》云:"仆衰且老矣,况罢官久,于世不相闻。然独好览古传记及向慕之豪隽奇崛之士。"②《书郡斋左壁》云:"好览观百家传记之旨。"③这些古传

---

① [明]茅坤:《太平府知府小陵吴公墓志铭》,《白华楼藏稿》卷八。
② [明]茅坤:《与万婺源书》,《玉芝山房稿》卷二。
③ [明]茅坤:《书郡斋左壁》,《白华楼藏稿》卷九。

记中所载"豪隽奇崛之士"的遭遇引起他强烈的认同感,《与周山泉通参书》云:"间读传记至贤人君子,沉郁下寮,甚且伏迹岩壑处,未尝不废书而叹。"[1]对此,他在各类文章中屡屡提及,《顾远斋复河南金事别序》云:"尝读古传记,详古贤人志士出处之际,自屈原贾谊以下,何可胜道也?"[2]《与查近川太常书》云:"按古名贤传记所载当世功业,辄自谓未必不相及,气何盛也! 而今安在哉?"[3]《陈情录序》云:"予故考古今传记,窃怪世所称山泽一行之士能傲然自放江湖之上者,有矣夫。"[4]《与李汲泉中丞议海寇事宜书》云:"考传记以来,海寇为患绝少。"[5]《送陈金事序》云:"高肇僻处百粤南徼,去京师万里,按图经及传记所称,其土椎髻而跣,先王之所不能正朔也。"[6]论及各种问题时,茅坤也总是以古传记、传记作为论述支撑点,材料甚多,此不具引。

读茅坤的文章我们能够感受到他由怀才不遇而产生的悲慨激愤之情以及他在"古传记"中寻求精神共鸣的精神历程,历史成为他贬谪和罢职为民后的精神支柱。但历史是丰富的,他何以选择"沉郁下寮"的"豪隽奇崛之士"作为历史的代言人呢?这就需要我们进一步分析他的精神世界。

四、茅坤的精神世界和散文模式

茅坤的精神世界是如何构成的呢? 我们可以从三个方面进行探讨:一、官僚意识,二、历史意识,三、文人意识。茅坤的散文创作正是在这样的精神世界和思维模式下进行的,并形成了同形

---

[1] [明]茅坤:《与周山泉通参书》,《玉芝山房稿》卷一。
[2] [明]茅坤:《顾远斋复河南金事别序》,《白华楼藏稿》卷四。
[3] [明]茅坤:《与查近川太常书》,《白华楼藏稿》卷三。
[4] [明]茅坤:《陈情录序》,《白华楼藏稿》卷四。
[5] [明]茅坤:《与李汲泉中丞议海寇事宜书》,《白华楼藏稿》卷二。
[6] [明]茅坤:《送陈金事序》,《白华楼藏稿》卷四。

同构关系。

在茅坤的精神世界中,官僚意识是非常强烈的。这也是士人的普遍意识,读圣贤书,通过对经典的涵泳体悟,加强道德修养,提升自己的精神境界,获得入世之资,是儒家文化的基本设计。这种设计通过政治措施得以强化,如科举体制下的经典教育和人才选拔机制,渐渐培养出以天下为己任的精神和任事敢言的承担意识。而这些都必须通过入仕为官才能有实现的机会和可能,于是,入仕为官就成为士人的普遍选择,并得到了社会文化的广泛认同。另外,在中国文化中,历史意识最为强烈最为突出,一方面,历史负载着文化延续的重任,另一方面,由于历史的现实价值在同质文化中一直发挥着不可替代的作用,由此形成了深切而广泛的历史意识,并延伸到社会文化的各个层面,对士大夫而言更是如此。茅坤的历史意识前面已经论及,此处不再展开。值得注意的是在他的历史意识中,有着深厚的现实意味,而不单纯是对历史旧事的关注。历史和现实在他的精神世界中往往无法做出截然划分,二者是如此紧密地结合在一起,以至于无法做空间和时间上的切割,这在明代文人中最具代表性。再者,立德、立功、立言精神中,立言一直是士人的终极选择,即当不能立德,无法立功时,立言就成为最为可行的可能空间。立言在现实中可分为著述、文学两大类,文人多选择文学为立言之路,文学创作成为他们寄托生命,表达现实存在和对社会进行反思和批判的工具,并以此实现生命价值。在茅坤的精神世界中,上述多重思想意识的交织共同造就了他突出的文人意识,尽管他不能实现入仕为官的愿望,无法完全回到历史世界中去,但他有着成为文人的自觉意识和使命意识,文人成为他实现自己生命价值的重要选择。

茅坤时刻不能忘却现实,一直保持着对现实政治的强烈关注,《与黄内翰书》:"嗟乎,文章之习与人心气运相盛衰,一二年来仆窃见庙堂间纷纷多故矣,其所由汉之田、窦,唐之牛、李相为出入,固其势。然而世之飞沙走石之士为之狼跋其胡者,鳞鳞而起,抑或文运之薄为之也。"①即使罢职在家,他仍对朝廷党争日趋激烈,文运日衰的现象十分关注,而正激发了他对政治的失望,更坚定了他以文学立身的人生追求。现实的失意使茅坤必须寻找一条可以让精神平复和补偿的道路,他不甘就此沉沦下去。这条路很明显,就是古人常讲的三不朽,但他的知识世界和精神境界不允许他选择立德,惟有立言是可行的。《与蔡白石太守论文书》谈得最为详尽,可以概括为以下几个要点:一是既不能显扬功名,故追求"自勒一家,以遗于世"的立言意识非常明确;二是他从贤人君子遭废斥而"著文采表见于世"的历史中获得了极大鼓舞,更坚定了立言追求;三是强调人各有其情,亦各有所近,不能相兼。他以为自己既不能光大圣人之道,又不能为诗赋,独于文章之旨颇为有得。②《谢张龙湖少宰书》也表达了同样的意思:

> 虽然,尝闻之矣,古之君子当其才疏忤时,往往取嗔贻诟,不能以一日安于朝请。及被贬窜之后,益自发愤,矫己励行,悔心远罪,习适当世,而间以穷愁拂郁之余,论著文采以表见后世。此亦可以戮力明时,报效知己之一端。而又未量他日其能与否也。③

三种意识投射到散文中,就构成了茅坤散文现实时空、历史时空的交替并存,悲剧意识与使命意识并在,立言与立功双重选择的基本表现模式,形成了他悲慨激奋的散文世界。

---

① [明]茅坤著:《与黄内翰书》,《玉芝山房稿》卷一。
② [明]朱国桢著,缪宏点校《涌幢小品》卷二二"俚诗有本":"茅鹿门先生文章擅海内,尤工叙事志铭,国朝诸大家皆不及也。晚喜作诗,自称半路修行,语多率易。"(中华书局1959年版,第528页。)
③ [明]茅坤:《谢张龙湖少宰书》,《白华楼藏稿》卷一。

茅坤长于赠序文,最突出的写作模式就是在现实时空与历史时空交替展开中结构文章。赠序是明代官场最为流行的文体,吴讷(1372—1457)《文章辨体序说》中所说:"近世应用,惟赠序为盛。"①但往往相题作文,强作议论,多谀词套话。茅坤《送沈令序》则成功地在历史与现实的交汇中,采用虚实相生、古今交错的多重结构方式,将"迁臣逐客"的情思托举而出。文章先言"古者之仕不出乎父母之邦",继言秦汉以来,天下一统,而仕者"率错相易",山川异壤,骨肉阻隔,此处实为虚写,以对应明代的官员任命制度。在古今对比之下,遂产生强烈的思乡之情与知音之感:

> 于是仕者始亟于转擢以去,而所至往往多羁旅萧瑟酸恻慨慷绵邈之思,或岁时风土与其鸣春之禽,四时之花木,山河之揽带,池台之燕赏,仿佛差池乎乡之所习睹者,数共骚人墨客赋而歌之,未尝不欷歔若草之吟虫,悽然以悲也。间有乡之人与之同游于其土,则不问识不识,欣然若相悦也。何者?孤鸟游异林,闻同音者则蛮然喜,和鸣不已,情也,此古今来人士所同,而于时之迁臣逐客被罪而至者为甚。②

这篇文章在历史与现实时空背景下展开,先古后今,古今交错,虚实相生,催生出强烈的情感抒写。后文一转,写自己"待罪兹土",离开家乡吴地之"山川相渗,结水为庐,而秔稻雁鹜鱼鳖芰茨以为食"的丰美,身处燕赵之地,不免有思乡之情。再写适与同乡沈令相识,退食共为吴语,"指次乡土故事"。文末又一转,写吴令以"考最"去,倍增离别之感。文章次第井然,层层转折,可以看出茅坤的确长于"转折布置"。《顾远斋复河南佥事别序》也是同

---

① [明]吴讷著,于北山校点:《文章辨体序说》,人民文学出版社1998年版,第42页。
② [明]茅坤:《送沈令序》,《白华楼藏稿》卷四。

样的结构,但采用的是先今后古,复由古而今的二重结构方式,在历史与现实的交替中,抒写出离别赠行的情思①。在茅坤的散文中,这种古今时空的交替并存已成一种固定的结构模式,历史是现实的支撑,现实是历史的折射,形成强烈的并置、反差、对比关系。在这样的书写空间中,主体情感被抬升到高位,常常表现为饱满、激烈、慷慨的情感色彩。上引二文皆为茅坤被贬广平期间所作,作于此间的《赠陈孔目序》《送吕芹谷出守襄阳序》《送陈金事序》《赠栗金宪序》《赠王两洲大宗伯给由序》也多以同样的方式结构成文。这些文章涉及养士之法、像祠之义、按察地方、分藩政策、祖送公卿几个方面,内容广泛,显示出茅坤对历史旧事的熟谙,总能从中寻找到与现实接合之处。茅坤的书序文也常采用同样的论述结构,《西蜀平蛮录序》采取叙议结合、古今交替的叙述策略,先论西南夷之强悍,引以武侯困孟获为证,再叙本朝几次平西蜀蛮而复起,古今之间往复转换,增强了叙事效果。再详细叙述平西蜀的策略安排及战斗过程,四次谈及曾确庵(1532—?)"按古兵家"以安民、治军、布阵。在古今交融的叙事空间中,平西蜀之战得到了充分展示。②《刻筹海图编序》先谈及国家四境诸夷环伺中国,自秦汉以"世列亭幛,缮戍守,一切阨塞、形胜、虚实、向背,世有图牒以诠次其事",沿海由于少有寇犯,故少有图牒,而当嘉靖间倭寇犯东南,由于"将不审敌,兵不服习",故平倭之师多败绩。此书之作正是要"括诸道之绾海,而州与其诸岛之错海而峙者为图。诸岛之或贡或绝,或内犯中国,所遣使与彼之部署文字、器什战斗之习……"文章在古今结构中展开,并引申出强烈的情感,称郑若曾(1503—1570)"少多逸气,欲以功名自喜,及不遇,适国家多外难,卒吐胸中所奇掘如是。嗟乎!若君者,其史迁所谓

---

① 参见[明]茅坤《顾远斋复河南金事别序》,《白华楼藏稿》卷四。
② 参见[明]茅坤《西蜀平蛮录序》,《白华楼藏稿》卷十五。

虞卿非穷愁不能以著书自见于世者乎？"①在激昂的精神中又显出穷愁著书的失意之感。《何氏园林记题辞》写于晚年，文章分三个层次，文章先叙二人同贬的经历，写夏言（1482—1548）死后何氏复出，两人宦辙不同。再写其子在他读书处构园，父子两代分别以勋名道术和风流文物鸣于时。两代人的不同选择构成了形式和内容上的强烈对比和反差，下文的论述则又将历史时空引入其中，借羊祜、陶渊明、慧远、刘伶、阮籍、王羲之、陶弘景、王维、欧阳修、林逋，"或以勋业，或以德望，或以放达，或以萧逸"，说明士人选择的多样性，以解释何仁仲选择的合理性。三重空间构成了对比关系，写出了何氏园林之建的特殊意味。

茅坤的散文充溢着使命意识和悲剧意识，二者交织在一起，既有忧国忧民的博大胸怀，又充满怀才不遇的深沉感慨，形成感人肺腑的文学效果。《青霞先生文集序》抒写了对沈炼（1507—1557）忧国忧民精神的赞美歌颂之情，凸显出士人强烈的使命意识，又对权奸陷害忠良充满悲愤之意，具有感人的悲剧意识，二者交互展开，叙议结合，叙事精详，议论悲慨。并两次引古为证，将沈炼之死置于古今时空之中，深化了使命意识和悲剧意识。②《赠黄县丞擢甘肃行太仆主簿序》先论秦汉以来，离合之际，"一切材智辩慧、瑰玮倜傥之士并得以乘间构会，售其所自长"，而"天下稍晏然无事，则上之人操品资循绳墨以隔绝天下之士"。明代"海内为一切车书会同"，但面临危机时，大一统的社会却无法应对，"北困于虏，南困于夷，海闽广之州荷戈而斗者不可胜数"。这样，就将士人置于古今时空的巨大张力之中，面对困境，便具有强烈的使命意识，文中"每与语及当世之务"的黄县丞即是如此。这种叙事策略在茅坤散文中几于比比皆是，兹不多举。《沃洲记》写吕沃

---

① ［明］茅坤：《刻筹海图编序》，《白华楼藏稿》卷五。
② 参见［明］茅坤《青霞先生文集序》，《白华楼藏稿》卷六。

洲辞归,文凡四转,先写其归,"必逃名恬寂与夫骚人放客"游,转而写自己"人或忘躯,昧死效忠,于时多不偶。出或持节拥传,巡行风俗,击去大奸猾吏。又稍稍构怨憝,挂睚眦,而逸言祸机,暗射旁覆,世故非予所适也。"再写吕沃洲遭时不偶以至辞归的经历,接着又从自己谈起,"借令予早自能审时合势从公游,则沃洲山川、旦暮、烟云、花鸟之状方饱吾于目;其泉声、鸟音之异悦于吾耳。而所称逃名恬寂与夫骚人放客之寄,吾将徜徉恣且于心神胸臆之间。"①在层层转折中,强烈的使命意识遭遇的却是残酷复杂的官场斗争,于是希望能够远离争斗,在自然中获得精神的愉悦。但骨子里却无法忘却现实,充满无可奈何的悲剧意识。直到年垂八十,茅坤内心之中仍保持着使命意识和悲剧意识的冲突,《与季司成书》:"仆年垂八十,日惟闭关待尽,独于海内贤豪长者窃慕古人,愿为执鞭晏平仲之门。"②论陶渊明皆言其隐逸出世,诗酒自放,茅坤却指出:"然则渊明岂盼盼然歌咏泉石,沉冥麯糵者而已哉?吾悲其心悬万里之外,九霄之上,独愤翩之絷而蹄之蹶,故不得已以诗酒自溺,踯躅徘徊,待尽丘壑焉。"③文章由读《归去来兮辞》开篇,继由张良(前250?—前186)故事引出渊明之不平,再申论及东方朔(生卒年不详)之避世金马门,并与苏轼(1037—1101)贬南海而无抑郁无聊之情相比,层层推进,一般意义上理解和认识的陶渊明在他笔下成为一个充满无奈与悲剧冲突的诗人,而这正是茅坤自身悲剧意识投射的结果。

《与沈虹台太史书》论"明兴者二百年,薄海内外雍熙累洽,独于文章之旨缺而未盛,弘治、正德迄嘉靖来间多作者,然矫命者多由草窃,倡义者犹属边陲",自誓:"仆既罪废,近复为世网所排摈,然其中心所自好虽遭当世之锢而千百其折,不敢偷惰

---

① [明]茅坤:《沃洲记》,《白华楼藏稿》卷七。
② [明]茅坤:《与季司成书》,《耄年录》卷一。
③ [明]茅坤:《周逸之和陶诗题辞》《茅鹿门先生文集》卷三十二,明万历间刻本。

者。"①"草窃""边陲"之喻直指文坛之衰,"不敢偷惰"则隐示出欲立志文章的抱负,表现出强烈的立言追求。《与莫中江方伯书》:"当是时,仆忘其驽骞而愿附骐骥骆骃于千里之途……岂谓仆辄以毛瑣之嫌忤当世,又为左右者所乘瑕蹈釁而数煽流言以谗之,始则击之徒边徼,再则击之罢朝请。"②由于立功机会被无情剥夺,遂产生以立言名世的追求。这类论述在他的书信文中最为突出,屡屡向人谈及,前文多处引述了茅坤的立言追求,此处不再重复。

现实的失意并没有消磨掉他的入世志向,却使他更愿意在历史与现实空间中寻求人生出路,在二者的交织并存中,突出立言的价值和意义。《龚秀州尚友堂诗序》提出诗与政通,诗亡而政亦陵迟,后世能诗者"迁臣羁旅幽人骚客,不然,彼其挟隽材,负盛气者之士出而曳龟佩鱼,按节拥旄,内之则省闼,外之则边徼,而悲歌慷慨宴酬淋漓以诗声相雄长,故其言虽工而要之非三百之遗也。嗟夫,岂非古诗亡而州郡之间抑或因之以俗流失世败坏,其于古之政与治亦渐不相及。"在这里,立言与立功是对立的两极,而二者的分离正是失政失治的结果。立言的价值不仅存在于明道、华国之中,也不仅是悲歌慷慨之音,即使是陶渊明、韦应物这类不可能有太多政治作为的诗人,"并以萧疏简澹之气,而发之为优柔平中之声","大较夷以旷,玄以寂,与物无竞,翩然与古之太始之音无相远",也能够"浃之肌肤,入于骨髓,而视世之声名之吏殆且什百"③。立言的价值在此得到了充分阐释和高度肯定,获得了独立存在的价值,甚至超越政治。但回到现实的立场上,立功仍是最切实的现实追求。下文便回到现实,写龚毅所任秀州令时的政绩,指出他的诗似陶、韦,本乎心,蕴之乎性灵,以诗与政通之理推之,此公当得"加地进律"之赏。这篇文章很有代表性,揭示了茅

---

① [明]茅坤:《与沈虹台太史书》,《茅鹿门先生文集》卷四。
② [明]茅坤:《与莫中江方伯书》,《茅鹿门先生文集》卷四。
③ [明]茅坤:《龚秀州尚友堂诗序》,《茅鹿门先生文集》卷十七。

坤思想中立言与立功双重选择的价值取向,比前引诸文推崇慷慨激昂之情的论点更进了一步,他认为诗与政通主要体现在平和宽厚的政治造就出"萧疏简澹""优柔平中"之音,而慷慨激昂之情"非三百之遗"正是因为这种情感乃政治压迫的产物,真正的政治并非如此。立功仍然是第一位的,立言也有更高的境界,绝非单纯的慷慨激昂所能囊括。这类言论在他的文章中很少,总体上仍徘徊在立功与立言的双重选择之中。

五、无法破除的"知识障"

当茅坤仍沉浸在"绳墨布置,奇正转折"这种"求工文学"的境界时,唐顺之(1507—1560)就提醒他要注意学者的"源委本末",要"具千古只眼",要有"一段精神命脉骨髓"①。茅坤也希望从这种困境中解脱出来,但他依然长期沉浸于悲慨无聊的情感世界中,不能忘却,最终无法获得真正意义上的"精神命脉"。

弘正士人在遭受政治打击后,发生两个变化,一是向理学的转向。七子成员早年对道学多持贬斥态度,王九思(1468—1551)罢职归乡后,对道学态度发生了很大转变,在接到吕柟(1479—1542)所惠《宋四子抄》后,曾说:"反复玩味,愧悔多矣,仆老矣。夫道未易闻也,自今至死之年,于所谓格物者,先从身所临处格而行之,亦庶几少补其万一云尔,不然,恐虚生此世也。"②李梦阳(1473—1530)也表现出对早年从事文学的悔意,据魏校(1483—1543)《与霍渭先书·别纸》记二人的一次的对话:

且曰:"昔吾汩于辞章,今而厌矣。静中时恍有见,意味

---

① [明]唐顺之:《答茅鹿门知县二》,《荆川先生文集》卷七,《四部丛刊》本。
② [明]王九思:《与吕仲木先生书》,《渼陂续集》卷中,明嘉靖间刻崇祯修补本。

迥其不同,则从而录之。"校曰:"录后意味何如?"献吉默然良久,惊而问曰:"吾实不自知,才札记后,意味渐散,不能如初,何也?"校因与之极言天根之学,须培养深沉,切忌漏泄。①

他们都有很强烈的用世之志,早年以激昂的政治热情投身政治斗争,但政治的残酷使得他们都渐失用世之机。当用世之志中沮之后,他们实际上缺少了精神支柱,精神上的沉溺不振,使得复古文学所负载的激昂慷慨之志失去了精神依托,复古文学创作本身也难以为继。于是,弃文从道,或准确地说是弃文就道,从道指从事于道,就道则只能说是近于道。二是对气节的反思。对以"前七子"为代表的士人政治上的激昂精神和反抗意志,人们也有过深刻的反思。徐献忠(1469—1545)《潘笠江先生集序》指出:由于这些"名士"性气高傲,性格扬厉,他们往往"为气所使",表现出"慷慨激昂"和"浮靡躁进"②,结果是不容于世。夏良胜《答李空同书》也指出忿欲以至于怨怒导致"英气害事"③。石珤(1464—1528)看到有的士人不避世俗讥切,不迎合世俗所好,世称狂戆,但这类人又不适应现实政治操作的需要,在现实面前碰得头破血流。

在这样的思想文化背景下,茅坤也表现出反思的姿态,《寿云石郑侯序》云:"国家洪武初起草昧,故其时吏治尚朴茂,宣德、弘治间右继体,故其时吏治务恩泽。近代以来稍稍声名相高,而吏业衰矣。上之人方持耳目以操天下功能之士,而下之士不得不相与各矜其功能以赴天下耳目之向。"④茅坤的观点代表了嘉靖以来讲求实学之风的趋向,而这种观点正建立在对弘正以来"声名相

---

① [明]魏校:《庄渠遗书》卷四,《景印文渊阁四库全书》本。
② [明]徐献忠:《潘笠江先生集序》,[明]潘恩:《潘笠江先生集》卷首,明嘉靖至万历刻本。
③ [明]夏良胜:《答李空同书》,《东洲初稿》卷四,《景印文渊阁四库全书》本。
④ [明]茅坤:《寿云石郑侯序》,《茅鹿门先生文集》卷十三。

高"之风的批判。但在这些批判中,我们看不到他对自我政治行为的反思,看不到对"理""道"和不可磨灭精神的追求,只是从实学角度有所批判。这导致他不能进入深沉的思想世界,而仅停留在慷慨激昂式的文人情感之中。嘉靖间一大批士人也曾经表现出以气节功名自负,以才情自负,结果都不免为权贵厌恶而遭贬官①,但他们在阳明心学的影响下进行了深入反思,尝试寻求更高的生命价值,唐顺之、罗洪先(1504—1564)、赵时春(1509—1567)是三个最著名的代表人物,时称"三翰林"②。罗洪先曾反思当年"静中回视往日,诚有心粗气扬之病,若古人镇静舒徐,不动声色,不骋材气,事自立办,深用疚心。吾兄于此当更得力否? 此处关系非轻,学问未入细,宜不达此,未可各安所至,遂尔自足也"③。当年三人以谏世宗修玄,疏请太子出御文华殿,得罪皇帝,被以"狂悖浮躁"④的罪名黜为民。现在却反过来思考自己当年确有"心粗气扬"之病,当然不是承认皇帝加给的罪名,而是要从根本上解决"本心"即良知的问题,正如王阳明(1472—1529)所说:"只存得此心常见在,便是学。过去未来事,思之何益? 徒放心耳。"⑤如何求得"放心"呢? 罗洪先《答戚南玄》云:"弟近时与人言只辩存心,心存者时时是吾本来,不以议论、意兴、气魄搀和。"⑥存吾本心就是要去除议论、意兴、气魄这些搀杂着血气之知,这些私心的干扰使人无法进入纯明的境界。《日札二条》:"在复古书院当大众中,忽省吾人当自立身,放在天地间公共地步,一毫私己著不

---

① 参见左东岭《王学与中晚明士人心态》,人民出版社 2000 年版,第 441 页。
② [明]胡直:《念庵先生行状》,《衡庐精舍藏稿》卷二三,《景印文渊阁四库全书》本。
③ [明]罗洪先:《念庵罗先生集》卷一,《四库全书存目丛书》本。
④ 《明世宗实录》卷二四四,嘉靖十九年(1541)十二月壬午,台湾"中研院"历史语言研究所 1962 年影印本,第 4916 页。
⑤ [明]王阳明著,董平、吴光等编校:《传习录》上,《王阳明全集》卷一,上海古籍出版社 1992 年版,第 24 页。
⑥ [明]罗洪先:《答戚南玄》,《念庵罗先生集》卷二。

得,方是立志,只为平日有惯习处,软熟滑浏,易于因仍,今当一切斩然,只是不容放过,时时刻刻须此物出头作主,更无纤微旧习在身,方是工夫,方是立命,此意须常提醒,不尔,又只是一时意气兴废也。"①要进入天下大公的世界,天理澄澈,一派灵明,则"私心"一毫著不得,这才是涵养工夫,才是立命之地。嘉靖二十八年(1549)他曾写信给当年一同上疏遭贬的赵时春:

> 毁誉一著,自来在好名上起因。三十前却不自解。所赖归田以后,处家庭多故,颇有锻炼,极受苦困,今略稍轻。然自验得,惟于未发之中安顿得下,便觉一切嗜欲俱轻,精神自然恬静。②

罗洪先摆脱了好名嗜欲的搅扰,故能进入"精神自然恬静"的境界,而茅坤却沉溺在他的知识世界与精神境界中,无法自拔。王慎中《黄晓江文集序》:"以其不乐之心,发愤于意气,陈古讽今,伤事感物,殚拟议之工而备形容之变,如近世骚人才士所为言,亦其聪明才智之所至也。"③茅坤就是这样一个"骚人才士",他的聪明才智也仅止于此,不可能再进一步。黄宗羲(1610—1695)也指出:"观荆川与鹿门论文书,底蕴已自和盘托出,而鹿门一生仅得其波澜而已,所谓精神不可磨灭者,未之有得。缘鹿门但学文章,于经史之功甚疏,故只小小结果。其批评又何足道乎?不知者遂与荆川、道思并称,非其本色矣。"④明确指出茅坤缺乏思想的深

---

① [明]罗洪先:《月札二条》,《念庵罗先生集》卷八。
② [明]罗洪先:《与赵浚谷》,《念庵罗先生集》卷一。
③ [明]王慎中著:《黄晓江文集序》,《遵岩集》卷九,《景印文渊阁四库全书》本。
④ [清]黄宗羲:《答张尔公论茅鹿门批评八家书》,《黄宗羲全集》第十册,浙江古籍出版社 2005 年版,第 173 页。黄宗羲《明文海评语汇辑》卷一五三《唐顺之答茅鹿门书》:"而鹿门一生但得其绳墨转折而已,所谓精神不可磨灭者终不得也。缘鹿门溺于富贵,未尝苦心学道,故只小小结果,孤负荆川如此。"

度,一是未能领会和得到唐顺之所说的"精神不可磨灭者",二是他的知识结构仅局限于文章,在经史方面修养疏浅,故不能深自有得。前文虽指出茅坤对"古传记"情有独钟,但这是文人对历史的关注,而非经史中之史学。一种表达方式的呈现直接取决于创作主体如何把握和处理自身与客观物象的关系,如何思考直接决定了如何表达,这就是思维方式。而思维决定于思想,思想作为情感的隐性结构决定着情感的显性结构。茅坤的知识世界和思维方式决定了他只能沉溺于官僚意识、历史意识、文人意识所构成的精神世界之中,无法深入到本质的层面上去,不能从经史之学或当时流行的心学中寻得一条出路。

精神世界与思维方式有着密切关系,在知识世界未发生大的变动时,是不会彻底改变的。聂豹(1486—1563)曾说过一段非常精辟的话:

> 或问:今之学者何如?曰:今世之学,其上焉者则有三障,一曰道理障,一曰格式障,一曰知识障。讲求义理,模仿古人行事之迹,多闻见博学,动有所引证,是障虽有三,然道理、格式又俱从知识入,均之为知识障也。①

所谓"义理"一旦成为固定的模式,不能"随事变以适用",即所谓道理障,渐成"格式"不能顺应时势,只能以固定的思维方式应对现实,造成义理学的僵化。知识障即李贽(1527—1602)《童心说》中所说的"道理闻见"②,聂豹明确指出知识障是各种障碍的根本,知识通过闻见耳目而入,陷入知识的泥淖不能自拔,则童心尽失。茅坤曾说:"吾信古之道,不得骤行于今之世者,然独窃取先王之

---

① [明]聂豹:《杂著》,《双江聂先生文集》卷十四,明嘉靖四十三年(1564)吴凤瑞刻隆庆六年印本。

② [明]李贽:《童心说》,《焚书》卷三,中华书局1975年版,第98页。

意,所谓庶几其近似者。"①他所相信的古之道皆多从"古传记"中来,他只是"纪事者必提其要",是从事实中引发出的一种精神,而未能"篡言者必钩其玄"(韩愈语)。正如前面所说,这种精神多是激昂慷慨、忧愤不平之情,而这些如他自己所说只是"庶几其近似者"。屠隆曾有一段对复古派比较客观的评价,其中指出复古诸子"抱长才而乏远识,踔厉之气盛"②,气盛而识浅,故不能超越古人,最终陷入模拟的弊端之中。杜枏(1489—1538)《王氏家藏集序》更进一步指出复古派"沉溺气骨,乐随色相"③,可谓直指本质。心学流行正为文人学士提供了一个超越气骨、色相的思想机缘,王阳明《答舒国用》：

> 戒慎恐惧之功无时或间,则天理常存,而其昭明灵觉之本体无所亏蔽、无所牵扰、无所恐惧忧患、无所好乐忿懥、无所意必固我、无所歉馁愧怍。和融莹彻,充塞流行,动容周旋而中礼,从心所欲而不逾,斯乃真所谓洒落矣。④

以戒慎恐惧之功保持天理常存,才能不受各种血气知觉的搅扰,才能得所谓"莹彻""洒落"的超越境界。但茅坤知识世界的局限使他无法进入超然境界,总是沉浸在人生失意的痛苦之中,并不断从"古传记"寻找精神支撑,其实反而牵绊了他,使他不能更进一层。唐顺之不断提醒茅坤提升自己,但他的精神境界仍停留在弘正间士人精神之中。就这个方面而言,他是旧时代的产物。

---

① [明]茅坤:《赠陈孔目序》,《茅鹿门先生文集》卷四。
② [明]屠隆:《文论》,《由拳集》卷二三,明万历间刻本。
③ [明]王廷相:《王氏家藏集》卷首,明嘉靖间刻、清顺治间修补本。
④ [明]王守仁:《答舒国用》,《王阳明全集》,第190页。

明代台阁文人诗序文结构与论述话语流变

刘 洋

一、前言

明代的永乐到弘治前期,在政治气候和儒家文学传统观念的共同作用下,历时一百余年的台阁文学经历了从繁盛、衰落到再盛的过程,直到弘治七年(1494)之后,前七子的文学主张开始影响到文坛,台阁文学始卸掉主角的光环,退居余脉。与这一兴衰历程相对应,台阁文人诗序中在提升序文意义时,其内部立意也在发生变化,具体便涉及对诗歌意义的阐释、诗序立论与铺叙人情各部分所占比重、所征引的诗歌史符号等元素,这些又共同构成被政治诉求所左右的观诗话语。

书序文由诗序与文集序共同构成,在整个明代文人别集中占有相当可观的数目。对于台阁文人来说,文章和诗歌的功能都被身份、地位所规定——工作需要或交际需求,进一步而言,是生存所需。他们主要的精力放在辅助君主处理军国大事,为帝子传授治国之道,不可能拥有如山人隐士一般足够的时间和心情创作摆脱应用需求的诗文。因此我们看到台阁文人们为满足工作需求的诏令、奏疏等公文,用来巩固交际人脉的书、序、记、铭等应用文和酬唱诗、送别诗占据了其诗文集的主体。台阁文学最显著的特点,正如宋濂(1310—1381)所说,"小臣作颂,有美无讽"①。张德建曾在《明代政治理念与文学精神之关系的嬗变》一文中谈到,"对台阁官员来说,由于内阁大臣职责所在,其目标是将文学、政事合而为一"即"以文学饰政事"②。

与此同时,接受儒家正统观念熏陶的台阁文人们还有另一个身份,即儒门士人,因此在生存所需之外,儒家"诗言志"的诗歌传统所关系的抒怀言志意识也会渗透在其诗文创作中,并同应制诗文形成或对立或互补的关系,台阁文人的创作心态亦在应制与言志的边缘游离,以雍容雅致的力度把握二者之间的平衡,并时移势易,兼顾诗序文应用需求的差异(诗序文可以划分为图诗序、亭斋诗序、送别诗序、挽诗序、唱和诗序、诗集序七种类型,类型之间指向的应用方向有所区别),再进行不同程度的写作策略调整。

法国叙事学家热奈特(Gérard Genette)将叙述话语研究划分为故事、叙事和叙述三元素之间的关系。如果将热奈特的"叙事"定义去掉仅仅针对小说文本的限制,进而推广到广义的言语、文辞表达,于此我们再参照热奈特三元素的区分逻辑,便能够看到诗序文的叙述话语也包含三个层面的元素:其一,实际作序缘由和诗(集)著作水平的真实评价;其二,写序者通过结构、修辞安排呈现出来的诗序文本身;其三,写序者写作过程中考虑到隐含读者,因而为实现特定目的而使用的叙述技巧和手段。第一个层面偏重历史真实,第二个层面偏重文章学呈现,第三个层面则力求解构和再现、重塑历史真实,并支配着文学手段呈现出文章的终极动因——权力以及被权力所决定的立场。在权力眼中,文学仅

---

① [明]宋濂:《凤阳府新铸大钟颂》,《宋学士文集》卷四〇,《四部丛刊》影印本。
② 张德建:《明代政治理念与文学精神之关系的嬗变——对"以文学饰政事"观念的考察》,《励耘学刊(文学卷)》2011年第1期。

仅是一个工具,历史真实也是可以通过文学手段被捏合成符合利益要求的形状。

明代台阁文人,毕竟与单纯的政治家不同,权力一词的含义除却直接的政治诉求之外,还会体现出被知识结构和儒家信念所锻造的"文统"观念,并与时势相移。"文统"二字,对于台阁文人的应用文章来说,恐怕"统"比"文"更重要。"文"是他们之所以能成为社会精英、国家结构的管理层的必备才能,而"统"才是目的所在,意味着基于文学权威的话语权和控制力。

二、诗歌意义阐释和价值判断

诗歌对于明代前期的台阁文人来说,是在政治高压的紧张之余用来怡情养性之物。台阁文人因为身份地位以及对应的责任感,常有不自觉的角色意识,在为文时或者自然带入角色情境,或通过构想为诗序这样的应制文章提供一套言之成理、望之合度的儒家衣冠。丘浚(1421—1495)在《刘草窗诗序》中曾指出造成明代诗歌创作水平不及国初的客观因素:

> 国初诗人,生胜国乱离时,无仕进路,一意寄情于诗,多有可观者。如吴中高、杨、张、徐四君子,盖庶几古作者也。其后举业兴而诗道大废,作者皆不得已而应人之求,不独少天趣,而学力亦不逮矣。①

自永乐年间台阁制度确立以来,执行相权的台阁文人们便为政事所系,大部分时间处于繁忙的工作状态。从金幼孜(1366—1431)《早朝写怀》诗"宵分睡正浓,忽闻鸡喔喔;强起整衣冠,明星

---

① [明]丘浚:《刘草窗诗序》,《琼台会稿》卷九,《景印文渊阁四库全书》本。

在屋脚"①,可见台阁文人们披星戴月的工作节奏。杨士奇(1365—1444)曾直接否定诗歌对于馆阁文臣的意义——"诗人无益之词,不足为也"②。明代前期,台阁文人忙于处理公务,应对来自帝王的压力,整个精神状态是极其谨慎小心的,或无暇休闲,即便有休闲的机会,也必饰之以词,唯恐落得懈怠公务的口实,这种状况在唱和序、诗集序中非常明显。杨士奇《胡延平诗序》中起兴之前,先指出诗歌乃"先生余事"③,《西城宴集诗序》亦用不少篇幅为写诗唱和的行为正名,除却强调"吾徒皆仕有职任,旦暮在公,惟惰慢之是戒。则以其闲暇相合,为一日之乐者,其于义固宜也"④之外,亦将《礼记》中"一张一弛文武之道"作为合理化支撑。弘治年间,台阁文学整体处于衰落再盛的阶段,此时诗歌唱和的意义和价值同样常被纳入儒家修身的言说体系中,如《会合联句诗序》:

    故君子之交也,及年之壮,可与进学;及国家之闲暇,可与修职;及朋友之聚处,可与辅善规过;相其所不及,则所以节劳养志。宣幽导和者,虽一言一话亦足以相感发,况言不足而咏,咏不足而赓和之,其多且富。⑤

台阁文人无暇为诗的情况,同样见于诸多作家的诗序文中。如梁潜(1366—1418)在《董太守诗集序》中对诗除却"宗庙朝廷称颂告戒之辞"以外,作者多来自民间"田夫野老、优游闲暇者之所为",而"公卿大夫所作无几也"的情况解释为"亦岂有所不暇哉!

---

① [明]金幼孜:《早朝书怀》,《金文靖集》卷五,《景印文渊阁四库全书》本。
② [明]杨士奇:《东里别集·圣谕录》卷二,《景印文渊阁四库全书》本。
③ [明]杨士奇:《东里文集》卷四,《景印文渊阁四库全书》本。
④ [明]杨士奇:《东里文集》卷五。
⑤ [明]李东阳:《怀麓堂集》卷二六,《景印文渊阁四库全书》本。

抑亦功业之大,足以及乎民"①。这可以说是推己及人,感同身受之言。

但与前期杨士奇等人不同的是,李东阳(1447—1516)虽然不再强调作诗是在闲暇之余,并经常谈到诗歌创作是发自情、形于言,但序尾依然加上一句辩解之词——"或者以为嬉游豫乐之具,则过矣"。可见,台阁文人繁忙的工作状态和谨小慎微的心态并未止于此,而是作为常态一直延续到成化年间。成化八年(1472)状元吴宽(1435—1504)曾任职于吏部、礼部,其《公余韵语序》一文呈现出当时馆阁文人的政事繁忙状况:

> 士大夫以政事为职者,率早作入朝奏对毕,或特有事,则聚议于庭,退即诸署,率其属以治公务,胥吏左右持章疏、抱簿书以次进,虽寒暑风雨不爽。当其纷冗,往往不知佳晨令节之已过也。盖勤于政事如此,又何暇于文词之习哉!②

体现在诗文创作上,乃以"余事为文",而且吟诗唱和是一项敏感活动。明代台阁文人,尤其是前期台阁文人,为唱和诗集作序时,往往会表达鸣于盛世,感戴皇恩的意思,如徐有贞(1407—1472)《金台唱和诗序》:

> 因辑向所与馆阁诸公游讌之作,将呈之父兄,以为虞悦,而间与畸人隐士相偶,谈话之余,出此观之,亦足以见我国家优待文儒之盛意,而山陵之尊严、宫阙之壮丽,与夫山川风物之美,亦概见于此。③

---

① [明]梁潜:《泊庵集》卷六,《景印文渊阁四库全书》本。
② [明]吴宽:《匏翁家藏集》卷四二,《景印文渊阁四库全书》本。
③ [明]徐有贞:《武功集》卷三,《景印文渊阁四库全书》本。

此序作于徐有贞"蒙恩放归"之时,虽暂时远离政务,序文中表达出对唱和诗的定位依然紧紧与蒙君恩典、以诗和德的意义联系在一起。

当然,台阁职事有相对闲适之时,台阁文人中亦有相对闲适之人。及至弘治二年(1489)前后,时任翰林修撰的吴宽作《后同声集序》,其对诗歌创作的意义定位与三杨时代已经不同:

> 馆阁日长,史事多暇。方石、西涯二公凡所会晤游赏,与夫感叹、怀忆、馈遗,悉发之诗。①

与王直(1379—1462)并称"东西二王"的王英(1375—1449)在《涂先生遗诗序》中谈到诗歌意义时,对诗歌之于社稷、风俗、伦常的传统功能大加褒奖,并在今昔对比中,以强烈语气否定失去中正性情,情绪走向极端的诗作:

> 诗本与性情,发为声音而形于咨嗟咏叹焉,有美恶邪正,以示劝诫。敦彝伦,兴孝敬,厚风俗,莫先乎诗。……后世不然,亡风雅之音,失性情之正,肆靡丽之辞,忧思之至,则噍杀愤怨;喜乐之至,则放逸淫辟,于风何助焉!②

及至李东阳时代,诗的功用被明显抬高,李东阳于《镜川先生诗集序》中称"诗与诸经同名而体异",并云诗不但有"盖兼比兴、协音律、言志厉俗"的社会功用,而且"后之文皆出诸经,而所谓诗者,其名固未改也,但限以声韵,例以格式,名虽同,而体尚亦各异"③。李东阳追认诗歌的经学渊源,并指文源自诗。李东阳本人

---

① [明]吴宽:《后同声集序》,《匏翁家藏集》卷四一。
② [明]王英:《王文安公诗文集》卷二,清朴学斋抄本。
③ [明]李东阳:《怀麓堂集》卷二三。

引领的茶陵诗派的诗歌理论和诗歌创作,既有对宋代馆阁诗人的推崇,亦有对杜诗瘦硬、沉郁一面的反映。

三、立论与铺叙的比重分配

诗序亦是应用论文,往往是受友人之托,为叙其理、彰其名而作,因此每篇诗序中都会有一个足以使求序人扬名的理由,写序者于此或通过褒奖诗集作者本人,或借助嘉许诗歌来达到扬其名之目的,这个核心理由往往是论点所在。在行文时,通常主要由两部分内容构成,其一,交代作序缘由,其二,议论诗集内容。交代作序缘由时,会包括求序人和作序人交情深浅,对求序人的综合评价;而在评点诗集内容时,或者单纯点评诗集,或由诗集本身引发诗歌评论。交代作序缘由的第一部分以铺叙为主,第二部分则以发论为主。从历时的角度来看,明代台阁文人的诗序总体创作倾向经历了由铺叙向立论的转换。

前期的台阁文人诗序侧重铺叙的状况很普遍,如杨士奇、杨荣(1371—1440)、解缙、胡俨(1361—1443)等人的诗序文,尤其是亭斋诗序、唱和诗序和诗集序。杨士奇诗序的结构内容倾向于交代作序缘由,包括对求序人品行、诗才的褒奖和交情陈述。如《南窗吟稿后序》中以记求序者"笃实刚介"的德行为主,"孟子曰:诵其诗,读其书,不知其人可乎?"解缙所作诗序亦如此,《卓清约诗序》一文中通篇皆在塑造求序者卓君的隐士形象,从隐居山中、隐士身份确立以及焚香弹琴,读书止于乐而不求甚解,只字未评其诗歌创作水平;同样,另外一篇诗序《刘济川诗序》亦只历数刘济川本人之勇和其先祖之义,对诗作水平未加一语评论。胡俨为金幼孜所作《冰雪轩诗序》①一文全部围绕冰雪"至清至洁"与君子

---

① [明]胡俨:《颐庵文选》卷上,《景印文渊阁四库全书》本。

"清洁之志意"之比,落在德行修为上,避开了关于诗歌的论述,另一篇《周职方诗集序》①主体部分皆在记述与周子霖的交游,并简要评述其人其文,亦只字未提诗作;李时勉(1374—1450)《至日燕集诗序》全文仅以日志手法,记录以诗歌为媒的宴会盛况、参与人士,最终将宴会意义归结于"圣明在上,中国尊安,三边无警,四方万国举相安于无事。佳时令节,自国都以及间、公卿大夫、士、庶人孰不具尊俎以相宴乐,以颂歌太平之盛"②的颂盛之事上,丝毫未评论诗歌创作;徐有贞《涌翠轩诗序》③除了描述龙山周边风光,叙述与求序之僧的交往渊源外,完全避开诗歌本身;谢迁(1449—1531)《湖山唱和序》文中大部分笔触落在唱和的缘由、活动情况及因之而生的人生感触,直到文章结尾处,亦仅在诗作意义的层面谈到"侯之尚文好古,诚不为虚饰;而吾辈之吟风弄月,亦不为无用矣"④,对唱和过程中的诗歌创作评论也是空白,同样的情况亦体现在王鏊(1450—1524)《东原诗集序》⑤等文章中,明代前中期台阁文人的诗序文创作内容安排多数皆类乎此。

及至弘治年间,诗序立论部分渐据重心,如李东阳、陈献章(1447—1516)等人的诗序创作。李东阳所作诗序结构更侧重评点诗集内容,而且是在有意识地借助诗集本身来阐释自己的诗歌重情论,非但起论高远,且偶有相对自觉的理论构建,表现为用源自经典的诗学范畴来塑造"善用乎情"之于诗歌创作的意义。这种生发已经脱离他人对《诗经》、盛唐等泛符号的泛征引,如《一闲轩诗序》⑥《沧州诗集序》⑦《镜川先生诗集序》等,而《镜川先

---

① [明]金幼孜:《金文靖集》卷七。
② [明]李时勉:《古廉文集》卷四,《景印文渊阁四库全书》本。
③ [明]徐有贞:《武功集》卷三。
④ [明]谢迁:《归田稿》卷二,《景印文渊阁四库全书》本。
⑤ [明]王鏊:《震泽集》卷十,《景印文渊阁四库全书》本。
⑥ [明]李东阳:《怀麓堂集》卷二三。
⑦ [明]李东阳:《怀麓堂集》卷二五。

生诗集序》从开篇起始的主体内容则均为诗歌创作论:

> 今之为诗者,能轶宋窥唐已为极致,两汉之体已不复讲,而或者又曰"必为唐""必为宋",规规焉,俯首蹋步,至不敢易一辞、出一语。纵使似之,亦不足贵矣,况未必似乎! 说者谓:"诗有别才,非关乎书;诗有别趣,非关乎理。"然非读书之多,识理之至,则不能作;必博学以聚乎理,取物以广夫才,而比之以声韵,和之以节奏,则其为辞高可讽、长可咏、近可以播而远亦可以传矣,岂必模某家、效某代然后谓之诗哉!①

同样侧重诗论,李东阳的论述笔法亦有调整,《沧州诗集序》以问句开篇,提出"诗之体与文异,故有长于记述,短于吟讽,终其身而不能变者,其难如此。而或庸言谑语,老妇稚子之所通,鲜以为绝妙,又若易然,何哉"之后,正文绝大部分内容都在回应开篇就诗与文创作差异的设问。李东阳诗序文创作中明确的议论倾向和明晰的诗论阐发,既是李东阳的自觉诗歌立论传播、统摄意识,亦为其本人在当时文坛的号召力,领袖魄力于应用文章中的折射。正如陈子龙所云,"文正网罗群彦,导扬风流,如帝释天人,虽无宗派,实为法门所贵"②。

以翰林检讨致仕,少意仕进,一生致力于理学的陈献章,其诗序在书写习惯上亦热衷议论诗集内容,甚至在借诗集评论传播自身诗论方面的爱好较李东阳更胜一筹。《认真子诗集序》中以三分之二的篇幅从"诗之工,诗之衰也,言,心之声也"③起论,继之将发乎真情、书怀写心的诗歌指为佳作。陈献章《白沙子集》中现存

---

① [明]李东阳:《怀麓堂集》卷二三。
② [明]李东阳:《怀麓堂集》卷二五。
③ [明]陈献章:《白沙子集》卷一,《景印文渊阁四库全书》本。

唯一的一篇诗序《夕惕斋诗集后序》①结构安排与此无二致，文章四分之三的内容皆围绕"七情之发，发而为诗，虽匹夫匹妇胸中自有全经"而展开的诗论，作序缘由被压缩至短短两句——"少参任君莅吾省，间过白沙，携其先公诗集，求一言于卷末。予故以诗道略陈之，若夫先公吟咏之情具在集中，览者当自得云"，而且"略陈诗道"四字已经是一个诗论开始盛行的表征。总的来讲，弘治至成化年间，诗序文中诗论内容的比例及论述强度呈现出有增无减的态势。

四、诗歌史符号的征引

论点立意可谓是大部分诗序用来提升文章高度，同时酬答求序的拳拳之意，以彰示求序者诗名的关键环节。在这一环节，要符合诗序的性质，贴合主题，台阁文人们都会征引诗歌发展史上的特定意象或者事件作为立论根据。

通过诗序中存在的诗歌意象，我们大致可以勾勒出基于台阁文人知识结构和表达需要的诗歌发展脉络：《诗经》是诗歌正源，哀而不伤的风格和讽谏精神既由情之所感，亦有功于社稷，是诗歌自身审美功用和社会功用的统一。其后两汉魏晋并无足道，至盛唐达繁荣顶峰，其中李杜是公认的大家手笔，王、孟、高、岑等盛唐诗人各有千秋；宋代诗歌虽不及唐，但朱子的诗论亦可称道。总体来讲，诗歌发展脉络中突出了两个标志：周代《诗经》、盛唐诗。这两个标志也是台阁文人们在诗序写作中常会选作参与立论的符号。罗素曾说："人生活在一个符号（象征的）世界里，感情、意志、思想、愿望、信仰都是通过符号来表示的。"②并将解读符

---

① 〔明〕陈献章：《白沙子集》卷一。
② 〔英〕罗素：《论历史》，广西师范大学出版社 2001 年版，第 33 页。

号意义的过程定义为历史学的开端。如果把罗素对符号的定义缩小到狭义的语言符号范围，对于诗序文本分析来说，知晓符号背后的传承与意义，便是了解诗序写作流变的开端。

《诗经》是儒家经典，亦是明人普遍会引用的诗歌之源。在台阁文人诗序中，《诗经》被征引的立意方式大致有两种：一、强调《诗经》感物言志、得性情之正的讽谏传统有功于政教，是君子所当为；二、突出《诗经》言志之"志"的情感意味，尤其是诗歌创作与真情表露的联系，性情之"正"的内涵渐向性情之"真"过渡。

自周天子采诗以观民风以来，诗歌被视作政治现实材料和天然的政治预兆，"小人歌之以贡其君，君子赋之以见其志，圣人采之以观其变"①，相对于才艺内涵和审美效果，诗歌被看重的是对政治的表征功能，诗之作，感其美而颂，见其恶而讽，为政者由此知晓民心。但在台阁文人诗序的实际创作中，感物言志的讽谏传统中见其恶而讽的一面被自觉遏制，而美政颂声被不断突出、强调，比附于求序的诗集。出现在台阁文人诗序中的"性情之正"，乃儒家为政为君，富有忧患意识和政治责任感的道德品性，如梁潜在《雅南集序》中写道：

> 诗以道性情，而得乎性情之正者，尝少也？三百篇风雅之盛，足见王者之泽。及其变也，王泽微矣。然其优悲欢娱哀怨之发，咏歌之际，犹能使人动荡感激，岂非其泽入人之深者，久犹未泯耶！②

沐浴王者的时代荣耀，负担天下兴亡的诗歌之道，浸入人心深处，于是成就了三百篇风雅。梁潜把《诗经》的咏叹感人动人之

---

① ［隋］王通：《中说》卷二，上海古籍出版社1998年版，第7页。
② ［明］梁潜：《泊庵集》卷五。

处与理想时代的理想道德相系,并将这个传统延伸到当下的时空。明代前期台阁文人的诗序文中,绝大多数征引《诗经》且立意为比德说、性情之正说。当然,大部分诗歌对哀乐的书写是感性的,其美感来自于意象、韵律和情绪的感染力,哀乐愁苦被赋予画面美、音乐美,待传播给期待读者诵读之后,创作的目的便已了结,而诗歌的社会功能实现与否,最终掌握在有权力有能力的国家上层机器把持者手中。他们的职责是观诗、察世,但没有义务像普通读者一样为之或感动或愤慨。儒家在倡导诗歌讽谏功能的同时,并未提供符合实际政治利益的争夺或者守护的诗歌审美内涵;在不断将歌咏以合性情之正的主张代代相传的同时,并未指明在政治权力或者文学权力角逐之时,诗歌表现领域理想的中正应当置于何处。这就形成一段没有"正名"的言说真空,于是我们看到,在诗序文的立意环节,《诗》的征引遇到这段真空之时,作者们采取了转移概念的写作策略。上文曾提及的吴宽《公余韵语序》一文,在提升意义环节时直接避开了对《诗三百》内容的评价,而只借用了东周乱世犹歌咏的精神,其言"虽衰周之人,从役于外,而诗犹可诵,况生于今之盛世者乎",即当下盛世更应当"纪朝廷宴赐之盛仪,志国家祀戎之大事"。除了回避之外,亦有如杨荣者称《诗》与台阁文风气质相近,如《逸世遗音集序》言"诗自《三百篇》之后作者不少,要皆以自然醇正为佳,世之为诗者,务为新巧而风韵愈凡;务为高古而气格愈下,曾不若昔时闾巷小夫女子之为"[1]。岳正(1420—1474)《双寿堂诗序》中论点落在对性情中正、发自内心的认可和确信,诚挚的程度被称为"爱",并将诚挚的情绪审美化,进而上溯到风雅之变的"鲁僖之颂":

鲁僖之颂,风雅变也,其情主于美,美生于爱;爱之至则

---

[1] [明]杨荣:《文敏集》卷十一,《景印文渊阁四库全书》本。

颂祷兴焉,閟宫诸什,其义备矣。①

相较而言,李东阳的诗序文在接续《诗》风雅传统的基础上,将"志"的含义扩大、延伸到感于物发于心的真情层面,相对于前期鸣盛的诗序文创作,扩充了台阁诗序文认识中诗歌于政事之功用的内涵。如诗序文《赤城诗集序》:

> 诗之为物也,大则关气运,小则因土俗,而实本乎人之心者。道同化洽,天下之为诗者皆无所与议。既其变也,世殊地异而人不同,故曹幽郑卫各自为风。汉、唐、宋之作代不相若,而亦自为盛衰。逮至于元,其变也愈极,而其间贤人义士往往奋发振迅,为感物言志之音者,盖随所得而成焉,然亦鲜矣。夫自乐官不以其诗为教,使者不以采诗为职。是物也,若未始为天下之重轻,而所关者固在也。然则不得与于天下者,因其所得为而求之,亦固非君子之心哉!②

序文中,李东阳论述起势便是"诗歌本乎人之心",接续采诗传统和历代"天下之为诗者"的感发渊源后,避开了鸣盛的陈腔,将创作意义归之于人格修养——"君子之心"。此外,李东阳《沧州诗集序》中又将感于自然物理而发的声律同有益于名教政治的讽咏并提:

> 以其有声律风韵,能使人反复讽咏,以畅达情思,感发志气,取类于鸟兽草木之微,而有益于名教政事之大,必其识足以知其深奥,而才足以发之,然后为得。及天机物理之相感

---

① [明]岳正:《类博稿》卷六,《景印文渊阁四库全书》本。
② [明]李东阳:《赤城诗集序》,《怀麓堂集》卷二四。

触,则有不烦绳墨而合者。①

　　政事与物理、情思、志气的关联被重新申说,特别是"情"与"气"这样与为政需要的理性所排斥的概念,在前期台阁文人的诗序文中是很少出现的,而在李东阳同时或之后的台阁文人笔下出现频率渐高。这与李东阳个人的诗观、个人诗歌修为有关,但在诗序中不断论说、宣扬自己的诗论,既是李东阳扭转诗风的诉求,也是文学权力的争夺的反映。张德建《明代政治理念与文学精神之关系的嬗变》一文指出李东阳等后期台阁文人"期望在执守法律的前提下,以经籍为根柢,文章为藻饰,才艺、气节并重"②。其中李东阳本人的诗歌创作既有标准的台阁体,亦有大量的仿习杜甫、东坡之作,并将"气节"这一前期台阁文人诗作中不受重视的精神贯注在诗作和诗论之中。

　　在明代台阁文人笔下,自《诗》之后,称"夫诗自《三百篇》以来,而声律之作,始盛于唐开元天宝之际"③者不胜枚举。大唐盛世诗歌也常被台阁文人引来提升文章立意,总体方式有二:其一,继承传统诗歌与政治的关系论,突出盛唐诗"鸣国家之盛"的精神及诗歌的盛世征兆特征;其二,以盛唐诗的艺术水平和艺术风格作为当下诗歌创作的标杆。

　　"其乐心感者,其声啴以缓。"④将声、乐与国家盛衰相比附、对照是流传久远的观诗传统。唐代诗歌常与盛唐辉煌联系在一起,在永乐年间,以三杨为代表的台阁文人诗序中,盛唐诗坛是出现频率很高的征引符号。这时的论证逻辑是,将诗集作者的诗歌风

---

① [清]黄宗羲:《明文海》卷二六五,清涵芬楼钞本。
② 张德建:《明代政治理念与文学精神之关系的嬗变——对"以文饰政事"观念的考察》。
③ [明]杨荣:《题张御史和唐诗后》,《文敏集》卷十五。
④ 叶绍钧译注:《礼记·乐记》,商务印书馆1948年版,第83页。

格对应于盛唐某位诗人风格,通过两相对照和比拟,认为这种风格是盛世的产物,因此当下出现与盛唐诗歌保持一致的诗作,自然也是天下大治、国君有道、君臣相得的结果,即归结到"鸣国家之盛"的意义上。此类诗序创作数量相当可观。如杨士奇《玉雪斋诗集后序》,先列举"杜少陵浑涵博厚,追踪风雅,卓乎不可尚矣。一时高材逸韵,如李太白之天纵,与杜齐驱;王、孟、高、岑、韦应物诸君子,清粹典则,天趣自然。读其诗者,有以见唐之治盛于此,而后之言诗道者"①,说明"莫盛于此"之后,将诗集作者虞公"思致清远而典丽婉约、一尘不淬"的婉约恬淡之作归于"上追盛唐诸君子之作……足以鸣国家之盛"的系统中。

唐诗的艺术水准也常被诗序文作者们征引,通常是作为品评当下佳作风格的标杆,或者将杜诗精神解释为性情德行。王直在《于韶庵注杜工部律诗序》中从有益于政教的角度称赏杜甫诗歌为"粹然出于性情之正"②,相较而言,李东阳于诗序中论理时,对盛唐这一符号的使用出发点与之前的台阁文人有所不同。他曾于《镜川先生诗集序》中云:

> 汉唐及宋代与格殊,逮乎元季,则愈杂矣。今之为诗者能轶宋窥唐,已为极致,两汉之体已不复讲。而或者又曰:必为唐、必为宋,规规焉,俯首蹑步,至不敢易一辞,出一语,纵使似之,亦不足贵矣。③

受李东阳拔擢之恩的吴宽在诗序文的诗论中,有同李东阳一致的诗歌弊端体认,如《完庵诗集序》:

---

① [明]杨士奇:《玉雪斋诗集后序》,《东里文集》卷五。
② [明]王直:《抑庵文集》卷十一,《景印文渊阁四库全书》本。
③ [明]李东阳:《镜川先生诗集序》,《怀麓堂集》卷二四。

> 夫诗自魏晋以下莫盛于唐,唐之诗如李杜二家,不可及已。其余诵其词,亦莫不清婉和畅,萧然有出尘之意,其体裁不越乎当时,而世似相隔,其情景皆在乎目前,而人不能道。是以家传其集,论诗者必曰"唐人""唐人"云。抑唐人何以能此?由其蓄于胸中者有高趣,故写之笔下,往往出于自然,无雕琢之病,如韦、柳又其首称也。①

吴宽认为,唐人诗歌的佳处,从才艺的角度看在于"胸中有高趣",而且主张自然,去掉雕琢的主张已经有返璞归真的意味,与前期台阁文人有所区别。李东阳着力祛除台阁文学积累已久的弊端,期待为诗歌创作注入活力,谈到盛唐时,其重心不像前期台阁文人一样落在以盛唐比今朝,而是转向关注如何摆脱唐诗的模式,超越唐宋局限,创作一代之诗。

除却周代《诗经》与盛唐这两个符号之外,朱子诗论亦曾出现在前期台阁文人的诗序文意义提升环节中。朱子理学是明代官方意识形态,朱子及其学术被政治权力赋予的权威亦体现在诗序创作中,政治昭示意味较重。杨士奇的诗序创作对朱子引用较多,如"盖自汉以下言诗莫深于朱子","昔朱子论诗,必本于性情言行,以极乎修齐治平之道。诗道其大矣哉!"②但与《诗经》、盛唐这两个提升意义环节的常见符号相比,朱子诗论的出现频率低、阐释力度小,在此不作具谈。

明代台阁文人所作诗序,除却满足交际的应用需求,还经历着从铺叙人情、自觉回应官方意识形态到以诗论为主,有意识地将时代气息注入意识形态的历程,这个历程同样受益于诗歌本身的功能和内部递变规律。通过文字构造的意境、音韵营造的氛围

---

① [明]吴宽:《匏翁家藏集》卷四。
② [明]杨士奇:《东里文集》卷四。

将读者带入审美世界,进入精神空间以疏泄情绪、享受愉悦,是诗歌的一项基本功能。正如卡西尔所说,人不仅生活在物理的实在中,亦生活在由艺术语言符号所给定的现实中[1]。在艺术语言符号的现实功能之中,审美占据重要地位,可以说是人类除却满足基本生存需求之外必备的精神空间。

美国哲学研究者奥拉夫森(Frederick A. Olafson)认为,在叙事过程中,事件序列是意向性的,而序列中的行为皆被某种信念和意向所激发,并称"在这些激发性信念中,有些指的是由他人完成的先前行为,有些把新的东西引入行为领域,迫使动因要么采取进一步措施实现自己的目标,要么把这些目标调整得更加适合自己。"[2]明代台阁文人的诗序文也面临着同样的问题,在诗歌的审美功能和文学内部发展规律这些"激发性信念"的驱动下,于意义认定、结构和征引符号三方面各自有所调适,昭示着随政治高压局面缓解,居于帝国权力集团的台阁文人们将诗歌的功能由政治表征拓展到政治与审美并存层面的历程。我们经常能看到对诗歌审美意义的解读,如"只有居住在、生活在这个富有意义的审美世界中,人才不至于被愚蠢、疯狂、荒诞置于死地"[3]之类。但是,诗歌审美功能的开放和拓展并不意味着操控诗序文写作之权力(包括话语、政治权力)的终结。对于已经入台阁或者有志于跻身台阁的文人们来说,诗序文创作包括诗歌写作的意义重心并非审美世界,而是作为工具的文字背后那个诱人的统治、生存空间。

---

[1] 参见谢东冰《表现性的符号形式——"卡西尔-朗格美学"的一种解读》,学林出版社2008年版,第17页。

[2] 〔美〕弗雷德里克·A.奥拉夫森著:《行为辩证法——历史学及人文学科的科学解释》,马万利译,大象出版社2006年版,第55页。

[3] 刘小枫:《诗化哲学》,华东师范大学出版社2007年版,第79页。

论戴名世散文的史笔与文心

莎日娜

戴名世(1653—1713),安徽桐城人,著有《南山集》。康熙五十年(1711),被左都御史赵申乔(1644—1720)参劾,以"大逆"罪处死,著述尽毁。此案株连甚众,是清初著名的文字狱,史称《南山集》案。这一事件直接影响了清代的士风与文风,关爱和称:"从戴名世到经历了《南山集》案后的方苞,体现了清初士人由狂悖不驯到敛性皈依的思想过程。"① 从散文的发展来看,《南山集》案使清代中期的文章,日益脱离明代的轨迹,形成所谓的"盛世之文"。

一、存史与治史:戴名世的修史理想与实践

戴名世的文章以史论、传记、游记、书序为主,其中,史论和传记最能体现其学术追求。在这些文章中,戴名世表达了其治史的理想追求和理论主张。他有志修史,在《初集原序》中自谓"余生

---

① 关爱和:《〈南山集〉案与清代士人的心路历程》,《史学月刊》2003年第12期,第22—26页。

二十余年,迂疏落寞,无他艺能,而窃尝有志,欲上下古今,贯穿驰骋,以成一家之言。顾不知天之与我者何如,妄欲追踪古人。"①可知在治史方面,他抱负颇高,有"成一家之言"的理想追求。

戴名世的修史理想体现在存史与治史两个方面。所谓存史,即保留前朝之史。在《与余生书》中,他感喟于明末之史之不存:

> 昔者宋之亡也,区区海岛一隅如弹丸黑子,不逾时而又已灭亡,而史犹得以备书其事。今以弘光之帝南京,隆武之帝闽越,永历之帝两粤、帝滇黔,地方数千里,首尾十七八年,揆以《春秋》之义,岂遽不如昭烈之在蜀,帝昺之在崖州,而其事惭以灭没。近日方宽文字之禁,而天下所以避忌讳者万端,其或菰芦山泽之间,有廑廑志其梗概,所谓存什一于千百,而其书未出,又无好事者为之掇拾,流传不久,而已荡为清风,化为冷灰。至于老将退卒、故家旧臣、遗民父老,相继澌尽,而文献无征,凋残零落,使一时成败得失,与夫孤忠效死、乱贼误国、流离播迁之情状,无以示于后世,岂不可叹也哉!②

南明王朝"弘光之帝南京,隆武之帝闽越,永历之帝两粤、帝滇黔,地方数千里,首尾十七八年"的历史,正是戴名世要着力保存的史事。他担心"其事惭以灭没""老将退卒、故家旧臣、遗民父老,相继澌尽,而文献无征,凋残零落",对于治史南明有着强烈的使命感和责任感。而其修史的目的则是"使一时成败得失,与夫孤忠效死、乱贼误国、流离播迁之情状",示于后世以激扬忠义。

戴名世留心明代史事,他的传记文为明末的忠烈人士着墨颇

---

① [清]戴名世著,王树民编校:《戴名世集》,中华书局1986年版,第59页。
② [清]戴名世著,王树民编校:《戴名世集》,第2页。

多。如《杨维岳传》,为殉国的杨维岳(1588?—1644)作传,文末描摹了杨维岳在崇祯自缢后的忠烈之举:"凡不食七日,整衣冠,诣先世神主前,再拜入室,气息仅相属。人来观者益众,忽张目视其子曰:'前日见志之语,慎毋以示世也。'顷之遂卒。是岁弘光元年七月二十九日也,年五十六。闻者莫不为之流涕,私谥为文烈公。"①杨维岳"生而孝谨","自守以正",他祭拜史可法,已存殉国之心;薙发令下,拒不执行,实际已经立了必死之志,最终绝食而亡。作者极力赞美殉国而死的杨维岳,实是发抒自己对亡明的深厚情感。杨维岳所谓的"践土而思禹功,食粟而思稷德",也正是戴名世内心的喟叹。再如《孟庵公传》,写孟庵公在明亡之后"尽去其发,自号髡僧。还里,与友人孙畹生辈弃诸生服,誓入山不出。"②与那些贪生怕死,追慕荣华的人相比,这些殉国或避世之人在节操上无疑是令人赞叹的。在为这些忠烈之士立传时,戴名世站在故明和传统道德的立场上,固然有迂腐之气;但同时,他对传主的选择和对其忠义品格的赞美,又与其补正史不足的修史思想相一致。

对于治史,戴名世也有自己的理论和主张。他认为:"史之难作","史之所藉以作者有二,曰国史也,曰野史也。"正史、野史各有优劣。正史"出于载笔之臣,或铺张太过,或隐讳而不详,其于群臣之功罪贤否、始终本末,颇多有所不尽,势不得不博征之于野史。"而野史"多徇其好恶,逞其私见,即或其中无他,而往往有伤于辞之不达,听之不聪,传之不审,一事而纪载不同,一人而褒贬各别。"而写一部良史,则需要将正史与野史互为补充。

戴名世重视史材的选取,他认为:"所见异辞,所闻异辞,所传闻异辞,吾将安所取正哉?《书》曰:'三人占,则从二人之言。'吾

---

① [清]戴名世著,王树民编校:《戴名世集》,第160—161页。
② [清]戴名世著,王树民、韩明祥、韩自强编校:《戴名世遗文集》,中华书局2002年版,第144页。

以为二人而正也,则吾从二人之言,二人而不正也,则吾仍从一人之言,即其人皆正也,而其言亦未可尽从,夫亦惟论其世而已矣。一事也必有一事之始终,一人也必有一人之本末,综其终始,核其本末,旁参互证,而固可以得其十八九矣。子曰:'众好之,必察焉;众恶之,必察焉。'察之而有可好,亦未必遂无可恶者;察之而有可恶,亦未必遂无可好者。众不可矫也,亦不可徇也,设其身以处其地,揣其情以度其变,此论世之说也。"①要对史材有"察",即需"设其身以处其地,揣其情以度其变"。这里有个人对"政治典章因革损益"的辨析,也有对历史的体悟。戴名世认为官修的正史,"分编共纂,人人而可以为之",而"为巨室者,群工杂进,而识其体要,惟度材是任者,大匠一人而已"。

在《与余生书》中,戴名世对这一问题进行了具体说明:"前日浮屠犁支自言永历中宦者,为足下道滇黔间事。余闻之,载笔往问焉,余至而犁支已去,因教足下为我书其语来,去年冬乃得读之,稍稍识其大略。而吾乡方学士有《滇黔纪闻》一编,余六七年前尝见之。及是而余购得是书,取犁支所言考之,以证其同异。盖两人之言各有详有略,而亦不无大相悬殊者,传闻之间,必有讹焉。然而学士考据颇为确核,而犁支又得于耳目之所睹记,二者将何所取信哉?……足下知犁支所在,能召之来,与余面谈其事,则不胜幸甚!"②由此可见,他对于史材选取的严谨态度。

治史当有史识与史笔,戴名世学贯古今,对于一些历史人物和历史事件往往能够从宏观上进行把握。由于《南山集》案的影响,他的文章多遭毁禁散佚,今存的史论文不是很多。比较重要的作品如《范增论》《魏其论》《史论》《老子论》《八月庚申及齐师战于乾时我师败绩》《左氏辨》等。《范增论》借范增(公元前277—前

---

① [清]戴名世著,王树民编校:《戴名世集》,第403—406页。
② 同上书,第2页。

204)的遭遇,说明"定天下者,必明于天下之大势"。但戴名世所谓的"势",并非人力不能改变的必然规律,而历史人物的成功与否,在于是否能够识势与借势。对于范增的失败,戴名世评曰:

> 彼范增者,项氏骨鲠之臣也。其劝羽杀沛公,羽不听,则羽之过也。其立义帝,则可谓不明天下之大势者也。汉王与郦食其谋挠楚权,食其请复立六国后世,张子房以为不可。由此观之,夫有所立以自辅且不可,乃欲有所立以自制,夫岂明于势而熟于计者哉。①

《史记·项羽本纪》称范增"素居家,好奇计",他七十岁出山辅佐项羽(公元前232—前202),被项羽尊为"亚父"。在楚汉之争中,项羽不从其策而导致最终的失败。范增因看到项羽对他的猜疑,离开项羽,归乡途中,发病而亡。苏轼(1036—1101)作《论项羽范增》,重在评述范增是否应离开项羽。在苏轼看来,"义帝之立,增为谋主矣,义帝之存亡,岂独为楚之盛衰,亦增之所与同祸福也。未有义帝去而增独能久存者也。""增之去善矣,不去,羽必杀增。独恨其不早耳。"并认为:"增之去,当于羽杀卿子冠军时也。"②戴名世评范增,立论点不在于对范增个人行为及命运的评价,而在于对范增行为在整个历史发展中价值判断。在戴名世看来,范增的悲剧是不明天下大势而"立义帝",正因如此,其幽愤而死的悲剧也就不可避免了。戴名世感喟:"势有可行有不可行,视乎所遭之变,所遇之时,而势出乎其间。吾独惜夫后之举事者,有可以用增之计而不能用,而自取灭亡,为天下笑。而增用之楚,而项王又以失其天下。呜呼!苟非明者,乌能视势之所在而图之,

---

① [清]戴名世著,王树民编校:《戴名世集》,第380—382页。
② [北宋]苏轼著,孔凡礼点校:《苏轼文集》,中华书局1986年版,第162—163页。

以定天下之大计也哉。"①应该说,戴名世之论,较之苏论,更有史家风范。

这种史家风范在戴名世的传记文中亦可见。梁启超评其"史虽一字未成,然集中有遗文数篇,足觇史才之特绝。其《孑遗录》一篇,以桐城一县被贼始末为骨干,而晚明流寇全部形势乃至明之所以亡者见具焉,而又未尝离桐而有枝溢之辞。其《杨刘二士合传》,以杨畏知、刘廷杰、王运开、运宏四人为骨干,寥寥二千余言,而晚明四川云南形势若指诸掌。其《左忠毅公传》以左光斗(1575—1625)为骨干,而明末党祸来历及其所生影响与夫全案重要关系人面目皆具见。盖南山之于文章有天才,善于组织,最能驾驭资料而熔冶之。"②这是对其运笔为史的赞赏。

戴名世的"史识"也包含着对历史兴亡经验的总结,他追念亡明,更着意于明末历史的得失。如其在《抚盗论》中言:

> 国家有邻敌之变而言和,与有盗贼之变而言抚,未有不亡者也。夫古今各有其变,时势各有其宜,不此之察,徒借口于往古久远侥幸偶胜之事,以致颠覆相寻而不悟,此国家之大盗也。呜呼!后有良天子贤宰相,不幸而遇此变,则先行国家大盗之诛,而后兴师讨群盗之罪,何盗之不可平,而安致有颠覆之患哉!③

历史的教训令戴名世叹息痛恨,这些观点,不见得切中肯綮,但也具备"通古今之变"的治史之心。他并非迂腐的儒士,变通与审时的思想在他的论说文中多有体现。如《抚盗论》,讲对背叛朝廷的"盗贼"之流不能姑息,开篇即云:"事有行之于昔为有功,而

---

① [清]戴名世著,王树民编校:《戴名世集》,第382页。
② 梁启超:《中国近三百年学术史》,东方出版社2004年版,第300—301页。
③ [清]戴名世著,王树民编校:《戴名世集》,第386页。

行之于今为失策,偶一行之而幸而成,而转相效之而一败而不可救者。惟君子为能通古今之变,审时势之宜,而不至于拘牵往辙,以偾天下之事,此非庸夫小人之所知也。"①这种"通古今之变,审时势之宜"的思想,是著史者的"史识",也正是戴名世著史的追求。

二、抒怀与修文:戴名世散文的文人情怀

《戴名世集》中收录了相当数量的书信、序跋、游记和日记。这些文章,既是其文学理论的载体和实践,也是其抒发怀抱的重要工具。戴名世继承了古代文人以文章抒怀写志、论文论学的创作传统,在文章中抒发自己的忧时愤世之情,并且评文论艺,表明自己的文学创作主张。

戴名世喜好古文,追求文章不朽。在《与刘大山书》中,他曾总结自己的文章道:"仆古文多愤时嫉俗之作,不敢示世人,恐以言语获罪。""当今文章一事贱如粪壤,而仆无他嗜好,独好此不厌。生平尤留意先朝文献,二十年来,搜求遗编,讨论掌故,胸中觉有百卷书,怪怪奇奇,滔滔汩汩,欲触喉而出。而仆以为此古今大事,不敢聊且为之,欲将入名山中,洗涤心神,餐吸沆瀣,息虑屏气,久之乃敢发凡起例,次第命笔。而不幸死丧相继,家累日增,奔走四方以求衣食,其为困踬颠倒,良可悼叹。同县方苞以为'文章者穷人之具,而文章之奇者其穷亦奇,如戴子是也。'仆文章不敢当方君之所谓奇,而欲著书而不得,此其所以为穷之奇也。"谈到自己贫困的生活处境和以著书为使命的人生追求。这封书信有着强烈的自我抒怀色彩,文章的末尾,他将自己比作秦淮善为琵琶的余叟:

---

① [清]戴名世著,王树民编校:《戴名世集》,第383页。

秦淮有余叟者，好琵琶，闻人有工为此技者，不远千里迎致之，学其术。客为琵琶来者，终日坐为满，久之果大工，号南中第一手。然以是倾其产千金，至不能给衣食，乃操琵琶弹于市，乞钱自活，卒无知者，不能救冻馁，遂抱琵琶而饿死于秦淮之涯。今仆之文章乃余叟之琵琶也。然而琵琶者，夷部之乐耳，其工拙得丧可以无论，至若吾辈之所为者，乃先王之遗，将以明圣人之道，穷造化之微，而极人情之变态，乃与夷部之乐同其困踬颠倒，将遂碎其琵琶以求免于穷饿，此余叟之所不为也。呜呼！琵琶成而适以速之死，文章成而适以甚其穷。足下方扬眉瞬目，奋袂抵掌而效仆之所为，是又一余叟也。然为余叟者始能知余叟之音，此仆之所以欲足下之序吾文也。①

刘大山是戴名世的友人，从文中看，当与他同好古文。与能求取功名的时文相比，古文不能带给人们现实利益，故当时之人以之为贱。戴名世在文中抒发了自己对文章写作的执着，以为其是"先王之遗"，并能"明圣人之道，穷造化之微，而极人情之变态"，虽然不能使自己免于穷饿，但文章的价值，以及写作过程中精神上的享受却是其他任何东西都难以比拟的。这里，有戴名世作为一个学人的骄傲，是其把著书立说作为终身事业的极好注解。这样的思想在戴名世的书信中多有流露。再如《与弟书》中，作者云："余生抱难成之志，负不羁之才，处穷极之遭，当败坏之世，而无数顷之田，一亩之宫，以托其身……丈夫雄心，穷而弥固，岂因一跌仆而忧伤憔悴，遂不复振耶！五经二十一史，今之视为土梗，而天下几无读书者矣。宇宙间物，人尽取之，独读书一事留

---

① ［清］戴名世著，王树民编校：《戴名世集》，第11—12页。

遗我辈,此固人之所不能夺,而忌且怒焉固无伤者也,可自弃耶?"①《与刘言洁书》谓:"仆自行年二十即有志于文章之事,而是时积忧多愁,神智荒惑,又治生不给,无以托一日之命。自以年齿尚少,可以待之异日,蹉跎荏苒,已逾三十,其为愧悔惭惧,何可胜言。数年以来,客游四方,所见士多矣,而亦未见有以此事为志者,独足下好学甚勤,深有得于古人之旨,且不以仆为不才,而谓可与于斯文也者,仆何敢当焉。"②在这些书信中,戴名世流露出对理想的追求,对知音的渴慕,情感自然,是我们了解戴名世为人与为文的重要篇目。

戴名世重视文章的艺术风格,在与友人的书信往来中,他多次论及自己的为文主张。如《答伍张两生书》中云:

> 余昔尝读道家之书矣,凡养生之徒从事神仙之术,灭虑绝欲,吐纳以为生,咀嚼以为养,盖其说有三,曰精,曰气,曰神。此三者炼之,凝之,而浑于一,于是外形骸,凌云气,入水不濡,入火不爇,飘飘乎御风而行,遗事而远举,其言云尔。余尝欲学其术而不知所从,乃窃以其术而用之于文章。呜呼,其无以加于此矣!

他以道家的养生之术来比喻写文章。认为做文章要重视"精""气""神",将此三者"炼之,凝之,而浑于一"。对于"精""气""神"到底是什么,他进一步解释道:

> 古之作者未有不得是术者也。太史公纂《五帝本纪》,"择其言尤雅者",此精之说也。蔡邕曰:"炼余心兮浸太清。"

---

① [清]戴名世著,王树民编校:《戴名世集》,第14页。
② 同上书,第6页。

夫惟雅且清则精，精则糟粕、煨烬、尘垢、渣滓，与凡邪伪剽贼，皆刊削而靡存，夫如是之谓精也。而有物焉，阴驱而潜率之，出入于浩渺之区，跌宕于杳霭之际，动如风雨，静如山岳，无穷如天地，不竭如江河，是物也，杰然有以充塞乎两间，而盖冒乎万有。呜呼，此为气之大过人者，岂非然哉！今夫语言文字，文也，而非所以文也。行墨蹊径，文也，而非所以文也。文之为文，必有出乎语言文字之外而居乎行墨蹊径之先。盖昔有千里马牝而黄，伯乐使九方皋视之，九方皋曰："牝而骊。"伯乐曰："此真知马者矣。"夫非有声色臭味足以娱悦人之耳目口鼻，而其致悠然以深，油然以感，寻之无端而出之无迹者，吾不得而言之也。夫惟不可得而言，此其所以为神也。①

戴名世的精气神合一之说，是桐城派文论的雏形。他所谈到的"精"，指的是文章语言雅洁，内容纯正。所谓"糟粕、煨烬、尘垢、渣滓，与凡邪伪剽贼，皆刊削而靡存"。他所谈到的"气"，源自于平时培植的学术修养，是"动如风雨，静如山岳，无穷如天地，不竭如山河"的为文之气。而"神"则"出乎语言文字之外，而居乎行墨蹊径之先"，是需要揣摩体会的文章的内在精神。这些文论主张，对方苞、刘大櫆（1698—1779）等人，产生了较大的影响。

在评文论史的同时，戴名世亦喜好用文章批评时弊，抒写怀抱。如《鸟说》，写娟皎可爱的小鸟，"羽毛洁而音鸣好"②，只因托身非所，而被僮奴所害。寓言以鸟寓人，流露出其对人心险恶的社会的不满。《盲者说》讽世的味道更加浓重，文章以问答的形式，批评了世人心盲甚于目盲。盲者"目虽不见，而四肢百体均自

---

① ［清］戴名世著，王树民编校：《戴名世集》，第4—5页。
② 同上书，第425页。

若也",且"久而习之","无病于目之不见也。"①世间之人,不能分辨贤愚邪正,不能审视利害得失,不能体察兴衰治乱,最终陷于罗网者,才是真"盲"。盲者"天下其谁非盲也,盲者独余耶"的质疑,正是对世人"心盲"的质问。文章以讲故事的形式发表议论,讽刺世态,警戒世人,艺术构思颇似刘基(1311—1375)的《卖柑者言》,而讽刺的力度则不如前者,行文气势也不及刘基之文充沛,文章针砭的对象不只是朝中的文臣武将,而是世上所有"心盲"之人。这与戴名世的个人处境是一致的。再如《醉乡记》,借魏晋之际的史事,批评统治者的昏聩残暴。文末作者指出:"呜呼!自刘、阮以来,醉乡追天下;醉乡有人,天下无人矣。昏昏然,冥冥然,颓堕委靡,入而不知出焉。其不入而迷者,岂无其人音欤?而荒惑败乱者,率指以为笑,则真醉乡之徒也已。"②表达了对现实政治的强烈不满。这些寓言小品多是托物寄寓,写得比较隐晦。有些文章则是直抒胸臆,表达自己的愤世嫉俗之心。《赠蒋玉度还毘陵序》中批评了今世之"士"与"好士"者:

> 今之所谓才士者,吾知之矣,习剽窃之文,工侧媚之貌,奔走形势之途,周旋仆隶之际,以低首柔声乞哀于公卿之门,而世之论才士者必归焉。今之所谓好士者,吾知之矣,雷同也而喜其合时,便佞也而喜其适己,狠戾阴贼也而以为有用。士有不出于是者,为傲,为迂,为诞妄,为倨侮,而不可复近。盖今之士与士大夫之好士者,其相得如此。③

文章对谄媚于权势的文人和任人唯私的士大夫之徒进行了抨击,语带讥刺,直抒胸臆,这一点颇有明季士子之风。

---

① [清]戴名世著,王树民编校:《戴名世集》,第425—426页。
② 同上书,第387页。
③ 同上书,第136页。

三、史笔与文心:戴名世散文的艺术旨归

戴名世幼时家境贫寒,经过刻苦求学与不懈努力,最终成为在清代散文史上颇具影响的人物。他一生好古敏求,致力于经史学问;同时又愤世嫉俗,颇有文人情怀。这使得他的散文,具有学人与文人的双重品性。

戴名世治史的态度无疑是严肃的,在《与刘大山书》中他曾说自己"生平尤留心先朝文献,二十年来,搜求遗编,讨论掌故,胸中觉有百卷书,怪怪奇奇,滔滔汩汩,欲触喉而出。而仆以为此古今大事,不敢聊且为之,欲将入名山中,洗涤心神,餐吸沆瀣,息虑屏气,久之,乃敢发凡起例,次第命笔"①。但其论史却不可避免地带有个人的感性色彩,在《史论》中,他说:

> 且夫作史者必取一代之政治典章因革损益之故,与夫事之成败得失,人之邪正,一一了然洞然于胸中,而后执笔操简,发凡起例,定为一书,乃能使后之读之者如生于其时,如即乎其人,而可以为法戒。譬如大匠之为巨室也,必先定其规模,向背之已得其宜,左右之已审其势,堂庑之已正其基。②

这与苏轼画竹先得成竹于胸中的艺术感知非常相似。可知,戴名世的史笔,既是对历史的客观记载,也有对历史的个人感知。正因如此,其史论文的文学色彩和个性色彩均比较浓重。

在《与余生书》一文中,他陈述了自己的治史思想和对现实的不满,延续了易代之际文人的激愤之情与学术追求。文中写道:

---

① [清]戴名世著,王树民编校:《戴名世集》,第11页。
② 同上书,第403页。

> 终明之世，三百年无史，金匮石室之藏，恐终沦散放失，而世所流布诸书，缺略不祥，毁誉失实。嗟乎！世无子长、孟坚，不可聊且命笔。鄙人无状，窃有志焉，而书籍无从广购，又困于饥寒，衣食日不暇给，惧此事终已废弃。是则有明全盛之书且不得见其成，而又何况于夜郎、筇、笮、昆明、洱海奔窜流亡，区区之轶事乎。前日翰林院购遗书于各州郡，书稍稍集，但自神宗晚节，事涉边疆者，民间汰去不以上，而史官所指名以购者，其外颇更有潜德幽光，稗官碑志，纪载出于史馆之所不及知者，皆不得以上，则亦无以成一代之全史。甚矣其难也！①

余生，即戴名世的学生余湛(？—1712)，字石民，安徽舒城人，后因《南山集》案下狱致死。这是一封老师写给学生的信，因而论及学术，毫无保留，论及时事，也没有任何避讳。文中谈到了对史料的取舍问题、修史问题，涉及南明史实，可以看到老师对学生的期盼。戴名世立志修纂"一代之全史"，并对南明"夜郎、筇、笮、昆明、洱海奔窜流亡，区区之轶事"亦有志记载，希望将"一时成败得失与夫孤忠效死、乱贼误国、流离播迁之情状"示于后世，其志可敬，其情可悯。文中充溢着一种对学术的献身精神，讲述道理时，或引证史事，或联系现实，故而传达给余生和后世的既有治史的原则、方法，也有作者的情感追求。言传身教，让人受益良多。本文写作于戴名世授徒舒城期间，文中将南明政权与蜀汉、南宋政权并立，言语有碍，据说《南山集》案发，与此文有关。而《南山集》后百余年，清代学者不敢妄议国事。戴名世的书说之文，当是清代书说体文的转折点。

在对一些具体事件的评述中，戴名世也往往渗入较多的个人

---

① ［清］戴名世著，王树民编校：《戴名世集》，第2—3页。

意识。如《八月庚申及齐师战于乾时我师败绩》一文,作者指出:

> 今夫《春秋》之义,莫大于复仇,仇莫大于国之夺于人而君父之死于人也。故吾力能报焉,而有以洗死者之耻,上也;其次力不能报,而报之不克而死;最下则忘之;又最下则事之矣。吾尝读《春秋》,未尝不叹息痛恨于鲁庄公也。①

在戴名世看来,"桓公死于齐,庄公立",应该向齐复仇,而鲁庄公"不惟忘其仇,而又报之德",令人不由得"叹息痛恨"。他以为"《春秋》之义,莫大于复仇",在文中亦不断宣扬复仇思想,赞美翟义、李敬业二人"自以国家旧臣,义不忍靦颜俯首而立于怨家之朝"的行为,而对"后之臣子,有遭其国亡,其君死,而忘其仇,而事其仇"的行为深有怨愤,这些思想,皆有浓重的个人情感。

从治史和为学的角度来看,过多个人情感的渗入容易使文章失于严谨;而从散文创作的角度,却使这些文章具有了独特的艺术魅力。戴名世追求雅洁的文风,在《张贡五文集序》中,他进一步发挥了对"精"的认识。文中谈到"割爱",认为:"其辞采工丽可爱也,议论激越可爱也,才气驰骤可爱也。皆可爱也,则皆可割也。"②这一点对桐城派影响较大。但戴名世的存世文章中,容易引人共鸣的部分,正是一些感性和个性化的内容。他在《蓼庄园记》中表达了隐世之情,"余久怀遁世之思,嗟宇宙无所为桃花源者,何以息影而托足,不意人间复有之。"③在《河墅记》中传达出的人生感悟:"清池浤其前,高台峙其左,古木环其宅。于是升高而望,平畴苍莽,远山回合,风含松间,响起水上。噫!

---

① [清]戴名世著,王树民编校:《戴名世集》,第 409 页。
② 同上书,第 65 页。
③ 同上书,第 287 页。

此羁穷之人,遁世远举之士,所以优游而自乐者也。"①更有那些不遇于世的悲叹和对现实丑恶的批判,这些文章,成为后世传诵的精品。

戴名世并非不识时务的腐儒。他在《魏其论》中,谈到魏其侯死因时道:"夫君子处乱世,不幸而遇小人,远之亦死,近之亦死,而吾谓远之犹可以得生。彼小人见君子一切与己乖异,固已欲杀君子,吾远其踪迹,而嫌隙不开,謦欬不露,彼渐且轻忽我也。但得彼之一轻忽我,而我乃得脱矣。""夫小人之不可近如豺虎然,而加之以得势,即附之者亦不能免其祸,而况魏其之沾沾自喜,灌将军之好气,怀不平之心。"②哀叹他们不能远小人而自保。然而,戴名世却最终因文得祸。他的死固然与他人告发有关,但更多的却是其为文行事不能合于时。他的治史理想和叙事立场与那个时代有不可调和的矛盾,其悲剧便是不可避免的。

戴名世是清初文字狱的牺牲品。他在《与刘大山书》中言:"仆古文多愤时嫉俗之作,不敢示世人,恐以言语获罪。"③因所作《南山集》中录有南明史事,并以南明年号纪年,康熙五十年(1711)被御史赵申乔参劾下狱,后被处死。《南山集》案株连甚广,对清代士风与学风产生了深远的影响,正如郭预衡先生所说:"《南山集》一案,对一代文章甚有影响。这不仅因为名世之死,可为鉴戒;更因为方苞被赦,可为楷模。"④戴名世所存文章作于此案之前,其散文创作中所呈现出的学术追求与文人情怀,正是入清后散文创作文风转变的标识。《南山集》案后,散文创作的学人倾向得以增强,文人色彩有所淡化,清代的散文远离明末余波,形成了自己的时代特色。人多言戴名世的散文创作开桐城派之先河,

---

① [清]戴名世著,王树民编校:《戴名世集》,第 280 页。
② 同上书,第 383 页。
③ 同上书,第 11 页。
④ 郭预衡著:《中国散文史》下册,上海古籍出版社 2002 年版,第 483 页。

却不知桐城之文得其形而未获其神。散文创作固然"义理""考据""辞章"皆备,但却风骨尽失。士风与文风皆变矣。

附记:本文发表于《厦门广播电视大学学报》2012年第4期。

本书作者

（以姓氏拼音为序）

陈伟文，文学博士，中国人民大学国学院副教授。著有《清代前中期黄庭坚诗接受史研究》等。

付琼，文学博士，浙江财经大学人文学院教授。著有《徐渭散文研究》《文学教育视角下的文学选本研究》等。

郭英德，文学博士，北京师范大学文学院教授。著有《明清传奇史》《中国古代文人集团与文学风貌》等。

何宗美，文学博士，西南大学文学院教授。著有《明末清初文人结社研究》《文人结社与明代文学的演进》等。

花兴，文学硕士，内蒙古民族大学文学院讲师。

李小龙，文学博士，北京师范大学文学院副教授。著有《中国古典小说回目研究》等。

刘伟，文学博士，内蒙古师范大学文学院副教授。著有《生命美学视域下的唐代文学精神》等。

刘洋，北京师范大学文学院中国古代文学专业2014级博士研究生。

欧明俊，文学博士，福建师范大学文学院教授。著有《古代散文史论》《词学思辨录》等。

莎日娜，文学博士，北京师范大学文学院副教授。著有《明清之际章回小说研究》等。

魏崇武，文学博士，北京师范大学古籍与传统文化研究院教授。点校《胡祗遹集》《欧阳玄集》等。

吴娇，北京师范大学文学院中国古典文献学专业2014级博士研究生。

谢琰，文学博士，北京师范大学文学院副教授。著有《北宋前期诗歌转型研究》等。

于雪棠，文学博士，北京师范大学文学院副教授。著有《周易与中国上古文学》《先秦两汉文体研究》等。

张德建，文学博士，北京师范大学文学院教授。著有《明代山人文学研究》《中国散文通史·明代卷》（合著）等。

钟涛，文学博士，中国传媒大学人文学院教授。著有《六朝骈文形式及其文化意蕴》《元杂剧艺术生产论》等。

钟彦飞，北京师范大学古籍与传统文化研究院2013级博士研究生。

诸雨辰，北京师范大学文学院中国古典文献学专业2014级博士研究生。

图书在版编目(CIP)数据

中国古代散文研究文献论丛 / 郭英德主编. —北京：商务印书馆，2016
（北京师范大学中国古代散文研究中心专刊）
ISBN 978-7-100-12585-7

Ⅰ. ①中… Ⅱ. ①郭… Ⅲ. ①古典散文—散文评论—中国—文集 Ⅳ. ①I207.62-53

中国版本图书馆 CIP 数据核字(2016)第 229238 号

所有权利保留。
未经许可，不得以任何方式使用。

北京师范大学中国古代散文研究中心专刊之一
中国古代散文研究文献论丛
郭英德　主编

商　务　印　书　馆　出　版
（北京王府井大街36号　邮政编码100710）
商　务　印　书　馆　发　行
北京市艺辉印刷有限公司印刷
ISBN 978-7-100-12585-7

2016年10月第1版　　开本 787×960　1/16
2016年10月北京第1次印刷　印张 27 1/2
定价：58.00元